U0145842

中国当代文学史（第三版）

Zhongguo Dangdai Wenxueshi

洪子诚 著

北京大学出版社
PEKING UNIVERSITY PRESS

图书在版编目 (CIP) 数据

中国当代文学史 / 洪子诚著 .—3 版 .—北京：北京大学出版社，2024.1
（博雅大学堂 . 文学）
ISBN 978-7-301-34843-7

Ⅰ . ①中… Ⅱ . ①洪… Ⅲ . ①中国文学 – 当代文学 – 文学史 Ⅳ . ① I209.7

中国国家版本馆 CIP 数据核字 (2024) 第 012029 号

书　　名	中国当代文学史（第三版） ZHONGGUO DANGDAI WENXUESHI（DI-SAN BAN）
著作责任者	洪子诚　著
责任编辑	黄敏劼
标准书号	ISBN 978-7-301-34843-7
出版发行	北京大学出版社
地　　址	北京市海淀区成府路 205 号　100871
网　　址	http://www.pup.cn　新浪微博：@ 北京大学出版社
电子邮箱	编辑部 pkupw@pup.cn　总编室 zpup@pup.cn
电　　话	邮购部 010-62752015　发行部 010-62750672 编辑部 010-62750883
印 刷 者	天津联城印刷有限公司
经 销 者	新华书店
	650 毫米 ×980 毫米　16 开本　25.75 印张　433 千字 1999 年 8 月第 1 版　2007 年 6 月第 2 版 2024 年 1 月第 3 版　2024 年 7 月第 2 次印刷
定　　价	69.00 元

目　录

第三版序

本书2007年出版修订版之后，陆续发现在文学事实的描述上存在一些不准确的地方，资料文献的征引也存在不完整和错误。一些读者也来信指出资料上存在的不准确问题。这些问题在修订版多次重印中都做了改动。这次综合以前的改动，在若干章节的文字表述上有所调整，并核订全部征引文献。感谢读者的建议和指谬，期待继续的批评。

洪子诚

2023年12月

修订版序

《中国当代文学史》1999年由北京大学出版社出版以来，不少相识、不相识的朋友、读者，通过会议、文章、来信和转告，对本书有所肯定，也对存在的问题提出不少批评和改进的建议。这些年来，文学界出现许多新的现象，也有不少值得重视的研究成果发表，这些都需要加以处理和吸收。基于上述理由，从2006年春天开始，我就开始对本书进行修订。在总体框架和评述方式上，修订版和初版本并没有大的变化，基本上仍维持那种简括式评述的"文体"，材料、史实也仍大多压缩在注释和年表之中。同时，也仍努力征引当代有价值的研究成果；这既为了标明本书某些看法和措辞方式的来源或受到的启发，也为想进一步扩大对问题了解的读者提供一些线索。

但修订版也有不少改动。主要是：一、调整了若干章节的设计，适当增加90年代文学的分量，对80年代文学的总体描述也有一些改变；二、各章节（包括年表）在材料处理、具体论述等方面，也有或多或少的变更；三、订正初版本在史实、资料引述上的差错。由于本书注释较多，采用章后注在阅读上有诸多不便，这次也一并改为页尾注。初版本的后记作为附录保留，以再次向当年热心的帮助者表示谢意。还要说明的一点是，本书初版本为1999年出版，对年代的表述没有特别标出的，都为20世纪，此次修订按照既定的表达法，没有再做修改。

借修订版出版的机会，谨向对本书提出批评、建议的同行和读者致以深切的感谢。由于人数很多，这里不可能一一列出他们的名字。需要说明的是，批评者指出的问题、建议，有的在这次修订中得以实现，但也有不少没有落实。其中，部分原因是对问题认识存在差异，更主要的则是我在学识、能力上的欠缺。因此，修订版存在的问题肯定还是不少，期望继续得到指正。

洪子诚

2007年5月，北京蓝旗营

前　言

对于20世纪的中国文学，目前已有多种概括方法，在文学分期上也出现了多种处理方式，以“20世纪中国文学”命名的文学史著作，已经有多种问世。不过，本书仍继续沿用那种将20世纪的中国文学划分为“现代文学”和“当代文学”的处理方法。按照这一划分，“现代文学”在时间段落上，指的是“五四”新文化运动前后到40年代末期的文学，而“当代文学”则指50年代以后的文学。

在中国大陆，“当代文学”的提法，最早出现在50年代后期。虽然1959年建国十周年期间，文学界权威机构和批评家在描述1949年以来的中国文学时，并没有使用这一概念，1960年的第三次全国文代会，“当代文学”也未见诸大会的报告和文件。但在上述的文章、报告[①]中，已使用了可与“当代文学”互相取代的用语，确立了为“当代文学”这一概念所内含的分期方法。[②]最早使用“当代文学”这一概念的，是50年代后期文学研究机构和大学编写的文学史著作[③]。从那时开始，“当代文学”作为与“现代文学”相衔接又相区别的文学分期概念得到认可。“文革”结束的70年代末以后，这个概念得到更广泛的运用，并在教育部文学学科设定中，取得“制度性”的保证；虽然对这一概念（连同它的分期方法）的质疑、批评也从未中断过。

50年代“当代文学”概念提出的最主要动机，是为1949年以后的中国文学命名。“五四”文学革命之后，对这一“革命”所诞生的文学的描述，很快便以“新文学”作为指称，并被用在最初的“文学史”性质的论著中，如《中国

---

① 如邵荃麟：《文学十年历程》（《文艺报》1959年第18期）、沈雁冰：《新中国社会主义文化艺术的辉煌成就》（《人民日报》1959年10月9日）、中国科学院文学研究所编写组《十年来的新中国文学》（1959年开始编写；作家出版社，1963年）、周扬：《我国社会主义文学艺术的道路》（《文艺报》1960年第13、14期合刊）等。

② “新中国文学”“建国以来的文学”“社会主义文学”等。

③ 华中师范学院中文系编著的《中国当代文学史稿》（该书写于1958年，1962年由科学出版社出版）、山东大学中文系编写组的《中国当代文学史》（山东人民出版社，1960年）、北京大学中文系1955级编写的《中国现代文学史当代部分纲要》（内部铅印本，未正式出版）等。

新文学研究纲要》(朱自清)、《中国新文学的源流》(周作人)等[1]。“新文学”这一概念的最初使用具有这样的含义:从“历时”的角度而言,是在表明它与中国“古典”的、“传统”的文学时期的区别;从“共时”的角度,则显示这种文学的“现代”性质:题材、主题、语言、文学观念上发生的重要变革。到了三四十年代之交,毛泽东的《新民主主义论》等著作,在对于现代中国政治、经济、文化的性质的分析中,建立了一种将政治社会进程与文学进程直接联系,以文学的社会政治性质作为依据的文学分期框架。[2] 这样,“新文学”这一概念,在具有左翼倾向的批评家和文学史家那里被赋予了新的内涵。在他们的论著中,“新文学”被解释为表现“新民主主义革命”,并由这一革命赋予“性质”的文学。因而,当1949年以后中国社会的“整个性质”已转变为“社会主义”的时候,文学相应地要发生“根本性质”上的转变。虽然,在50年代初,文学界的权威者认为“目前中国文学,就整个说来,还不完全是社会主义的文学,而是在社会主义现实主义指导之下社会主义和民主主义的文学”,但现在“我们的文学已经开始走上了社会主义现实主义道路”。[3] “建国以来”的文学与“五四”的新文学在性质上的区别,以及“建国以来”的文学是更高的文学阶段的判断,在50年代已成为不容置疑的观点。

按照这种政治、经济和文化(文学)形态相对应的观点,中国大陆在进入“社会主义革命”阶段之后,必将出现一种新的性质的文学形态。既然认为存在着两种不同性质的文学,而它们的关系又呈现为上升的生成过程,那么,笼统地用“新文学”加以涵括,可能会导致文学意识形态内涵的模糊,削弱文学发展的目的性表达。这样,在50年代前期的几部文学史仍然采用“新文学”的称谓之后[4],到50年代后期,“新文学”的使用已大为减少,并开始出现了以“现代文学”指称1949年以前的“新文学”的趋向。概念的这种转换,是为了给1949年以后的文学的命名留出位置。因此,“当代文学”的

---

① 《中国新文学研究纲要》是朱自清1929—1933年在清华大学讲授“中国新文学研究”课程的讲稿,当时未出版。其整理稿迟至1982年才作为《文艺论丛》第14辑由上海文艺出版社出版。在30年代,使用“新文学”名称的著作和资料集,较知名的还有《中国新文学运动史》(王哲甫,1933年)、《新文学运动史资料》(张若英,1934年)、《新文学概要》(吴文祺,1936年)、《中国新文学大系》(赵家璧主编,1935—1936年)等。

② 毛泽东认为,“现阶段”“中国新的国民文化”,“既不是资产阶级的文化专制主义,又不是单纯的无产阶级的社会主义,而是以无产阶级社会主义文化思想为领导的人民大众反帝反封建的新民主主义”。《新民主主义论》,《毛泽东选集》第二卷,北京:人民出版社,1991年,第706页。

③ 周扬:《社会主义现实主义——中国文学前进的道路》,《人民日报》1953年1月11日,收入《周扬文集》第2卷,北京:人民文学出版社,1985年,第186、191页。

④ 王瑶:《中国新文学史稿》,上册:开明书店,1951年,下册:新文艺出版社,1953年。另外还有《中国新文学史讲话》(蔡仪,1952年)、《中国新文学史初稿》(上、下册,刘绶松,1956年)、《新文学史纲(第一卷)》(张毕来,1955年)、《中国现代文学史略》(丁易,1955年)使用了“现代文学”的名称。

概念的提出，不仅是单纯的时间划分，同时有着有关现阶段和未来文学的性质的预设、指认的内涵。

80 年代以来，批评家和文学史家在这一概念的使用上，已经出现了分裂。有研究者对这一概念的“科学性”提出怀疑，也质疑“现代文学”“当代文学”的两分法，而强调在对 20 世纪中国文学的整体把握的基础上，寻求另外的概念和分期方法。继续使用“当代文学”的研究者，则赋予它各不相同的含义。以当初的意识形态性的文学分类方法，把“社会主义文学”作为“当代文学”的质的规定仍是一种重要的理解。也有因“在中国新文学史和新文学思潮史上”“具有相对独立的阶段性和独立研究的意义”的理由，而把“当代文学”的时间确定在“从 1949 年 7 月召开的全国第一次文代会到 1979 年召开的全国第四次文代会这段期间”。[①] 有的使用者把它作为一个虽有缺陷但已广泛使用而一时难以摆脱的权宜性概念来接受。另有的研究者，则将中国当代文学，作为中国的、发生在社会主义社会的“语境”中的文学来理解；这种理解，回避了当初这一概念的有关文学性质的含义，将文学的内质置换为文学生成的社会历史环境。

本书继续采用“当代文学”这一概念，则是考虑到目前文学史研究的实际情况。虽然也可以改变文学分期的方式，可以采用新的时期概念，譬如目前已被广泛使用的“20 世纪中国文学”的范畴。但是，这并不是名称和分期的简单更换。这一更换的内在理路和文学史事实依据，对本书作者来说，还需要做细致、深入的辨识。继续采用这一概念的另外原因，是它连同相关的分期方法，仍有其部分存在的理由，即可以作为把握 20 世纪中国文学状况的一种并非已失效的视角。这样，在《中国当代文学史》这本书里，“中国当代文学”首先指的是 1949 年以来的中国文学。其次，是指发生在特定的“社会主义”历史语境中的文学，因而它限定在“中国大陆”的这一区域之中；中国台湾、香港等地区的文学与中国大陆文学，在文学史研究中如何“整合”，如何不是简单地并置，需要提出另外的文学史模型来予以解决。第三，本书运用“当代文学”的另一层含义是，“当代文学”这一文学时间，是“五四”以后的新文学“一体化”趋向的全面实现，到这种“一体化”解体的文学时期。中国的“左翼文学”（“革命文学”），经由 40 年代解放区文学的“改造”，它的文学形态和相应的文学规范（文学发展的方向、路线，文学创作、出版、阅读的

---

① 朱寨主编：《中国当代文学思潮史》，北京：人民文学出版社，1987 年，第 1、3 页。这一理解，有助于“当代文学”性质的限定，并避免了在描述“文革”后复杂多样的文学现象时出现的矛盾、尴尬，维持了文学史撰述的内部统一逻辑。

规则等),在 50—70 年代,凭借其时代的影响力,也凭借政治权力控制的力量,成为唯一可以合法存在的形态和规范。只是到了 80 年代,这一文学格局才发生了改变。

对于中国当代文学,本书在具体评述时将划分为上、下两编。上编主要叙述特定的文学规范如何取得绝对支配地位,以及这一文学形态的基本特征;下编则揭示在变化了的历史语境中,这种规范及其支配地位的逐渐削弱、涣散,文学格局出现的分化、重组的过程。

在编写的原则和若干具体问题上,尚有下列几点需要说明:

一、本书的评述对象,主要是重要的作家作品和重要的文学运动、文学现象。选择哪些现象和作家作品作为对象,进入“文学史”,是首先遇到的问题。尽管“文学性”(或“审美性”)是历史范畴,其含义难以做“本质性”的确定,但是,“审美尺度”,即对作品的“独特经验”和表达上的“独创性”的衡量,仍首先被考虑。不过,本书又不是一贯、绝对地坚持这种尺度。某些重要的文学现象,“生成”于当代的艺术形态、理论模式,由于曾经产生的广泛影响,或在文学的沿革过程中留下重要痕迹,也会得到相应的关注。因此,本书并不打算过多压缩“十七年文学”和“文革文学”的篇幅,但会对这些现象提出一些新的观察点。

二、对于文学创作,本书以传统的诗歌、小说、戏剧、散文作为主要对象。报告文学、传记文学、儿童文学、影视文学、科幻文学等样式,由于各种原因没有作为重点,但是在讨论不同历史语境下的文类特征变化,文类边界变迁、渗透等问题的时候,也可能会有所涉及。文学理论、文学史研究和文学批评,也没有作为必要的对象加以考虑,而仅从与本时期的文学思潮关系的重要程度,来考虑选择必须评述的部分。

三、对于具体的文学现象的选择与处理,体现了编写者的文学史观和无法回避的价值评析尺度。但在处理这些文学现象,包括作家作品、文学运动、理论批评的时候,本书的着重点不是将作品和文学问题从特定的历史情境中抽取出来,按照编写者所信奉的价值尺度(政治的、伦理的、审美的)做出臧否,而是首先设法将问题“放回”到“历史情境”中去审察。也就是说,一方面,会更注意对某一作品,某一体裁、样式,某一概念的形态特征的描述,包括这些特征的历史演化的情形;另一方面,则会关注推动这些文学形态产生、演化的情境和条件,并提供显现这些情境和条件的材料,以增加“靠近”“历史”的可能性。

四、作为附录的文学年表,主要是反映本时期作家活动和作品发表(出版)的状况,但也兼顾重要的文学运动的状况。

上编　50—70年代的文学

第一章

文学的"转折"

一　40年代的文学界

四五十年代之交，中国社会发生急剧变革。第二次世界大战之后世界范围内两大阵营对立的冷战格局，中国40年代后期内战导致的政权更迭，是这期间发生的重大历史事件。社会政治的变革，自然并不一定导致文学内在形态的重大变化。但是，在一个文学与社会政治的关系密不可分，而文学对于政治的工具性地位的主张又支配着文学界的情况下，四五十年代之交的社会转折，影响、推动了中国文学的构成因素及它们之间关系的剧烈错动。文学的"转折"在这里，指的主要是40年代文学格局中各种倾向、流派、力量的关系的重组。以延安文学作为主要构成的左翼文学，进入50年代，成为唯一的文学事实；20年代后期开始，左翼文学为选择最理想的文学形态、推进文学"一体化"的目标所做的努力，进入一个新的阶段；毛泽东的文艺思想，成为"纲领性"的指导思想；文学写作的题材、主题、风格等，形成了应予遵循的体系性"规范"；而作家的存在方式，写作方式，作品的出版、阅读和批评等文学活动方式也都出现了重大变化。

1937年全面抗日战争的爆发，将中国分隔为几个社会情势不同的区域：国民党统治地区、日本侵略者占领的沦陷区和中国共产党领导的解放区（抗战期间称"敌后抗日根据地"）。处于不同地域中的作家，虽说他们面对着时代、民族的共同问题，但是，互异的社会生活、文化精神情境，使他们获得“进入”生活和艺术的多种方式。战争导致生存情势的危迫，但也会生成一些“空隙”，有可能探索与生活、与艺术的多种联结方式，使艺术体验深度的加强有了可能。人的“现代化”和创建现代民族国家的这一新文学中心主题，依然得到继续。但是，它将不仅在严峻的背景上展开，而且会以更为“个人化”的体验方式表现在此期间的创作中，并触及有关人性的深层问题。这样，40 年代的文学，呈现了与 30 年代不同的风貌。在根据地和解放区，一个规模宏大的创建理想社会的实验正在进行。反映这一社会实验的“解放区文学”[①]，表现了历史乐观主义的理想情怀。质朴单纯的民间文学艺术，被挖掘和改造，作为这种“表现新世界”的文学(同时也是这个“新世界”的文学)的重要“资源”之一。在国统区和沦陷区，情况有所不同。社会性的问题和运用文学对现实时事的干预，仍被一些作家所坚持；这是重视社会责任的中国作家理所当然的反应。但是，战争的挫折所揭发出来的问题，使一些作家在更深的层面上来思考社会和人生的悖论情境，思考中国社会在“现代文明”的冲击下的困境与难题。而知识分子在战争中，在民族的、时代的、个体性格的种种重压下的心理矛盾和挣扎，又使作家增强了自我审察与反省的意识。出离了情感泛滥的冷静、幽默，及既包含智力优越也包含对自身弱点、局限的清醒的反讽，这些在 40 年代，都不只具有风格学上的意义，也是作家所形成的哲学的、审美的态度。作家有可能并有自觉的意识，去以个体的体验作为创作的出发点，来对传统和外来的影响加以创造性的熔铸，在这样的基础上建立自身的艺术个性。

抗战后期和战争结束之后，作家普遍认为中国文学将进入一个新的发展阶段。文学界的不同流派、力量，基于不同的文学、社会理想，纷纷在对战争期间的文学状况进行总结的基础上，来设计未来的走向。[②] 各种不同倾向

---

① “解放区”文学与“国统区”文学的这一划分方法，和它们成为文学史的概念，主要形成于 40 年代后期为“当代文学”确立规范的过程中。参见第一次全国文代会(1949 年 7 月)郭沫若、周扬、茅盾等的报告。

② 从 1945 年到 1948 年，这种总结过去、规划未来文学方向、版图的重要文章，有胡风《置身在为民主的斗争里面》(《希望》1945 年第 1 集第 1 期)，郑振铎、李健吾《文艺复兴·发刊词》(《文艺复兴》第 1 卷第 1 期，1946 年 1 月)，雪峰《现实主义在今天的问题》(《中原、文艺杂志、希望、文哨联合特刊》第 1 卷第 3 期，1946 年 2 月)，《大公报》(上海)社评《中国文艺往哪里走?》(1947 年 5 月 5 日，萧乾撰写)，周扬《论赵树理的创作》(延安《解放日报》，1946 年 8 月 26 日)，《文艺先锋》编辑部《文学再革命纲领(草案)》(《文艺先锋》第 12 卷第 1 期，1948 年 1 月)，邵荃麟《对于当前文艺运动的意见》(《大众文艺丛刊》第 1 辑，署名“本刊同人·荃麟执笔”，1948 年 3 月)，朱光潜《自由主义与文艺》(《周论》第 2 卷第 4 期，1948 年 8 月)，胡风《论现实主义的路》(青林社 1948 年 9 月版)，朱光潜、沈从文、冯至、废名等《今日文学的方向——“方向社”第一次座谈会记录》(天津《大公报》1948 年 11 月 14 日)。

的文学刊物，或复刊，或创办。[①] 与一些作家的出现文学创造的从容、开阔空间的期望不同，文学界各种力量对“方向”的选择呈现急迫、对立的情势。这根源于战后中国的政治现实。文学的发展进程，自动地，或身不由己地纳入“光明的中国之命运和黑暗的中国之命运”[②]的政治较量之中。在这种情况下，各种政治力量都试图以文学服务于它们的主张和行动，而文学（作家）也难以回避在现实政治上做出他们的选择。

1945 年 10 月，由中共领导的中华全国文艺界抗敌协会改名为中华全国文艺界协会[③]。第二年，以张道藩为首的、与国民党政府有密切关系的作家，组织了中华全国文艺作家协会。两个协会的存在，宣告了战争期间文艺界“团结”的结束。在这期间，国民党官方主办的刊物《文艺先锋》，在提出“促进三民主义文艺建设”的口号下，加紧了对左翼文学的挞伐。[④] 但与国民党政权直接结盟的文学力量，既没有能建立他们的稍具体系的理论，也不存在较具价值的文学创作，因而在整个文学界，没有发生什么样的影响力。“广泛的中间阶层作家”[⑤]在战后，由于对国民党统治的失望，加上毛泽东的《在延安文艺座谈会上的讲话》（简称《讲话》）在国统区的传播，及左翼文学力量的工作，表现了普遍地理解、靠拢左翼文学路线的趋向。这在老舍、叶圣陶、巴金、曹禺、郑振铎、臧克家、冯至等作家那里有明显的反映。而闻一多、朱自清更是被作为政治和文学立场发生转变的“进步主义者”的范例：“历史的前进运动，完成于人民及其先觉和英雄们的猛进，但也同样要完成于一切负着种种包袱而辛苦跋涉的人们向着目的地的最后的到达”[⑥]。在当时的情景下，这些作家和左翼文学主张之间存在着的差别和分歧，在严峻的政治情势下，被相

---

① 战后复刊或创刊的较重要文学刊物有《文学杂志》（朱光潜主编，上海）、《文哨》、《文联》（茅盾、以群，上海）、《文艺复兴》（郑振铎、李健吾，上海）、《文潮月刊》（张契渠，上海）、《文坛》（魏金枝主编）、《中国作家》（中华全国文艺界协会《中国作家》编辑委员会，上海）、《文艺生活》（司马文森、陈残云，广州）等，以及《中原、文艺杂志、希望、文哨联合特刊》（重庆）等。

② 毛泽东：《两个中国之命运》，《毛泽东选集》第三卷，北京：人民出版社，1991 年，第 1025 页。

③ 会刊名字由《抗战文艺》改为《中国作家》。1946 年 6 月会址从重庆迁至上海。1949 年初迁至北平。1949 年 7 月中华全国文学艺术界联合会成立后，协会停止活动。

④ 参见刊于《文艺先锋》第 12 卷第 1 期上的《文学再革命纲领（草案）》和张道藩《生活中的艺术使命》（《文艺先锋》第 10 卷第 2 期）、《文艺作家对当前时代应有的认识和努力》（《文艺先锋》第 11 卷第 2 期）等文。

⑤ 这一概念的使用，见邵荃麟：《对于当前文艺运动的意见》，《大众文艺丛刊》（香港）第 1 辑（1948 年 3 月）。

⑥ 冯雪峰：《悼朱自清先生》，《论文集》第 1 卷，北京：人民文学出版社，1952 年，第 110、116 页。毛泽东也把闻一多、朱自清在 40 年代后期的表现，评价为“曾经是自由主义者或民主个人主义者”的政治思想立场在大时代转变的典范。见毛泽东：《别了，司徒雷登》，《毛泽东选集》第四卷，北京：人民出版社，1991 年，第 1495 页。

当程度地忽略和掩盖了。有一些作家,表现了融入左翼文学的理论和实践的自觉;而在另一部分"中间阶层"作家看来,社会政治立场的选择,并不一定与他们的创作实践有完全对应的关系,即他们的思想和创作有所调整,却并不想全部接纳左翼的文学主张,而在政治承担与艺术自律上持不同的态度。

在40年代后期,被称为"自由主义作家"的一群,在文学—政治格局中,由于他们在学术研究和文学创作上取得的成绩和影响,是包括左翼文学在内的各种文学力量都难以忽视的存在。被列入这一名项之下的作家,他们的主张并不完全相同。但是在主张文学的"自主性"上,在对文学与商业、与政治结缘持怀疑和批评的态度上,则持相近的立场。文学不应成为政治、宗教的奴隶,作家应忠于艺术,坚持"独立的识见",创作出"受得住岁月陶冶的优秀作品",这是他们文学主张的基本点。不过,这些作家虽然竭力反对文学对政治的依附,主张文学与政治分离,但是在那个动荡的时代,他们也难以从现实政治的"旋涡"中脱身。一般有着"英美文化"背景的这些作家,虽说大多并没有直接参与政治活动,与当时政坛上的"第三条道路"也不能简单等同。不过,在政治倾向和主张上,大都倾向于"英美民主政治"的理想,而从"思想自由"的立场出发,对内战的双方都持批评、谴责的姿态。1946年6月,创刊于1937年初的《文学杂志》复刊。主编朱光潜在《复刊卷首语》中,重申他们的"目标",是"采取充分自由的严肃的态度,集合全国作者和读者的力量,来培养一个较合理底文学刊物,藉此在一般民众中树立一个健康底纯正底文学风气"。但是由于左翼文学力量已成为"强势"的力量,提倡"健康",主张"纯正",反对政治力量对文艺的干预,显然是指向左翼文学力量追求、推动的"文艺新方向"。朱光潜认为:"以为文艺走某一方向便合他们的主张或利益,于是硬要它朝那个方向走,尽箍制和奸污之能事,结果文艺确是受了害,而他们自己也未见得就得了益。"[①]1946年沈从文回到北平,任北京大学教授,同时担任天津《益世报·文学周刊》主编,还参与编辑《经世报》《大公报》等的文艺副刊。同年,萧乾从国外回到上海,除任《大公报》社评委员外,还负责该报"文艺"副刊。他撰写的《中国文艺往哪里走?》的社评,批评文艺上的"集团主义",提出"应革除只准一种作品存在的观念"。这和沈从文批评"政府的裁判"之外的"另一种'一尊独占'",当然都是指向左翼文学。"自由主义作家"在战后相当活跃,表现了对中国文学的建设负有重要使命的自我意识。他们力图"匡正"当时文学的强烈意识形态化走向,

① 朱光潜:《自由主义与文艺》,《周论》第2卷第4期(1948年8月6日出版)。

雄心勃勃地试图开拓 40 年代文学的另一种可能性。

二　左翼文学界的“选择”

40 年代后期的文学界，虽然存在不同思想艺术倾向的作家和作家群，存在不同的文学力量，但是，有着明确目标，并有力量决定文学界走向，对文学的状况实施“规范”的，却只有由中共领导和影响下的左翼文学[①]。在中国文学总体格局中，左翼文学成为具有影响力的派别，在 30 年代就已开始。到了 40 年代后期，更成为左右当时文学局势的文学派别。这期间，左翼文学界的领导者和重要作家清楚地认识到：文学方向的选择应与社会政治的转折同步。他们在抗战之后的主要工作，是致力于传播延安文艺整风确立的“文艺新方向”，并随着政治、军事斗争的展开，促成其在全国范围的推广，以达到理想的文学形态的“一体化”的实现。

1942 年延安的文艺整风之后，根据地“文艺界在思想上和行动上的步调渐渐趋于一致”，毛泽东“所指出的为工农兵大众服务的方向，成为众所归趋的道路”。[②] 1943 年 3 月，在重庆出版的《新华日报》报道了延安文艺座谈会的情况，并随后摘要刊发了《讲话》的主要内容。[③] 重庆和“大后方”的一些作家也读到《讲话》的全文。1944 年 5 月，中共中央派何其芳、刘白羽到重庆介绍、贯彻文艺座谈会和《讲话》的精神。延安的文艺思想和方针，逐步为国统区的左翼作家所了解，并为其中的许多人所认同，在国统区成为他们分析文学界情势，确立工作步骤和方法的基准。

40 年代后期，左翼作家在国统区推动“文艺新方向”的工作，有几个相联系的方面。一是传播《讲话》的基本观点，以及介绍、评价实践《讲话》的解放区文艺创作。解放区文艺的代表作品，如歌剧《白毛女》、赵树理的小说《李有才板话》《李家庄的变迁》等，受到郭沫若、茅盾、邵荃麟等的热烈赞扬。[④] 另一是对抗战以来，尤其是 40 年代国统区的文艺状况，和一些重要的

---

① 这里说的“左翼文学”，应区别于 30 年代与“左联”相关的文学派别、文学形态的“左翼文学”。“左翼文学”在这里，是在观察 20 世纪中国文学时，按照政治倾向和与政治倾向相关的文学观念、写作实践的性质，来描述某一文学潮流、文学派别的概括方式。

② 艾思奇：《从春节宣传看文艺的新方向》，《解放日报》（延安）1943 年 4 月 25 日。

③ 《新华日报》（重庆）1943 年 3 月 24 日的《中共中央召开文艺工作者会议》和 1944 年 1 月 1 日的《毛泽东同志对文艺问题的意见》。

④ 见郭沫若《读了〈李家庄的变迁〉》（《文萃》第 49 期，1946 年 9 月），茅盾《论赵树理的小说》（《文萃》第 2 卷第 10 期，1946 年 12 月），荃麟《评〈李家庄的变迁〉》（《文艺生活》光复版第 13 期，1947 年 4 月），以及郭沫若、茅盾等对《白毛女》的评论。

文学问题的回顾、清理[①]。这是确定今后文艺发展方向和路线的前提。在总结抗战以来的文学状况时，左翼文学的代表人物的观点和评述方式并不完全一致。但是，以毛泽东的文艺思想作为理论依据、以延安文艺作为理想模式，是左翼文学界中代表延安文艺路线的主流派别所坚持的原则。

与上述活动相关的，是对40年代作家、文学派别进行“类型”划分。类型划分的目的，是判定各种文艺思想、创作倾向和作家作品的“等级”，分别确定团结、争取、打击的对象。左翼文学界划分文学力量的尺度，既基于新文学发展的历史状况，也基于现阶段的文学观念和政治诉求。同时，苏联三四十年代斯大林-日丹诺夫的文艺方针、政策，也提供了进行这种划分的重要参照。作家的“世界观”(主要指他们的政治立场和阶级意识)，他们对中共领导的革命运动和文学运动的态度，他们的作品可能产生的政治效应，是最先考虑的条件。按照这一尺度，在一般的情况下，作家常被划分为革命作家(左翼作家)、进步作家(或中间阶层作家)和反动作家等三类。1947年以后，随着共产党对国民党的军事斗争取得重大胜利，这种类型描述趋于细密，也更富于“斗争性”。内战开始以后，由中共中央安排，在国统区的左翼文化人士和“进步作家”，先后来到香港，香港成为40年代后期的左翼文化中心。在1948年3月出版的，由邵荃麟、冯乃超等创办的《大众文艺丛刊》第一辑上，发表了署名“本刊同人·荃麟执笔”的《对于当前文艺运动的意见》和郭沫若的《斥“反动文艺”》。在前文中，提出左翼文学在“巩固与扩大”文艺统一战线时应该团结的，是“广泛的中间阶层作家”(或称“进步自由主义文艺”)，认为他们与左翼作家有着“五四”新文学的反帝反封建方向上的一致，也有着靠拢革命、走向人民的现实表现。但也指出不应忽视他们与“革命大众文艺”存在的距离。他们中的一些人，甚至包括一部分左翼作家，未能从西欧资产阶级个人主义和感伤主义中摆脱出来，而需要给予批评和说服。至于“在思想斗争中要无情地加以打击和揭露的”，最主要是“地主大资产阶级的帮凶和帮闲文艺”，在这一名项下被举例的作家有，主张“唯生主义文艺”和“文艺再革命”的徐中年，标榜“文艺的复兴”的顾一樵，宣扬“为艺术而艺术”的朱光潜、梁实秋、沈从文，公然摆出四大家族奴隶总管的易君左、萧乾、张道藩等。另外，还有黄色的买办文艺，色情的、趣味恶劣的鸳鸯蝴蝶

---

① 这种清理，表现在有关文艺的座谈会，以及一系列总结性的文章中。这一主题的重要文章有：茅盾《八年来文艺工作的成果及倾向》(1946)、冯雪峰《论民主革命的文艺运动》(1946)、胡风《论现实主义的路》、邵荃麟执笔的《对于当前文艺运动的意见——检讨·批判·和今后的方向》。另外，茅盾在第一次文代会上的报告《在反动派压迫下斗争和发展的革命文艺》(1949)，也属于这一性质。

等。在郭沫若的文章中，把“反动文艺”区分为“买办性”和“封建性”两类，并进一步以红黄蓝白黑的颜色命名，把与国民党官方有联系的作家如朱光潜（他曾是国民党中央监察委员）、潘公展，以及沈从文、萧乾，和他们的文艺理论、文艺作品，还有色情、神怪、武侠、侦探等文学，归入“要毫不容情地举行大反攻”的对象。左翼文学主流力量所作的类型描述和划分，是实现四五十年代文学“转折”的基础性工作。这种描述成为政治权力话语，不仅在“反动作家”中，而且在左翼作家和“进步作家”中引起强烈反响，深刻地影响了四五十年代之交的文学进程。

需要指出的是，左翼文学界对文学力量的描述和划分，还在左翼文学内部进行。不过，左翼的主流派别不承认左翼内部存在分歧，他们通常采用的方法，是将内部“非主流派别”指认为“异端”加以清除。在战后的开初阶段，还呈现为不同主张的争论和冲突，到了“主流派别”的力量足够强大的 40 年代后期，胡风、冯雪峰等就逐步成为被划分、剥离的对象。

三 毛泽东的文学思想

毛泽东的文学思想，以及据此制定的文艺路线、政策，从 50 年代开始，不仅在局部地区，而是在中国大陆整体范围确立为应遵循的路线、政策。毛泽东对于马克思主义经典作家的文学理论遗产，和中国左翼文学运动的理论和实践，加以选择、改造，在 30 年代末到 40 年代初，形成了体系性的关于文艺问题的观点。这体现在《中国共产党在民族战争中的地位》《新民主主义论》，特别是《在延安文艺座谈会上的讲话》等论著中。毛泽东的文学思想带有强烈的“实践性”的特征。他在文学领域所提出的问题，以及对这些问题的回答，在很大程度上都是对现实紧迫问题的回应。《讲话》中明确指出，“我们讨论问题，应当从实际出发，不是从定义出发”，要从分析“客观现实”中“找出方针、政策、办法来”。[①] 在他所列举的“现在的事实”中，有当时正在进行的抗日战争、中共领导的革命等。19 世纪后期以来，中国建立现代民族国家所面临的问题，毛泽东和他所领导的政党所从事的动员民众、夺取政权的革命所面临的问题，是他考虑文学问题的出发点。

中国左翼的文学理论家，通常把马克思主义文学理论看成统一的整体，并将毛泽东有关文艺问题的论述，看作马克思主义文艺理论的组成部分和

---

① 毛泽东：《在延安文艺座谈会上的讲话》，《毛泽东选集》第三卷，北京：人民出版社，1991 年，第 847—879 页。下面引用《讲话》不另加注释。

对这一理论体系的“发展”。1944年3月，周扬在延安编辑出版的《马克思主义与文艺》一书，选辑马克思、恩格斯、普列汉诺夫、列宁、斯大林、高尔基、鲁迅、毛泽东等有关文艺问题的论述。[①] 该书出版的直接动机，是为毛泽东的论述的正确性提供依据[②]，而这种编辑方法，又建立在所列入的经典作家对文学重要问题(如该书分设的文艺的特质、文艺与阶级、无产阶级文艺等专题)观点一致的理解的基础上。实际情形是，马克思主义文学理论创始人的主张就存在差异，在后来的传播、接受、实践过程中，因民族、国家、政治文化等的不同，而有不同的阐释，出现不同的派别、路线，有时并引发激烈的冲突。一个重要的例子是，1931—1933年间，苏联共产主义学院的刊物《文学遗产》首次公开披露马克思、恩格斯有关文学问题的一组信件[③]。这些信件的中文摘译，也已在40年代初延安的《解放日报》上刊载。然而并没有引起足够注意，尤其是恩格斯的某些观点。《讲话》所着重引述的，是列宁《党的组织和党的文学》[④]关于文学艺术事业应该成为整个“革命机器”中的“齿轮和螺丝钉”的论述，却没有涉及作品倾向性与艺术性、作家“世界观”和“创作方法”的矛盾等问题；对列宁在同一篇文章中讲到的——“文学事业最少能忍受机械平均、水准化、少数服从多数”、文学事业“无条件地必须保证个人创造性、个人爱好底广大原野，思想与幻想，形式与内容底原野”——也避免做出解释。

毛泽东从马克思的一定的“经济基础”决定“上层建筑”的性质、状况的观点出发，指出“中华民族的旧政治和旧经济，乃是中华民族的旧文化的根据；而中华民族的新政治和新经济，乃是中华民族的新文化的根据”。[⑤] 因而，随着中国出现新的经济基础和新的政治制度，他认为，也必然要建立、出现新的文化，新的文学艺术。从30年代开始，他以“革命的民族文化”，“民

---

① 周扬在《序言》中，说明该书是根据毛泽东的《讲话》的精神编辑的，并最早提出毛泽东的文学思想是马克思主义文艺观的继承和发展的论点，指出《讲话》“最正确、最深刻、最完全地从根本上解决了文艺为群众与如何为群众的问题”。《序言》曾单独刊于1944年4月8日的延安《解放日报》。这种搜集马克思主义“经典作家”的语录式的编辑方法，一直延续到现在；只不过在列入的“经典作家”人选和具体内容上，根据情势变化而不断有所变动。

② 毛泽东在读过《序言》之后写给周扬的信中说，“你把文艺理论上几个主要问题作了一个简明的历史叙述，借以证实我们今天的方针是正确的，这一点很有益处”。毛泽东：《毛泽东书信选集》，北京：人民出版社，1983年，第228页。

③ 指马克思、恩格斯1859年分别致斐·拉萨尔，恩格斯1885年致敏·考茨基，1888年致玛·哈克奈斯的信。

④ 这篇文章的中文译文，在80年代初经中共中央编译局重新翻译、校订，篇名改为《党的组织和党的出版物》。下面的引文，据1942年5月14日延安《解放日报》的译文。

⑤ 毛泽东：《新民主主义论》，《毛泽东选集》第二卷，北京：人民出版社，1991年，第662—711页。

族的形式，新民主主义的内容”，“新鲜活泼的，为中国老百姓所喜闻乐见的中国作风和中国气派”，“为工农兵的文艺”等描述，来标示它的性质。为着这种新文化（文学）的建立，他发动、支持了一系列的运动，激烈地批判“旧文化（文学）”的理论、制度和代表人物，为新文学的建立清理基地。他领导了1942年延安的文艺整风；在50年代，发起了批判电影《武训传》的运动，批判胡适的政治、哲学、文学思想的运动，发起对在文学思想上与《讲话》存在分歧的“胡风集团”的攻击，发起对1956—1957年间文学界“异端”力量的攻击；直至在60年代，发动了长达十年的“文化大革命”运动。

文学的社会政治效用（功能），是毛泽东文学思想的核心问题。毛泽东不承认具有独立品格和地位的文学的存在，认为“在现在世界上，一切文化和文学艺术都是属于一定的阶级，属于一定的政治路线的。为艺术的艺术，超阶级的艺术，和政治并行或互相独立的艺术，实际上是不存在的”。“党的文艺工作”，“是服从党在一定革命时期内所规定的革命任务的”。从这种观点出发，他必然要抨击像托洛茨基那样的“艺术必须按照自己的方式发展，走自己道路”的“二元论或多元论”。在毛泽东的文学主张中，文学与政治的关系这一左翼文学的问题，已被极大地简化、直接化：现实政治是文学的目的，而文学则是政治力量为实现其目标必须选择的手段之一。这样，从40年代的延安文学开始，文学写作，文学运动，不仅在总的方向上与现实政治任务相一致，而且在组织上，具体工作步调上，也要与政治完全结合。不过，他虽然要求文学成为政治斗争的“武器”，但也指出这种“武器”不应是粗劣的，“缺乏艺术性的艺术品，无论政治上怎样进步，也是没有力量的”。因此，在反对政治观点错误的同时，“也反对只有正确的政治观点而没有艺术力量的所谓‘标语口号式’的倾向”。文学“从属”政治并“影响”政治的观点，必然产生对于文学的“规范性”要求。不仅为文学写作规定了“写什么”（题材），而且规定了“怎么写”（题材的处理、方法、艺术风格等）。如必须主要写工农兵生活，注重塑造先进人物和英雄典型；必须主要写生活的“光明面”，“以歌颂为主”；必须揭示“历史本质”，表现生活的“客观规律”，乐观主义地展示历史发展的前景；语言、形式必须易懂、明朗，反对晦涩朦胧；文学批评必须坚持“政治标准第一，艺术标准第二”……为写作和批评的种种设限，在有的时候演化为烦琐的公式。

对于文学创作，毛泽东十分重视“生活”的重要性，称它为艺术创造的“唯一源泉”。为了警惕文艺创作神秘化，好让文学更好地服务于政治，并让工农群众对文艺有更直接的参与，他倾向于将创作视为对于“生活”的加工。《讲话》的1943年版本中，“社会生活”被称为文学创作的“原料”“半制品”，或“自然形态的文艺”,创作则是对它们的“加工”。[①] 但是,矛盾之处是,重视文学的社会动员功能,肯定不会满足于创作对于“生活”的“加工”式摹写、“反映”。以先验理想和政治乌托邦激情来改写现实,使文学作品“比普通的实际生活更高,更强烈,更有集中性,更典型,更理想,因此就更带普遍性”的“浪漫主义”,可以说是毛泽东文学观中主导的方面;50 年代“革命现实主义和革命浪漫主义相结合”口号的提出,是合乎逻辑的展开和延伸。

创建“新文化(文学)”的实践需要确立对待“文化遗产”的态度。毛泽东认为这种新文化的建设不能与人类历史上的精神产品割断联系。《新民主主义论》中指出,“应该大量吸收外国的进步文化,作为自己文化食粮的原料”,对中国“灿烂的古代文化”,要加以清理,这是“发展民族新文化提高民族自信心的必要条件”。《讲话》中也指出,“必须继承一切优秀的文学艺术遗产”,“作为我们从此时此地的人民生活中的文学艺术原料创造作品时候的借鉴”,而“决不可拒绝继承和借鉴古人和外国人”。自然,毛泽东“发展民族新文化”的战略目标,在文化遗产的继承与变革、断裂的关系上,强调的是后者;特别是在对待西方文化遗产上。40 年代到 70 年代中期他发动的文学运动,所实行的文化政策说明了这一点。至于“新文化(文学)”的建设依靠什么人来实现,是另一悖论式的难题。毛泽东对“现有”的作家显然有很大的保留。他认为他们接受的是封建主义、资产阶级的教育,而又与工人农民的生活脱节,他们中的许多人的立足点“还是在小资产阶级知识分子方面”,“灵魂深处还是一个小资产阶级知识分子的王国”。因此,《讲话》中说,尽管工人农民“手是黑的,脚上有牛屎,还是比资产阶级和小资产阶级知识分子都干净”;他对于“小资产阶级出身”的知识分子“经过种种办法,也经过文学艺术的方法,顽强地表现他们自己”,“要求人们按照小资产阶级知识分子的面貌来改造党,改造世界”,始终保持高度的警觉。从这样的判断出发,毛泽东虽然把作家思想改造、转移立足点、长期深入工农兵生活,作为解决文艺新方向的关键问题提出,但是他寄予更高期望的,是重建无产阶级的“文学队伍”,特别是从工人、农民中发现、培养作家。他以“卑贱者最聪明,高贵者最愚蠢”来鼓舞他们“解放思想,敢想敢干”。不过,在实践中,这一战略措施并未收到预期的成效:工农作家既在创作的整体水准上存在着问题,他们中一些人也难以抗拒“资产阶级文化”的诱惑和侵蚀。

---

① 见 1943 年 10 月 19 日延安《解放日报》。1953 年《毛泽东选集》第三卷的《讲话》版本中,改去“原料”“半制品”等说法,并用“创造”一词取代“加工”。

四　“文学新方向”的确立

40年代后期到50年代初的政权更替中，一部分作家，如胡适、梁实秋、苏雪林、张爱玲、徐讦等，离开大陆前往台湾、香港，或国外，如美国等地。大多数的作家怀着对独立、强大的民族国家的理想，迎接“新时代”的到来。一些当时在国外的作家，如老舍、曹禺、卞之琳等，也回到国内。1949年初，由于北平已被确定为新中国的首都，大批作家进入这一城市，并开始酝酿召开全国性的文艺工作者的会议。3月，在中华全国文艺界协会（全国文协）在北平的理事、监事，和华北文协理事的联席会议上，产生了郭沫若为主任委员，茅盾、周扬为副主任委员的筹备委员会。7月2日到19日，中华全国文学艺术工作者代表大会（以后通称第一次全国文代会）在北平召开。共有正式代表和邀请代表824人，分别组成平津（一、二团）、华北、西北、华中、东北、部队、南方（一、二团）等代表团参加，实现了过去被分割在不同地域的作家和艺术家的“会师”：“从老解放区来的与从新解放区来的两部分文艺军队的会师，也是新文艺部队的代表与赞成改造的旧文艺的代表的会师，又是在农村中的，在城市中的，在部队中的这三部分文艺军队的会师”[①]。在会上，周恩来、郭沫若、茅盾、周扬等分别做了报告[②]。毛泽东也到会表示祝贺。一些代表还做了专题发言。

第一次全国文代会在后来的文学史叙述中，常被当作“当代文学”的起点。它在对40年代解放区和国统区的文艺运动和创作总结、检讨的基础上，把延安文学所代表的方向，确定为当代文学的方向，并对当代文学的创作、理论批评、文艺运动的展开方式和方针政策，制定规范性的纲要和具体的细则。周扬指出，“《在延安文艺座谈会上的讲话》规定了新中国的文艺的方向，解放区文艺工作者自觉地坚决地实践了这个方向，并以自己的全部经验证明了这个方向的完全正确，深信除此之外再没有第二个方向了，如果有，那就是错误的方向”[③]。当然，“会师”的“文艺大军”中的不同成分，在“当代文学”中并不具有同等的价值和位置。按照在40年代已明确的文学阶级

---

① 周恩来：《在中华全国文学艺术工作者代表大会上的政治报告》，见《中华全国文学艺术工作者代表大会纪念文集》，北京：新华书店，1950年。

② 这些报告是：周恩来的《在中华全国文学艺术工作者代表大会上的政治报告》，郭沫若的大会总报告《为建设新中国的人民文艺而奋斗》，茅盾的《在反动派压迫下斗争和发展的革命文艺》，周扬的《新的人民的文艺》。均见《中华全国文学艺术工作者代表大会纪念文集》。

③ 周扬：《新的人民的文艺》。

性的类型学尺度(文学界的宗派利益也是尺度的构成因素之一),他们事实上已被区分为不同等级。这种等级,不仅存在于"新文学"和"旧文学","左翼文学"和"自由主义文学"之间,也存在于"解放区文学"和"国统区的革命文学"之间,甚至存在于来自解放区的不同文学派别之间。在这次会议上,延安文学的主题、人物、语言和艺术方法,以及解放区文学工作,文学运动展开方式,经过条理化的归纳,作为最主要的经验被继承。在此前后分别出版的两套大型文学丛书——收入解放区文学创作的《中国人民文艺丛书》,和收入"五四"到1942年以前作家创作的《新文学选集》[①]——也被处理为不同的价值等级。第一次文代会以制度的力量,进一步推进当代文学的思想、艺术规范。

在这次会议上,周扬总结解放区文艺工作经验时提出,"除了思想领导之外,还必须加强对文艺工作的组织领导"。郭沫若的大会结束报告,也将很快就要成立"专管文化艺术部门"的组织机构,称为这次大会取得的成功之一。第一次文代会成立的全国性的文艺界组织是中华全国文学艺术界联合会(1953年改名为中国文学艺术界联合会),它是国家和执政党对作家、艺术家进行控制和组织领导的机构。全国文联下属的各协会,也都相继成立。这些协会中,最重要的是中华全国文学工作者协会(1953年9月改名为中国作家协会)[②]。这些机构的性质、形式、功能,既承接了30年代"左联"的经验,也直接从苏联作家协会取得借鉴。作为全国文联和中国作协对文学界进行思想领导的重要机关刊物《文艺报》和《人民文学》,也在文代会后创刊。

---

① 《中国人民文艺丛书》,由周扬主持编辑,1949年5月开始出版,编选解放区的文艺作品(包括作家创作和工农兵作者创作)二百余篇(部),新华书店出版。收入作品有歌剧《白毛女》《兄妹开荒》《赤叶河》,小说《李有才板话》《李家庄的变迁》《桑干河上》《暴风骤雨》《高干大》《吕梁英雄传》《原动力》,诗歌《王贵与李香香》《赶车传》《圈套》,曲艺《刘巧团圆》,平剧《逼上梁山》《三打祝家庄》,工农创作《东方红》等。《新文学选集》由茅盾主编,选辑1942年以前就已有重要作品问世的作家专辑,共两辑,24册。第一辑选已故去的作家,有鲁迅、瞿秋白、闻一多、郁达夫、朱自清、许地山、洪灵菲、鲁彦、殷夫、柔石、胡也频、蒋光慈等,第二辑收当时健在的作家,有郭沫若、茅盾、叶圣陶、丁玲、田汉、巴金、老舍、洪深、艾青、张天翼、曹禺、赵树理。赵树理是两套丛书都入选的唯一作家。一方面固然由于他在当时的重要地位,但也反映了"新的人民文学"的建造者对"人民文艺丛书"显示的成绩还缺乏信心,而需要借助"新文学选集"来"经典化"。

② 除中国作家协会外,还有戏剧家、音乐家、美术家、电影家、舞蹈家、曲艺家、摄影家、书法家、杂技艺术家、民间文艺家等协会(或研究会)。

第二章

文学环境与文学规范

一　“遗产”的审定和重评

在进入当代这一文学时期的时候，重新审定中外文学的作家作品，对它们的性质和价值做出新的判断，是面临的重要任务。这关系到文学规范所依循的基本尺度，也关系到当代文学“资源”选择（借鉴、吸收、改造、排斥的对象的区分）的问题。在50—70年代，审定、重评由具有政治权威地位的文学机构，以及由这些机构“授权”的批评家、出版社、报刊、研究所、学校实施。

重评的范围，涉及中国古典文学、外国文学，以及“五四”以来的新文学等方面。其中“五四”以来的新文学和外国文学（特别是西方文学）具有优先的紧迫性。这是因为“五四”新文学和外国（西方）文学与中国当代政治、文学的关联紧密，外国文学对中国现代作家产生过广泛、深刻影响，直接关系到当代文学的建构。[1] 另外，在50—70年代，这种选择与重评虽然有一贯的

① 1948年，邵荃麟在检讨40年代国统区革命文艺运动时，谈到1941年以后19世纪欧洲的“资产阶级的古典文艺”在中国产生“巨大影响”的情况：“大量的古典作品在这时被翻译过来了。托尔斯太，弗罗贝尔，被人们疯狂地，无批判地崇拜着。研究古典作品的风气盛极一时。安娜·卡伦尼娜型的性格，成为许多青年梦寐追求的对象。在接受文艺遗产的名义下，有些人渐渐走向对旧世纪意识的降伏。于是旧现实主义，自然主义以及其他过去的文艺思想，一齐涌入人们的头脑里，而把许多人征服了。这个情形，和战前国际革命文艺思想对我们的影响相比较，实在是一种可惊的对照。”（《对于当前文艺运动的意见》，引文据《大众文艺丛刊》1948年第1辑，文章收入《邵荃麟全集》时译名、标点有改动。）冯至说道，对于他们那一代作家，西方文学影响很大，“在20年代的小说、诗歌、戏剧里，我们处处能够看到契诃夫或莫泊桑、雪莱或海涅、易卜生或萧伯纳等人的痕迹。人们为了揭露社会黑暗，在批判的现实主义的小说里找到榜样；为了抒发革命激情，在积极的浪漫主义的诗篇里得到了启发；为了打破旧文学的桎梏，接受了许多西方的文学形式”。（《关于批判和继承欧洲批判的现实主义文学问题》，《诗与遗产》，北京：作家出版社，1963年，第196页。）

原则和尺度，但是在历史过程中，不同阶段也有变化，甚至是激烈错动的情况；“文革”期间实行的激进的“无经典”的方针，就是突出例子。不同国别、不同作家的评价标准也时有变化，政治情势的变动是不断做出调整的依据。

在50年代初，对“国际革命文艺”尤其是苏联文学的译介，放在首要的位置上。周扬当时指出，“摆在中国人民，特别是文艺工作者面前的任务，就是积极地使苏联文学、艺术、电影更广泛地普及到中国人民中去，而文艺工作者则应当更努力地学习苏联作家的创作经验和艺术技巧，特别是深刻地去研究作为他们创作基础的社会主义现实主义”[①]。在50年代，主要的文学报刊(《文艺报》《人民文学》《译文》)和文学书籍主要出版社(北京的人民文学出版社、中国青年出版社、上海的新文艺出版社等)，出版了大量的旧译和新译的苏联文学作品和文学理论著作[②]。苏联的文艺政策文件，作家代表大会的报告、决议，50年代苏联重要报刊发表的有关文学的社论、专论，也得到及时的翻译出版。[③] 人民文学出版社编译的《苏联文学艺术问题》[④]一书，被作为当时开展的中国文艺工作者学习社会主义现实主义的必读文件。其中收入俄共(布)中央1925年和1932年的两个有关文艺的决议，苏联作家协会章程，日丹诺夫在第一次苏联作家代表大会上的讲话，联共(布)中央在40年代有关文艺问题的四个决议等。这一时期，还翻译出版了不少苏联的文艺理论著作。季摩菲耶夫的文学理论著作[⑤]，毕达可夫作为“苏联专家”50年代初于北京大学对来自全国各院校的文学理论教师讲授的“文艺学引论”，把苏联当时的文学理论体系和研究、批评方法输入到中国，对此后一段时间中国文学理论批评和文学教育，产生了很大影响。对苏联文学的大量译介和高度评价，一直延续到50年代后期。

在50年代，对西方古典文学(包括俄罗斯文学)的翻译出版也有较大的规模，其品种和数量都超过三四十年代。这是受西方19世纪现实主义文学

---

① 周扬：《社会主义现实主义——中国文学前进的道路》，原载1952年第12期苏联文学杂志《旗帜》，《人民日报》1953年1月11日转载。

② 被看作社会主义现实主义奠基者和“最高典范”的高尔基的作品得到全面译介，其他受到重视的苏联作家还有马雅可夫斯基、绥拉菲摩维支、法捷耶夫、肖洛霍夫、阿·托尔斯泰、富尔曼诺夫、西蒙诺夫、波列伏依、爱伦堡、柯切托夫、革拉特柯夫、尼古拉耶娃、伊萨柯夫斯基、苏尔科夫、特瓦尔朵夫斯基、安东诺夫等。

③ 四五十年代之交，中国左翼文学界十分重视对苏联文艺政策的翻译介绍。40年代末，国统区的左翼文学界和解放区的书店、出版社，就出版了多种有关苏联文艺政策、文艺运动的书籍，如《战后苏联文学之路》、《苏联文艺方向的新问题》、《联共(布)党的文艺政策》、《苏联文艺政策选》、《论文学、艺术与哲学诸问题》(日丹诺夫)、《苏联文艺问题》等。

④ 曹葆华等译，北京：人民文学出版社，1953年。

⑤ 《文学原理》《文学发展过程》等。

影响的左翼作家，对建立当代文学的“资源”的另一种考虑。1950 年成立的、属于“社会主义阵营”的世界和平理事会，每年都要选定几位“世界文化名人”开展纪念活动。在中国开展的纪念活动（召开纪念大会，出版著作中译本，发表评论文章）延续到 1958 年[①]。这无疑推动了当时外国文学的译介工作。1954 年 7 月，中国作家协会主席团第七次扩大会议通过了《文艺工作者学习政治理论和古典文学的参考书目》[②]。“关于本书目的几点说明”中指出，“本书目是为了帮助文艺工作者选择读物，以便有系统有计划地进行自修而开列的”。“说明”在解释为什么开列的文学作品只限于“古典作品”时指出，“现代的中外文学作品，特别是苏联文学作品，当然也是文艺工作者必需阅读的，但因为这些作品，同志们自己能够选择，所以没有列入”[③]。其实并非如此。文学名著的“俄罗斯和苏联部分”，共有 17 位作家的著作 34 种，包括克雷洛夫寓言，普希金、莱蒙托夫的诗到托尔斯泰、契诃夫的小说。虽说是“古典文学名著”，高尔基和马雅可夫斯基的作品却也列入。而“其他各国”部分，则开列了自荷马史诗、古希腊悲剧，到 19 世纪的现实主义小说的中文译本 67 种。

对中外文化“遗产”尤其是外国（西方）文学的态度，在当代文学的这一时期是敏感而重要的问题。大体上，以时间而言，对外国文学的有限度的肯定主要限在 19 世纪以前的文学；以“创作方法”而言，则“现实主义”是一个衡量的标尺；而这两个尺度大致又是重合的。对于 20 世纪外国现代文学，当时的中国文学界只译介被认为是“现实主义的”，或“进步的”，或具有“社会主义倾向”的作家作品，如英国的萧伯纳、高尔斯华绥，法国的罗曼·罗兰、巴比塞、瓦扬-古久里、阿拉贡、艾吕雅、斯梯，德国的托马斯·曼、卢森堡、台尔曼、沃尔夫、布莱希特、西格斯，美国的辛克莱、德莱塞、斯坦贝克、法斯特[④]、马尔兹、休士，丹麦的尼克索，古巴的纪廉，智利的聂鲁达，土耳其的

---

① 列入“世界文化名人”的外国作家，1952 年为〔法〕雨果、〔俄〕果戈理；1953 年为〔法〕拉伯雷、〔古巴〕何塞·马蒂；1954 年为〔俄〕契诃夫、〔英〕亨利·菲尔丁、〔古希腊〕阿里斯托芬；1955 年为〔波兰〕密茨凯维支、〔德〕席勒、〔丹麦〕安徒生、〔法〕孟德斯鸠；1956 年为〔印度〕迦梨陀娑、〔俄〕陀思妥耶夫斯基、〔英〕萧伯纳、〔德〕海涅、〔挪威〕易卜生、〔美〕富兰克林、〔乌克兰〕伊凡·弗兰科；1957 年为〔英〕布莱克、〔意大利〕哥尔多尼、〔美〕朗费罗、〔捷克斯洛伐克〕考门斯基；1958 年为〔伊朗〕萨迪、〔英〕弥尔顿、〔瑞典〕拉格洛孚。

② 刊于《文艺学习》1954 年第 5 期。“说明”中称，“这是第一批书目，将来如有必要将陆续开列第二、第三批书目”。但此后没有再开列过。

③ 不开列“现代”作品的另外原因，可能是存在难以说明的难度。但是，列入的“古典作品”名单中，又包括了高尔基、马雅可夫斯基等应属“现代”的作家。

④ 因 1956 年苏共二十大揭发斯大林个人崇拜和 30 年代大清洗问题，法斯特宣布脱离美国共产党。在此之前，他的几乎全部重要作品都被译成中文，计有《斯巴达克思》《公民潘恩》等约 20 种。

希克梅特,日本的藏原惟人、夏目漱石、小林多喜二、宫本百合子、德永直、野间宏、高仓辉、志贺直哉、石川啄木,印度的泰戈尔、普列姆昌德等。20 世纪西方文学中的"现代主义"和具有近似思想艺术倾向的作家作品(在 50 年代,中国理论家称之为"20 世纪欧美资产阶级没落期的颓废文学各派别"),以及苏联文学中背离"社会主义现实主义"路线的创作(叶赛宁、布尔加科夫、古米廖夫、帕斯捷尔纳克、茨维塔耶娃、阿赫玛托娃、索尔仁尼琴等),被认为思想艺术倾向反动、腐朽而受到否定,作品也没有得到翻译和公开出版。"现代派"作家作品之所以受到否定,茅盾在《夜读偶记》[1]中做了这样的说明:"现代派"(该文运用了"新浪漫主义"的概念)的思想根源是主观唯心主义,而创作方法是反现实主义,是反映了没落中的资产阶级的狂乱的精神状态和不敢面对现实的主观心理;在极端歪曲"事物外形"的方式下,来发泄作者个人的幻想、幻觉。[2] 因而,不论对于社会主义时代的读者,还是创造社会主义文学的作家,都只有害而无利。

在五六十年代,那些"值得"译介、阅读、借鉴的作家作品,又并不处于同一等级。"社会主义现实主义的思想基础是辩证唯物主义和历史唯物主义",能够深刻揭示社会本质,和"指出理想的前景",代表了文学的最高发展阶段,而优于人类已有的一切文学创作。19 世纪的现实主义中,巴尔扎克高于左拉,因为后者具有"自然主义"倾向,这在揭示生活的"本质"上存在缺陷。对 20 世纪的"批判现实主义作家"的高尔斯华绥、托马斯·曼的肯定,已包含更多的保留,原因是已出现了工人阶级的社会主义运动,而社会主义现实主义文学也已成为最先进的文学事实。1954 年文艺工作者参考书目,所开列的俄苏作家的著作数量,高尔基居第一位,达 7 种,以下依次为果戈理(4 种),普希金、屠格涅夫、托尔斯泰(各 3 种),而陀思妥耶夫斯基则未被列入(但他的主要作品的中文译本在 50 年代仍印行,这与他是 1956 年度的"世界文化名人"有一定关系)。对于英国"古典诗人",具有"革命性"的雪莱、拜伦受到更多的赞扬,而济慈、华兹华斯相对受到冷落:这种价值判断来源于"积极浪漫主义"和"消极的浪漫主义"的区分[3]。"等级"的划分不仅表

---

① 连载于《文艺报》1958 年第 1、2、8、9、10 期。单行本由百花文艺出版社(天津)1958 年出版。

② 这一论述,与匈牙利美学家卢卡契的观点相近。卢卡契认为,现代主义作品"把资本主义社会的解体中所产生的人的异化现象,当作人类的普遍情形,渲染现实的离散、破裂和间断,并把它们等同于现实,而遮蔽了现实的本质"。

③ 高尔基认为,"必须分别清楚两个极端不同的倾向":"消极的浪漫主义""它或者粉饰现实,想使人和现实妥协;或者就使人逃避现实,堕入到自己内心世界的无益的深渊中去,堕入到'人生的命运之谜',爱与死等思想中去";而"积极的浪漫主义""则企图加强人的生活的意志,唤起他心中对于现实,对于现实的一切压迫的反抗心"。高尔基:《我怎样学习写作》,北京:生活·读书·新知三联书店,1951 年,第 11—12 页。

现在作家上，而且也指向同一作家的不同作品[①]。思想艺术上的“典型化”程度，对劳动者的表现的程度，对封建主义、资本主义社会黑暗的揭发程度，是评价“古典作品”经常使用的标准。

五六十年代对中外作家作品的评价，与当代文学思潮、文学运动的状况直接相关。1953 年斯大林去世后，苏联文学进入了一个被称为“解冻”的时期。这期间，苏联文学界思想艺术派别之间的争论、冲突加剧。但是，中国文学界对这些情况的介绍并不全面，爱伦堡的《解冻》当时也没有被翻译。只是到了 1956—1957 年实施“百花齐放，百家争鸣”方针期间，才有了有限度的介绍，并对这一时期的中国文学的变革产生直接的影响。当时，在中国文学界，也出现了怀疑正统的社会主义现实主义理论和实践的思潮。到了 1957 年下半年，中国文学中变革的力量受到挫败，在对苏联文学的译介和评价上，也完全回到对正统路线的推崇。但这一情况并没有维持很久。50 年代后期中苏关系破裂，中国开展对“现代修正主义”的批判，对苏联文学的介绍也开始冷却[②]。在“大跃进”经济实验和文学实验失败之后，60 年代初，中国文学在政治和艺术上进行“调整”。这期间，也相应重视文化遗产的介绍，出现了翻译出版中国古代文学名著和西方文化、文学名著的热潮。商务印书馆在 50 年代开始出版《汉译世界学术名著丛书》的计划继续得到实施，“出版马克思主义诞生以前的古典学术著作，同时适当介绍当代具有定评的各派代表作品”，到“文革”前夕，出版的这类书籍已有二三百种。人民文学出版社也开始了有相当规模的《外国古典文学名著丛书》的出版。一些西方哲学、文学著作，虽作为批判对象而“内部发行”，毕竟也有了翻译出版的可能。存在主义和实验主义的哲学著作是翻译的重点，也选择出版了一些“现代派”的作品。

二　刊物和文学团体

出于政治、道德、宗教、社会秩序等各种原因，国家、社会组织、宗教团体往往通过各种方式，对文学写作、出版、阅读加以调节、控制。这存在于不同

① 五六十年代，在托尔斯泰的小说中，《复活》获得更高的评价。罗曼·罗兰的《欣悦的心灵》被看作比《约翰·克里斯多夫》更重要、更有高度的作品。法捷耶夫的《青年近卫军》被认为高于他的《毁灭》。对聂鲁达只翻译、高度评价他的革命主题的诗作。

② 应该说，对苏联现代文学的公开出版活动“冷却”，但以“内部发行”方式出版，供“参考”“批判”的苏联文学书籍，仍占有很大比例；这种情况继续到“文革”期间。这方面的情况，参见本书第十二章“走向‘文革文学’”。

社会性质的国家之中。在50—70年代的中国,作家的文学活动,包括作家自身,被高度组织化。而外部力量所实施的调节、控制,又逐渐转化为那些想继续写作者的“自我调节”和“自我控制”。

在50年代到“文革”之前,国家对于作家的管理,主要通过中国文学艺术界联合会和作家协会这样的组织来实现。中国作家协会和各地的分会,是这一时期中国作家的唯一组织。在中国文联所属的各协会中,中国作家协会最为重要。文艺运动的开展,文艺政策的实施,文艺决议的颁布,都以中国文联和中国作协的名义。中国作协章程标明它是“中国作家自愿结合的群众团体”。它的性质、机构组成和功能,既继承30年代“左联”的经验,也是以苏联作家协会为仿效对象。它对作家的创作活动、艺术交流、权益起到协调保障的作用,而更重要的作用则是对作家的文学活动进行政治、艺术领导、控制,保证文学规范的实施。它可以看作垄断性行业公会[①]与政治权力机关的“混合体”。它在五六十年代的“权威性”,固然来自它的领导层中拥有当时中国最著名的作家、文学理论家[②],另一方面则是国家、执政党权力阶层所赋予。中国作协权力核心是其中的“党组”。中国文联和作协在中共中央、毛泽东的领导和直接介入下,发动、推进了一系列的文学运动和批判斗争,并在各个时期,对作家、批评家提出应予遵循的思想艺术路线。在五六十年代,中国文联、作协对作家作品和文学问题,常以“决议”的方式,做出政治裁决性质的结论。1954年11月,中国文联和作协主席团联席会议做出的《关于〈文艺报〉的决议》,1955年5月,上述机构的关于胡风“反革命集团”问题的决议,同年末文联和作协党组关于丁玲、陈企霞“反党小集团”的决议(这一决议当时和后来都没有公开发表),都是著名的例子。这种做法,直接承继40年代苏联斯大林—日丹诺夫控制文艺界方法的“遗产”[③]。

在现代中国,文学期刊和报纸的文学副刊,对“新文学”的发生,对现代文学流派的形成起到重要作用。50年代以后,文学期刊的数量有了很大增加[④]。其中最重要的是中国文联和作协主办的那些“机关刊物”,尤其是《文

---

① 在五六十年代,中国作协制定了严格的入会条件,并产生了“业余作家”“专业作家”等特殊身份概念,以保证“作家”(中国作协会员)的身份不致“扩散”。

② 从成立起到“文革”停止活动,它的主席是茅盾;周扬、丁玲、冯雪峰、巴金、老舍、柯仲平、邵荃麟、刘白羽等,同时或先后担任过副主席。

③ 1946年8月联共(布)中央关于《星》与《列宁格勒》两杂志的决议,9月关于影片《灿烂的生活》的决议,1948年2月关于歌剧《伟大的友谊》的决议等。见《苏联文学艺术问题》,人民文学出版社,1953年。

④ 据《文艺报》的统计,到了1959年全国文艺刊物(不包括报纸副刊)达到89种。见《文艺报》1959年第18期。

艺报》和《人民文学》。后来陆续创办的中国作协主办刊物，还有《新观察》《译文》《文艺学习》《诗刊》《民族文学》《文学评论》[①]等。《人民文学》，尤其是《文艺报》[②]，是发布文艺政策，推进文学运动，举荐优秀作品的"阵地"。它们与"地方"（各省市、自治区）的文学刊物，构成分明的等级。《文艺报》等刊物的控制权，它们的主编和编委的构成，是当时文艺界斗争的组成部分；从编委会成员的更替，可以窥见激烈冲突的线索[③]。这期间较重要的文学刊物，还有《解放军文艺》、《文艺月报》(《上海文学》)、《收获》(上海)、《北京文艺》、《长江文艺》(武汉)、《延河》(西安)、《新港》(天津)、《作品》(广州)等。不过，在文学被规定有统一路线、规格的时期里，刊物数量虽多，却不可能拥有鲜明的特色。创办具有个性色彩，或文学流派的"同人"性质的刊物，曾为一些作家在某一时期所争取，但他们却为此付出重大的代价；这种争取，成了他们"闹独立王国""反党"的罪证[④]。

三　文学批评和批判运动

毛泽东在《讲话》中说，"文艺界的主要斗争方法之一，是文艺批评"。在50—70年代的大部分时间，批评的那种个性化或"科学化"的作品解读和鉴赏活动，不是最主要的职能；它主要成为体现政党意志的，对作家作品、文学主张和活动进行政治"裁决"的手段。它承担了规范的确立、实施的保证。一方面，它用来支持、赞扬那些符合规范的作家作品，另一方面，则对不同程度地具有偏离、悖逆倾向的作家作品加以警示、打击。文学批评的这种"功能"，毛泽东形象地将之概括为"浇花"和"锄草"[⑤]。

在50—60年代的"文革"发生之前，文学界并非不存在不同观点争论的

---

① 有些刊物的名称和归属，后来有所改变。如《文艺学习》从1958年开始停办。1959年《译文》改名《世界文学》，《文学研究》改名《文学评论》，均归属中国科学院文学研究所。

② 在第一次文代会筹备期间，曾出版过《文艺报》周刊。《文艺报》开始归中国文联主持，后委托中国作协代管。

③ "建国"初年，胡风极愿主编《文艺报》，未被获准。50年代前期，丁玲、冯雪峰先后主持《文艺报》《人民文学》的编务，后来都被调离。反右运动之后，秦兆阳、钟惦棐、萧乾、黄药眠、唐因、唐达成、王瑶等均失去《文艺报》或《人民文学》主编、编委或编辑部重要成员的资格。

④ 1957年丁玲、冯雪峰等不满当时的中国作协，曾想筹办"同人刊物"；同年，江苏青年作家筹办刊物《探求者》；1957年四川诗刊《星星》具有的探索色彩……这些事件的当事人后来均成为"右派分子"。

⑤ 参见毛泽东：《关于正确处理人民内部矛盾的问题》，《毛泽东选集》第五卷，北京：人民出版社，1977年，第388—394页。

空间,特别是在政治、文学形势的紧张度较低的时期。[①] 不过在大多数情形下,被权威报刊批评的作家,很少有为自己的创作、主张辩护的权利,更不要说“反批评”了[②]。如果涉及政治和文学方向问题,更不容提出异议。这种批评不仅对当事人发生重要的,有时甚且是“生死予夺”的作用,对整个文学界也产生巨大的影响。50 年代对陈亦门(阿垅)、萧也牧、蔡其矫、李何林、吴雁(王昌定)、刘真等的批评,都是一些实例。

当毛泽东和文学权力阶层认为某一作家、作品,某种文学思潮、现象的“错误”性质严重,对文学路线发出挑战,产生严重损害的时候,批评便可能演化为大规模的批判运动。这种时候,会自上而下地在全国范围内,发动、组织大批批判文章,召开各种会议,对批判对象进行“讨伐”,造成巨大的声势。著名的对电影《武训传》的批判,对俞平伯的“红楼梦研究”和胡适的批判,对胡风“反革命集团”的声讨,文艺界的反右派运动,以及“文革”中对周扬的“文艺黑线”的斗争,都是如此。在一个将文艺看作“阶级斗争的晴雨表”[③]的时代,这种方式的采用是合乎逻辑的。

在文学批评、文学裁决的标准上,毛泽东在《讲话》中虽然承认文艺批评“是一个复杂的问题,需要许多专门的研究”,但他还是提出了应予遵守的“基本的批评标准”,并把它划分为“政治标准”和“艺术标准”两项。二者之间的关系,则明确区分为“第一”和“第二”的先后次序和重要性高低的等级。在实践上,政治、艺术标准的具体含义会根据不同形势而变化,但是,作品中所显示的政治立场,作品对于现实政治的效用,是否坚持“社会主义现实主义”(或革命现实主义和革命浪漫主义相结合)的创作方法,是经常起作用的主要因素。[④] 在当代,有关文学作品优劣、高低,是“香花”还是“毒草”的鉴别的活动,经常引出是否“真实”、是否表现生活“本质”、是否揭示“历史发展规

---

① 比如 1956 年到 1957 年上半年的关于“社会主义现实主义”的争论,上海《文汇报》关于电影问题的讨论,关于王蒙、刘宾雁的小说、特写的讨论,关于“小品文危机”的讨论,1958 年到 60 年代初关于小说《青春之歌》、《“锻炼锻炼”》、《达吉和她的父亲》(从小说到电影)的讨论,关于“新民歌”问题的讨论,关于历史剧的讨论,等等。在对文学遗产的阐释、评价问题上,当代这一时期也出现过不少论争(如对于王维、陶渊明、《琵琶记》、《桃花扇》、李商隐、山水诗等)。自然,上述这些论争的出发点和所要达到的效果,也都与当时政治、文学的形势相关。

② 有的时候,报刊似乎也刊登“反批评”的文章。如 50 年代前期路翎表现朝鲜战争的小说(《洼地上的“战役”》等)受到批评,《文艺报》1955 年第 1—4 期连载了他的长篇答辩文章《为什么有这样的批评?》。不过,刊发路翎的文章,其实是对“胡风集团”的大规模清剿所做的准备。

③ 周扬:《文艺战线上的一场大辩论》,《人民日报》1958 年 2 月 28 日。

④ 毛泽东在 1957 年提出了关于区别“香花”与“毒草”的六条“对于任何科学艺术活动”“都是适用的”政治标准。他指出,至于“为了鉴别科学论点的正确或者错误,艺术作品的艺术水准如何,当然还需要一些各自的标准”。(《关于正确处理人民内部矛盾的问题》,《毛泽东选集》第五卷,第 393 页。)

律”的问题。不过，某一作品是否“真实”反映生活“本质”，往往无法确证，成为因人因时而异的争吵。因而，对于是否写出（或歪曲）“真实”和“本质”的“结论”，最终必然由政治、文学权力的拥有者来宣布（或推翻）。这证实了在历史中，“真实”问题的意识形态的构造性质，以及它与“权力”之间的关系。

在文学批评活动中，读者的反应是其中重要的组成部分。50—70年代的文学读者与文学评价、与作家写作之间的关系比较复杂。读者的反应对文学方向自然产生巨大影响；而文学方向的设计者和掌舵人也将文学规范普及到读者，把改造他们的标准、趣味，作为一项重要工作。[①] 另外，当代文学批评所引入的“读者”概念，一般不具备实体性存在的意义，而往往作为权力批评的一种延伸。“读者”的加入，有时是为了加强批评的“权威性”。因而，在当代，“读者”在大多数情况下，是被构造出来的，是不被具体分析的概念。它不承认文学读者是划分为不同群体、形成不同圈子的，不承认不同的社会群体有不同的文化需求，因而也就不承认有属于不同群体的文学。这是为使文学取消多种思想艺术倾向、多种艺术品味，而走向“一体化”的保证。权威批评往往用“群众”“读者”（尤其是“工农兵读者”），来囊括事实上并不存在的，在思想观念和艺术趣味上完全一致的读者群。“读者”的构造有多种情况。常见的是搜集、加工所需要的那部分读者的意见，剔除、修改其他的不同看法，然后用“广大读者”之类含混的称谓加以发布。另外的方法则是捉刀代笔，然后冠以“读者”来信来稿的名目。[②] 这种方法，在“文革”前夕和“文革”中被广泛运用。包括文学批评在内的文学规范体制，其主要功能是对作家的写作，以及作品的流通等进行经常性的监督和评断。这种评断，又逐渐转化为作家和读者的自我评断、控制，而最终产生了敏感的、善于自我检查、自我审视，以切合文学规范的“主体”。这种“主体”的产生，是当代文学权力结构的基础。

这个时期的文学批评，除了围绕文学论争和批判运动的大量文章、论著外，有关文学“本体”和艺术问题的讨论，以及作家作品的批评解读，也尚有一些值得注意的成果。如茅盾、魏金枝等对于短篇小说及创作所作的评论，何其芳、卞之琳关于新诗问题和新诗创作的评论，王西彦、侯金镜、黄秋耘的

① 这个时期的文学环境，也塑造了“读者”的感受方式和反应方式，同时，培养了一些善于捕捉风向、呼应权威批评的“读者”。他们在文学界每一次的重大事件、争论中，总能适时地写信、写文章来支持主流意见，而构成文学界规范力量的组成部分。

② 较早的例子是，《文艺报》第4卷第5期（1951年6月出版）上刊登的，对萧也牧小说《我们夫妇之间》提出严厉批评的“读者李定中”的来信《反对玩弄人民的态度，反对新的低级趣味》，是当时任人民文学出版社社长的冯雪峰所撰写。

小说评论,钱谷融关于创作艺术和《雷雨》人物的分析,钟惦棐的电影艺术评论,严家炎关于《创业史》的批评等。[①]

四 作家的整体性更迭

四五十年代之交中国大陆文学“转折”的征象之一,是在文学整体格局中作家、作家群在位置上的大规模更替,这种情形,在文学史上常发生于社会政治急剧变动、文学方向也出现重大转折的时期。40 年代的一些重要作家迅速“边缘化”,而另一批作家(尤其是继续延安文学传统的)进入本时期文学的“中心”位置。

作家、作家群的这种“位移”的现象,是左翼文学力量在 40 年代后期展开的作家、文学派别类型划分的结果。在 40 年代一些活跃作家的“边缘化”,大致有这样几种情形:一种情形是,一部分作家的写作“权利”在当代受到程度不同的限制。这种情形主要发生在“自由主义作家”身上。沈从文受到批判,被排斥于第一次文代会之外,他任教的大学不再聘用,后来转而从事文物研究。钱锺书继续小说创作的愿望也难以实现,而致力于中国古代文学研究。[②] 朱光潜[③]、废名[④]、萧乾、李健吾、师陀等的写作也受到很大限制。活跃于 40 年代的穆旦、郑敏、杜运燮、陈敬容、王辛笛等,受到有意的冷落而“自动消失”[⑤]。这些在文学创作上受到各种限制的作家,在当代往往进入学术研究机构,或担任大学教职。这表明在当代,比较起来,文学部门(作家协会等)和文学写作,是更重要、敏感的“意识形态”区域,也表明大学、研究机构与文学界的关系发生的调整。随着“自由主义”的“京派”作家在当代

---

① 参见茅盾的《鼓吹集》《鼓吹续集》《读书杂记》,何其芳的《关于写诗和读诗》《诗歌欣赏》,魏金枝的《文艺随谈》《编余丛谈》,黄秋耘的《苔花集》《古今集》,《侯金镜文艺评论选集》,孙犁的《文艺学习》《文学短论》,严家炎的《知春集》等。

② 1957 年,钱锺书的《宋诗选注》脱稿后,写七绝一首,表达虽有写作之才能和兴致,却不能施展的遗憾:“晨书暝写细评论,诗律伤严敢市恩。碧海掣鲸闲此手,祗教疏凿别清浑。”见杨绛:《将饮茶》,北京:生活·读书·新知三联书店,1987 年,第 137—138 页。

③ 在 50 年代初的学习运动中,朱光潜做过几次自我检查和自我批判,特别是发表了《我的文艺思想的反动性》的长文(《文艺报》1956 年第 12 期),得到该报《编者按》的“态度是诚恳的”的认可,这与他获得继续进行美学研究、发表文章资格应有关系。

④ 废名 50 年代到东北人民大学(后改名吉林大学)任教。1957 年“百花时代”期间曾抱怨:“解放后我有了进步要求,反而把我扔了。”见沛德:《迎接大放大鸣的春天——访长春的几位作家》,《文艺报》1957 年第 11 期。

⑤ 中国大陆 50—70 年代出版的文学史著作、新诗选、全面评述中国新诗历史的论著,对这些诗人的名字、创作都没有提及。

出现的颓势，现代中国大学与“新文学”之间的重要关联的情况受到很大削弱。另一种情形是“中心作家”边缘化，一些作家清醒地意识到在文学观念、生活经验、艺术方法上与当代文学规范的距离，或放弃继续写作的努力，或呼应“时代”的感召，期望适应、追赶时势而跨上新的台阶。50 年代前期，作家（特别是来自国统区的）广泛有过自我反省的行为。他们检讨过去的创作“对于当时革命形势的观察和分析是有错误的，对于革命前途的估计是悲观的”，作者忽略了“正面人物的典型”的“存在及其必然的发展”；[①]检讨“1941 年写的 27 首‘十四行诗’，受西方资产阶级文艺影响很深，内容与形式都矫揉造作”[②]；检讨“没有历史唯物论的基础，不明了祖国的革命动力，不分析社会的阶级性质，而贸然以所谓的‘正义感’当做自己的思想的支柱”的“幼稚”和“荒谬”；[③]检讨过去的创作“内容多半是个人的一些小感触，不痛不痒，可有可无。它们所反映的生活，乍看确是五花八门，细一看却无关宏旨”，以致“现在，我几乎不敢再看自己在解放前所发表过的作品”；[④]……没能表现“正面典型”，未能写工农斗争生活，未能在历史唯物论世界观的基础上揭示历史发展的“规律”，以及在文学观念和艺术方法上受“西方资产阶级”的影响，……这些是被反省的关键问题。他们中的一部分人（郭沫若、巴金、老舍、曹禺、冯至、艾青、臧克家、夏衍、田汉、张天翼、周立波、沙汀、艾芜、卞之琳、骆宾基等）想通过学习、通过熟悉“新生活”，来把握新的表现对象和新的艺术方法，以创造“无愧于伟大时代”的作品，但大多数，与“文艺新方向”所规定的创作观念和创作方法之间的关系，始终处于紧张的、难以协调的状态。当然，他们作为一种文学“传统”的体现，以及他们中部分人在文艺界的领导角色，其影响在五六十年代继续存在，但个人的创作却难以超越曾经达到的高度。

“五四”新文学作家在当代的“流失”，还有另一种情形，即在五六十年代的政治、文学运动中的受难者。这些作家不仅有来自国统区的，也有来自解放区的。主要有胡风、路翎、鲁藜、牛汉、绿原、吕荧、冯雪峰、艾青、丁玲、萧乾、萧军、吴祖光、李长之、穆旦、徐懋庸、施蛰存、傅雷等。

---

① 茅盾谈《幻灭》《动摇》《追求》的写作，见《茅盾选集·自序》（开明书店，1952 年）。

② 《冯至诗文选集·序》，北京：人民文学出版社，1955 年。

③ 曹禺：《我对今后创作的初步认识》，《文艺报》第 3 卷第 1 期，1950 年 10 月。

④ 老舍：《生活·学习·工作》，《北京日报》1954 年 9 月 20 日。“五四”以来新文学作家的反省，可参见 50 年代初知识分子思想改造运动和文艺整风中，他们发表于《文艺报》《光明日报》《人民日报》等报刊的文章，以及选收他们“旧作”的文集、选集的序、跋。

五　“中心作家”的文化性格

在50年代中后期，当代已经出现能体现这个时期“文学主潮”的作家群，他们成为当代文学形态的主要体现者，成为这一时期文学的中心力量。根据这一期间权威文学批评，中国文联、中国作协各种会议对创作的评述，和中国作协主持的阶段性文学状况总结，可以确认这个时期“中心作家”的大体范围。[①] 在五六十年代(“文革”发生之前，即通称的“十七年文学”)，被看作体现这一时期文学创作实绩的主要作家作品是：

小说：

《创业史》(柳青)，《三里湾》(赵树理)，《保卫延安》(杜鹏程)，《红旗谱》(梁斌)，《红日》(吴强)，《青春之歌》(杨沫)，《山乡巨变》(周立波)，《林海雪原》(曲波)，《红岩》(罗广斌、杨益言)，《苦斗》(欧阳山)，《苦菜花》(冯德英)，《上海的早晨》(周而复)，《风雷》(陈登科)，《艳阳天》(浩然)，《风雪之夜》(王汶石)，《我的第一个上级》(马烽)，《黎明的河边》(峻青)，《李双双小传》(李准)，《党费》(王愿坚)，《百合花》(茹志鹃)，《谁是奇迹的创造者》(胡万春)，《李自成》第一部(姚雪垠)。

诗歌：

《致青年公民》(郭小川)，《雷锋之歌》(贺敬之)，《玉门诗抄》(李季)，《天山牧歌》(闻捷)，《赶车传》(田间)，李瑛、严阵、梁上泉、张永枚、顾工等青年诗人。

散文：

《谁是最可爱的人》(魏巍)，《东风第一枝》(杨朔)，《红玛瑙集》(刘白羽)，《花城》(秦牧)。

话剧：

《茶馆》(老舍)，《明朗的天》(曹禺)，《蔡文姬》(郭沫若)，《关汉卿》(田汉)，《战斗里成长》(胡可)，《万水千山》(陈其通)，《霓虹灯下的哨兵》(沈西蒙)，《千万不要忘记》(丛深)。

在“十七年文学”中，理论批评与文艺政策阐释，与对文学作品的批评难

---

① 这里对于五六十年代“中心作家”及其代表性作品的列举，主要依据第二、三次文代会的报告对各时期创作的评述，《文艺报》等刊物的创作评论，中国作协主持的各体裁年度选本(中国作协主持的年度选本从1953年开始，到1958年止。1959年以后的选本，只出版1959—1961年的散文特写选)的序言和入选作家作品篇目，1959年文学界对“建国十周年”成绩的总结文章，以及1959年人民文学出版社开列的“建国以来优秀文学创作”的出版书目等材料。

以分开。因此，重要批评家与文学界的领导者在身份上也常重合。周扬、茅盾、邵荃麟、林默涵、何其芳、张光年、陈荒煤、冯牧、李希凡、姚文元等，是这一时期活跃的批评家，他们中的许多人也同时是文学界的主要负责人。

总体上看，来自解放区的作家（包括进入解放区和在解放区成长的两部分）和四五十年代之交开始写作的青年作家，是这一时期作家的主要构成。当然也不是全部。除自身的思想艺术素质等条件外，他们也经历以“新文艺方向”为标尺的“筛选”。艾青、丁玲、陈企霞、萧军、徐懋庸、蔡其矫、秦兆阳、罗烽、钟惦棐等“解放区作家”，王蒙、刘宾雁、公刘、邵燕祥、刘绍棠、高晓声、陆文夫等青年作家，就在50年代有关文学方向与文学规范的“大辩论”中从文坛中被清洗出去。

上述的五六十年代的“中心作家”，他们的“文化性格”具有新的特征。首先，从出身的地域，以及生活经验、作品取材等的区域而言，出现了从东南沿海到西北、中原的转移。与“五四”及以后的作家多“出身”于江浙、福建（鲁迅、周作人、冰心、叶圣陶、朱自清、郁达夫、茅盾、徐志摩、夏衍、艾青、戴望舒、钱锺书、穆旦、路翎等）和四川、湖南（郭沫若、巴金、丁玲、周立波、何其芳、沙汀、艾芜等）不同，五六十年代“中心作家”的出身，以及写作前后的主要活动区域，大都集中于山西、陕西、河北、山东一带，即在40年代的“革命地理学”中被称为晋察冀、陕甘宁、晋冀鲁豫的地区。“地理”上的这一转移，与文学方向的选择有密切关系。它表现了当代文学观念从比较重视学识、才情、文人传统，到重视政治意识、社会政治生活经验的倾斜，从较多注重市民、知识分子到重视农民生活表现的变化。这提供了关注现代文学中被忽略领域的契机，也有了创造新的审美情调、语言风格的可能性，提供不仅从城市、乡镇，而且从黄河流域的乡村，从农民的生活、心理、欲望来观察中国“现代化”进程中的矛盾的视域。不过，对这种“转移”的绝对性强调所导致的对另外的生活经验和美学风格的压抑，也给当代文学带来不可低估的负面效果。

这一时期“中心作家”的多数人，认定文学写作与参加左翼革命活动，是同一事情的不同方面。文学被看作服务于革命事业的一种独特的方式。他们对于文学自主、独立的观念，会保持高度的警觉；不认为可以把政治活动、社会参与跟文学写作加以区分。他们普遍认为，凭借着“先进的世界观”，作家能够正确地认识、把握客观生活和人的生命过程的“本质”和“规律”；他们所实践的革命和文学，正是体现并阐释着这一发展规律的。因而，不存在令他们困惑的悖谬情境，也不可能会有神秘、不可知的领域。明确的目标感和乐观精神，必然是他们作品的基调。

这一时期作家的“文化素养”,也与“五四”及以后的现代作家有着不同的侧重。后者中的许多人,经过系统的学校教育(传统私塾或新式学堂),许多人曾留学欧美日本,对传统文化和西方文学有较多的了解。不管他们对传统文化和西方文化持何种态度,这种素养有助于开拓体验的范围和深度,以及在艺术上进行创造性综合的可能。五六十年代的“中心作家”,则大多学历不高,在文学写作上的准备普遍不足,思想和艺术借鉴的范围狭窄。农村、战争和革命运动对中国现代作家来说是新的、重要的经验,但这些经验的开掘、表现,因文学观念和艺术素养的限制而受到严重制约。写作上传统性的那些“难题”(诸如生活经验到文学创造的转化,虚构能力和艺术构型能力等),在许多作家那里,或者没有自觉意识,或者难以寻得克服的途径。既然拒绝写作“资源”的多方面获取,生活素材与情感体验很快消耗之后,写作的持续便成为另一难题。于是,“高潮”便是“终结”的“一本书作家”,在当代成为普遍现象。杜鹏程、杨沫、梁斌、曲波、魏巍等便是如此。

在50—70年代,文学被看作崇高的,与金钱、商业利益无关的“事业”。作家被誉为“人类灵魂的工程师”,作品则是“生活的教科书”。[①] 毛泽东的文学主张,与中国的左翼文学,都有维护“精神产品”的纯洁性的强烈欲望。这种理解,又与40年代“解放区文学”在文学写作、传播、阅读上的特殊方式有关。不过,在现代社会和现代经济体制下,文学书籍的写作、出版、传播,即使在“社会主义制度”的情境下,也不可能摆脱市场的制约。因而,作家的经济收入,也是他们的“存在方式”的重要部分。因为所有的作家都隶属于某一组织机构(国家“干部”),都有固定的薪俸,实质意义上的“自由撰稿人”已不存在。即使长期不发表作品,也不致有生活之虞。除工资外,稿酬(50年代逐步废除版税制)仍是当代作家最主要的经济来源。稿酬(包括著作和翻译)以一千字作为计费的基本单位。作品的水准差别,印刷数量与出版次数多少,“畅销书”与非畅销书等,在经济收益上的差距已不明显。另外,在十七年间,又曾几次降低稿酬标准。尽管如此,在这期间文学写作比起另外的行业,在经济上仍是富诱惑性的职业。这与在三四十年代,一部分作家仅靠发表文稿难以维持一定水平的生活不同。因此,“文革”间基于平均主义社

---

① 这在五六十年代的中国大陆是流传广泛的观念。“生活教科书”一说来自俄国19世纪激进的文学家车尔尼雪夫斯基。日丹诺夫1934年8月17日在第一次苏联作家代表大会上的讲演中称,“斯大林同志称呼我们的作家为人类灵魂的工程师”。《苏联文学艺术问题》,北京:人民文学出版社,1953年9月第2版,第26页。

会思潮(当时的理论表述是“批判资产阶级法权”),对所谓“三名三高”[1]的指控,作家是其中的主要对象之一。

在十七年,文学在社会政治生活中位置显要,作家的社会政治地位比起“旧中国”来其实有很大提升。许多知名作家,常被委以各种国家、执政党的政治职务或头衔,如政府机构、各种社会团体、各级权力机关(人民代表大会)、政治协商组织(政协)的代表、委员、部长、委员长等。这种授予,虽说大多是荣誉性质,却是一种声名显赫的褒奖。而文学机构(作家协会等)本身,也建构了政治权力模式的等级,提供各种职务以供分配。除了来自文学写作的声誉和实际利益外,从政治权力职务获得的利益越来越占重要位置。不是所有作家都能获得这种政治殊荣,但这标示了一种可供依附、攀援的目标。当然,作家的这种政治地位和经济地位并不稳固。如果对于文学方向和路线表现出离异、悖逆,甚至提出挑战,其社会地位和物质待遇也可以一落千丈。通常的惩治措施是:开除出作家协会(在这一时期意味着失去发表、出版作品的资格);给予各种级别处分;降职降薪;“下放”至工厂、农村劳动;开除公职(失去固定职业);以至劳改、监禁等。

---

① 指“名作家,名演员,名教授”的“高工资,高稿费,高奖金”所导致的“资产阶级腐朽的生活方式”——这是“文革”前夕和“文革”间批判的现象之一。

第三章

矛盾和冲突

一　频繁的批判运动

新文学的各种文学主张和文学派别之间，存在着复杂的关系，矛盾和冲突是新文学历史现象的重要内容。20年代末以后到40年代，由于冲突的政治意识形态和政治集团的背景，规模和激烈程度加剧。进入50年代以后，政治权力对于文学界矛盾、冲突的绝对控制、支配，和文学"一体化"的目标，促使斗争有增无减；而冲突、论争的性质和方法，常演化为当代特有的大规模的批判运动。持续不断的批判运动，对"新的文学（文化）"的建构者来说，是出于他们清理"地基"、确立思想艺术资源、组织"队伍"的需要，但也表现了他们面对所要超越的深厚的文化传统时的恐惧。50—70年代发生在中国大陆文学（文艺）界的全国性规模的批判[①]运动有：

1. 对电影《武训传》的批判（1950—1951）。《武训传》[②]写清末山东堂邑县贫苦农民武训"行乞兴学"的事迹。公演后一段时间，虽也有个别文章对影片中的局部提出质疑，大多数则是热烈赞扬。毛泽东认为这种情形，反映了思想文化界严重的思想"混乱"，而参与修改、撰写了《应当重视电影〈武训

---

① "批判"和"批评"这两个词，在现代汉语中原来的区别并不十分显著。但在当代中国的流行用法中，其含义已有很大不同。"批判"指对错误性质十分严重的言论和行为的严厉批评。

② 由孙瑜编剧、导演。1948年在上海的中国制片厂开拍，未完成因故中断。1949年初上海昆仑公司收购已拍成的胶片和继续摄制权。次年，在对剧本做了全面修改后重新开拍，1950年底在全国公映。

传〉的讨论》的《人民日报》社论[1]，发动了这一批判运动。这是对作家、知识分子发出的"信号"，要求他们进行思想改造，以与国家确立的政治方向、思想立场保持一致。影片所持的"改良主义"立场，显然损害、"污蔑"了中共的以阶级斗争推动历史的思想和实践，因而问题具有"根本的性质"。毛泽东的批评，与马克思、恩格斯批评拉萨尔剧本《弗兰茨·济金根》有相似的理论依据。它们都涉及两个方面的问题：一是"历史"的不同阐释的合法性，二是是否承认文学创作的"修辞"性质和作家的"虚构的权力"。在批判的后期，周扬撰写了总结性质的长篇文章：《反人民、反历史的思想和反现实主义的艺术——电影〈武训传〉批判》[2]。在这期间，还组织了武训历史调查团，到山东省武训出生和活动的地区进行调查，成果以《武训历史调查记》的名目发表[3]。

2. 对萧也牧等的创作的批评（1951）。主要是批评萧也牧的《我们夫妇之间》等小说。在此前后受批评的还有长篇小说《战斗到明天》（白刃）、《我们的力量是无敌的》（碧野），电影《关连长》等。批评者认为，《我们夫妇之间》的问题是"歪曲了嘲弄了工农兵"，"迎合了一群小市民的低级趣味"，它正被一些人当作旗帜，用来反对毛泽东的工农兵方向。[4]

3. 对俞平伯《红楼梦研究》和对胡适的批判（1954—1955）。1952 年，俞平伯将他出版于 1923 年的著作《红楼梦辨》加以增删、修改，改名《红楼梦研究》出版。在这期间，他还写了一些评介、研究《红楼梦》的文章。对于俞平伯的观点和研究方法，青年批评家李希凡、蓝翎在《关于〈红楼梦简论〉及其他》等文章中提出批评。他们的文章最初发表时，发生了一些波折，后来在作者母校山东大学的《文史哲》上得以刊出（1954 年第 9 期）。《文艺报》在被指定转载这一文章时，主编冯雪峰撰写的按语态度暧昧[5]。这一切，是毛泽东发动这一批判运动的凭借。当然他的主要矛头是胡适。在写于 1954 年 10 月 16 日给中央政治局成员等的信中，他称李、蓝的文章是"三十多年以来向所谓红楼梦研究权威作家的错误观点的第一次认真的开火"，提出要

---

① 刊于 1951 年 5 月 20 日《人民日报》。毛泽东修改、撰写的部分，曾于 1967 年 5 月 26 日作为毛泽东关于文艺问题的文稿在《人民日报》上刊出，后收入《毛泽东选集》第五卷（北京：人民出版社，1977 年）。批判运动中，《武训传》停演，孙瑜、赵丹（武训扮演者）、当时主持上海文化工作的夏衍，以及曾撰文赞扬《武训传》的郭沫若、李士钊、陈荒煤等均发表了检讨文章。

② 刊于 1951 年 8 月 8 日《人民日报》。

③ 刊于 1951 年 7 月 23—28 日《人民日报》。调查组有江青、钟惦棐等参加。

④ 见丁玲：《作为一种倾向来看——给萧也牧同志的一封信》，《文艺报》第 4 卷第 8 期（1951 年 8 月）。

⑤ 按语称，"作者的意见显然还有不够周密和不够全面的地方，但他们这样地去认识《红楼梦》，在基本上是正确的"。

开展反对“胡适派资产阶级唯心论的斗争”。[1] 对于胡适的批判不限于文学，而且包括政治学、哲学、史学、教育学等领域。郭沫若 1954 年 11 月 8 日对《光明日报》记者的谈话，周扬的《我们必须战斗》的讲话[2]，是文化界、学术界投身“马克思列宁主义思想与资产阶级唯心论”的严重斗争的动员令。在这期间，报刊发表了知名作家、学者的大量批判文章[3]。全国文联和中国作协主席团于 1954 年 10 月 31 日至 12 月 8 日，召开了 8 次联席扩大会，就《红楼梦》研究中的“资产阶级唯心主义”和《文艺报》的错误展开批评讨论。中国科学院和中国作协也召开联席会议，并组织专题批判小组，撰写批判文章。

4. 对胡风“反革命集团”的批判(1955)。胡风等与左翼文学内部的主流派别的矛盾由来已久。1955 年的批判，是这一冲突的继续和发展。开始是在文艺思想的范围内，后来成了“政治问题”，胡风及其追随者成了“反革命集团”。[4]

5. 文艺界的反右派运动，和对丁玲、冯雪峰“反党集团”的批判(1957)。这一运动，连同对胡风等的斗争，是 50 年代文学界最重要的事件。在此之后的 50 年代后期到 60 年代初，还开展了对资产阶级人性论、人道主义的批判。主要对象有：钱谷融的《论“文学是人学”》、巴人的《论人情》、王淑明的《论人情与人性》《关于人性问题的笔记》、李何林的《十年来文学理论和批评上的一个小问题》等。[5]

6. 1962 年 9 月，毛泽东在中共八届十中全会上提出“千万不要忘记阶级

---

[1] 毛泽东:《关于红楼梦研究问题的信》。这一信件当时没有公开发表，但主要观点、字句，在经毛泽东审阅修改的《质问〈文艺报〉编者》(袁水拍，《人民日报》1954 年 10 月 28 日)一文中得到传达。1967 年 5 月 27 日，这封信首次公开刊发于《人民日报》和《解放军报》，后收入 1977 年的《毛泽东选集》第五卷。

[2] 在 1954 年 12 月 8 日全国文联和作协主席团联席扩大会议上的报告，刊于 1954 年 12 月 10 日《人民日报》。另见《周扬文集》第 2 卷。

[3] 1955 年 3 月到 1956 年 4 月，生活·读书·新知三联书店(北京)共出版了收入这次运动中发表的批判文章的《胡适思想批判》文集共 8 辑，近 200 万字。另外一些出版社也出版有类似的“批判文集”。这些文章的作者主要有：孙定国、李达、侯外庐、荣孟源、潘梓年、彭柏山、黎澍、冯友兰、任继愈、王若水、艾思奇、贺麟、金岳霖、陈仁炳、李长之、游国恩、陆侃如、冯沅君、罗根泽、王元化、陈中凡、冯至、王瑶、黄药眠、何其芳、以群、华岗、钟敬文、刘大杰、夏鼐、范文澜、嵇文甫、高亨、童书业、罗尔纲、蒋伯赞、周一良、陈炜谟、陈鹤琴、陈友松、郑天挺、罗常培、钱端升、俞平伯、高一涵等。其阵容之大实属罕见。这些批判文章，有的表现了认真的“学术”态度，有的是无限上纲、用词粗暴而忮刻，有的则有些避重就轻、言不由衷。

[4] 1955 年初，原来与胡风关系密切的舒芜，将胡风写给他的 34 封信件交出。这些信件经过剪辑、编排处理之后，成为胡风等的罪证，在 5 月 13 日的《人民日报》，连同胡风的《我的自我批判》一文同时发表，胡风等被称为“反党集团”。5 月 24 日和 6 月 10 日，同一家报纸又刊出胡风和他的追随者被迫交出的来往信件 135 封，胡风及其追随者遂被称为“反革命集团”。

[5] 这些文章分别刊登在上海《文艺月报》1957 年第 5 期、天津《新港》1957 年第 1 期、《新港》1957 年第 7 期、北京《文学评论》1960 年第 3 期、《河北日报》1960 年 1 月 8 日。

斗争”。从1963年开始，在哲学、史学、经济学、文学艺术等领域开展全面的批判运动。批判的主要对象，当时的批判者归纳为：杨献珍的“合二而一论”，翦伯赞的“让步政策论”，周谷城的“时代精神汇合论”，邵荃麟的“写‘中间人物’论”，以及孙冶方在经济学、罗尔纲在历史学的观点。[①] 受到批判的还有五六十年代发表的一大批文艺作品（包括小说、戏剧、电影）。这一批判运动是“文化大革命”的先声。而“文革”十年，就是一场持续开展的文化批判运动。

可以看到，斗争和批判贯串着这近三十年的时间。文学观念、艺术倾向、创作方法上的差别和分歧，被放置在对立的阶级、政治力量冲突的层面处理。在方式上，论辩和批判越来越不顾“学理”的规则，而对立面也失去为自己主张辩护的权利，且多出现对“异端”施予“锻炼人罪，戏弄威权”的手段。这些斗争和运动，大多数为毛泽东直接发起，或为他所关切和支持。这表现了他对意识形态问题的高度重视：文学上的行动、措施，既有关文学自身的方向，也涉及总体的“文化战略”设计。当然，文学界的矛盾冲突和批判运动，也包含着其他方面的复杂因素。它们也是新文学（尤其是左翼文学内部）长期存在的，因歧见和派别利益而发生的冲突在“当代”的延续。

持续不断的运动之间，也会有短暂的间歇。如1952—1953年、1956—1957年、1961—1962年等。在这些间歇期中，文学观念、政策会有所调整，会给在运动中受到批判的主张、创作倾向、艺术方法以有限的生存空间，而试图建立一种对“非主流”的文学现象有所包容的秩序。但是，它很快又会被更大规模的运动所拆毁，并在观念和方法上表现出更为激烈的状态。在这些运动中，尽管不是所有的作家都是打击的对象，但是，其波及的范围却是全面的，对作家思想艺术和行为的选择，起到有力的制约、控制作用。从文学写作的方面而言，当代开展的这些运动，是企图摧毁将写作看作个体情感、心态的“自由表现”的“资产阶级文学观”，将“个体”写作者的认知、体验，和对这种认知、体验的表达，纳入确定的轨道中去。

二　左翼文学内部矛盾的延续

这个时期文学界的冲突，既为现实政治、文学问题所引发，又是文学界历史矛盾、积怨的延续。

20世纪的二三十年代，文学界就存在着复杂矛盾。文学主张的不同，

---

① “合二而一论”“让步政策论”“时代精神汇合论”“写‘中间人物’论”等，都是当时的批判者对被批判对象的观点所做的归纳。

和各文学团体、派别的利益，是通常发生作用的因素。而政治意识形态和现代政治派别、政党因素的加入，导致矛盾性质和冲突表现形态的重要变化。从政治-文学这一基本层面看，矛盾大致有以下几条线索：在政治上倾向于国民党政权的作家和投身于中共领导的革命运动的作家的矛盾(这些作家有截然不同的政治立场，却都信奉文学服务政治的文学观)；在复杂环境中企图保持“中立”或寻求“第三条道路”，维护艺术的“独立性”的作家与上述两类作家的矛盾；左翼文学内部因见解和宗派利益而发生的矛盾；等等。不同的矛盾线索并非对等的关系，正如郭沫若所说，“中国文艺界”的主要矛盾和论争，“存在于这样两条路线之间：一条是代表软弱的自由资产阶级的所谓为艺术而艺术的路线，一条是代表无产阶级和其他革命人民的为人民而艺术的路线”。郭沫若还指出，到了40年代末，主要矛盾的力量对比发生了重大变化：前一条路线的文学理论“已经完全破产”，其创作也“已经丧失了群众”，而“代表无产阶级和其他革命人民的为人民而艺术的路线”已取得了对中国文艺的绝对的主导地位。[①]

既然认为“自由资产阶级”的文艺路线已经可以忽略不计(实际情况当然并非如此)，那么，左翼文艺界内部的矛盾便上升到主要的地位。在50年代初，虽然对电影《武训传》的批判，对胡适的批判，仍是为了清除“自由资产阶级”知识分子的影响，不过，这些斗争又可以说是针对左翼文化界内部“向资产阶级投降”的状况。从20年代末到40年代后期，中国左翼文艺界内部的争论、冲突，较重要的有：创造社、太阳社的郭沫若、成仿吾、钱杏邨、李初梨等与鲁迅、茅盾关于“革命文学”问题的争论；30年代初，在对待“第三种人”问题上，瞿秋白、周起应(周扬)与冯雪峰等的不同态度；1936年左联内部有关“国防文学”(周扬、夏衍、郭沫若提出)和“民族革命战争的大众文学”(鲁迅、冯雪峰、胡风提出)的两个口号的论争；1936年，周扬和胡风关于现实主义问题的争论；1938年毛泽东在文化问题上提出“新鲜活泼的，为中国老百姓所喜闻乐见的中国作风和中国气派”之后，在文化界开展的关于“民族形式”的讨论，在讨论中，胡风等表现了与毛泽东等有异的观点；1942年延安文艺整风中，对周扬等的鲁艺办学方针的批评，和对王实味、丁玲、艾青、罗烽的杂文、小说的批评；40年代中后期，在重庆、香港，围绕“主观”等问题对胡风及其追随者的批评。

---

① 郭沫若在第一次文代会上的总报告《为建设新中国的人民文艺而奋斗》(《中华全国文学艺术工作者代表大会纪念文集》，新华书店，1950年，第38—39页)。其实，“自由主义文艺”并未“破产”，“文革”后的80年代，不论在文学史叙述，还是在写作实践上，它又全面“复活”，甚至占据一段时间的主流地位。

周扬、冯雪峰、丁玲、胡风等，是中国左翼文学的“资深”人物。在左联时期，冯、丁、周都先后担任过左联党团书记，胡风也担任过宣传部部长、行政书记。丁玲的创作30年代已获得声誉。冯雪峰是“五四”作家，后来参加过工农红军的长征，1936年受在陕北的中共中央委派，到上海领导革命文化工作。胡风30年代在左翼文艺界的地位尚不能与上述诸人相比，但后来通过办刊物、出丛书、写批评文章等，扶植、联络了一批青年作家，确立了其在文学界不容忽视的地位。1949年新的政权建立前后，胡风及其追随者已处于受冷落、排挤的地位。不过，他们对自己坚持的主张、路线能够取得胜利，仍充满信心，而完全没有对1955年成了被围剿对象而“全军覆没”有过预感。冯雪峰、丁玲等，由于他们的资历和声望，在50年代初文学界的领导层中尚占有重要的位置①。但是，在1954年以后开展的各项运动中，他们直接、间接受到冲击。首先是在批判《红楼梦》研究的事件中，冯雪峰被指责犯了压制“小人物”、保护“资产阶级权威”的错误，失去《文艺报》主编的职务。接着，在1955年的一次不为外界所知的斗争中，丁玲、陈企霞被指控组织“反党小集团”，搞“独立王国”而受到审查和批判。最后，在1957年的反右派运动中，冯雪峰、丁玲、艾青、陈企霞、李又然、罗烽、白朗等成了“右派分子”。他们被说成一个早已存在的“反党集团”的成员。批判中不仅“揭露”了现实问题，而且将历史旧案一并翻出。这包括：丁玲30年代初被南京国民党政府逮捕时的“自首变节”成为“叛徒”②；胡风、冯雪峰在左联时期互相“勾结”以分裂左翼文学运动；鲁迅受到冯、胡“蒙蔽欺骗”而错怪了周扬；40年代初丁玲等在延安发表“反党”文章等。1958年初，《文艺报》开辟“再批判”专栏，把王实味、丁玲、艾青、罗烽等1942年在延安发表、当时已受过批判的杂文、小说加以“再批判”。毛泽东为这一专栏写了“编者按”，称被批判者“以革命者的姿态写反革命的文章”，是“屡教不改的反党分子”。③

---

① 丁玲、冯雪峰都是当时的中国作协的副主席，并先后主持《文艺报》《人民文学》这些重要刊物的工作。丁玲还担任中共中央宣传部文艺处长、中央文学研究所(后更名为“中央文学讲习所”)所长职务。

② 关于丁玲1933年被捕后的表现，1984年中共中央组织部的《关于为丁玲同志恢复名誉的通知》中指出，在50年代对丁玲是“叛徒的指控，属不实之词，应予平反”。

③ 这一“再批判”专栏刊发的批判文章有：林默涵《王实味的〈野百合花〉》，王子野《种瓜得瓜，种豆得豆——重读〈三八节有感〉》，张光年《莎菲女士在延安——谈丁玲的小说〈在医院中〉》，马铁丁《斥〈论同志之“爱”与“耐”〉》，严文井《罗烽的“短剑”指向哪里？——重读〈还是杂文的时代〉》，冯至《驳艾青的〈了解作家，尊重作家〉》。这些批判文章后面，都附有被批判文本原文。在此前后，报刊刊发的批判丁玲等的旧作的文章，重要的还有：张天翼《关于莎菲女士》(《人民日报》1957年10月15日)，王燎荧《丁玲的小说〈在医院中时〉的反动性质》(《文艺报》1957年第25期)，华夫《丁玲的“复仇的女神”——评〈我在霞村的时候〉》(《文艺报》1958年第3期)。这些材料后来以《再批判》为名出版单行本(北京：作家出版社，1958年)。

文艺界反右派运动告一段落时,发表了周扬署名、经毛泽东三次审阅修改的长篇总结文章:《文艺战线上的一场大辩论》[①]。在这篇文章的一次座谈会议上,邵荃麟、张光年、林默涵、袁水拍等指出,"大辩论"不仅分析、总结了反右派斗争,而且分析了这场斗争的历史的、阶级的根源,"对长期以来我国左翼文艺运动中的分歧和争论,也提供了一个澄清和总结的基础"[②]。由此得出的结论是:丁玲、冯雪峰、胡风等,都是"混进"革命文艺队伍中的"资产阶级分子";而过去的"两个口号""民族形式"论争,并非学术观点的分歧,而是两个阶级、两条路线的斗争。这样,便构造了一条从20年代后期到50年代的,以左翼面目出现的资产阶级文艺路线,它们包括:"托派分子"王独清,"第三种人",胡风、冯雪峰,延安时期的王实味、丁玲、萧军,以及50年代的秦兆阳、钟惦棐等。他们作为"异己""敌对"派别,被从左翼文艺阵线中清除出去。

三　对规范的质疑

在五六十年代,围绕文学规范的确立,存在着广泛、复杂的矛盾。这是当代文学界仍存在多种文化成分的表现。质疑"规范"的事时有出现,有的时候,争论、质疑且会呈现为大规模的"挑战"的情况。在50年代,围绕当代文学的方针、路线,围绕具体的文学写作、批评问题,曾有两次较大规模的争论:一是胡风等人在1954年前后的活动和胡风"意见书"的发表,另一是1956—1957年文学"百花时代"对文学革新的推动。

胡风等在四五十年代之交,已被置于受批判的位置上[③]。邵荃麟认为胡风等强调文艺的生命力和作家的人格精神,是把个人主观精神力量看作先验的,超越历史、阶级的东西;说"从这样的基础出发,便自然而然地流向于强调自我,拒绝集体,否定思维的意义,宣布思想体系的灭亡,抹煞文艺的党派性与阶级性,反对艺术的直接政治效果"。第一次文代会茅盾关于40年代国统区革命文艺运动的报告,也在文艺大众化、文艺的政治性和艺术性、文艺的"主观"等问题上,没有指名地集中批评胡风等的观点,并指出他对毛

---

① 参加这篇文章撰写的有林默涵、刘白羽、张光年等。发表于1958年2月28日《人民日报》和1958年第5期《文艺报》。

② 《为文学艺术大跃进扫清道路》,《文艺报》1958年第6期。

③ 1948年在香港出版的《大众文艺丛刊》上,对胡风等的文学思想和创作的批评,是这份刊物的主题之一。邵荃麟的《对于当前文艺运动的意见》,胡绳的《鲁迅思想发展的道路》《评路翎的短篇小说》,乔冠华的《文艺创作与主观》等文,都与此有关。

泽东文艺思想的背离的性质[①]。50年代最初的几年里，胡风、阿垅、舒芜的理论，胡风、鲁藜、路翎等的诗、小说，也在报刊上受到许多指责。[②] 1952年6月8日，《人民日报》在转发舒芜检讨自己错误的文章[③]所加的“编者按”（胡乔木撰写）中，为“以胡风为首”的“文艺上的小集团”做出这样的裁定：“他们在文艺创作上，片面地夸大‘主观精神’的作用，追求所谓‘生命力的扩张’，而实际上否认了革命实践和思想改造的意义。这是一种实际上属于资产阶级、小资产阶级的个人主义的文艺思想。”这一年的9月到年底，中共中央宣传部召开了四次有胡风本人参加的胡风文艺思想座谈会。在中宣部写给中共中央和周恩来的报告中，对胡风的文艺思想的“主要错误”做了如下的归纳：

> （1）抹煞世界观和阶级立场的作用，把旧现实主义来代替社会主义现实主义，实际上就是把资产阶级、小资产阶级的文艺来代替无产阶级的文艺。（2）强调抽象的“主观战斗精神”，否认小资产阶级作家必须改造思想，改变立场，片面地强调知识分子的作家是人民中的先进，而对于劳动人民，特别是农民，则是十分轻视的。（3）崇拜西欧资产阶级文艺，轻视民族文艺遗产。这完全是反马克思主义的文艺思想。……为了清除胡风和胡风类似的这些思想的影响，决定由林默涵和何其芳两同志写文章进行公开的批评。[④]

林默涵和何其芳对胡风的异质思想进行系统清理的文章——《胡风的反马克思主义的文艺思想》《现实主义的路，还是反现实主义的路?》，于1953年初分别刊登在第2期和第3期的《文艺报》上。

胡风等虽然意识到这些批评具有严重性质，但他们并不放弃。重要原因是他们相信能获得毛泽东的高层的支持。1954年3月至7月，在他的追随者的协助下，胡风写成近三十万字的《关于解放以来的文艺实践情况的报告》（即“意见书”或“三十万言书”），以中国传统文人的“上书”方式，“转呈”

---

① 茅盾在报告中说，“关于文艺上的‘主观’问题的讨论，继续展开下去，就不得不归结到毛泽东的《文艺讲话》中所提出的关于作家的立场、观点、态度等问题”。这是在暗示胡风等的理论与毛泽东《讲话》的基本点的对立。何其芳《关于现实主义》（上海：海燕书店，1950年）一书的序言中，认为在毛泽东的《讲话》传到国统区之后，胡风对主观战斗精神的坚持，“实际上成为一种对于毛泽东的文艺方向的抗拒”。

② 如对阿垅《论倾向性》《略论正面人物与反面人物》的批评。对胡风的长诗《时间开始了》、路翎的短篇小说集《平原》《朱桂花的故事》和剧本《祖国在前进》的批评。

③ 《从头学习〈在延安文艺座谈会上的讲话〉》，原载《长江日报》（武汉）1952年5月25日。

④ 转引自林默涵述，黄华英整理：《胡风事件的前前后后》，《新文学史料》（北京）1989年第3期。

给中共中央[①]。报告共四个部分:一、几年来的经过简况;二、关于几个理论性问题的说明材料;三、事实举例和关于党性;四、作为参考的建议。报告全面反驳林默涵、何其芳文章的批评,申明他在若干重要的文艺理论问题上的观点,批评"解放以来"文艺工作上的方针、政策和具体措施,并提出他的建议。1954 年底,中国文联和作协主席团召开联席扩大会,讨论《红楼梦》研究的问题,并检查《文艺报》的工作。胡风误以为毛泽东和中共中央对《文艺报》和文艺界领导的批评,是他的"意见书"起了作用,以为全面质疑当时文学界掌权者的时机已到,便在会议上做了两次措辞激烈的长篇发言[②]。于是,本来是对"胡适派资产阶级唯心论"斗争、检查《文艺报》"错误"的会议,在快结束时风向转移,胡风问题成了焦点。周扬在《我们必须战斗》这一经毛泽东审阅的发言的第三部分,把胡风的问题单独提出,并做出"为着保卫和发展马克思主义,为着保卫社会主义现实主义,为着发展科学事业和文学艺术事业","我们必须战斗"的号召。

不久,胡风的"意见书"便由中共中央交中国作家协会主席团处理。主席团未经胡风同意,将其中的二、四两部分,印成专册,随《文艺报》1955 年第 1、2 期合刊附发,"在文艺界和《文艺报》读者群众中公开讨论"。[③] 毛泽东也在此时的一份批示中,要文艺界"应对胡风的资产阶级唯心论,反党反人民的文艺思想进行彻底的批判"。一场全国性的胡风文艺思想批判运动全面展开。全国报刊发表了大量的批判文章。郭沫若发表了《反社会主义的胡风纲领》。这一批判运动,在舒芜交出胡风给他的信件,后来又"搜出"或要当事人交出他们与胡风的往来信件后,"性质"上发生重大改变。这些信件在摘录、剪辑、编排,并加上注释和按语之后,成了"反革命"的证据。它们被编成共三批的"胡风反革命集团的材料"公开发表,先在《人民日报》上刊载,后汇集成册[④]。书中的"序言",大多数的编者按语,出自毛泽东之手。胡风于 5 月 16 日被拘捕。先后被捕入狱的达几十人。被牵连审查的达两千多人。最后被确定为"胡风分子"的 78 人中,有路翎、阿垅、鲁藜、牛汉、绿原、彭柏山、吕荧、贾植芳、谢韬、王元化、梅林、刘雪苇、满涛、何满子、芦甸、

---

① 由胡风于 1954 年 7 月 22 日面交当时任国务院文教委员会主任的习仲勋"转呈"中共中央。

② 关于这两次长篇发言,胡风后来有这样的说明,"《红楼梦》和《文艺报》问题发生后,把周扬、沙汀、乔冠华诸位党员劝催我发言误会是党的决定,作了'打击'文艺'领导'的'爆炸性'的发言,引起了轩然大波"。(《代自序:我的小传》,《胡风自传》,南京:江苏文艺出版社,1996 年,第 6 页。)

③ "意见书"的一、三部分,则在"内部"一定范围分发。80 年代胡风一案平反之后,"意见书"一、二、四部分刊于《新文学史料》1988 年第 4 期。1999 年湖北人民出版社出版的《胡风全集》第 6 卷,首次在公开出版物收入"意见书"全文,但"全集"编者仍对"个别段落,个别词语"做了"极少量删节"。

④ 以《关于胡风反革命集团的材料》为书名,由人民出版社于 1955 年 6 月出版。

彭燕郊、曾卓、冀汸、耿庸、张中晓、罗洛、胡征、方然、朱谷怀、王戎、化铁等。

第二次试图调整、改变已确立的文学路线的努力，发生在1956年到1957年春天。毛泽东从建立中国模式的现代国家的思路出发，在1956年提出了发展科学、文学艺术的"双百方针"(百花齐放，百家争鸣)。1953年斯大林去世后，苏联、东欧的社会主义国家出现了政治、思想的"解冻"，要求在政治、经济、文化体制和思想意识上进行变革。在这样的国际、国内背景下，关切中国文学前景、不满50年代以来的文学现状的作家开始寻求变革。对于"文坛充斥着不少平庸的灰色的、公式化、概念化的作品"的根本原因，他们认为是由于严重的教条主义和宗派主义的束缚所致。而教条主义的集中表现，是以苏联的社会主义现实主义的"定义"，作为创作和批评的指导原则，同时，对《讲话》也做了片面的和庸俗化的理解[①]。他们和胡风等一样，以现实主义的"真实性"作为创作和理论批评的最高标准，来抵御政治观念和政策规定的干扰。他们提出"写真实"和"干预生活"的创作口号，提出大胆揭露生活中的矛盾、冲突。他们还对以行政的、粗暴干预的方式"领导文艺工作"提出批评，而希望作家能拥有必需的自主性和艺术创造的自由环境。这一时期，提出重要问题、影响较大的理论文章有：何直(秦兆阳)《现实主义——广阔的道路》，陈涌《为文学艺术的现实主义而斗争的鲁迅》，周勃《论社会主义时代的现实主义》，刘绍棠《我对当前文艺问题的一些浅见》，钱谷融《论"文学是人学"》，巴人《论人情》，钟惦棐《电影的锣鼓》，黄秋耘《刺在哪里?》，于晴(唐因)《文艺批评的歧路》，蔡田《现实主义，还是公式主义?》，唐挚(唐达成)《繁琐公式可以指导创作吗?——与周扬同志商榷几个关于创造英雄人物的论点》，杜黎均《关于周扬同志文艺理论中的几个问题》，吴祖光《谈戏剧工作的领导问题》等。[②]

这一次的努力，也以失败告终。在反右派运动中，许多作家、理论批评家、文学翻译家成为"右派分子"，他们中有：冯雪峰、丁玲、艾青、陈企霞、罗烽、白朗、秦兆阳、萧乾、吴祖光、徐懋庸、姚雪垠、李长之、黄药眠、穆木天、傅雷、陈梦家、孙大雨、施蛰存、徐中玉、许杰、陈学昭、杨宪益、冯亦代、陈涌、公

---

① "公式化概念化的根源，就在于教条主义者机械地、守旧地、片面地、夸大地执行和阐发了毛主席指导当时的文艺运动的策略性理论。"刘绍棠：《我对当前文艺问题的一些浅见》，《文艺学习》1957年第5期。

② 分别刊于《人民文学》1956年第9期，《人民文学》1956年第10期，《长江文艺》1956年第12期，《文艺学习》1957年第5期，《文艺月报》1957年第5期，《新港》1957年第1期，《文艺报》1956年第23期，《文艺学习》1957年第6期，《文艺报》1957年第4期，《文艺报》1957年第8、9期，《文艺报》1957年第10期，《文汇报》1957年6月7日，《戏剧报》1957年第11期。吴祖光的文章早就写成，但在他被定为"右派分子"时，才由《戏剧报》刊出以供批判。

木、钟惦棐、王若望、苏金伞、汪曾祺、吕剑、唐湜、唐祈、杜高、杜黎均、刘宾雁、王蒙、邓友梅、刘绍棠、从维熙、蓝翎、唐因、唐达成、公刘、白桦、邵燕祥、流沙河、高晓声、陆文夫、张贤亮、昌耀等。

四　分歧的性质

中国左翼文学界内部的矛盾、冲突,如果仅就文学主张和有关文学运动的方针、政策上看,牵涉到对中国现代文学的基本形态和发展道路的不同理解。纵观 20 年代末到 70 年代的文学过程,可以看到左翼文学内部存在着不同的"派别"[①]。一是以胡风、冯雪峰为代表,包括 50 年代的秦兆阳等;另一是以周扬为代表,包括当代文学界主要领导者邵荃麟、林默涵、何其芳等;还有是在"文革"前夕形成的,以江青、姚文元为首的派别。从 30 年代到 50 年代前期,在左翼内部,胡风、冯雪峰(也包括丁玲)与周扬等的矛盾占据突出地位。冯雪峰、胡风等被"清洗"之后,周扬等与更具激进立场和姿态的派别的矛盾便占据主要地位。

虽然周扬等与胡风、冯雪峰有尖锐矛盾,但他们也有重要的共同点。他们都把自己看作马克思主义者,坚持的是"真正的"(正统的)马克思主义文艺观,把创建、发展人民文艺(或无产阶级文艺)作为自己的职责。他们都表示了对于毛泽东的《讲话》的拥戴[②]。他们也都不赞同文学与政治无关(或平行)论,认为从广义上说,文学应该是人民革命斗争和思想启蒙的"武器",中国的文学运动应是革命运动的组成部分(或"一翼")。不论是周扬、茅盾、邵荃麟,还是胡风、冯雪峰,都曾尖锐地攻击那种"文艺自主""纯艺术"的主张。1954 年中国文联、作协主席团联席会议上,胡风对周扬等的批评中的重要一项,便是后者对朱光潜等的"资产阶级思想"的投降。他们也都信奉、提倡"现实主义"。现实主义在他们那里,有时被看作自古以来就存在(在中国,据说从《诗经》就已开始)的"创作方法",有时被看作文学史上特定的思潮,有时又被解释为所有作家应予遵循的创作原则。从这样的立场出发,对于

---

① 这里的"派别",并不都是"实质性"的。有的只是就他们相近的文艺主张,和在实际文学运动中的倾向、立场而言。另外,同一"派别"中的作家、理论家之间,主张也会有差异,而不同派别之间的界限也不是所有时间都清晰、分明。在变化了的语境中,原先对立双方的观点也可能互相接近。例子之一是 60 年代初周扬某些重要观点开始靠拢他的论敌胡风。但是,在中国特定的文艺运动和文艺斗争中,上述的这种"派别"划分,还是有它存在的根据的。

② 虽然胡风、冯雪峰甚至周扬在某个时候、某一问题上可能有不同看法,但极少公开批评。胡风的态度可能比较暧昧,不过,70 年代末他出狱后,仍再三表示他对毛泽东及其理论的忠诚。

中国具有现代主义倾向的文学思潮和文学创作，他们都持激烈批评的态度。另一具有重要意义的共同点则是，他们都坚持文学"一体化"的理想、坚持建立文学的"统一规范"的必要。一般来说，当处在受压制地位的时候，会提出允许不同主张存在，让这些歧见"在实践过程中去解决"的要求[①]。但这并非表示他们对个体的"自主"、多样选择的尊重，对"多元"状态的"容忍"。在认为自己表达的是"终极"性质的真理上，在要求文学的统一性目标上，胡风等的立场，丝毫不比周扬等含糊。

但是，他们之间也存在重要的分歧。[②]

第一，关于文学与政治、实践（生活的和艺术的）与观念的关系。这是左翼文学界长期争论不休的问题。相对而言，周扬等更强调理论、思想观念的重要性，认为对作家而言，"正确的世界观"应置于第一等的重要位置上。胡风、冯雪峰也承认思想世界观的重要性，但认为生活实践和艺术实践具有决定意义；思想问题、世界观问题，是表现在作家对现实的关系上，只有在"实践"中才能表现出来，也"必须"在"实践"上去解决。离开作家的"实践"去谈思想、政治问题，都是抽象、空洞的。胡风还认为，"真实的现实主义的创作方法"，也就是现实主义的"艺术实践"，"能够补足作家生活经验的不足和世界观的缺陷"。

第二，关于现实主义。周扬、胡风、冯雪峰等，对于他们所提倡的"现实主义"，都申明与西欧、俄国 19 世纪的"旧"现实主义不同，而经常冠以"新""革命"或"社会主义"的限定语。不过，在具体的解释上，又有重要的差异。周扬等更多接受 30 年代苏联作家协会章程对"社会主义现实主义"所做的规定，即文学要"从革命历史发展上"来反映现实，表现革命的"远景"，发挥它的教育作用。而胡风的"现实主义"则更多承接 19 世纪法、俄文学的"批判生活"的性质，以及鲁迅所代表的"五四"作家的"思想启蒙"责任。对胡风等来说，他们感受最深切的是古老中国在"现代化"过程中的沉重负担，认为民族"传统"，民众的生存状况和精神状态，一方面是韧性的战斗力、原始的生命力，另一方面则是奴性的卑贱与苟安。胡风提出了著名的"精神奴役的创伤"的命题，要求作家"对于一切的麻木，一切的污秽，一切的混乱，随时随地感到难堪或悲愤，用了最大的警惕心去告发，去抨击"。

---

① 胡风：《关于解放以来的文艺实践情况的报告》，《新文学史料》1988 年第 4 期。

② 周扬、胡风、冯雪峰的理论批评著作和文章，80 年代以来，先后由人民文学出版社（北京）加以汇集出版。计有《胡风评论集》（上、中、下），《雪峰文集》（4 卷）、《周扬文集》（5 卷）。下面对他们的观点、论述的征引，不一一注明出处。

第三,创作上主客观的关系。周扬等在许多时候,不断申明毛泽东的"深入生活"的重要,并把"生活"主要理解为"工农兵"的斗争生活。胡风等当然没有否定"生活"对创作的重要性,但他认为文学创作是主客观的融合,如果这种"融合"是出色的,那就一定表现了主体对客体的主动态度,因而作家的热情、创造力绝对不是无关紧要。对于"融合"的过程,他用了"肉搏""搏斗""突进""相生相克""拥抱"等富紧张性也富心理神秘色彩的词语来说明。胡风认为,文艺虽是社会斗争的产物,又是用来进行社会斗争、思想斗争的武器,但"也不能不是作者的内心的矛盾斗争的产物","不能不是肉身的东西,不能离开个人的灵魂与血肉的"。对于作家的这种"主观战斗精神",他强调的是受磨难的痛苦:如果在生活经验和艺术创造中抽掉了这种"受难(passion)精神",那将是"艺术的悲剧"——这是胡风他们推崇揭示心灵搏斗的受难式作品,而拒绝肤浅的颂歌的原因。从这一基点出发,胡风反对冷静、"观照"的文学。当以这一创作理想来对抗左翼文学主流派忽视作家艺术创造的主体性时,相信有它充足的合理性;而当他们企图用这一主张去规范一切作家、作品,进而攻击沙汀等的"客观"的写实方法,攻击朱光潜、沈从文等的审美距离和"冷静美学"时,也表现了他们的偏颇。

第四,关于"当代文学"的传统。在四五十年代之交,左翼作家需要面对20世纪文学的三个"历史事件":"五四"文学革命,产生于苏联的社会主义现实主义,毛泽东的《讲话》和解放区文学。这三个方面,既是文学理想、文学观念,又是文学事实、文学经验。它们并非各自独立,而是相互渗透、纠结。《讲话》自然继承了"五四"文学革命的成果,关于社会主义现实主义的规定,也是《讲话》的理论来源之一,而《讲话》和毛泽东的其他著作也参与了对"五四"的阐释和重构。左翼作家对社会主义现实主义的看法虽然也存在分歧,但在大多数情况下,它不被当作特别关注的独立问题。50年代中期的情况有些不同,当时,对社会主义现实主义的质疑,成为争论的重要问题之一;但是这种质疑,针对的主要还是在当代文学中奉为不可违逆的纲领的《讲话》。文学界在有关20世纪文学"传统"问题上的论辩,主要围绕对"五四"新文学、对《讲话》的理解和评价展开。《讲话》的基本理论方法,是一组对立的矛盾关系的展开。政治与艺术,世界观和创作方法,现实和理想,主观和客观,人性与阶级性,知识分子和工农大众,光明和黑暗,歌颂和暴露,普及和提高……这种理论叙述,在对立项的关系上,在侧重点的确立上,留下许多"空隙"。这些"空隙"的存在,既保证了理论的"发明者"阐释上的灵活性和变通,也为不同历史语境下,具有不同思想和知识背景的作家提供修改甚至背离的可能。

在“五四”与《讲话》的关系上，胡风、冯雪峰、秦兆阳等虽然也承认《讲话》的指导意义，但并不把它的出现看作转折性事件。他们更重视“五四”的新文学传统，以“保卫五四文学革命传统”作为文学理想和文学实践的中心问题。而这一“传统”，在他们看来，已为鲁迅为代表的作家的实践所确立。他们对于过分宣扬、推行解放区文艺运动的经验的后果表示忧虑[①]。对于“五四”新文学，也更强调它与西欧和俄国 19 世纪现实主义文学的继承关系。胡风在《论民族形式问题》中的“以市民为盟主的中国人民大众底五四文学革命运动，正是市民社会突起了以后的、累积了几百年的、世界进步文艺传统底一个新拓的支流”的说法，冯雪峰在《论民主革命的文艺运动》中的“五四”文学革命“所根据和直接受影响的”，是 19 世纪批判现实主义和反抗的浪漫主义，“‘五四’是这近代资本主义的文学的一个最后的遥远的支流”的论断，都表明了这一点。这些观点，被认为是歪曲、篡改了“五四”文学革命的性质和领导思想，而在 50 年代受到反复批判。[②]

在 50 年代，周扬等已确立了他们的毛泽东文艺思想正确阐释者和坚决贯彻者的形象。他突出的是“《在延安文艺座谈会上的讲话》的发表及其所引起的在文学事业上的变革”，“是‘五四’文学革命在新的历史条件下的继续和发展”，“是继‘五四’之后的第二次更伟大、更深刻的文学革命”。[③] 对于周扬等来说，他们既强调《讲话》与“五四”文学革命的联系（“继续”），甚至认为是“五四传统”的最有资格的继承者，同时更强调它们的区别（“发展”）。就前者而言，他们通过指认“五四”文学革命的性质和领导权来达到（即认为“五四”文学革命是无产阶级领导的，“一开始就是向着社会主义现实主义发展”的）；至于后者，则着重突出“五四”文学革命和新文学的缺点（没有能解决文学“与工农群众结合”这一“根本关键”问题），来确定“五四”文学革命与《讲话》之间的等级关系（“更伟大、更深刻的文学革命”）。这种阐释，是为着使《讲话》及其在文学上引起的变革和出现的成果，能成为“当代文学”的更

---

① 胡风：《关于解放以来的文艺实践情况的报告》中讲到，他 1948 年进入解放区时，感到“解放区以前和以外的文艺实际上是完全给否定了”，“五四传统和鲁迅实际上是被否定了”。这是他所担忧的事。

② 胡风：《论民族形式问题》，上海：海燕书店，1949 年；收入《胡风评论集》中册，北京：人民文学出版社，1984 年，第 234 页。冯雪峰：《论民主革命的文艺运动》，上海：作家书屋，1947 年；收入《冯雪峰论文集》，北京：人民文学出版社，1981 年，第 40 页。胡风、冯雪峰在 50 年代虽然都修改了他们的这一说法，但这并非个别提法的问题，而涉及其文学思想体系。参见胡风：《关于解放以来的文艺实践情况的报告》（“意见书”）和冯雪峰：《中国文学中从古典现实主义到无产阶级现实主义的发展的一个轮廓》（《文艺报》1952 年第 14、15、17、19、20 期连载）。

③ 周扬：《坚决贯彻毛泽东文艺路线》，1951 年 5 月 17 日《光明日报》（北京），收入《周扬文集》第 2 卷，北京：人民文学出版社，1985 年。这是周扬 1951 年 5 月 12 日在中央文学研究所的演讲。

直接、更具“真理性”的“资源”的目标。

从马克思主义文学理论的范畴上来观察,胡风、冯雪峰与周扬等的分歧,不能说是无谓的争吵。胡风等在各个时期对左翼文学弊端的揭发和批评也有积极意义。但是,胡风、冯雪峰(周扬其实也一样)等,都是现当代文学史上的“悲剧人物”。这指的是他们受到不同时期的“主流派”的排挤、打击,也指这样的历史处境:他们至死都认为自己是忠诚的马克思主义者,因而,“资产阶级”作家、理论家视他们为“异端”是情理中事,而左翼“主流派”则把他们当作“右派”,当作“混进”革命队伍的“资产阶级分子”。这种尴尬延续到现在。20 世纪 80 年代以后,在文学“一体化”格局解体的时期,对胡风的阐释出现的竭力将他从“左翼”阵线中剥离,以证实其“遗产”价值的这一倾向,其实也是这一情景的另一种表现。

第四章

隐失的诗人和诗派

一　诗歌道路的选择

在40年代后期，“新诗现代化”是诗人的普遍意识[①]。要求诗和动荡的现实生活建立更直接的关联，在情感和语言上打破“个人”的狭窄范围，探索表达现代经验的有效的诗歌艺术方式，是诗界的主要潮流。朱自清认为，“今天的诗是以朗诵诗为主调的”——这不仅指诗的一种体式，而更指诗人在处理语言和现实上的立场：“‘我们’替代了‘我’，‘我们’的语言也替代了‘我’的语言。”[②]冯至在这前后，也提出“今天的诗人抛弃高贵感，自觉到是普通人，并为普通的人说话，才成为真正的诗歌”[③]。这期间，解放区诗歌的影响日见扩大（主要指以借鉴民歌艺术，表现农村社会变革的叙事诗）。不过，在40年代后期，诗歌创作仍存在多种路向。胡风等的“七月派”诗人，李季、田间的“写实性”的解放区诗歌，马凡陀（袁水拍）追求“平民化”的诗，穆旦等带有“现代主义”倾向的创作，表明了在诗歌“现代化”的具体方案上，存在不同的理解和“设计”。一些诗人也希望能形成开放、包容的环境[④]。

---

① 朱自清《论朗诵诗》、袁可嘉《新诗现代化——新传统的寻求》、唐湜《诗的新生代》等文章，都谈到了新诗“现代化”的问题。

② 朱自清：《今天的诗——介绍何达的诗集〈我们开会〉》，《文讯》1947年第8卷第5期。

③ 冯至：《五四纪念在北大》，《观察》1947年第2卷第12期。

④ 朱自清在《新诗杂话》等多篇文章中表达这一态度，主张在提高新诗对现实生活的回应能力上，“欧化”“大众化”“平民化”等都可以兼容、结合。《诗创造》1947年7月创刊号《编余小记》提出，为广大劳动人民写“山歌”“方言诗”，与写“商籁体”“玄学派的诗”及“高级形式的艺术成果”，都值得珍惜。甚至认为，“在诗的创造上，只要大的目标一致，不论它所表现的是知识分子的感情或劳苦大众的感情”，“不论它是抒写社会生活，大众疾苦，战争惨象，暴露黑暗，歌颂光明；或是仅仅抒写一己的爱恋、悒郁、梦幻、憧（转下页）

但是,在这一“转折”期,并不存在多种路向互相包容的可能性。艺术取向与政治道路选择既难以分离,思想艺术上的差异又很容易在政治力量纷争的意义上得到指认。诗歌路向的选择,是整个文学选择的组成部分。在40年代末到50年代前期,“选择”表现在两个互有关联的方面:一是为当代新诗确立思想艺术规范;另一是对新诗历史重新进行整理、评价。对新诗历史的清理,主要通过权威性批评文章,文学史(诗歌史)撰写,大学文学教育,重要诗歌选本来实现。[①] 在50年代初,就已确立了解放区诗歌和新诗中的“革命诗歌”在新诗史的主流地位。30年来的新诗诗人和诗歌流派,被区分为互相对立的两个“阵线”。郭沫若、蒋光慈、殷夫、臧克家、蒲风、艾青、田间、袁水拍、李季、柯仲平、阮章竞等是新诗的“革命传统”的代表,而从胡适的《尝试集》开始,包括新月派的徐志摩,象征派的李金发,现代派的戴望舒(他后来的“转变”则被肯定)等,是“和当时革命文学对立”的、资产阶级的派别。对于新诗史的“人民大众的进步的诗风”与“资产阶级的反动的诗风”的这种区分,在1958年的诗歌道路讨论中进一步“窄化”。被列入“反现实、反人民的诗风”的“逆流”的,增加了“以胡风、阿垅(S. M.)为代表的‘七月派’”。同时,指出即使是国统区“革命诗歌”,也存在未能真正与群众结合、“基本上还是用革命知识分子的思想感情和语言来歌唱”的缺陷——这个问题,只是到了1942年的“解放区的诗歌”才发生了方向性的变化。[②] 区分“主流”与“逆流”的这种权威描述,为进入“当代”的诗人、诗歌流派的地位和写作方向做了明确规定。

在这一时期,诗歌理论和实践上被反复阐述和强调的,是诗的社会“功能”,以及写作者“立场”和思想情感的性质。诗服务于政治,诗与现实生活、与“人民群众”相结合,是当代诗歌观念的核心。马雅可夫斯基的“无论是诗,还是歌,都是炸弹和旗帜”,被当作格言经常引用。合乎规格的创作主体(当时使用最为普遍的概念是“抒情主人公”),应该以阶级、人民集体代表的

(接上页)憬……只要能写出作者的真实感情,都不失为好作品”。“兼容”的主张其实很难实现,《诗创造》刊物本身很快也就出现分裂。杭约赫、辛笛、陈敬容、唐祈等另办《中国新诗》,臧克家主持的《诗创造》则检讨“兼容”的原来的办刊方针是对“新的好的风格的形成的损害”,申明今后“将以一个战斗意志,一个作战目标来统一”。

① 在1951年中央教育部文法学院各系课程改革小组的中国语文小组的《〈中国新文学史〉教学大纲》(初稿)中,新月派被看作“代表中国买办资产阶级的思想和利益的反动文学团体”,新月派和现代派是“革命诗歌中的两股逆流”。这个时期,重要的诗歌史性质的文章有臧克家《五四以来新诗发展的一个轮廓》(《文艺学习》1955年第2、3期)、邵荃麟《门外谈诗》(《诗刊》1958年第4期)等。臧克家主编的《中国新诗选》(中国青年出版社,1956年初版)是50年代前期有代表性的新诗选本。

② 参见邵荃麟:《门外谈诗》,《诗刊》1958年第4期。

面目出现。对“人民诗歌”性质、功能的规定,在五六十年代,衍生出“诗体”的两种基本模式。一是强调从对写作主体经验、情感的表达,转移到对“客观生活”尤其是“工农兵生活”的“反映”,而出现“写实性”的诗。诗中“传来了城市、农村、工厂、矿山、边疆、海滨各个建设和战斗岗位上发出来的声音”,被看作诗歌创作的成绩加以提出。[①] 直接呼应现实政治运动的要求,则产生了当代的“政治抒情诗”。支持这种诗体模式的,是强调感情抒发的浪漫主义诗观。何其芳、艾青50年代初对诗所下的“定义”,在很大的范围里被认同。“诗是一种最集中地反映社会生活的文学样式,它饱和着丰富的想象和感情,常常以直接抒情的方式来表现……”[②]——这一“定义”,既隐含着对于“五四”以来“多数的诗人都偏向于小资产阶级知识分子”的“主观抒情”的矫正,也与“象征派”“现代派”等的“神秘主义、颓废主义、形式主义”划清界限。[③]

不过,在辉煌的古典诗歌面前,新诗一直面临“合法性”的压力,因而50年代初,新诗写作的艺术“资源”与新诗形式问题,是选择诗歌路向的重要组成部分[④]:这包括格律、自由体和歌谣体、诗的建行等问题。这些“形式”“技巧”问题,其实关联着对“五四”以来新诗“传统”的评价。虽然毛泽东的在古典诗歌和民歌的基础上发展新诗的主张,要到1958年才提出,但是,在四五十年代之交,忽视、否定新诗自身“传统”的思潮已十分明显。这引起部分诗人的关切、忧虑。林庚认为,虽说古典诗歌和民间诗歌的五七言形式已经成为重要“传统”,但是,“绝没有一种形式可以无限使用的。也绝没有一种传统可以原封不动的接受下来”[⑤]。何其芳也批评了“因为某些新诗的形式方面的缺点而就全部抹煞‘五四’以来的新诗,或者企图简单地规定一种形式来统一全部新诗的形式”的倾向,认为“他们忘却‘五四’以来的新诗本身也已经是一个传统”。[⑥] 当然,何其芳的这种“多元”要求,明确地限制在“形式”的范围内:“形式的基础是可以多元的,而作品的内容与目的却只能是一元的”[⑦]。在有关新诗发展方向和“传统”的选择上,卞之琳的审慎的发问虽说也只指

---

① 袁水拍:《诗选1953.9—1955.12·序言》,北京:人民文学出版社,1956年。

② 何其芳:《关于写诗和读诗》(1953),《何其芳文集》第4卷,北京:人民文学出版社,1983年,第450页。

③ 何其芳:《话说新诗》,《文艺报》第2卷第4期,1950年5月。

④ 1950年前后,《文艺报》等刊物发表了卞之琳、田间、艾青、何其芳等多篇讨论新诗问题的文章,《文艺报》第1卷第12期(1950年3月)并开辟了“新诗歌的一些问题”的笔谈专栏。参加的有萧三、田间、冯至、马凡陀、邹荻帆、贾芝、林庚、彭燕郊、力扬等。

⑤ 林庚:《新诗的“建行”问题》,《文艺报》第1卷第12期,1950年3月。

⑥ 何其芳:《话说新诗》。

⑦ 何其芳:《略论当前的文艺问题》(1946),《何其芳文集》第4卷,第112页。何其芳在《关于诗歌形式问题的争论》中曾再次引述(《文学评论》1959年第1期)。

向"技巧",但所包含的方面显然要较为复杂:"受过西洋资产阶级诗影响而在本国有写诗训练的是否要完全抛弃过去各阶段发展下来的技巧才去为工农兵服务,纯从民间文学中成长的是否完全不要学会一点过去知识分子诗不断发展下来的技术?"[①]何其芳他们提出的问题,在1958年新诗道路讨论中被重新提出,并引发了激烈的争辩。

二 普遍的艺术困境

"五四"以来的诗人在进入50年代之后,相当一部分"老诗人"[②]从诗界消失。这种整体性的现象,主要不属自然的更替。造成这一情况的文学、政治环境的原因是,对新诗"传统"的选择使诗歌"主流""窄化",将一批诗人排除在诗界之外;另外,某些诗人的创作个性、艺术经验,与此时确立的写作规范发生冲突,导致他们陷入创作的困境。

"困境"并非所有的当事人当年的意识。相反,一些诗人觉得他们的创作进入新的、有更好情景的状态。例子之一是郭沫若。由于胡适的新诗史地位在当代的滑落,**郭沫若**[③]获得新诗开创者的地位。诗对于担任种种国家要职的郭沫若来说,是他社会、政治活动的组成部分。他认为,"当代诗歌""要以人民为本位,用人民的语言,写人民的意识,人民的情感,人民的要求,人民的行动。更具体地说,便要适应当前的局势,人民翻身,土地革命,反美帝,挖蒋根,而促其实现"[④]。基于这一诗观,他便有理由在此后的大量诗作中,直接表现各种政治运动和中心工作,用诗来承担传媒的"社论""时评"的任务。1958年,为了阐释"百花齐放"的方针,宣扬"大跃进运动"的成绩,他用了10天的时间,在翻阅有关花卉的书籍、图册,请教园艺工人之后,写了共101首的组诗《百花齐放》:从花的形态、肌理特征的描述,"上升"为对社会现象和政治命题的说教。诗对政治的及时配合,创作过程的"群众路线",10天百首的"大跃进"速度,都十分吻合那时的"时代精神"。

---

① 卞之琳:《开讲英国诗想到的一些经验》,《文艺报》第1卷第4期,1949年11月。

② "老诗人"的称谓,在50年代主要具有"文学年龄"的含义,通常指40年代初以前已有重要作品发表者。因而,50年代初只有三四十岁的艾青、林庚、卞之琳、陈梦家、何其芳、田间等,都属"老诗人"之列。

③ 郭沫若(1892—1978),出版的诗集有《女神》《瓶》《前茅》《恢复》《战声集》等。当代的诗集有《新华颂》《毛泽东的旗帜迎风飘扬》《百花齐放》《潮汐集》《长春集》《骆驼集》《蜀道奇》《东风集》《邕漓行》等。在五六十年代,曾先后(或同时)担任过政务院副总理、全国文联主席、中国科学院院长、全国人大常委会副委员长、全国政协副主席、中共中央委员、中国人民保卫世界和平委员会主席、中国科技大学校长等种种官职。

④ 郭沫若:《开拓新诗歌的路》(1948),《郭沫若谈创作》,哈尔滨:黑龙江人民出版社,1982年。

臧克家[①]在40年代就表现了急迫地向现实政治迫近的姿态。他50年代的诗歌，如徐迟所说，离开了“激情的快板”“深沉的慢乐章”和“谐谑调”，而进入“欢乐颂”：写作一种热情但平直、浅白的颂歌。他认为诗应该反映现实斗争、抒写“革命战士宏声”，形式上则应该通俗易懂。臧克家对当代诗歌的发展抱有很大热情，试图扮演诗界“主持人”和“指导者”的角色（《诗刊》主编的地位加强了他的这种自我意识）。不过，由于时势，也出于本意，他拒绝对多种诗艺的包容，而参与了对一种狭窄的艺术格局的捍卫；这在“文革”后的朦胧诗论争过程中，有更突出的表现。

冯至[②]1941年在昆明的西南联大执教时写的《十四行集》，是中国新诗最重要的作品之一。40年代后期，冯至的思想艺术取向发生了变化。50年代初，和另一些诗人一样，他通过对自己在“旧中国”的创作的反省[③]，来预示诗歌生命新的开端。他从对个人体验的沉思，转到对新的社会生活，对西北的工业建设者的表现、歌颂。他谨慎地试图保留40年代形成的艺术方法：情感的内敛和规范，朴素、具体、简洁的语言形式与深层的哲理凝思的结合。不过，在多数作品中，并没能获得成功。《西郊集》（1958）和《十年诗抄》（1959）这两个诗集，记录了他那种对事物默察沉思并化为意象结晶的艺术品格流失的过程[④]。

“爱那飘忽的云”的那个“远方人”，在抗战开始后走上革命的人生和艺术道路——不过，**何其芳**[⑤]始终是个“矛盾体”。“预言”的时代和写作已被否

---

① 臧克家（1905—2004），山东诸城人，1932年开始发表新诗。三四十年代的诗集主要有《烙印》《罪恶的黑手》《自己的写照》《运河》《从军行》《淮上吟》《泥土的歌》《古树的花朵》《感情的野马》《宝贝儿》《生命的零度》《冬天》。50—60年代的诗集有《一颗新星》《春风集》《欢呼集》《凯旋》《李大钊》。“文革”后出版了《忆向阳》《今昔吟》《臧克家长诗选》《放歌新岁月》等。另有诗歌评论、随笔集《在文艺学习的道路上》《学诗断想》。山东文艺出版社出有《臧克家文集》（6卷）。

② 冯至（1905—1993），河北涿州人，1923年开始发表新诗作品。20年代出版的诗集有《昨日之歌》《北游及其他》。1942年出版《十四行集》。50年代的诗集有《西郊集》和《十年诗抄》。著有诗和文学论集《诗与遗产》。出版有《冯至全集》（11卷）。

③ 参见《冯至诗文选集·序》（人民文学出版社，1955年）、《西郊集·后记》（作家出版社，1958年）等文。在《冯至诗文选集》里，他修改了20年代《昨日之歌》《北游及其他》的旧作，删削其中“不健康”“悲观颓废”的成分。他因“27首‘十四行诗’，受西方资产阶级文艺影响很深，内容与形式都矫揉造作”，而将它们完全排除在这一选集之外。

④ 对于冯至50年代的诗，当年何其芳曾有这样的评论：“一九四一年他写了一本《十四行诗集》，文字上的修饰好像多了一些，技巧上的熟练好像也增进了一些，然而如作者后来所很不满的，这些诗‘内容与形式都矫揉造作’。解放后所写的诗，矫揉造作的毛病没有了，但多数都写得过于平淡，缺乏激情。”《诗歌欣赏》，北京：作家出版社，1962年，第92页。

⑤ 何其芳（1912—1977），四川万县人，原名何永芳。30年代与李广田、卞之琳合著诗集《汉园集》，另出版散文集《画梦录》。40年代出版诗集《预言》《夜歌》。50年代以后的诗歌作品，收入《何其芳诗稿》。另有诗论和文论集《关于写诗和读诗》《诗歌欣赏》《文学艺术的春天》等多种。《何其芳文集》收入诗、散文、评论等作品。

定了[①],延安时写的表现知识分子“新旧矛盾的情感”的“夜歌”,他也觉得不应该再继续。个人与社会、现实与理想、情感与理智、艺术与政治的冲突产生的内心矛盾、感伤和忧郁,在他看来已经失去社会意义和审美价值[②]。但是,他又难以割舍那样的感情个性和表达方式。他抵抗着平庸,暗恋着艺术的完美。“如果我的杯子里不是满满地/盛着纯粹的酒,我怎么能够/用它的名字来献给你呵”——这样,那“火一样灼热”的“一个字”,便“让它在我的唇边变为沉默”。[③]不过,在五六十年代,他的一些诗歌理论和批评论著,如《关于写诗和读诗》《诗歌欣赏》[④]等,在爱诗的青年中拥有大量读者。

在三四十年代,艾青和田间常被批评家做对比性的评论,而在50年代初产生田间与艾青在新诗史上可以相提并论的印象。[⑤] **田间**[⑥]五六十年代出版了大量的新作,他对自己的艺术道路也充满信心。但评论界对他的大部分新创缺乏热情。1956年,对于田间“近来经历着一种创作上的‘危机’”,茅盾以为原因在于“没有找到(或者正在苦心地求索)得心应手的表现方式,因而常若格格不能畅吐”。[⑦] 其实,问题也许主要不在“表现方式”上。田间试图以六言作为基本句式,在此基础上寻求变化,并广泛运用象征等方法,扩大诗的想象空间——这种探索很难说就是失误。他的创作“危机”,更重要的在于以现成的政治概念和流行的社会观点,来取代诗人对社会生活和心灵世界的独特感知和发现。出版于1959年和1961年2卷共7部的叙事长诗《赶车传》,是对1946年他的同名诗作的“改写”。这种“改写”,提供了从对历史具体性某种程度的感性表达,演化为对政治乌托邦(田间诗中的

---

① 但是后来何其芳还是让《预言》再版。这是何其芳的第一本个人诗集,收1931—1937年间写的诗34首,1945年文化生活出版社出版。1957年经作者删去一首,增加一首之后,由上海新文艺出版社再版。

② 何其芳对他在延安为什么要“反复地说着那些感伤、脆弱、空想的话”,“有什么了不得的事情值得那样的缠绵悱恻,一唱三叹”,表示难以理解,说这些作品(它们50年代初仍在青年诗歌爱好者中广泛流传)“现在自己读来不但不大同情,而且有些感到厌烦与可笑了”。《〈夜歌和白天的歌〉初版后记》,《何其芳文集》第2卷,北京:人民文学出版社,1982年,第254页。

③ 何其芳:《回答》,《人民文学》1954年第10期。1955年第4期的《人民文学》和第6期的《文艺报》刊登三篇文章,批评《回答》“晦涩”“情绪上不够健康”“和时代精神不够协调”。

④ 作家出版社分别出版于1956年和1962年。《诗歌欣赏》出版单行本之前,在《文学知识》上连载。

⑤ 1946年闻一多的《艾青和田间》一文,在对比中隐含了等级上的划分,认为田间是走向与工农结合的诗人,而艾青则还是知识分子式的诗人(《闻一多全集》第3册,上海:开明书店,1948年)。

⑥ 田间(1916—1985),原名童天鉴,在当代出版有《马头琴歌集》《芒市见闻》等十余部短诗集和《长诗三首》《英雄赞歌》《赶车传》等多部长篇叙事诗集。

⑦ 茅盾:《关于田间的诗》,《光明日报》1956年7月1日。收入《鼓吹集》,北京:作家出版社,1959年。

“乐园”)的理念化阐释的例证。这个问题，40 年代后期胡风就指出过[①]。

1956 年，在田间受到批评时，艾青也受到责难，但性质要严重得多。批评来自文学界的高层，涉及的且是立场和思想感情，提出的是艾青“能不能为社会主义歌唱”的严重问题。批评者认为，艾青的“危机”来自他对社会主义生活缺乏热情，“深入生活不够”；艾青也承认他“前进的道路上存在着危机”。[②] **艾青**从 1950 年到 1957 年，出版了 5 部诗集，如作者后来所说，“大都是肤浅的颂歌”[③]。比较而言，《海岬上》[④]是这一时期最值得重视的集子，特别是其中的《双尖山》《下雪的日子》《在智利的海岬上》等作品。它们显示了在艺术个性的修复、重建上所做的努力，显示了对诗性的敏感和处理上的细致。不过，这种探索起步不久就受挫。在反右派运动中，他和那些在延安曾强调知识分子的独立精神个性，强调文学创造的特殊规律的“文抗”的一群[⑤]——丁玲、萧军、罗烽、白朗等，都成为“反党集团成员”和“右派分子”。

三　穆旦等诗人的命运

在 40 年代，穆旦、郑敏、杜运燮、袁可嘉、辛笛、陈敬容、杭约赫、方敬、唐祈、唐湜、莫洛等，无疑是当时诗歌“新生代”[⑥]富有活力的一群。这些各有自己创作特色的青年诗人，围绕着《诗创造》《中国新诗》等刊物而“集结”。他们面对的是新的社会现实和诗歌前景。他们既主张诗对于这一“严肃的时辰”的迫近，也强调诗的艺术的尊严。他们从中国古典诗歌传统吸取营养，更从 20 世纪西方“现代主义”中找到借鉴的艺术观念和表现方法，“T. S. 艾略特与奥登、史班德们该是他们的私淑者”。在他们看来，中国新诗已不可能在新月派那种浪漫诗风上继续做出有效的开拓，需要有新的题材和技巧。他们探索着“现代主义”与中国现实的结合，并在诗的语言、技巧上进行了广

---

① 胡风指出，田间 40 年代的《赶车传》等作品，“写在僵化文字上的这一片诚意，和现实生活里面的人民的跃动的感情是并非同一性质的”，“由于不能完全由他自己负责的原因，终于被形式主义打闷了”。参见《〈胡风评论集〉后记》，《胡风评论集》(下)，北京：人民文学出版社，1985 年。

② 周扬对艾青的批评，和艾青的检讨，见中国作协第二次理事扩大会议上的报告、发言，刊于《文艺报》1956 年第 5、6 期合刊。当时对艾青的批评之所以采用这样的方式(在一次正式大会上公开点名)，与他 1955 年被牵扯进“丁陈反党集团”，和这个时期因私生活受到“留党察看”处分等事件有关。

③ 艾青：《域外集·序》，石家庄：花山文艺出版社，1983 年。

④ 艾青：《海岬上》，北京：作家出版社，1957 年。

⑤ “文抗”，指中华全国文艺界抗敌协会延安分会。丁玲当时担任这一组织的主要负责人。

⑥ 1948 年，唐湜以诗的“新生代”来描述当时诗歌的“两个浪峰”，一是穆旦、杜运燮们的一群“自觉的现代主义者”，另一是绿原他们的向着生活深处的“果敢的进击”者。见唐湜：《诗的新生代》，《诗创造》第 1 卷第 8 辑。

泛的、令人耳目一新也令人讶异的试验。舍弃感伤、肤浅的陈词滥调，运用清晰、结实的“现代白话”，在词语的创造性组织中，来表达现代体验和现代意识，揭示现象下面的复杂和深刻，特别是以“内敛又凝重”的风格，表现“自我与世界的平衡的寻求与破毁”。[①]

不过在50年代，诗界并不认可他们“渴望能拥抱历史的生活，在伟大的历史光辉里奉献我们渺小的工作”的热情，也没有留给他们“从自觉的沉思里发出恳切的祈祷，呼唤并响应时代的声音”的空间。[②] 在诗是政治和阶级斗争工具的观念已占据重要地位的40年代后期，他们却否定二者之间有任何从属的关系，认为现代人生与现代政治密切相关，作为人的深沉经验呈示的诗，自然也不可能摆脱政治生活的影响，但是诗有其独立的品格，诗的取材的单一政治化和写作主体狭隘的“阶级分析”视角，都是不可取的。这自然会被看作在批评和抗衡革命文学路线。而他们创作的“现代主义”的倾向，更不可能为当代的文学规范所允许。因而，在50年代之后，他们中个别诗人虽然也有不多的作品发表，但作为一个有相近追求的群体已不复存在。在当时出版的多种新文学史著作，和有关“五四”以来的新诗评述文章和新诗作品选本中，这些诗人没有留下一丝痕迹；他们被有意忘却而在诗歌史上被“埋没”[③]。

四　“七月派”诗人的遭遇

1981年出版的诗集《白色花》[④]，收入被称为“七月派”诗人的作品。这些诗人有：阿垅、鲁藜、孙钿、彭燕郊、方然、冀汸、钟瑄、郑思、曾卓、杜谷、绿原、胡征、芦甸、徐放、牛汉、鲁煤、化铁、朱健、朱谷怀、罗洛。序中说，“即使这个流派得到公认，它也不能由这二十位作者来代表；事实上，还有一些成就更大的诗人，虽然出于非艺术的原因，不便也不必邀请到这本诗集里来，他们当年的作品却更能代表这个流派早期的风貌”。这些没有指明的诗人，当指艾青、胡风等。由于胡风等一派的文艺思想和创作在40年代后期已受到有组织的批判，相应地也形成了对这些诗人的压力。进入50年代之后，

---

① 唐湜：《诗的新生代》。

② 《中国新诗》(上海)第1集代序《我们呼唤》，1948年。

③ 穆旦因抗战期间参加中国远征军在滇缅边境作战一事，1958年成为“历史反革命”，失去写作权利(但翻译仍被允许)；唐祈、唐湜1957年则成为右派。陈敬容、杜运燮有不多作品发表，创作个性已趋模糊。郑敏、辛笛等基本上停止了诗歌创作。

④ 绿原、牛汉编：《白色花》，北京：人民文学出版社，1981年；绿原作序。

他们的创作已明显减少[①]。有的作品发表后就受到批评。最主要的例子是**胡风** 1949 年 11 月到 1950 年 1 月写成、有三千多行的"英雄史诗五部曲"。这部总题为《时间开始了》的长诗，分为《欢乐颂》《光荣赞》《青春曲》《安魂曲》《又一个欢乐颂》[②]。长诗虽然热烈赞颂解放区、毛泽东和新中国的诞生，但对中国近现代历史的认识和想象，对历史所做的叙述，显然与已经确立的叙述方式存在很大差距。它出版不久，即在联系胡风"主观唯心主义"文艺思想的角度上，受到批评。胡风一派的诗论，作为其文学理论的组成部分，在 50 年代初也屡受责难。**阿垅**（陈亦门）[③]的《人和诗》(1949)、《诗与现实》(1951)和《诗是什么》(1954)等论著，在诗的见解上，在中国现代诗人具体品评及所依据的尺度上，有不少地方可以商讨辩驳。但是，50 年代初却将这些论著，纳入对胡风文艺思想批判的组成部分而完全否定。在此期间，阿垅的《论倾向性》《略论正面人物与反面人物》[④]等文章，也受到严厉批评。在胡风一派的诗观中，最受到持续抨击的，是胡风 1948 年发表的一番言论。胡风也强调，诗应是对于人民受难的控诉的声音，是对于人民前进的歌颂的声音，诗应在前进的人民里前进。不过，他认为："在前进的人民里面前进，并不一定是走在前进的人民中间了以后才有诗"，"因为，历史是统一的，任谁的生活环境都是历史底一面，这一面连着另一面，那就任谁都有可能走进历史底深处。……哪里有人民，哪里就有历史。哪里有生活，哪里就有斗争，有生活有斗争的地方，就应该也能够有诗。"胡风接着又说："人民在哪里？在你底周围。诗人底前进和人民底前进是彼此相成的。起点在哪里？在你

---

① 此时，鲁藜、绿原、牛汉等写了不少作品，但原有的风格已有损失，且发表的机会也日见减少。

② 长诗 1950 年由上海的海燕书店、天下图书公司出版。在此之前，曾在《人民日报》等报纸上刊载。各部分名称据 50 年代的初刊本；80 年代胡风做了修订，内容和篇名均有调整修改，如《安魂曲》《又一个欢乐颂》分别改为《英雄谱》《胜利颂》。

③ 阿垅(1907—1967)，原名陈守梅，又名陈亦门，笔名有 S. M. 、亦门、张怀瑞等，杭州人，曾就读于上海工业专科学校，1933 年考入黄埔军校十期。抗战初期，参加淞沪战役负伤，1939 年进延安"抗大"学习，此时写有《南京》(80 年代人民文学出版社出版时改名为《南京血祭》)。出版有诗集《无弦琴》，报告文学集《第一击》，诗论《人和诗》、《诗与现实》(三卷本)、《诗是什么》、《作家底性格和人物的创造》等。1955 年因胡风集团案件被捕，1967 年病死于狱中。80 年代以后由他人编辑的诗、文集有《无题》《人·诗·现实》《垂柳巷文辑》等。

④ 《论倾向性》，《文艺学习》(天津)1950 年第 1 期；《略论正面人物与反面人物》(署名张怀瑞)，《起点》(上海)1950 年第 2 期。批评者认为前者宣扬唯心论的"艺术即政治"，是"抵抗马列主义的关于文艺的党性的思想"(陈涌：《论文艺与政治的关系——评阿垅的〈论倾向性〉》，《人民日报》1950 年 3 月 12 日)，对后者的指责则是歪曲马克思来推销自己的错误观点[史笃(蒋天佐)：《反对歪曲和伪造马列主义》，《人民日报》1950 年 3 月 19 日]。

底脚下。哪里有生活，哪里就有斗争，斗争总要从此时此地前进。”[①]在这里，胡风对抗了“题材决定论”，强调了诗人的“主观精神”的质量在创作中的重要性。从当时的历史情境而论，这些言论，也是针对与工农“斗争生活”有更多关联的“解放区诗歌”在当时已形成的垄断地位的。正如在胡风一派成为“反革命集团”之后，有的批判者指出的：“在这个时期(指抗战期间——引者)前后，和这种新的诗风(指实践工农兵文艺路线的解放区诗风——引者)相对立的，又出现了以胡风、阿垅(S. M.)为代表的‘七月派’。胡风编辑了《七月诗丛》，很想在当时诗歌界独树一帜。他们对于解放区的诗歌，公开采取了攻击的态度。‘七月派’所主张的，就是他们所谓诗歌应该是诗人‘主观精神的燃烧’，而实际上只是他们个人主义的丑恶灵魂的燃烧，是对于革命仇恨的火焰的燃烧而已。”[②]

---

① 胡风为北平各大学《诗联丛刊》创刊所写的《给为人民而歌的歌手们》。见《为了明天》，作家书屋，1950年。另见《胡风评论集》(下)，人民文学出版社，1985年。

② 荃麟：《门外谈诗》，《诗刊》1958年第4期。

第五章

诗歌体式和诗歌事件

一 “写实”倾向和叙事诗潮流

“写实”的、叙事倾向的诗，在“五四”新诗诞生时就受到重视，在30年代的左联诗歌中得到进一步的强调。后来，叙事倾向成为“解放区诗歌”最重要的潮流。其实，“解放区诗歌”存在着多种写作倾向，也存在不同的诗体样式。大致说来，活动于晋察冀的诗人，如某一阶段的田间，如陈辉、邵子南、魏巍、曼晴、方冰、远千里、蔡其矫等，主要接受新诗自由体诗的影响，重视从诗人情感、心理的反应等方面来表现时代和革命。另一个分支，则是生活在陕北、太行山区的一些诗人，他们更多从民间文化中取得借鉴（以北方民歌为基础，吸收民间说唱艺术的成分），在取材上更重视以战争为背景的军队和农民生活的表现，叙事诗成为他们热衷的形式。当时的解放区诗歌界，特别是在“当代”，前一分支显然受到轻忽，这些诗人在进入50年代之后多数沉寂。有大量作品问世的田间，创作路向早已转移，而自由体抒情诗的写作者蔡其矫，在很多情况下被目为“异端”。以民间诗歌形式写作叙事诗的诗人及其创作，则被确立为“方向”和榜样。经常作为“经典”作品列举的有《王贵与李香香》（李季），《赶车传》（田间），《圈套》《漳河水》（阮章竞），《王九诉苦》《死不着》（张志民）等。这是要求诗人将表现对象转移到“新的世界、新的人物”，也要求诗具有“民族风格”（并将“民族风格”理解为民间形式）的结果。

在20世纪的中国，要求诗突破狭小的题材和境界，加强它的“写实性”，扩大与现代人生存状况的联系和关切，扩大诗人的“想象的同情”，与唯我主义、感伤主义和“自然流露”的观念和方法保持距离——无疑具有它的合理性。不过，左翼诗歌的这种对“写实性”和“叙事性”的理解，侧重的是对诗的

“社会功能”的考虑,同时强调在对社会现象、生活事实的处理上,对写作主体情感、意志、思考的抑制。这使诗逐渐演化为缺乏深挚情感、心理内容的现象摹写。五六十年代诗歌的“写实性”要求,则是诗、小说等在文类特征上存在的问题。把“作者深入生活和注意了现实的真实反映和人物形象的描绘”,把创造“典型人物”看作诗的进步的重要征象,诗歌艺术上的特殊性显然受到不小的削弱和损害。①

“写实”倾向在五六十年代的诗歌中,一方面表现为40年代“解放区”已经出现的叙事诗热潮,表现了异乎寻常的“兴盛”,另一方面则是大多数的抒情短诗,都有着人物、场景、事件的框架。据粗略统计,这个时期的长篇叙事诗有近百部。较知名的有,李季的《菊花石》、《生活之歌》、《杨高传》(共3部)、《向昆仑》,阮章竞的《金色的海螺》《白云鄂博交响诗》,田间的《长诗三首》、《英雄战歌》、《赶车传》(共7部),李冰的《赵巧儿》《刘胡兰》,臧克家的《李大钊》,郭小川的《白雪的赞歌》《深深的山谷》《一个和八个》《严厉的爱》《将军三部曲》,艾青的《黑鳗》《藏枪记》,闻捷的《复仇的火焰》《东风催动黄河浪》,乔林的《白兰花》,王致远的《胡桃坡》等。近百部的长篇叙事诗的成绩不可一概而论。其中,在整理少数民族民间诗歌基础上创作的叙事诗,应具有较高的艺术水准。这包括徐嘉瑞、公刘、徐迟、鲁凝分别创作的同名长诗《望夫云》,白桦的《孔雀》,韦其麟的《百鸟衣》。高平写于50年代中期的叙事诗《紫丁香》《大雪纷飞》,有着藏族的民间传说和民间诗歌作为题材、艺术上的依据,也有较出色的表现。在50年代前期,对少数民族民间抒情诗和叙事诗的搜集、整理成为一个小的热潮。出版的这些诗歌作品,应该看作当代诗歌的组成部分。当时发表的有影响的少数民族民间诗歌,有藏族、维吾尔族、蒙古族、傣族等的抒情短诗,以及《嘎达梅林》(蒙古族)、《阿诗玛》(彝族)、《阿细的先基》(彝族)、《召树屯》(傣族)、《逃婚调》(傈僳族)等史诗和叙事诗。1956年,《人民文学》选刊了藏族仓央嘉措(第六世达赖喇嘛)的汉译情诗②,其价值显然不仅是为当代提供一种诗歌的历史文献。

---

① 袁水拍在《诗选1953.9—1955.12》(中国作家协会编,人民文学出版社,1956年)的序言中指出:“典型形象,这是艺术反映现实生活和教育人民的特殊手段,诗歌也不能例外。尽管诗歌的典型化方法有它的特殊性”,“在诗歌领域中不重视典型形象的创造问题,可能是由于对抒情诗的不正确的理解,以为‘抒情’那就是抒情,这里和人物形象不相干。这是一种误会”。

② 当时刊登于1956年第10期的《人民文学》,译者为苏郎甲措、周良沛。六世达赖仓央嘉措(1683—1706),14岁时入布达拉宫为黄教领袖,十年后为西藏政教斗争殃及,被清廷废黜,解送北上,经纳木错湖时遁去,不知所终。其所作诗歌六十余首,大都为情诗,流传很广。汉译本中较重要的有1930年中央研究院出版的《第六代达赖喇嘛仓央嘉措情歌》(赵元任记音,于道泉注释并译)、《六世达赖仓央嘉措情歌及秘史》(西藏人民出版社,2003年)等。

李季、闻捷、张志民等，是当代“写实”诗体的主要代表者。**李季**[1]是以延安诗歌路线的成效卓著的实践者身份进入当代诗坛的。在50年代，他被称作“诗与劳动人民相结合的榜样”[2]。最初的两三年间，在继续以战争为题材，写了若干长短不一的叙事诗（《报信姑娘》《菊花石》等）之后，1952年冬，李季举家到甘肃玉门油矿“落户”，走上长达30年的，以石油工业、油矿劳动者为表现对象的创作道路。他因此在当时被赞赏地称为“石油诗人”。有关这一题材，他出版了《玉门诗抄》《致以石油工人的敬礼》等5部短诗集和《生活之歌》《杨高传》《向昆仑》等8部长篇叙事诗。在题材处理上，李季建立了将战争和建设加以联结和转换的视角，作为观察、体验的基点。在形式、语言探索上，他明白信天游等民歌形式与新的题材的矛盾，曾一度转到50年代流行的半格律体（或四行体）。后来，在《杨高传》中，又尝试借鉴北方的鼓词等说唱形式。不过，由于视角的单一、狭窄，想象力的欠缺，他在当代的大量创作的成绩有限，甚至未能达到《王贵与李香香》的水平。

阮章竞[3]、**张志民**和李季一样，在解放区的叙事诗创作，都以北方民歌作为艺术创造的基础。这和他们所处理的、与传统乡村习俗变革相关的生活题材之间能取得协调。然而，当50年代的诗歌潮流要求他们转到对经济建设的表现时，他们发现原先的艺术手段与新的题材的脱节。阮章竞也曾一段时间离开了民歌和口语，而以书面语的自由体诗（或“半自由体”）作为基本格式。但他们是作为“新诗与劳动人民结合”的探索者被肯定的，这种“转向”会被认为是“倒退”，而且这也不是他和李季原先选择的诗歌目标。当李季重又回到对民间诗歌和说唱艺术的吸取时，阮章竞在他写内蒙古钢铁基地建设和生活变迁的组诗（《新塞外行》《乌兰察布》）里，也试图从民歌和唐代边塞诗中寻找境界和语言格式。但没有得到如《漳河水》那样的好评。张志民[4]则仍坚持以民歌体式表现北方农村生活。《社里的人物》《村风》等诗

---

① 李季（1922—1980），河南唐河人。1938年去延安，叙事诗《王贵与李香香》写于1945年。出版的主要诗集有《短诗十七首》《菊花石》《生活之歌》《玉门诗抄》《致以石油工人的敬礼》《西苑诗草》《心爱的柴达木》《杨高传》《难忘的春天》《向昆仑》《石油大哥》等。

② 参见冯牧：《一个违背事实的论断——评卓如的〈试谈李季的诗歌创作〉》（《诗刊》1960年第2期）、安旗《沿着和劳动人民结合的道路探索前进——略谈李季的诗歌创作》（《文艺报》1960年第5期）等文。

③ 阮章竞（1914—2000），广东中山人，1937年去太行山区根据地，先后在地方游击队和八路军中任职。主要作品有歌剧《赤叶河》，长诗《圈套》《漳河水》。50年代以后出版的诗集有《虹霓集》《迎春橘颂》《勘探者之歌》《白云鄂博交响诗》《漫漫幽林路》等。

④ 张志民（1926—1998），河北宛平人（今属北京市）。40年代末创作叙事诗《王九诉苦》《死不着》。五六十年代的主要诗集有《将军和他的战马》《金玉记》《家乡的春天》《社里的人物》《村风》《公社一家人》《西行剪影》《红旗颂》。“文革”后出版的诗集主要有《边区的山》《祖国 我对你说》《今情·往情》《“死不着”的后代们》《梦的自白》等。另出版有散文、小说集多种。

集,以农村口语表现带有“戏剧”特征的生活细节的形式来构造农村田园图景。1963 年出版的诗集《西行剪影》则有对古代诗词的明显模仿。李季、阮章竞、张志民在当代的创作所提供的情况是,创作者在“主体”创造性受到极大限制,而民间诗歌的民俗和艺术形式的积累,又不能成为重要凭借的情况下所面临的重重矛盾。

但**闻捷**[①]在题材和艺术凭借上采取的是另一路径。在 40 年代后期的内战中,他作为一名随军记者来到新疆,并在 50 年代最初的几年里,任驻新疆的新华社记者。这期间的生活和艺术经验的积累,基本确立了他此后诗歌的风貌。在一个可供选择的“资源”相当有限的诗歌环境中,他找到的虽说并不很丰厚,但也尚有可供挖掘的矿藏,而避免了像李季、阮章竞一样在一段时间里的进退失据。这指的是他对生活在新疆的哈萨克族、维吾尔族、蒙古族等民族的生活风情、民间传说和诗歌的了解。与此同时,那些写作“生活牧歌”的苏联诗人,在对生活材料进行诗意的提炼和组织上,也给他以仿照的启示。[②] 1955 年,《人民文学》连续刊登闻捷的五个组诗,其中,《吐鲁番情歌》《博斯腾湖畔》《果子沟山谣》都与新疆少数民族生活有关。这些作品连同其他的一些诗作,在 1956 年结集为《天山牧歌》出版。它们用牧歌的笔调来处理“颂歌”主题,并发挥了闻捷长于以抒情格调来“叙事”的艺术才能。在《苹果树下》《志愿》《猎人》等短诗中,作者努力建立一个完整的、首尾呼应的结构,并在对“事件”“细节”的单纯化的提炼中,来增加情感表达的空间。这些诗“一发表就受到了大家的注意和喜爱。给人以新鲜感觉的景物和生活,柔和而又清新的抒情风格,很久在我们的诗歌里就不大出现的对青年男女们的爱情的描写,这些都是它的鲜明的特色”[③]。50 年代末闻捷发表的,已酝酿七八年的叙事长诗《复仇的火焰》,也是以新疆少数民族生活为题材。[④] 它讲述的是 1950—1951 年发生于新疆东部巴里坤草原的叛乱和叛乱

---

① 闻捷(1923—1971),江苏丹徒人,参加过抗日救亡运动,1940 年去延安,进陕北公学学习,后在陕北文工团、《群众日报》等部门工作,1949 年以随军记者身份到新疆,曾任新华社新疆分社社长。诗集有《天山牧歌》、《东风催动黄河浪》、《第一声春雷》(与李季合著)、《我们插遍红旗》(与李季合著)、《祖国!光辉的十月》、《河西走廊行》、《生活的赞歌》,以及叙事诗《复仇的火焰》等。“文革”期间,因受到迫害自杀身亡。

② 如 50 年代前期在中国有许多翻译的伊萨柯夫斯基、苏尔科夫、特瓦尔朵夫斯基等的作品。何其芳在《诗歌欣赏》中谈到闻捷的《吐鲁番情歌》时指出了这一点,它“写的当然是我们的兄弟民族的生活,但在写法上却和伊萨柯夫斯基写苏联青年男女们的爱情的短诗有些相似”(《诗歌欣赏》,北京:作家出版社,1962 年,第 103 页)。收入《何其芳文集》时,这段话改为“但在写法上却和外国有的诗人写青年男女们的爱情的短诗有些相似”。《何其芳文集》第 5 卷,北京:人民文学出版社,1983 年,第 464 页。

③ 何其芳:《诗歌欣赏》,第 102 页。

④ 长诗的第一、二部(《动荡的年代》和《叛乱的草原》)分别出版于 1959 年和 1962 年。第三部《觉醒的人们》只在报刊上发表部分章节,由于“文革”的发生而没有能够完成。

平息的过程，有着庞大的艺术结构，追求雄伟恢弘的气势；在展开事件发生的社会背景的描绘上，在安排若干复杂交错的人物线索上，在重视人物性格的刻画上，有理由将它称为“诗体小说”[①]。而且，虽说“有些部分还显得粗糙一些”，但“这样广阔的背景，这样复杂的斗争，这样有色彩的人民生活的描绘，好像是新诗的历史上还不曾出现过的作品”。[②] 不过，对这样的布局、处理和运用的艺术方法，当时也存在着怀疑：“文学艺术在已有小说、戏剧、电影……等等独立样式的现代”，是否应以诗的样式去承担小说等叙事作品处理的材料？“不要忘记了诗歌艺术本身有它的特长和局限性”。[③]

二　青年诗人的艺术道路

四五十年代之交的社会“转折”，既有碎裂的血迹，也展现着诗意的色彩。正是有关后者的想象，吸引了一批知识青年踏入诗的疆域：青年诗人的涌现是当时的奇观。邵燕祥、李瑛、韩笑的第一部诗集《歌唱北京城》《野战诗集》和《血泪的控诉》，均出版于 1951 年。公刘的《边地短歌》、张永枚的《新春》，出版于 1954 年，而白桦的《金沙江的怀念》，胡昭的《光荣的星云》，梁上泉的《喧腾的高原》，傅仇的《森林之歌》，雁翼的《大巴山的早晨》，顾工的《喜马拉雅山下》，严阵的《淮河上的姑娘》，孙静轩的《唱给浑河》，流沙河的《农村夜曲》……出版于 1955—1956 年间。这些作者当时大多在军队服役。在他们看来，走向诗和走向革命，是同一事情的不同方面[④]——这是那个年代被看作天经地义的泛政治化的艺术观。青年作者一开始也面临着艺术“传统”、艺术经验的问题。在这方面，他们所获取的借鉴，主要来自“五四”以来的、以自由体诗为核心的新诗，以及在 50 年代仍有很大影响的外国浪漫主义诗歌。这种“艺术准备”，比起 40 年代的一些青年诗人（穆旦、杜运燮、绿原）来，存在着欠缺。这不仅关乎表现技巧，而且制约着体验的领域和方式。相对而言，随着西进的军队到了川西、云贵和康藏一带的作者，他们的创作有超乎当时一般水准的表现。除了个人的条件外，与他们生活的自然、人文环境不无关系：雨水和阳光都十分充沛的热带雨林，青苍的岩石上

---

① 徐迟：《读〈动荡的年代〉》，《人民日报》1959 年 7 月 21 日。

② 何其芳：《诗歌欣赏》，第 108 页。

③ 安旗：《读闻捷〈动荡的年代〉》，《论叙事诗》，北京：作家出版社，1962 年。

④ “因为我是兵士，我才写诗；因为我写诗，我才被称为兵士”（公刘：《因为我是兵士》，《在北方》，北京：作家出版社，1957 年）；“在我的信念里，战斗和创作是我最高的思想方式和行动方式”，“一个诗人的任务就是一个战士的任务”（李瑛：《李瑛诗选·自序》，成都：四川人民出版社，1981 年）。

常年莹白的积雪,夜晚淡红色的月亮和燃烧的星星,马帮的风尘和山民的炊烟……以及那里的舞蹈、传说和歌唱。[①] 他们几乎都参加过对这里的古歌、民间史诗和民间抒情诗的搜集和整理,有的还据此进行“再创作”。这些在激发他们的想象力,丰富他们的表现手法上,起到明显的作用。虽说他们诗的“题旨”并无很大不同,但自然景物和民族风情成为感情的背景或投影,加上民间诗歌丰富的比喻和表现方法,是避免现象肤浅描述和政治概念直白演绎的有效途径。这些诗人,80 年代有的研究者曾称之为“西南边疆诗群”。他们是公刘、白桦、顾工、高平、傅仇、周良沛等。

公刘[②]在 50 年代的青年诗人中,是最早获得诗界较高评价的。他 1949 年 10 月参加军队并到了云南。1954—1955 年,《中国青年报》《人民文学》《长江文艺》发表了他写边疆军人生活的《佧佤山》组诗、《西盟的早晨》、《西双版纳组诗》。这些作品,写红色的圭山,写到处都感觉到音乐、感觉到辉煌的太阳和生命呐喊的勐罕平原,写蓝玻璃一样的澜沧江……它们很快“受到读者的赞美”[③],也获得权威诗人的赞赏:“公刘的诗,就是长期生活在战士中间的、感染了我国部队的高贵素质的、通身都是健康的一种新的歌唱。”[④]到 1957 年,他出版了《边地短歌》《神圣的岗位》《黎明的城》和《在北方》四部诗集。细致的感觉,奇丽的想象,清新的语言风格,是这些诗集的特色。[⑤] 在同一时期的青年诗人中,他表现了更为突出的建立在情感想象基础上的艺术概括能力,和重视诗的整体构思、重视抒情角度转换的艺术趋向。1956 年公刘离开边地到了北方。在《在北方》等集子中,他尝试将南方的“梦幻和情思”,与北方的广袤、雄浑和“哲思”结合起来。这种写作,呈现为现象描述到“哲思升华”的结构。在一个十分重视观念表达的时代,这种创造,很快演化

---

① 参见周良沛:《云彩深处的歌声(昆明通讯)》,《诗刊》(北京)1957 年第 2 期。

② 公刘(1927—2003),原名刘耿直,江西南昌人,曾就读于中正大学,参加革命学生运动和进步文化工作,1949 年参加中国人民解放军,以随军记者身份到云南,1955 年到北京任解放军总政治部文化部创作员,1957 年被定为“右派分子”。50 年代的诗集有《边地短歌》《神圣的岗位》《黎明的城》《在北方》,另整理出版了少数民族叙事长诗《阿诗玛》(与黄铁等合作)、《望夫云》。“文革”后出版的诗集有《尹灵芝》《白花·红花》《离离原上草》《仙人掌》《母亲—长江》《骆驼》《大上海》《南船北马》《刻骨铭心》《相思海》《公刘诗选》等。另有诗论集、杂文随笔集多种。

③ 臧克家:《1956 年诗选·序言》,北京:人民文学出版社,1957 年。

④ 艾青:《公刘的诗》,《文艺报》1955 年第 13 期。

⑤ 公刘在《西盟的早晨》中写道:“我推开窗子,/一朵云飞进来——/带着深谷底层的寒气,/带着难以捉摸的旭日的光采。”这些诗行,持续地成为评论家对公刘早期诗歌风格的说明。如艾青在《公刘的诗》中说:“‘带着难以捉摸的旭日的光采’,正好用来形容公刘的诗。”黄子平在 80 年代,也以“从云到火”作为标题,来概括公刘诗歌风格的演变。见《沉思的老树的精灵》,杭州:浙江文艺出版社,1986 年。

为一种“诗体”模式，而被广泛运用。公刘在1957年被定为“右派分子”[①]。

邵燕祥[②]40年代后期在北平读中学时，开始发表诗、散文、小说。1948年考入中法大学法文系。北平解放后，经华北大学短期学习，到新华广播电台(后来的中央人民广播电台)工作。第一本诗集《歌唱北京城》的那种写实、说唱的艺术形式，并没有延续下去。“工厂、矿山和建设工地”“社会主义建设者的形象”成为他强烈关注的对象。在《到远方去》和《给同志们》这两个诗集中，邵燕祥以自由诗的抒情方式，来写沸腾的建设场景，写青年人的献身热情。“远方”在他的诗中不仅是确定的地域，而且是象征性“中心意象”，表达着那个时代的理想激情和纯真梦幻：“在我将去的铁路线上，/还没有铁路的影子。/在我将去的矿井，/还只是一片荒凉”，“但是没有的都将会有，/美好的希望都不会落空。”50年代中期，邵燕祥的写作发生变化。他意识到只是表达这种浪漫诗情的不足，在当时“写真实”的文学思潮中，认为诗也应该有助于扫除“阻碍我们前进的旧社会的残余”，而写作了《贾桂香》[③]这样的小叙事诗和一些讽刺性作品。他个人也为此付出沉重代价，在反右运动中罹难。

李瑛[④]也是40年代在北平读中学时开始写诗，曾与朋友一起出版有习作性质的诗合集《石城的青苗》(1944)。1945年就读于北京大学中文系，并在《文学杂志》《中国新诗》《大公报·文艺》等报刊上发表诗作。早期的作品，

---

① 他成为“右派”的原因，主要有在军队总政治部召开的座谈会上对军队文化领导工作提出批评；对1955年肃反运动中受到审查不满；发表了被认为是“对现状不满”“影射肃反和攻击党”(《怀古二首》、寓言诗《乌鸦与猪》《刺猬的哲学》《公正的狐狸》)，和“宣扬资产阶级爱情至上”(《迟开的蔷薇》)的诗作。

② 邵燕祥(1933—2020)，原籍浙江萧山，生于北平，1947年加入中共领导的地下外围组织民主青年同盟，1948年就读于北平中法大学法文系，50年代初曾在中央人民广播电台工作。50年代出版的诗集有《歌唱北京城》《到远方去》《给同志们》。“复出”后出版的诗集有《献给历史的情歌》《含笑向七十年代告别》《岁月与酒》《在远方》《为青春作证》《如花怒放》《迟开的花》《邵燕祥抒情长诗集》《也有快乐，也有忧愁》，以及多部选集、自选集(《邵燕祥诗选》《邵燕祥自选集》等)。80年代中期以后，主要致力于杂文、随笔的写作，出版的杂文随笔集有《蜜和刺》《忧乐百篇》《绿灯小集》《小蜂房随笔》《无聊才写书》《捕捉那蝴蝶》《改写圣经》《自己的酒杯》《大题小做集》《杂文作坊》《真假荒诞》《热话冷说集》《邵燕祥随笔》等。

③ 《贾桂香》以真实事件为素材，写东北一农场青年女工，在私生活上受到流言诬陷、打击而自杀身亡。诗中表现了作者对陈腐观念和官僚主义作风的批判。发表于1956年12月13日的《人民日报》。

④ 李瑛(1926—2019)，河北丰润县人，读中学时开始写诗，曾与朋友出版诗合集《石城的青苗》(1944)，1945—1949年就读于北京大学中文系。50—70年代出版的诗集有《野战诗集》《战场上的节日》《天安门上的红灯》《友谊的花束》《早晨》《时代纪事》《寄自海防前线的诗》《颂歌》《花的原野》《红柳集》《静静的哨所》《献给火的年代》《红花满山》《枣林村集》《北疆红似火》《进军集》《站起来的人民》等。“文革”后出版的诗集有《难忘的1976》《早春》《在燃烧的战场》《我骄傲，我是一棵树》《南海》《春的笑容》《美国之旅》《春的祝福》《望星》《江和大地》《睡着的山和醒着的河》，以及《李瑛诗选》《李瑛抒情诗选》等。李瑛《春的告诫》：“凡是陈旧的姿态都应该改变，凡是不堪积压的都急速突破……”

表现关于“历史转折”的时期意识，运用了更多的现代诗的技巧。1949年初，李瑛离开大学，作为新华通讯社军队总分社记者，随军南下。此后，他一直在军队中担任文化宣传方面的职务[①]。他是当代写作时间最长，而且出版诗集最多的一位诗人[②]。诗的题材多与军人的生活、情感有关。“士兵”不是作为一种职业进入他的创作，而是有关责任、献身精神、崇高品格表达的载体。他在50—70年代的写作，并不能超越当代文学规范的限定，不过，细致的感受力，较丰厚的艺术储备(这得力于40年代的大学学习和广泛阅读)，增强了他的诗作的感性色彩和情感层次。他的短诗，建立了一种单纯、和谐，而又意旨确定、封闭的格局；这是他的美学追求，也是他的社会、人生观念。他运用浪漫化的、有新鲜感的意象和起承转合的结构方式，来“诗化”那种僵硬的政治命题和粗砾的政治生活，而在60年代特别是“文革”期间产生较大影响。[③]

在五六十年代，青年诗人也在各项政治、文学运动中经过筛选，其构成也不断发生变化。一些有创造力的诗人被逐出诗界，而50年代初青年诗歌的探索活力也逐渐衰减。

三　50年代的诗歌事件

在50年代，值得关注的诗歌“事件”，一是1956—1957年的“百花时代”诗歌的变革及其受挫，二是发生于1958—1959年的“新民歌运动”和新诗道路讨论。

50年代中期的文学变革要求，最主要体现在文学理论、小说、戏剧等领域；诗歌的表现并不是很突出。但是，改变诗歌观念和写作上单一、狭窄的总趋势，却是一些诗人争取的目标。[④] 1957年初创刊的诗歌刊物《诗刊》《星

---

① 李瑛曾长期担任军队中的文艺刊物(《解放军文艺》)、出版社(解放军文艺出版社)的编辑和负责人。“文革”后担任过解放军总政治部文化部部长等职。

② 自1951年的第一部诗集《野战诗集》起到90年代末，李瑛出版的诗集约有近40部，并出版有《李瑛诗选》《李瑛抒情诗选》等多部诗歌选本。除了“文革”初期一段时间外，他的诗歌写作、发表在当代持续时间最长。在一个诗歌思想艺术纷杂多变的时代，这一现象既体现了他勤奋探索的成绩，也显示了总与各种不同诗潮做“适度呼应”的缺陷。

③ 主要指出版于1972年、1973年的《枣林村集》《红花满山》。

④ 诗人李白凤在1957年的《人民文学》发表《写给诗人们底公开信》，批评“近年来”“诗歌的创作被限制在如此狭窄的领域里”。因为这篇文章等事由，在河南大学任教授的李白凤成为“右派分子”，被开除公职，在开封街头拉板车为生。

星》,一开始表现了一定程度的开放的姿态[①]。在这期间,报刊发表一些多年停笔的诗人、诗评家的作品。他们如饶孟侃、汪静之、徐玉诺、陈梦家、吴兴华、孙大雨、穆旦、杜运燮等。1957 年,还出版了此前有争议的戴望舒、徐志摩的诗选。在思想艺术上表现出某种探索精神的作品,如《在智利的海岬上》(艾青)、《礁石》(艾青)、《白雪的赞歌》(郭小川)、《深深的山谷》(郭小川)、《葬歌》(穆旦)、《草木篇》(流沙河)、《迟开的蔷薇》(公刘)、《山水》(蔡其矫)、《贾桂香》(邵燕祥)也陆续出现。但是 1957 年夏天的反右运动,阻断了这一变革的潮流。这是继胡风事件之后,当代诗歌界的另一次重大挫折[②]。

"批判资产阶级右派"之后,1958 年出现了经济、文化的"大跃进"运动。毛泽东创建人民的大众文化的大规模群众性实践,是这一运动的核心内容之一。实践主要经由诗歌领域展开,在当时称为"新民歌运动"(或"大跃进民歌运动")。毛泽东指出,"中国诗"的出路,"第一条是民歌。第二条是古典",在这基础上发展新诗。[③] 这一民歌加古典的新诗发展基础论,显然是以忽视、否定"五四"以来新诗已确立的自身"传统"为前提。《人民日报》于 4 月 14 日发表题为《大规模地收集全国民歌》的社论,指出这一"极有价值的工作","对于我国文学艺术的发展(首先是诗歌和歌曲的发展)有重大的意义"。郭沫若为此发表了《关于大规模收集民歌问题　郭沫若答"民间文学"编辑部问》[④]。4 月 26 日,周扬主持中国文联、中国作协、民间文艺研究会的

---

① 在成都出版的,由石天河、流沙河、白航任编辑的《星星》创刊号,发表了开始引起争议后来受到严厉批判的诗《草木篇》(流沙河)、《吻》(日白)。创刊号"稿约"表达了对"多样化"的期望:"天上的星星,绝没有两颗完全相同的。人们喜爱启明星、北斗星、牛郎织女星,可是,也喜爱银河的小星,天边的孤星。我们希望发射着各种不同光彩的星星,都聚集到这里来,交映着灿烂的光彩。"由于形势变化,这则"稿约"在第 2 期上从刊物上消失。在反右运动中,《星星》几位编辑均成为"右派分子",编辑部受到改组。

② 被定为"右派分子"的诗人有:艾青、陈梦家、孙大雨、公木、吕剑、苏金伞、吴兴华、李白凤、青勃、唐湜、唐祈、公刘、邵燕祥、白桦、流沙河、石天河、昌耀、孙静轩、胡昭、高平、周良沛、梁南、张明权、岑琦、林希等。

③ 毛泽东 1958 年 3 月 22 日在成都的中央工作会议上的讲话。毛泽东称"我看中国诗的出路恐怕是两条:第一条是民歌,第二条是古典,这两面都提倡学习,结果要产生一个新诗。现在的新诗不成型,不引人注意,谁去读那个新诗。将来我看是古典同民歌这两个东西结婚,产生第三个东西。形式是民族的形式,内容应该是现实主义与浪漫主义的对立统一。"毛泽东还说,"现在的新诗还不能成形,没有人读,我反正不读新诗。除非给一百块大洋。搜集民歌的工作,北京大学做了很多。我们来搞可能找到几百万成千万首的民歌,这不费很多的劳力,比看杜甫、李白的诗舒服一些。"(《建国以来毛泽东文稿》第 7 册,北京:中央文献出版社,1993 年,第 124 页。)毛泽东的这一"指示",最早由四川省委在关于搜集民歌的通知中以不提毛泽东名字的方式公开(《四川日报》1958 年 4 月 20 日)。此后,他关于重视和搜集民歌的讲话还有多次。1958 年 4 月初中共中央召开的武汉会议、5 月 20 日中共八大二次会议,提出要"各省搞民歌",民歌"各地要收集一批,新民歌要,老民歌要,革命的要,一般社会上流行的也要"。

④ 《人民日报》1958 年 4 月 21 日。

民歌座谈会,发出“采风大军总动员”。在5月召开的中共八大二次会议上,周扬做了《新民歌开拓了诗歌的新道路》的发言。在此前后,中共各省、市、自治区委员会也发出相应的“收集民歌”的通知。接着,在全国范围掀起“大规模搜集”民歌和写作“新民歌”的热潮[①]。“新民歌”在当时被确定为“当前”和“今后”诗歌的“主流”[②];对“民歌(新民歌)”的崇拜和开展的诗歌运动,在新诗史上具有激烈的“革命”含义。它意味着“工农大众”(而不是“文人”、知识分子)将成为写作主体;在诗歌艺术上,民间歌诗谣谚将成为主要借鉴“资源”;写作方式和传播方式,也有可能从书面发表、个人阅读、沙龙式交流转向公众集体参与的方式[③]。不过,具有错位、悖论意味的是,“新民歌”虽然以相对于“文人”、专业诗人的写作获得自我确认,但运动整个过程却为政治、文学“精英”所引导、操控;他们为大众设定了可供而且必须依循的思想艺术范式(事实上,不少有名的“新民歌”经过文人的修改,甚至就出自他们之手)。虽然口头流传、朗诵成为一时风尚,但最终仍被纳入依靠书面撰写、报刊投稿、编辑成书的,经由“文人”筛选的“经典化”之路。

“全民动员”式的“新民歌运动”,引发关于诗歌道路的大讨论[④]。其中,焦点问题是如何确定诗歌的发展道路。涉及的问题有对“新民歌”的估计,对新诗历史的评价,新诗发展的艺术基础等。对于“新民歌”的崇拜,和过分否定“五四”以来的新诗传统,何其芳、卞之琳、力扬、雁翼、吴雁(王昌定)和青

---

① 搜集民歌和写作新民歌在1958—1959年间成为一项由执政党、各级政府发动、组织实施的政治运动,这在诗歌(文学)史上实属罕见。当时各地出版的民歌集数量惊人,写出的“新民歌”“不计其数”(周扬《新民歌开拓了诗歌的新道路》)。据说,1958年仅安徽一省几个月里,就创作了三亿一千万首民歌,四川这一年出版的新民歌集有三千七百多种(据天鹰《1958年中国新民歌运动》)。郭沫若、周扬编选了《红旗歌谣》,仿照“诗三百”的体例精选新民歌三百首,由《红旗》杂志社出版。评论者说,《红旗歌谣》的作者是“集体的诗人”,“是超越了屈原、李白和杜甫的,在当前世界诗坛上,也可以称得上是个出类拔萃的大诗人”(袁水拍:《成长发展中的社会主义的民族新诗歌》,《文艺报》编辑部编《文学十年》,北京:作家出版社,1960年,第136—137页);新民歌的出现,开启了“前无古人的诗的黄金时代”,“这个诗的时代,将会使‘风’‘骚’失色,‘建安’低头。使‘盛唐’诸公不能望其项背,‘五四’光辉不能比美”(贺敬之:《关于民歌和“开一代诗风”》,《处女地》1958年第7期)。《红旗歌谣》1979年人民文学出版社再版时,更换了其中的29首。

② 这是当年普遍的看法。参见郭沫若《就当前诗歌中的主要问题答〈诗刊〉社问》(《诗刊》1959年第1期)、邵荃麟《民歌·浪漫主义·共产主义风格》(《文艺报》1958年第18期)等文。

③ 在1958年的“新民歌运动”中,写作、传播方式除了报刊等出版物之外,各地举办的赛诗会、民歌演唱会、诗歌展览会、诗擂台,以及在街头、田间设立的诗窗、诗棚、诗亭等,都采用了集体参与的,以口头演唱、朗诵为主要手段的方式。

④ 设置讨论专栏的报刊有《诗刊》、《文艺报》、《星星》(成都)、《萌芽》(上海)、《处女地》(哈尔滨)、《蜜蜂》(保定)、《红岩》(成都)、《长江文艺》(武汉)、《雨花》(南京)、《火花》(太原)等。《人民日报》《文学评论》《光明日报》《文汇报》也都发表相关文章。讨论持续了将近两年,参加者除诗人、批评家、文化界有关人士外,还有工农大众。《诗刊》编辑部陆续将其中部分文章汇集成册,出版了共四集的《新诗歌的发展问题》。

年学生红百灵提出质疑，表达了他们程度不同的忧虑，这成为讨论中争议最为激烈的部分。[①]

四　当代的政治抒情诗

广义地说，50—70年代的大多数诗歌，都可以称为“政治诗”，即题材、视角的政治化。不过，仍存在有更确定的诗体模式、被称为“政治抒情诗”的类型。这一概念大约出现在五六十年代之交，但其典型样态在50年代初（甚至更早时间）就已存在。石方禹的《和平的最强音》（1950）[②]，邵燕祥的《我爱我们的土地》（1954），郭小川以《致青年公民》为总题的组诗（1955—1956），贺敬之的《放声歌唱》（1956），是较早的一批有影响的作品。从艺术渊源上说，政治抒情诗接受的影响来自两个方面。一是中国新诗中有着浪漫风格的诗风；准确地说，应是其中崇尚力、宏伟的一脉。[③] 当然，更直接的承继是30年代的“左联”诗歌，和抗战期间大量出现的鼓动性作品。[④] 另一是接受西方19世纪浪漫派诗人[⑤]、当代苏联特别是马雅可夫斯基的诗歌遗产。被称为“当代政治诗的创始人”[⑥]的马雅可夫斯基，从“直接参加到事变斗争中去”并“处于事变的中心”，贴紧现实政治的主题，“和自己的阶级在一切战线上一齐行动”，“像炸弹、像火焰、像洪水、像钢铁般的力量和声音”，到“楼梯体”的诗行、节奏处理方式，都为当代中国政治诗的作者提供了直接的经验。[⑦]

---

① 参见何其芳《关于新诗的“百花齐放”的问题》（《处女地》1958年第7期）、《关于诗歌形式问题的争论》（《文学评论》1959年第1期），卞之琳《对于新诗发展问题的几点看法》（《处女地》1958年第7期），红百灵《让多种风格的诗去受检验》（《星星诗刊》1958年第8期）等文。吴雁在《创作，需要才能》（天津《新港》1959年第8期）中，针对“新民歌运动”中人人写诗，人人成为诗人的现象说，“敢想敢干实际上是吹牛”，“说是一天写出三百首七个字一句的东西就叫做‘诗’，我宁可站在夏日炎炎的窗前，听一听树上知了的叫声，而不愿被人请去作这类‘诗篇’的评论家。我所唯一钦佩的只是‘三百’这个数目字。”这些嘲讽的、“贵族老爷”式的话，在当时引起一片哗然，天津作协分会召开批判会，多种报刊刊发批判吴雁的文章。

② 刊于《人民文学》1950年第3卷第1期，是当时有影响的，描绘当时冷战格局的世界图景的长诗。

③ 这是卞之琳对新诗中浪漫诗风所做的区分，参见《开讲英国诗想到的一些经验》，《文艺报》第1卷第4期。

④ 如蒋光慈、殷夫的诗，艾青、田间和“七月”诗人的一部分作品。

⑤ 在中国新诗酝酿和诞生期就介绍到中国的“立意在反抗，旨归在动作”的“摩罗诗人”（鲁迅：《摩罗诗力说》，《鲁迅全集》第1卷，人民文学出版社，1957年，第197页），如拜伦、雪莱、裴多菲、密茨凯维支等，他们对中国新诗“政治性”创作的影响是持续的。

⑥ 阿拉贡在50年代的观点。见路易·阿拉贡：《从彼特拉克到马雅可夫斯基》，雷光译，《法国作家论文学》，北京：生活·读书·新知三联书店，1984年，第364页。阿拉贡还说，马雅可夫斯基的道路，“从今以后便成了全世界诗人的道路”。

⑦ 见全国文协（中国作协）创作委员会和《文艺报》于1953年7月联合召开的纪念马雅可夫斯基六十诞辰的座谈会上，袁水拍、邹荻帆、吕剑等的发言，及田间的《新时代的主人》[《文艺报》1953年第 （转下页）

“政治抒情诗”是当代政治与文学特殊关系的产物。它表现了作者关注政治事件、社会运动的热情,和以诗作为“武器”介入现实政治的追求。诗作者以“阶级”(或“人民”)的、社会集团的代言人身份出现。因而,在这一诗体中,如何处理个体情感、经验,是引起争议的敏感问题。[①]在艺术形式上,往往表现为观念演绎、展开的结构方式。有关现实政治和社会问题的观点,成为统御诗的各种因素的纲目[②]。“政治抒情诗”大都是长诗,通常采用大量的排比句式进行渲染、铺陈,也讲求节奏分明、声韵铿锵,以增强政治动员的感染力量。马雅可夫斯基的“楼梯体”在后来的创作中,不断融入中国古典诗歌的对偶、排比技巧,以增强形式感。当代的“政治抒情诗”在某种意义上说是一种“广场诗歌”。它的写作目标和相应的艺术形式,主要不是为着个人阅读,而是诉诸公众场合的朗诵这种集体性的参与[③]。因而,“政治抒情诗”大量出现的时候,也伴随着诗歌朗诵的热潮。在“文革”发生前的两三年中,以及“文革”期间,诗歌的朗诵、演唱是政治生活的重要组成部分。[④]

(接上页) 13 期]、《海燕颂》(《文艺报》1956 年第 21 期)等文章。在座谈会发言和文章中,他还被奉为“热爱的同志和导师”,他的诗是“插在路上的箭头和旗帜”。除了各种单行本外,从 1957 年到 1961 年,人民文学出版社出版了五卷本的《马雅可夫斯基选集》。

① 郭小川在《致青年公民》中,使用了“我”“我号召”的叙述人称,受到了“突出自己”的批评。郭就此辩护说,“我所用的‘我’,只不过是一个代名词,类如小说中的第一人称,实在不是真的我……请求读者予以谅解。”(《几点说明》,《致青年公民》,北京:作家出版社,1957 年)郭小川后来的《致大海》《望星空》等作品受到批评,也与此有关。

② 徐迟在评论《致青年公民》时说,这些诗“实际上是抽象的思想,抽象的概念,但用了形象化的语言来表达”。(《谈郭小川的几首诗》,《诗与生活》,北京出版社,1959 年。)“形象”在这种诗体中,一般也失去特定的具象的性质,而转化为“抽象”的、象征化(也逐步公式化)的“符号”。这种诗体的象征性形象,一方面来源于“自然物象”,如红日、灯火、海涛、青松、乌云,另方面取自与中国现代革命运动有关的事物,如宝塔山、八角楼、天安门、长征中的雪山和草地等。

③ 朱自清在 40 年代后期区分了两种不同的“朗诵诗活动”。抗战前的“诗歌朗诵”,“目的在于试验新诗或白话诗的音节”,而且主要是“诵读”,即“独自一个人默读或朗诵,或者向一些朋友朗诵”,“出发点主要的是个人”。而抗战时期的诗歌朗诵,则是面对大众,而且产生具有独立地位的“朗诵诗”的形式。这种“朗诵诗”是“听的诗”,“是群众的诗,是集体的诗”,“不是在平静的回忆之中,而是在紧张的集中的现场”,“它不止于表示态度,却更进一步要求行动或者工作”。见朱自清:《论朗诵诗》,《论雅俗共赏》,北京:生活·读书·新知三联书店,1983 年,第 43—47 页。朱自清在另一地方谈到抗战以后诗的前景时认为,“这时代需要诗,更其需要朗诵诗”,“今天的诗是以朗诵诗为主调的”。见朱自清:《今天的诗——介绍何达的诗集〈我们开会〉》,《朱自清序跋书评集》,北京:生活·读书·新知三联书店,1983 年,第 288 页。

④ 1963 年以后的两三年间,北京等大城市出现朗诵诗的热潮。1963 年一年,北京在剧场的朗诵“演出”(不包括工厂、学校等自己举办的诗歌朗诵会)达 40 场,并出现了有固定场所、时间的“星期朗诵会”(地点设在东华门的北京儿童剧院)。当时的朗诵者一般是知名的电影、话剧演员,也有大学的学生参加。这个时期,作家出版社出版了专供学校、工厂、农村组织朗诵会使用的《朗诵诗选》。到了“文革”期间,诗歌朗诵直接成为各种“文艺宣传队”进行政治宣传的手段。

当代许多诗人都写过"政治抒情诗",如李瑛、闻捷、严阵、阮章竞、张志民、韩笑等,而贺敬之和郭小川的写作,则常被和这一"诗体"联系在一起。**贺敬之**[①]在延安,是歌剧《白毛女》文学脚本的主要执笔人。40 年代在解放区写的诗,后来结集为《并没有冬天》《笑》和《朝阳花开》。五六十年代,他和郭小川是产生过广泛影响的诗人,在 80 年代他们也常被诗评家并举。贺敬之当代作品可大致分为两类,一类是相对而言格局较小,并更多从民歌和古典诗歌取得借鉴的《回延安》《桂林山水歌》《西去列车的窗口》。它们化用陕北信天游形式,在现实与战争历史的交错中,发掘支持当代发展的精神力量。另一类则是"鸿篇巨制",它们是《放声歌唱》《十年颂歌》《雷锋之歌》等。后者在当代"政治抒情诗""体制"的建立上起到重要作用。《雷锋之歌》参与了 60 年代构造雷锋这一阶级、时代精神"共名"的社会运动,特别是在这一"共名"的象征性意象"提纯"上,发挥了诗歌的特殊功能。政治性主题、政治视角并不是贺敬之当代诗歌缺陷的必然根源。问题在于在他的诗中,"政治"和诗人对"政治"的观察、表达的经验,只是局限于经过规范的观念、政策、口号,无法获得深化与拓展。因而,他有的诗因表达一个时间的"政治"而得意,又因另一时间的"政治"而尴尬;这促使他出于"政治"的考虑,不断删改自己的作品。[②]

郭小川[③]在抗战爆发初期到延安参加革命。在"根据地"写的诗,接近当时晋察冀诗歌(陈辉、魏巍等)的自由体叙述风格。四五十年代之交,在中共的新闻和宣传部门任职,与陈笑雨、张铁夫等以"马铁丁"的笔名,写作许多以思想杂谈为内容的随笔、评论[④]。从青年知识分子到一名"战士"所经历的

---

① 贺敬之(1924—),山东峄县(今枣庄市)人,曾就读于山东省立第四乡村师范和湖北国立中学。1940 年去延安,入鲁艺文学系学习,后到文工团工作,当过华北联合大学教员。50 年代以后,在戏剧、文学部门担任领导工作。著有诗集《并没有冬天》《笑》《朝阳花开》《乡村之夜》《放歌集》《雷锋之歌》《贺敬之诗选》等。并创作歌剧《白毛女》(集体创作,与丁毅等共同执笔)、《栽树》、《周子山》、《秦洛正》。

② 贺敬之的《东风万里》《十年颂歌》《雷锋之歌》等,因诗中涉及的具体政治问题,在不同版本中均有删改;贺敬之对此也做了说明(参见《贺敬之诗选·自序》)。具体修改情况,可以《放歌集》1961 年初版本、1972 年再版本,及 1979 年的《贺敬之诗选》进行对照。

③ 郭小川(1919—1976),河北丰宁人,在北平读中学时开始写诗。1937 年到延安,先在八路军 359 旅的奋斗剧社工作,后任该旅的宣传干事、政治教员和旅部秘书。1941 年到 1945 年在延安马列学院学习。抗战胜利前夕,作为派赴新解放区的干部,到冀察热辽地区的热河省,任丰宁县县长和热西专署民政科长等职。1948 年后到 1954 年,在新闻和宣传部门工作。1955 年 7 月,调任中国作家协会书记处书记兼秘书长,并开始专业文学创作。著有诗集《平原老人》《投入火热的斗争》《致青年公民》《雪与山谷》《鹏程万里》《月下集》《将军三部曲》《两都颂》《甘蔗林——青纱帐》《昆仑行》等。1985 年人民文学出版社出版《郭小川诗选》及其续篇,收入大部分诗作,另有《郭小川全集》(12 卷)。

④ 这些随笔和评论文章,结集为《思想杂谈》(10 辑),由武汉通俗出版社出版。50 年代中期郭小川主要转向诗歌写作之后,《文艺报》等报刊署名"马铁丁"的杂文和文学评论文章,大多出自陈笑雨之手。

生活、精神变迁,既是郭小川的生活道路,也是他持续的诗歌主题。这一过程所包含的思想、情感矛盾、冲突,影响了他的诗中的那种自我解剖的抒情方式。一个时间的理论宣传工作,又使他的抒情具有思考、评论生活的特征。

郭小川在当代的诗歌"成名作",是总题《致青年公民》的一组政治抒情诗。虽然受到诗界和读者的好评,但作者很快不满它们的"浮光掠影""粗制滥造",而追求创作离开"现成的流行的政治语言",表达"独特""创见"的作品。[①] 他的这一努力,在《致大海》《望星空》等抒情诗,特别是50年代中期创作的几部长篇叙事诗(《白雪的赞歌》《深深的山谷》《严厉的爱》《一个和八个》)中得到体现。"雪"和"山谷"[②]都采用当代相当流行的"半格律体"[③]的形式,都写参加革命的青年知识分子的感情经历,而且也都是以女性第一人称作为叙述者。"雪"中的夫妻在一次战事中失散,讲述的是在音讯渺茫的漫长等待中,坚定的信念对于孤独、绝望的克服。这个故事留着作者个人经历的印痕,也有点像是"改写"了叙述人身份的那首著名苏联诗歌《等着我吧》[④]的扩展版本。"山谷"是对于一个坚持"个人主义"的革命"叛徒"的谴责,它表达了这样的个人生活的政治伦理原则:个体生命要完全地融入"无限"的历史之中,从而获得与历史相通的灿烂人生。

在郭小川这个时期的创作中,《一个和八个》与《望星空》在当时引起强烈非议[⑤]。《望星空》仍保持郭小川其他作品的思想框架,即在社会集体的参照下,解剖个体生活道路、精神世界的缺陷。但引起批评家恼怒的是,它引入了另一"非历史性"的参照物(神秘、浩大、永恒的星空),而发现"缺陷"的普遍存在。叙事诗《一个和八个》受到责难,虽然也与写革命内部冤案这一当代题材的"禁区"有关,但作品的着重点显然不在"阴暗面"的揭露。在50年代有关建立怎样的"新世界"的想象中,郭小川在这些作品中提出的,是一

---

① 参见郭小川:《权当序言》,《月下集》,北京:人民文学出版社,1959年。

② 郭小川曾将这两部长诗合在一起出版单行本,书名为《雪与山谷》(北京:中国青年出版社,1958年);这显示了两者具有内在的关联。

③ 每节有相同的行数(常见的是四行,也有六行的),每行的长短、节奏大体相近,押不很严格的韵脚。这种诗体形式被称为"半格律体"(或"半自由体")。

④ 苏联作家西蒙诺夫写于苏联卫国战争期间的诗,在50年代的中国相当流行。这是一个在前线作战的士兵对后方的"爱人"发出的有关坚贞、等待的吁求。《白雪的赞歌》的叙述者虽然变化为女性,但它们的共同点是,女性被同样处理为情感有可能发生动摇的考验对象。

⑤ 《一个和八个》当时没有正式发表,就在中国作协党组会议等多种内部场合受到批判(正式公开发表,要到1979年)。《望星空》于1959年第11期《人民文学》刊出后,被认为是表现极端陈腐、极端虚无主义的感情,是"令人不能容忍"的"政治性的错误"(华夫:《评郭小川的〈望星空〉》,《文艺报》1959年第23期;萧三:《读〈望星空〉》,《人民文学》1960年第1期)。对《白雪的赞歌》等作品,1960年第1期《诗刊》也发表严厉批评的文章。

种人道主义的，肯定个体精神、情感价值的“设计”。在处理个人—群体、个体—历史、感性个体—历史本质之间的关系上，在处理个体实现“本质化”的过程中，郭小川承认裂痕、冲突的存在，也承认裂痕、冲突的思想、审美价值。因而，他虽然也强调精神“危机”的“克服”、转化的必要性，但是，由于对个体价值的依恋，对人的生活和情感的复杂性的尊重，他并不试图回避，且理解地表现了矛盾的具体情景。郭小川在50年代末受到批评之后，他的探索受阻，被迫（或自愿）地回到当时对文学（也是对社会生活）的规范轨道上来。60年代得到高度评价的诗（《林区三唱》《甘蔗林——青纱帐》《厦门风姿》《昆仑行》等），事实上已失去思想精神探索的锐气。

郭小川五六十年代在诗体形式方面做过许多试验。除“楼梯体”“半格律体”之外，还试图在诗中融入古典诗词、小令的语词、句式、节奏。在60年代，曾以“半逗律”的方式处理排比、对偶，出现了被称为“现代赋体”[①]的形式。

① “现代赋体”，见谢冕：《论中国新诗传统》，《共和国的星光》，沈阳：春风文艺出版社，1983年，第13页。

第六章

小说的题材和形态

一　“现代”小说家的当代境况

“现代”的小说作家在进入50年代之后，写作情况发生了许多变化。一部分在40年代表现活跃、发表过有影响作品的小说家，因各种原因或停止创作，或移居境外。茅盾50年代虽有过撰写长篇的计划，却终于没有试图去实现。沈从文的文学生涯遇到重大挫折。虽然也不是说就失去小说写作的“权利”，不过考虑到自己的文学理想难以更易，也不想做出折中性的处理，便转而专注于文物和古代服饰的研究。[①] 张爱玲1952年离开中国内地到香港，后移居美国。徐讦也在1949年后去了香港。他们继续有作品问世，但他们的小说写作，已不能纳入当代中国内地的文学构成之中。钱锺书虽然更愿意在小说创作上施展才智，但“时代”留给他的选择，似乎只有文学研究领域。废名(冯文炳)作为小说作家，也几被“忘却”。在50年代中期，受到“百花齐放”的浪漫情绪的感染，曾有过宏大的创作规划，不过也没有实现。[②] 在五六十年代，师陀等也不见有值得注意的作品问世。

另外一些小说家，开始了他们在取材、艺术方法、作品风格上的改造，以

---

① 参见沈从文、张兆和:《从文家书——从文兆和书信选》，沈虎雏编选，上海:上海远东出版社，1996年。

② 在“百花时代”，废名曾打算写两部长篇小说，一部写中国几代知识分子经历的道路，另一部以个人的经历，“反映江西、湖北从大革命开始，经过抗日战争、解放战争，到解放后土改、农业合作化为止社会面貌的变化”。“百花齐放”既然很快夭折，他的计划也就落空。不过，即使写作得以进行，他也不一定能找到解决已感觉到的难题的方法:“写作热情我是有的，但写起来也有困难。表现个人的思想感情变化还容易，也能表现得真实，但是是不是工农兵也喜欢看呢？怎样达到普及的目的，是个问题。另外，我所掌握的语言，在汉语中是很美丽、很有效果的，但是，是不是适合表现生活，也是个问题。”沛德:《迎接大放大鸣的春天——访长春的几位作家》，《文艺报》1957年第11期。

适应新的文学时代的需要。朝鲜战争期间，**巴金**到前线生活了七个月，出版了以此为题材的两部短篇小说集《英雄的故事》(1953)和《李大海》(1961)。“我多么想绘出他们的崇高的精神面貌，写尽我的尊敬和热爱的感情。然而我的愿望和努力到了我的秃笔下都变成这些无力的文字了”[①]——这是对这种尴尬情景的符合事实的描述。**张天翼**在50年代前期，发表了《罗文应的故事》《宝葫芦的秘密》等作品，当时颇受少年儿童的欢迎。不过，作为一个以精练、喜剧式的文字刻画社会各阶层人物的张天翼，却已不再存在。“大跃进”期间，他也有过撰写知识分子生活道路的长篇的计划，但同样也只是存在于拟想之中。

艾芜[②]为“可以在作品中称心如意地为劳动人民讲话”而感到“空前未有的幸福”。[③] 1952年，他来到东北的鞍山钢铁厂“体验生活”，长篇小说《百炼成钢》和短篇小说集《夜归》，是这一努力所取得的成果。《夜归》集中的一些短篇(如《雨》《夜归》)，于细微之处来表现新生活中的情绪，显示了作者细致敏感的匠心。但从整体而论，连同长篇《百炼成钢》，都显现了在题材、艺术观念和方法“转向”后的挫折。对于艾芜，读者记忆最深的恐怕不是《山野》和《故乡》，而是他的《南行记》。1961年，他重返云南故地，看到和30年前不同的生活景象，而写了《南行记续篇》。依然是抒情性的文笔，也还有边疆风情的渲染，而叙述者的“身份”已完全改变(从一个生活无着的漂流者，变化为已获得稳定位置的怀旧者)，作品的“主旨”，也被纳入“新旧生活对比”这个单一观念的框架之中，在很大程度上失去了《南行记》中社会游离者对生活、对生命的发现。**沙汀**并没有像艾芜那样寻找新的“生活基地”，改变写作的题材。他数量并不多的短篇仍取材于四川农村生活(大部分收入《过渡》《过渡集》这两个短篇小说集中)。沙汀说，《过渡》等集中的作品“缺点和不足之处虽然不少，但是，同我过去的作品比较起来，却也显示出若干新的东西”[④]。“新的东西”之一，是对农村的“基层干部”、农村合作化运动积极分子的热情，他们成为主要表现对象。虽然有这些变化，原来的风格和方法却并未完全放弃，尚保持朴素的写实风格，和从日常生活入手，以简练、冷静的叙述来自然展开故事的方法。但这样的谨慎“过渡”，也受到跨出的步伐不

---

① 巴金:《李大海·后记》，北京:作家出版社，1961年。

② 艾芜(1904—1992)，四川新繁人，原名汤道耕，20年代后期曾漂泊于昆明、西南边境和缅甸、新加坡等地，30年代初在上海开始发表作品，抗战期间在桂林、重庆等地从事文学创作。著有《南行记》《丰饶的原野》《山野》等作品，50年代以后的小说有长篇《百炼成钢》、短篇集《夜归》等。

③ 艾芜:《夜归·后记》，北京:作家出版社，1958年。

④ 沙汀:《过渡·后记》，北京:作家出版社，1959年。

够大的批评。待到 1960 年发表《你追我赶》,转而追求明朗热烈的基调,着力去塑造"具有共产主义风格"的新人形象时,这一浮泛和空疏的取向,却为当时的批评界所赞赏[①]。

丁玲、萧军、路翎等在 50 年代政治、文学运动中受挫,他们的创作不能得到继续。当然,"现代"小说家中的另一些人,在当代也表现了某种创作的活力,写出若干有影响的作品。他们有周立波、欧阳山、周而复、赵树理、柳青、吴强等。他们也遇到许多难题,不过,在性质上和程度上,与上面提到的作家不尽相同。

二　题材的分类和等级

在"当代",题材的选取,对小说创作(文学的其他类别,如诗、戏剧、散文也一样)具有特殊的重要性。当代关于"题材"的概念,通常有两种不同的理解:一、作家"选取他充分熟悉、透彻理解、他认为有价值、有意义的东西,作为自己加工提炼的对象,这就是题材";因而,"题材"对于具体作品,都是"特定"的。二、"指的可以作为材料的社会生活、社会现象的某些方面"。在"当代"论及题材,一般指后一种的理解。[②] "题材"问题,被认为是关系到文学反映社会生活本质的"真实"程度,关系到"文学方向"的确立的重要因素。作家主要根据他的生活积累和体验,他的才能的性质,来决定写作题材选择的这种认识,在"当代"受到了质疑。在左翼作家看来,选取何种生活现象作为创作的题材,关系到这种文学的"性质"。毛泽东在《在延安文艺座谈会上的讲话》中就有对革命文学在题材上必须转移到"新的人物,新的世界"的论述。

1949 年的第一次文代会上,周扬的报告把题材的转移("新的主题、新的人物"的大量涌现)作为解放区文艺"是真正新的人民的文艺"的重要根据:"民族的、阶级的斗争与劳动生产成为了作品中压倒一切的主题,工农兵群众在作品中如在社会中一样取得了真正主人公的地位。知识分子一般地是作为整个人民解放事业中各方面的工作干部、作为与体力劳动者相结合的脑力劳动者被描写着。知识分子离开人民的斗争,沉溺于自己小圈子内

---

① 被批评家认为是对原来的有"局限"的风格的突破,而在创作道路上"跨进了一步"。见阎纲:《跨进了一步》,《文艺报》1960 年第 21 期。

② 引文见 1961 年第 3 期《文艺报》专论《题材问题》,为当时《文艺报》主编张光年撰写。专论的着重点是为了纠正过分强调"题材"重要性的偏向,是 60 年代初文艺方针、政策调整的组成部分。

的生活及个人情感的世界，这样的主题就显得渺小与没有意义了。”[①]这里明确规定了工农兵与知识分子在创作中的不同的形象地位，同时，也区分了“人民的斗争”“生产劳动”与“小圈子内的生活及个人情感的世界”之间的不可混淆的区别。1949年的8月到11月，上海《文汇报》开展了“可不可以写小资产阶级”的争论，也涉及小说（以及戏剧等）的题材重点的问题。讨论中“带有结论性”[②]的何其芳的文章，指出“在这个新的时代，在为人民服务并首先为工农兵服务的文艺新方向之下，中国的一般文艺作品必然要逐渐改变为以写工农兵及其干部为主，而且那种企图着重反映这个伟大时代的主要斗争的史诗式的作品也必然要出现代表工农兵及其干部的人物，并以他们为主角或至少以他们为其中的一个最重要的方面的主角，而不可能只以小资产阶级的人物或其他非工农阶级的人物为主角。但是，这也并不等于在全部的文艺创作中就不可以有若干篇以小资产阶级的人物或其他非工农兵阶级的人物为主角的作品”[③]。这是一种带有“典型”意味的“当代论述”：为多种限定、修正所缠绕的句式，暴露出论及这一问题时审慎、紧张的心理。此后，围绕题材所展开的争论，在“当代”持续不断。各个时期的文学规范的制定者和质疑者，总是把它作为关注的焦点之一。受到批判的胡风理论的主要错误之一，就是批判者所概括的“反对写重要题材，反对创造正面人物”。50年代末讨论茹志鹃的小说创作，题材问题也是争论的重要方面。60年代初的文学“调整”，题材的“多样化”问题最先被提出。而“文革”中，周扬等被指认为推行“文艺黑线”，罪状之一就有“反‘题材决定’论”。

在五六十年代，作家、批评家在“题材”问题上尽管有不同的看法，但是，他们对“题材”本身的理解，以及处理这一问题的角度、方法，却并无很大差异。第一，题材是被严格分类的。作为分类的尺度，有社会生活“空间”上的工业、农业、军队、学校，有时间上的历史题材、现实生活题材。这一分类，在实质上包含着“阶级”区分的类别背景，同时，也表现了以社会群体的政治生活（而非“个人日常生活”）作为题材区分的根本性依据。第二，不同的题材类别，被赋予不同的价值等级；即指认它们之间的优劣、主次、高低的区分。类别的严格区分，与等级上的清楚排列紧密关联。因此，“当代”又派生了“主要题材”（或“重大题材”）、“次要题材”（或“非重大题材”）的概念。在小

---

① 周扬：《新的人民的文艺》，《中华全国文学艺术工作者代表大会纪念文集》，北京：新华书店，1950年。

② 这是朱寨主编的《中国当代文学思潮史》对当年何其芳文章的定位（北京：人民文学出版社，1987年，第43页）。

③ 何其芳：《一个文艺创作问题的争论》，《文艺报》第1卷第4期。另见《何其芳文集》第4卷，北京：人民文学出版社，1983年，第183页。

说题材中,工农兵的生活、形象,优于知识分子或“非劳动人民”的生活、形象;“重大”性质的斗争(政治斗争、“中心工作”),优于“家务事、儿女情”的“私人”生活;现实的、当前迫切的政治任务,优于逝去的历史陈迹;由中共领导的革命运动,优于“历史”的其他事件和活动;而对于行动、斗争的表现,也优于“个人”的情感和内在心理的刻画。

五六十年代的小说创作,多数是恪守这一题材的分类边界的。从第一次文代会开始,也有了按照社会生活领域(如工厂、矿山、农村、军营)和当时开展的政治运动、中心事件(如抗美援朝、农业合作化、“大跃进”),来分别“检阅”小说创作的成绩和问题的批评“成规”。在这种情况下,出现了“当代”特有的题材分类概念,如革命历史题材、农村题材、工业题材、知识分子题材、军事题材等。这些概念有其特定含义,它强调的是这些领域的社会政治活动性质。因而,“农村题材”的含义与“五四”新文学的“乡土小说”“乡村小说”,有了不能互相替代的区别。

按照上述的题材分类来观察,这一时期的小说主要集中在“革命历史题材”和“农村题材”方面。这既指作品的数量,也指它们的艺术水平。这种分布状况的形成,一方面是因它们的“重要性”而受到提倡,另一方面则与作家的经验和“五四”以来新文学的艺术积累有关。当代小说家不少在生活和情感上,与农村联系密切;一批参加革命的知识分子在战争结束后,又热衷于写出他们的有关“革命”的“记忆”。当然,有的题材也是文学界的决策者重视并极力提倡的,如所谓“工业题材”,和平年代的军营生活,却并未出现预期的成果。在文学决策者看来,既然工业建设成为“新中国”的“工作重心”,而工人阶级又是“领导阶级”,文学创作也应该发生这种重心上的转移。然而,即使是一些训练有素的作家(周立波、艾芜、萧军等)涉足这一领域,也令人惊讶地表现了他们笔墨的笨拙、呆滞。

当代在小说题材的分类与等级上确立的“规则”,对于这一时期小说的形态,产生重要的影响。也就是说,表现对象的选择,与对对象的“观点”,具有小说形态、“结构”上的后果。这涉及叙述视点、情节安排、语言方式、人物设计等多个方面,也影响、制约了小说的总体风格。

三　当代的小说样式

五六十年代小说的体裁(样式),有重视“两极”的取向。短篇和长篇的数量、质量都较突出,而中篇小说的成绩却相当有限。从 1949 年到 1965 年,这期间发表的中篇小说虽说有四百余部,较为知名的并不多。可以列举的也就是《铁木前传》(孙犁)、《在和平的日子里》(杜鹏程)、《来访者》(方纪)、《水滴石穿》(康濯)、《归家》(刘澍德)等不多的几部。[①]

对长篇和短篇的重视,各有其"功能"上的根据。对于长篇,"反映"社会生活的规模和容量,是受到重视的一个主要因素。对许多怀有"反映这个伟大时代"、写作"全景式"作品的情结的作家来说,长篇小说是实践这种勃勃雄心的理想形式。至于短篇,则是认为它能迅速、敏捷地反映生活;对现实反应的快捷,对政治配合的及时——这是这个时期要求文学应具有的品格。自然,从50年代开始,文学刊物大量增加,对短篇创作在当代的发展也起到推动的作用。50年代和60年代前期,除中国作协主办的文学刊物外,各省、市、自治区都出版有一种或多种文学期刊,其数量非三四十年代所能相比。这些刊物每期一般几十个页码,适宜于容纳诗、短篇小说、散文等体裁。[②] 因此,在五六十年代,在分述文学创作的阶段性成绩和问题的时候,短篇小说常被单独列举。这个时期,由于存在专事短篇创作的作家,而出现了"短篇小说作家"的概念;而在此之前(三四十年代)和之后(80年代),这一概念并未被广泛使用。这个时期被称为"短篇小说作家"的有赵树理、李准、马烽、王汶石、峻青、王愿坚、茹志鹃、林斤澜、陆文夫、唐克新等。尽管他们中有的也发表过中、长篇,但是短篇是他们创作的最主要标志。

长篇小说因为能够反映时代的"整体性"而被重视,但"当代"对长篇的形态学的研究,却几乎是空白。短篇小说则不然,从50年代初开始,对这一样式的特征和创作问题的讨论就持续不断。茅盾、魏金枝、艾芜、沙汀、蹇先艾、骆宾基、侯金镜、周立波、孙犁、欧阳山、赵树理、李准、杜鹏程等,对这一论题都发表过意见。[③]《人民文学》《解放军文艺》等刊物,组织过关于短篇的专门讨论会、学习会。1957年《文艺报》的短篇小说笔谈,是讨论中重要的一次。"当代"短篇讨论中的焦点问题,是如何界定短篇的特质和结构形态。茅盾显然秉承胡适的看法,认为应从具典型意义的生活片断,即截取"横断

---

① 不过,中篇小说具有的短篇与长篇难以替代的特征,并没有被忘却。五六十年代评论界忧虑的短篇"中篇化"、短篇不短的现象,说明了这一点。

② 在五六十年代,以长篇小说、剧本等为主要发表对象的文学期刊,只有1957年创刊的《收获》。一般的长篇作品如果要在文学期刊上发表,只能采用选载或连载的方式。如《三里湾》《创业史》《红日》《山乡巨变》《播火记》等,在出版单行本之前,各在《人民文学》《延河》《新港》等刊物上连载。

③ 有关短篇小说特征的讨论文章,刊发于《文艺报》1957年第4、5、6、26、27、28等期上。其中重要的有茅盾《杂谈短篇小说》,端木蕻良《"短"和"深"》,魏金枝《大纽结和小纽结》《剪裁和描写》《两种趋势》等。相关文章还有:蹇先艾《我也来谈谈短篇小说》(《红岩》1957年第8期),马铁丁《提倡写短篇》(《人民文学》1959年第1期),巴人《有关短篇小说创作的几个问题》(《人民文学》1959年第3期),郃荃麟《谈短篇小说》(《解放军文艺》1959年第6期),侯金镜《短篇小说琐谈》(《文艺报》1962年第8期)等。

面”来看待短篇的特征。[①] 魏金枝提出“大纽结”与“小纽结”的概念，用以区分中长篇和短篇。侯金镜则主要从人物性格着眼，认为短篇是剪裁和表现性格横断面及与此相适应的生活横断面等等。这些互相辩驳的意见，其实包含着更多的相似点。他们或从对生活现象的处理，或从作品中矛盾的性质和展开的程度，或从人物性格的构成等不同方面，来强调短篇小说的“以小见大”“以部分暗示全体”的特点。对于中国当代作家来说，表现生活的“整体”和“本质”，是文学所要达到的总的目标。以敏捷、迅速反映生活见长的短篇小说，并不因此失去对社会生活“整体”和历史“本质”揭示的可能，只不过它以另外的方法来实现：它是“可以证明地层结构的悬崖峭壁，可以泄露春意的梅萼柳芽，可以暗示秋讯的最先飘落的梧桐一叶，可以说明太古生活的北京人的一颗臼齿……”[②]

当代对于短篇的讨论，当然是要突出它表现时代的“先驱性”[③]，但是也可能蕴涵着另外的意味。一些更多接受西方现实主义小说艺术经验影响的作家，试图以这种经验，来推动中国小说观念、技巧的“现代化”进程。他们的“严格”的短篇概念的提出，潜隐了想扭转 40 年代以来，延安文学在小说艺术上更偏重于“民间传统”，重视通俗化和故事性的倾向；他们没有意识到，“短篇故事”也可以是小说“现代化”进程的另一流脉[④]。“将自己化身为艺人，面向大众说话”，写出有完整故事的短篇，在延安文学和当代，已出现了赵树理等的范例；但对它们的“现代”性质的理解没有获得共识。对短篇的这种讨论，推动了重视剪裁构思的、写“横断面”的潮流，不过，在某一小说创作“群落”（如山西短篇小说作家），某一时段（如 1958 年“大跃进”时期和“文革”前夕），“宣讲”式和故事性、通俗性的方面得到延续和强调。

长篇小说创作需要更多的准备、积累，因此 50 年代初长篇显得较为沉

---

① 胡适认为，“理想上完全的‘短篇小说’”，“是用最经济的文学手段，描写事实中最精彩的一段，或一方面”；而最精彩的一段，就如截了大树树身的“横断面”，由这个“横断面”可以代表人、社会的全部。《论短篇小说》，《新青年》第 4 卷第 5 号，1918 年 5 月 15 日。

② 魏金枝：《大纽结和小纽结》，《文艺报》1957 年第 26 期。

③ 卢卡契认为，短篇小说“决不声称要表现全部社会现实，也不表现一个根本性的、当前的问题的全部内容”，它“抑或是用大型史诗和戏剧的宏伟形式来反映真实的一种先行表现，抑或是在某个时期结束时的一种尾声”，是“宏大形式的先驱者和后卫”。参见卢卡契《评〈伊凡·杰尼索维奇的一天〉》，《卢卡契文学论文集(二)》，北京：中国社会科学出版社，1981 年，第 554—555 页。

④ 孙楷第 50 年代初在《中国短篇白话小说的发展与艺术上的特点》(《文艺报》1951 年第 3 期)中指出：“明朝人用说白念诵形式用宣讲口气作的短篇小说，在‘五四’新文学运动时代，已经被人摈弃，以为这种小说不足道，要向西洋人学习。现在的文艺理论，是尊重民族形式，是批判地接受文学遗产。因而对明末短篇小说的看法，也和‘五四’时代不同，认为这也是民族形式，这也是可供批判地接受的遗产之一。这种看法是进步的。”

寂。《铜墙铁壁》(柳青)、《风云初记》(孙犁)、《保卫延安》(杜鹏程)是比较重要的几部。稍后,特别是50年代后期到60年代初,长篇的数量大为增加,且出现了若干体现这一时期小说创作水准的作品。因此,它在当时和后来,被批评家和文学史家称为长篇小说的"丰收"(或"高潮")期。赵树理的《三里湾》出版于1955年,其后有高云览的《小城春秋》(1956),曲波的《林海雪原》(1957),李六如的《六十年的变迁》(第1卷1957,第2卷1961),吴强的《红日》(1957),梁斌的《红旗谱》(1957),周立波的《山乡巨变》(上篇1958,下篇1960),杨沫的《青春之歌》(1958),冯德英的《苦菜花》(1958),周而复的《上海的早晨》(第1部1958,第2部1962),李英儒的《野火春风斗古城》(1958),冯志的《敌后武工队》(1958),刘流的《烈火金钢》(1958),欧阳山的《三家巷》(1959),草明的《乘风破浪》(1959),柳青的《创业史》(第1部,1960),罗广斌、杨益言的《红岩》(1961),欧阳山的《苦斗》(1962),姚雪垠的《李自成》(第1卷,1963),浩然的《艳阳天》(第1部1964,第2、3部1966)等。[①]

相对而言,在题材的处理上,当代长篇小说侧重于表现"历史",表现"逝去的日子",而短篇则更多关注"现实",关注行进中的情境和事态。当代政治、经济生活的状况,社会意识的变动,文学思潮的起伏等,在短篇中留下更清晰的印痕。但受制于社会政治和艺术风尚,比较起长篇来,短篇小说在思想艺术上受到的损害也更明显。不过,在五六十年代发生的范围和程度都有限的思想艺术革新中,对于"慧心与匠心"都有更高要求的短篇,倒是表现了更多的探索的、"前驱"的锐气。

四　类型单一化趋向

"五四"以来,因为取材、视点、语言风格上的种种差异,现代小说出现多种"类别"。不同的小说类别的名称,有的来自作家的"宣言",有的是各时期批评家和文学史家的归纳。它们的命名的类型学尺度上并不一致。但诸如问题小说、乡土小说、社会分析小说、新感觉派小说、京派小说、都市小说等等,对于考察中国现代小说的状貌,仍是有效的依据。在强调文学方向和作品基调、风格的统一性的当代,小说"类别",大致局限于题材的区分。小说形态的单一化是不可避免的趋向。

在"当代",以都市市民为主要阅读对象的通俗小说,以及表现"都市市

---

① 这些长篇作品在单行本出版之前,有一部分曾在刊物上发表。这里标示的年份,是指单行本初版的时间。

民日常生活"的作品,其存在的合理性受到质疑,它们失去了生长的根基。讽刺、幽默的小说,此时也不能有继续的推进。体现对"最积极"的生活现象(英雄人物、先进事迹)的正面评价的小说,处于最值得肯定的位置上,而揭露、批判,或幽默、嘲讽性质的作品,其价值、地位则一直含糊不清[①]。

从30年代开始,按照"只有人的行动才能表现人的本质"的理解[②],左翼文艺强调写矛盾斗争,写重大社会问题、事件,并在矛盾斗争中塑造"典型人物"。在这种观点的支配下,出现了一批重要的小说成果。不过,这种观念影响进一步放大和绝对化,形成了设计对立的人物冲突的、"戏剧化"小说的模式,并对其他形态的小说构成挤压。出于历史观、文学观的差异,40年代一些作家(废名、周作人、沈从文等)在质疑这种小说类型的基础上,提出要"事实都恢复原状","保存原料意味",写"不像小说的小说"。[③] 这一主张,在五六十年代没有它存在的空间。写英雄典型、写矛盾冲突、设计有波澜起伏的情节线索,在小说理论、创作中取得绝对地位,成为衡量作品价值的主要尺度;留给"诗化""散文化"小说的发展空间不多。即使有类似的作品出现,也难以获得较高的评价。[④] 受到怀疑、拒绝的小说种类,还有侧重表现心理活动,尤其是复杂心理矛盾的那种作品。复杂心理状态,尤其是苦闷、彷徨、动摇等曲折的心理内容,被认为是不健康的。对它们的描写,"既未能反映出主要矛盾和主要斗争,而且又往往不能完全按照客观的真实而加以表现",在艺术形式上也"支离破碎,朦胧滞涩",是一种创作的"错误倾向"。[⑤]

---

① 60年代初,欧阳山发表了《在软席卧车里》等"讽刺小说",因这种样式久违而在开始受到欢迎,但最终还是得到批评、否定的待遇。

② "生活真实只有在人的实践中,在他的行动中才能显现出来。人们的言语,他们的纯主观的思想感情,只有转化为实践,只有在行动中经过检验,证明正确或者不符合现实,才能判定它们是真实的还是虚妄的"。卢卡契:《叙述与描写——为讨论自然主义和形式主义而作》,《卢卡契文学论文集(一)》,北京:中国社会科学出版社,1980年,第52页。

③ 周作人:"有些不大像小说的,随笔风的小说,我倒颇觉得有意思,其有结构有波澜的,仿佛是依照着美国版的小说作法而做出来的东西,反有点不耐烦看,似乎是安排下好的西洋景来等我们去做呆鸟……废名在私信中有过这样的几句话,我想也有点道理:'我从前写小说,现在则不喜欢写小说,因为小说一方面也要真实,——真实乃亲切,一方面又要结构,结构便近于一个骗局,在这些上面费了心思,文章乃更难得亲切了。'"《明治文学之追忆》,《立春以前》,上海:太平书局,1945年。废名:"最要紧的是写得自然,不在乎结构,此莫须有先生之所以喜欢散文。他简直还有心将以前所写的小说都给还原,即是不装假,事实都恢复原状,那便成了散文,不过此事已是有志未逮了。"《莫须有先生坐飞机以后》第八章,《文学杂志》第2卷第8期,1948年1月。上述引文,转引自钱理群编《二十世纪中国小说理论资料(第四卷)》,北京:北京大学出版社,1997年。

④ 如孙犁的《山地回忆》《吴召儿》《铁木前传》等小说。

⑤ 茅盾:《在反动派压迫下斗争和发展的革命文艺》,《中华全国文学艺术工作者代表大会纪念文集》,新华书店,1950年。

路翎等的小说，就是在这样的理论根据上遭到拒绝的[①]。但是，那种冷静的、“观照式”的“写实”风格，也同样不能得到同情和认可。在作品“风格”上，热烈、宏伟最必须提倡，沙汀旧时的那种叙事方式，被批评为缺乏理想、“沉闷艰涩”。1958年，有评论家曾以短篇《山那面人家》（周立波）为例，称赞它的“色彩的明远，调子的悠徐”，说“我们既赞成奔放、雄伟、刚健、热烈，也赞成淳朴、厚实、清新、隽永”。[②]这种不加区分主次、高下的“赞成”，很快受到非难。

小说类型、风格的单一化，在一些时候也会引起忧虑，产生试图克服这一弊端的努力。1959—1961年，有茅盾、欧阳文彬、侯金镜、魏金枝、细言（王西彦）、洁泯（许觉民）等参加的茹志鹃小说讨论，就是打算借此来拓展小说创造之路。[③] 批评家对茹志鹃小说“特色”的归纳，建立在对小说题材、形态的这样的分类基础上：人物形象上，有高大、叱咤风云的英雄，与普通、平凡的“小人物”；表现的生活形态上，有尖锐复杂的矛盾过程，与平凡的日常生活事件；风格上，有浓烈、高亢、雄伟，与柔和、雅致、清新。批评家大致认为，茹志鹃的小说属于后者。讨论中的分歧在于对这种特色的评价上。有批评家试图取消写英雄与写“小人物”，写“社会主要矛盾”与不正面表现这种矛盾，高亢浓烈与色调轻柔之间的高下、轻重的等级，取消“主花”与“次花”、“提倡”与“允许”的界限[④]——但是，这显然有着动摇文学方向的嫌疑，自然不可能得到认可。结论性的意见只能是，“我们不能因为反对把英雄人物和普通人物对立起来的观点和对英雄人物概念的狭隘理解，而走向另一个极端”，“无论如何不能得出这样的论断：写普通人物的一些光辉的品质就等于创造了英雄人物的高大形象”；“区别这一点是很重要的。否则，可能会导致忽略时代要求于我们的创造光芒四射的英雄人物的任务”。[⑤]

---

① 林斤澜1963年发表了侧重表现心理、意识“流动”的短篇《志气》《惭愧》，也受到“破碎”“晦涩”等的类似批评。见陈言：《漫评林斤澜的创作及有关评论》，《文艺报》1964年第3期。

② 唐弢：《风格一例——试谈〈山那面人家〉》，《人民文学》1959年第7期。

③ 召开了讨论会，并撰写讨论文章。文章刊于1959年的《上海文学》和1960—1961年的《文艺报》。重要的有欧阳文彬《试论茹志鹃的艺术风格》（《上海文学》1959年第10期）、侯金镜《创作个性和艺术特色——读茹志鹃小说有感》（《文艺报》1961年第3期）、细言《有关茹志鹃作品的几个问题——在一个座谈会上的发言》（《文艺报》1961年第7期）、魏金枝《也来谈谈茹志鹃的小说》（《文艺报》1961年第12期）。

④ 细言：《有关茹志鹃作品的几个问题——在一个座谈会上的发言》，《文艺报》1961年第7期。

⑤ 洁泯：《有没有区别?》，《文艺报》1961年第12期。

第七章

农村题材小说

一　农村小说的当代形态

在五六十年代,以农村生活为题材的创作,无论是作家人数,还是作品数量,在小说创作中都居首位。这种情况,既是"五四"以来新文学的小说"传统"的延续,更与当时文学界对这一题材重要性的强调有关[①]。不过,这个时期的农村小说的面貌发生了许多变化。茅盾谈到40年代"国统区"作家的创作时说,"题材取自农民生活的,则常常仅止于描写生活的表面,未能深入核心,只从静态中去考察,回忆中去想象,而没有从现实斗争中去看农民"[②]。这一"检讨",实际上预示了五六十年代农村小说艺术形态的发展趋势。一是对表现"现实斗争"的强调,即要求作家关注那些显示"中国社会"面貌"深刻的变化"的事件、运动。这种转变在"解放区"小说中已经开始,当代农村小说承续了这一取材趋向。在农村进行的政治运动和中心事件,如农业合作化、"大跃进"、"人民公社"运动、农村的"两条道路斗争"等,成为表现的重心。乡村的日常生活、社会风习、人伦关系等,则在很大程度上退出作家的视野,或仅被作为对"现实斗争"的补充和佐证。二是为了达到描写上的"深入核心",作家在立场、观点、情感上,要与表现对象(农民)相一致。

---

① 1962年,当时文学界领导人对此的解释是:"在我们这些年来的作品中,以农村的生活为题材的作品数量最大,作品成就较大的也都是农村题材。……这情况很自然。五亿多农民,作家大部分从农村中来,生活经验比较丰富。另方面,农民问题在中国革命中间特别重要。……"邵荃麟:《在大连"农村题材短篇小说创作座谈会"上的讲话》,《邵荃麟评论选集》上册,北京:人民文学出版社,1981年,第389页。

② 茅盾:《在反动派压迫下斗争和发展的革命文艺》,《中华全国文学艺术工作者代表大会纪念文集》,新华书店,1950年。

40年代赵树理正是在这一点上被高度肯定的：他“没有站在斗争之外，而是站在斗争之中，站在斗争的一个方面，农民的方面，他是他们中的一个。他没有以旁观者的态度，或高高在上的态度来观察描写农民”，“因为农民是主体，所以在描写人物，叙述事件的时候，都是以农民直接的感觉，印象和判断为基础的”。[①] 不是在对象之上（“高高在上”）或之外（“旁观者”），而是以农民自身的感觉、观点作为描述的基点——这不仅是在确认某一作家的特征，而且指出应普遍依循的方向。据此，“人民大众的立场和现实主义的方法才能真正结合起来”[②]。当然，即使是赵树理，感觉、观点与表现对象的“农民”的“同一”，也不过是一种假想（只能在小说叙事的层面上理解）。这种要求，其目的是推动作家迅速进入有关农村的叙述的“规范”。而它在艺术效果上则既限制了取材的范围，也窄化了作家体验、描述的“视点”。当代农村小说的艺术经验，更直接来自“解放区”作家，如赵树理、丁玲、周立波、康濯等在40年代的创作，而与“乡土小说”，与沈从文、吴组缃、沙汀、骆宾基等的小说显然有意识地保持着距离。当然，有着不同的生活体验和艺术经验的作家，对这种要求的反应不会完全相同，因而，在趋同之中，也能看到差别与变异。

以农村生活作为主要取材范围的作家有赵树理、周立波、柳青、沙汀、骆宾基、马烽、康濯、秦兆阳、陈登科、李准、王汶石、孙谦、西戎、李束为、刘澍德、管桦、陈残云、刘绍棠、浩然、谢璞等。虽说南方农村是一些作家（如周立波、沙汀、刘澍德、谢璞、陈残云）的取材地域，不过，北方（晋、陕、冀、豫等）农村生活题材的作品，从数量和获得的评价高度上，占据“当代”农村小说的主要方面；这也可以看到与“解放区”农村小说之间的延续关系。北方的农村小说作家中，存在着艺术倾向有所不同的“群体”：一是赵树理、马烽等山西作家，另一是柳青、王汶石等陕西作家。比较起来，柳青等更重视农村中的先进人物的塑造，更富于浪漫理想色彩，具有更大的概括“时代精神”和“历史本质”的雄心。从另一角度观察，柳青、王汶石等更像是农村的“外来者”，尽管他们与所描写的土地和生活于其上的劳动者已建立了密切的联系。而赵树理等则更像“本地人”，虽然他们也在建立一种“启蒙”的、超越性的眼界和位置。在关注农村的“现代化”变革，关注“新人”的出现和伦理关系的调

---

① 周扬：《论赵树理的创作》，《解放日报》（延安）1946年8月26日，收入《周扬文集》第1卷，北京：人民文学出版社，1984年。

② 事实上，周扬对这个问题的说法后来有了调整、改变。他在《社会主义现实主义——中国文学前进的道路》（《人民日报》1953年1月11日）中说，丁玲、赵树理描写农民的生活和斗争，他们“并不是以普通农民的或一般的民主主义的观点而是以工人阶级的社会主义的观点来描写农民的，他们以工人阶级的眼光观察了农民的命运……”《周扬文集》第2卷，北京：人民文学出版社，1985年，第187页。

整、重建时，柳青等更为重视的是新的价值观的灌输，而赵树理等则更倾向于在农村“传统”中发掘那些有生命力的素质。[①] 就小说艺术而言，柳青等所借鉴的，更多是西方和我国新文学中“现实主义”小说的方法，而赵树理推重的是话本、说书等“宣讲”“说话”的“本土资源”。由于艺术观和方法上的这些差异，随着当代不同阶段政治、文学风尚的变化，对他们的创作的评价，也大致呈现为此起彼伏的状况。[②]

除了山西、陕西的作家之外，“当代”农村题材小说有影响的作家还有周立波、李准、骆宾基、刘澍德、浩然等。**李准**在五六十年代的中短篇，主要依据农村运动、政策来选取题材和确立主题。他的第一个短篇《不能走那条路》，正是在这一意义上受到文学界的赞扬[③]。它描写了分得土地的“翻身农民”出现的“两极分化”，以证明当时开展的集体化运动是唯一正确的道路。后来得到更高评价的《李双双小传》《耕云记》，在整体构思上，也难以摆脱“当代”普遍存在的阐释政策观念的、“图解式”的路子。

周立波[④] 1948 年完成的表现东北解放区土地改革运动的长篇《暴风骤雨》，因为和《太阳照在桑干河上》《白毛女》一起，在 50 年代初被苏联授予“斯大林文艺奖”，而享有很高的声誉。1951 年他到北京石景山钢铁厂“深入生活”，写作《铁水奔流》。这部以“接管”钢铁厂和恢复生产为中心事件的长篇，发表时虽受到赞扬，其实却相当乏味。1955 年起，周立波回到他的家乡湖南，写作转到他所熟悉的农村生活上来。长篇小说《山乡巨变》及其“续篇”，是五六十年代表现“农业合作化运动”的三部重要长篇之一[⑤]。和当时这一主题的大部分作品一样，《山乡巨变》也以集体化是农村小生产者的“必由之路”为主旨。小说人物“设置”，也无甚大的差别：有苦干而无私的农村基层干部(邓秀梅、李月辉)，有坚定走集体化道路的积极分子(刘雨生、盛淑君)，有在“两条道路”之间摇摆的落后农民(外号“亭面糊”的盛佑亭——一

---

① 将柳青对梁生宝的塑造，和赵树理的《三里湾》《实干家潘永福》《套不住的手》等小说中农村先进人物的描写加以对比，可以清楚地看到这一区别。

② 在 1958—1959 年的“大跃进”时代，王汶石的《风雪之夜》《新结识的伙伴》等充满浪漫激情的短篇受到热烈赞扬，而在 1962 年强调“现实主义深化”的年代，赵树理的短篇，以及马烽、西戎的一些短篇更受到肯定。

③ 《不能走那条路》1953 年 11 月 20 日在《河南日报》刊登之后，《人民日报》(1954 年 1 月 26 日)和其他一些报刊予以转载，发表了于黑丁、康濯等的多篇推荐文章。

④ 周立波(1908—1979)，原名周绍仪，湖南益阳人。30 年代参加左联，1939 年到延安，曾在鲁艺任教。1948 年在东北解放区参加土地改革，写作长篇《暴风骤雨》。翻译作品有《杜布罗夫斯基》(普希金)、《秘密的中国》(基希)、《被开垦的处女地》(肖洛霍夫)。50—60 年代出版的长篇有《铁水奔流》《山乡巨变》，短篇集《禾场上》《山那面人家》《卜春秀》，另有《周立波文集》(5 卷)。

⑤ 另外的两部是《三里湾》《创业史》。《山乡巨变》及“续篇”分别出版于 1958 年和 1960 年。

个颇为生动的“喜剧人物”），也有进行破坏的暗藏的阶级敌人（龚子元）。不过，小说有它的某些独特处理。对于这一“规格化”的主题和情节方式，作家更乐意通过特定地域的乡村日常生活来展开。另外，对于体现在不同阶层农民身上的“道路”分歧、冲突，也愿意放在乡村人情、血缘、伦理等关系上处理，而持一种较为宽厚、同情的态度。因而，作品中有一种略带幽默、风趣的叙述语调，并在生活美感的价值上，来表现乡村的人情风俗、自然风光。适度的方言俗语的使用，也为这部小说增加地域色彩。有批评家认为，从《暴风骤雨》到《山乡巨变》，艺术风格上是从侧近于“阳刚”到偏向于“阴柔”。[①] 这一艺术取向，在他 50 年代末到 60 年代初的散文式的短篇[②]中有更为充分的展现。

二　赵树理和山西作家

赵树理等山西作家是否可以看作“当代”的一个小说流派，人们的观点并不一致。不过，在 50 年代，文学界确有推动他们形成创作流派的努力。1956 年 7 月，周扬到了山西，明确提出有意识地发展有特色的文学流派的主张。当年 10 月，山西的文学刊物《火花》创刊，评论赵树理等的创作是该刊的经常性工作。1958 年 5 月，《文艺报》和《火花》在山西联合召开座谈会，总结山西作家的创作经验。不久，《文艺报》设置“山西文艺特辑”的专栏，介绍、高度评价山西作家的创作成绩。[③] 建立“流派”的努力，由于种种原因后来没有得到强调，但他们的创作仍形成了某些有迹可循的共同性。这包括：一、地域上，赵树理、马烽等长期生活、工作在山西，作品写的也多是山西农村生活。山西乡村的民情风俗参与了他们小说素质的构成[④]。二、写作与农村“实际工作”的关系。作家在生活中“不做旁观者”的主张，对他们来说不仅是叙事意义上的（即不仅是叙事观点、情感态度上的），而且更是小说的“社会功能”上的。赵树理的“问题小说”的观念，他们关于写小说是为了“劝人”，能“产生指导现实的意义”[⑤]的预期，是写作的出发点和落脚点。三、按照生活的“本来面貌”来写的“写实”风格。作品的思想、形象来自“当

---

① 黄秋耘：《〈山乡巨变〉琐谈》，《文艺报》1961 年第 2 期。

② 这些短篇有《山那面人家》《禾场上》《卜春秀》等，收入周立波《禾场上》《卜春秀》等短篇集子。

③ 《文艺报》1958 年第 11 期，刊登综述性文章和巴人等的多篇评论赵树理、马烽等的创作的文章。

④ 赵树理故乡是晋东南，作品写的地域集中在太行山、太岳山盆地。马烽、西戎、束为、孙谦长期在晋西北工作，也以这一带作为创作取材地。50 年代以后，部分作家生活、写作取材，转移到汾水流域。

⑤ 赵树理：《也算经验》，《人民日报》1949 年 6 月 26 日。

前生活的底层"[①]。所谓"本来面貌",他们解释说是来自一个有先进思想的农民的眼睛的所见、所闻、所感。四、重视故事性和语言的通俗,以便让识字不多的乡村读者能听懂、读懂。艺术借鉴更多来自古典小说、说书、民间故事、地方戏曲。关于这个"流派",评论界曾使用的有"山西作家群""山西派""《火花》派""山药蛋派"等称谓[②]。

这个"流派"的作家,除赵树理外,还有马烽、西戎、李束为、孙谦、胡正等。**马烽**[③]小学未毕业即参加了八路军。战争年代,在晋绥边区报纸、出版社从事编辑工作。1945 年,与西戎合著长篇章回体小说《吕梁英雄传》。50 年代初在北京工作一段时间后,1956 年回到山西。马烽五六十年代的创作,除《我们村里的年轻人》等电影文学剧本和在刊物上连载的传记文学《刘胡兰传》外,大都是短篇小说。主要有《结婚》《三年早知道》《太阳刚刚出山》《我的第一个上级》《老社员》等。**西戎**抗战期间在晋绥边区工作时开始写小说。50 年代初在四川任《川西日报》《四川文艺》编委、主编。1954 年回到山西。出版有短篇小说集《姑娘的秘密》《丰产记》。后一个集子中的作品(《灯芯绒》《赖大嫂》《丰产记》),写于 1961 年以后,风格转向朴实。其中,《赖大嫂》用揶揄的语调,写一个"无利不早起"的自私、爱撒泼的农村妇女,在生活中处处碰壁和受到的教育。在 60 年代,这个短篇开始为批评家所援引,来支持他们提出的"现实主义深化"和人物多样化的论点,后来则成为"现实主义深化"和"写'中间人物'论"的"标本"受到重点批判。[④]

赵树理[⑤] 40 年代以《小二黑结婚》《李有才板话》《李家庄的变迁》等作品,在解放区和国统区的左翼文学界获得很高声誉。50 年代以后的作品有:短篇小说《登记》、《求雨》、《金字》(根据记忆重写)、《"锻炼锻炼"》、《老定

---

① 康濯:《试论近年间的短篇小说——在河北省短篇小说座谈会上的发言》,《文学评论》(北京)1962 年第 5 期。

② "文革"后的 70 年代末、80 年代初,文学史研究出现"流派热";"复原"在"当代"被压抑的流派,和寻找根据以"构造"新的流派("新感觉派""九叶派"等),是互有联系的两个方面。当时对山西小说作家的"流派"的命名、特征的讨论,参见曾文渊《发展社会主义文学流派——兼谈六十年代对山西一些作家的所谓"批判"》(《文汇报》1979 年 10 月 23 日),李国涛《且说"山药蛋派"》(《光明日报》1979 年 11 月 28 日),刘再复、楼肇明、刘士杰《论赵树理创作流派的升沉》(《新文学论丛》1979 年第 2 辑),《有关"山药蛋派"的探讨》(《文汇报》1980 年 7 月 21 日)等。

③ 马烽(1922—2004),山西孝义人,原名马书铭,1938 年参加抗日游击队,40 年代初开始发表作品。著有长篇章回小说《吕梁英雄传》(与西戎合著)。出版的短篇小说集有《村仇》《三年早知道》《我的第一个上级》《太阳刚刚出山》等。

④ 参见邵荃麟《在大连"农村题材短篇小说创作座谈会"上的讲话》(《邵荃麟评论选集》上册,北京:人民文学出版社,1981 年),《文艺报》编辑部《关于"写中间人物"的材料》(《文艺报》1964 年第 8、9 期合刊),紫兮《"写中间人物"的一个标本——短篇小说〈赖大嫂〉剖析》(《文艺报》1964 年第 11、12 期合刊)等。

⑤ 赵树理(1906—1970),山西沁水人,原名赵树礼。"文革"期间被迫害摧残致死。

额》、《套不住的手》、《杨老太爷》、《张来兴》、《互作鉴定》、《卖烟叶》，长篇《三里湾》，电影故事《表明态度》，长篇评书《灵泉洞》（上部），特写（或传记）《实干家潘永福》。另外，还写有鼓词《石不烂赶车》，小调《王家坡》，泽州秧歌《开渠》，上党梆子《十里店》和改编的上党梆子《三关排宴》。他的有些作品被改编为各种文艺样式。如《登记》便以《罗汉钱》的名字，分别改编为秦腔、豫剧、粤剧、评剧、沪剧等多个剧种演出。他用许多精力改编的地方戏曲、曲艺，虽说不被文学界重视，这于他来说，却是基于其文艺理念的重要工作[1]。他在五六十年代的小说，大多仍取材于晋东南农村生活。与这个地区的人、事，他仍保持着密切的联系，因而，故事和人物也依然具有来自"生活底层"的那种淳朴、诚实的特色。他继续着打通"新文学"与"农村读者"的隔阂的试验。在小说观念上，也坚持小说写作与农村"实际工作"同一的理解。不过，后来似乎不再特别坚持把小说当作农村工作指南的那种看法，而更突出了从传统戏曲等相承的"教诲"的功能观。[2] 因而，在《登记》《三里湾》《"锻炼锻炼"》等作品中，虽说农村开展的"运动"（贯彻新婚姻法、农业合作化等）仍构成它们的骨架（或背景），但他仍坚持从日常生活、家庭琐事展开，自然地表现社会风习、伦理的变革在农民心理、家庭关系、公私关系上留下的波痕和冲突，这是他的描述留给读者印象最深的部分。[3]

比起40年代来，赵树理这个时期的小说，特别是60年代的那些短篇，确是"迟缓了，拘束了，严密了，慎重了"，"多少失去了当年青春泼辣的力量"。[4] 这可以看成缺陷，但也是一种变化。他毕竟离"当年"的"青春"渐远。从作家生活的环境而言，战争年代解放区政治意识形态规范，与赵树理的写作追求存在更多的协调性，留给作家创造的空间，能够有效地容纳他的感性

---

① 对于自己的写作，尤其是"新文学"的写作在农村中能否起到预期作用，赵树理晚年似乎不再那么自信。他将自己最后的一个短篇集定名《下乡集》，说它是专为"农村的读者同志们"印的。但又疑惑地说，"尽管我主观上是为你们写的东西，实际上能发到农村多少份、你们哪些地方的人们愿意读、读过以后觉着怎么样，我就知道得不多了"（《随〈下乡集〉寄给农村读者》，《下乡集》，北京：作家出版社，1963年）。

② 1949年，在《也算经验》一文中说，"在工作中找到的主题，容易产生指导现实的意义"。1963年在《随〈下乡集〉寄给农村读者》中说，"俗话说：'说书唱戏是劝人哩！'这话是对的。我们写小说和说书唱戏一样（说评书就是讲小说），都是劝人的"，写小说便是要动摇那些习以为常但不合理的"旧的文化、制度、风俗、习惯给人们头脑中造成的旧影响"。

③ 正如傅雷所言："大大小小、琐琐碎碎的情节，既不显得有心为题材做说明，也不以卖弄技巧为能事。作者写青年男女的恋爱，夫妇的争执，婆媳妯娌之间的口角，顽固人物的可笑，积极分子的可爱，没有一个细节不是使读者仿佛亲历其境。"[《评〈三里湾〉》，《文艺月报》（上海）1956年第7期。]

④ 孙犁：《谈赵树理》，《天津日报》1979年1月4日。在这篇文章中，孙犁对赵树理50年代以后的小说艺术也有所批评，说他的"渊源于宋人话本及后来的拟话本"的作品，由于作者对某一形式的"越来越执著"，导致"故事行进缓慢"，有"铺摊琐碎""刻而不深的感觉"。

的、民俗文化的艺术想象；赵树理那时对农村传统习俗和观念所期望的更新，也与革命政治在农村所推动的变革，有许多重合之处。到了50年代，不仅文学写作的规范更加严密，而且激进的经济、社会变革进程对农村传统生活的全面冲击、损毁，“社会发展”与“传统”的冲突，引发作家尖锐的不安[①]。他的那种建立在对乡村传统、民间文化的体认基础上的社会、文化想象，受到抑制而不能施展。正是忧虑于当代激进的经济、政治变革对农村传统生活和道德的破坏，对建立在劳动之上的传统美德的维护和发掘，成为后期创作的主题。与《小二黑结婚》《传家宝》《登记》《三里湾》等着重表现“小字辈”挣脱老一辈的障碍而走向新生活不同，在《套不住的手》《互作鉴定》《实干家潘永福》《卖烟叶》中，老一辈农民身上的品格，特别是已成习惯的体力劳动，被叙述为年轻一代也是新社会最重要的精神根基。[②] 在赵树理看来，重要的不是那种“青春泼辣”，而是经年累月不变的这种稳定的根基；他回到现代作家经常触及的“永恒与流变”的主题上。这种思想观念上的变化，给他后期作品的叙述带来某种“迟缓”“严密”，而且发生趋向平淡也有些单调的变化。

三　赵树理的“评价史”

对赵树理小说和他的文学观的评价，一直是众说纷纭，有的看法且相距甚远。[③] 即使是左翼文学界内部，评价也并不总是一律。在40年代，最早而且系统地评述赵树理小说，并给予很高评价的，是周扬发表于1946年的《论

① 对于1958年的“大跃进”和“人民公社运动”给农村生产、农民生活带来的严重问题，赵树理十分不安，“不但写不成小说，也找不到点对国计民生有补的事”。他给《红旗》杂志写了长篇文章《公社应该如何领导农业生产之我见》，并写信给《红旗》主编陈伯达和中国作协领导邵荃麟，全面陈述自己的看法。在1959年的“反右倾机会主义”运动中，他成了中国作协整风会上受“重点帮助”、批判的对象。参见陈徒手：《1959年冬天的赵树理》，《人有病，天知否——1949年后中国文坛纪实》，北京：人民文学出版社，2000年。

② 张颐武指出，在《张来兴》《互作鉴定》和《卖烟叶》中，表达了对体力劳动的价值的神圣性赞美，但这种赞美，并非如当时的写作风尚那样，将它诗化、浪漫化，“而是反复书写其平淡无奇甚至单调的特征”。参见张颐武：《从现代性到后现代性》，南宁：广西教育出版社，1997年，第207—208页。

③ 中国左翼文学界对赵树理的创作热烈肯定。50年代初，日本学者竹内好对赵树理的创作也给予很高评价，说“在赵树理的文学中，既包含了现代文学，同时又超越了现代文学。至少是有这种可能性。这也就是赵树理的新颖性”（《新颖的赵树理文学》，日本《文学》第9卷第21期，岩波书店，1953年。中译收入黄修己编《赵树理研究资料》，太原：北岳文艺出版社，1985年）。夏志清则认为，赵树理的小说，“除非把其中的滑稽语调（一般人认为是幽默）及口语（出声念时可以使故事动听些）算上，几乎找不出任何优点来”，“赵树理的蠢笨及小丑式的文笔根本不能用来叙述故事，而他的所谓新主题也不过是老生常谈的反封建跟歌颂共产党仁爱的杂拌而已”（《中国现代小说史》第18章“第二阶段的共产小说”，台北：传记文学出版社，1979年）。

赵树理的创作》。在这篇文章里，赵树理被誉为“一位在成名之前已经相当成熟了的作家，一位具有新颖独创的大众风格的人民艺术家”；《李有才板话》是“非常真实地，非常生动地描写农民斗争的作品，简直可以说是一个杰作”；赵树理的小说是“毛泽东文艺思想在创作上实践的一个胜利”。作为这种评价的延伸，次年 8 月，在解放区的晋冀鲁豫边区文艺座谈会上，与会者“同意提出赵树理方向”，将之“作为我们的旗帜”。[①] 在此前后，解放区的出版社，编印了多种赵树理创作的评论集[②]，收入周扬、茅盾、郭沫若、邵荃麟、林默涵、荒煤、力群、冯牧等的文章。1949—1951 年出版的，带有总结与前瞻性的两套大型文学丛书中，赵树理被做了颇为特殊的处理。他的创作理所当然地入选展示解放区文学实绩的《中国人民文艺丛书》，但他又和郭沫若、茅盾、巴金、老舍、曹禺等一起，作为“一九四二年以前就已有重要作品出世的作家”，而在《新文学选集》（茅盾主编）中占有一席之地。[③] 这种安排，反映了将之“经典化”的急迫（虽然《中国人民文艺丛书》被看作更高等级，但对它的“经典性”程度显然缺乏信心）。到了 1956 年的中国作协第二次理事扩大会议上，赵树理与郭沫若、茅盾、巴金、老舍、曹禺一并被称为中国现代的“语言艺术大师”[④]。

进入 50 年代以后，文学界对于赵树理的评价有些犹豫不定。在继续把他作为一种“榜样”来推崇的同时，他的小说的“缺点”也不断被发现。这种发现，是“根据社会主义现实主义的创作原则来进行分析研究”的结果；因而，批评家提出了赵树理“善于表现落后的一面，不善于表现前进的一面”的问题，并暗示他对创造新的英雄形象还缺乏自觉的意识。[⑤] 长篇《三里湾》发表后，在受到肯定的同时，“典型化”程度不够的问题被着重提出：对于农村的“无比复杂和尖锐的两条路线斗争”的展示，“并没有达到应有的深度”；作者对于农民的革命性的力量“看得比较少”，“没有能够把这个方面充分地真

---

① 陈荒煤：《向赵树理方向迈进》，《人民日报》1947 年 8 月 10 日。

② 冀鲁豫书店 1947 年 7 月初版的《论赵树理的创作》，华北新华书店 1947 年 9 月编辑印行的《论赵树理的创作》，华北新华书店 1949 年 5 月初版、中南新华书店 1950 年 4 月重印的《论赵树理的创作》，苏南新华书店 1949 年 6 月初版的《论赵树理的创作》等。

③ 赵树理：《赵树理选集》，新文学选集编辑委员会编，茅盾主编，开明书店，1951 年初版。1942 年以前，虽发表过《蟠龙峪》等作品，但他的“成名作”《小二黑结婚》出版于 1943 年。

④ 见周扬在会上的报告《建设社会主义文学的任务》（《文艺报》1956 年第 5、6 期合刊）。

⑤ 对于赵树理的《邪不压正》，《人民日报》从 1948 年底到 1950 年初，刊登多篇讨论文章。如党自强《〈邪不压正〉读后感》（1948 年 12 月 21 日），韩北生《读〈邪不压正〉后的感想与建议》（1948 年 12 月 21 日），王青《关于〈邪不压正〉》（1949 年 1 月 16 日），竹可羽《评〈邪不压正〉和〈传家宝〉》（1950 年 1 月 15 日）、《再谈谈〈关于《邪不压正》〉》（1950 年 2 月 25 日）等。

实地表现出来”,而对于农村的斗争,农民内部和他们内心的矛盾,也不是表现得很严重、很尖锐,矛盾解决得都比较容易。[①] 在50年代后期,这种评价上的犹豫和矛盾再一次突出。1959年,《文艺报》就“如何反映人民内部矛盾”为题,组织了对《“锻炼锻炼”》的讨论。虽然刊发了认为这个短篇是“歪曲了我国社会主义农村的现实”“诬蔑农村劳动妇女和社干部”的否定性的文章,但编辑部却是支持赵树理的,它以王西彦对赵树理“按照生活实际去刻画有个性的活人”的肯定的文章,作为结论性意见。[②]《文艺报》的这种辩护性的讨论,既是为了维护赵树理受到动摇的地位,也包含着对当时激进文学思潮的一种阻挡。不过,就在这个时候,赵树理因为对1957年以后在农村开展的运动提出质疑,而在“反右倾机会主义”的中国作协整风中受到“帮助”和批判。在此期间,在农村题材小说中,作为“方向性”加以凸出的,是李准、王汶石、柳青的更“典型化”、更富“理想主义”的作品。

到了60年代初,政治、经济、文化的“浪漫主义”开始退潮,赵树理的“价值”被提倡人物多样化和“现实主义深化”者所重新发掘。1962年夏天,在中国作协于大连召开的农村题材短篇小说创作座谈会上,茅盾、邵荃麟等认为,“前几年”对赵树理的创作估计不足,“评价低了,这次要给以翻案”;“因为他写了长期性、艰苦性”,“这是现实主义的胜利”。这些观点,在随后康濯的文章中得到阐发[③]。既然赵树理是最能体现“现实主义深化”的作家,那么,“文革”前夕,对这种理论的批判,赵树理也就首当其冲;文学界对他的评价发生逆转:“近几年来,赵树理同志的作品,没有能够用饱满的革命热情描画出革命农民的精神面貌”,大连会议“不但没有正确指出”他的“这个缺点”,“反而把这种缺点当做应当提倡的创作方向加以鼓吹”。[④] 此后“文革”中对赵的激烈攻击,从“文学观”的角度而言,并没有超越这一批评的范畴。“文革”后的文学“新时期”,出现文学史秩序重建和“经典”重评的热潮。随着中国“左翼文学”地位的下降,赵树理也淡出人们的视线。不过,在90年代对“新时期”现代性视野的反省中,赵树理的重要性又被发现,一些研究者

---

① 参见俞林:《〈三里湾〉读后》,《人民文学》1955年第7期;周扬:《建设社会主义文学的任务》,《文艺报》1956年第5、6期合刊。

② 王西彦:《〈锻炼锻炼〉和反映人民内部矛盾》,《文艺报》1959年第10期。

③ “赵树理在我们老一辈的作家群里,应该说是近二十年来最杰出也最扎实的一位短篇大师。但批评界对他这几年的成就却使人感到有点评价不足似的……事实上他的作品在我们文学中应该说是现实主义最为牢固,深厚的生活基础真如铁打的一般”,“赵树理的魅力,至少在我所接触到的农村里面,实在是首屈一指,当代其他作家都难于匹敌。”康濯:《试论近年间的短篇小说》,《文学评论》1962年第5期。

④ 《文艺报》编辑部:《关于“写中间人物”的材料》,《文艺报》1964年第8、9期合刊。

致力于阐释赵树理文学独特的现代性内涵；他的文学经验得到一些人的重新重视。[①]

四　柳青的《创业史》

柳青[②]在写作《创业史》之前，出版有长篇《种谷记》(1947)和《铜墙铁壁》(1951)。50年代，他较长时间生活在陕西长安县的皇甫村，参与了当地农业合作化的过程。这期间，除了不多的散文特写(收入《皇甫村的三年》)和中篇《狠透铁》等以外，都在为拟议中的鸿篇巨制——“史诗性”[③]的《创业史》做准备。《创业史》原计划写四部。1959年第一部在刊物上连载，次年出版单行本。“文革”的发生使写作计划中断。“文革”结束后，改定了第二部上卷和下卷的前四章，但整个计划终未完成。

《创业史》的故事发生在陕西渭河平原的乡村。第一部写互助合作“带头人”梁生宝领导的互助组的巩固和发展，第二部则写到试办农业合作社。对于这部小说的主旨，作者有过这样的说明：“这部小说要向读者回答的是：中国农村为什么会发生社会主义革命和这次革命是怎样进行的。回答要通过一个村庄的各个阶级人物在合作化运动中的行动、思想和心理的变化过程表现出来。这个主题思想和这个题材范围的统一，构成了这部小说的具体内容。”[④]作家对农民的历史境遇和心理情感的熟悉，一定程度弥补了这种观念“论证式”的构思可能出现的弊端，但反过来，这种写作方式还是限制了作者生活体验敞开的程度。小说第一部出版后，文学界交口赞誉。一年多的时间里，报刊的评介文章就有五十余篇。对作品的肯定集中在两个方面。一是“反映农村广阔生活的深刻程度”。若干评论文章指出，作家的杰出之处，是敏锐地揭示还不为许多人所注意的“生活潜流”，揭示潜在的，还未充分暴露的农村各阶层的心理动向和阶级冲突，并向历史深处延伸，挖掘了矛盾的现实的、历史的根源。小说通过活跃借贷、买稻种和分稻种、进山割竹子、新法栽稻等事件，组织起了错综的矛盾线索。这些矛盾着的力量最终构

① 参见唐小兵主编《再解读——大众文艺与意识形态》(香港：牛津大学出版社，1993年)、贺桂梅《转折的年代——40—50年代作家研究》(济南：山东教育出版社，2003年)等论著。

② 柳青(1916—1978)，原名刘蕴华，陕西吴堡人，30年代读中学时开始文学创作，1938年去延安从事文化工作。著有长篇《种谷记》《铜墙铁壁》《创业史》，短篇集《地雷》，中篇《狠透铁》等。

③ 柳青明确地为自己的创作确立了这种“史诗”意识。“他把农村的变革提到了民族的高度，他意识到他是在面对一场历史性的巨变，而他是史诗的记录者”(旷新年：《写在当代文学边上》，上海：上海教育出版社，2005年，第39页)。

④ 柳青：《提出几个问题来讨论》，《延河》(西安)1963年第8期。

成两个“阵线”:一边是坚决走“共同富裕”道路的梁生宝、高增福等贫雇农;另一边则是“土改”时弯下了腰、现在又想重振威势的富农姚士杰,从“土改”时惊惶状态中恢复过来的富裕中农郭世富,以及开始走个人“发家”道路的村长郭振山。而处于这两条“阵线”之间的,是像梁三老汉这样的徘徊、摇摆的农民。作家表现了具有不同心理动向的各阶层农民之间的复杂关系。“广阔”和“深刻”,这是当时对“史诗性”的“现实主义小说”品评的最高尺度。不过,有关“广阔”“深刻”揭示现实矛盾的评定,不论是柳青自己,还是批评家,依据的都是50年代人们已耳熟能详的政策文件;作家的创造是把他的有时相当出色的艺术体验和想象,纳入这一框架之中。《创业史》得到高度评价的另一理由,是创造了一组达到“相当艺术水平”的人物。而特别受到注意的,则是梁生宝这一“新人”的“光辉形象”。把这一人物的创造,看作《创业史》成就的最主要的标志,是当时批评界的相当一致的认识。有的评论把梁生宝与阿Q加以比较,来讨论中国现代历史和现代文学的历史变迁。这种讨论方式,表现了有关“艺术典型”的价值等级和文学进化的当代流行理念①。《创业史》运用了夹叙夹议的叙述方式。人物语言大多采用经过提炼的口语,而叙述语言则是充分书面化的;这构成了一种对比。叙述语调与人物语言的鲜明距离,有助于实现叙述者对故事的介入,显示叙述者“全知”的“权威姿态”:直接揭示人物的情感、心理、动机,“观察”“监视”人物的思想、心理、行为与“历史规律”的切合、悖逆的程度,对人物、事件做出解说和评判;虽然评论常用诙谐和幽默的方式进行。在小说的艺术形态上,柳青并不倾向赵树理那样的“大众化”和“民族形式”,也不追求故事性和行动性。但这并没有妨碍它获得批评界的赏识;从“典型性”和“深度”等方面,其成就显然被放置于赵树理“当代”农村小说之上。

但是,60年代对于《创业史》(第一部)的评价也有不同看法,并发生一场不大不小的争论。1960年,邵荃麟在《文艺报》编辑部的一次会议上说:“《创业史》中梁三老汉比梁生宝写得好,概括了中国几千年来个体农民的精神负担。但很少人去分析梁三老汉这个人物,因此,对这部作品分析不够深”;“我觉得梁生宝不是最成功的,作为典型人物,在很多作品中都可以找到。梁三老汉是不是典型人物呢?我看是很高的典型人物。”②在此前后,严

---

① 姚文元:《从阿Q到梁生宝——从文学作品中的人物看中国农民的历史道路》,《上海文学》1961年第1期。这种阐释思路,在四五十年代周扬等评论赵树理的论述中已有突出体现。另参见默涵(林默涵):《从阿Q到福贵》,《小说》(香港)第1卷第5期(1948年11月)。

② 引自《关于“写中间人物”的材料》,《文艺报》1964年第8、9期合刊。

家炎撰写的评论《创业史》的文章，也表达了相近的观点。[①] 他不同意《创业史》的最大成就在于塑造了梁生宝这个"崭新的青年农民英雄形象"的"流行的说法"，认为在反映"农民走上社会主义道路"这个"伟大事件的深度和完整性上"，《创业史》的成就，"最突出地表现在梁三老汉形象的塑造上"。严家炎立论的根据：一是形象的"丰满""厚实"程度，即美学的标准；另一则是表现处于观望、动摇的"中间状态"的农民，在揭示社会生活面貌的"深度和广度"上的意义，即题材的价值问题。与此相关，严家炎指出，梁生宝在当代农村小说"新英雄人物"塑造中，虽然是"水平线以上"的，但其成功程度，并不像大家所推崇的那样。[②] 这些观点，在当时受到包括作家在内的大多数批评家的反对[③]。在《提出几个问题来讨论》一文中，柳青表示对严家炎的观点"无论如何不能沉默"，因为其中"提出了一些重大的原则问题"；"我如果对这些重大的问题也保持沉默，那就是对革命文学事业不严肃的表现"。"原则问题"之一是，新英雄形象的创造是"新的人民文学"的"本质性"特征，它的意义，不是过去文学中并不罕见的"中间人物"所能比拟、代替的。之二，这种新型文学也要寻求与此相适应的艺术方法，以传统的"现实主义"的客观描绘、性格刻画、形象丰满作为衡量尺度（如严家炎所做的），在柳青看来并不妥当。

---

① 严家炎：《〈创业史〉第一部的突出成就》，《北京大学学报》1961 年第 3 期。到 1964 年，严家炎撰写的有关《创业史》的文章，还有《谈〈创业史〉中梁三老汉的形象》（《文学评论》1961 年第 3 期）、《关于梁生宝形象》（《文学评论》1963 年第 3 期）、《梁生宝形象和新英雄人物创造问题》（《文学评论》1964 年第 4 期）。这些文章收入《知春集》（北京：人民文学出版社，1980 年）。

② 严家炎认为梁生宝形象在塑造上存在"三多三不足"的缺陷（他后来补充说，"三多三不足"有的并不是缺点）：写理念活动多，性格刻画不足；外围烘托多，放在冲突中表现不足；抒情议论多，客观描绘不足。在争论中，严家炎又进一步指出梁生宝形象的过分理想化的问题。

③ 批评邵荃麟、严家炎观点的文章，除柳青的外，主要有艾克恩《英雄人物的力量》（《上海文学》1963 年第 1 期），冯健男《再谈梁生宝》（《上海文学》1963 年第 9 期），蔡葵、卜林扉《这样的批评符合实际吗？——与〈关于梁生宝形象〉一文商榷》（《延河》1963 年第 10 期），吴中杰、高云《关于新人形象的典型化——与严家炎同志商榷》（《上海文学》1963 年第 10 期），朱寨《从对梁三老汉的评价看"写中间人物"主张的实质》（《文学评论》1964 年第 6 期），姚文元《使社会主义文艺蜕化变质的理论——提倡写"中间人物"的反动实质》（《解放日报》1964 年 12 月 14 日）等。

第八章

对历史的叙述

一　革命历史小说

从题材的角度看，“革命历史”在这一时期的小说创作中占有很大的分量和极重要的位置。因而50年代开始，就有“革命历史题材”的概念出现。1960年，茅盾在中国作协第三次理事会（扩大）会议的报告使用这一概念时[①]，不仅指《红旗谱》《青春之歌》这类作品，也包括写鸦片战争（电影文学剧本《林则徐》）、辛亥革命（《六十年的变迁》《大波》）的创作。不过，在50—70年代，说到现代中国的“历史”，指的大致是“革命历史”；而“革命”，在大多数情况下是指中共领导的革命斗争。鉴于这种情形，80年代以后有研究者使用了“革命历史小说”概念，指出这一文学史命名所指称的“历史”具有“既定”的性质，是“在既定的意识形态的规限内，讲述既定的历史题材，以达成既定的意识形态目的”[②]；也就是说，讲述的是中共发动、领导的“革命”的起源，和这一“革命”经历曲折过程之后最终走向胜利的故事。

在五六十年代，“革命历史小说”的主要作品，长篇有《腹地》（王林，1949）、《战斗到明天》（白刃，1951）、《铜墙铁壁》（柳青，1951）、《风云初记》、（孙犁，1951—1963）、《保卫延安》（杜鹏程，1954）、《铁道游击队》（知侠，1954）、《小城春秋》（高云览，1956）、《红日》（吴强，1957）、《林海雪原》（曲波，

---

① 1960年7月，茅盾在中国作协第三次理事会（扩大）会议上的报告《反映社会主义跃进的时代，推动社会主义时代的跃进！》（《人民文学》1960年第8期）中说，从1956年第二次理事会到1960年，“出版了革命历史题材的作品约计二百三十九部（这是不完全的统计）”。茅盾的统计，包括小说、戏剧、电影文学剧本、诗歌等体裁，但不包括回忆录性质的创作。

② 黄子平：《革命·历史·小说》，香港：牛津大学出版社，1996年，第2页。

1957)、《红旗谱》(梁斌,1957)、《青春之歌》(杨沫,1958)、《战斗的青春》(雪克,1958)、《野火春风斗古城》(李英儒,1958)、《烈火金钢》(刘流,1958)、《敌后武工队》(冯志,1958)、《苦菜花》(冯德英,1958)、《三家巷》(欧阳山,1959)、《红岩》(罗广斌、杨益言,1961)、《刘志丹(上卷)》(李建彤,1962—1979)等。短篇方面,孙犁、茹志鹃、刘真、峻青、王愿坚、萧平等均发表了不少属于这一类型的小说,如《山地回忆》(孙犁)、《百合花》(茹志鹃)、《黎明的河边》(峻青)、《党费》(王愿坚)、《三月雪》(萧平)、《英雄的乐章》(刘真)、《万妞》(菡子)等。

"革命历史小说"的作者大都是所讲述的事件、情境的"亲历者"。因为一方面,能够使用文字的"亲历者"自然有追忆这段光荣历史的愿望;另一方面,这一写作不仅是个体经验的表达,更是参与了"革命"叙事在当代的"经典化"进程。因而,这种讲述将会在"真实性"、在是否反映"本质"上受到严格的指摘。这就不是任谁都有"资格"和"条件"涉足这一领域的。关于"革命历史"题材写作的文学史上的和现实政治上的意义,当时的批评家曾指出:这些斗争,"在反动统治时期的国民党统治区域,几乎是不可能被反映到文学作品中间来的。现在我们却需要去补足文学史上这段空白,使我们人民能够历史地去认识革命过程和当前现实的联系,从那些可歌可泣的斗争的感召中获得对社会主义建设的更大信心和热情"①。以对历史"本质"的规范化叙述,为新的社会、新的政权的真理性做出证明,以具象的方式,推动对历史既定叙述的合法化,也为处于社会转折期中的民众,提供生活、思想的意识形态规范——是这些小说的主要目的。自然,这类题材的文学创作并不限于小说,散文、电影文学、戏剧、诗等也加入了讲述既定"历史"的相当壮观的行列。②

由于作家生活经验和艺术想象的差别,也由于叙述动机、采取的叙述方式的不同,"革命历史小说"呈现略有差异的多种形态。一些作家,在长篇小说中追求对于历史的"整体"的、"史诗性"的把握。另一些作家,则加入一些"传奇"因素,而接近现代"通俗小说"的模式。个别作家更愿意以现实处境产生的情绪,作为往事回忆的触发点和结构故事的基本线索。相比起表现现实生活来,这类题材受到的具体政策规定要少一些,因而也就留给作家稍大的个性空间。

---

① 邵荃麟:《文学十年历程》,《文艺报》编辑部编《文学十年》,北京:作家出版社,1960年,第37页。

② 如叙事诗《杨高传》(李季)、《赶车传》(田间)、《李大钊》(臧克家)、《将军三部曲》(郭小川),话剧《战斗里成长》(胡可)、《万水千山》(陈其通)、《风暴》(金山)、《霓虹灯下的哨兵》(沈西蒙等)、《杜鹃山》(王树元),以及歌剧《洪湖赤卫队》《红霞》等。在散文和"史传文学"方面,《红旗飘飘》和《星火燎原》两部大型丛书,以"回忆录"的形式出现。至于"革命历史题材"的电影文学作品,数量就更多了。

二　“史诗性”的追求

“史诗性”，是“当代”不少长篇小说作家(其实不仅长篇，一些叙事诗和戏剧作品也表现了相似的趋向)的追求，也是批评家用来评价作品达到的思想艺术高度的重要标尺。这种创作追求，根源于作家充当“社会历史家”，再现社会事变的整体过程，把握“时代精神”的欲望。[①] 这种艺术追求及具体的艺术经验，主要来自 19 世纪俄、法等国的现实主义小说，和 20 世纪苏联表现革命运动和战争的长篇。中国现代小说的这种“宏大叙事”的艺术趋向，在 30 年代就已存在。茅盾就是具有“大规模地描写中国社会现象”，“反映出这个时期中国革命的整个面貌”的自觉意识的作家。这种艺术目标后来得到继续。到了 50 年代，作家的“时代”意识更加强烈，反映“伟大的时代”，写出“史诗”性质的作品，成为最有抱负的作家的崇高责任。这在表现“现实生活”的创作中也得到体现，如柳青的《创业史》，但最主要的“实现”，是在“革命历史题材”的创作中。“史诗性”在当代的长篇小说中，主要表现为揭示“历史本质”的目标，在结构上的宏阔时空跨度与规模，重大历史事实对艺术虚构的加入，以及英雄“典型”的创造和英雄主义的基调。长篇《保卫延安》《红日》《红旗谱》《红岩》，以“一代风流”为总题的《三家巷》《苦斗》等，都显示了作家的这种创作追求。

在革命历史题材的长篇中，**杜鹏程**[②]的《保卫延安》是“当代”最早被评论家从“史诗”的角度评论的作品。1954 年初版本出版后，冯雪峰称它是“够得上称为它所描写的这一次具有伟大历史意义的有名的英雄战争的一部史诗的。即使从更高的要求说或从这部作品还可以加工的意义上说，也总是这样的英雄史诗的一部初稿”[③]。小说取材于 1947 年 3 月到 9 月的陕北延安战事——胡宗南指挥的国民党军队进袭，毛泽东、彭德怀主动放弃延安到延安的收复。其中，青化砭、蟠龙镇、沙家店等战役是情节的重点。以对“战

---

① 在马克思、列宁等对作家(巴尔扎克、托尔斯泰等)的评论中，表现时代生活、重大矛盾的各个方面，描写那个时代最重要的典型，揭示社会发展的方向，是“用伟大的现实主义大师的标准来衡量的伟大作家”的主要尺度。高尔基也在这一尺度衡量下，被誉为“革命前俄国伟大的社会历史家”，他的作品“再现了俄国社会重大的全国性危机所必须具备的条件和史实”，“是革命前俄国的‘人间喜剧’”。卢卡契：《革命前俄国的人间喜剧》，《卢卡契文学论文集(二)》，北京：中国社会科学出版社，1981 年，第 265—266 页。

② 杜鹏程(1921—1991)，陕西韩城人，原名杜红喜，1938 年到延安，在解放区报社工作，40 年代后期担任随军记者。出版有长篇《保卫延安》(初版本出版于 1954 年，之后作者做了较大修改，于 1956 年和 1958 年出版第二、第三版)，小说集《在和平的日子里》《年青的朋友》《平常的女人》《光辉的里程》等。

③ 冯雪峰：《论〈保卫延安〉的成就及其重要性》，《文艺报》1954 年第 14、15 期。

争全局”的把握来关照具体的、局部性的战事和人物的活动，是作品的总体构思。小说着力塑造周大勇、李诚、王老虎等无所畏惧的英雄形象，并为英雄们布置了苦战、退却、流血死亡的一系列“检验”意志的逆境，使小说自始至终处于急促高亢的情绪基调之中。单一的意识形态视角和单一的、缺乏变化的叙事方法，使作品无法注意具体战争场面之外的生活情景，也无法让持续紧张的叙事节奏得到适当放松。在虚构性艺术文本中，将有影响的历史人物（在这本书里是高级将领彭德怀）作为艺术形象加以正面刻画，这在此前的中国现代小说中并不多见，因而受到评论界的注意。但是，在“当代”艺术虚构与“生活真实”经常不被区分的情况下（对电影《武训传》的批判，已清楚地表明了这一美学逻辑），这种“创造性”同时也就蕴涵着极大的“风险”。1959 年，在彭德怀成为“右倾机会主义分子”而被贬谪之后，这部写了彭德怀的小说也就陷入不得挣脱的困境之中。[①]

吴强[②]的《红日》也把真实的战争事件（40 年代内战初期发生于山东的涟水、莱芜、孟良崮战役）、人物（国民党军将领张灵甫）与艺术虚构加以结合。故事的展开方式和人物活动的具体描写，主旨在于对“正义之师”的力量源泉的揭示，回答胜利取得的根据——这也是大多数“革命历史小说”所要达到的目的。在表现 40 年代内战的小说中，当时的评论一般认为，比起《保卫延安》来，它在思想艺术上出现重大进展。一是小说表现的战争生活范围比较开阔；这不仅指写到军队中的军、师、团以至普通士兵的各个方面，而且也指把军队和百姓、前线和后方、指战员的战争行为与日常生活加以联结的“横向拓展”的艺术构思。二是人物创造上，作家意识到人物性格“丰富性”的重要，在维护（或不损害）性格的“阶级特征”的前提下，加重了思想情感、心理活动的笔墨，并在同一类型的人物间，赋予将他们加以区别的对比性特征，如坚毅、严格与开朗、幽默感等。在坚持“正面人物”与“反面人物”的对立结构的基础上，小说对“反面形象”（张灵甫等）尽可能避免漫画化刻画，在对其反动、虚伪等“本质”的描写中，不回避写其干练、谋略。这一切，据作者说是为了“惊顽惩恶”，更突出“反动人物的丑恶面目”所作

---

① 1958 年第三版之后，因为彭德怀 1959 年作为“右倾机会主义分子”受到批判，《保卫延安》不再印行。1963 年 9 月 2 日，文化部下达秘密通知，指令各地对《保卫延安》“应立即停售和停止借阅”。次年又发出“补充通知”，对这部长篇的处置改为“就地销毁”，“不必封存”。“文革”期间小说更是受到反复大规模批判。

② 吴强（1910—1990），江苏涟水人，原名汪大同，30 年代开始文学活动，在上海参加左联，1938 年加入新四军，从事文化宣传教育工作，40 年代内战期间参加过莱芜、淮海等战役。除《红日》外，另有长篇《堡垒》。

的设计。[1]

在革命历史小说中,**梁斌**[2]的《红旗谱》和欧阳山的《三家巷》《苦斗》,是对于革命"起源"的叙述。在许多小说中,这通过对革命的参加者(主要是出身贫苦的工农民众)的生活、心理动机的表现来实现[3]。在《红旗谱》等小说中,则直接描述二三十年代在乡村和城市革命运动最早的孕育、开展的情形。据梁斌的回忆,为着写作《红旗谱》,他有过长时间的准备[4]。在作家看来,"史诗性"地概括中国农民在"民主主义革命时期"的生活和命运,需要安排相当宏阔的生活画面和长卷式的结构。因而,小说被构思为多卷本[5]。朱老忠、严志和两家几代人的生活遭遇,是各部的主线,而这一时间发生的"重大事件",按时间顺序组织为各卷的中心情节。和《创业史》一样,《红旗谱》开头也有独立成章的"楔子"(《创业史》是"题叙"),讲述主人公或其先辈曾经的奋斗:老一辈农民朱老巩和严老祥大闹柳林镇,赤膊上阵,拿铡刀拼命,朱老明对簿公堂,和地主打官司,但结果"都注定"以失败告终。这种有关革命"前史"的情节设计,一方面是将事件向深处延伸,证明革命的历史依据;另一方面是为"正文"提供了铺垫和对比:他们的后代在"接触了党"之后从根本上扭转了斗争的性质和成果,终于"取得了很大的胜利"。通过这样的结构安排,小说完成了这样的"叙事":"中国农民只有在共产党的领导下,才能更好地团结起来,战胜阶级敌人,解放自己。"[6]在《红旗谱》中,这一主题,主要通过对朱老忠等的"成长史"(由传统农民的家族仇恨,到获得由"时代"、由无产阶级政党所赋予阶级意识和集体精神)来实现。朱老忠这一人物,在英雄形象的位置,人物性格所具有的阶级、时代内涵,以及理想化要求上,都被当时的评论界看成这部小说突出成就的标志,看成当代文学人物塑

---

① 吴强:《红日·修订本序言》,北京:中国青年出版社,1959年。

② 梁斌(1914—1996),河北蠡县人,原名梁维周,20年代末读中学时,参加中共领导的革命运动,30年代初参加北方左联,抗战期间和40年代后期,在解放区从事文化宣传工作。著有长篇小说《红旗谱》《播火记》《烽烟图》《翻身记事》等。

③ 在当代表现"革命历史"的小说中,对受压迫、被凌辱的生活情景的回顾,成为革命者投身革命的最初动机,并继续成为增强其意志力,进行战斗动员的主要手段。这在60年代发展成为"忆苦思甜"的小说(戏剧)情节模式。

④ 参见梁斌:《漫谈〈红旗谱〉的创作》(代序),《红旗谱》,北京:中国青年出版社,1959年。

⑤ 第一部《红旗谱》(1957)写30年代初在河北保定一带农村开展的"反割头税"斗争和保定二师的学潮。第二部《播火记》(1963)主要写发生于1932年的高蠡暴动。第三部《烽烟图》(1983)则写抗日战争初期的农村斗争情况。

⑥ 冯雪峰:《论〈保卫延安〉的成就及其重要性》,《文艺报》1954年第14、15期。

造的重要收获。[①]

《红旗谱》对农民革命和农民英雄性格在现代中国的"发展规律"的描述,有着它的某些"独特性"。作家在寻找着阶级斗争观念、主题和乡村风俗、传统文本的联结。这种联结被作者本人和批评家称为小说的"民族气魄"。这包括不同性格人物的对比性设计(朱老忠与严志和,春兰和严萍等),主要人物性格中的"慷慨侠义"的"江湖"特征,也包括生活情景和文本构造的地方的、"民族"的色彩。乡村风俗、传统文本的加入,虽说主要被看作有助于推进观念、主题的表达,但有时也会使逸出有关历史叙述的各种成文、不成文的"规范",使某些可能被遮蔽、删除的因素,比如人的欲望,日常生活细节,乡村习俗、仪式等,得到有限程度的表现。中国古典小说(《水浒传》《红楼梦》等)在《红旗谱》中提供了表现方法上的借鉴,也参与了人物性格、行为的构成。对这一地区的民间语言的运用,也加强了小说表现的生活的历史连续性,而多少缓和了观念、主题阐释上的坚硬、紧张的程度。

三　《红岩》的写作方式

《红岩》[②]1961年底出版后不到两年的时间里,就多次重印,累计达四百万册。到80年代,共印行二十多次,发行八百多万册,可以说是发行量最大的当代长篇小说。小说出版后到"文革"发生前的几年间,《红岩》的人物故事,被移植、改编为歌剧、话剧、电影、京剧、地方戏曲、说书的艺术形式[③]。在60年代,这部长篇被评论者称为"黎明时刻的一首悲壮史诗","一部震撼人心的共产主义教科书","一本教育青年怎样生活、斗争、怎样认识和对待敌人的教科书"。[④]

《红岩》的署名作者是**罗广斌、杨益言**。他们并非专业作家,他们和刘德彬等,是书中所描写的事件的亲历者,40年代后期,在重庆从事中共领导的

---

① 当时的权威评论认为,朱老忠"是我们十年来(指1949—1959年——引者)文学创作中第一颗光芒最明亮的新星,第一只羽毛最丰满的燕子"(冯牧、黄昭彦:《新时代生活的画卷——略谈十年来长篇小说的丰收》,《文艺报》1959年第19、20期合刊)。在朱老忠身上"集中地体现了农民对地主世世代代的阶级仇恨,体现了为党所启发、所鼓励的农民的革命要求"(周扬:《我国社会主义文学艺术的道路》,《文艺报》1960年第13、14期合刊)。

② 罗广斌、杨益言:《红岩》,北京:中国青年出版社,1961年。

③ 知名的如歌剧《江姐》、电影《在烈火中永生》(水华导演,赵丹主演)等。

④ 参见王朝闻、罗荪、王子野、李希凡、侯金镜《〈红岩〉五人谈》(《文艺报》1962年第3期),罗荪、晓立《黎明时刻的一首悲壮史诗》(《文学评论》1962年第3期),姚文元《黑牢中的红鹰》(《四川文学》1962年第5期)等文。

学生运动和地下工作时被捕。在四五十年代的政权交替时期,在被称为"中美合作所"的集中营里,关押着许多为推翻国民党政权而斗争的革命者。在国民党政府军队溃败,山城重庆为解放军攻占的前夕,他们中有人越狱逃出(如《红岩》的作者),而多数被秘密杀害。50年代,作为斗争和屠杀事件的幸存者和见证人,配合当时开展的各项政治运动,罗广斌、杨益言、刘德彬着手搜集、寻访死难者的资料,并在重庆、成都等地做过上百次的有关"革命传统"的报告,讲述这一事件中革命者的英勇和敌人的残暴。报告活动虽说是讲述"真实事件",实际上已开始进入创作阶段。据听过报告者回忆,罗广斌讲"白公馆"中的"小萝卜头"的故事,"一次比一次讲得丰富、具体、细节生动。看得出来,他讲故事不只是搜索着记忆,而且不断在进行着由表及里的思索,展开了设身处地的想象"[①]。1956年底,他们把口述的材料加以记录、整理,出版了"革命回忆录"《在烈火中永生》[②],该书印数达三百万册。1958年,共青团中央和中国青年出版社建议罗广斌等将这一题材用长篇小说的形式加以表现。小说写作在进入第二稿时,刘德彬因工作关系不再参加。第二稿由于"既未掌握长篇的规律和技巧,基调又低沉压抑,满纸血腥,缺乏革命的时代精神"而没能成功。作者写作的信心受到挫折。在这种情况下,中共重庆市委决定让罗、杨二人"脱产"专门修改小说,并要重庆市文联组织讨论会,邀请各方面人士为小说的写作"献计献策"。这期间和以后,参与这一"写作"活动的有四川的一些作家和四川、重庆的政治领导人。1960年6月,罗、杨二人到北京听取出版社对修改稿的意见时,参观了陈列在军事博物馆和革命历史博物馆的各种"历史文物",包括中共中央、中央军委、毛泽东等在40年代末的电报、批示、文件等。9月,《毛泽东选集》第四卷出版,他们在阅读了有关文章后,觉得对当时的斗争形势和时代特征有了深入的认识,"找到了高昂的基调,找到了明朗的色彩,找到了小说的主导思想,人物也就从而变得更崇高、更伟大了",小说的面目于是"焕然一新"。[③] 这就是1961年3月完成的第三稿。在写作期间,作者与出版社负责本书的责任编辑,以书信形式对写作、修改进行细致讨论。1961年6月,完成了第四稿。8月,罗、杨又一次到北京,在出版社编辑的协同下,做了最后一次的修改。

《红岩》约十年的成书过程,是当代文学"组织生产"获得成功的一次实践。这种"组织生产"的方式在戏剧、电影的制作中是经常使用的,在"个人

---

① 参见刘德彬编《〈红岩〉·罗广斌·中美合作所》,重庆:重庆出版社,1990年。

② 作者署名罗广斌、刘德彬、杨益言(北京:中国青年出版社,1959年2月初版)。

③ 马识途:《且说〈红岩〉》,《中国青年》1962年第11期。

写作”的文学体裁中并不一定常见，但也不是绝无仅有[1]；而在后来的“文革”期间，则几乎成为重要作品的主要生产方式。创作动机是充分政治化的。作者从权威论著、从更掌握意识形态含义的其他人（通常是政治领导人，或文学界权威作家）那里，获取对原始材料的提炼、加工的依据，放弃“个人”的不适宜的体验，而代之以新的理解和艺术方式。因而，从某种意义上说，《红岩》的作者是一群为着同一意识形态目的而协作的书写者们的组合。

四五十年代之交是中国现代历史转折、黑暗与光明交替的时刻，是“新时代”的诞生——这种历史意识，已在50年代的历史、文学的叙事中确立。《红岩》以对“革命”的更具纯洁性的追求，来实现对这一历史时间的“本质”的讲述。它以更加分明、强烈，更带象征性，也更带“人生哲理”的方式，来处理这一事件和它所赋予的种种含义。小说的主要篇幅放在狱中斗争上，但同时也涉及中共在城市的地下组织所领导的革命运动，并安排了四川华蓥山根据地的武装斗争和农民运动的另一条线索。1948年至1949年国共战争的情势，国民党政府军队的溃败和政权的瓦解，在小说中做了充分的描述。在这部小说中，革命者（许云峰、江姐、成岗、华子良、齐晓轩等）与敌人（徐鹏飞等）的关系，被安放在两个政治集团、两种人生道路和两种精神力量的较量的格局中。人物思想、性格，他们的言行、心理的刻画，不再存在任何幽深曲折而彻底“透明化”。英雄人物的意志、信仰所焕发的精神力量，在肉体摧残和心理折磨下的坚定、从容和识见，反面角色的狡诈、残忍、虚张声势然而恐惧、绝望，在作品中都做出对比分明且有层次的、推向“极致”的描述。而许云峰、江姐与徐鹏飞等面对面所进行的精神较量，以及有关政治、人生观的“论辩”，成为强化小说的“共产主义教科书”性质的手段。这种情景类型的设计极大地影响了六七十年代的小说、戏剧创作。

四　革命的“另类”记忆

“革命历史小说”的短篇体裁作家中，峻青、王愿坚的写作动机和对“记忆”的搜寻方式、“记忆”的性质有共通之处。**王愿坚**[2]说：“我们今天走着的

---

① 大多出现在缺乏写作经验的工农“业余作者”的创作那里，如陈登科的《活人塘》、高玉宝的《高玉宝》、曲波的《林海雪原》等，都经过专业作家、编辑的指导、帮助、修改。

② 王愿坚（1929—1991），山东诸城人，1944年到抗日根据地，在军队里当过宣传员、报社编辑和记者，50年代初任《解放军文艺》编辑，并开始发表短篇小说。1956年至1966年，参加“解放军30年征文”——革命回忆录选集《星火燎原》的编辑工作，“文革”期间与陆柱国合作改编《闪闪的红星》为电影文学剧本。出版的短篇小说集有《粮食的故事》《党费》《后代》《亲人》《普通劳动者》《王愿坚小说选》等。

这条幸福的路,正是这些革命前辈们用生命和鲜血给铺成的;他们身上的那种崇高的思想品质,就是留给我们这一代人最宝贵的精神财富。"[①]——这提示了他和峻青所要讲述的历史故事的重点,和讲述这些故事的现实动机。他们强调的是创造"幸福的路"的过程的艰苦和残酷,并在这样的背景上刻画经历血与火考验的英雄。**峻青**[②]在1954年以后,发表了一组写40年代发生于胶东半岛的战争(包括抗战和后来的国共内战)的短篇,当时影响颇大的有《黎明的河边》《老水牛爷爷》《党员登记表》等。战争年代生活环境的险恶、残酷,是这些小说所着力渲染的。在情节上,安排一系列的偶然因素、巧合,为人物布置接连不断的严峻境遇的磨难,以突出英雄在酷刑、死亡面前的"超人"意志和力量。这种构思方式,后来也出现在他写"当代"生活的作品中。由于峻青的作品具有这种"浪漫主义"的素质(夸张、渲染的语言风格,正面塑造高大、完美的英雄形象),他的作品在"浪漫主义"高涨的年代得到追捧,但在"落潮"的时候却成为奚落对象[③]。相对于峻青描述的铺张来,王愿坚要显得较为清晰、简练;从某种意义上讲,他的短篇更接近于"故事"的形态。《党费》《七根火柴》《粮食的故事》《三人行》等所写的30年代初"苏区"斗争和红军长征,作者并未亲历过。但王愿坚40年代的军队生活,以及50年代参加《星火燎原》等"革命回忆录"丛书的组稿、编辑工作,帮助他掌握"革命历史"叙事的原则和方式。

比较而言,孙犁、茹志鹃、刘真等在"当代"对"革命历史"的讲述,是有所不同的方式。他们的带有抒情性的作品,传达了更多的个人经验,显现了某种"另类"的色彩[④]。**孙犁**[⑤]抗战和40年代的大部分时间,在晋察冀根据地任报社编辑、学校教员,作品有《荷花淀》《芦花荡》等。50年代以后一直生活

---

① 王愿坚:《后代·后记》,北京:作家出版社,1958年。

② 峻青(1922—2019),原名孙俊卿,山东海阳县人,抗日战争爆发后参加革命工作,40年代开始文学创作。著有短篇小说集《黎明的河边》《海燕》《胶东纪事》等和长篇小说《海啸》,另有《峻青文集》(6卷)。

③ 如短篇《山鹰》,写一个双目失明的复员军人,经过磨难式的苦练,能够如履平地般在悬崖峭壁穿行,并在1958年带领山区农民凿崖修路。《山鹰》发表后,受到很高评价。在1962年中国作协召开的短篇小说座谈会(大连会议)上,这个短篇和赵树理的小说,成为坚持政治、文学的浪漫主义者,与提倡"现实主义深化"者各自援引的例证式文本。《山鹰》被出席座谈会的一些作家,不点名地奚落为剃光了毛的漂亮的却没有生命的死猪。

④ 有的研究者将孙犁称为"革命文学中的多余人",说"几十年来,孙犁在主流文学中的地位一直具有某种'边缘'性","始终有些游离于主流革命文化的话语中心";他的"一生是充满被动与无奈的,命运将他酱在一个与他的个性、理想都貌合神离的文化中"。杨联芬:《孙犁:革命文学中的多余人——二十世纪中国文学论》,北京:中国文联出版社,2004年,第1—3页。

⑤ 孙犁(1913—2002),河北安平人,原名孙树勋,30年代后期参加革命,抗战期间在冀中、晋察冀边区从事文化教育工作。著有长篇小说《风云初记》,中篇《铁木前传》《村歌》,短篇集《芦花荡》《嘱咐》《白洋淀纪事》《荷花淀》等。80年代以后,主要从事散文随笔写作。有11卷本的《孙犁全集》。

在天津，写有短篇《吴召儿》《山地回忆》《小胜儿》《正月》，中篇《村歌》《铁木前传》，长篇《风云初记》。50年代中期以后，除散文随笔，小说创作渐少。《风云初记》[①]是孙犁唯一的长篇小说。小说写“七七事变”后，冀中滹沱河沿岸子午镇和五龙堂村庄的生活变迁，以及中国共产党在这里组织武装、建立抗日政权的故事。虽有不少出色的段落，但也表现了在驾驭长篇体裁上功力的缺欠。总体而言，孙犁小说的格局不大，有时且有平淡、重复之处。但是他的一些中短篇，因其鲜明特色，而能够穿越变幻的政治和文学的风雨。

《铁木前传》写乡村中木匠黎老东和铁匠傅老刚的友情和友情的破裂。在五六十年代，一般的评论认为，这种破裂反映了农业合作化运动初期，农村经济变动出现的地位、身份分化，以及由此带动的人际关系的变化，涉及的是有关农村的“两条道路斗争”的主题。80年代以后，在“农业合作化”与“两条道路斗争”已经不是一种规定叙事（甚至会被看作对历史做出“错误”叙述）的时候，对作品的阐释也发生转移。作者自己说：“这本书，从表面上看，是我1953年下乡的产物。其实不然，它是我有关童年的回忆，也是我当时思想感情的体现。”又说：“它的起因，好像是由于一种思想。……这就是，进城以后，人和人的关系，因为地位，或因为别的，发生了在艰难环境中意想不到的变化。我很为这种变化所苦恼。”[②]在对于农村“阶级分化”的描述中，作品所表达的忧虑，确是有关淳朴、美、真挚友情在“时间”中不可逆转的磨损、变异这一事实。“回忆”，是包括他的短篇在内的这些小说的结构框架，也是它们的情感基调：“这二年生活好些，却常常想起那几年的艰苦”（《吴召儿》）；“这种蓝的颜色，不知道该叫什么蓝，可是它使我想起很多事情”（《山地回忆》）；“在人们的童年里，什么事物，留下的印象最深刻？”（《铁木前传》）……现实中感受到的情感缺陷，制约了经验的提取和构成方式。“战争”“革命”的意义，在孙犁的小说中，大体上被表现为给存在于民间的生活信心、淳朴人性提供一种充分展示的“典型环境”。在发生革命和战争的冀中乡村的背景上，孙犁以情感化的想象，来创造“极致”的生命形式和人际关系。这种理想的生命形式，更多体现在他笔下的年轻女性身上。孙犁小说在结构行文上近于散文，并不追求故事性，艺术重心是表现流贯于生活过程间的情绪和气质，但又不耽溺于感伤。叙述者的情感介入，因了不落俗套的用语和明晰、恰切的描述而得到控制。在五六十年代，由于强调小说“典

---

① 《风云初记》第一、二集由人民文学出版社分别出版于1951、1953年。1962年改定第三集后，与前两集一起由作家出版社出版合编本。

② 孙犁：《孙犁文集·自序》，天津：百花文艺出版社，1982年。

型环境”和“典型人物”的创造，提倡“正面描写时代的巨大斗争生活”，孙犁的这种抒情的、散文化的小说，自然难以获得更高的认可。推崇并为他的“纤丽的笔触和细腻的情调”辩护的批评家，也不得不对他提出这样的规劝：“对我们时代的风貌进行更广泛的描绘”，“对人物性格进行更完整、更深刻的刻画”。[①]

茹志鹃[②]五六十年代的短篇，收在《高高的白杨树》《静静的产院》两个集子中。这些作品的取材，一类是50年代上海里弄及近郊农村的生活。其中，《如愿》《春暖时节》《里程》《静静的产院》等，写在生活潮流的诱发和推动下走出家庭的“家庭妇女”，她们的行为和细微的心理变化。对女性命运的这种关注，同50年代的创作一样，主要纳入对妇女的社会政治动员的主题中。另一类写40年代的战争生活(《关大妈》《澄河边上》《三走严庄》)，这与她曾参加新四军的经历有关。最负盛名的当是发表于1958年的《百合花》[③]。她的有关战争生活的小说与现实生活并不发生直接关联。不过，这种“封闭”的方式，只能在结构、叙述的层面上理解，“回忆”的动机和叙述的内在依据，不难辨识与现在时间的关联；它们是作为参与生活“统一性”的组织而被索取和重新构造的。《百合花》写发生于前沿包扎所的一个插曲：出身农村的军队士兵，与两个女性在激烈战斗间的情感关系。这个短篇在当时和此后受到的肯定，主要来自两个方面。一是在50年代短篇艺术上所达到的示范性成绩。它的注重构思和剪裁，故事发展与人物刻画的密切结合，结构的“细致严密”且“富于节奏感”，以及“通篇一气贯穿，首尾灵活”的“前后呼应的手法”[④]——这些，切合将西方19世纪现实主义短篇杰作看作范本的批评家(如茅盾、魏金枝等)的理想。他们以之为例，来“矫正”当时短篇创作散漫拖沓、手法粗疏的弊病。除此之外，《百合花》又是在一种“规范性主题”的成功表达上受到肯定。批评家(如茅盾)很快便把这一故事归结为“反映了解放军的崇高品质(通过那位可敬可爱的通讯员)，和人民爱护解放军的真诚(通过那位在包扎所服务的少妇)”这一“许多作家曾经付出了心血的主题”。80年代以后，出于对“政治性主题”的疏离与厌弃，它的主题的阐释

---

① 黄秋耘：《关于孙犁作品的片断感想》，《文艺报》1961年第10期。

② 茹志鹃(1925—1998)，原籍浙江杭州，生于上海，1943年参加新四军，从事文化宣传工作。主要小说集有《关大妈》《高高的白杨树》《静静的产院》《百合花》《草原上的小路》等。

③ 这与茅盾当时对它的高度评价有一定关系。在《谈最近的短篇小说》(《人民文学》1958年第6期)一文中，茅盾用很大篇幅来分析这个短篇，称：“这是我最近读过的几十个短篇中间最使我满意，也最使我感动的一篇。它是结构谨严，没有闲笔的短篇小说，但同时它又富于抒情诗的风味。”另见茅盾：《谈最近的短篇小说》，北京：作家出版社，1958年，第14—15页。

④ 茅盾：《谈最近的短篇小说》。

发生变化。作家本人认为它表达了对当代生活的忧虑[①]，而有的研究者则强调，战士的崇高品质和军民的鱼水关系不过是外在的，用以遮盖人物之间模糊暧昧的情感关系的框架，使对这种微妙感情关系的表达，在当时严格的题材“管制”中，不被质疑而取得合法地位。茹志鹃在“文革”结束后的一段时间里，还继续有短篇小说发表。《剪辑错了的故事》《草原上的小路》等，被列入显示“新时期”小说最初收获的作品名单之中。

在50年代，以抒情性叙述方式来表现革命历史的短篇，还有**刘真**[②]的《核桃的秘密》《我和小荣》《长长的流水》，以及萧平的《三月雪》等。女作家刘真的《英雄的乐章》[③]与她个人的生活、感情经历有关。女性叙述者以伤感、怀念的语调，讲述她和阵亡的八路军指挥员的爱情，以及他的英雄业绩。这个短篇在1960年以“宣扬资产阶级人性论”为由，受到文学界的批判。

五　《青春之歌》及其讨论

《青春之歌》写的是知识分子在革命中的“成长史”。在当代，类似的长篇还有**高云览**[④]的《小城春秋》。《小城春秋》描述的是20年代末、30年代初中共领导的福建厦门的革命斗争。在表现“城市地下工作”的作品中，《青春之歌》和它被称为“一北一南，互相辉映”[⑤]。当然，就它们在“当代”的影响而言，《小城春秋》无法和《青春之歌》相提并论。

---

① 茹志鹃在80年代解释说，当时之所以回忆战争年代，是反右派运动造成的对社会和家庭的影响使她十分苦恼，每天晚上都“不无悲凉地思念起战时的生活，和那时的同志关系”，“《百合花》便是这样，在叵叵忧虑之中，缅怀追念时得来的产物”。见茹志鹃：《我写〈百合花〉的经过》，《茹志鹃研究专集》，杭州：浙江人民出版社，1982年。

② 刘真（1930—　），山东夏津人，原名刘清莲，1939年参加八路军，在文工团工作，50年代初开始文学创作。著有短篇小说集《林中路》《长长的流水》《英雄的乐章》等。

③ 《英雄的乐章》写出后，作者提请刊物和一些作家听取意见，并没有打算立刻发表。但是却在不经作者同意的情况下，小说便在《蜜蜂》（当时河北省作协的机关刊物）1959年第24期，作为供批判的附发材料刊出，以配合当时开展的批判人性论、批判“现代修正主义”运动。该刊同期登出署名评论员文章《高举毛泽东思想红旗，坚决反对修正主义文化思潮》，称这篇小说“以资产阶级人道主义观点，看待革命战争和爱情问题，将个人幸福和革命事业对立起来”。此后的《蜜蜂》连续三期发表了康濯、刘流、刘沛德、李满天等作家、批评家的批判文章，批判并在其他刊物进行。重要文章有：王子野《评刘真的〈英雄的乐章〉》（《文艺报》1960年第1期），康濯《同根长出的两株毒草——略谈〈英雄的乐章〉和〈曹金兰〉》（《蜜蜂》1960年第1期），张洁《战士批判小说〈英雄的乐章〉》（《解放军文艺》1960年第5期）等。

④ 高云览（1910—1956），福建厦门人，本名高怡昌，曾参加中共领导的革命活动和左翼作家联盟，抗战开始后，生活于马来西亚、苏门答腊等地，从事教育和抗日活动，1950年回国居天津。长篇《小城春秋》1956年由作家出版社出版。其作品在“文革”中受到批判。

⑤ 冯牧、黄昭彦：《新时代生活的画卷——略谈十年来长篇小说的丰收》，《文艺报》1959年第19、20期合刊。

杨沫[①]虽然三四十年代写有短篇小说、散文多篇,但大都散失。1950 年出版的中篇《苇塘纪事》没有引起注意。《青春之歌》1958 年初出版后,仅一年半的时间就售出 130 万册,成为在这期间长篇小说中仅次于《林海雪原》的畅销书。在初版的同年就被搬上银幕,成为"建国十周年"的"献礼片"之一受到欢迎[②]。小说《青春之歌》在 60 年代的香港地区和日本及东南亚国家也拥有大量读者。1960 年日文版在日本发行后的五年中,印刷 12 次,总数达 20 万册。这部长篇带有"自叙传"色彩,可以看到以作者 30 年代的生活作为写作重要素材的明显根据。除个别章节外,全书以主人公林道静的遭遇、经历作为描述的线索:抗拒养母为她安排的官太太的道路,逃离家庭;在北戴河屡遭挫折对前景绝望的时刻,得到余永泽的救助;受抗日烽火和学生运动的感召,和卢嘉川、江华等共产党人的阶级启蒙教育;认识到余永泽的平庸、自私,在政治、生活道路上与之决裂;投身于抗日救亡运动,成为无产阶级的革命者。故事发生在 1931 年的"九一八"事变到 1935 年的"一二·九"运动之间。这个时期的社会政治风云和事变,构成人物生活道路选择的决定性因素。小说结构前半部较为完整,后面则略嫌松散。对林道静的情感、心理的刻画在许多部分细致真切。一些场景的描述,能传达特定时代、地域的气氛和特征。但作品语言缺乏个性,也缺乏变化;在长篇写作上,运用多种叙事手段的意识不很自觉。这些不足,当时的批评家在瑕不掩瑜的前提下就已指出过[③]。

在"十七年"中,由于以"知识分子"为中心人物始终是个需要谨慎处理的问题,所以,在谈及《青春之歌》(连同《小城春秋》)的题材类型和作品主旨时,更多概括为表现共产党人在民族危亡时刻承担起决定民族命运的"历史责任",组织民众进行英勇斗争等。在许多评论文章中,也首先提及作品中的"英雄形象"(卢嘉川、江华、林红等)的塑造。因而,尽管卢嘉川等并非主要人物,形象单薄且不清晰,但连一些训练有素的批评家,也要以他们的存在作为肯定这部作品的首要理由。[④] 80 年代以后,小说中存在的中心因素

---

① 杨沫(1914—1995),湖南湘阴人,原名杨成业。在北平上中学,后在河北香河、定县等地任小学教员。30 年代末参加革命活动,在晋察冀边区从事文化宣传与妇女工作。出版有《苇塘纪事》《青春之歌》《芳菲之歌》《英华之歌》等。

② 杨沫改编,崔嵬、陈怀皑导演,谢芳、康泰、于洋、于是之等主演,北京电影制片厂出品。

③ 参见茅盾《怎样评价〈青春之歌〉?》(《中国青年》1959 年第 4 期)等文章。

④ 何其芳《〈青春之歌〉不可否定》(《中国青年》1959 年第 5 期)中说,《青春之歌》"粗粗一看,好像它的题材是写青年知识分子的生活",事实上,"里面最能吸引广大读者的是那些关于当时的革命斗争的描写"。杨沫在《我为什么写〈青春之歌〉?》(《北京日报》1958 年 4 月 9 日)中也说,她写这部小说的最初愿望是要表现那些英勇牺牲的共产党员的形象。

得到确认，有关中国现代知识分子道路（“成长史”）的问题被着重提出，另外，还从女性命运的主题上得到讨论[①]。林道静的爱情、婚姻遭遇，隐含着复杂的性别问题。但有关女性命运的主题因素，在作品中是被压抑、被淡化，主要当作阶级立场、阶级意识的矛盾和转变的因素来处理。小说在否定戴愉、余永泽、白莉萍等的选择的同时，通过林道静的“成长”来指认知识分子唯一的出路：在无产阶级政党的引领下，经历艰苦的思想改造，从个人主义到达集体主义，从个人英雄式的幻想，到参加阶级解放的集体斗争——也即个体生命只有融合、投入以工农大众为主体的革命中去，他的生命的价值才可能得到证明。在知识分子通过改造以获得“本质”成为严重问题的五六十年代，《青春之歌》的这一叙事，正是这部事实上以知识分子为主人公的长篇获得肯定的原因。

小说出版一年后，《中国青年》和《文艺报》刊登了批评《青春之歌》的文章[②]，认为林道静的塑造存在“较为严重的缺点”，“作者是站在小资产阶级立场上，把自己的作品当作小资产阶级的自我表现来进行创作的”，林道静“从未进行过深刻的思想斗争，她的思想感情没有经历从一个阶级到另一个阶级的转变”，“可是作者给她冠以共产党员的光荣称号，结果严重地歪曲了共产党员的形象”。另外，文章还批评小说“没有很好地描写工农群众”，林道静“自始至终没有认真地实行与工农大众相结合”。在一篇支持这种批评的文章中，还对林道静与卢嘉川、江华等的爱情、婚姻生活的“道德性”，提出严厉的质疑。随后，《文艺报》《中国青年》《人民日报》《中国青年报》等报刊就《青春之歌》的评价，或开辟讨论专栏，或刊登专题文章。大多数读者和批评家（巴人、马铁丁、袁鹰、何其芳、茅盾等），以及组织这些讨论的报刊，都持“保护”这部小说的态度，指出《青春之歌》的“全盘否定”者的批评是主观主义、教条主义的。[③]《青春之歌》的批评者，强调的是文学创作要表现“阶级本质”，对“历史本质”的表现必须“完美”；他们以这一眼光，看到小说的表达与“本质”的“纯粹”“彻底”之间的距离。而小说的保护者则出于写实小说的

---

① 参见孟悦、戴锦华《浮出历史地表》、陈顺馨《中国当代文学的叙事与性别》、李杨《50—70年代中国文学经典再解读》等著作中的相关章节。这些研究著作，都注意到作品中“男性”与“政治”“革命”“引领者”，“女性”与“被引领者”之间的可互换的关系。

② 郭开《略谈对林道静的描写中的缺点——评杨沫的小说〈青春之歌〉》（《中国青年》1959年第2期）、《就〈青春之歌〉谈文艺创作和批评中的几个原则问题——再评杨沫同志的小说〈青春之歌〉》（《文艺报》1959年第4期）。

③ 参见茅盾《怎样评价〈青春之歌〉?》（《中国青年》1959年第4期）、何其芳《〈青春之歌〉不可否定》（《中国青年》1959年第5期）、刘导生《关于〈青春之歌〉的时代背景》（《文艺报》1959年第6期）、马铁丁《论〈青春之歌〉及其论争》（《文艺报》1959年第9期）。

“文学性”在这种批评中可能受到的伤害，出于对知识分子改造(阶级本质化)的后果的忧虑，来为小说描述的某些非纯粹的“自然性”辩护。在1959年，后者的主张获得支配地位。但到了“文革”期间，当“激进”的文学思潮成为绝对的控制力量时，《青春之歌》的这种“不纯性”使它成为“毒草”；而当年被压制的批评者也就有理由认为，正是他们“超前”地把握到了问题的实质。

就在讨论当年，杨沫“吸收了这次讨论中的各种中肯的、可行的意见”，对这部小说做了修改。1960年的修改本，改动、删削了那些林道静在“接受了革命教育以后”仍然流露的“小资产阶级感情”，并增加表现林道静在深泽县与工农结合的八章，以及“力图使入党后的林道静更成熟些，更坚强些”的参加、领导北大学生运动的三章。[①] 对于这种修改，80年代以后的不少批评家和文学史家持批评的意见。也有论者认为修改本是对初版的重要缺点的弥补。这种分歧，是50年代争论的不同立场的延续。《青春之歌》和在八九十年代出版的另两部长篇《芳菲之歌》和《英华之歌》，在内容上有着连续性，被称为“青春三部曲”。但后两部几乎没有产生什么反响。

在五六十年代，小说的“历史叙事”也有不多的作品涉及非现代“革命历史”的题材，如**姚雪垠**[②]的长篇小说《李自成》，以及60年代初的一批“历史题材”短篇[③]。

《李自成》自然不能称为“革命历史小说”。不过，其写作观念和叙事方式，与上面论及的革命历史小说又有某些相似之处。在姚雪垠写作《李自成》的时期，农民起义被当作20世纪现代革命的“历史资源”。50年代初，电影《武训传》受到批判的主要理由，是它“用革命的农民斗争的失败作为反衬”以歌颂“狂热地宣传封建文化”的武训，这是“污蔑农民革命斗争，污蔑中国历史”。[④] 作为一种批判手段，1951年拍摄了表现发生于武训同一时代、同一地区的农民起义的影片《宋景诗》，相对照地提供了正确叙述“中国历史”的方法。因而，以“历史唯物主义和辩证唯物主义”的立场来“解剖”封建社会[⑤]的《李自成》，与直接表现现代革命运动的那些“革命历史小说”一起参与了对现代历史本质的揭示。

---

① 杨沫:《〈青春之歌〉再版后记》,北京:人民文学出版社,1960年。

② 姚雪垠(1910—1999),河南邓县人,原名姚冠三,30年代初开始发表作品。30—40年代主要作品有小说《牛德全与红萝卜》《戎马恋》《差半车麦秸》,著作收入《姚雪垠书系》(22卷)。

③ 《广陵散》《陶渊明写“挽歌”》《杜子美还家》等。

④ 毛泽东:《应当重视电影〈武训传〉的讨论》,《人民日报》1951年5月20日。

⑤ 茅盾:《关于长篇历史小说〈李自成〉》,《文学评论》1978年第2期。

《李自成》共5卷。第1卷(上、下)出版于1963年,写明崇祯十一年十月,清军进逼京城,官军在潼关和李自成的农民军激战,崇祯在和战问题上犹豫不决,明朝社会动荡,皇室风雨飘摇。第2卷(上、中、下)和第3卷出版于1976年和1981年。第2卷写李自成潼关之战失利后,来到商洛山中,受到官军、土豪、叛军围剿;李突围入豫,联合张献忠,破洛阳,攻开封,气势达到顶峰。第3卷写明清对峙的松山之战,以及李自成与官军在开封的战斗。最后两卷写李自成进北京:崇祯之死,起义军进城之后的自满腐败,最后悲剧的结局。[①] 人物众多,结构宏大。写出明清之际的"历史百科全书式"的长篇的企望,使小说呈现"全景式"的展开方式。从社会图景而言,笔墨触及从宫廷到民间,从都城到乡村,从关内到关外,从政治到经济、军事,到农事百工等广泛领域。第1、2卷有名姓人物已有二百余人。小说特别注意表现这个时期各种社会力量的关系,如农民起义军与明王朝的斗争,明王朝与清王朝的冲突,统治阶级内部和各个农民起义军之间的派系矛盾等。小说显然十分重视表现复杂矛盾的社会阶级根源,而在处理这些盘根错节的关系时,把农民起义军与封建王朝的矛盾作为"主要矛盾"。这种设计,为以历史唯物主义的观点来揭示"历史规律"的目标所决定。

《李自成》第1、2卷曾得到较高评价,后几卷批评界反应比较冷淡。在80年代以后,对这部小说的褒贬发生过争论。对这部皇皇巨著的一种批评意见是,小说的构思和描写过于"现代化":姚雪垠对于李自成、高夫人等形象,和对起义军的描写,明显地是以20世纪以井冈山为根据地的农民武装作为参照。李自成对革命事业的耿耿忠心,他的卓越的军事才能,他的严于律己、宽以待人,以及他的天命观和流寇思想等弱点;起义军从小到大、由弱到强的原因;军队与百姓之间的"鱼水关系";政治路线的正确和组织上的巩固对军队发展的重要性——所有这一切,都来自对20世纪工农红军的经验教训的总结。这是作者考察明朝末年那支起义军的思想基点。从这样的角度看,将《李自成》归入现代的"革命历史小说"也不是没有一点道理。

---

① 《李自成》全书共5卷,约320万字。2000年由中国青年出版社出版的《姚雪垠书系》,将《李自成》分为10卷,分别以《潼关南原大战》《商洛壮歌》《紫禁城内外》《李信与红娘子》《三雄聚会》《燕辽纪事》《洪水滔滔》《崇祯皇帝之死》《兵败山海关》《巨星陨落》命名。

第九章

当代的"通俗小说"

一　被压抑的小说

虽说对"通俗小说""俗小说"等概念，从文学史的角度做出明确的界定并非易事，但是，在 20 世纪中国小说界，与"纯文学"或"严肃文学"意义的那类小说并存的，还有另一类型的小说。言情、侠义、侦探、滑稽等的通俗小说，是近现代都市的文化产物。它们主要以都市中具有初步阅读能力的市民阶层为对象，具有消遣、娱乐的"消费性"。这类小说，从"五四"新文化运动开始到三四十年代，往往被新文学作家看作封建性、买办性文化的体现而受到排斥，被排除在"新文学史"的写作之外①。不过，作为一种文学事实，其写作和阅读仍在继续。而且，在这期间，"雅""俗"的两条小说路线，在其相对独立的发展过程中也存在着互相渗透、吸收、转化等复杂的状况，并出现某些关系比较和缓的阶段。②

---

① "文革"之后，严家炎最早提出不应将"通俗小说"排除在新文学研究之外。1980 年他在《从历史实际出发，还事物本来面目》一文中说，"建国以来，曾出版过多种《中国现代文学史》，这些著作名为'中国'，却只讲汉族，不讲少数民族；名为'现代文学'，实际上只讲新文学，不讲这个阶段同时存在着的旧文学，不讲鸳鸯蝴蝶派文学，也不讲国民党御用文学"（《求实集》，北京大学出版社，1983 年，第 1 页）。但唐弢在为严家炎《求实集》写的序中，不同意这一看法，认为"现代文学应当是具有真正现代意义的全新的文学"，不应包括"旧文学和鸳鸯蝴蝶派文学"，"因为中国现代文学正是同旧文学、同鸳鸯蝴蝶派文学不断较量中产生和壮大起来的"（《求实集・序》，第 4—5 页）。

② 总体而言，抗战以前，"新文学"与"通俗小说"保持着紧张的"对峙"关系，但在抗战开始后，尤其是 40 年代前期，这种关系有所缓和。这与当时"全国文学界同人应不分新旧派别，为抗日救国而联合"（1936 年《文艺界同人为团结御侮与言论自由宣言》）的情势有关。新文学阵营对通俗小说家及其创作的态度不再那么严峻，并对通俗小说的"艺术元素"有所吸收，而通俗小说家的创作也加强了"思想性"，吸收了"现实主义"的艺术方法，从而呈现了"互动"的关系。张恨水被选举为中华全国文艺界抗敌协会理事，（转下页）

40年代后期,左翼文学界在确立文学方向的过程中,"通俗小说"(它们有时被称为"旧小说")再一次受到坚持"革命大众文艺传统"的作家的抨击[①],50年代之后,"通俗小说"基本上受到拒斥的对待。第一次文代会刚结束,上海就发生"可不可以写小资产阶级"的讨论,北京后来也出现对萧也牧写作倾向的批判,这些事件都涉及市民读者群的趣味等问题,而表现了在这个问题上高度警惕的心理。但是,文学界领导者也意识到问题的复杂一面("通俗小说"取材、艺术形式具有的难以取代的特征,以及存在广泛的读者群),具体处理有时也有些犹疑。1949年9月,刚创刊的《文艺报》召开了有平津常写"长篇连载章回小说"的作者[②]参加的座谈会,"研究这类小说的写作经验与读者情况,讨论怎样发展并改革这种形式"。座谈会强调这种"旧形式小说"在内容和形式上改革的必要,却没有采取全盘否定的态度,"旧小说"作家也表示了创作有"新内容"的这类小说的热情。[③]但是,如果否定这类小说的"消遣""娱乐"的性质,而"新内容"又意味着对言情、侠义等模式传承的拒绝,"发展和改革这种形式"就将困难重重。果然,"旧小说"的个别作者(如张友鸾)创作的"新内容"的作品(《神龛记》),很快就受到批评,作者也做出检讨。[④]在50年代中期的文学"百花时代","通俗小说""通俗文艺家"的问题再次被提出。在北京的通俗文艺出版社召开的,有陈慎言、张友鸾、张恨水、李红等参加的座谈会上,这些"通俗文艺家"为他们和他们的作品的现实处境,为他们的文学史地位做了辩护和争取。[⑤]与此前略有变化的是,

---

(接上页)并在1944年5月他50寿辰时开展为他祝寿的活动,是这种互相"接近"的象征性事件。

① 茅盾在第一次文代会的报告(《在反动派压迫下斗争和发展的革命文艺》)中说,在40年代国统区,"带着浓厚的封建愚民主义气味的旧小说和有些无聊文人所写的神怪剑侠的作品,在反动统治势力下散播其毒素于小市民层乃至一部分劳动人民中"。报告中批评的还有"'第三种'作品",它们"用的是新文艺的形式,表面上可以不接触政治问题,但所选择的题材都以小市民的落后趣味为标准,或布置一些恋爱场面的悲喜剧,或提出都市市民日常生活中一两点小小的矛盾而构成故事……"《中华全国文学艺术工作者代表大会纪念文集》,新华书店,1950年。"左翼"作家外,崇奉"纯文学"的"自由主义"作家此时对"通俗小说"的反对态度更为坚决,他们将左翼的"宣传性""党派性"文学,与商业化的"通俗小说",同列为创作与欣赏的"低级趣味"。参见朱光潜:《文学上的低级趣味》,《时与潮文艺》1944年第3卷第5期。

② 出席的平津"长篇连载章回小说"作家有刘雁声、陶君起、陈逸飞、徐春羽、耿直(小的)、么其琮、金寄水、郑证因、景孤血、刘植莲、宫竹心(白羽)、左笑鸿、李熏风、连阔如等。

③ 《争取小市民层的读者——记旧的连载、章回小说作者座谈会》,《文艺报》第1卷第1期(1949年10月出版)。

④ 张友鸾:《神龛记》,上海:新民报上海社,1950年。出版后,1952年第5期《文艺报》、1952年第2、3期《人民文学》发表了批评文章。张友鸾做了检讨:《对〈神龛记〉的初步检讨》,《文艺报》1952年第9期。

⑤ 参见木果:《通俗文艺作家的呼声》,《文艺报》1957年第10期。他们在座谈会上,也在别的场合,通过辨析"章回小说""鸳鸯蝴蝶派""礼拜六派"等概念,和对写作历史情景的回顾,为"章回小说""礼拜六派"等和他们的写作做了辩护。

文学界对张恨水等的“通俗小说”，做了有保留的重新肯定，而表现了拓宽小说创作道路的意向。当时的评论界虽说着重指出《啼笑因缘》等小说“没有能够真实地反映出当时社会生活的本质，也没有能够动摇半封建半殖民地统治的基础，它的反封建思想是十分软弱和不彻底的”[①]，但通俗文艺出版社在 1955 年对《啼笑因缘》《八十一梦》等作品进行删改、增添等处理之后，还是印行了它们的新版。在《啼笑因缘》新版“内容提要”中，以当时的评价标准承认它的某种价值：“这是一部具有反封建色彩的言情小说……今天来看这部小说，对于描写旧社会青年男女的恋爱悲剧，暴露当时封建军阀的丑恶腐朽，仍然有着现实意义。”这种评价的基点，是要把《啼笑因缘》等与“内容反动、淫秽、荒诞”的“黄色书籍”区别开来，同时，也包含在还没有生产出可以取代“旧小说”的，“面向大众”的作品时“权宜”的意味。这和当时一些出版社并非单纯为着学术研究目的出版《平妖传》《四游记》《照世杯》《醉醒石》《西湖佳话》等，在动机上有相近之处。

但从总的情况看来，“通俗小说”这一文学样式，在“当代”基本处于“断裂”“消亡”的境地。过去的“通俗小说家”，有的移居香港(包天笑、徐讦)，大多改行不再从事通俗小说写作[②]。继续从事文艺创作的，他们的作品的性质也发生很大变化，而不再能放置于“通俗小说”的范畴之内，或者虽有“通俗小说”的撰写，却不在境内出版。[③] 50 年代，北京、上海等地专事出版通俗文艺作品的出版社(通俗文艺出版社、宝文堂书店[④]、上海文化出版社等)，很少再出版新创作的“通俗小说”；其“通俗”的文艺出版物，大多是评弹、故事、相声、快书、地方戏曲剧本等戏曲和曲艺作品，而所谓“中篇说部”，也几乎都是据戏曲、曲艺、传说改编。晚清以来的以言情、侠义等为主要类型的“通俗小说”，其命脉在大陆实际上已经中断，而在台湾，特别是香港地区，则获得承接与发展。

---

① 李兴华:《评张恨水的〈啼笑因缘〉》,《文艺学习》(北京)1956 年第 2 期。

② 周瘦鹃、予且、王度庐、郑证因、白羽、耿小的等或到学校、新闻机构任职,或成为文史馆馆员。

③ 以张恨水为例,他 50 年代主要改编《孟姜女》《秋江》《磨镜记》等为“中篇说部”。1957 年 10 月 26 日到 1958 年 6 月 24 日,在上海《新闻日报》连载《记者外传》,并不成功而中途停止。他后来写作的小说《逐车尘》《重起绿波》《凤求凰》等,都交给中国新闻社在中国大陆之外发表。还珠楼主写有历史小说《杜甫》等,程小青、孙了红写作“惊险、反特小说”。

④ 宝文堂成立于清末同治年间(1862),主要出版演义小说、通俗小说、戏曲剧本、曲艺唱本、年历等。1954 年公私合营,先后由北京的通俗文艺出版社、中国戏剧出版社领导。1960 年底撤销,1980 年恢复。

二　寻求新的替代

文艺创作要“教育”大众，并为大众所“喜闻乐见”，这是关系到文学“方向”的重大问题。从30年代开始，“左翼”文学界就进行“大众文学”的理论探讨和实验。在解放区，以工农读者（观众）为主要对象的“工农兵文艺”，成为构想中的主流文艺形态，出现了以赵树理为标志的作家。赵树理的宣讲式的小说，与解放区一些作者创作的章回体的小说（《洋铁桶的故事》《吕梁英雄传》《新儿女英雄传》[①]等），它们虽与张恨水等的“通俗小说”分属不同的“流脉”（题材、主题、读者群等的区别），但之间也有一些相同点，如重视通俗性，在艺术形式上，对传统、民间形式的继承和改造，采用“旧小说”的章回体形式，运用接近日常口语的叙述语言，有很强的行动性、故事性和传奇色彩。[②] 不过，上述的作品主要表现农村生活，接受对象也更多考虑农村读者。表现城市生活与为城市市民阶层读者（这是现代通俗小说最主要的读者群）接受，对“左翼”文学来说却是个矛盾重重的难题。40年代后期，南方的作家黄谷柳的小说《虾球传》[③]，是“左翼”文艺界写作“进步”的通俗小说以争取小市民读者的一次受到肯定的尝试[④]。

50年代之后，“新型”的通俗小说的创作虽然没有得到高度重视和着重提倡[⑤]，但也不断有相类似的，不同种类的作品问世。赵树理等仍在实验“评书体”的类型，发表了《登记》《灵泉洞》等作品。长篇《烈火金钢》也属于借鉴评书的形式。50年代出版的《铁道游击队》《敌后武工队》《林海雪原》，连同《烈火金钢》，以及更早的《吕梁英雄传》，都具有语言通俗、故事性强的特征。

---

① 《洋铁桶的故事》（柯蓝，1946年韬奋书店出版，1944年在延安的《边区群众报》连载时名为《抗日英雄洋铁桶》），《吕梁英雄传》（马烽、西戎，晋绥边区吕梁文化教育出版社，1946年），《新儿女英雄传》（孔厥、袁静，1949年5月25日至7月12日在《人民日报》连载，由上海的海燕书店于当年出版）。

② 茅盾在评论《吕梁英雄传》时说，它使用“章回体”形式，但又有所扬弃，“在近三十年来运用‘章回体’而能善为扬弃，使‘章回体’延续了新生命的，应当首推张恨水先生。《吕梁英雄传》的作者在功力上自然比张先生略逊一筹。不过，书中对白的纯用方言，却是值得称道的一个优点”，《关于〈吕梁英雄传〉》，《中华论坛》第2卷第1期，1946年9月。

③ 1947年到1948年，在香港《华商报》副刊“热风”（夏衍主持）上，连载黄谷柳的《春风秋雨》《白云珠海》《山长水远》三个中篇，后合为一册取名《虾球传》，由新民主出版社出版。

④ 茅盾指出，“虾球那样的流浪儿及其一群伙伴”，“正是香港小市民所熟悉的人物”，“而‘曲折离奇’、充满着冒险的与统治阶级所谓法律和社会秩序开玩笑的故事，也满足了小市民的好奇心”。这是这部小说“能够在落后的小市民阶层获得不少读者的重要原因”。《关于〈虾球传〉》，1949年《文艺报》（筹备全国文代会的刊物）第4期。

⑤ 50年代以后，“大众化”“工农兵文艺”虽然仍被确立为文学的方向，其实，文学界领导者有更深的精英意识，即使是来自解放区的“通俗文艺家”和他们的创作，通常也被置于低一等的级别。

虽然它们表现的是革命战争情景,但与过去的"传奇小说"在艺术上有相近的特征,这些长篇有的时候被称为"革命英雄传奇"[①]。另外在50年代,受到苏联文学影响,还出现了用以取代过去的侦探小说的"惊险小说"这一小说类型[②]。

知侠[③] 1938年到延安参加革命。除长篇《铁道游击队》外,还发表了若干短篇作品。短篇《红嫂》在60年代曾被改编为戏曲、舞剧等多种形式。《铁道游击队》出版于1954年,受到读者的喜爱而多次再版。小说写抗战期间,山东临沂、枣庄一带的铁路工人和煤矿工人,在中共领导下组织游击队,在临枣、京浦铁路线一带展开活动。夜袭洋行、飞车夺枪、撬铁轨、炸火车、化装成日敌潜入临城等,都是富有传奇性的情节。在笔法、情节设计等方面,借鉴了侠义小说的表现方法。《敌后武工队》(冯志)和《烈火金钢》(刘流)均出版于1958年。前者以1942年日本军队对冀中根据地展开的"扫荡"为背景,写八路军的武工队在敌占区所开展的斗争。《烈火金钢》也以抗日战争为背景。八路军排长史更新掩护主力部队转移时负伤,被村民救治,与乡村革命政权干部一起展开与侵略军的斗争。书中最突出也流传最广的部分,是描述侦察员肖飞的那些篇幅。肖飞的足智多谋、神勇善战、来去无踪的刻画,显然融进了传统的武侠小说的因素。《烈火金钢》采用章回体的评书形式,自觉地以说书的特殊要求来处理语言和情节:夹叙夹议的叙述方式,以及在故事构成上,将若干回目组织成一个故事的"大段子",在段子与段子之间"挽上扣子",以加强读者(听者)的悬念。有论者曾认为,《烈火金钢》和《灵泉洞》表明了"新评书体小说的出现和存在",并期望它们"不会是暂时的过渡的现象,它应该成为新小说的一种重要体裁"。[④] 不过,这种期望并没有完全实现。

在"当代",最重要、影响最大的"革命英雄传奇"小说,是**曲波**[⑤]出版于

---

① 这一名称最早来自对《林海雪原》的评论:"它比普通的英雄传奇故事要有更多的现实性,直接来源于现实的革命斗争","又比一般反映革命斗争的小说更富于传奇性,使革命英雄行为更理想地富于英雄色彩"。王燎荧《我的印象和感想》,《文学研究》(北京)1958年第2期。

② 50年代影响较大的"惊险小说"有陆石、文达《双铃马蹄表》,文达《奇怪的数目字》,尾山《夜行的旅伴》,国翘《一件积案》等。

③ 知侠(1918—1991),河南汲县人,原名刘兆麟。1938年赴延安入抗日军政大学,毕业后随一分校到山东沂蒙地区,从事报刊编辑和文化宣传工作。除《铁道游击队》外,还著有短篇小说集《铺草集》《沂蒙故事集》和长篇小说《沂蒙飞虎》。

④ 依而:《小说的民族形式、评书和〈烈火金钢〉》,《人民文学》1958年第12期。

⑤ 曲波(1923—2002),山东费县人,1938年参加八路军,1944年后,担任团政治处主任、团政治委员等职。在任牡丹江军区二团副政委时,率小分队深入山区剿匪,《林海雪原》根据这一经历创作。出版的长篇小说还有《山呼海啸》《戎萼碑》《桥隆飙》。

1957年的《林海雪原》;小说以他40年代的亲身经历作为主要素材。从50—70年代,这部小说多次重印,并被改编为评书、戏曲、电影等多种文艺形式。它写40年代内战初期,东北解放军的一支三十多人的小分队,深入人迹罕至的长白山区和绥芬草原,围剿数十倍兵力于己的国民党军队残部。四次战斗——奇袭虎狼窝、智取威虎山、绥芬草原大周旋和大战四方台——依次构成小说的情节线索。《林海雪原》对于中国现代历史的讲述,与这个时期写革命英雄的作品并无不同,“它仍然写出来了人民的军队的共同特点和革命的军事斗争的总趋势”;但是,“因为它写的是一支特殊的军队,在特殊的地区,负有特殊的任务,因而产生了一套特殊的作战方法,它就又具有一种一般作品所没有的独创性”。[①]《林海雪原》的“独创性”,批评家大体上指出两个方面:一是艺术方法方面的“民族特色”,即借鉴中国古典小说如“水浒”“三国”“说岳”等的结构和叙事方式。另一是夸张、神奇化赋予的故事、人物的“传奇性”,这包括人物活动的环境(深山密林、莽莽雪原)的特征,故事情节上的偶然性,以及人物性格的“浪漫”色彩。《林海雪原》中给人印象最深刻的人物,并非作者致力刻画的指挥员少剑波,而是侦察参谋杨子荣,特别是他打虎上山,假扮土匪进入座山雕匪巢的部分。这是因为《林海雪原》的叙事虽服从“当代”整体的历史哲学的框架,但小说在对既往的“绿林传奇”的“收编和征服”中,“绿林传奇”的那套话语仍产生某种魅力,“既暗示了另类生活方式,也承续了文化传统中对越轨的江湖世界的想象与满足”。[②]

五六十年代的批评家虽然注意到“传奇小说”的“类型”特征,却不愿意确立这类小说的“叙事成规”的批评尺度。当时,小说“艺术成规”的评价尺度,主要来自“经典”的现实主义。权威批评家虽然发现了这类小说的“价值”:“故事性强并且具有吸引力,语言通俗、群众化”,因而“普及性也很大,读者面更广”,“是可以代替某些曾经很流行然而思想内容并不好的旧小说的”,但紧接着就会指出它们这样的“弱点”:“从更高的现实主义的角度来要求”,“思想性的深刻程度尚不足,人物的性格有些单薄、不成熟”,“对于当时的艰苦困难还是表现得不够”。不止一位批评家还对书中“如此强烈”的“传奇色彩”会“多少有些掩盖了它的根本思想内容”表示忧虑[③]。这些问题

---

① 何其芳:《我看到了我们的文艺水平的提高》,《文学研究》(北京)1958年第2期。

② 黄子平:《革命·历史·小说》,香港:牛津大学出版社,1996年,第60、70页。

③ 参见何其芳、王燎荧等评论《林海雪原》的文章,以及侯金镜《一部引人入胜的长篇小说——读〈林海雪原〉》(《文艺报》1958年第3期)。

的提出,既指向作品的某种欠缺,也反映"当代"文学界在是否应允、认可这一小说类型上暴露的尴尬和矛盾。

三 "都市小说"与工业题材小说

在三四十年代,对于近代中国都市经验的表达,主要由生活在上海的一些作者来承担。其最具代表性的创作,一是30年代刘呐鸥、穆时英、施蛰存等的"新感觉派"小说,另外就是40年代张爱玲、苏青等的写上海市民日常生活的作品。这些小说,有时被称为"海派"小说。在另外的场合,有的研究者则使用"市民小说""都市小说"的名称。它们中的有些部分与"言情"的"通俗小说"重合,但又不是所有的创作都可以归入"通俗小说"的行列。

"海派"小说在三四十年代就受到"左翼"文学界的批评,进入50年代以后,更毋庸置疑地失去存在的合法性。一方面,在文化价值观上,近代都市被看作"罪恶的渊薮",即资产阶级道德和社会腐败滋生的场所,需要施以革命的大手术加以改造;另一方面,都市文化(文学)本身具有的消费、娱乐的"腐蚀性"特征,认为是必须予以批判和清除的。1949年关于"可不可以写小资产阶级"的讨论,1951年对萧也牧的小说《我们夫妇之间》的批判,都表现了进入城市的革命者和"左翼"文学家对于都市、对于产生于都市的"旧小说"的深刻疑惧。这种疑惧,后来进一步强化[如60年代的话剧《千万不要忘记》(又名《祝你健康》)和《霓虹灯下的哨兵》中所表现的]。与此相关的是,"新感觉派"和张爱玲等,在五六十年代大陆的文学史中被清除(他们的被重新发掘,是80年代以后的事情)。在这种情况下,作为现代的一种文学现象,表现现代都市生活经验的"都市小说"的受挫和断裂,就是必然的了。

当然,对于"当代"文学来说,城市有其不可忽略的重要性,也有急迫需要表现的对象,这就是作为"领导阶级"的工人的劳动和生活,以及发生于工厂、矿山、建设工地的矛盾斗争。这一文学题材被严格限定为"工业题材"创作。虽然受到重视和强调,"当代"的"工业题材"小说创作总体上乏善可陈。描述范围的狭窄,人物、情节设置的公式化,是普遍性问题。在五六十年代,这一题材的主要作品,长篇有《铁水奔流》(周立波),《五月的矿山》(萧军),《潜力》三部曲(《春天来到了鸭绿江》《站在最前列》《蓝色的青枫林》,雷加),《风雨的黎明》(罗丹),《百炼成钢》(艾芜),《乘风破浪》(草明);另外,有杜鹏程、陆文夫、胡万春、唐克新、万国儒、费礼文等的中短篇小说。周立波的《铁水奔流》,比起他的《暴风骤雨》《山乡巨变》来大为逊色。萧军的《五月的矿山》的知名,更主要的原因是50年代联系萧军"历史问题"进行的批判。《百炼成钢》是艾芜1952年到东北鞍山"深入生活"的成果。小说以某钢铁厂九号平炉三位炉长之间的关系,表现工人阶级的劳动热情和公而忘私的高贵品质。这部长篇小说在当时受到较多肯定的主要理由是,不是简单描写生产过程,注意人物性格对比和冲突,并将工厂劳动与工人日常生活、爱情、家庭关系等结合起来。然而,作品叙述语言的生涩,很难相信是出自《南行记》作者之手。在**草明**[①]的《火车头》,尤其是《乘风破浪》这两部长篇小说中,呈现了围绕某一问题、事件展开"两条道路斗争"的结构模式。这种模式,后来在不限于"工业题材"的小说中颇有生命力地反复搬演[②]。**杜鹏程**在《保卫延安》之后,转而写战争年代的指战员在工业建设(主要是修建宝成铁路)中的功绩,以证明这些在"枪林弹雨"中"打江山"的战斗者,在建设生活中仍是国家的中流砥柱。中篇《在和平的日子里》,短篇《延安人》《工地之夜》《第一天》等,人物形象、语言,刻意地保持着由战争所赋予的粗粝和冷峻。"工业题材"小说中,较突出的还有陆文夫的短篇。他60年代的《葛师傅》《介绍》《二遇周泰》等,在当时受到茅盾等称赞[③];它们构思的奇巧,带有幽默韵味的情节和叙述语言,以及苏州市民生活情趣的融入,是这些短篇提供的新的因素。

周而复[④]的多卷本长篇小说《上海的早晨》[⑤],写50年代初期上海工商资本家的生活,他们与工人的矛盾、斗争。这是五六十年代为数不多的以资本家为主要表现对象的小说[⑥]。自然,它是在"资本主义工商业的社会主义改

---

① 草明(1913—2002),原名吴绚文,广东顺德人,30年代初参加左联,并开始文学写作,1941年赴延安,40年代后期在东北工业企业任职和体验生活,是她后来创作的主要素材。著有《原动力》《火车头》《乘风破浪》《神州儿女》等小说。

② 尤其是"文革"前夕和"文革"间的戏剧、小说,大多采用这一人物、情节模式。这一结构模式,一直延续到80年代的"改革小说"和类似题材的戏剧作品,在90年代以后的表现现实生活的许多"主旋律"创作中,得到承续和发展。

③ 参见茅盾:《读陆文夫的作品》,《文艺报》1964年第6期。

④ 周而复(1914—2004),安徽旌德人,原名周祖式,30年代开始文学创作,1938年去延安,40年代在晋察冀边区、重庆、香港等地工作。主要作品有报告文学《诺尔曼·白求恩片断》、长篇小说《白求恩大夫》《上海的早晨》和《长城万里图》(共6卷:《南京的陷落》《长江还在奔腾》《逆流与暗流》《太平洋的拂晓》《黎明前的夜色》《雾重庆》)。

⑤ 《上海的早晨》全书共四部。一、二两部由作家出版社出版于1958年和1962年,第三、四部由人民文学出版社出版于1980年。一、二两部1979年再版时,作者做了许多的修改。

⑥ 由于以资本家为主要表现对象的题材"敏感"性质,和作者身份上的原因(50年代周而复在上海,先后担任中共中央华东局统战部秘书长,上海市委统战部、宣传部副部长等职),第一、二部写成后,曾送中央有关部门审核,并经中共上海市委常委正式讨论同意后才出版。"文革"的1968—1970年间,《上海的早晨》被批判为"颠覆无产阶级专政,复辟资本主义"的"大毒草"。上海读者桑伟川不同意这种指认,坚持"十七年"对这部小说的肯定性评价(《评〈上海的早晨〉——与丁学雷商榷》,《文汇报》1969年11月20日),引起了上海的大规模批判运动,桑伟川也成为"资产阶级辩护士""大工贼的应声虫",被判处七年徒刑。

造”的政策框架中展开叙述的。工人阶级在共产党领导下,向“不法资本家”展开斗争,揭露其唯利是图的本性,在斗争中团结、教育、改造,是这部庞大的作品的主要内容。毛泽东关于“民族资产阶级”的“两面性”的论述,是作者人物性格设计上的依据。不过,在这部作品中,还是展示了50年代初期城市生活变革的错综的轨迹,尤其是围绕资产者的日常生活、经济活动的图景,以及在城市改造过程中,原先城市中心力量迅速边缘化时的复杂反应。

四 《三家巷》及其评价

欧阳山 30年代参加过左联,1941年到延安。1947年出版写“解放区”农村生活的长篇《高干大》。50年代以后定居广州,任华南和广东地区文学界的主要领导职务。在五六十年代,欧阳山的小说有中篇《英雄三生》《前途似锦》和短篇《乡下奇人》《在软席卧车里》《金牛和笑女》等。发表于60年代初的这些短篇,由于题材的新颖和写法的特别而受到注意。这个时间他最重要的创作,是总题为“一代风流”的五卷本长篇。作者说,他1942年在延安时,就有了写作长篇小说来反映“中国革命的来龙去脉”的计划。这一设想到1957年才得以实施。第一卷《三家巷》和第二卷《苦斗》分别出版于1959年和1962年。由于“文革”的发生,其他各卷(《柳暗花明》《圣地》《万年春》)延至80年代才全部出齐[①]。小说以周炳的生活经历来结构作品,时间贯穿自1919年到1949年的整个“新民主主义革命”时期。在这五卷中,《苦斗》尤其是《三家巷》写得较为出色,其他各部,由于笔力已衰,也由于出版时时势的变化,未引起读者和评论界更多的注意。这当然是当代多卷本小说的通例,“一代风流”也不能避免。[②]

《三家巷》的故事发生在“五四”运动后和“大革命”时期的广州(有关家族历史还回叙至晚清),而《苦斗》则写到“大革命”失败后广州近郊震南村的农民和农场工人的生活。与《红旗谱》等长篇一样,都是有关“革命”起源、过程的描述(即作者所说的,表现“中国革命的来龙去脉”),但也有着与其他小说不同的特点。它选择了对重大的历史事件的侧面描述的角度。“五四”运动、“五卅”惨案、省港罢工、中山舰事件、北伐战争等没有成为中心情节,而只是作为背景,在小说中构成特定的时代氛围。人物对革命斗争的参与,在

① 《一代风流》一、二部由广东人民出版社出版,1979年人民文学出版社重版《三家巷》《苦斗》,并陆续出版其后三部。

② 柳青、梁斌、杨沫、曲波、姚雪垠等在当代写作的多卷本长篇,大致都呈现水准逐渐下降的趋势。

大多数情况下，也不被设置为描述的重点（周炳参加广州起义的部分，应该说是个“例外”）。三家巷中几个家庭的日常生活和父辈、儿女之间的复杂关系，构成故事的基本线索；因而或许也可以看作“编年史式的姻亲家族叙事”[①]。周、陈、何三家分属不同的阶级（手工业工人、买办资产阶级和官僚地主），对时势、政治有不同的立场和反应。但他们是近邻，周陈两家既是连襟亲戚，儿女又是同学。基于人情、事理、利害等复杂纠葛的都市日常生活、家庭关系，在书中得到细致描述。另一特点是人物创造上。能留给读者较深印象的，不是那些作者并非不经意的革命者形象，而是周炳、陈文雄、陈文婷等有着性格复杂性的人物。

这两个“特色”，是60年代对小说评价上的分歧点，也是小说内在结构矛盾的“根源”。[②] 侧重日常生活情景和亲友、恋人之间纠葛的描述，重视社会风俗和对周炳、陈文婷等的行为、感情状态的细致描写，在小说的批评者看来，是以生活风俗画冲淡了革命气氛，粉饰了残酷激烈的阶级斗争现实。即使是为这两部小说辩护的论者，也会指出这种描述方式对反映“整个”阶级斗争形势和面貌带来牵制，和作家对周炳的弱点“批判”不够，对他与诸多女性关系的描写“格调不高”。这里涉及的是“革命小说”与旧“言情小说”的关系问题。从晚清到现代，“革命”与“恋爱”已经是小说的基本模式之一。50年代以后，由于“革命”的崇高和“纯洁”化特征的强化，由于现代“言情小说”受到的摒弃，作家对这一问题的处理更加谨慎。欧阳山多少离开了这种严格的局限。那种“革命加恋爱”的人物关系和情节类型，传统“才子佳人”言情小说的叙述方式和语言格调，在他的小说中多有泄露。正因为如此，当时的一些批评者，便会把《三家巷》《苦斗》的这种表现，看作对陈旧的美学情调和气息的不健康迷恋。60年代围绕这些小说的争论，如果从小说类型的层面观察，提出的正是“言情小说”在当代的合法性和可能性的问题。《三家巷》的作者当然是要严肃地讲述，也多少明白“才子佳人”和他们的爱情，在

---

① 参见夏志清：《中国现代小说史》附录一《1958年来中国大陆的文学》，刘绍铭译，台北：传记文学出版社，1979年。

② 《三家巷》《苦斗》出版后至“文革”发生前，发表的重要评论文章、著作、材料有：王起《我们以在文学上出现区桃、周炳这样的英雄人物形象而自豪》（广州《作品》1959年第11期），昭彦《革命春秋的序曲——喜读〈三家巷〉》（《文艺报》1960年第2期），易征、张绰《谈谈〈三家巷〉》（上海文艺出版社，1961年），蔡葵《周炳形象及其他——关于〈三家巷〉和〈苦斗〉的评价问题》（《文学评论》1964年第2期），缪俊杰等《关于周炳形象的评价问题》（《文学评论》1964年第4期），佐平《小资产阶级的自我表现——关于〈三家巷〉〈苦斗〉的讨论综述》（《文艺报》1964年第10期），陆一帆《〈三家巷〉〈苦斗〉的错误思想倾向》（《文学评论》1964年第5期），谢芝兰《〈三家巷〉〈苦斗〉是宣扬资产阶级思想感情的腐蚀性的作品》（广州《南方日报》1964年12月1日）等。

现代革命小说中既不应占有太多篇幅,也不具独立的性质——只有作为对"革命"的或正或反的证明才能存在。但情爱的纠葛可能展示的细腻、曲折,加上中国言情小说"传统"所提供的艺术经验,在写作中显然成为更具诱惑力的因素而让作者入迷。具体描述导致的结果,有时反而衬托所着力描写的"革命"的干枯和简陋[①]。在确立表现对象、叙述方式、语言风格上的犹豫,导致了小说(尤其是《三家巷》)结构上的内在矛盾。

---

① 夏志清认为,《三家巷》等似乎着力模仿《红楼梦》模式,英俊潇洒的周炳,就是无产阶级的贾宝玉,聪慧率直而又有几分呆气,害得两个迷恋他的漂亮表姐妹终日昏头昏脑。但第二部《苦斗》,周炳原有气质就"消弭于无形"了。夏志清又说,在"……控制稍为松懈一些时,职业作家就回变到战前上海和战时重庆的文化心态,重新表现出为毛泽东在延安讲话中所摒弃的人道主义思想和讽喻手法"。参见《中国现代小说史》附录一《1958年来中国大陆的文学》。

第十章

在主流之外

一　“非主流文学”

50—70年代，文学主张和文学创作的统一性是这个时期文学的总体面貌，但在某个时候、某些作家那里，时或有偏离规范的“异端”现象出现。对本时期的那些偏离或悖逆主流文学规范的主张和创作，本书用“非主流”这一用语来表示。这一概念是在如下的含义上使用的：第一，它是相对于不同阶段的那些被接纳、被肯定、被推崇的主张和创作而言，是个“历史的”概念。它所描述的范围，它的性质，不能离开当时文学“规范”的状况来抽象认定。因此，在一个时间里被肯定和推崇的作品，在另一时间里，可能会当作异端而受到批判。第二，“非主流文学”在一个高度一体化的文学语境里，处于受压制的地位。有的作品发表后受到批判，有的则没能获得“正式”[①]发表的机会，而在一定范围的读者间，以各种方式流传[②]。第三，“非主流”的“异质”文学的出现，在50—70年代，呈现为“阶段性”的状况。它们或产生于文学“规范”的要求有所放松，对“规范”发生多样性理解的时期（如1956—1957年这一被称为“百花时代”的阶段，以及60年代初在政治、经济、文学政策上进行调整的阶段），或产生于文学控制虽十分严厉，社会却存在某种个人写作、“发表”的空间的特殊历史年代（如“文革”期间）。

从40年代末开始，在中国大陆文学界，被称为“自由主义文学”的派别

---

① “正式”在这里，指在由国家控制的公开出版物上发表。

② 通常使用方式有传抄、手抄本传阅等方式。在50—70年代，由于印刷条件的极大限制（主要是国家对印刷、出版的严格管理），“自印”的情况较少出现，这要到80年代之后才会成为主要方式。

已失去他们的位置,另外,联系着20世纪西方现代文学的“先锋性”探索,也被目为非法。在左翼文学成为唯一文学事实的情况下,文学的“非主流”现象,表现为相当集中的性质。冲突常发生在一些作家坚守的精神态度和文学观念上。对于阐释既定观念的文学写作方向的怀疑,对于保护和重建质疑和批判现实的“启蒙意识”,以及在解释、想象世界上的人道主义,是大多数情况下“非主流文学”的思想、艺术特征。[①] 这与这些作家对中国的社会现实,对中国人的生存状况和精神状况的理解有关。当然,在“文革”后期,一部分“异端”的文学的性质,开始越过这一范围,表现了对于左翼文学的观念框架的超越的趋势。

二 最初的“异端”

50年代初,陆续有一些作品受到批评。主要有萧也牧的短篇《我们夫妇之间》,碧野的长篇《我们的力量是无敌的》,白刃的长篇《战斗到明天》,胡风的长诗《时间开始了》,卞之琳的诗《天安门四重奏》,以及路翎的话剧、短篇等。

萧也牧[②] 50年代初发表了《我们夫妇之间》《海河边上》《锻炼》[③]等中短篇小说。这些作品很快受到批判,这是50年代初文学界的重要事件之一。《我们夫妇之间》写知识分子出身的干部李克与工农出身的张同志,虽然家庭背景、文化水平、生活爱好有很大差异,但结婚后融洽而幸福,被当作“知识分子和工农相结合的典型”;待到战争结束进入城市之后,思想感情裂痕出现并加深。后来矛盾终获解决,夫妻之间的感情又回复如初。对这一短篇,批评者责难它“依据小资产阶级观点、趣味来观察生活,表现生活”,表现了“离开政治斗争,强调生活细节”的那种创作方法,其写作动机是为了迎合“小市民的低级趣味”。另外,认为对工农干部的描写,表现了“玩弄人物”的态度。批评者还进一步提高作品错误的严重性质,称它们“已经被一部分人

---

① 在这一思想、文学观念基础上,这个时期作家提出的用以质疑、偏离“规范”的观念、口号,有“干预生活”“写真实”“文学是人学”“现实主义深化”“(题材、人物)多样化”等。

② 萧也牧(1918—1970),浙江吴兴人,原名吴承淦、吴小武,30年代末到晋察冀边区参加革命,担任《救国报》《前卫报》编辑和剧团演员,1939年开始发表文学作品。50年代初因发表《我们夫妇之间》等受到批判,1957年又被定为“右派分子”。在中国青年出版社工作期间,担任《红旗谱》《白洋淀纪事》和多本《红旗飘飘》丛书的责任编辑。“文革”期间再次受到批判、迫害,死于“五七干校”,埋于“乱葬岗”而尸骨无存。生平简介参见朱寨主编《中国当代文学思潮史》,北京:人民文学出版社,1987年,第98页。

③ 《海河边上》刊于1949年12月9日《天津日报》,《我们夫妇之间》刊于《人民文学》第1卷第3期(1950年1月)。后者在发表后不久,由上海昆仑影业公司拍为电影。

当做旗帜”，用来反对“太枯燥，没有感情，没有趣味，没有技术”的“解放区文艺”，而拥护“留在小市民，留在小资产阶级中的一些不好的趣味”。[①] 后来，萧也牧发表了《我一定要切实地改正错误》的检讨文章[②]。——这一批评，被赋予了“保卫人民的文艺，现实主义的文艺”的严重意义。这反映“当代文学”对待城市日常生活表现和“市民趣味”的高度警惕性，也反映了“延安文学”在进入城市后面对的考验，透露了这一文学的“保卫者”紧张、脆弱的畸形心态。

在50年代初，另一重要的批评，发生在**路翎**[③]的创作上面。《饥饿的郭素娥》《求爱》《财主底儿女们》的作者路翎，进入50年代以后，出版了话剧剧本《迎着明天》(《人民万岁》)、《英雄母亲》、《祖国在前进》，短篇小说集《平原》《朱桂花的故事》。路翎被看作“胡风集团”的中坚成员，他的创作又表现了某些“异端”因素，因而，50年代初报刊便陆续有批评文章，针对话剧《祖国在前进》，短篇集《求爱》《朱桂花的故事》中的作品。[④] 1953—1954年间，路翎发表了以朝鲜战争为题材的一组短篇：《战士的心》《初雪》《你的永远忠实的同志》《洼地上的“战役”》。《初雪》写志愿军汽车司机刘强和他的助手，驾车将一批朝鲜百姓从前线地区疏散到后方的经过；《洼地上的“战役”》讲述侦察班战士王应洪与朝鲜姑娘金圣姬的无法实现的悲剧性质的爱情。和当时写朝鲜战争的作品一样，路翎所赞颂的也是基于“国际主义和爱国主义”精神的英雄行动。如果说到某种独特的眼光的话，那就是更多从个体的感性生活经验和意识到的共同命运上，来表现英雄人物的思想和行为依据。在《洼地上的“战役”》中，虽然十分谨慎，却也接触到战争和个人生活、命运的复杂关系的问题。另外，这些小说表现了更关心人的心理现实的倾向；通过人物的心理活动，将现实情景与往日的生活经历、体验加以连接、对比，是叙述的基本方法。从这些条理化的，有时显得冗长、缺少变化的心理叙述中，可以见到进入“当代”之后，路翎在艺术上出现的“衰减”迹象，但这仍是

---

① 参见陈涌《萧也牧创作的一些倾向》(《人民日报》1951年6月10日)、李定中(冯雪峰)《反对玩弄人民的态度，反对新的低级趣味》(《文艺报》第4卷第5期，1951年6月)、叶秀夫《萧也牧的作品怎样违反了生活的真实》(《文艺报》第4卷第7期，1951年7月)、力扬《萧也牧写作倾向底思想根源》(《中国青年》1951年第73期)、丁玲《作为一种倾向来看——给萧也牧同志的一封信》(《文艺报》第4卷第8期，1951年8月)、康濯《我对萧也牧创作思想的看法》(《文艺报》第5卷第1期，1951年10月)等文。

② 刊于《文艺报》第5卷第1期(1951年10月)。

③ 路翎(1923—1994)，出生于苏州，原名徐嗣兴。50年代初期任职于中国青年艺术剧院创作组和中国戏剧家协会剧本创作室，曾到朝鲜前线“体验生活”，创作反映朝鲜战争的剧本和短篇小说。1955年被作为“胡风反革命集团”骨干分子受到逮捕而销声匿迹，“文革”后始得平反。

④ 见吴倩《评路翎的短篇小说集〈平原〉》(《人民文学》1952年第9期)，企霞《一部明目张胆为资本家捧场的作品——评路翎的〈祖国在前进〉》(《文艺报》1952年第6期)，陆希治《歪曲现实的“现实主义”——评路翎的短篇小说集〈朱桂花的故事〉》(《文艺报》1952年第9期)等。

当时罕见的探索情感、心理的丰富性的作品。

对这些短篇的批评，集中在《洼地上的"战役"》(也涉及《战士的心》和《你的永远忠实的同志》)上。在1954—1955年间的批评文章中，侯金镜的《评路翎的三篇小说》[①]最重要，也最具权威性。它认为除《初雪》外的几篇作品"有着严重的缺点和错误，对部队的政治生活作了歪曲的描写"；而《洼地上的"战役"》"这篇作品实际上在某些读者的心灵深处也形成了一个'战役'，在那里攻击了工人阶级的集体主义，支援了个人温情主义，并且使后者抬起头来"。批评者还揣摩了作者的动机，说路翎知道"部队的纪律是玩忽不得的，于是对爱情故事的展开就下了苦心来经营，把爱情的主动安放在金圣姬那一方面"。批评者指出，路翎的这几篇作品，说明了他"还没有彻底抛弃他的错误思想和错误的创作方法"。对于这些批评，路翎撰写长文做出回应[②]。他情绪激动地拒绝批评者对他的小说感情"阴暗"、表现了"悲剧式"结果的指控，反复申明他同样认为，个体价值并非可以是情感、"历史"评价的立场和尺度；他所要表现的，是战士的个人生活与革命，和正义战争相一致的观点。不过，路翎也指出了他和批评者的不同，这就是"爱国主义"等精神品质，不是抽象概念，而是与历史参与者的具体感性生活密切相关、从感性生活中提升的东西。从这一体认出发，路翎在他的作品中，表达了对个体生命关切的温情，暗示战争与个人生活之间的矛盾，和可能出现的"悲剧"(尽管他拒绝把他的小说与"悲剧"这一词语联系在一起)。而这正是路翎小说中存在的矛盾性因素的来源。

三　"百花文学"

1956年和1957年上半年，中国思想文化领域出现重要的变革。这在当时的"社会主义阵营"中，是带有普遍性的现象。毛泽东在1956年5月提出的"百花齐放，百家争鸣"的发展科学、文化的方针，给潜在于各个领域的强大的变革要求以推动和支持。文学界出现了动摇、突破僵化教条的、类乎

---

① 《文艺报》1954年第12期。

② 路翎主要回应侯金镜的批评文章《为什么会有这样的批评?》有4万字，连载于《文艺报》1955年第1、2期合刊和第3、4期上。中国作协机关刊物刊登这种在当时少见的"反批评"，并非想营造文学批评的"对话"氛围，而是为即将开展的反"胡风集团"运动做准备。在1955年夏天，路翎成为"胡风反革命集团"骨干成员之后，对他的这些小说的批判升级，称《洼地上的"战役"》"带着极其阴毒的反革命使命，它直接针对着抗美援朝这个严重的斗争进行思想上的破坏"，"散布消极、动摇、阴暗、感伤的情绪，散布和平幻想和反动腐朽的资产阶级的思想感情"，"达到从精神上瓦解我们的队伍的目的"(陈涌:《认清〈洼地上的"战役"〉的反革命本质》，《中国青年》1955年第14期)。

当时苏联文学界“解冻”的现象[①]。

1956 年第 4 期的《人民文学》，刊登了**刘宾雁**的特写《在桥梁工地上》[②]。当时主持这份杂志编务的副主编秦兆阳在“编者按”和本期“编者的话”中对它的褒奖溢于言表，说“我们期待这样尖锐提出问题、批评性和讽刺性的”“像侦察兵一样、勇敢地去探索现实生活里的问题”的作品，已经很久了。后来，这份杂志又刊发同一作者的产生更大反响的特写《本报内部消息》及其续篇。这一年的 9 月，《人民文学》还刊登了另一位青年作家**王蒙**的短篇小说《组织部新来的青年人》。这篇作品，在 1956 年底和次年初，引发了在《文汇报》《文艺学习》等报刊上的热烈争论[③]。在此前后，《人民文学》和各地的一些文学刊物，纷纷发表在思想、艺术上的探索性作品，它们或者在取材、主题上具有“新意”，或者提供了新的视点和表达方式。比较重要的有：短篇小说《办公厅主任》（李易），《田野落霞》《西苑草》（刘绍棠），《芦花放白的时候》《灰色的篷帆》（李准），《沉默》（何又化，即秦兆阳），《入党》《明镜台》（耿龙祥），《美丽》（丰村），《红豆》（宗璞），《改选》（李国文），《小巷深处》（陆文夫）；特写《被围困的农庄主席》（白危），《爬在旗杆上的人》（耿简，即柳溪），《马端的堕落》（荔青）；诗《一个和八个》（郭小川，在内部批判，未公开发表），《草木篇》（流沙河），《贾桂香》（邵燕祥）；以及话剧《同甘共苦》（岳野），和此时相当繁荣的讽刺性杂文[④]等。

---

① 当时的苏联文学界革新派的理论、创作，对中国 50 年代“百花文学”的出现有直接影响。“写真实”、反对“无冲突论”等口号、主张的传入；苏联《共产党人》杂志专论《关于文学艺术中的典型问题》，《文艺报》1956 年第 3 期转载，并开辟讨论专栏；中国作协组织讨论《拖拉机站长和总农艺师》（尼古拉耶娃）、《区里的日常生活》（奥维奇金）、《被开垦的处女地》第 2 部（肖洛霍夫）等作品；西蒙诺夫等对社会主义现实主义“定义”的质疑被中国革新者所引用；苏联研究性“特写”、讽刺性“小品文”等文体的“输入”……

② 在当代中国，“特写”与“报告文学”一般是可以互换的体裁概念。但在这个时期，刘宾雁、耿简等的“特写”，并不要求写“真人真事”，而是在“真人真事”基础上，可以概括、虚构，着重提出问题。这种特写称为“研究性”特写。这种体裁在中国一度流行，与刘宾雁对奥维奇金作品的翻译介绍有直接关系。50 年代中期以后，“研究性”的特写在中国没有得到发展。

③ 小说原稿经秦兆阳修改，发表时篇名由《组织部来了个年轻人》改为《组织部新来的青年人》。“文革”后王蒙的选集、文集，这一短篇由作者恢复为原篇名。对这篇小说的修改是当时文学界重要事件之一。修改的具体情况，参见王蒙《关于〈组织部新来的青年人〉》（《人民日报》1957 年 5 月 8 日）。对这篇小说展开的讨论，以《文艺学习》开设的讨论专栏最有深度。在 1957 年初，毛泽东多次对这篇小说发表看法。如 2 月 16 日，毛泽东在中南海颐年堂与文学界主要负责人谈话时说到，王蒙小说揭露官僚主义，很好，但揭露得不够深刻。王蒙有片面性，对正面的积极的力量写得不够，正面人物林震写得无力，而反面人物很生动。王蒙的小说有小资产阶级思想，经验也还不够，但他是新生事物，要保护。

④ 批评性的杂文的繁荣，是这个时期思想、文学变革的重要征象。这与《人民日报》等报纸 1956 年改版，提倡言论性的杂文写作有关。1956—1957 年的杂文，著名的有《况钟的笔》（巴人）、《“废名论”存疑》（任晦，即夏衍）、《“言论老生”》（唐弢）、《犬儒的刺》（黄秋耘）、《“相府门前七品官”》（吴祖光）、《“老爷”说的准没错》（秉丞，即叶圣陶）、《武器、刑具和道具》（徐懋庸）等。当时有名的杂文作家还有严秀、林放等。

上述作品的绝大部分,都是短篇创作。这是因为,提倡“百花”的这一时期,前后不过一年多的时间(其间还有过情况不明、令人疑惧的曲折)。从时间也从作家精神、艺术准备上,都尚不足以将这种调整,融注进规模较大的作品中。另一个特点是,写作这些作品的,固然有丰村、秦兆阳等“老资格”作家,主要的还是在四五十年代之交走上文学道路的青年作者。与40年代初在延安的那些作家(丁玲、王实味、艾青等)凭借已确立的声望、影响来重建他们批评生活的权利不同,青年作家拥有的更多是理想主义的朝气。他们在革命中获得政治信仰和生活理想,也接受了关于理想社会的实现的承诺。但他们逐渐看到现实与理想的距离,在新的思想形态与社会制度中发现裂痕。他们从前辈作家那里继续了承担“社会责任”的“传统”,并从苏联的同行那里接过“写真实”“干预生活”的口号。他们的这些创作从表面上看呈现出两种趋向。一种是要求创作加强其现实政治的“干预性”,更多负起揭发时弊、关切社会缺陷的责任。这些质疑和批评现状的作品,旨在重新召唤在“当代”已趋衰微的作家的批判意识。另一种趋向,则在要求文学向“艺术”的回归,清理加在它身上过多的社会政治的负累。后一种趋向,在内容上多向着被忽视的个人生活、情感开掘。两种趋向看起来正相反,其实在作家的精神意向上互为关联。社会生活的弊端和个人生活的缺陷,其实是事情的两面。而个人价值的重新发现,也正是“革新者”探索、思考外部世界的基点。

《在桥梁工地上》的作者长期从事新闻宣传工作,他的语言并不是那样富于变化和色彩,形象、情绪的细微捕捉能力也非他之所长。包含着激情的思考、议论,是推动故事的主要动力。《在桥梁工地上》以记者采访的叙述方式,写黄河桥梁工地上老干部、桥梁队队长罗立正,与他属下的青年工程师曾刚的冲突。作品赋予罗立正的,是保守、维持现状的思想性格特征。他的工作态度和生活目标,是不遗余力地“领会领导意图”,以保护自己的地位和利益。这便与不墨守成规、要求变革的曾刚发生矛盾。尚处理得比较温和的这一冲突,到了《本报内部消息》,便以尖锐、“采取了露骨的公开挑战的态度”[①]展开。王蒙的《组织部新来的青年人》讲述的是关于20世纪现代中国社会的“疏离者”的故事。抱着单纯而真诚信仰的“外来者”林震,来到新的环境,却不能顺利融入,他因此感到困惑。小说的主题、情节模式,与丁玲在延安写的《在医院中》颇为近似。投身革命的青年医生陆萍来到根据地医院,她无法处理想象与事实之间的巨大裂痕,她与周围的人发生摩擦,也有

---

① 李希凡:《所谓“干预生活”、“写真实”的实质是什么?》,《人民文学》1957年第11期。

一个异性的知音给予支持，但他们又显得那样势单力薄。当然，比起林震来，陆萍见过世面，她没有林震对生活的那种纯净的幻觉。她的行动更富挑战性，也更有心计。《组织部新来的青年人》及其他的“干预生活”的创作，以富于浪漫激情的青年知识者的叙述人身份，来描述他们所观察到的社会“危机”；在一些作品中，并表达了对于前景不能确定的忧虑，和他们的“英雄”孤立无援的“悲剧”。

宗璞细致绵密也相当感伤的短篇小说《红豆》，是另一类型创作中影响较大的作品；属于20世纪现当代文学中革命与爱情的传统主题。北平某大学学生江玫和齐虹的爱情，被放置在40年代末动荡的社会背景中。个人的生活道路与“历史”的抉择，被描写为“同构”的；制约着感情命运的主要因素，是对待现实政治的不同立场和态度。因此，主人公（江玫）在群众运动中改造自己走向革命，也包括对自己脆弱、迷误的感情经历的反省。但小说又包含着更复杂的成分，存在着叙事的内部矛盾。故事是在叙事人反省式的回忆上展开的；然而，“反省”并不彻底。在涉及当事人的爱情经历时，便会或多或少地离开了“批判”的立场，而同情了那种感情纠葛。因而，投身革命与个人感情生活，在小说中并没有被处理成完全一致。这正是小说在当时产生的魅力。这种叙述上的分裂，当年的批判者就已指出：“作者也曾经想……刻画出小资产阶级知识分子江玫经过种种复杂的内心斗争，在党的教育下终于使个人利益服从于革命利益”，“然而，事实上作者并未站在工人阶级立场上来描写小资产阶级知识分子的心理状态。一旦进入具体的艺术描写，作者的感情就完全被小资产阶级那种哀怨的、狭窄的诉不尽的个人主义感伤支配了”，“作者没有比江玫站得更高”，没有“看到过去江玫的爱情”“是毫不值得留恋和惋惜的”。[1]

上述的创作，在1957年夏天反右派运动开展之后受到批判。它们被批评家看作有内在关联的整体，称为“一股创作上的逆流”[2]。二十多年后，时势逆转，这些“毒草”在变化了的政治、文学环境中，转而成了“重放的鲜花”[3]。

---

[1] 姚文元：《文学上的修正主义思潮和创作倾向》，《人民文学》1957年第11期。

[2] 李希凡：《从〈本报内部消息〉开始的一股创作上的逆流》，《中国青年报》1957年9月17日。

[3] 1979年，上海文艺出版社将这批作品（主要是小说、特写）汇集成册，题名为《重放的鲜花》出版。编者在《前言》中对它们成为“鲜花”的理由做出说明：“我们从《在桥梁工地上》《本报内部消息》《组织部新来的青年人》《改选》等这些‘干预生活’的作品中，看到那里面塑造的罗立正、陈立栋、刘世吾等形形色色的官僚主义者，今天还在玷污我们党的荣誉，腐蚀我们党的肌体，妨碍我们奔向四个现代化的步伐。我们必须与之作积极的斗争。我们也可以从这些作品里的曾刚、黄佳英、林震等人物身上，汲取到鼓舞意志、奋起斗争的力量。《小巷深处》《在悬崖上》和《红豆》等写爱情题材的作品，作者是通过写这些所谓‘家务事，儿女情’‘悲欢离合’的生活故事……歌颂高尚的革命情操，歌颂新社会；鞭挞自私自利的丑恶灵魂，批判旧世界。”

可以看出,对这些作品的评定,虽说会有“毒草”与“鲜花”的截然相反的论断,但批评者的理论依据和评骘视角,却相当一致。而它们的作者,在经历了许多苦难之后,也成为复出的当代的“文化英雄”。

四 象征性的叙述

反右派运动之后,国家沉浸在政治、经济、文化“大跃进”的浪漫主义想象之中。其后,带来的经济危机和文化问题也严重显现。60 年代初,被迫实行全面的“退却”式的“调整”。国家对社会生活和文化领域的控制有所放松。在这种情势下,文学多样化的要求被重新提出,1957 年受挫的启蒙批判精神,对“自由意志”的怀恋,在一些作家那里又“故态复萌”。

但是,年轻作家中的探索者,在几年前的运动中已被挫败,这回创作上的“试验”,却主要由一些“老作家”承担。他们中有陈翔鹤、孟超、田汉、冯至,以及在文学写作上“敲边鼓”的历史学家吴晗、邓拓、廖沫沙等。由于年龄、阅历、知识结构、职业特点诸种因素,又可能是有了 50 年代中期的前车之鉴,和当时文学界对“历史题材”创作的提倡[①],这些作家的创作(小说、戏剧、杂文、随笔等),大都从历史故事、传说等取材,来融入作家的现实评价。这种创作现象,从一种宽泛的意义上,可以称之为象征性的,或“影射性”的叙述。

1961 年 3 月,时任中共北京市委书记处书记,《前线》(中共北京市委机关刊物)主编的**邓拓**[②],在《北京晚报》上建立“燕山夜话”的随笔、杂感专栏。到次年的 9 月,共得一百五十余篇[③]。1961 年的 10 月,邓拓还与同在北京市委、市政府任职的吴晗、廖沫沙一起,以“吴南星”的共用笔名[④],在《前线》上开辟“三家村札记”的专栏[⑤]。邓拓三人的这些杂感、随笔,常从古代正史、稗史、文人别集、笔记或历史传说、故事中撷取材料,加以阐发引申来议论现

---

① 1960—1961 年间,由于现实经济、政治生活出现严重问题,使被要求应该以歌颂为主的作家深感表现现实生活的困难。此时,周扬等提出,现实问题难以把握可以放一放,可先写一些历史题材作品。

② 邓拓(1912—1966),福建闽侯人,1930 年参加革命,抗战期间任《晋察冀日报》社长兼总编辑,50 年代任中共中央机关报《人民日报》社长兼总编辑,受到毛泽东的“书生办报、死人办报”的批评,1958 年调北京市委书记处书记、《前线》主编,“文革”开始不久即受迫害致死。著有《燕山夜话》《邓拓诗文选》《邓拓文集》等。

③ 马南邨:《燕山夜话》,1963 年由北京出版社初版,1979 年再版。

④ 吴,吴晗,时任北京市副市长。南,马南邨,邓拓写《燕山夜话》用的笔名。星,繁星,廖沫沙写杂文用的笔名。廖沫沙当时任中共北京市委统战部部长。

⑤ 专栏持续到 1964 年 7 月,共发表文章六十多篇。1979 年由人民文学出版社结集出版。

实的政治经济、伦理道德、文化艺术、学术研究、社会风尚等范围广泛的现象、问题。其中,《爱护劳动力的学说》《一个鸡蛋的家当》《专治"健忘症"》《堵塞不如开导》《伟大的空话》《"放下即实地"》《王道和霸道》等,在后来的批判中被认为对现实的社会政治含有"影射"、攻击的内容。[①]

这个时期的历史小说、历史剧,重要的有:**陈翔鹤**的短篇小说《陶渊明写〈挽歌〉》《广陵散》[②],黄秋耘的短篇《杜子美还家》《鲁亮侪摘印》,冯至的短篇《白发生黑丝》,田汉的《谢瑶环》(新编京剧),孟超的《李慧娘》(新编昆曲),吴晗的《海瑞罢官》(新编历史剧)等。《陶渊明写〈挽歌〉》写陶渊明晚年在庐山,本想见慧远法师讨论佛法,但慧远冷淡傲慢。陶渊明回到东林寺,回顾一生,撰写了《挽歌》和《自祭文》。小说在平淡、有节制的文字里,表现了主人公对"艰难坎坷的一生"的感慨和对死生的旷达与超脱。过了一年之后,这位早已转事古典文学研究的作家,又发表了同样以魏晋历史为素材的《广陵散》,讲述"竹林七贤"之一的嵇康,因不慕权贵、恣情任性,为钟会所构陷,与吕安一起被司马氏集团杀害。在这两个短篇里,可能寄寓着作者在当代经历的政治纷扰的感慨[③]。冯至的《白发生黑丝》和黄秋耘的《杜子美还家》,都以唐代诗人杜甫为对象。前者写身经忧患、体衰多病的杜甫悲凉的晚年;后者则写任左拾遗的杜甫被遣归家时目睹的乡村破败、妻儿忍饥挨饿的情景。昆曲《李慧娘》[④]根据明代传奇《红梅记》和戏曲传统剧目《红梅阁》改编。孟超的改编,削弱"男女的柔情欲障"的成分,加重被贾似道杀害、化为鬼魂的李慧娘"拯人为怀、斗奸复仇"的"正义豪情",渲染她"身为厉鬼而心在世

---

① 在"文革"前期,对《海瑞罢官》《燕山夜话》《三家村札记》展开的声势浩大的批判,已经不限于文艺的范围,是"文革"发生的"导火索",成为不同政治力量冲突的切入口。因此,这些作品,在采用牵强附会、断章取义方式的批判文章中,被描述为"经过精心策划的、有目的、有计划、有组织的一场反党反社会主义的大进攻"(姚文元:《评〈三家村〉——〈燕山夜话〉〈三家村札记〉的反动本质》,1966 年 5 月 10 日上海《解放日报》《文汇报》,《红旗》杂志 1966 年第 7 期),"他们以谈历史、传知识、讲故事、说笑话作幌子,借古讽今,指桑骂槐,含沙射影,旁敲侧击,对我们伟大的党进行了全面的恶毒的攻击"(高炬:《向反党反社会主义的黑线开火》,《解放军报》1966 年 5 月 8 日)。

② 分别刊于《人民文学》1961 年第 11 期,《人民文学》1962 年第 10 期。陈翔鹤(1901—1969),四川重庆人,20 年代参与组织文学社团浅草社、沉钟社,30 年代末参加革命,五六十年代主要从事古典文学研究工作,担任《文学遗产》(《光明日报》学术专刊)主编。

③ 黄秋耘曾这样讲到 50 年代的陈翔鹤:"他是个老共产党员,却对当时那种政治运动、政治斗争感到十分厌倦。在某一次谈心中,他凄然有感地对我说:'你不是很喜欢嵇康么? 嵇康说得好:"欲寡其过,谤议沸腾,性不伤物,频致怨憎。"……你本来并不想卷入政治旋涡,不想介入人与人之间的那些无原则纠纷里面,也不想干预什么国家大事,只想一辈子与人无患,与世无争,找一门学问或者文艺下一点功夫,但这是不可能的,结果还是'谤议沸腾''频致怨憎'。"黄秋耘:《风雨年华》,北京:人民文学出版社,1988 年,第 171 页。

④ 《李慧娘》与田汉的《谢瑶环》剧本均发表于 1961 年第 7、8 期合刊的《剧本》。

间，与一代豪势苦斗到底”的性格。这出写复仇鬼魂的戏，开始受到廖沫沙、张真、杨宪益等的赞扬。廖沫沙在《有鬼无害论》中称，虽然舞台出现鬼魂，但它是一出好戏，是“有鬼无害”[①]。1963 年，《李慧娘》连同它的支持者开始受到批判。在其后的一年多里，批判的立论方式和问题严重程度明显变化。这种变化，直接受制于这个时期政治斗争的演化[②]。

在当时创作、改编的戏曲作品中，**吴晗**的《海瑞罢官》[③]影响最大，并直接成为重要的政治事件。吴晗是明史研究专家，50 年代末，写了有关海瑞的几篇论文(《海瑞骂皇帝》《论海瑞》)。1959 年底，应马连良等人的约请，为北京京剧团编写了这部“新编历史剧”。剧情根据海瑞任应天巡抚时(1569 年夏至 1570 年春)的事迹；平反冤狱，除霸安良，退还豪权势要强占的民田等，是剧本的主要情节。1965 年 11 月 10 日，上海《文汇报》发表了姚文元《评新编历史剧〈海瑞罢官〉》的长文展开批判——这是政治、文化激进派有预谋的一个政治事件。[④] 接着，围绕剧作和姚文元的文章，从 1965 年底到 1966 年 5 月，在重要报刊展开讨论。参与讨论的许多史学、文学从业者毕竟是“书生”，对其中政治角力的激烈背景显然缺乏敏感，而在史实的真实性、如何评价历史上的“清官”等问题上纠缠不清。后来，公布了毛泽东 1965 年 12 月下旬在杭州的谈话，人们才明白了其中的“要害”[⑤]。

这些小说、戏剧作品，写到不公正的社会现象，写到报国无门的文人对现实的忧虑和慨叹——正直者的仗义执言、以“道”抗“势”，却得不到当权者

---

① 《北京晚报》1961 年 8 月 31 日，署名繁星。

② 开始梁璧辉《“有鬼无害”论》(《文汇报》1963 年 5 月 6、7 日)主要批评“鬼戏”宣扬了“封建迷信思想”，指责改编者不应该“把正义和豪情、希望和力量，一概都放在人死后，放在鬼身上”。稍后批判上升为表现“对所处身的社会极端不满”，“是一个反党反社会主义的作品”，是“反动的‘号召书’”(邓绍基《〈李慧娘〉——一株毒草》，《文学评论》1964 年第 6 期)。

③ 剧本刊于《北京文学》1961 年第 1 期。吴晗(1909—1969)，历史学家、作家，浙江义乌人，原名吴春晗，曾就读于中国公学、清华大学。30—40 年代，在西南联大、清华大学任教，担任清华大学历史系主任。50 年代起历任北京市副市长等职，因写作《论海瑞》《海瑞罢官》受到批判，“文革”发生后被迫害致死。史学论著有《朱元璋传》《读史札记》，杂文随笔《史事与人物》《灯下集》《吴晗杂文选》等。

④ 江青在《为人民立新功》(1967 年 4 月 12 日在军委扩大会议上的讲话)中说，“对于那个‘有鬼无害论’，第一篇真正有分量的批评文章(指梁璧辉《‘有鬼无害’论》——引者)，是在上海请柯庆施同志帮助组织的……当时在北京，可攻不开啊！批判《海瑞罢官》也是柯庆施同志支持的。张春桥同志、姚文元同志为了这个担了很大的风险啊……对外保密，保了七八个月，改了不知多少次”。毛泽东 1967 年 5 月的一次谈话中说，“我国的无产阶级文化大革命应该从 1965 年冬姚文元同志对《海瑞罢官》的批判开始。……当时我建议江青同志组织一下写文章批判《海瑞罢官》，但就在这个红色城市(指北京——引者)无能为力，无奈只好到上海去组织”。刘景荣、袁喜生：《毛泽东文艺年谱》，长春，吉林人民出版社，2002 年，第 366 页。

⑤ 毛泽东说：“姚文元的文章很好……缺点是没有击中要害。《海瑞罢官》的要害是罢官，嘉靖罢了海瑞的官，我们也罢了彭德怀的官，彭德怀就是海瑞。”

的信任，反遭迫害。作品中常流露出传统文人的忧国忧民的情绪。“文革”中对它们的批判，主要攻击它们“微言暗讽，影射现实”[①]。“影射”，如果不一定指人物、细节与“时事”的直接对应和比附，而指作品的取材集中点，指整体的情绪、意向的话，这种说法也不是没有一点道理。从根本上说，写作历史剧、历史小说的作家的意图，并非要重现“历史”，而是借“历史”以评说现实。[②]

五　位置的置换

在“文革”期间，除了公开发行的报刊登载和出版社出版的作品外，还存在着秘密、半秘密地在一定范围流传的作品——这也可以说是这个时期的“非主流文学”。这方面的情况将在后面有关章节中做出说明。

另外，值得注意的现象是，在“文革”前夕和“文革”中，一大批在此之前受到肯定、推荐的当代作品，这个时候却成了批判对象，被置于“非主流”的位置上。早在50年代末，写到彭德怀的《保卫延安》就被列为禁书。60年代初，从创作思想到艺术方法都相当切合当代文学规范的长篇《刘志丹》（李建彤），在未正式出版时就受到批判[③]。此后，从正统、主流的行列中陆续剔出的，几乎囊括了五六十年代的重要作家、作品，如赵树理的小说，《红日》《红旗谱》《青春之歌》《红岩》《山乡巨变》《三家巷》《上海的早晨》等长篇小说。[④] 它们被指责“为反动资本家辩护”“为叛徒、内奸立传”“为错误路线歌

---

① 如《陶渊明写“挽歌”》是影射、攻击中共1962年8月召开的“庐山会议”（参见文戈：《揭穿陈翔鹤两篇历史小说的反动本质》，《人民文学》1966年第5期），《海瑞罢官》是为被罢官的彭德怀翻案。

② 黄秋耘在推荐《陶渊明写“挽歌”》的文章中说道，它“真可以算得是‘空谷足音’令人闻之而喜”，“如果在当时的现实生活中还有慧远和尚、檀道济和颜延之之流的人物，那么，像陶渊明这样的耿介之士，恐怕还不能算是‘多余的人’吧”（《空谷足音——〈陶渊明写《挽歌》〉读后》，《文艺报》1961年第12期）。

③ 这部长篇小说写刘志丹创建陕甘红军和根据地的经历。1962年夏，北京的工人出版社印出征求意见样书，部分章节在《工人日报》《中国青年》《光明日报》发表。在中共八届十中全会上，这部小说被批判为“为高岗翻案的大毒草”，并引发出毛泽东的“利用小说进行反党，是一大发明”的著名批语。此后，成立了康生为组长的《刘志丹》专案审查组，“因这事件受株连者数以万计，许多人受到残酷迫害”（朱寨主编《中国当代文学思潮史》，人民文学出版社，1987年，第459页）。

④ 1967年间，流传颇广的《六十部小说毒在哪里?》（红代会人民大学三红文学兵团、人民文学《文艺战鼓》编辑部合编）一书，列举了60部当代“毒草”小说，它们是《刘志丹》、《六十年的变迁》、《保卫延安》、《青春之歌》、《小城春秋》、《朝阳花》（马忆湘）、《红旗谱》、《播火记》、《我的一家》（陶承）、《风雨桐江》（司马文森）、《晋阳秋》（慕湘）、《三家巷》、《苦斗》、《大波》、《太阳照在桑干河上》、《苦菜花》、《文明地狱》（石英）、《在茫茫的草原上》（玛拉沁夫）、《山乡风云录》（吴有恒）、《三月雪》（萧平）、《变天记》（张雷）、《普通劳动者》（工愿坚）、《我们播种爱情》（徐怀中）、《工作着是美丽的》（陈学昭）、《上海的早晨》、《在和平的日子里》、《乘风破浪》（草明）、《风雷》（陈登科）、《在田野上，前进！》（秦兆阳）、《香飘四季》（陈残云）、《金沙洲》 （转下页）

功颂德""大写中间人物,污蔑劳动人民""丑化革命战士"等。

这种情形看起来难以置信。但是,如果政治和文艺的"革命"是"不断"的,向着未来的更为"纯粹"的目标行进,那么,"革命每前进一步,斗争目标都发生变化,关于'未来'的景观亦随之移易,根据'未来'对历史的整理和叙写也面临调整"[①]。基于这种逻辑,这种"革命"与"反动"、"进步"与"倒退"、"香花"与"毒草"在历史过程中的移位,也不是完全无法理解的。

(接上页)(于逢)、《归家》(刘澍德)、《水向东流》(李满天)、《过渡》(沙汀)、《南行记续编》(艾芜)、《高高的白杨树》、《静静的产院》、《勇往直前》(汉水)、《红日》、《暴风骤雨》、《破晓记》(李晓明、韩安庆)、《桥隆飙》(曲波)、《屹立的群峰》(古立高)、《红路》(扎拉嘎胡)、《源泉》(丁秋生)、《清江壮歌》(马识途)、《辛俊地》(管桦)、《铁门里》(周立波)、《战斗到明天》(白刃)、《长城烟尘》(柳杞)、《新四军的一个连队》(胡考)、《下乡集》(赵树理)、《三里湾》、《灵泉洞》、《丰产记》(西戎)、《李双双小传》、《山乡巨变》、《东方红》(康濯)、《桥》(刘澍德)、《我的第一个上级》(马烽)、《高干大》(欧阳山)。

① 黄子平:《革命·历史·小说》,香港:牛津大学出版社,1996年,第28页。

第十一章

散　文

一　当代的散文概念

在50—70年代,“散文”这一文类概念的边界,比起三四十年代来有很大扩展,甚至有点漫无边际。因此,作家和批评家在讨论相关问题的时候,有时会做出“广义”和“狭义”的区分。狭义的散文,即所谓“抒情性散文”,其特征,相近于“五四”文学革命初期所提出的“美文”。[①] 广义的散文概念,则除此之外,还包括“叙事性”的、具有文学意味的通讯、报告(报告文学、特写),也包括以议论为主的文艺性短论,即杂文、杂感。另外,在有的时候,文学性的回忆录、人物传记,写实性的史传文学,也会被列入散文的范围之内。

对散文概念的这种理解与使用方法,是这一概念在20世纪中国文学发展过程中不断变化的一部分。变化牵连到两个方面,一是散文指涉的对象,另一是散文中各种样式、成分的关系。变化的趋向,则与一个时期的社会思潮、文学观念的状况有关。当鲁迅做出“散文小品的成功,几在小说、戏曲和诗歌之上”的论断时,这里的“散文小品”,主要指“美文”,或后来所说的“抒情散文”“艺术散文”。在30年代,议论性为主的“杂文”虽说一段时间几乎成为散文中的“主流”,但杂文是否是“文学”,当时尚存在争论。抗战开始后的几年中,艺术地“报告”事实的通讯、报告,在散文领域中占据最主要的地位。报告文学兴盛的这一情况,在40年代的“国统区”虽然没有得到继续,却在“解放区”有了进一步的发展。在包括“解放区文学”在内的“左翼文学”中,散文的范围不断扩大,将抒情小品、杂文、通讯报告等都囊括在内。其演

---

① 80年代以后,有的研究者使用“艺术散文”的说法。

化趋势，是从显示个人性情，记叙日常生活情景，向着议论现实，“报告”政治、社会公共生活事态的方向发展。在50年代，对现实生活“反映”的广阔和迅速，是这个时期文学写作的“方向性”要求；而包含“个人性”经历和体验的取材，以及与此相关的语言方式，其价值则受到怀疑。在这种情况下，以“报告”为主要特征的叙事倾向的写作，便构成了散文的主体。在五六十年代，“散文特写”通常并举连用。在出版作品集时，也经常以此作为编选体例[①]。

50年代初，纪实性的通讯、报告、特写，在散文创作中占有绝对的分量。当时通讯、报告的取材，一是大规模的建设景象，另一是朝鲜战争。靳以写佛子岭水库工地的劳动，李若冰、华山写大西北(柴达木盆地、祁连山等)的工业基地的建设，柳青、秦兆阳有关50年代农村合作化的特写，在当时都有一定影响。比较起来，有关朝鲜战争的通讯报告，在读者中反响强烈。巴金、刘白羽、杨朔、菡子、黄钢等都有这方面的作品发表。其中，**魏巍**[②]的创作最为著名。魏巍两次到朝鲜前线，先后发表了《汉江南岸的日日夜夜》《谁是最可爱的人》《战士和祖国》《挤垮它》等作品，它们以《谁是最可爱的人》为名结集出版。《谁是最可爱的人》和1958年写的《依依惜别的深情》，在当时广为流传；“最可爱的人”因此成为赴朝鲜作战的士兵的代称。真挚的情感，对“典型情景”的选择与提炼，和以抒情性议论来提升事件意义的方法，是作品获得众多读者的原因。魏巍当时的写作，显然提高了通讯报告在当代文学中的地位。[③] 报告文学、特写在五六十年代，还有多次的创作“高潮”。如1958年间，又如1963年到“文革”前夕。60年代前期，郭小川的《旱天不旱地》，魏钢焰的《红桃是怎么开的?》，黄宗英的《小丫扛大旗》《特别的姑娘》，

---

① 当时全国性的、主要由中国作家协会和人民文学出版社等主持编选的散文年度选本，除了1956年分别出版《散文小品选》和《特写选》外，其他年份都是散文特写合编。如1953年9月—1955年12月的《散文特写选》，1957年和1958年各自的《散文特写选》，以及《建国十年文学创作选·散文特写》和1959—1961年的《散文特写选》等。

② **魏巍**(1920—2008)，河南郑州人，原名魏鸿杰。抗战爆发后参加八路军，长期在晋察冀边区工作，50年代以后在解放军总政治部、《解放军文艺》等部门任职。30年代后期开始文学创作，著有诗集《黎明风景》，散文集《谁是最可爱的人》《春天漫笔》《幸福的花为勇士而开》，长篇小说《东方》《地球的红飘带》等。《谁是最可爱的人》最初刊于1951年4月11日《人民日报》，在五六十年代和80年代，都被选入全国统编的中学语文课本。

③ 虽然影响巨大，但是《谁是最可爱的人》这样的作品是否能看作“文学”，也存在不同意见。即说明存在着对“散文”叙事化和边界扩大的忧虑。丁玲在反驳“有人”以为魏巍的作品“虽然写得好，不过只能说是通讯，算不得是文学作品”时，提出了衡量“文学价值”的当代尺度：“今天我们文学的价值，是看它是否反映了在共产党领导下的我们国家的时代面影。是否完美地、出色地表现了我们国家中新生的人，最可爱的人为祖国所做的伟大事业”(《读魏巍的朝鲜通讯》，《文艺报》第4卷第3期，1951年5月)——这预告了特写、报告文学在“当代”的重要地位。

孙谦的《大寨英雄谱》，穆青等的《县委书记的榜样——焦裕禄》等，在“革命”逐渐高涨的年代，影响广泛，参与了对当时的“时代精神”的创造。

二　散文的“复兴”

在个体的经验、情感的表达受到抑制的时代里，通讯报告的提倡、发展，必然削弱、挤压了散文小品（或抒情散文）的地位。不过，也一直存在着散文“复兴”的要求。[①]

50 年代中期实行“百花齐放，百家争鸣”方针的时间里，文学写作题材、风格的限制有所减弱，有利于作家个体精神和创造力的施展。因而，在 1956 年和次年的一段时间，散文出现了最初的“复兴”现象。中国作协的 1956 年度作品选本，散文不再与特写同处，而将“散文小品”与“特写”分开。这一年的《散文小品选·序言》[②]指出，“这本选集反映了一九五六年我国文艺界的一个好现象：短小的散文小品多起来了”，而“在全国解放后的几年间，这类短文却不多见”。能显示这个时期散文“复兴”迹象的，有老舍的《养花》，丰子恺的《南颖访问记》《庐山面目》，钦文的《鉴湖风景如画》，方令孺的《在山阴道上》，姚雪垠的《惠泉吃茶记》，叶圣陶的《游了三个湖》，沈从文的《跑龙套》，万全的《搪瓷茶缸》，徐开垒的《竞赛》，秦牧的《社稷坛抒情》，杨朔的《香山红叶》，魏巍的《我的老师》，端木蕻良的《传说》，川岛的《记重印游仙窟》等。这些作品，表现了作家回到个人性情、个人生活体验上的努力，并增强了个性化的语言和表达方式。不过，由于“百花时代”在时间上的短暂，而文学界当时的中心问题显然是在另一处，因此，散文的问题并未引起更多的重视、探讨。到了 1957 年下半年，“复兴”的进程便遭遇挫折。在 1958 年，“散文、特写、报告文学是文学战线上的尖兵，是时代的感应神经，战斗的号角”的观点，得到重申和强调，散文作家被告知要“立刻投入到生活的洪流中去”，把千万劳动者的“丰功伟绩、模范事例用最快的速度变为全国人民共同的财富，成为鼓舞生活前进的推动力量”。[③]

散文“复兴”的另一次要求，发生在 60 年代初期。当时文学界进行的“调整”，其中心点是调整文学与政治的关系，在题材、风格上提倡有限度的

---

① 袁鹰在《散文求索小记——写在自选集前面》（《收获》1982 年第 6 期）中回忆说，在 50 年代，他曾多次听到胡乔木“呼吁‘复兴散文’，他再三强调要继承‘五四’以来散文随笔的优秀传统，还特别指出要提倡美文”。这种要求广泛存在于当时的作家、读者中。

② 人民文学出版社，1957 年 6 月出版，序言作者林淡秋。

③ 马铁丁：《1958 散文特写选·序言》，北京：作家出版社，1959 年。

多样化。作为更直接展现作家的性情和文体意识的散文,在这一时期受到重视。1961年1月起,《人民日报》在第8版开辟了"笔谈散文"的专栏,发表了老舍的《散文重要》(1月28日)和李健吾的《竹简精神》(1月30日)等文章。《文艺报》也发出重视散文创作的言论。接着,上述报刊和《文汇报》《光明日报》《羊城晚报》等多种报刊,刊发了提倡、议论散文创作的文章。冰心、吴伯箫、凤子、秦牧、徐迟、黄秋耘、郭预衡、川岛等,都对此发表了意见。[①] 由于文学界的重视,也由于创作取得的收获,以至于1961年被有的人称为"散文年"。

在这两年左右的时间里,散文的成绩首先表现为,"散文作家"成为实体性的概念。散文写作不是一些作家偶涉的样式,而形成了以此为"专业"的作家群。50年代初主要写小说、通讯的杨朔,在50年代中期开始转向散文写作。刘白羽也从小说、通讯转向对散文的侧重。袁鹰、魏钢焰从诗转到散文。当时被称为"散文作家"的还有秦牧、碧野、菡子、柯蓝、郭风、何为、陈残云、林遐、杨石等。老作家如巴金、冰心、吴伯箫、曹靖华,以及吴晗、邓拓、翦伯赞等学者,也都在这一领域有所贡献。在这个时期,报刊发表了一批体现当时创作水准的作品[②]。一批有影响的散文集也在此时出版[③],这个时期的散文写作,取材有了拓展。"举凡国际国内大事、社会家庭细故、掀天之浪、一物之微、自己的一段经历、一丝感触、一撮悲欢、一星冥想、往日的凄惶、今朝的欢快,都可以移于纸上,贡献读者"[④]的期望,虽说不可能充分实现,却也表明出现一个较有利于散文生长的环境。

散文作家此时试图建立艺术个性的努力中,普遍重视从我国古典散文和"五四"散文小品的艺术经验取得借鉴。在"五四"新文学的诸种样式中,散文受西方文学影响相对较小,而与我国的古代文学传统保持着更密切的联系。唐宋散文,尤其是明清的散文小品,对现代散文体式的建立,起到重

---

① 天津的百花文艺出版社将这一时期讨论散文的部分文章汇集为《笔谈散文》,于1962年出版。

② 《人民文学》1961年第2期刊发魏钢焰的《船夫曲》,第3期刊发刘白羽的《长江三日》、杨朔的《茶花赋》,第4期刊发吴伯箫的《记一辆纺车》和秦牧的《年宵花市》,第6期刊发冰心的《樱花赞》、丰子恺的《上天都》等。这一年的《人民日报》刊发的散文作品有曹靖华的《花》《好似春燕第一只》,刘白羽的《红玛瑙》,杨朔的《荔枝蜜》等。甚至中共中央理论刊物《红旗》在这期间也发表散文等文学创作,杨朔的《雪浪花》即刊于该刊1961年的第20期上。

③ 出版于1961年至1963年间的散文集有:《花城》(秦牧)、《东风第一枝》(杨朔)、《红玛瑙集》(刘白羽)、《花》(曹靖华)、《樱花赞》(冰心)、《北极星》(吴伯箫)、《风帆》(袁鹰)、《初晴集》(菡子)、《珠江岸边》(陈残云)、《秋色赋》(峻青)、《山水阳光》(林遐),以及人民文学出版社的1959—1961年《散文特写选》(周立波编选并作序)、由川岛作序的散文选集《雪浪花(一九六一年散文选集)》等。

④ 周立波:《1959—1961散文特写选·序言》,人民文学出版社,1963年。

要的作用。巴金、冰心、杨朔、曹靖华等,都在这期间谈到古典诗词和古典散文对他们的创作的重要意义。即使是刘白羽这样的作家,在他这个时期的创作中,也能清楚看到这种借鉴的痕迹。散文家对"古典"和"传统"的理解,这个时间大致集中于"情景交融","意境"营造,以及谋篇布局上的曲折有致,语言在传神达意上的锤炼等方面。这既显示了他们的实绩,也表明了时代的局限。尽管作家开放个人经历和体验的可能性有了增加,但是情感、观念仍难以有超越意识形态规范的可能。固定格式的写作倾向的蔓延便是必然的后果。散文在这一时期普遍的"诗化"追求和在技巧上的经营、雕琢,虽说是基于提升艺术质量的目标,但也是以"精致化"来掩盖精神创造上苍白的缺陷。

三 主要散文作家

在60年代初的"散文复兴"中,杨朔、秦牧、刘白羽被认为是成就突出且对当代散文艺术做出贡献的作家。他们的作品,分别演化为影响"当代"散文创作的几种主要"模式"。

杨朔[①] 50年代中期发表《香山红叶》起,精力转向散文。他的《雪浪花》《荔枝蜜》《茶花赋》等,在发表的当时,以及80年代的一段时间,被看作当代散文名篇,选入各种选本和中学语文课本。"拿着当诗一样写"是他这个时期的创作追求[②]。他所讲究的"诗意",包括谋篇布局的精巧、锤词炼字的用心,以及"诗的意境"的营造。其中最重要的,其实是"从一些东鳞西爪的侧影,烘托出当前人类历史的特征"[③]的那种思维和感情方式:由盛开的茶花而联想祖国欣欣向荣的面貌;以香山红叶寓示历经风霜、到老愈红的革命精神;从劳作的蜜蜂联想只问贡献、不求报酬的劳动者;等等。在杨朔的年月,寻常事物、日常生活在写作中已不具独立价值,只有寄寓或从中发现宏大的意义,才有抒写的价值。这种"象征化",其实是个体生活、情感"空洞化"的艺术表征。自然,杨朔的散文在实施这种从一切事物中提取宏大政治性主

---

① 杨朔(1913—1968),山东蓬莱人,原名杨毓晋。30年代后期参加革命,并开始发表散文、小说,著有长篇《帕米尔高原的流脉》、中篇《红石山》。50年代的长篇有《三千里江山》《洗兵马》。主要散文集有《亚洲日出》《东风第一枝》《生命泉》《杨朔散文选》等。

② "我向来爱诗,特别是那些久经岁月磨炼的古典诗章。这些诗差不多每篇都有自己新鲜的意境、思想、情感,耐人寻味,而结构的严密、选词用字的精练,也不容忽视。我就想:写小说散文不能也这样么?于是就往这方面学,常常在寻求诗的意境。"杨朔:《东风第一枝·小跋》,北京:作家出版社,1961年。

③ 杨朔:《东风第一枝·小跋》。

题的“诗意”模式时,靠某种带有“个人性”特征的取材,也靠与古典散文建立的联系,增加了一些“弹性”,使观念的表达不致那么直接、简单。这种“弹性”,在当时给人“耳目一新”的感觉,他因此得到广泛的赞扬。但在写作的个人想象空间有了更大拓展的80年代中期以后,杨朔散文的“生硬”[①]在阅读中便急速凸显,“开头设悬念,卒章显其志”的结构模式,转而为人们所诟病。

刘白羽[②]50年代后期也主要从事报告文学、散文写作。《红玛瑙集》收入60年代初他的最具特色的散文作品,如《日出》《灯火》《长江三日》《樱花漫记》等。作者自己认为,它们连同稍后发表的《平明小札》,是“对新的美的探索的结果”。他参加过40年代的国共内战,毫无变化的是他感受、想象的精神依托和标尺。这决定了他经常采用现实生活场景和战争年代记忆相交织的构思模式。也记叙事件,也描绘场面,最主要是要宣泄激越的感情;正如作者所言:“不是为了给那个年月的动人姿态,作一点速写画,也不是希望在纸上留下一点当时的气息,而主要的是为了一种感情的冲激。”[③]

秦牧[④]五六十年代除中篇小说《黄金海岸》外,散文集有《星下集》《贝壳集》《花城》《潮汐和船》,文艺随笔《艺海拾贝》。秦牧的散文表现了重视“知识性”的特点。在语言、叙述方式上,可见到杂感与随笔的调和。文章有着清晰的观念框架和论证的逻辑线索。用来支持这些观念的,是有关的历史记载、见闻、传说等材料的串联、组织。一些被称道的作品,如《古战场春晓》《社稷坛抒情》《土地》《花城》等,得益于更多的情感的融入,和材料组织所显示的联想的丰富和从容,夹叙夹议也增加了谈天说地的趣味。

这一时期,曹靖华、吴伯箫、菡子、袁鹰、郭风、柯蓝、碧野、陈残云等,在散文创作上也做出许多成绩。**曹靖华**的《花》大都是对旧日生活的回忆文字,如记叙他与鲁迅交往的《忆当年,穿着细事且莫等闲看!》《雪雾迷蒙访书画》《智慧花开烂如锦》等。另外,他有记叙在云南、广西、福建旅行见闻的

---

① 周立波在《1959—1961散文特写选·序言》中,在赞扬的同时,已经从艺术上谈到杨朔散文的问题,说“笔墨简洁,叙述明白,是作者的特长;然而也许因为过于矜持吧,文字上微露人工斧凿的痕迹”。

② 刘白羽(1916—2005),北京市人,30年代开始发表散文、小说,1938年去延安,40年代曾在重庆《新华日报》工作。著有小说集《草原上》《五台山下》《早晨六点钟》《火光在前》,长篇小说《第二个太阳》《风风雨雨太平洋》,散文、报告文学集《对和平宣誓》《早晨的太阳》《踏着晨光前进的人们》《红玛瑙集》《海天集》《秋阳集》等。

③ 引自刘白羽散文《写在太阳初升的时候》。

④ 秦牧(1919—1992),广东澄海人,原名林觉夫,少年时代在新加坡度过,1932年归国,参加抗日救亡运动,出版《秦牧杂文》(收1943—1944年作品)。40年代后期在香港工作。著有散文集《星下集》《贝壳集》《花城》《潮汐和船》《长河浪花集》《艺海拾贝》《长街灯语》《花蜜和蜂刺》《晴窗晨笔》等。

《点苍山下金花娇》《洱海一枝春》等。**吴伯箫**早期的散文，收在30年代出版的集子《羽书》中。60年代的作品如《记一辆纺车》《窑洞风景》《菜园小记》《歌声》等，都是有关40年代初延安生活的记忆。60年代初由于经济、政治生活出现的困难，对战争年代精神传统的发掘，是国家的意识形态的战略措施。刘白羽、吴伯箫等以不同的方式汇入这一记忆"发掘"的热潮之中。在当代的"散文诗"创作中，郭风和柯蓝都做出贡献。**柯蓝**出版有散文诗集《早霞短笛》。**郭风**五六十年代的散文集有《叶笛集》《山溪和海岛》等。他的短小的诗化散文，多取材于家乡福建的山水民情，讲究意象、情调、语感的有机结合。

四　杂文的命运

因为鲁迅等作家的写作，杂文在中国现代文学中成为一种不能忽略的文学样式，也成为作家用来表现其"社会承担"的重要手段。1942年3月，罗烽在丁玲主编的《解放日报·文艺》上撰文，感慨于鲁迅先生那把"划破黑暗""指示一路去的短剑已经埋在地下了，锈了，现在能启用这种武器的实在不多"，而坚持说"如今还是杂文的时代"。[①] 这一论题的提出方式，表明有关杂文的问题，不仅是文学"自身"的问题。正如罗烽的批判者指出的，"作者是在抗日战争时期就有关'时代'的问题发言；是在跟人们争论究竟对当时中国的现实，特别是延安这样一个地方，应该持一种什么样的看法"[②]。而对"现实"尤其是"延安"和"新中国"的现实的"看法"，永远是个敏感的政治立场问题。因此，进入50年代之后，这种与作家的批判精神相联系的文体，其存在和发展便面临与在延安同样性质的难题。

1956—1957年间，文学界提出发展各种文艺形式和风格，也容许甚至有时还提倡对"人民内部"的缺点，对社会生活的"黑暗面"进行揭露和批评，杂文的写作问题又一次引起关注。1956年7月《人民日报》改版后，副刊版的杂文受到重视。接着，各地报刊也都将振兴杂文作为文学和新闻媒体改革的重要一项，《文艺报》也召开了杂文问题的座谈会[③]。在这期间，茅盾、夏衍、巴金、叶圣陶、唐弢、巴人、吴祖光、邓拓、林淡秋、徐懋庸、曾彦修、高植、

---

① 罗烽：《还是杂文的时代》，1942年3月12日延安《解放日报·文艺》。

② 严文井：《罗烽的"短剑"指向哪里？》，《文艺报》1958年第2期。

③ 《文艺报》1957年4月15日召开杂文问题座谈会，参加者有张光年、林淡秋、袁水拍、高植、叶秀夫、陈笑雨、徐懋庸、舒芜、王景山、杨凡等。座谈会记录《我们需要杂文，应当发展杂文》刊于《文艺报》1957年第4期（4月28日出版）。

舒芜、秦似、蓝翎、邵燕祥[1]等,都加入杂文的写作行列。夏衍的《"废名论"存疑》,唐弢的《言论老生》,巴人的《论人情》《况钟的笔》,叶圣陶的《老爷说的准没错》,严秀的《九斤老太论》,臧克家的《"六亲不认"》,吴祖光的《相府门前七品官》,秦似的《比大和比小》等,是当时的名篇。

这期间,**徐懋庸**[2]在杂文的振兴上出力最多。从1956年底到第二年夏天,他以弗先、回春等笔名发表的杂文有一百多篇[3],他还仿照鲁迅《小品文的危机》,在《人民日报》发表了《小品文的新危机》一文[4]。文章列举妨碍杂文写作的七大矛盾,而引起了有关杂文在当代命运的讨论。在杂文(小品文)讨论中,"如何用杂文反映人民内部矛盾","歌颂和揭露","如何看待和运用讽刺"等,是问题的关键。这是延安时代论题的继续。这次杂文写作的振兴,随着反右派运动的开展而告结束;情形正如有人在反右尚未开始时所言:"杂文是'百花齐放,百家争鸣'的急先锋,又是'百花齐放,百家争鸣'的晴雨表。当'百花齐放,百家争鸣'的方针受到抵制的时候,也就是杂文受到抵制的时候。"[5]

1961年到1962年间,与散文的"复兴"一起,杂文创作也一度活跃。1962年5月,《人民日报》在副刊版开辟"长短录"专栏,由杂文作家陈笑雨主持,聘请夏衍、吴晗、廖沫沙、孟超、唐弢为特约撰稿人。专栏确立了"表彰先进,匡正时弊,活跃思想,增加知识"的全面而稳妥的宗旨。在此期间,邓拓的《燕山夜话》和吴南星的《三家村札记》也先后在其他报刊刊出。邓拓在《燕山夜话》的一篇文章中说,"我之所以想利用夜晚的时间,向读者同志们做这样的谈话,目的也不过是要引起大家注意珍惜这三分之一的生命,使大家在整天的劳动、工作以后,以轻松的心情,领略一些古今有用的知识而已"(《生命的三分之一》)。邓拓、吴晗等,既是人文学者,同时又是政府机构的高层官员。这个时期国家所实施的提倡"轻松"的"软性"文化的方针,使《燕

---

① 这些作家在这个时期的杂文写作中,有时使用笔名。如茅盾(玄珠)、巴金(余一)、叶圣陶(秉丞)、邓拓(卜无忌)、徐懋庸(回春)、曾彦修(严秀)等。

② 徐懋庸(1911—1977),浙江上虞人,原名徐茂荣,30年代在上海参加左联,并写作杂文。1938年去延安,从事文化教育工作,1957年被定为"右派"。翻译有《托尔斯泰传》(罗曼·罗兰)、《斯大林传》(巴比塞)、《辩证理性批判》(萨特)、《人的远景》(加罗蒂,与陆达成合译);著有杂文集《打杂集》《不惊人集》《打杂新集》《徐懋庸杂文集》等。

③ 如《过了时的纪念》《真理归于谁家》《不要怕民主》《不要怕不民主》《武器、刑具和道具》《宋士杰这个人》等。

④ 刊于1957年4月11日《人民日报》,署名回春。

⑤ 张光年在《文艺报》召开的杂文问题座谈会上的发言,见《我们需要杂文,应当发展杂文》,《文艺报》1957年第4期。

山夜话》《三家村札记》等呈现了那种谈心、引导式的叙述风格，和对知识（尤其是历史知识）重视的风貌。从尖锐讥刺和直逼主旨，到这时的曲折展开、温和节制的态度和语调，这种文类的当代变迁，包含着复杂的政治文化内涵。不过，在这些平易、委婉、朴素的文字中，确也有"不为陈言肤词，不为疏慢之语"的篇章。如《伟大的空话》《专治"健忘症"》《爱护劳动力的学说》《堵塞不如开导》《说大话的故事》《王道和霸道》《陈绛和王耿的案件》等。不过，邓拓（也包括吴晗、廖沫沙）的杂文，更重要的是提供了一种思想态度和文体风格：在宽容、中庸的形态中寄托他们对现实生活缺陷的敏感、关切，容纳他们对于现代教条、对于僵化思想秩序的质疑，从而也塑造了叙述者的正直的思想品格。

五　回忆录和史传文学

对"革命历史"的记叙，在"当代"不仅运用"虚构"的文体，而且也通过"纪实"的方式。回忆录和"史传"性散文在 50 年代受到特别提倡。它们与"革命历史小说"一起，成为以具象手段，来确立现代中国历史的权威叙述；在民众之中，其影响甚至超出"正史"。比较起来，"纪实体"的回忆录和"史传"散文，有着"虚构"小说所难以替代的直接性，其参与者也不限于文学界。基于意识形态上的考虑，这些在"文学性"上可能存在争议的作品，"当代"文学界总是毫不犹豫地将它们列入"文学创作"的范围。

在 50 年代前期，这种写作侧重于革命英雄人物故事。当时较有影响的作品有《把一切献给党》（吴运铎）、《不死的王孝和》（柯蓝）、《革命母亲夏娘娘》（黄钢）等。不久，回忆录和"史传"文学，成为有计划、有组织的写作活动。重要的有：《志愿军英雄传》《志愿军一日》[①]的编写；1956 年 8 月，中国人民解放军总政治部发起的"中国人民解放军三十年"的征文活动，目的是为了"清晰完整"地反映解放军的"出生、战斗、成长和发展"的历史，其成果后来编辑为大型丛书《星火燎原》[②]；另一影响很大的丛刊是《红旗飘飘》[③]。

---

① 前者由专业作家编写，共三卷，后者是向"志愿军指战员"的征文活动。它们显然都被看作"文学"作品，均由人民文学出版社于 1956 年出版。

② 《星火燎原》由人民文学出版社于 1958—1963 年出版，当时编辑了 10 集，第 5、第 8 两集未能出版。体例上按当时中国现代革命史的各个阶段顺序编排。"文革"后，《星火燎原》重新选编，改由战士出版社、解放军出版社出版。

③ 《红旗飘飘》由中国青年出版社于 1957 年开始出版，至"文革"前，共出 16 集。"文革"结束后到 80 年代中期，又出版至第 29 集。

《红旗飘飘》第2集的“出版说明”指出,“本丛刊是专门向我国广大青年读者宣传我们党和中国人民光荣斗争的历史,歌颂近百年来我国历次革命斗争中的革命先烈和英雄人物,鼓舞我们青年一代向无限美好的社会主义英勇进军的”。丛刊中虽然也有小说、诗词等体裁的创作,但大部分是纪实体的叙事文。在作者方面,主要是所记叙事件的亲历者,其中不少是国家、军队高层的官员和将领。这种文体,连同作者的身份,在读者的阅读心理上,加强了历史叙述的可信性和权威性。对于历史事件和人物的叙述方式与历史评价,自然会严格按照已确立的叙述规则进行,同时也根据现实政治斗争的状况加以调整。除了丛刊收入的作品之外,这个时期的“革命回忆录”还有数量惊人的出版。流传较广的有:《毛泽东的青少年时代》(萧三),《跟随毛主席长征》(陈昌奉),《方志敏战斗的一生》(缪敏),《我的一家》(陶承口述,何家栋、赵洁执笔,后来改编为电影《革命家庭》),《王若飞在狱中》(杨植霖、乔明甫),《艰难的岁月——回忆赣粤边三年游击战争》(杨尚奎),《在大革命的洪流中》(朱道南),《在烈火中永生》(罗广斌,后与杨益言合作,改写为长篇小说《红岩》),《在毛主席的教导下》(傅连暲)、《转战南北》(李立),《气壮山河》(李天焕),《挺进豫西》(陈赓),《伟大的转折》(阎长林)等。

回忆录和“史传”文学写作,在这期间,还有不被纳入“正统”的另外一支。对它们的出版,常使用“内部发行”的方式,在阅读范围上也有明确限制(仅供高层干部或有关的研究人员使用)。它们所叙述的并非“革命”历史,写作者又大都有着“可疑”的复杂身份(国民党高级官员、将领,大实业家,因各种原因被边缘化的知识分子等),因而他们对“历史”的讲述,只具有保存晚清到40年代末的政治、经济、军事、文化资料,供“批判地”参考的意义。如由中华书局出版的《文史资料选辑》[①]。另外,末代皇帝爱新觉罗·溥仪的回忆录《我的前半生》,是60年代“内部出版”而拥有大量读者的作品[②]。

---

① 由中国人民政治协商会议文史资料委员会编辑,从1960年到1965年,共出版55辑。属“内部发行”。

② 1962年由群众出版社出版“未定稿”,群众出版社(北京)1964年初版。“文革”后由中华书局出版。至90年代,总共发行达一百余万册。

第十二章

话 剧

一 话剧创作概况

戏剧(包括话剧、戏曲、歌剧)和电影等,在中国"左翼"文学中,是受到特别关注的艺术样式。一方面,戏剧等拥有各阶层的大量观众,是那些不识字或识字不多的大众所能够和乐于接受的样式;另一方面,与小说、诗等不同之处是,戏剧不仅是一种交流"工具",它本身就是交流。作者、导演、演员集体创作并与剧场观众共同体验一种人生经验,合力构造一个想象的世界,接受者的参与表现得更为明显。因此,强调文艺对政治的配合和文艺的教诲宣传效用的革命文艺家,总是十分重视这些样式。30年代,左翼文艺界对电影、戏剧就很重视。40年代的延安文艺运动,戏剧也是备受关注的门类。秧歌剧《兄妹开荒》、歌剧《白毛女》等,是代表性成果。毛泽东还提出对于传统戏曲("旧剧")改革的"推陈出新"的方针。在革命根据地和解放区,尤其在军队中,剧团和文艺工作团(文工团),是常设的、发挥重要的宣传鼓动作用的文化艺术组织。

50年代以后,重视戏剧、电影的传统得到继续。戏剧与政治、社会生活有直接、紧密关系的这种观念,也继续得到强调。为此,相继成立了各种机构,以领导、组织戏剧、电影的创作和演出(生产),并建立不同范围的戏剧演出"观摩"或"会演"的制度,从1949年到1965年,举行多次的全国性(或大区)的戏曲、话剧会演、观摩演出[1],以加强对创作和演出的规范和引导。不

---

[1] 仅以话剧为例,就有1954年8月的华东地区话剧观摩演出大会,1956年3月至4月间文化部举办的第一届全国话剧观摩演出大会,1960年4月文化部举办的话剧观摩演出,1963年12月—1964年1月华东话剧观摩演出大会(上海),1964年文化部举行1963年以来优秀话剧创作及演出授奖大会,1965年2月华北地区话剧、歌剧观摩演出大会等。

过,1949 年以后,话剧等方面的体制,也有朝着"正规化"的剧场艺术发展的趋势。1949 年 12 月中央戏剧学院正式开办。1951 年,文化部做出了"整顿和充实"文工团的决定,并在这一年 6 月的全国文工团工作会议上,指出"中央各大行政区及大城市设剧院或专门化的剧团","以逐步建设剧场艺术"。[①]北京人民艺术剧院也在此前成立,并于 1951 年 2 月,演出老舍的《龙须沟》。这构成了这个时期话剧教学、创作、演出上,强调及时呼应现实政治、深入工厂农村,和重视话剧剧院艺术的矛盾关系。从后来的事实看,五六十年代的剧作,很少能成为剧院的"保留剧目"。作为北京、上海等大城市专业剧院(如北京人艺、上海人艺、中国青年艺术剧院、中央实验话剧院等)的"剧院艺术"标志的,主要是西方古典和我国三四十年代的话剧创作(50 年代之后的作品,只有《茶馆》等是罕有的例外),如《威尼斯商人》《一仆二主》《玩偶之家》《万尼亚舅舅》《上海屋檐下》等。其中,曹禺的《雷雨》《日出》《北京人》《家》是上演次数最多的剧目。

在五六十年代从事话剧创作的,一部分是五四以来已有建树的剧作家,如曹禺、郭沫若、老舍、田汉、夏衍、阳翰笙、陈白尘、于伶、宋之的。他们这个时期的剧作水平不一,即使是同一作家的不同作品,水准也会相去甚远。总体而言,表现现实生活的成功之作甚少,倒是取材于"历史"的作品,有的尚具有一定水准。剧作家的另一构成,是参加革命、战争的戏剧工作者和 50 年代的青年作家。他们是胡可、陈其通、王炼、史超、所云平、马吉星、沈西蒙、杜宣、黄悌、杜印、段承滨、丛深、崔德志等。

与小说创作的状况相似,题材问题也具有重要的意义;戏剧表现现实政治运动、工厂农村的斗争得到强调。题材的另一重点则是"革命历史"。50 年代前期,被当时的批评界[②]作为成绩而列举的话剧作品,表现"工业建设和工人斗争"的有《在新事物的面前》(杜印、刘相如、胡零)、《不是蝉》(魏连珍)、《考验》(夏衍)、《幸福》(艾明之)、《刘莲英》(崔德志)。写"农村的生活和斗争"的有《春风吹到诺敏河》(安波)、《春暖花开》(胡丹沸)、《妇女代表》(孙芋)。"革命历史"和写朝鲜战争的话剧,被推荐的有《战斗里成长》、《战

---

① 民间和公办的话剧团体,统一改编为政府统一管辖,按照中央、省(直辖市)、地三级成立话剧院团。由文化部主管的中国青年艺术剧院(前身为延安青年艺术剧院)、中国实验话剧院、中国儿童剧院成立。著名的北京人民艺术剧院、上海人民艺术剧院、解放军总政治部文工团话剧团等先后成立。1955 年,为了促进流派、风格的多样化,仿照苏联的体制,在一些剧院确立了"总导演制"(焦菊隐为北京人艺总导演,黄佐临为上海人艺总导演)。这种以"剧院艺术"为目标的"正规化"的建制,在"文革"中受到批判,又恢复了类似"文工团"性质的"宣传队"的体制。不少"剧院"也都改称"剧团"。

② 据周扬《建设社会主义文学的任务》(1956 年 2 月在中国作家协会第二次理事会扩大会议上的报告,《文艺报》1956 年第 5、6 期)、邵荃麟《文学十年历程》(《文艺报》1959 年第 18 期)等。

线南移》(胡可)、《万水千山》(陈其通)、《钢铁运输兵》(黄悌)。另外,老舍的《龙须沟》、曹禺的《明朗的天》通常也被当作50年代前期话剧创作的成绩。1956—1957年间,出现了一些在题材和风格上有所开拓的剧作,并围绕这些剧作及相关的创作问题,在《文艺报》《戏剧报》等报刊上展开讨论。讨论的问题,涉及题材的扩大,如何揭露生活中的"阴暗面",如何表现矛盾冲突,话剧的讽刺和喜剧性的价值等。当时在思想艺术上有所开拓、探索的剧作,有海默的《洞箫横吹》、杨履方的《布谷鸟又叫了》、何求的《新局长到来之前》、岳野的《同甘共苦》、苏一萍的《如兄如弟》、赵寻的《人约黄昏后》、鲁彦周的《归来》等。这些剧本被称为"第四种剧本"[①]。《同甘共苦》写老干部孟莳荆的爱情婚姻生活;他的在战争年代结合的前妻,以及现在的妻子三人的感情纠葛。在人物性格的复杂性上,和"较早地接触到家庭生活、个人生活、感情生活"的题材意义上,《同甘共苦》在当时都具有探索的意义,因而也引起持续的争论。[②] 在1957年,老舍《茶馆》剧本的发表和演出,是这一年(甚至是"十七年")话剧创作值得重视的事情。

1958年以后的几年中,紧密配合政治运动,是对话剧在内的各种文艺样式的强大要求。这一段时间,文艺界曾出现过"歌颂大跃进,回忆革命史"和"写中心,演中心,画中心"的创作口号(虽然不久"中心"的口号受到批评)。这期间有的剧作(如胡可的《槐树庄》)在艺术上具有一定水平,但大量作品乏善可陈,包括当时评价颇高的剧作,如《烈火红心》(刘川)、《降龙伏虎》(段承滨、杜士俊)、《红大院》(老舍)、《枯木逢春》(王炼)、《敢想敢做的人》(王命夫),以及被称为"时事讽刺剧"的《纸老虎现形记》(陈白尘)、《哎呀呀,美国小月亮》(陈白尘、刘沧浪、王命夫、黄悌)等。"现实题材"对当时的政治诉求在反应上的急迫,使它们呈现了图解政治概念和政策条文的特征。"历史题材"创作与现实政治关系稍具间接性,这为作家的创造提供了较大的空间。因而,在50年代末期到60年代初,出现了"历史剧"创作的热潮。被现在有的论著笼统地称为"历史剧"的作品,在当时却是以不同价值等级的概念予以区别的。《红色风暴》(金山)、《东进序曲》(顾宝璋、所云平)、《最

---

① 黎弘(刘川)在评论话剧《布谷鸟又叫了》的文章《第四种剧本》(《南京日报》1957年6月11日)中,对当时话剧创作的狭窄题材框架和情节公式做了这样的描述:"我们的话剧舞台上只有工、农、兵三种剧本。工人剧本:先进思想和保守思想的斗争。农民剧本:入社和不入社的斗争。部队剧本:我军和敌人的军事斗争。"而将《布谷鸟又叫了》这样的剧本称为"第四种剧本"。

② 《同甘共苦》刊于《剧本》(北京)1956年第10期,1956年开始演出。旋即在《剧本》《戏剧报》等刊物引起讨论,《文艺报》等报刊也发表评论文章,后来受到激烈批判。60年代反对"现代修正主义"的批判运动中,它因宣扬"资产阶级人性论"再次成为批判对象。

后一幕》(蓝光)、《兵临城下》(白刃)、《豹子湾战斗》(马吉星)、《七月流火》(于伶)、《杜鹃山》(王树元)等,称为“革命历史斗争”题材(“革命历史剧”)。当时的“历史剧”,指的是另外的一类作品,如《关汉卿》、《文成公主》(田汉)、《蔡文姬》、《武则天》(郭沫若)、《甲午海战》(朱祖贻、李恍)、《胆剑篇》(曹禺、梅阡、于是之)等。历史剧创作在这一时期,还广泛存在于歌剧、戏曲等样式中。历史剧的写作、演出热潮,提出了若干写作理论问题,引发了有关历史剧的讨论。

在1963年开始的“文化革命”的准备、发动中,包括话剧在内的戏剧,成为最被重视、用以承担政治激情表达,与政治运动直接关联的样式。罕见的戏剧创作、演出热潮,戏剧的思维、表达方式对其他文类的广泛影响,连续不断举办的全国性或各大区的话剧、歌剧、戏曲的会演和观摩演出[①]——种种现象都说明了戏剧成为这一时期文艺样式的“中心”。

二　老舍的《茶馆》

虽然**老舍**[②]在40年代,写有《残雾》、《国家至上》(与宋之的合作)、《大地龙蛇》、《面子问题》、《归去来兮》等话剧,不过,他的主要成就是在《骆驼祥子》《离婚》等小说上。1946年3月,应美国国务院邀请赴美讲学一年,后留在美国继续文学写作。1949年底回到北京,潜心于戏剧创作。选择戏剧的主要原因,是认为“以一部分劳动人民现有的文化水平来讲,阅读小说也许多少还有困难”,而“看戏就不那么麻烦”。[③] 从1950年的写鼓书艺人命运的《方珍珠》开始,到1965年一共有23部剧作发表[④]。60年代初期,开始长篇小说《正红旗下》的写作。由于政治情势骤变,只完成十一章。

老舍这个时期的剧作水平高低互见。大部分作品,证明了他的政治热

---

① 重要的有1963年12月—1964年1月的华东话剧观摩演出大会,1964年3月文化部召开的1963年以来优秀话剧创作及演出授奖大会,同年4月中国人民解放军第三届文艺会演大会,同年6月全国京剧现代戏观摩演出大会,1965年2月华北地区话剧、歌剧观摩演出大会,以及5月东北、华东的京剧观摩演出等。

② 老舍(1899—1966),北京人,原名舒庆春,字舍予,满族。著有《赵子曰》《二马》《老张的哲学》《骆驼祥子》《离婚》《猫城记》《四世同堂》《正红旗下》等小说。戏剧作品有《残雾》、《国家至上》(与宋之的合作)、《大地龙蛇》、《面子问题》、《归去来兮》、《方珍珠》、《龙须沟》、《女店员》、《全家福》、《西望长安》、《茶馆》等。另有《老舍文集》(16卷)。1966年“文革”发生后受到迫害,投湖自杀身亡。

③ 《老舍剧作选·自序》,北京:人民文学出版社,1959年。

④ 话剧《方珍珠》《龙须沟》《春华秋实》《青年突击队》《西望长安》《茶馆》《红大院》《女店员》《全家福》《宝船》《神拳》,以及曲剧、二人台、京剧、歌舞剧等样式的创作多种。

忱,也证明了他的"冒险":"冒险有时候是由热忱激发出来的行动"而"不顾成败"[①];因而,有一部分作品,正如他后来所说的,"我从题材本身考虑是否政治性强,而没想到自己对题材的适应程度,因此当自己的生活准备不够,而又想写这个题材的时候,就只好东拼西凑"[②]。在他的大量剧作中,《龙须沟》,尤其是《茶馆》最有价值。《龙须沟》写北京天桥附近下层百姓聚居区,旧社会统治当局对危及民众生命安全的污水沟,不仅不加整治,反以修沟的名目,摊派捐税,敲诈勒索;新中国成立,政府便开始了整治工程,而表现了"新政府的真正人民的性质"的主题。这出三幕话剧,表现了作者一贯的对社会下层小人物命运的关切。它在当时受到推重,首要理由是一位"老作家"对新社会热情的歌颂:"老舍先生所擅长的写实手法和独具的幽默才能,与他对新社会的高度政治热情结合起来",这"表现了一个艺术家的最可宝贵的政治热情"。[③]《龙须沟》为他赢得在"当代"的最初声誉:北京市政府授予他"人民艺术家"的称号。

写于1957年的三幕话剧《茶馆》[④],无疑是老舍在当代的最重要作品。借北京城里一家名为裕泰的茶馆在三个时期(清末1898年初秋,袁世凯死后军阀混战的民国初年,40年代抗战结束、内战爆发前夕)的变化,来表现19世纪末以后半个世纪中国的历史变迁。这种具有相当时间跨度的"历史概括",是当代作家普遍热衷的。对这一宏大题旨的表现,作者选择了自身的生活经历和艺术经验所能驾驭的轨道。"在这些变迁里,没法子躲开政治问题。可是,我不熟悉政治舞台上的高官大人,没法子正面描写他们的促进和促退。我也不十分懂政治。我只认识一些小人物"[⑤]。他选择了从"侧面",从"小人物"的生活变迁的角度,并把对他们的表现范围,限制在茶馆这个"小社会"中。没有运用中心情节和贯串全剧的冲突(当代话剧常见的结构方式),而采用被称为"图卷戏"或"三组风俗画"[⑥]的创新形式。众多的人物被放置在显现不同时代风貌的场景中。这些人物涉及市民社会的"三教九流":茶馆的掌柜和伙计,受宠的太监,说媒拉纤的社会渣滓,走实业救国道路的资本家,老式新式的特务、打手,说书艺人,相面先生,逃兵,善良的劳动者……其中,常四爷、王利发和秦仲义贯串全剧。他们的性格、生活道路

---

① 老舍:《〈龙须沟〉写作经过》,《人民日报》1951年2月4日。

② 老舍:《题材与生活》,《文艺报》1961年第7期。

③ 周扬:《从〈龙须沟〉学习什么?》,《人民日报》1953年3月4日。

④ 《茶馆》剧本刊于1957年6月出版的大型文学刊物《收获》(上海)创刊号。

⑤ 老舍:《答复有关〈茶馆〉的几个问题》,《剧本》1958年第5期。

⑥ 《座谈老舍的〈茶馆〉》中李健吾的发言,《文艺报》1958年第1期。

各不相同，“旗人”常四爷耿直，“一辈子不服软”；秦仲义办工厂，开银号，雄心勃勃；掌柜王利发则“见谁都请安、鞠躬、作揖”：但最终都走投无路，为自己祭奠送葬。“我可没做过缺德的事，伤天害理的事，为什么就不叫我活着呢?”“我爱咱们的国呀，可是谁爱我呢?”——剧中的悲凉情绪，人物关于自身命运的困惑与绝望，透露了与现代历史有关的某种悖谬含意。

老舍《茶馆》的叙述动机，来自对建立现代民族国家的渴望，和对一个不公正的社会的憎恶。新旧社会对比既是他结构作品的方法，也是他的历史观。他对于“旧时代”北京社会生活的熟悉，他对普通人的遭际命运的同情，他的温婉和幽默，含泪的笑，使这部作品，接续了老舍创作中深厚的人性传统。作品的后半部分，人物刻画与情节设计，显露了某些与第一幕并不完全协调的地方。《茶馆》由北京人民艺术剧院演出。北京人艺一代卓越艺术家(导演焦菊隐、夏淳，演员于是之、郑榕、黄宗洛、英若诚等)对确立该剧在当代的“经典”地位起到重要的作用。[①]

三　历史剧和历史剧讨论

五六十年代历史剧的创作，涉及话剧、京剧、昆曲等多种戏剧样式。以话剧而言，数量约 20 部。它们的作者主要是老一代的剧作家，如郭沫若、田汉、曹禺等。这些作家在处理他们所不熟悉的现实生活题材时，往往生硬而捉襟见肘；比较而言，“历史”使他们获得更多的想象空间。

历史剧是**郭沫若**热心的领域。“五四”时期，有歌颂“叛逆女性”的《聂嫈》《卓文君》《王昭君》。40 年代有《棠棣之花》《屈原》《虎符》《高渐离》《孔雀胆》《南冠草》。五六十年代则有《蔡文姬》和《武则天》。这两个剧本的写作动机与为历史人物“翻案”有关[②]。从现实政治问题出发，到“历史”中寻找事件和人物，作为对现实发言的依托，是郭沫若历史剧构思的基点。武则天这个有争议的人物，在郭沫若的剧中，以具有雄才大略，志于强国富民，而又从谏如流，知人善任，富于人情味的君主面目出现。《蔡文姬》则是对传统戏

---

① 《茶馆》最初由焦菊隐(1905—1975)导演。焦菊隐，天津人，1928 年毕业于燕京大学，1935 年留学法国，获博士学位，回国后，在国立戏专等多所大学任教。1950 年导演《龙须沟》，1951 年任北京人艺第一副院长，在五六十年代导演的话剧还有《明朗的天》《考验》《蔡文姬》《武则天》《布雷达乔夫及其他的人们》《关汉卿》《胆剑篇》等。著作有文艺生活出版社(北京)出版的共 12 卷的《焦菊隐文集》。

② 郭沫若在《蔡文姬·序》中说：“我写《蔡文姬》的主要目的是替曹操翻案。曹操对于我们民族的发展、文化的发展，确实是有过贡献的人。在封建时代，他是一位了不起的历史人物。但以前我们受到宋以来的正统观念的束缚，对他的评价是太不公平了。”《蔡文姬》，北京：文物出版社，1959 年。

曲、小说曹操形象的“改写”。代替那个“白脸奸臣”的曹操的，是伟大政治家、军事家、诗人的形象。作者充分理解这个时代推崇的是开辟历史“新纪元”的“风流人物”，他的充溢着浪漫激情的“改写”，是对于“当代”的这一“时代精神”的呼应。在《蔡文姬》中，写得较有光彩的，是汉代女诗人蔡文姬的形象。“文姬归汉”在剧中，无论是曹操遣使的动机，还是文姬痛苦中离夫别子的决心，都被赋予“爱国”“重建建安文化”的意义，而受到强调和渲染。国家、社会责任与个人情感的冲突，这一近代中国的社会生活和文学写作的主题，在这里得到重现。这种情感体验，包括一个诗人对其才情的自我意识，能够激发作者的创作感情的投入。正是在这个意义上，郭沫若说“蔡文姬就是我，是照着我写的”。

在“现代”写了大量话剧、歌剧、戏曲、电影文学作品的**田汉**[①]，五六十年代间的主要创作有话剧《朝鲜风云》(《甲午之战》三部曲之一)、《关汉卿》、《十三陵水库畅想曲》、《文成公主》，改编、创作的戏曲作品有《白蛇传》《西厢记》《金鳞记》《谢瑶环》。《十三陵水库畅想曲》写的事件，使用的“创作方法”，都体现了那个“大跃进”时代的特征[②]。工地的劳动竞赛，共产主义风格和个人主义的冲突，真实和虚构的人物，现代人和古人，眼前的情景和对20年后共产主义实现的想象，在这个类乎报道剧的作品中拼凑在一起。它从一个方面暴露了文学界在精神领域和艺术思想上存在的深刻矛盾。这个剧在演出一些场次后，受到一些批评而停演[③]。在田汉的当代剧作中，《关汉卿》是得到较高评价的一种。这个元代戏剧家被“世界和平理事会”(当时“社会主义阵营”的一个国际机构)确定为1958年度的“世界文化名人”之一，田汉的写作与对他的纪念活动相关。关汉卿被塑造为一个“战斗者”：以杂剧作为武器，诅咒、抨击残暴专横的贪官污吏，为负屈衔冤的弱者鸣冤吐

---

① 田汉(1898—1968)，湖南长沙人，原名田寿昌，1919年发表剧作《环娥琳与蔷薇》。20—40年代写有大量剧作，主要有《咖啡店之一夜》《获虎之夜》《名优之死》《苏州夜话》《生之意志》《南归》《梅雨》《1932年的月光曲》《暴风雨中的七个女性》《回春之曲》《卢沟桥》《三个摩登女性》《哀江南》《民族生存》《扬子江风暴》《丽人行》等，另有《田汉文集》(16卷)。

② 《十三陵水库畅想曲》表现了作者追逐风潮的创作心态。它创作并演出于1958年，写的是发生于当年的北京十三陵水库工程，使用的“创作方法”，又以为是当年毛泽东提出的“革命现实主义和革命浪漫主义相结合”的创作方法。

③ 《十三陵水库畅想曲》演出后，受到一些赞扬，并改编为电影(金山改编)。随后则受到批评。在后来讨论“两结合”创作方法的文章中，有时被作为对这一方法的不正确理解的举例。参见欧阳予倩《为〈十三陵水库畅想曲〉大声喝彩!》(《人民日报》1958年7月16日)，陈刚《劳动者的赞歌(看话剧〈十三陵水库畅想曲〉)》(《文汇报》1958年7月27日)，朱艺祖《怎样展望共产主义的明天？——电影〈十三陵水库畅想曲〉观后》(《文艺报》1958年第19期)，贾霁《要以共产主义思想畅想未来(评彩色故事片〈十三陵水库畅想曲〉)》(《文艺报》1959年第1期)等。

气，在抗争中表现了“玉可碎而不可改其白，竹可焚而不可毁其节”的勇气和节操。这其实展示的是现代中国左翼文艺家的“身份认同”。因此，有评论者认为田汉是以“一直战斗着的今日梨园领袖”的身份，来写“战斗在 13 世纪的梨园领袖的形象”。[①] 在历史剧写作上，《关汉卿》表现了在史料依据与艺术想象关系上的浪漫主义处理方式。零碎不多的史料记载，被重新组合，并加以虚构性的扩展，形成了细节有所据，而整体构架则建立在想象基础上的这一格局。[②]

这个时期的历史剧，还有**曹禺**等的《胆剑篇》(曹禺、梅阡、于是之集体创作，曹禺执笔)。曹禺在“当代”的第一部剧作，是发表于 1954 年的四幕话剧《明朗的天》。以北京的协和医学院为原型，写燕仁医院知识分子的思想改造。这个作品已难以见到《雷雨》《北京人》等的光彩。1961 年的五幕话剧《胆剑篇》，以春秋时代吴越交战故事为素材。第一、二幕写吴国侵略、勾践被俘，后面三幕，写获释后的勾践和百姓一起发愤图强、准备复国，最终取得胜利。剧作把吴越的战争，处理为侵略、掠夺与反抗、复国的关系，而着重表现了勾践的“卧薪尝胆，誓雪国耻”的意志，和与越国军民一起，“十年生聚，十年教训”的艰苦奋斗。这部历史剧对“自强不息”的强调，与当时国家面临的政治、经济困难和危机有关。曹禺在 1978 年还完成了另一部历史剧《王昭君》。

在“当代”，历史剧问题的讨论发生多次，涉及的是历史与现实、历史与文学的关系。50 年代初，一些剧作家出于文艺为现实政治服务、配合“中心工作”的热情(也受到毛泽东对“旧剧”改造、“推陈出新”提倡的鼓舞)，对传统戏曲中的历史剧和神话戏加以“现代”改编。如当时出现了许多牛郎织女戏，有的牛郎织女被贬下凡后，经过劳动改造，成了劳动英雄，宣传劳动创造世界；“还用耕牛象征拖拉机，喜鹊代表和平鸟等，将社会发展史的学习，治螟运动，反对美帝侵略，土地改革宣传这许多内容，都缝在里面了”[③]。在当时，这种强调“历史”对于“现实”的配合，和以现实来改造“历史”的倡导者和

---

① 戴不凡：《响当当的一粒铜豌豆——读话剧剧本〈关汉卿〉断想》，《文艺报》1959 年第 16 期。

② 《关汉卿》最初在《剧本》1958 年第 5 期发表时，共九场。同年由人民文学出版社出版单行本改为十二场。1961 年再次出版单行本改为十一场。结尾部分也做了重大修改，由朱帘秀被允许“脱去乐籍”同关汉卿“同心并翅”飞往江南，改为不准朱帘秀的请求，只好和关汉卿地北天南的悲剧性结局。但田汉并不认为这就是“定本”，“觉得喜剧的结尾也不妨同时存在”(《〈关汉卿〉自序》，北京：人民文学出版社，1961 年)。

③ 艾青：《谈〈牛郎织女〉》，《人民日报》1951 年 8 月 31 日。

实践者，是戏剧家杨绍萱[①]。1951年，他发表了《论戏曲改革中的历史剧和故事剧问题》[②]一文，认为“历史剧的基本精神在于反映中国社会发展史”，特别要反映“劳动工具对人民生活的决定作用”；因此，历史剧在创作上，“可以不管历史的时代性”，而“不免带有剧本产生的时代性”。他在这个时期改编的《新天河配》里，牛郎织女的传说被用以表现当时的朝鲜战争与保卫和平运动；在《新白兔记》中，作者加进了“民族战争”的内容，并把刘知远写成类乎民族英雄的人物。杨绍萱的创作和理论，首先受到艾青的批评[③]，杨绍萱对此加以反驳[④]，认为艾青的意见是“为文学而文学，为艺术而艺术”。此后，马少波、陈涌、阿甲、光未然、何其芳等相继发表文章批评杨绍萱。批评者把他的创作和理论的错误，概括为“反历史主义的倾向”和“主观主义公式主义”，认为他的主张和艺术处理是“非艺术、非现实主义的创作方法”。以“现代”的立场阐释“历史”，让“历史”为现实服务，与“按照历史本来面目来写”，这两者的关系是争论的症结。杨绍萱的批评者认为：“无论写现实剧还是历史剧，都必须采用现实主义的创作方法（对于马克思主义的作家，更必须是社会主义的现实主义）。这就是说，写历史剧也应该按照历史事件、历史人物的本来面貌来描写，使读者和观众得到对于他们的正确认识，这就是历史剧为现实服务”[⑤]。这种结论性的意见，将争论中的某些重要问题（什么是“历史本来面貌”，重现“本来面貌”的可能性和途径，“现实主义”是否本质性的创作规范，历史叙述与文学叙述的异同等）搁置起来。

50年代末和60年代初，在历史剧创作热潮中，历史剧问题被重新提出。史学家吴晗觉得许多历史剧并不严格依循史实，而提出“历史剧是艺术，也是历史”的观点，要求历史剧“不许可虚构、夸张”[⑥]。文学批评家李希凡针对这一观点，认为“历史剧是艺术，不是历史”，历史剧创作的线，不能

---

① 杨绍萱（1893—1971），河北涞县人。40年代初担任延安平剧研究院院长期间，参与了对平剧（京剧）的改革，与齐燕铭改编、创作了京剧《逼上梁山》，受到毛泽东的称赞。毛在给杨绍萱、齐燕铭的信（1944年1月9日）中，说在旧戏舞台上，人民成了渣滓，由老爷太太少爷小姐们统治着舞台；“这种历史的颠倒，现在由你们再颠倒过来，恢复了历史的面目，从此旧剧开了新生面”，“你们这个开端将是旧剧革命的划时代的开端”。

② 《人民戏剧》1951年第3卷第6期。

③ 艾青：《谈〈牛郎织女〉》。

④ 《论“为文学而文学，为艺术而艺术”的危害性——评艾青的〈谈牛郎织女〉》，《人民日报》1951年11月3日。

⑤ 何其芳：《反对戏曲改革中的主观主义公式》，《人民日报》1951年11月16日。经作者修改后重新刊于《人民戏剧》1951年第3卷第8期。

⑥ 吴晗：《谈历史剧》，《文汇报》1960年12月25日；《历史剧是艺术，也是历史》，《戏剧报》1962年第6期。

“划在忠实于一切历史事实、细节的基础上,而是忠于历史生活、历史精神的本质真实”。[①] 发表讨论文章的还有王子野、杨宽、齐燕铭、张真等。讨论涉及历史剧的定义、功用,历史真实与艺术真实的关系等。茅盾的长文《关于历史和历史剧》[②],是这一讨论中的重要文章。它通过对当时近百个剧团都在上演的“卧薪尝胆”的剧目的分析,来批评“片面又机械”地理解“古为今用”,在历史剧创作上“从主观出发的想象和艺术虚构”的现象,认为“历史剧既应虚构,亦应遵守史实;虚构而外的事实,应尽量遵照历史,不宜随便改动”。他推荐孔尚任《桃花扇》的处理方式:“凡属历史重大事件基本上能保存其原来的真相,凡属历史上真有的人物,大都能在不改变其本来面目的条件下进行艺术的加工。”这是 50 年代初历史剧讨论的问题的重提,被批评的仍是那种比附现实、演绎历史的方式。看来,历史与叙述的问题,再一次困扰着当代的写作者。占上风的意见是,文学家虽然重视文学的“虚构性”,但这种重视应以不妨害表现“历史本来面目”为限度。不管讨论者在这一问题上有怎样的分歧,在拒绝将“历史”与叙事等同,强调“历史本质”的客观性上,他们应该都是一致的。

四 话剧的“高潮”

1963 年到“文革”前夕,出现了包括话剧在内的戏剧创作和演出的“高潮”。在这三年多的时间里,举办多次全国性的和各大区的话剧和戏曲的观摩会演。据统计,仅在 1965 年,各大区戏剧观摩演出和其他的创作剧目共 327 个,其中话剧 112 个。[③] 影响较大的话剧有:《第二个春天》(刘川)、《杜鹃山》(王树元)、《霓虹灯下的哨兵》(沈西蒙、漠雁、吕兴臣)、《雷锋》(贾六、王德瑛、靳洪等)、《千万不要忘记》(丛深)、《箭杆河边》(刘厚明)、《豹子湾战斗》(马吉星)、《龙江颂》(江文、陈署)、《丰收之后》(蓝澄)、《南海长城》(赵寰)、《年青的一代》(陈耘、章力挥、徐景贤)、《激流勇进》(胡万春、佐临、仝洛)、《女飞行员》(冯德英、黎静、丁一三)、《战洪图》(鲁速执笔)、《青松岭》(张仲明执笔)……这期间的话剧创作,在“大写十三年”的创作口号[④]之下,大都取材于 50 年代以来的社会主义时期的生活。另有一部分作品,是有关

---

① 李希凡:《“史实”与“虚构”》,《戏剧报》1962 年第 2 期。

② 节录发表于《文学评论》1961 年第 5、6 期,完整版作家出版社 1962 年出版。

③ 《1965 年革命现代戏大丰收》,《戏剧报》1966 年第 1 期。

④ 1963 年 1 月 4 日,当时中共上海市委书记、市长柯庆施在上海文艺界元旦联欢会的讲话中提出这一口号。见《文汇报》1963 年 1 月 6 日有关报道。

“业、非、拉”的“反帝反修”运动的想象(如《刚果风雷》《赤道战鼓》等);阶级斗争无一例外的是所有作品的主题。

在上述话剧中,《年青的一代》《霓虹灯下的哨兵》《千万不要忘记》等受到当时评论界的极高推崇。《霓虹灯下的哨兵》[①]以当时广泛宣传的“南京路上好八连”的事迹为素材,写解放军某连队 1949 年 5 月进驻上海南京路之后一年多的经历。编剧是军队作家,最初演出的是军队剧团(南京军区前线话剧团)。作者后来说,这个剧的创作,是“我国经历了三年自然灾害之后,特别需要在全国人民中间提倡艰苦奋斗精神的时候,我们迫于时代的要求,奉命投入创作的”[②]。剧中的排长陈喜,在战场上英勇立功,进入城市后,却经不起“用糖衣裹着的炮弹的攻击”,受到“资产阶级作风思想”的侵蚀,险些为阶级敌人利用。当然,他受到了教育和挽救。围绕着这条线索,剧中组织了与此有关的人物和矛盾。这一训诲意味浓厚的创作,由于组织进若干风趣的细节,给严肃主题增加一些喜剧色彩。比较起来,《千万不要忘记》的结构最为严谨。电机厂青年工人丁少纯,新婚后受到曾是鲜果店老板的岳母及妻子的影响,开始讲究吃穿,借钱买毛料衣服,并热衷于下班后打野鸭子卖钱,以至劳动时注意力不集中,几乎酿下严重事故。后来,经过丁的父亲、爷爷、母亲及朋友的教育挽救,认识到所走道路的危险,而迷途知返,决心做革命事业的接班人。剧名最初为《祝你健康》。经 1962 年全国话剧观摩演出之后,便直接采用毛泽东 1962 年秋天在中共八届十中全会提出的“千万不要忘记阶级斗争”作为剧名,并通过人物之口,将它做了点题式的强调。[③]另一出话剧《年青的一代》,写地质学院毕业生林育生,不愿离开上海到青海工作;相反,萧继业则忍受伤痛,在西北为地质勘探事业贡献着自己的青春。和其他作品一样,矛盾最终获得解决,林育生在长辈、朋友的帮助,和亲生父母留下的血书感召下,而痛改前非。不过,在作品人物设计上,剧作还是泄露了严重的忧虑:林育生亲生父母都是革命烈士,养父养母也是早年参加革命的老干部,但这并不能保证他不受“资产阶级思想”的侵蚀。

这些剧所讨论和试图解决的,是“革命传统”的延续的问题。在 1962 年底以后,执政党提出“革命”仍要持续不断地开展(“继续革命”),但“革命”的含义和思想资源却面临“空洞化”的问题。在上述话剧中,城市被表现为可

---

① 最初刊于《剧本》1963 年第 2 期和《解放军文艺》1963 年第 3 期。

② 《〈霓虹灯下的哨兵〉创作回顾》,《戏剧艺术》1979 年第 2 期。

③ 《千万不要忘记》剧本刊于《剧本》1963 年第 10、11 期合刊。1964 年中国戏剧出版社出版的单行本中,添加了丁海宽这样的说教式台词:“是啊,这是一种容易被人忘记的阶级斗争,我们千万不要忘记!”

疑的,与庸俗、腐败相联系的生存处所,可以作为与此对抗的,则来自三四十年代中共在乡村开展的斗争,和乡村的生活经验的传统;它们成为一种悬浮的精神记忆,在文本中,也在现实生活中不断发酵。这些剧作还尖锐地意识到组织个人的"日常生活"的重要性。《千万不要忘记》的编剧指出了这一点:这出戏不仅提出必须和应该进行"社会主义教育"的问题,"而且还提出了如何组织安排社会生活的问题。……戏里让我们看到把八小时工作安排好,还不能保证不出问题。除了八小时工作,八小时睡觉,最后八小时怎样安排?"[①]这些在当时被赞扬为"体现了时代的精神,传达了时代的脉搏"的剧作,表达了政治激进派这样的意图:规范社会生活的观念方式和行为方式,赋予"没有枪声,没有炮声"的生存环境以严重的阶级斗争性质,提升"日常生活"的政治含义,因而实现把个体的一切(生活行为,以至情感心理空间)都加以组织、规范的设想。

---

① 丛深:《〈千万不要忘记〉主题的形成》,《戏剧报》1964年第4期。显然,全面控制、安排、组织人的一切,包括行为、情感、心理,是"激进派"的社会目标。邓拓在《燕山夜话》中,要人们"注意珍惜这三分之一的生命,使大家在整天的劳动、工作以后,以轻松的心情,领略一些古今有用的知识"(《生命的三分之一》)。在后来对《燕山夜话》的批判中,这被看作以何种思想去占领个人的"日常生活"的严重的阶级斗争问题。参见姚文元《评〈三家村〉——〈燕山夜话〉〈三家村札记〉的反动本质》,1966年5月10日上海《解放日报》《文汇报》。

第十三章

走向“文革文学”

一　1958年的文艺运动

1958年的文艺运动，其理念与运动方式与后来“文革”开展的文艺运动有内在的逻辑关联和相近的形态。因此，可以将“大跃进”的文艺实践看作走向“文革文学”的重要步骤。

1958年初，文艺界反右派斗争结束时，发表由周扬署名的总结性文章《文艺战线上的一场大辩论》。毛泽东审阅时做了修改，并加上几段文字。他把1957年的反右运动，称为“一次最彻底的思想战线上和政治战线上的社会主义大革命”，说它“给资产阶级反动思想以致命的打击，解放文学艺术界及其后备军的生产力，解放旧社会给他们带上的脚镣手铐，免除反动空气的威胁，替无产阶级文学艺术开辟了一条广泛发展的道路”。在毛泽东看来，这场“革命”的功绩，是为“无产阶级文学艺术”的建立清理“旧基地”和“开辟道路”，而“在这以前，这个历史任务是没有完成的”。[①]很明显，这和当时文艺界主持者周扬他们的强调点并不相同。在估计文艺界反右派运动的“功绩”时，周扬最看重的是中国左翼文艺运动（在当时也就可以看作中国现代文学）的“历史”得到清理，为各纷争的力量、派别的优劣正误做出“定论”；至于革命文学（或“无产阶级文艺”）的道路，那是在30年代就已经

---

① 毛泽东修改和增添的文字，见《建国以来毛泽东文稿》第7册，北京：中央文献出版社，1992年。

开辟了的[①]。这种分歧,双方当时可能都还没有深刻意识到。

1958年,毛泽东发表了一系列有关文艺的主张。其中最主要的是两项:一是提倡大力搜集民歌,一是提出了革命现实主义和革命浪漫主义相结合的"创作方法"[②]。这为一种新的文艺的构建提供了理论、方法的基本依据。在1958年,这种新的文艺形态,在开始的一段时间里,被称为"共产主义的文学艺术"[③]。这种文艺,在创作思想和艺术方法上,突出了本来包含在"社会主义现实主义"这一命题中的"浪漫主义"。在把"浪漫主义"阐释为"革命热情""远大理想",写出"所愿望、所可能想象"的东西之后,把它置于显著、主导性的位置上,从而为从观念、从乌托邦目标和政治浪漫激情出发来"虚构"现实提供理论根据。这种文艺重视它与"行动"(尤其是政治行动)的直接关系,甚至就是社会行动的一部分。同时,比起文字(语言)作为媒介的创造物(文学)来,拥有更多接受者,并让接受者更直接参与的"文艺"(戏剧、曲艺、歌曲、美术、诗朗诵等)的地位得到加强。这种文艺的创造者,要求具有工人阶级思想,并支持工人农民等"卑贱者""破除迷信,解放思想",直接进入文学创作和批评领域。这种文艺形态,在与人类文化"遗产"的关系上,则强调"厚今薄古","抓到真理,就藐视古董",并将"民间"文艺资源作为文艺创造的最主要凭借。

当时文学界的领导者(周扬、郭沫若、茅盾、邵荃麟等)参与这一文学思

---

① 因此,在"文革"中控制文艺界的"激进派"提出"要破除对所谓30年代文艺的迷信",说那时"左翼文艺运动政治上是王明的'左'倾机会主义路线,组织上是关门主义和宗派主义,文艺思想上实际是俄国资产阶级文艺批评家别林斯基、车尔尼雪夫斯基、杜勃罗留波夫以及戏剧方面的斯坦尼斯拉夫斯基的思想",30年代的"左翼文艺工作者,绝大多数还是资产阶级民族民主主义者"。参见《林彪同志委托江青同志召开的部队文艺工作座谈会纪要》。

② 毛泽东"两结合"创作方法的讲话,开始未公开发表。1958年第7期《文艺报》(4月出版)郭沫若答该刊记者问在谈到毛泽东词《蝶恋花》时,首先使用了"革命的现实主义和革命的浪漫主义的典型的结合"的说法。随后周扬在《新民歌开拓了诗歌的新道路》(《红旗》创刊号,1958年6月1日出版)一文中,除公开了这一主张的发明人外,并就其基本含义和对中国文艺发展的意义加以论释,从1958年到第二年,文艺界开展了对这一提法的"解经式"的讨论。后来,周扬在第三次文代会(1960年7月)的报告《我国社会主义文学艺术的道路》中,将这一创作方法作为"方向"加以确定,宣称它是"一种完全新的艺术方法",是"最好的创作方法"。在当时的讨论中,赞扬这一"方法"的作家、批评家,一般都把它看成与产生于苏联的"社会主义现实主义"同属一个体系,或称前者是对后者的"发展"。不过,这一"方法"的提出,又是摆脱"苏联模式"、实施一种激进的文化发展构想的组成部分。

③ 郭沫若、周扬:《红旗歌谣·编者的话》中说:"诗歌和劳动在社会主义、共产主义新思想的基础上重新结合起来,正是在这个意义上,新民歌可以说是群众共产主义文艺的萌芽。"(北京:红旗杂志社,1959年)《文艺报》1958年第19期社论(《掀起文艺创作的高潮!建设共产主义的文艺!》)在阐述9月举行的中国文联主席团扩大会议精神时说,"现在提出建设共产主义文学艺术的任务,不是太早,而是适时的,必要的"。华夫撰写的《文艺报》专论《文艺放出卫星来》(1958年第18期)中说,"建设共产主义的文学艺术,并不是一件神秘的高不可攀的事情",并说"两结合"的创作方法"最有利于共产主义文学艺术的创造"。

潮的倡导和推动：提出“文艺也要大跃进”，制定“文艺工作大跃进32条（草案）”，开展“开一代诗风”的“新民歌运动”，编辑出版仿照“诗三百”体例的《红旗歌谣》，发动对“两结合”创作方法的讨论，提倡“歌颂大跃进，回忆革命史”的创作题材和主题，等等。但是，这一文学路线实施的后果也使他们感到不安。他们为创作中“现实性”的削弱，为文学的简单政治工具化，为过分强调工农作家、忽视专业知识和艺术水准等倾向忧虑。建设一种与人类精神遗产（尤其是他们熟悉的西欧、俄国的文学遗产）有着牢固联系的、有思想深度和精神魅力的文学，是这些有时提倡大众化，事实上的“文学精英”的理想。特别是，他们是以人道主义作为精神核心的启蒙主义者，在运用文学这一“人生教科书”去塑造何种理想人格上，不会完全认同忽视个体价值的“集体主义”；尽管他们批判过冯雪峰、丁玲等的“个人主义”。①

因而，在60年代初，在经济、政治的“大跃进”遭遇严重挫折之后，开始实施“调整”的退却政策。借助这一时机，在一些较为务实的国家领导人②的支持下，文艺界有计划地对激进的文艺路线进行调整。这包括召开多次检讨文艺工作“左”倾的会议③，发表题为《题材问题》的《文艺报》专论④，撰写纪念《讲话》发表24周年的《人民日报》社论《为最广大的人民群众服务》⑤，讨论、制定由中共中央宣传部发布的《关于当前文学艺术工作若干问题的意见》（简称“文艺八条”）的文件。上述活动、文章，以及周扬在这期间多次言辞激烈的讲话，其着重点在两个方面。一是文学与政治的关系。在文学的“服务对象”上，用“最广大的人民群众”来替换“工农兵”概念，以削弱、模糊其阶级的规定性，并因此带动对于创作者、创作方法等的重新思考。在此基础上，批评文学对政治的简单依附，学术研究和文学批评的解“经”（马克思、列宁、毛泽东著作）的风尚，以及忽视人类文化遗产的倾向。从文学的层面上，是为了适度维护文学“特质”，防止政治对文学的完全取代，在文学服务

---

① 在1958—1959年，文学界主持者的忧虑和做出的“矫正”表现在一系列事件中。如新诗发展道路论争，《文艺报》组织的对《青春之歌》和《“锻炼锻炼”》的讨论，《文艺报》对对待遗产的虚无主义的批评（张光年《谁说“托尔斯泰没得用”?》），茅盾《创作问题漫谈》等评述创作文章的发表等。

② 参见周恩来《在文艺工作座谈会和故事片创作会议上的讲话》（1961年6月19日）、《对在京的话剧、歌剧、儿童剧作家的讲话》（1962年2月17日），陈毅《在戏曲编导工作座谈会上的讲话》（1961年3月22日）、《在全国话剧、歌剧、儿童剧创作座谈会上的讲话》（1962年3月6日）。均见《党和国家领导人论文艺》，北京：文化艺术出版社，1982年。

③ 1961年6月全国文艺工作座谈会，6月至7月全国故事片创作会议，1962年筹备纪念《讲话》发表24周年会议（“新侨会议”），同年3月全国话剧、歌剧、儿童剧创作座谈会（“广州会议”），8月农村题材短篇小说创作座谈会（“大连会议”）等。

④ 《文艺报》1961年第3期，主编张光年执笔。

⑤ 刊于《人民日报》1962年5月23日，周扬执笔。

于政治的框架内，有限度地承认作家在题材、人物、风格、方法上选择的某种“自主性”。另一方面，是全面审度1958年以来成为文学思潮和“创作方法”核心的“革命浪漫主义”，提出“现实主义深化”和重视体现历史复杂性的“中间状态”人物的创造，来重提文学的“真实性”。这样，在目睹了“大跃进”的文艺路线所产生的“文化后果”之后，文学界的主持者在若干重要问题上，靠拢了他们原先的“对手”(胡风、冯雪峰、秦兆阳等)的立场[①]。

二　文学激进思潮和《纪要》

1962年秋天，毛泽东提出了“千万不要忘记阶级斗争”的口号。从次年开始，在思想文化界开展了持续多年的、范围广泛(涉及哲学、经济学、史学、文学艺术等)的批判运动[②]。这期间，毛泽东对文艺问题做过两次“批示”，对50年代以来的文艺状况，特别是文艺界的领导者，发出严厉的指责[③]。在1963年12月12日的“批示”中，他认为“戏剧、曲艺、音乐、美术、舞蹈、电影、诗和文学”等，“问题不少，人数很多，社会主义改造在许多部门中，至今收效甚微。许多部门至今还是‘死人’统治着”，“许多共产党人热心提倡封建主义和资本主义的艺术，却不热心提倡社会主义的艺术”。在1964年6月的另一次“批示”中，批评全国文联和所属各协会，以及“他们所掌握的刊物的大多数”，“十五年来，基本上(不是一切人)不执行党的政策，做官当老爷，不去接近工农兵，不去反映社会主义的革命和建设。最近几年，竟然跌到修正主义的边缘。如不认真改造，势必在将来的某一天，要变成像匈牙利裴多菲俱乐部那样的团体”。

在“文革”发生前的三年多里，涉及文艺的批判，理论方面有主要针对邵荃麟的“写中间人物”论，以及“写真实”“现实主义深化”等主张。创作方面，

---

① 在1961年的全国文艺工作座谈会上，周扬说：“……胡风对我们作了很恶毒的攻击，他是反革命。但是，经常记得他攻击我们什么，对我们也有好处。他有两句话是我不能忘记的。一句：‘二十年的机械论统治’，如果算到现在，就是三十年了。……我们也可以认真考虑一下，在我们这里有没有教条主义。胡风还有一句：反胡风以后，中国文坛就要进入中世纪。我们当然不是中世纪。但是，如果我们搞成大大小小的‘红衣大主教’‘修女’‘修士’，思想僵化，言必称马列主义，言必称毛泽东思想，也是够叫人恼火的就是了。”

② 主要批判对象是：杨献珍(当时中共中央党校校长)哲学上的“合二而一”，孙冶方的经济学理论，翦伯赞古代史研究提出的“让步政策”，罗尔纲对太平天国李秀成的研究，周谷城的所谓“时代精神汇合论”。

③ 这两个“批示”当时没有公开发表。1966年《红旗》第9期重新发表毛泽东的《讲话》所加的按语(《无产阶级文化大革命的指南针》)中，首次在公开出版物披露这两个“批示”的具体内容。

最初从批判电影《北国江南》(阳翰笙编剧,沈浮导演)开始,扩展至《林家铺子》(夏衍编剧,水华导演)、《兵临城下》(白刃、林农编剧,林农导演)、《抓壮丁》(吴雪、陈戈等编剧,陈戈导演)、《逆风千里》(周万诚、方徨编剧,方徨导演)、《早春二月》(谢铁骊编剧、导演)、《舞台姐妹》(林谷、徐进、谢晋编剧,谢晋导演)、《不夜城》(柯灵编剧,汤晓丹导演)。“文革”期间,被列为批判对象的电影还有《燎原》《怒潮》《红河激浪》《洪湖赤卫队》《革命家庭》等。批判的核心问题之一,是对中共领导的革命的“歪曲”叙述,认为这些影片或为30年代的“机会主义路线”翻案,或为“党内走资本主义道路当权派”(指彭德怀、刘少奇、贺龙等)“树碑立传”。受到批判的小说有《三家巷》《苦斗》《赖大嫂》《陶渊明写〈挽歌〉》《广陵散》《杜子美还家》《在厂史以外》等。戏剧则有孟超的《李慧娘》,田汉的《谢瑶环》,夏衍作于30年代的《赛金花》。理论论著有廖沫沙的《有鬼无害论》,瞿白音的“创新独白”[①],夏衍的《电影论文集》[②],程季华的《中国电影发展史》[③]。而对邓拓的《燕山夜话》、吴南星(邓拓、吴晗、廖沫沙)的《三家村札记》和吴晗的《海瑞罢官》的批判,则与“文化大革命”的发动有直接关联。经过开展的批判运动,经过江青等对“京剧革命”的介入,和周扬等权势的旁落,文化革命激进派别在“文革”前夕,在文艺界已确立其主导地位。其标志是“部队文艺工作座谈会”的召开和座谈会纪要的制定[④]。《纪要》和另外一些文章、讲话[⑤],全面阐述了这一派别进行“文艺革命”的纲领和策略。《纪要》攻击“建国以来”的文艺界,“被一条与毛主

---

① 瞿白音(1910—1979),上海嘉定人,电影剧作家、评论家,30年代起从事左翼电影戏剧工作。翻译有斯坦尼斯拉夫斯基的《我的艺术生涯》。1962年6月在《电影艺术》杂志上发表《关于电影创新问题的独白》一文。

② 夏衍:《电影论文集》,北京:中国电影出版社,1963年。

③ 程季华主编:《中国电影发展史》,程季华、李少白、邢祖文编著,北京:中国电影出版社,1963年。

④ 1966年2月间,江青在林彪的支持下,在上海锦江饭店秘密召开有军队文化干部(总政治部副主任刘志坚、总政文化部部长谢镗忠、副部长陈亚丁等)参加的文艺座谈会。会后主要根据江青的多次谈话内容,由刘志坚、陈亚丁起草会议纪要。后经陈伯达、张春桥、姚文元加工、修改,又经毛泽东3次修改审阅后,以《林彪同志委托江青同志召开的部队文艺工作座谈会纪要》为题(简称《部队文艺工作座谈会纪要》或《纪要》),于1966年4月10日作为中共中央文件在中共党内高层发布。1966年4月18日,《解放军报》社论《高举毛泽东思想伟大红旗,积极参加社会主义文化大革命》,在没有提及座谈会和《纪要》的情况下,全面公布了《纪要》的观点。在略有改动之后,1967年5月29日《人民日报》等报刊公开刊登《纪要》全文。江青(1915—1991),山东诸城人,原名李云鹤,1929年春在济南入山东实验剧院,30年代在上海以蓝苹为艺名当过电影演员,1937年秋到延安,改名江青。50年代曾任中共中央宣传部电影处处长、文化部电影事业指导委员会委员等职。“文革”期间,担任中央文革小组重要成员。1976年10月被逮捕,后被判处死刑,缓期两年执行,1991年5月自杀身亡。

⑤ 这些讲话、文章是:江青《谈京剧革命》(1964年的讲话,1967年发表),姚文元《评反革命两面派周扬》(1967),上海革命人批判写作小组《鼓吹资产阶级文艺就是复辟资本主义》(1970),初澜《京剧革命十年》(1974)等。

席思想相对立的反党反社会主义的黑线专了我们的政,这条黑线就是资产阶级的文艺思想、现代修正主义的文艺思想和所谓三十年代文艺的结合"。它重申了毛泽东在"批示"中的判断,对50年代以来的文学现状做了这样的描述:"十几年来,真正歌颂工农兵的英雄人物,为工农兵服务的好的或者基本上好的作品也有,但是不多;不少是中间状态的作品;还有一批是反党反社会主义的毒草。"因此,要"坚决进行一场文化战线上的社会主义大革命,彻底搞掉这条黑线"。在对"旧文艺"批判的同时,《纪要》指出,要创造"开创人类历史新纪元的、最光辉灿烂的新文艺";作为这一实验,要"搞出好的样板"。这种"革命新文艺",题材上"要努力塑造工农兵的英雄人物,这是社会主义文艺的根本任务",艺术方法则"要采取革命现实主义和革命浪漫主义相结合的方法"。在依靠什么人来实现创建新文艺的问题上,《纪要》提出了"重新组织文艺队伍"。这包括"重新教育"那些"没有抵抗住资产阶级思想"侵蚀的"文艺干部",更指"工农兵"的加入:"工农兵在思想、文艺战线上的广泛的群众运动","无论内容和形式都划出了一个完全崭新的时代"。1967年初,经毛泽东审阅,姚文元署名的文章《评反革命两面派周扬》[①]发表,被作为"文艺黑线人物"和"资产阶级反动权威"点名的,除周扬外,还有胡风、冯雪峰、丁玲、艾青、秦兆阳、林默涵、田汉、夏衍、阳翰笙、齐燕铭、邵荃麟、茅盾、巴金、老舍、赵树理、曹禺等。

《纪要》表达的,是20世纪以来就存在的,主张经过不断选择、决裂,以走向理想形态的"一体化"的激进文化思潮。这种思潮的"当代形态"的特征,一是提出有关"革命",也有关文学的更纯粹的尺度,一是选择上的政治权力干预的"暴力"性质。根据阶级精神和文学形态的纯粹性标准,《纪要》开列了必须"破除迷信"的中外文学的名单,其中有"中外古典文学",有"十月革命后出现的一批比较优秀的苏联革命文艺作品",有中国的"30年代文艺"(指左翼文艺)。后来,一篇阐述这一派别理论主张的文章[②]更明确指出,"古的和洋的艺术,就其思想内容来说,是古代和外国的剥削阶级的政治愿望和思想感情的表现,是必须彻底批判和与之彻底决裂的东西,至于其中少数作品的艺术形式的某些方面,也是需要用毛泽东思想为武器来进行批判和改造,才能推陈出新,使它为创造无产阶级文艺服务"。这便有了"从《国际歌》到革命样板戏,这中间一百多年是一个空白","过去的十年,可以说是

---

① 刊于《红旗》1967年第1期。

② 上海革命大批判写作小组:《鼓吹资产阶级文艺就是复辟资本主义》,《红旗》1970年第4期。

无产阶级文艺的创业期”的论断[①]，同时，也出现了规模空前的文艺“经典”颠覆、重评的运动。

三　文学的存在方式

文学激进思潮的特征之一，是竭力削弱文学创作、活动与政治行动之间的界限。在“文革”中，政治观念、意图在文艺作品中的表达采用更直接的“转化”方式，即所谓“政治”的直接“美学化”。胡风、周扬等的文学思想中的“政治性—真实性—艺术性”，成为“政治—艺术”的结构。现代“左翼”文学对“现实主义”的信仰，他们用来调整政治与艺术紧张关系的“真实性”，已从这一结构中“拆除”。同时，作品的接受行为，也更明确地被赋予政治的意义。也就是说，文本的生产、传播、批评，就是一种“政治行为”。“文革”前夕对小说《保卫延安》《刘志丹》和新编历史剧《海瑞罢官》的评论是著名的实例。这些作品，既被看作文学文本，也被看作政治文本。在破除文学生产、文学文本的“独立性”和“自足性”，而将文学生产、传播、批评纳入国家政治运作轨道上，“文革”有了相当全面的实现。因此，在“文革”结束后，电影《春苗》《盛大的节日》《反击》等被称为“阴谋文艺”，而“天安门诗歌”的意义则是“突破了文艺的范围，直接成了一场惊心动魄的革命政治运动”——否定和肯定，都显示了它们与政治直接关联的性质。

大多数作家、艺术家在“文革”期间被“边缘化”，许多受到程度不同的迫害。许多人失去写作权利，在不同范围受到“批斗”，遭受人身污辱，有的被拘禁、劳改。一些作家因此失去生命[②]。作家的这种遭遇，是1966年提出的“横扫牛鬼蛇神”的大规模政治迫害运动的组成部分。由于“文革”激进派别指控“十七年”文艺界为“黑线专政”，大多数作家被看作“黑线人物”“反动文人”；作家、知识分子又是要彻底破除的“旧文化”的主要传承者，这加剧了迫害的广泛性和严重程度。“文革”期间，作品发表受到严格控制。

---

① 前一句出自张春桥，他还说，“江青亲自培育的革命样板戏，开创了无产阶级文艺的新纪元”（谢铁骊、钱江、谢逢松：《“四人帮”是摧残革命文艺的刽子手》，《人民日报》1976年11月10日）。后一句见初澜《京剧革命十年》（《红旗》1974年第7期）。另外，江青1976年1月21日对中国艺术团的讲话中也说，“无产阶级从巴黎公社以来，都没有解决自己的文艺方向问题。自从六四年我们搞了样板戏，这个问题才解决了”。

② 1979年10月第四次全国文代会上宣读的《为林彪、“四人帮”迫害逝世和身后遭受诬陷的作家、艺术家致哀》中，列举的知名作家、艺术家计有二百人。他们中的作家有邓拓、叶以群、老舍、傅雷、周作人、司马文森、杨朔、丽尼、李广田、田汉、吴晗、赵树理、萧也牧、闻捷、邵荃麟、侯金镜、王任叔（巴人）、魏金枝、丰子恺、孟超等。

特别是“十七年”作家,他们需要重新取得资格。“文革”开始的最初几年里,除极个别作家(郭沫若、浩然、韩笑,以及工农作家胡万春、唐克新、仇学宝、李学鳌、郑成义)有这种可能外,大部分都失去这一权利。1972 年以后,可以发表作品的人数有所增加[①],个别“十七年”期间出版的作品和理论著作,在经过审查后,也获准重新印行[②]。“文革”后期,也涌现了一批新的作者,他们的写作当然遵循着激进的思想艺术规范。不过,他们此时的写作实践,在经历“文革”后写作路向的转换之后,成为推动“新时期文学”力量的组成部分[③]。

从 1966 年 7 月开始,全国的文学刊物相继停刊,这包括由中国作协和上海作协分会等主办的几份最有影响的刊物:《文艺报》《人民文学》《诗刊》《收获》《世界文学》《上海文学》《文学评论》等。“文革”初期唯一继续出版的文学刊物《解放军文艺》,在 1968 年底也停刊。1972 年前后,《解放军文艺》和许多省市的文学刊物陆续复刊,但《诗刊》《人民文学》《文艺报》《上海文学》《文学评论》《收获》等则迟至 1976 年,或 1976 年以后才得以恢复。[④] 1974 年 1 月在上海创办了文学月刊《朝霞》,出版“朝霞文艺丛刊”,登载诗、小说、散文和评论,是“文革”中表达激进派文学主张和创作实践的刊物。这期间,上海出版的理论刊物《学习与批判》,也常刊登文学批评性质的文字。

文学批评最流行的方法是组织写作小组,这显示了发言的阶级、政治集团性质(非个人性),以加强其权威地位。这一近代以来报刊撰写时评、社论的方式,在“文革”中得到普遍推广。“文革”前后以姚文元[⑤]名义发表的一些长篇文章,如《评新编历史剧〈海瑞罢官〉》《评“三家村”》《评反革命两面派周

---

① “文革”后期,陆续发表作品的“十七年”作家有:李瑛、贺敬之、顾工、草明、张永枚、玛拉沁夫、茹志鹃、臧克家、草明、姚雪垠、李希凡、鲁彦周、黄宗英等。

② 如魏巍的《谁是最可爱的人》,刘大杰的《中国文学发展史(第一册)》,贺敬之的《放歌集》,张永枚的诗等。这些重版的著作,大多做了响应当时的政治时势的修改。

③ 在“文革”后期涌现的作者有莫应丰、张长弓、梅绍静、王小鹰、谌容、蒋子龙、刘心武、郑万隆、陈建功、张抗抗、梁晓声、雷抒雁、张炜、路遥、陈忠实、贾平凹、韩少功、朱苏进、李存葆、理由、陆星儿、陈国凯、余秋雨、古华、周克芹等。

④ 《人民文学》《诗刊》于 1976 年 1 月复刊,《文艺报》迟至 1978 年 7 月才复刊,《世界文学》1978 年 10 月复刊,《收获》1979 年 1 月复刊。

⑤ 姚文元(1931—2005),浙江诸暨人,大学毕业后在上海从事文化宣传工作,1948 年加入中国共产党,先后任职于中国作家协会、上海市卢湾区团工委、中共上海卢湾区委宣传部、上海《解放日报》和中共上海市委政策研究室。“文革”期间,任中共中央文化革命领导小组成员,1976 年 10 月被逮捕,后被判处有期徒刑 20 年。论著有《论文学上的修正主义思潮》《鲁迅——中国文化革命的巨人》《文艺思想论争集》《在前进的道路上》《评新编历史剧〈海瑞罢官〉》《评反革命两面派周扬》《论林彪反党集团的社会基础》等。杂文集有《细流集》《在革命的烈火中》《冲霄集》等。

扬》等，都由主要设在上海的写作小组撰写。最重要的文学批评文章的写作，由江青、姚文元、张春桥等所直接控制的“写作班子”承担，署名通常是“初澜”或“江天”。上海的各级“写作班子”的文章，有直接署“上海大革命批判写作小组”的，有时候则根据写作人员的构成和文章内容的区别，而分别使用“丁学雷”“方泽生”“罗思鼎”“任犊”“方耘”“常峰”“方岩梁”“石一歌”等集体笔名。“文革”后期成立的，由江青等控制的“北京大学、清华大学写作组”（有的文章署名“梁效”），有时也写作与文艺有关的文章。当时著名的“写作班子”，还有北京的“辛文彤”“洪广思”等。

诗、散文、小说的发表仍以个人署名方式为主，但是，集体创作作为一种方向得到鼓励和提倡，尤其是大型的戏剧、长篇小说等体裁。1958 年，“集体创作”就作为一项显示“共产主义思想”的事物加以提倡，《文艺报》还发表过《集体创作好处多》的专论[①]。集体创作的方式有多样，其中的一种是“三结合”创作小组[②]。当时一部分有影响的作品，就标明是以“集体写作”方式实现的。如《牛田洋》（署名南哨）、《桐柏英雄》（集体创作，前涉执笔）、《虹南作战史》（上海县《虹南作战史》写作组）、《理想之歌》（北京大学中文系七二级创作班工农兵学员）等。“三结合”创作被认为是“文艺战线上的一个新生事物”，具有“巨大的生命力和深远的影响”。列举的理由包括“有利于党对文艺工作的领导”“是造就大批无产阶级文艺战士的好方式”，以及“为破除创作私有等资产阶级思想提供了有利条件”。关于后面这一点，当时的阐释是：“由于工农兵业余作者的参加，他们也把无产阶级的生产方式和先进思想带进了创作集体”，文艺创作“就像他们在生产某一机件时一样，决没有想到这是我个人的产品，因而要求在产品上刻上自己的名字”。[③]

“文革”开始一段时间，与域外的文化交流几乎处于停顿状态。少量的文化交流（文化团体的访问、演出，文学作品的翻译、出版），主要出于政治意识形态的考虑。公共图书馆中的外国文学书刊，大部分已被封存停止借阅。对外国哲学、文学艺术等的译介工作，也基本上陷于停顿状态。1972 年以

---

① 作者张光年，署名华夫，《文艺报》1958 年第 22 期。

② “三结合”指党的领导、工农兵群众和专业文艺工作者结合。“文革”期间，这种写作小组的组织，一般是抽调文化水平较高的工人（或农民，或士兵），短期或长期脱产，由部门的文化宣传干部组织，再加上一些作家（或文艺报刊编辑、大学文学教师）组成。他们通常会先学习毛泽东著作和有关政治文件，以确定写作的“主题”，然后根据所要表达的“主题”，来设计人物、情节、表现方式。“工农群众”的写作者中，也会有具较强写作能力的，但在大多数情况下，“专家”在最后的定稿上要起到关键性的作用。

③ 周天：《文艺战线上的一个新生事物——三结合创作》，《朝霞》1975 年第 12 期。

后,外国文学的翻译、出版才在极有限的范围里进行[①]。不过,继续五六十年代出版供参考、批判的"内部发行"的出版物的做法,"文革"后期文学"内部出版物"也有一定数量,包括在上海出版的刊物《摘译》[②]。当然,翻译和出版的总体停顿的状况,并不意味着完全切断读者与中外古典和现代文学沟通的渠道。公共图书馆中被封存的一些书刊流向"民间",私人藏书在这时也发挥了重要作用。五六十年代"内部发行"的,供高级干部和相关领域的有一定级别的研究者阅读的外国哲学、社会科学和文学艺术著作,有一部分也在一部分知识分子和知识青年中流传。[③]

---

① 开始有翻译作品出版的1972年到"文革"结束,公开出版的文学译作不过二三十种。部分是组织"三结合"翻译小组对已有译本的新译,如《钢铁是怎样炼成的》(当代通行梅益译本,"文革"期间,人民文学出版社出版由黑龙江大学俄语系翻译组、俄语系72级工农兵学员合译的译本)、《青年近卫军》(当代通行水夫译本,"文革"间出版4800部队某部理论组、北大俄语系苏联文学组的合译本)等。基于外交政策和政治意识形态的考虑,在此期间主要翻译亚非拉(越南、老挝、柬埔寨、莫桑比克、巴勒斯坦、阿尔巴尼亚、朝鲜等国家、地区)作家表现反对帝国主义、殖民主义,争取民族独立的当代作家作品。"文革"期间公开出版的苏联和"资本主义国家"文学译作不多,只有高尔基、小林多喜二的一些作品,和《铁流》《青年近卫军》《毁灭》《钢铁是怎样炼成的》等作品。

② "文革"后期,上海的《朝霞》月刊开设"苏修文学批判"栏目,刊登一些苏联当代作品和对它们的批判文章。上海和北京的出版社"内部发行"的外国文学译作有五十多种。1973年11月,上海出版内部刊物《摘译》,到1976年底停刊之前共出31期,翻译、介绍多种苏、美、日等国的当代作品。编者称,《摘译》不是为了"单纯的阅读","甚至为了'欣赏'"的,而是"通过文艺揭示苏、美、日等国的社会思想、政治和经济状况,为反帝反修和批判资产阶级提供材料",是"只供有关部门和专业单位参考的内部刊物"(《摘译》编译组:《答读者——关于〈摘译〉的编译方针》,1976年第1期)。译作之前有署名"常峰""任一评""任犊"等的批判文章或"译者说明"。

③ 50年代末到60年代初,上海人民出版社曾翻译出版了近百种国外(主要是西方)的哲学社会科学著作,其中一部分以"内部发行"的方式出版。如杜威的《确定性的寻求》《人的问题》,胡克的《历史中的英雄》《理性、社会神话和民主》《自由的矛盾情况》,莫里斯的《开放的自我》,阿克顿的《时代的幻觉》,罗素的《社会改造原理》等。该社在1964年至1966年间,还出版了近二十辑的"资产阶级哲学资料选辑",共二十五辑的"苏联哲学资料选辑"。北京的商务印书馆在60年代初也印行了许多"内部发行"的西方哲学社会科学译著。如罗素的《心的分析》《人类有前途吗?》,让·华尔的《存在主义简史》,卢卡奇的《存在主义还是马克思主义?》,斯宾格勒的《西方的没落》,M.玻恩的《我这一代的物理学》,柏格森的《形而上学导言》,加罗蒂的《人的远景——存在主义,天主教思想,马克思主义》,萨特尔的《辩证理性批判》(第一卷),M.怀特的《分析的时代——二十世纪的哲学家》,杜威的《自由与文化》《经验与自然》,宾克莱的《理想的冲突——西方社会中变化着的价值观念》等。商务印书馆这期间还出版了由洪谦主编的《现代西方资产阶级哲学论著选辑》,和由中国科学院哲学研究所编的《现代外国资产阶级哲学资料选辑》的《存在主义哲学》和《现代美国哲学》。人民文学出版社和作家出版社这期间出版的"内部发行"书籍,主要有:《现代文艺理论译丛》(1—6辑),《现代英美资产阶级文艺理论文选》(上、下),《苏联一些批评家、作家论艺术革新与"自我表现"问题》,艾德蒙·斯蒂尔曼编的《苦果——铁幕后知识分子的起义》,贝克特的《等待戈多》,克茹亚克的《在路上》,塞林格的《麦田里的守望者》,苏联"第四代作家"叶夫杜申科、阿克肖诺夫等的诗、小说等。

四　“文革文学”的特征

如果“文革文学”是指这一期间产生的文学作品，那么，它包含了很不相同的部分；既指在公开出版物上发表的作品，也指秘密或半秘密状态的创作（对于后者，有的研究者使用了“地下文学”的概念）。但如果“文革文学”是指称一种具有特定性质、形态的文学，则它大体上是指公开出版物的创作，即由文艺激进派别所提倡、扶持的作品。

“文革”期间公开发表的文学作品，基本上遵循着文学激进派所确立的创作原则和方法。它们和五六十年代的“主流创作”，在文学观念和艺术方法上并不存在清晰的界限。事实上，“文革”期间被称为“样板”的作品，许多是对五六十年代或延安时期作品的改编或移植。“文革”公开发表的小说、诗、戏剧，其艺术经验，也主要来自五六十年代的“主流文学”。但是，与五六十年代比较，“文革文学”也出现重要变化，形成其特定的属性。如前面已经提到的政治的直接“美学化”。在“真实性”问题上，中国当代作家对“感觉怎样”“应该怎样”和“实际怎样”之间的矛盾的困惑[1]，在这时已变成对“应该怎样”（政治意识形态要求）的不容置疑的认定。这种文学观念，合乎逻辑地导致文学创作的观念论证式的结构。文学写作的“思维过程”被确定为这样的公式：“表象（事物的直接映象）——概念（思想）——表象（新创造的形象），也就是个别（众多的）——一般——典型。”[2]创作和阅读过程中的“形象思维”、直觉、体验等，被看成“神秘主义”加以拒绝和清除。这一公式通向那种更具教谕性的创作。对“革命浪漫主义”的强调，在修辞方式上，表现为象征方法的广泛运用。意义指向确定的“公共”（而非个人性体验）象征，取代了生活细节具体的描述。“比普通的实际生活更高，更强烈，更有集中性，更典型，更理想”的“典型化”的方法，对于表达政治意图，虚构由“革命”所激发的浪漫想象，显然是一种更有效的手段。

“十七年”既然被攻击为“文艺黑线专政”，这个时期的理论、创作也大多受到否定。其实，“十七年”创作、批评提出、依循的命题、规定，在“文革”中并没有被整体推翻；“文革文学”更改的是这些命题、规定内部的结构关系。

---

① 在五六十年代，茅盾、曹禺、周扬、邵荃麟等在讲话或文章中都讨论过如何“正确处理”这三者的关系。

② 郑季翘：《文艺领域里必须坚持马克思主义的认识论——对形象思维论的批判》，《红旗》1966年第5期。

题材的等级意义是早就存在了的,“文革文学”明确了“社会主义建设和斗争”和中共领导的革命的绝对地位。创造新人形象(在不同时期和场合,可以替代的概念有“正面人物”“先进人物”“英雄人物”“工农兵英雄形象”等)作为“中心”或“根本”的任务,也是50年代初或更早(延安时期)就已提出,成为创作和批评的重要“原则”[①]。但在“文革文学”中,这一“根本任务”[②],则成为有严格规定的、不得稍有违反的“律令”。一方面,所有的作品必须主要表现英雄人物,英雄人物在作品中又必须居于中心的、绝对支配的地位;另一方面,塑造的英雄人物必须高大完美,不允许有什么思想性格的弱点。因而,提出了“三突出”的(涉及结构方法、人物安排规则)的“创作原则”[③],作为实现这一“根本任务”的“有力保证”。这一创作规则,在很大程度上是“中世纪”式的,是企图严格维护舞台上的,也是社会政治上的等级结构。

“文革”期间,戏剧在文艺诸样式中居于中心地位[④]。戏剧既是选择来进行政治斗争的“突破口”(对《海瑞罢官》《李慧娘》的批判),也是用来开创“无产阶级文艺新纪元”的“样板”的主要样式。在50年代,“五四”新文学中小说的中心位置得到继续。小说的艺术观念、艺术方法对诗、散文有明显的渗透。诗的叙事化、情节化,要求诗、散文、戏剧也承担“反映”社会生活“各条战线”的任务,以及运用诸如“真实反映”“典型”“人物形象”等小说批评术语

---

① 1953年3月,周扬在全国第一届电影剧作会议上,就学习社会主义现实主义问题做的报告中说,创造先进人物的典型去培养人民的高尚品质,“应该成为我们的电影创作的以及一切文艺创作最根本的最中心的任务。社会主义现实主义向我们提出什么要求?就是创造先进人物的形象”。《周扬文集》第二卷,北京:人民文学出版社,1985年,第197页。

② 江青1964年7月在京剧现代戏观摩演出大会的座谈会上的讲话(几年后发表时名为《谈京剧革命》)中说,塑造出工农兵形象,塑造出革命英雄形象,是社会主义文艺的“主要任务”或“首要的任务”。《部队文艺工作座谈会纪要》中说,“要努力塑造工农兵的英雄人物,这是社会主义文艺的根本任务”。

③ 于会泳(作曲家,山东乳县人,1926年出生,50年代上海音乐学院毕业后留校任教。担任“样板戏”《智取威虎山》的作曲。1975—1976年间任国家文化部部长,1977年在羁押审查期间自杀身亡)在《让文艺舞台永远成为宣传毛泽东思想的阵地》(《文汇报》1968年5月23日)中说到,“根据江青指示”,提出“在所有人物中突出正面人物来;在正面人物中突出主要英雄人物来;在主要英雄人物中突出中心人物来”的“三突出”创作原则。这一“原则”后来由姚文元改定为“在所有人物中突出正面人物;在正面人物中突出英雄人物;在英雄人物中突出主要英雄人物”。见上海京剧团《智取威虎山》剧组:《努力塑造无产阶级英雄人物的光辉形象——对塑造杨子荣等英雄形象的一些体会》,《红旗》1969年第11期。

④ 在不同时期,或不同文艺流派那里,“体裁”(“样式”)具有不同价值等级。卡冈在《艺术形态学》中指出,在中世纪,戏剧具有最高的价值;文艺复兴时代,“造型艺术具有最高价值”;到了17世纪,“诗歌是艺术的理想形式”:17世纪,认为绘画应该以诗为典范,“法国艺术院成员特斯特朗曾广为宣传西摩尼德斯的公式:‘绘画是画家的无声的诗和演说’,甚至号召画家仿效诗剧的……三一律规则”。(莫·卡冈:《艺术形态学》,凌继尧、金亚娜译,北京:生活·读书·新知三联书店,1986年,第40页)中国当代文学中,小说自然居“中心”位置,但是戏剧的“影响”却相当巨大,并在某些时候处于“中心”位置。这是一个强调“理性化”、强调矛盾冲突的历史时代的产物。

来品评诗和散文，都说明了这一点。不过，从50年代后期，特别是1963年开始，戏剧的重要性得到强调。这是“左翼”文艺重视戏剧、电影这一“传统”的延伸。“革命运动”的群众参与和“革命”的“狂欢”式的特征，都提升了这种与群众娱乐联系紧密的样式的地位。戏剧对其他文学样式在结构上产生的影响，主要表现为诗、小说、散文的“场景化”。矛盾的若干线索的安排，开端、发展、高潮、解决的情节方式，戏剧冲突的设置和结构，几乎成为文学创作的通用构思方式。小说中的人物，也大多“角色化”（在冲突中有确定的地位和明确的性格特征），人物间也安排着戏剧台词式的对白。文学样式向戏剧的这种靠拢，无疑有助于在文学文本中表达这样的世界观：一个可以截然划分为对立两极的世界（包括社会力量、家庭关系、情感世界和心理内容），需要开展对立的斗争来解决其中的矛盾，来改变或巩固以“意识形态”作为划分标准的社会结构。

第十四章

重新构造“经典”

一　创造“样板”的实验

对文学“经典”的大规模颠覆，导致在“文革”中出现一个几乎是“无经典”的文学时期[①]。这种大规模颠覆、批判，是文化激进派的“开创人类历史新纪元的、最光辉灿烂的新文艺”的行动的一部分。他们使用了“样板”这一富于“大众化”意味的词，来替代诸如“经典”“范本”等概念；其中似乎包含明显的可供模仿、复制的含义[②]。在《部队文艺工作座谈会纪要》中，政府和军队的“领导人”组织力量，“搞出好的样板”，被作为一项战略任务提出；说“有了这样的样板，有了这方面成功的经验，才有说服力，才能巩固地占领阵地，才能打掉反动派的棍子”。

创造“样板”的活动，在60年代初就已开始。1963年江青利用她的特殊身份和权力，要文化部和北京的中国京剧院、北京京剧团改编、移植沪剧剧目《红灯记》(上海爱华沪剧团)和《芦荡火种》(上海沪剧院)。1964年6—7月，全国的京剧现代戏观摩演出大会在北京举行。文化部直属单位和来自18个省、市、自治区的共29个京剧团演出了35台“现代戏”(指表现现代生活的戏曲剧目)。除了《红灯记》和《芦荡火种》(后根据毛泽东的意见，改名《沙家浜》)外，还有《奇袭白虎团》(山东省京剧团)、《智取威虎山》(上海演

---

① 毛泽东的诗词，被笼统提及和重新加以阐释的鲁迅作品，以及巴黎公社鲍狄埃等的“无产阶级诗歌”，是不多的例外。

② 可“复制化”，是“文革”激进文艺的一个“大众文化”性质的特征。“样板”式的戏剧(“样板戏”)、绘画(如《毛主席去安源》)、歌曲(大量“语录歌”、《大海航行靠舵手》流行歌曲)、雕塑(《收租院》)等都进行大量复制以达到在大众中的“普及”。这种复制，采用移植、改编、照搬、仿制等方式。

出团)、《杜鹃山》(宁夏回族自治区京剧团、北京京剧团)、《红色娘子军》(中国京剧院四团),以及《苗岭风雷》《节振国》《黛诺》等。在这次会演的前后,除了《红灯记》《沙家浜》以外,江青等还不同程度地参与了京剧《智取威虎山》《海港》《奇袭白虎团》,芭蕾舞剧《白毛女》《红色娘子军》,和交响音乐《沙家浜》的创作、修改、排练。另外,张春桥等在《海港》等剧的创作、排演上也有许多干预。到了1967年,三年前的这场京剧现代戏的观摩、演出被称为“京剧革命”,赋予它以“无产阶级文化大革命的伟大开端”的意义。《红旗》杂志在第6期上,把江青1964年7月在京剧现代戏观摩演出人员的座谈会上的讲话冠以《谈京剧革命》的题目发表,并同期刊出《欢呼京剧革命的伟大胜利》的社论。社论称江青的这次讲话,“是运用马克思列宁主义、毛泽东思想解决京剧革命问题的一个重要文件”。社论首先正式使用了“样板戏”的说法,说《智取威虎山》等京剧样板戏,“不仅是京剧的优秀样板,而且是无产阶级文艺的优秀样板”。1967年5月北京、上海的纪念《讲话》发表25周年的活动中,当时为“中央文化革命小组”成员的陈伯达、姚文元,对“京剧革命”“样板戏”的意义,以及江青在“京剧革命”中的地位和作用做出极高评价[①]。随后,《人民日报》社论《革命文艺的优秀样板》[②],第一次开列了“八个革命样板戏”的名单:京剧《红灯记》《智取威虎山》《海港》《沙家浜》《奇袭白虎团》,芭蕾舞剧《红色娘子军》《白毛女》,交响音乐《沙家浜》。社论和这些讲话,确立了“文革”中对这一事件的叙述方式和评价基调。

第一批“八个样板戏”宣布之后,制作“样板”的“工程”继续推进。一方面,按照江青的“十年磨一剑”的要求,原有的剧目仍不断进行“打磨”,1972年前后,这些剧目相继出现新的演出本;与此同时,又有一批剧目被列入“革命样板戏”的名单之中,它们是钢琴伴唱《红灯记》,钢琴协奏曲《黄河》,京剧《龙江颂》《红色娘子军》《平原作战》《杜鹃山》,舞剧《沂蒙颂》《草原儿女》,交响音乐《智取威虎山》。这样,在1974年,便宣称“无产阶级培育的革命样板戏,现在已有十六七个了”[③]。但不可否认的事实是,新的“样板”的质量,大多已无法维持最初时的水准,而“样板”制作不可避免的标准化、模式化问题也更加尖锐地浮现出来。

---

① 陈伯达、姚文元称江青“一贯坚持和保卫毛主席的文艺革命路线”,“是打头阵的”,“成为文艺革命披荆斩棘的人”;“所领导和发动的京剧革命、其他表演艺术的革命,攻克了资产阶级、封建阶级反动文艺的最顽固的堡垒,创造了一批崭新的革命京剧、革命芭蕾舞剧、革命交响音乐,为文艺革命树立了光辉的样板”。陈伯达、姚文元的讲话,分别见1967年5月24、25日《人民日报》,以及5月25日《解放军报》。

② 载1967年5月31日《人民日报》。

③ 初澜:《京剧革命十年》,《红旗》1974年第7期。

“样板戏”的演出在1970年达到了高潮。但演出主要是在北京、上海这样的大城市里,这显然是很大的局限。于是,决定开展普及“样板戏”的运动。具体措施包括:一、组织“样板团”(培育“样板戏”的剧团,如中国京剧院、北京京剧四团、上海京剧团、上海芭蕾舞团等)到外省巡回演出。除了外地城市的剧场之外,还到工厂车间、农村地头。据报道,演出结束后,观众和演员会一起虔诚而热烈地高唱《大海航行靠舵手》等“革命歌曲”,达到政治宣教与艺术观赏的交融。二、组织各地剧团来北京学习“革命样板戏”。这种“学习班”长年持续开办。除了原剧种的“照搬”(“照搬”而“不走样”,是当时对学习“样板戏”所提出的要求)外,又提倡不同剧种(河北梆子、评剧、湖南花鼓戏、粤剧、淮剧等二十多个剧种)、语言(如维吾尔语等少数民族语言)的移植。但各地的剧团的财力、物力,以及表演、导演的水准,无法与“样板团”相提并论,因而这种“普及”,也会冒损害“样板戏”在公众中的“经典”地位的危险。三、于是,觉得较为可靠的方法,是利用电影的手段,以忠实地“复制”(江青提出的是“还原舞台,高于舞台”)来达到“普及”的目的。四、大量出版有关“样板戏”的书刊[①],以使各地在“复制”、移植时做到对“样板”的忠实。

“京剧革命”和“样板戏”的权威地位主要由国家政治权力保证,它的存在,加强了推动这一“革命”的激进派的地位,意味着这一派别对文艺“经典”创造权和阐释权的绝对垄断。大量的由各“样板团”或专门的写作班子撰写的文章,总结了“样板戏”的规律和经验,成为所有的文艺创作必须遵循的规则。而任何对“样板戏”的地位和具体创作问题的怀疑、批评,都会被当作“破坏革命样板戏”的阶级敌对活动,在“保卫文化革命成果”的名目下给予打击。“样板戏”的创作经验,还被要求推广到包括小说、诗、歌曲、绘画等各种文艺样式的创作中去。到了1974年的“京剧革命”十年之后,创造“样板”的实验事实上已出现难以为继的危机,公众对“文化革命”,对“样板戏”的热情已大大减退,企图以精心构造的“样板”来带动文艺创作的繁荣,看来难以实现。在这样的事实面前,下述的有关胜利宣告,便透露出了“反讽”的意味:“以京剧革命为开端,以革命样板戏为标志的无产阶级文艺革命,经过十年奋战,取得了伟大胜利”;“无产阶级有了自己的样板作品,有了自己的创

---

① “样板戏”书籍包括普及本、综合本、五线谱总谱本、主旋律曲谱本和画册等。在综合本中,不仅有剧本、剧照、主旋律曲谱,还有舞蹈动作说明、舞台美术设计、人物造型图、舞台平面图、布景制作图、灯光配置说明。据统计,1970—1975年,人民出版社、人民文学出版社、人民音乐出版社和上海人民出版社出版的“样板戏”书刊,累计印数达三千二百多万册,各省的加印不包括在内。

作经验，有了自己的文艺队伍，这就为无产阶级文艺事业打下了坚实的基础，开辟了广阔的道路。”[①]

二　“革命样板戏”

“样板戏”的创作，在“文革”期间，被描述为与“旧文艺”决裂的产物，强调它们开创“文艺新纪元”的意义。在事实上，这些作品与激进派所批判的“旧文艺”之间的关联，是显而易见的。从题材来源和艺术经验上说，除个别外（如《海港》），大多数剧目在被纳入“样板”制作过程时，都已具有一定的基础，在某种意义上说，“样板戏”是对已有剧目的修改或移植。《红灯记》和《沙家浜》移植自沪剧。《智取威虎山》改编自小说《林海雪原》；在这之前，这部当时的“畅销书”小说已改编为电影和其他的艺术样式。《红色娘子军》的电影 1960 年问世就获得很高的声誉。40 年代初创作的《白毛女》，在很长时间里被认为是中国新歌剧的典范之作。另外，《杜鹃山》改编自 60 年代初上演的同名话剧（王树元编剧），而作为《平原作战》创作蓝本的电影《平原游击队》，完成于 1955 年。“样板戏”的策划者虽然明白“抓创作”的重要，但也明白“短时间内，京剧要想直接创作出剧本来还很难”[②]，因而，“移植”（借助已达到相当水平的成果）成为“样板”创造的最主要途径。至于参加“样板戏”创作的编剧、导演、演员、音乐唱腔、舞蹈、舞台美术设计等人员，均是全国该领域训练有素、经验丰富的优秀者。[③] 他们拥有的艺术经验，使“样板”的创作与艺术传统有着紧密的联系。在“样板戏”的创作过程中，也并不拒绝对传统艺术的吸取和利用。挑选京剧、芭蕾舞和交响乐作为“文艺革命”的“突破口”，按江青等的解释，这些艺术部门是封建、资本主义文艺的“顽固堡垒”，这些“堡垒”的攻克，意味着其他领域的“革命”更是完全可能的。但事情又很可能是，京剧等所积累的成熟的，为大众所“喜闻乐见”的艺术经验，使“样板”的创造不致空无依傍，也增强了“大众”认可的程度。在创作和排练的过程中，江青等会让在“文革”中被“打倒”的老艺术家为“样板戏”的

---

① 初澜：《京剧革命十年》，《红旗》1974 年第 7 期。

② 江青：《谈京剧革命》，《红旗》1967 年第 6 期。

③ 先后参加过“样板戏”创作、演出的著名艺术家有：作家翁偶虹、汪曾祺，导演阿甲，琴师李慕良，京剧演员杜近芳、李少春、袁世海、赵燕侠、周和桐、马长礼、刘长瑜、高玉倩、童祥苓、李鸣盛、李丽芳、谭元寿、钱浩梁（浩亮）、杨春霞、方荣翔、冯志孝，作曲家于会泳，芭蕾舞演员白淑湘、薛菁华、刘庆棠，钢琴家殷承宗等。在拍摄“样板戏”的电影时，又集中了一批著名导演、摄影师、美工师，如谢铁骊、成荫、李文化、钱江、石少华等。

演员示范，也会拿出被宣布为“封、资、修”的作品供学习，以提高无产阶级文艺“样板”的质量。[1] 芭蕾舞剧《红色娘子军》《白毛女》与《天鹅湖》等经典剧目在艺术结构、舞蹈编排上的联系，更是显而易见。因而，在“文革”中，关于“样板戏”等创作与过去文艺（包括中国大陆“十七年”文艺）的“决裂”的强调，包含着策略上的考虑。

但是，作为“文艺新纪元”标志的“样板戏”，也不是没有显示这种“新纪元”的特征。这些特征的生成，为当时社会、文艺思潮的状况所制约。从具体过程上说，则与江青等从 1964 年以后，在这些剧目的修改、演出上直接“介入”，并把“样板戏”的创作、演出，作为“运动”展开有关。江青对早期八个“样板戏”的创作、排练，都有过大量的必须不折不扣地执行的“指示”，它们涉及剧名、人物安排、主要情节、细节、台词、表演动作、化妆、服装、舞台美术、灯光、音乐唱腔、舞蹈编排。[2] 这些“指示”的实施，改变了它们的总体面貌。“样板戏”最主要的特征，是文化生产与政治权力的关系。在 30 年代初的苏区和 40 年代的延安等“根据地”，文艺就被作为政治权力机构实施社会变革、建立新的意义体系的重要手段，并建立相应的组织、制约文艺生产的体制。政治权力机构与文艺生产的这种关系，在“样板戏”时期表现得更为直接和严密。作家、艺术家那种个性化的意义生产者的角色认定和自我想象，被全面颠覆，文艺生产被纳入政治运作之中。“样板戏”的意义结构和艺术形态，则表现为政治乌托邦想象与大众艺术形式的结合。“样板戏”选取的，大都是有很高知名度、已在大众中流传的文本。在朝着“样板”方向的制作过程中，一方面，删削、改动那些有可能模糊政治伦理观念的“纯粹性”的部分；另一方面，极大地利用了传统文艺样式（主要是京剧、舞剧）的程式化特征，在人物和人物关系的设计中，将观念符号化。不过，这一设计的实施在不同剧目那里存在许多差异。一些作品更典型地体现了政治观念的图解式的特征（如京剧《海港》），另一些由于其文化构成的复杂性，使作品的意义和艺术形态呈现多层、含混的状况（如京剧《红灯记》《沙家浜》《智取威虎山》，舞剧《白毛女》《红色娘子军》）——而这正是在政治意识形态发生变化

---

[1] 在排练《红灯记》等剧目时，江青要人把已被宣布为“反动权威”的京剧演员张世麟秘密从天津“拉”到北京：给剧组表演如何走碎步，以提高李玉和的扮演者表演受刑后的动作的“艺术美”。拍摄“样板戏”的电影时，也多次放映美国的《网》《鸽子号》等影片，以提高参加拍摄的艺术家的“魄力”和对技巧的钻研。

[2] 从 1964 年 5 月到 7 月，江青共观看京剧《红灯记》的 5 次彩排，1965 年到 1966 年，也多次观看《智取威虎山》的彩排和演出。对这些剧目，各提出多达一百几十条的或大或小的修改意见。

的时空下,这些剧目尚能获得某种“审美魅力”的原因①。文化人在创作中的重要地位,对民间文艺形式的借重,以及从“宣传效果”上考虑的对传奇性、观赏性的追求,都使文艺革命激进派的“纯洁性”的企求难以彻底实现。正统叙述之外的话语系统的存在这一事实,“既暗示了另类生活方式”,也承续了激进派所要否定的文化传统,而使某些“革命样板戏”在构成上具有“含混暧昧”的特征。②

三　小说“样板”的难题

“文革”期间,确立为“样板”的主要是京剧、舞剧等艺术形式,而在培育文学各样式(诗、小说)的“样板”上似乎遇到了难题。比起戏剧等来,小说、诗的创作更具“个人性”,也不存在某种相对稳定的可依凭的“模式”,接受上也与观赏戏剧的集体性有很大的差异。这使得确立“样板”的工作难以奏效。

“文革”前夕,金敬迈的长篇小说《欧阳海之歌》③,曾被当时的文学界当作“样板”看待。这部长篇小说写的是发生于当时的一个真实事件:在一次军事训练中,一名年仅 23 岁的士兵,为了保护列车,拦住冲上铁道的惊马而殉职。小说以真实和虚构结合的手段写他的成长史。新旧社会的对比,毛泽东思想在现代英雄成长过程中的决定性意义,主人公为达到灵魂纯洁的“自虐”色彩的思想净化过程,以及夸张的政治感伤文笔,这种种因素都切合当时的“时代潮流”而受到超乎想象的赞扬④。郭沫若为这部小说 1966 年人文版题写书名,并使用极端词语称它“是毛泽东时代的英雄史诗,是无产阶级革命的凯歌,是文艺界树立起来的一面大红旗,而且是延安文艺座谈会以

---

① 90 年代初以来,某些“样板戏”,如京剧《沙家浜》《红灯记》《智取威虎山》,舞剧《白毛女》《红色娘子军》,钢琴协奏曲《黄河》等,以及某些唱段,仍不断出现在舞台、电视上,受到一些观众的欢迎。自然,有些剧目已做了某些修改,另外,观众的接受心理、方式也发生重要变化。

② 这一问题的研究,参见黄子平:《革命·历史·小说》,香港:牛津大学出版社,1996 年,第 60—61 页;陈思和:《民间的沉浮:从抗战到“文革”文学史的一个解释》,《陈思和自选集》,桂林:广西师范大学出版社,1997 年;孟悦:《〈白毛女〉演变的启示——兼论延安文艺的历史多质性》,唐小兵编《再解读——大众文艺与意识形态》,香港:牛津大学出版社,1993 年。

③ 《欧阳海之歌》发表于《解放军文艺》1965 年第 6 期和《收获》第 4 期(7 月出版),解放军文艺出版社 1965 年 12 月初版。后来根据政治形势变化及江青等的要求多次修改。

④ 这部长篇小说出版单行本之后,全国各地报刊仍纷纷选载(或连载),这一情况实属少见。《人民日报》1966 年 1 月 9 日选刊该书部分章节时,“编者按”称它是“近年来我国文学工作者进一步革命化,贯彻执行毛泽东文艺路线所取得的成果之一”。作者金敬迈多篇谈创作体会的文章,在全国报刊广泛转载。1966 年 4 月,人民文学出版社根据解放军文艺出版社第 2 版重排,与解放军文艺出版社版同时发行。仅人民文学出版社 4 月和 6 月的两次印刷,印数即达二百万册。在该书出版后两年间,累计印数达两千万册。

来的一部最好的作品,是划时代的作品"[①]。权威批评家还认为,小说是"突出政治"、实践文艺创作要"三过硬"[②]的"优秀范例","无论在塑造革命英雄形象方面,无论在运用革命的现实主义和革命的浪漫主义相结合的创作方法方面","都为我们提供了丰富的、活的样板"[③]。当时,周扬等还没有完全失去对文学界的控制,将这部小说"树立"为"一面大红旗"的异乎寻常的做法,固然可能基于一种政治和文学理念,但也是在意识到"危机"将临时,因慌乱而做出的夸张反应。"文革"初期,对这部小说的肯定得到延续,但不久作者就受到迫害[④]——看来,激进力量并不认可这部不是由自己培育的"样板",况且,就作品本身而言,在表现阶级、路线斗争问题上,在英雄形象塑造规则上,也并不完全符合激进派确立的规范。

"文革"期间,按照激进的政治、文学思潮组织编写的一些小说,如长篇《虹南作战史》(上海县《虹南作战史》写作组)、《牛田洋》(南哨)[⑤]等,就连对它们做出很高评价的评论家,也不能不承认其明显的缺陷,这包括"描写阶级斗争方面"的,以及"以作者的议论,来代替艺术上对人物的塑造","全书只有一种语言"等艺术问题。[⑥]

在这种情况下,**浩然**[⑦]在"文革"后期被"重新发现"。"文革"期间,浩然的小说虽然一直受到肯定,但在 1974 年前后,对其创作的政治、文学价值的评价迅速提升,这包含有在文学领域(小说)上推出"样板"的考虑。浩然 50 年代中期开始发表"牧歌"式的表现京郊农村新气象的短篇。他产生较大影响的作品是长篇小说《艳阳天》[⑧]。《艳阳天》的故事发生于 1957 年夏天,写

---

① 郭沫若:《毛泽东时代的英雄史诗——就〈欧阳海之歌〉答〈文艺报〉编者问》,《文艺报》1966 年第 4 期。

② 在 60 年代,中共中央副主席林彪提出,在文艺创作上要"三过硬",即"思想过硬,生活过硬,技巧过硬"。

③ 冯牧:《文学创作突出政治的优秀范例——从〈欧阳海之歌〉的成就谈"三过硬"问题》,《文艺报》1966 年第 2 期。

④ 金敬迈(1930—2020),江苏南京人,1949 年参加解放军,在广州军区任创作员。由于写作《欧阳海之歌》,"文革"初期曾担任"中央文革小组"的"文艺口"负责人。1967 年底受到江青等的迫害,1968 年入狱,7 年后出狱又"劳动改造","文革"后 1978 年才得以平反。

⑤ 《虹南作战史》拟写两部,只完成一部。写上海郊区农村 50 年代农村合作化运动的"两条路线斗争",上海人民出版社,1972 年。《牛田洋》写 60 年代初解放军某师在广东汕头围海造田的斗争,上海人民出版社,1972 年。

⑥ 方泽生:《还要努力作战——评〈虹南作战史〉中的洪雷生形象》,《文汇报》1972 年 3 月 18 日。

⑦ 浩然(1932—2008),天津宝坻人,原名梁金广,50 年代从事报刊记者、编剧工作。1956 年开始发表小说,出版有短篇集《喜鹊登枝》《苹果要熟了》《珍珠》《蜜月》《杏花雨》,中篇《西沙儿女》《百花川》,长篇《艳阳天》、《金光大道》、《山水情》(又名《男婚女嫁》)、《苍生》等。

⑧ 《艳阳天》第一部由作家出版社出版于 1964 年,第二部和第三部由人民文学出版社出版于 1966 年。

北京郊区东山坞农业社围绕“土地分红”和粮食问题所发生的冲突。农业社党支部书记、社主任萧长春，带领“贫下中农”坚定“走社会主义道路”。作为对立面的，有农业社副主任、“老党员”马之悦，“反动地主”马小辫，另外，也有动摇于“两条道路”之间的“中间状态人物”。农村题材长篇小说的这种结构形态，在五六十年代的若干长篇中已经具备，但浩然对 50 年代的农村生活，有了与《三里湾》《山乡巨变》《创业史》相似但也不同的表现。60 年代激进力量有关社会结构的描述在这部小说中得到体现：“阶级”力量的性质更加清晰，对立“阵线”更加分明，冲突也更加尖锐激烈，“阶级斗争”无孔不入地渗透到生活每一空隙，被组织成笼罩一切的网。在《三里湾》等被批判为“毒草”的时候，《艳阳天》则被誉为“深刻地反映了我国社会主义农村尖锐激烈的阶级斗争，成功地塑造了‘坚持社会主义方向的领头人’”的“优秀的文学作品”。[①] 当然，《艳阳天》在根据“本质真实”的规定来构造历史时，个人的生活体验和有特色的叙述语言，“现实主义”小说对生活细节的重视，使这部小说具有一定程度的丰富性和可读性，在文学读物贫乏的当时，拥有大量的读者（和听者[②]）。随后，浩然在提高对“无产阶级专政理论”的认识和学习了“样板戏”经验之后，开始了另一部长篇《金光大道》的写作。他更自觉运用“三突出”的“创作原则”来塑造“高大光辉”的英雄形象，并检讨写《艳阳天》时，注意力只在“基层”，对“上面，尤其是高一层领导”缺乏认识。因此，在《金光大道》中，矛盾斗争写到了“县一级领导干部，并开展了面对面的斗争”。比起《艳阳天》来，无论是作品中人物的个体意义，还是作家的体验本身，都被整合到作者所认同的“文革”统一的历史叙述中。浩然在这期间，还写有中越在南海发生冲突的事件的中篇小说《西沙儿女》——一部典型的图解性的作品。

四　“经典”重构的宿命

文学激进派在“文革”十多年里的创造“样板”的实验，尽管宣称“取得了伟大胜利”，实际上陷入难以摆脱的困境。对中外文化遗产及遗产的主要传承者（知识分子和专业人员）的批判，使他们创造经典的样板作品的计划屡

---

① 初澜：《在矛盾冲突中塑造无产阶级英雄典型——评长篇小说〈艳阳天〉》，《人民日报》1974 年 5 月 5 日。

② “文革”期间，《艳阳天》（以及《金光大道》）在国家电台“小说连播”的节目中播出，受到听众（尤其是农村听众）的广泛欢迎。

屡受挫。从工农大众中发现和培养作家,作为“无产阶级文艺”的主要创造力量的设想,也未见显著的效果。文艺创造所具有的复杂的精神劳动的性质,使缺乏必要文化准备的“无产阶级”难以胜任。另外,“工农兵”的“大众”也并非一张白纸,他们也无法斩断与“文化传统”的联系。因此,在“文革”后期,要工农作者“冲破资产阶级知识分子的包围圈”,“永远不要让资产阶级把我们从自己的阶级队伍中分化出去”的警告又再次提出;[①]这一警告,泄露了他们对于“工农作者”是否能保持其“纯洁性”的失望。

对于以精神探索和艺术独创作为主要特征的“精英文化”的敌视,却未促使他们愿意转而创作更具娱乐、消遣性的“大众文化”或“通俗文艺”(虽然一些“样板”作品,如舞剧《红色娘子军》,京剧《沙家浜》《智取威虎山》等,都重视观赏、娱乐性成分的组织),因为这会产生对艺术作品政治性和政治目的的削弱。这里面包含着“中世纪式”的悖论:政治观念、宗教教谕需要借助艺术来“形象地”“情感地”加以表现,但“审美”和“娱乐”也会转而对政治产生削弱和消解的危险。同时,任何稍具丰富性和艺术表现力的作品,都难以维持观念和方法上的纯粹与单一,作品本身存在的裂痕和矛盾,就是潜在的一种“颠覆”的力量。在“样板”作品中,可以看到人类的追求“精神净化”的冲动,一种将人从“物质”“欲望”中分离的努力;这种拒绝物质主义的道德理想,是开展革命运动的意识形态。但与此同时,在这种禁欲式的道德信仰和行为规范中,在自觉地忍受施加的折磨(通过外来力量)和自虐式的自我完善(通过内心冲突)中,也能看到“无产阶级文艺”的“样板”创造者所要“彻底否定”的思想观念和情感模式。著名的“三突出”,对于激进的文学思潮来说,既是一种结构原则和叙事方法,一种人物安排规则,但也是社会政治等级在文艺形式上的体现。这种等级,是与生俱来的,自身无法加以选择的,因而也可以称之为“封建主义”的。因而,研究者也许可以从“文革”的理论和艺术中,看到20世纪人文思想中寻找精神出路的相似成分,但也一定能发现人类精神遗产中那些残酷、陈腐的沉积物。

---

① 任犊:《走出“彼得堡”!——读列宁一九一九年七月致高尔基的信有感》,《朝霞》(上海)1975年第3期。

第十五章

分裂的文学世界

一 公开的诗界

“文革”期间的文学，实际上分裂为不同的部分。一个部分，是公开的（公开的文学活动和公开出版物上刊发的作品），是这一时期文学的主流；另一部分，则是隐在的、分散的，是当时文学的“异质”力量，它们后来成为文学变革的准备和先声。在公开的文学世界中，占据最重要位置的，是以“革命样板戏”为中心的戏剧。比较起来，文学的其他样式，如诗、小说、散文等，都显得暗淡。在“文革”开始后的最初几年里，刊登于报刊上的诗歌创作，专业作家已很少见，主要是“红卫兵”和“工农兵作者”的作品[①]。1972 年以后，陆续有一些诗集出版。据统计，从 1972 年到 1975 年，各出版社出版的诗集共 390 种。其中，大多数是“工农兵作者”为配合当时的政治运动的作品集，如《文化大革命颂》《批林批孔战歌》等[②]。在诗的体式上，五六十年代的那种“政治抒情诗”的影响仍在继续，而“文革”期间所推行的政治运动，提出的政治口号，是诗歌创作取材和主题的直接依据。从文艺的政治工具效用上考虑，歌曲显然具有更大的“威力”。因此，“群众歌曲”，包括将毛泽东的语录、诗词，林彪的《〈毛主席语录〉再版前言》等谱写的歌曲，有广泛的流行。许多创作的歌曲，具有另外时期所没有的直截了当的、极端的修辞方式[③]。在当

---

① “文革”中的“红卫兵诗歌”的资料和研究，参见王家平《文化大革命时期诗歌研究》（开封：河南大学出版社，2004 年），岩佐昌暲、刘福春编《红卫兵诗选》（日本福冈：中国书店，2002 年）。

② 参见纪戈：《诗歌来自斗争，斗争需要诗歌》，《人民文学》1976 年第 2 期。

③ 如“文革”中广泛流行的歌曲：“拿起笔，做刀枪，集中火力打黑帮，谁要敢说党不好，咱就叫他见阎王”；以及“无产阶级文化大革命就是好，就是好来，就是好，就是好！”等。

时,任何婉转、曲折、隐晦的表达方式,都会被看作缺乏“战斗的风格”。“文革”期间,还有组织地策划“革命民歌”和“革命儿歌”的创作,来直接配合政治运动。其中,最有名的是“小靳庄诗歌”——一种用快板、顺口溜形式写的政治宣传韵文。[①] 这种情况下,诗歌创作已与个体体验表达无关。僵硬的政治象征语言对诗的“入侵”,使诗完全失去传达诗人语言和想象上的敏感的可能性。一个典型的例子是,以政治社论的方式来发表张永枚的长诗《西沙之战》。这首称为“诗报告”的长诗,其写作动机,表达的观点,以及艺术形式,与浩然的中篇小说《西沙儿女》一样,完全纳入政治权力运作的轨道。《西沙之战》也“创造”了中国新诗的独特发表方式:政治性报纸《光明日报》从头版开始,用了几个版的篇幅刊登;随后,《人民日报》和各省市报刊纷纷转载。[②] 在此期间,《理想之歌》[③]是另一首产生较大反响的长诗。其主题和诗体形式都可以见到贺敬之60年代创作的重要影响。诗的“叙述者”虽以阶级青年代言者的身份出现,但多少留存有作为到陕北“插队”的“知青”的生活体验的痕迹,而加强了政治表达上的生活实感。从郭小川50年代的《投入火热的斗争》,到贺敬之60年代的《雷锋之歌》《西去列车的窗口》,到70年代的《理想之歌》,形成讲述当代青年“人生道路”和“理想”的诗歌系列。这些具有主题连贯性的“政治抒情诗”,显示了在当代的各个时期,个体的“理想”被组织进国家意识形态的方式和轨迹。

1972年以后,一度被迫停止写作的诗人,少数有了发表诗作、出版诗集的可能。这些诗人有李学鳌、李瑛、张永枚、臧克家、严阵、顾工、阮章竞、刘章、纪宇、沙白,以及五六十年代的一批工人作者,如王恩宇、仇学宝、宁宇、郑成义等。他们的作品都乏善可陈。相较而言,李瑛诗的数量最多,影响也较大。[④] 它们大多写北方乡村和驻守在北部边疆深山、林区的士兵的日常生活。作者惯有的对景物、色彩的敏感,语言、叙述方式仍存留的某些清新柔和的因素,是对当时诗歌语言、情感普遍性的粗糙倾向的有限偏移,因而获得一些读者的喜爱,也影响了当时的青年诗歌作者。

---

① 小靳庄在天津宝坻县。江青曾多次到这里活动,组织诗歌创作。当时出版了《小靳庄诗歌选》及其第2集(天津人民出版社,1974年、1976年)、《十二级台风刮不倒》(人民文学出版社,1976年)等诗集。

② 《西沙之战》刊于1974年3月15日的《光明日报》。随后,报刊发表许多推荐赞扬的文字,认为它对于无产阶级如何创作“战斗的诗篇”,如何塑造英雄的人物,如何抒发无产阶级的理想和建立无产阶级诗的风格,“提供了可贵的经验”。

③ 署名“北京大学中文系七二级创作班工农兵学员集体创作”,载于人民文学出版社1974年版的诗集《理想之歌》。

④ 从1972年到1976年,李瑛出版的诗集有《枣林村集》《红花满山》《北疆红似火》等。

二　小说创作情况

“文革”期间的短篇小说，继续着它在当代的对现实生活快捷反映的“传统”。在提出文艺创作“要及时表现文化大革命”，“要充分揭示无产阶级文化大革命的本质”的要求时，短篇自然是适当的样式。作为激进力量主要堡垒的上海，似乎对这一样式颇为倾心。他们组织一些作家和“工农兵作者”，直接表现“文化大革命”，举凡红卫兵运动，“夺权斗争”，“工人宣传队”占领“上层建筑”，“革命样板戏”，工厂农村的“两条路线斗争”，“知识青年”上山下乡，“工农兵学员”进大学，反“走资派”，以及 1976 年的天安门“反革命事件”，都写进其中。[①]

1972 年到 1976 年出版了长篇小说一百余部。写当代现实生活的占绝大部分，其余为“革命历史题材”。其中有近二十部标明是“集体”（或“三结合”）创作，约占总数的五分之一[②]。这些长篇从作者状况看，有一小部分是专业作家，或已具有“作家”的素质。当时较有影响（相对而言较有艺术质量，或受到当时批评界推重）的，除前面述及的浩然的作品外，尚有《虹南作战史》（上海县《虹南作战史》写作小组）、《牛田洋》（南哨）、《激战无名川》（郑直）、《飞雪迎春》（周良思）、《桐柏英雄》（集体创作，前涉执笔）、《征途》（郭先红）、《剑》（杨佩瑾）、《千重浪》（毕方、钟涛）、《春潮急》（克非）、《铁旋风》（王士美）、《边城风雪》（张长弓、郑士谦）、《大刀记》（郭澄清）、《万年青》（谌容）、《分界线》（张抗抗）、《万山红遍》（黎汝清）、《响水湾》（郑万隆）、《山川呼啸》（古华）等。李云德的《沸腾的群山》第一部出版于 1965 年底，第二、三部出版于“文革”期间，也是这个时期较知名的作品。

这个时期的长篇，从情节、人物设置到叙事方式，都表现了符码化、模式化倾向。由于长篇的容量大，在恪守当时的创作规则上，也有更严格、全面的要求。大多数长篇，都会有一个“高大”而“完美”的“主要的英雄人物”，也会有围绕“主要”英雄的若干“非主要”的英雄或“正面人物”，以表明“正面力量”并非势单力薄。作为英雄人物对立面的，通常是“阶级敌对力量”

---

① 组织创作的这些作品，大多刊登在上海出版的《朝霞》月刊和“朝霞文艺丛刊”上。主要有萧木署名“清明”“立夏”“谷雨”的《初春的早晨》《金钟长鸣》《第一课》，《三进校门》（卢朝晖）、《特别观众》（段瑞夏）、《朝霞》（史汉富）、《一篇揭矛盾的报告》（崔洪瑞）、《典型发言——续〈一篇揭矛盾的报告〉》（段瑞夏）、《广场附近的供应点》（朱敏慎）、《女采购员》（刘绪源）、《初试锋芒》（夏兴）、《红卫兵战旗》（姚真）等。

② 《虹南作战史》《牛田洋》等都是“集体创作”，其他如《大海铺路》作者署名为“上海市造船公司文艺创作组编”，《雨后青山》为“广西壮族自治区百色地区三结合创作组集体创作”。

(在“文革”期间属于这一范畴的名目有地主、富农、反动资本家、暗藏特务、党内走资本主义道路当权派等)。在“正面力量”与其对立面之间，设置了各种“问题人物”(“路线斗争”觉悟不高，受敌对势力蒙蔽，或道德品质上有疑点和问题)。分属不同阶级阵营的人物，便环绕设定的中心事件(某一生产建设任务，或意识形态性的事件)展开冲突。最终结局也总是：“主要英雄人物”在“群众”的支持下，教育、争取“问题人物”，孤立、战胜敌对势力。与诗、戏剧一样，“象征”也成为小说的重要修辞方式，这包括人物、环境描写。地域、风习、日常生活的具体特征，在这个时期的长篇中趋于模糊和粗糙。作品的叙述者也总是以全知的视角出现，并扮演对事件的当然干预者身份，来严格控制事件的过程。一般现实主义小说中的那种人物心理、行为的某种“独立性”，以及“叙述”和“干预”之间的复杂关系，已被清除或极大地简化；读者听到的，是凌驾于人物、故事之上的意识形态权威的“粗暴”声音。

三　“地下”的文学创作

除了公开发表的作品之外，“文革”中还存在着另一种文学。它们不同程度具有“异端”因素[①]，写作和“发表”处于秘密、半秘密的状态中。作品常见的传播方式，是以手抄本形式在一定范围传播。也有的以手稿形式保存，当时没有任何形式的“发表”(这种情况，严格说并未成为当时的“文学事实”)。这种文学现象，“文革”后有研究者使用了“地下文学”的概念[②]。它们与公开的文学世界构成了对比的关系，并联结了 80 年代出现的重要文学现象。

诗是负载具有“异端”性质的情感和艺术经验的“先锋性”样式。在“文革”期间，有一些受到迫害、失去写作权利的诗人，曾写下他们当时的体验。如胡风集团的胡风、牛汉、绿原、曾卓；在“十七年”中屡受批判，“文革”中被“流放”至闽北山区劳动改造的蔡其矫；关押在山西监狱中的聂绀弩；50 年

---

① 这种“异端”因素的情况相当复杂，程度也各有不同。包括政治意识形态上的，也包括语言、艺术形式等的偏离。在本书所设定的评述对象中，将不包括在“文革”中创作、公开发表而受到批判的一些作品，如短篇小说《生命》(敬信)、戏剧《园丁之歌》(长沙市碧湘街完小原作，长沙市湘剧团改编，柳仲甫执笔)、《三上桃峰》(山西省文化局创作组集体创作，杨孟衡执笔)，电影《创业》(集体创作，张天民执笔)、《海霞》(黎汝清原著，谢铁骊改编)等。

② 杨健：《文化大革命中的地下文学》，北京：朝华出版社，1993 年。但这本书中“地下文学”的指称对象，与这里评述的文学现象范围有所不同。

代成为“右派分子”，“文革”中再次受到迫害的昌耀、公刘、流沙河；以及穆旦、唐湜、黄永玉等。他们的诗，有的写于监狱，写于“牛棚”“五七干校”等特殊环境，这决定了写作、保存的特殊方式。[①] 他们这个时期的诗作，当时都没有发表（包括私下传抄）。他们的写作活动当属“文革”间的文学现象（事件），但作品发表、传播和产生影响则在“文革”后的80年代。

诗的秘密写作的另一群，是当时“上山下乡”中的“知青”。在全国许多地方都有这样的诗歌写作活动，有的且形成某种“群落”的性质。他们的写作与当时的社会状况和自身处境有关。60年代末、70年代初，是“红卫兵运动”的落潮期。一些年轻的“革命”参与者（或游离者），对“革命”开始感到失望，精神上经历深刻的震荡，对真实感情世界和精神价值的探求，是他们写作的心理动机，和“文革”初期的“红卫兵诗歌”[②]与公开发表的“知青诗歌”[③]写作，有明显区别。后来成为“朦胧诗”中坚的诗人，大都在“文革”期间已开始写作，如北岛、舒婷、顾城、江河等。最重要的诗歌写作“群体”，是后来被称为“白洋淀诗群”的“诗歌群落”。“文革”发生时，他们大多是北京著名中学学生，许多人出身于中共高级干部或“高级知识分子”家庭。1969年以后，他们先后到河北安新县境内的白洋淀（包括毗邻地区）“插队落户”。他们中有根子（岳重）、多多（栗士征）、芒克（姜世伟）、方含（孙康）、林莽（张建中）、宋海泉等。在河北、山西的一些知青，如北岛（赵振开）、江河（于友泽）、严力、郑义、甘铁生、陈凯歌等，也与他们建立了程度不同的联系。写作与他们的生活具有在另外时间不同的关联，甚至可以说就是他们生存方式的重要构成。芒克《十月的献诗·诗》（1974）中所说的，“那冷酷而又伟大的想象/是你在改造着我们生活的荒凉”，可以看作写作在他们生活中的位置的提示。他们的诗作，与他们阅读的这一时期属于“禁书”的中外文学、政治、哲学等书籍紧密联系。这些读物，除五六十年代的正式出版物外，还有60年代以后由作家出版社、人民文学出版社、商务印书馆和上海人民出版社出版

---

① 据他们后来的说明，有的写作是靠“反复默念”以“在记忆中保留”（曾卓：《生命炼狱边的小花》，《曾卓文集》第1卷，武汉：长江文艺出版社，1994年），有的是以符号“压缩”在纸片上，“苦待着得见天日的机会”（公刘：《仙人掌·后记》，成都：四川人民出版社，1980年），或用“缩写语偷写在香烟盒纸背面”（流沙河：《锯齿啮痕录》，《锯齿啮痕录》，北京：生活·读书·新知三联书店，1988年），有的则“只默默地刻记在心里”（牛汉：《改不掉的习惯》，《牛汉诗选》，北京：人民文学出版社，1998年）。

② “红卫兵诗歌”主要刊登于1966年夏到1968年夏（军工宣队进驻学校）这段时间各地红卫兵组织创办的刊物、小报，当时也出版过红卫兵诗歌选集，如首都大专院校红代会《红卫文艺》编辑部编的《写在火红的战旗上——红卫兵诗选》（1968）。

③ “知青”上山下乡运动开展以后，报刊开始发表“知青诗歌”，也出版“知青诗歌”选集。这些出版物常使用“知青诗选”“知青诗歌选集”等用语。

的“内部发行”图书。他们由此获得在情感、心智和艺术上超越现实的凭借。诗的情绪、思想自然根源于他们当时的经验,但不少作品的意象、描述的情景、表达方式,却与他们当时的阅读具有有迹可循的互文性。由于生活处境与心理上普遍存在的被放逐的感觉,以及五六十年代苏俄文学抒情传统的强大影响,他们中的一些人更倾向于接受俄国诗人(如普希金、叶赛宁、茨维塔耶娃等)的抒情方式。他们的诗在当时自然无法公开发表,主要在小圈子传抄,有的诗也可能有较广泛的传播。

“文革”期间的“地下”文学世界,除诗歌以外,还有流传广泛的“手抄本小说”。其中,张扬的长篇《第二次握手》最为出名[①]。《第二次握手》写丁洁琼、苏冠兰等老一代科学家的事业和爱情:他们在旧中国报国无门,只好栖居异国他乡;新中国成立后毅然归来,献身祖国科学事业。对于中国现代历史和知识分子道路的描写,并没有偏离“十七年”主流文学所确立的叙述框架。“文革”中对它的截然对立的评价(一方面受到热烈欢迎,秘密地广泛流传,同时却为当时的政权看作“流毒全国”的“反动小说”),根源于特定的社会政治环境:对于知识、“爱国的”知识分子、科学界权威的肯定,对周恩来等政治人物的歌颂性叙述,都是小说受到忌恨的重要原因。当这些政治语境因素淡化之后,小说曾有的强烈魅力也随之减弱。因而,它在 1979 年“正式”出版时虽然销量达四百余万册,却没有得到预期的评价。

在“文革”后期的“手抄本小说”中,还有《波动》《公开的情书》等作品。如果说,《第二次握手》保持了“十七年”小说“正统”的基本形态的话,那么,这些中篇的思想、艺术,具有不同程度的超越因素,显示了对“社会主义现实主义”轨道的偏离。需要指出的一点是,包括《第二次握手》在内的上述“手抄本小说”,在“文革”后的公开发表,都经作者修改(或重写)。这些公开出版的文本,无论其内容,还是发表方式,事实上已不是“文革”中的那些“手抄

---

① 关于《第二次握手》的写作、传抄等的具体情况,可参见《推倒“四人帮”对一本好小说的诬蔑不实之词——为手抄本〈第二次握手〉及作者张扬平反》(《湖南日报》1979 年 1 月 26 日),顾志成等《要有胆识地保护好作品——手抄本小说〈第二次握手〉调查记》(《中国青年报》1979 年 3 月 11 日),张扬《关于〈第二次握手〉的前前后后》(长沙,《湘江文艺》1979 年第 9 期)等文章。小说的写作始于 1963 年,开始是不到两万字的“提纲”式作品,取名《浪花》,后扩展为十来万字的《香山叶正红》。1967 年作者作为“知青”在湖南浏阳山区插队时又做了修改,但手稿在传抄中丢失。两年后,写作第四稿,题名《归来》。这一稿在传抄时又下落不明。在传抄中,有读者将书名改为《第二次握手》,原书名反倒不大为人所知。1973 年,仍在农村劳动的张扬完成第五稿,又再次流传传抄。几次传抄所据为不同手稿,因而也就流传着几种不同的本子。1975 年 1 月,因“多次书写反动小说”而被逮捕,1978 年狱中开始写第六稿,1979 年 1 月得以平反出狱。小说在完成修订稿后,于 1979 年 7 月由中国青年出版社正式出版。2003 年,作者又再次对这部长篇进行改写,从 1979 年版的 25 万字,增加到 60 余万字,由人民文学出版社于 2006 年出版。

本”，后者的原来面貌已无法重现。因而，将这些公开出版的文本仍称为“手抄本小说”，严格上说已失去重要的理据。

四　“天安门诗歌”

1976年1月，50年代以来一直担任政府总理的周恩来逝世，执政党内部各派力量的斗争更加激化。二三月间，在北京、上海、南京、杭州、郑州等城市，发生了有大批民众参与的大规模政治抗议行动。这一浪潮，在4月初的天安门广场发展到高潮。4月初的几天里，到广场追悼周恩来，谴责、批判后来被称为“四人帮”的民众多达数百万人次。这一政治行动所采取的形式，有发表演说，悬挂、设置花圈和挽联，张贴标语等。其中，诗歌是被广泛运用的方式。创作或抄录的诗词，张贴在广场的灯柱和纪念碑的护栏上，挂在松柏枝叶间，有的当众朗读。这些诗词，在当时被广泛抄录。这一悼念和抗议的活动，在清明节后达到高潮。不久，天安门广场发生的事件，被当时的掌权者宣布为“反革命政治事件”，在广场张贴、传抄的诗词被指控为“反动诗词”，“是彻头彻尾的反革命煽动”[①]。在此后的几个月里，写作、传抄、保存这些诗词的行为，受到追查，一些人为此受到迫害，被定罪、囚禁。

1976年底，在江青等“四人帮”被逮捕之后，童怀周[②]将他们搜集、保存的部分诗词誊录、张贴于天安门广场，并发出征集散失作品的倡议书。倡议得到广泛响应。在征集到的数以万计的诗词中，选出一千五百多篇，编成《天安门诗抄》出版[③]。《天安门诗抄》所收录的，有的并不是诗词（如挽联、悼词、祭文等）。诗词中，以并不严格依循格律规则的旧体诗、词、曲居多，新诗只有一小部分：这基本上反映了1976年初“天安门诗歌”中旧体诗与新诗的比例。旧体诗词的现成格式，可被套用或翻新的比喻、典故，甚至现成的句子，是精练而有所隐晦地表达其政治观点和情绪的较佳选择。特别是70年代政治抗争的参与者，可以通过传统形式，找到清浊、忠奸、贤良宵小对立的思想材料，顺利地表达他们的历史观和对现实政治的道德评价。

“天安门诗歌”主要是一种政治表达。它的形态，它的写作、发表、传播方式，其后的评价方式和搜集、整理活动，《天安门诗抄》的出版，都属于“当

---

① 《人民日报》1976年4月8日社论《天安门广场的反革命政治事件》。

② 当时北京第二外国语学院汉语教研室16位教师的集体笔名。

③ 北京：人民文学出版社，1978年12月版，由当时任中共中央主席的华国锋题写书名。

代”重大政治事件的组成部分。这是“文革”间美学“日常生活化”和诗歌政治化的另一典型体现。在中国现代诗歌的艺术创造方面,它们并不能提供多少值得重视的经验。不过,在恶劣、严酷的环境中,诗的写作者的真诚态度,独立的思想和写作方式的坚持,对当代诗人应该说具有启示的意义。

下 编 80—90 年代的文学

第十六章

文学“新时期”的想象

一 “转折”与文学“新时期”

1976 年 10 月江青等“四人帮”受到拘捕，1977 年 8 月在北京召开的中共第十一次代表大会，宣布历时十年的“文化大革命”以“粉碎‘四人帮’为标志而结束”[①]，这次会议把“文革”结束后的中国社会，称为社会主义革命和建设的“新时期”。1978 年 12 月中共十一届三中全会肯定了“实践是检验真理的唯一标准”的命题，确定停止“以阶级斗争为纲”和“无产阶级专政下继续革命”的路线，提出中共“全党工作重点”转移到“社会主义现代化建设”的方针。“左”倾激进的“阶级斗争”式的社会历史革命，为“现实主义”的现代化的发展主题所取代。“文革”被广泛地称作“十年动乱”“十年浩劫”和“梦魇时代”，知识界和文学界普遍使用“第二次解放”来强调“文革”结束对于民族、个人，对于社会生活、文化所具有的历史性意义。与社会政治关联密切的文学界，随后也把“文革”后的文学称为“新时期文学”[②]。“新时期文学”的

---

① 不久，国家领导层对这场“文化革命”做出明确的否定，宣称它“是一场由领导者错误发动，被反革命集团利用，给党、国家和各族人民带来严重灾难的内乱”。见中共十一届六中全会(1981 年 6 月)通过的《关于建国以来党的若干历史问题的决议》[中共中央文献研究室编《三中全会以来重要文献选编》(下)，北京：人民出版社，1982 年，第 811 页]。

② 周扬在 1979 年 10 月召开的全国第四次文代会上所做的报告，题目为《继往开来，繁荣社会主义新时期的文艺》。

发生,被看作20世纪中国文学的另一次重大“转折”。[①]

“新时期文学”的“转折”,表现为文艺激进派主要依靠政治体制“暴力”所开展的“文化革命”,也为政治体制的“暴力”所中断。“文革”中被损毁、破坏的“当代”文学体制得到修复。在重建的政治、文学体制的主导下,展开一系列否定“文革”,也暧昧不明地处理“十七年”的“历史改写”活动;这些活动当时称为“拨乱反正”和“正本清源”。对在“文革”(以及“十七年”)中被批判、攻击的文学观念和作家作品“正名”“辩诬”,是建构“新时期文学”的最初步骤。这些措施主要有:1977年底,召开各种大型座谈会,刊发大量文章,批判《部队文艺工作座谈会纪要》,批判“文艺黑线专政论”;[②]1978年5月,全国文联第三届委员会第三次扩大会议宣布恢复中国文联、作协和其他的文艺家协会活动,《文艺报》等刊物恢复出版;陆续为从50年代到“文革”期间受到迫害和不公正对待的作家,和受到错误批判的作品平反、“落实政策”;[③]发表未曾公开发表的周恩来1961年6月在文艺工作座谈会和故事片会议上的讲话[④],作为文艺政策调整的依据;围绕《为文艺正名——驳“文艺是阶级斗争的工具”说》[⑤]等文章组织讨论,试图从文艺与政治关系上重新定义文艺;1979年5月,中共中央批转解放军总政治部请示,正式撤销曾作为中共中央文件颁发的《部队文艺工作座谈会纪要》;1979年10月,在距上一次会议近二十年后召开了第四次全国文代会,执政党提出了“文艺民主”的问题,并宣布“收回”毛泽东“文革”前夕关于文艺工作的“两个批示”,宣布

---

① 1986年10月在北京召开的“新时期文学十年学术讨论会”的开幕词认为,“新时期文学”是“继‘五四’文学革命之后,中国现当代文学中的又一次意义深远的文学革命”。本刊记者:《历史与未来之交:反思 重建 拓展——“中国新时期文学十年学术诗论会”纪要》,《文学评论》1986年第6期。

② 最早召开的座谈会和发表的文章有:1977年11月20日,《人民日报》召开有茅盾、冰心、张光年、贺敬之、刘白羽等参加的批判“文艺黑线专政”座谈会;12月28日,《人民文学》编辑部召开文学界有一百多人参加的批判“黑线专政论”的座谈会。1978年,类似的座谈会、批判会相继召开。1977年12月7日,《人民日报》刊登张光年的《驳“文艺黑线专政论”》,是系统批判“文艺黑线专政论”的文章。

③ 如1978年4月,文化部召开“揭批‘四人帮’”万人大会,为许多受迫害的文艺家平反。这一年,中国文联各协会相继成立专案复查小组,对50年代划为右派分子的作家、文艺家进行甄别。从1978年到80年代初,著名文艺家如陈荒煤、胡风、丁玲、艾青、王蒙、田汉、傅雷、邓拓、吴晗、廖沫沙等得到平反。50—70年代不少受到批判的作品,也“恢复名誉”。重新评价50年代指认为“毒草”的理论和创作,胡风的主张,秦兆阳的《现实主义——广阔的道路》,钱谷融的《论“文学是人学”》,王蒙、刘宾雁等的创作;它们成为“重放的鲜花”。

④ 刊于《文艺报》1979年第2期。此后,60年代初周恩来、陈毅等主张“务实”的文艺政策的讲话,陆续公开发表。

⑤ 为《上海文学》1979年第4期评论员文章。该刊并于6—11月号上组织《关于〈为文艺正名〉的讨论》专栏。各地报刊也就这一问题发表讨论文章。

“十七年”的文艺路线“基本正确”[1]……

由于文学在“当代”是政党的政治动员和建立新的意识形态的有力手段，在社会结构、经济发展的转变过程中有重要的作用，因而，在许多时间里具有突出的身份，受到包括政治领导者和一般民众的重视。[2] 在“新时期文学”上面，不同作家都放置了乐观的期待；对这一文学形态的建构，也汇聚了他们当时拥有的共同的问题意识。对于“文革”施行的文化专制与思想禁锢的憎恶，对50—70年代形成的政治、文学命题的质疑，对一种“自由创造”的宽容的环境的期盼，是相当一致的关切点。因而，五四的那种“多元共生”和“精神解放”，成为文学界创造“新时期文学”的知识、想象的重要资源。不过，在基本的“共识”之中，有关“新时期文学”的含义和对“文学复兴”的想象，一开始也已经包含可见（或不可见）的分歧。最主要的分歧与对中国20世纪文学的历史记忆相关。对一些人来说，“转折”意味着离弃“文革”的极端化而恢复“十七年”文学的“主流”状况，即坚持毛泽东所开启的“人民文学”（工农兵文学）在矫正激进派的“歪曲”之后的正当性，并继续确立其主导地位。对另一些人而言，则是复活“十七年”中受到压抑的“非主流文学”线索，建立与五四“人的解放”的启蒙文学的关联。“转折”的最具影响力的诉求和实践，表现为强烈地离弃现代中国“左翼”文学、毛泽东的“工农兵文学”的倾向。因而，“新时期”出现的“转折”，与四五十年代之交的文学“断裂”一样，主要体现为不同思潮、派别、力量地位的错动和关系的重组。文学界权力版图的变化，相异的文学规划和文学形态的存在，是80年代文学界种种争执、冲突的根源。这种复杂情况表明，50—70年代确立的，作为一种新的政治实践的“新的人民文学”已失去它的绝对地位，“一体化”的文学格局开始解体；尽管由于制度等方面的原因，“解体”的过程会延续相当长的时间。

二　体制的修复和重建

“文革”结束，主流意识形态发生很大变化，但国家的政治组织形式，包

---

① 第四次全国文代会中共中央、国务院致大会祝辞中说，“党对文艺工作的领导，不是发号施令，不是要求文学艺术从属于临时的、具体的、直接的政治任务，而是根据文学艺术的特征和发展规律，帮助文艺工作者获得条件来不断繁荣文学艺术事业”。祝辞重申在1956年提出的“百花齐放，百家争鸣”方针的有效性。中国文学艺术界联合会编《中国文学艺术工作者第四次代表大会文集》，成都：四川人民出版社，1980年，第6页。

② 至少在80年代末以前都是这样。90年代社会“转型”之后，文艺的这种“政党动员”的功能已有很大消退。

括文化(文学)的权力机构及其组织形式,并未有很大的改变。因为中共中央宣传部、国家文化部、全国文联和中国作家协会以及其他文艺家协会,被指责在“十七年”中贯彻了资产阶级“文艺黑线”,领导者成了“黑线人物”[1],因此,“文革”中这些机构都处于瘫痪状态,国家文化、意识形态领导权主要由“中央文化革命领导小组”(简称“中央文革小组”)控制。“文革”结束后,“损毁”的文学体制的修复、重建,成为建构“新时期文学”的首要任务。1978年初,文化部决定恢复所属艺术表演团体的原来建制和名称。同年5月,全国文联、中国作协和其他协会宣布恢复工作。在1979年10月全国第四次文代会召开期间,选举了全国文联新的领导机构。1979年和1985年,中国作协两次改选理事会,选举主席、副主席。机构的组织方式和人员构成,基本延续“文革”发生前的格局。五四以来资深作家和“十七年”文学界的权力阶层,仍是新的领导机构的人员构成。另外,50年代被逐出文坛、“文革”后“复出”的有影响的作家(丁玲、艾青、王蒙、刘宾雁、陆文夫等),也被吸纳其中。[2]这既保证其专业性、权威性,以及与“十七年”之间的延续,也表明了反思“十七年”的革新态度。中国作协中的“党组”,仍是机构的核心,其权力高于理事会(90年代之后改为“全委会”)。另一些没有担任中国作协具体领导职务者,在当时的文学界也拥有重要权力。[3] 与50—70年代一样,重要问题的提出和裁决,许多来自执政党和国家的高层。由于中国作协领导层主要由五四以来的著名作家组成,他们具有“文学官员”与“文学家”的双重身份。他们在“文革”中的挫折,遭受的迫害,既在“复出”时增加他们的荣耀,也使他们中的一些人对“十七年”的文学观和文学政策有所反思(周扬等在80年代的表现最具代表性)。因而,在80年代政治与文学的复杂关系中,他们的态度和处理也显示其复杂性。文学界这一核心权力机构在80年代仍拥有很高威望。[4] 自然,这个时期出现的文化思想冲突、文

① 毛泽东在60年代“文革”发生前夕,曾给这些国家意识形态部门加上“阎王殿”“黑线专政”“帝王将相部”“才子佳人部”“外国死人部”等罪名。

② 1953年9月中国作协第一届理事会选举作协主席为茅盾,副主席为周扬、丁玲、巴金、柯仲平、老舍、冯雪峰、邵荃麟(丁玲、冯雪峰1957年成为“右派分子”,1958年被撤销职务,1960年增选刘白羽)。因为老舍、冯雪峰、邵荃麟已去世,1979年11月第三届理事会选举的中国作协主席为茅盾,第一副主席巴金,副主席为刘白羽、丁玲、冯至、冯牧、艾青、沙汀、李季、张光年、陈荒煤、欧阳山、贺敬之、铁衣甫江·艾里耶夫(周扬此时已担任全国文联主席)。1985年第四届理事会选举,除了丁玲、艾青等“复出”作家外,王蒙、刘宾雁、陆文夫、马烽也被推选为中国作协副主席,贺敬之、刘白羽则落选。

③ 如当时为中共中央政治局委员的胡乔木,担任中国文联主席、中宣部副部长的周扬,任中共中央宣传部部长的王任重等。

④ 由于环境和自身的诸多复杂原因,90年代以后中国作协的权威性大为降低。

艺政策的分歧，也表现在文学权力机构内部，有了不难辨认的不同的派别的存在。[①]

在"新时期"，国家和执政党在文艺方针、政策上也做出相应的调整。与"当代"的其他时期一样，文艺的政治功能，文艺的领导、控制与作家"自主性"的关系，是调整的中心点。"文艺为工农兵服务""文艺为政治服务"等在"当代"通行多年的口号被放弃，代之以文艺"为人民服务，为社会主义服务"的方针[②]。这个提法，显然是 1962 年周扬等在文艺调整中提出的"为最广大的人民群众服务"论题的翻版——在"文革"期间，它因模糊、取消文艺及其服务对象（工农兵）的阶级性，被批判为"全民文艺论"[③]。鉴于社会转轨对包括知识分子等"积极因素"的动员的需要，也出于"文革"期间严酷的文化专制政策，以及"十七年"频繁运动、斗争留下的让许多人厌憎的记忆，营造一个文艺创造的"宽松"环境，是普遍的期望。"百花齐放，百家争鸣"方针再次被着重强调；对这一方针的不同解释，在 80 年代初的文学界引发了新一轮的争论[④]。这一用以处理执政党与知识分子关系的政策，其比喻性修辞所预留的阐释空间，在新的历史情景下得到相应的调整；写作、批评的"自由度"有了增加。当然，与那种"价值多元"和理想化的"创作自由"的要求[⑤]相反，"双百方针"的政治意识形态前提、原则再次得到坚定的强调。承接 50 年代毛泽东的裁决"香花""毒草"的"六条标准"的，是"四项基本原则"的

---

① 有研究者根据"文革"后到 1984 年 12 月中国作协第四次理事会之前"文学官员"在对待当时发生的重要事件（如批判电影《苦恋》、人道主义论争等）上的表现，将他们区分为两派：其中"惜春派"（指珍惜文艺界"来之不易的春天"）有周扬、张光年、夏衍、冯牧、唐因、唐达成、王蒙；"偏'左'派"有胡乔木、王任重、林默涵、贺敬之、刘白羽。不过，冲突双方也存在"根本性的一致"。参见许志英、丁帆主编《中国新时期小说主潮》上卷，北京：人民文学出版社，2002 年，第 29—34 页。

② "为人民服务，为社会主义服务"首先在 1980 年 7 月 26 日的《人民日报》社论《为人民服务，为社会主义服务》中提出。文中称，"最近，党中央提出，我们的文艺工作总的口号应当是：文艺为人民服务，为社会主义服务"，这个口号，"为我国的社会主义新时期的文艺工作指出了正确的方向"。

③ 1962 年 5 月 23 日，《人民日报》发表社论《为最广大的人民群众服务》（由周扬等执笔，收入《周扬文集》第 4 卷，北京：人民文学出版社，1991 年）。在姚文元《评反革命两面派周扬》一文中，说这篇社论是用"'全民文艺'来代替无产阶级文艺，用为'全体人民'服务来篡改为工农兵服务的毛泽东文艺方向"，是一个"修正主义的口号"（《红旗》杂志 1967 年第 1 期）。

④ 这次有关"双百方针"的讨论，提出的问题和论述的方式，与发生于 1956—1957 年间的争论如出一辙。当代文学的许多"理论"问题常常反复出现，但每一次都没有多少实质性的推进。

⑤ "文革"后一段时间，一些作家、理论家、艺术家基于"创作自由""文艺独立"的想象，提出文艺应该"无为而治"（王若望：《谈文艺的"无为而治"》，《红旗》杂志 1979 年第 9 期），"文艺，是文艺家自己的事，如果党管文艺管得太具体，文艺就没有希望，就完蛋了"（赵丹《管得太具体，文艺没希望》，《人民日报》1980 年 10 月 8 日）等观点。他们显然都忘记了 1957 年所做的申明：双百方针是一项"坚定的阶级政策"。因此，这些观点毫无疑问地受到严厉批判。

提出。[①]

80年代,文学在社会政治、文化生活中具有重要位置,成为政治表达和情绪释放的重要载体,而流行文化又尚未形成一定规模,“纯”文学拥有大量读者。因而,“纯”文学刊物和文学书籍的出版机构,比起“十七年”来有了很大发展。“十七年”中原有的刊物先后复刊。普通日报和各种专业报纸,都辟专栏刊发文学创作、评论的稿件。除了一般的文学期刊外,大型的、可刊发中长篇小说的刊物,也从“文革”前的一种(《收获》),增加到近一二十种。其中,《收获》(上海)、《当代》(北京)、《十月》(北京)、《中国作家》(北京)、《钟山》(南京)、《花城》(广州)等有较大的影响[②]。由于每月在期刊上发表的作品数量庞大,于是,创办了多种集选式的文学期刊[③]。它们受到读者的欢迎,也一定程度起到“经典化”筛选的效果。在众多的文学期刊中,中国作协主办的,和在北京、上海地区出版的刊物仍具有更大的影响力,但“十七年”中形成的中央与地方刊物的等级制已受到挑战而有所削弱。一些“地方”刊物在发表某些重要作品上,在文学运动的开展上,也发挥有影响力。所有文学刊物仍由各级文联、作协或研究机构主办,执行国家规定的文艺政策、方针。在这一框架内,刊物的倾向,与编辑部成员的思想、趣味有明显的关联。有些刊物因此带有某种“同人”性的色彩,甚或有时成为先锋性探索的阵地。这表明80年代文学体制内部,对主流意识形态的论述,已由原先的单一变为一定程度的分散。

三　文学规范制度的调整

“新时期”政治、文学体制对文学生产的控制、规范方式,与50—70年代并没有很大的不同。一方面是对“越界”的观点、创作的批评、惩戒,另一方面则是对合乎规范的作家作品加以褒奖。在80年代,“政治体制”掀起、支持的否定“文革”、反思“当代”历史的潮流,也存在发展到质疑、动摇“体制”

---

① “六条标准”为毛泽东1957年在《关于正确处理人民内部矛盾的问题》(《毛泽东选集》第五卷,北京:人民出版社,1977年,第383页)中提出。1979年3月邓小平在中共中央理论工作务虚会上的讲话提出“四项基本原则”:“第一,必须坚持社会主义道路;第二,必须坚持无产阶级专政;第三,必须坚持共产党的领导;第四,必须坚持马列主义、毛泽东思想。”“这四项基本原则不是新东西,是我们党长期以来所一贯坚持的。”

② 这些刊物有的长期出版,有的维持一段时间就停办,因而数目难以准确统计。先后创办的大型文学刊物,尚有《长城》(石家庄)、《新苑》(长春)、《清明》(合肥)、《长江》(武汉)、《叠彩》(桂林)、《江南》(杭州)、《小说界》(上海)、《昆仑》(北京)、《芙蓉》(长沙)、《柳泉》(济南)等。

③ 先后有《小说月报》《小说选刊》《中篇小说选刊》《诗选刊》等刊物出版。

本身合法性的可能。因此，“四项基本原则”的宣布，为思想文化领域，包括文学领域的“创新”和“思想解放”划定了限度，规定了禁忌（这些限度、禁忌，自然随着现实语境与国家政策的变化不断调整）。在80年代，出现一系列或大或小的对触犯“禁忌”、跨越界限的作家、作品的批评（批判）事件。可以列举的有：1979年前后，对小说《飞天》《在社会的档案里》和剧本《假如我是真的》（又名《骗子》）的批判。70年代末和80年代对若干表现了“资产阶级自由化”倾向的作品的批判[①]。1980年，根据国家刊物出版法规，禁止北岛、芒克等主持的“民办”刊物《今天》的出版。1981年，对白桦等的电影文学剧本《苦恋》和根据《苦恋》拍摄尚未公演的影片《太阳和人》展开的批判[②]。1983年开始的“清除精神污染”运动，对周扬、王元化、王若水等在“人道主义”“异化”等问题上的观点的批判，以及在诗歌上对“三个崛起”论的批判。1986年，中国作协停办由丁玲、牛汉主编的文学刊物《中国》。1989年停办文化（文学）类刊物《新观察》，1990年停办《文汇月刊》。……由于对批判运动普遍存在的厌倦、抵触心理，更由于权力阶层在新的历史情境下改变领导、控制的策略，80年代的批判运动，大多控制在一定范围，没有形成如“十七年”那样的规模；有的批判，在当事人做出检讨之后，便有意识做“降温”收缩的处理。

与“十七年”没有制度性的文学评奖不同，“新时期”开始重视奖励制度的设立。这也是“意识形态按照自己的意图，以权威的形式对文学艺术的导引与召唤”，以实现其“文化领导权”的组成部分。[③] 1978年，受中国作协委托，《人民文学》编辑部举办全国优秀短篇小说评选，是“当代”首次举办的文学评奖活动。这次评奖肯定了当时尚存在争论的“伤痕文学”的价值，“也使一批作家确立了自己在当代文学上的位置”[④]。此后，该杂志社连续举办1979—1981年的全国优秀短篇小说评奖。《诗刊》社受作协委托也举办了1979—1980年全国中青年诗人优秀诗歌奖。从1982年起到1986年，奖项除短篇小说之外，扩大至中篇小说、报告文学、儿童文学等门类，并改为由中

① 这些作品，有叶文福《将军，不能这样做》，孙静轩《一个幽灵在中国大地上游荡》，杨炼《诺日朗》，北岛、舒婷、顾城、曲有源的一些诗，张正隆的纪实文学《雪白血红》等。

② 80年代初这一重要的文化思想事件的具体情况，与对这一事件的分析，可参见朱育和、张勇、高敦复生编《当代中国意识形态情态录》（北京：清华大学出版社，1997年），许志英、丁帆主编《中国新时期小说主潮》上卷（北京：人民文学出版社，2002年）第1章，徐庆全《风雨送春归——新时期文坛思想解放运动记事》（开封：河南大学出版社，2005年）下篇“《苦恋》风波的前前后后”。

③ 参见孟繁华：《1978：激情岁月》第十章“1978的评奖制度”，济南：山东教育出版社，1998年。

④ 《人民文学》编辑部组织评出的1978年和1979年全国优秀短篇小说奖获奖作家有王蒙、张承志、贾平凹、张洁、李陀、陆文夫、刘心武、宗璞、邓友梅、卢新华、蒋子龙、高晓声等。

国作协主办。其他全国性的文学奖项,尚有解放军文艺奖、少数民族文学创作奖等。90年代以后,各省、市、自治区,各种刊物、机构设立的文学奖项数目繁多[①]。90年代由中国作协主办的全国性重要文学奖项,一是1981年设立的茅盾文学奖,另一是90年代设立的鲁迅文学奖。[②] 这些奖项的宗旨、规则,评委人选由中国作协确定。出于意识形态功能的考虑,也需要顾及不同文学集团的利益,以及评委构成的某种复杂性,结果总是显示了标准混杂的状况:或者是得奖者良莠不齐,或者是开列了长串清单而削弱奖项的价值。一些获奖作品缺乏基本的说服力,而一些较优秀之作却被遗漏。[③] 因而,对茅盾文学奖、鲁迅文学奖,每届都引发各种非议和争论。不过,获得"国家级"的文学奖项肯定将取得可观的经济收益和"象征资本"[④],尽管其权威性总是受到质疑,也总还为许多人所追慕。

四 80年代的作家构成

"文革"后,许多作家都有一种"解放"感,并普遍认为自己将进入艺术生命的"春天"。基于这一估计,当时有中国作家"盛况空前""五世同堂"的描述[⑤]。不过,既然社会生活和文学环境已发生了"转折性"变化,作家也将做

---

① 以1981年为例,当年举办文学评奖的,就有《中国青年》《解放军文艺》《当代》《儿童文学》《十月》《北京文学》《河北文学》《山西文学》《鸭绿江》《萌芽》《雨花》《青春》《安徽文学》《福建文学》《星火》《山东文学》《芳草》《芙蓉》《南方日报》《湖南日报》《广西文学》《星星》《延河》《飞天》《新疆文学》等报刊。另外,内蒙古、辽宁、吉林、浙江、山东、河南、广东、广西、贵州、西藏、甘肃等还举办省级的文学评奖。

② 茅盾文学奖对象是长篇小说作品,每四年为一届。1982年颁发第一届。鲁迅文学奖奖项分设中短篇小说、报告文学、诗歌、散文、杂文、文学理论和文学批评、文学作品翻译等门类,每两年为一届。第一届评奖对象为1995—1996年度。

③ 茅盾文学奖第一届获奖作品:《许茂和他的女儿们》(周克芹)、《东方》(魏巍)、《李自成》(第二部,姚雪垠)、《将军吟》(莫应丰)、《冬天里的春天》(李国文)、《芙蓉镇》(古华)。第二届:《黄河东流去》(李准)、《沉重的翅膀》(1984年修订本,张洁)、《钟鼓楼》(刘心武)。第三届:《少年天子》(凌力)、《平凡的世界》(路遥)、《穆斯林的葬礼》(霍达)、《第二个太阳》(刘白羽)、《都市风流》(孙力、余小惠)。第四届:《白鹿原》(修订本,陈忠实)、《战争和人》(王火)、《白门柳》(一、二,刘斯奋)、《骚动之秋》(刘玉民)。第五届:《抉择》(张平)、《尘埃落定》(阿来)、《长恨歌》(王安忆)、《茶人三部曲》(一、二,王旭烽)。第六届:《张居正》(熊召政)、《无字》(张洁)、《历史的天空》(徐贵祥)、《东藏记》(宗璞)、《英雄时代》(柳建伟)。显然,其中不少作品已被读者忘却,也不被有一定权威性的文学研究、教学机构认可。

④ 所谓经济收益,不限于奖项的奖金数目,更重要是有些获奖,可能转化为在出版、作者所属部门的"追加奖励"等方面的收益。而在"象征资本"上,则与50—70年代的情况没有很大不同。

⑤ 这种大团圆式的描述,见诸当时的许多文章、报告中。对于1979年10月召开的第四次全国文代会,朱寨主编的《中国当代文学思潮史》的描述,代表了当时许多人的看法。说这次大会是"全国文艺大军的盛大会师",出席会议的,有五四时期的"文坛老将",有五四以后各个阶段出现的文艺家,有新中国"培养起来"的风华正茂的文艺家,有锋芒初露的艺坛新秀,有错划为"右派"重返文坛的代表,真是"'五世同堂',盛况空前"。《中国当代文学思潮史》,北京:人民文学出版社,1987年,第562页。

出选择和面临被选择。除了年龄上的因素之外，最重要的是基于文学观念和与此相关的创造力导致的分化和更替。因而，也出现了类乎四五十年代之交的作家分化、重组的现象。不同的是，80年代的重组，虽然也借助政治权力机制进行，但更主要是以社会需求、读者选择的方式实现。50年代中期到“文革”前这段时间，被当时的文学界所举荐的作家，在“新时期”大多数已失去其文坛的“中心”地位[①]。在一个对“社会主义现实主义”话语，对“十七年”确立的政治、文学规则感到厌倦的时期，不愿或无法更新感知和表达方式的作家的“边缘化”，就在所必然；即使他们中一些人的新作仍得到某些赞赏，甚且获得重要文学奖[②]，也无法改变这种情况。

80年代作家的“主体”主要由两部分人组成。一是在50年代因政治或艺术原因受挫者。他们在80年代被称为“复出作家”（或“归来作家”）。这些作家有：艾青、汪曾祺、蔡其矫、牛汉、绿原、郑敏、唐湜、王蒙、张贤亮、昌耀、高晓声、陆文夫、刘宾雁、邓友梅、公刘、邵燕祥、从维熙、刘绍棠、李国文、流沙河等。他们50年代提出、实践的文学观念和艺术方法（写真实、干预生活、人道主义、题材扩大和方法的探索等），正是80年代所要挖掘，用以建构“新时期文学”的历史“财产”；在观念和艺术上，他们似乎不需要更多的“转换”，就能加入推动“新时期文学”的潮流中去。一个容易产生的错觉是，“文革”中大多数作家都是激进文化路线的受害者，因而也都存在“复出”与“归来”的事实。其实差别不难觉察。与仅在“文革”中受到冲击，认为自己是“非正常”历史境遇的蒙冤者不同，50年代起就被“放逐”的作家，在相当时间里有一种“弃民”的身份意识。这种差别在作家的心理上会留下不同的印记。“复出”作家的大多数在50年代确立他们的知识结构和精神气质，他们与现代“左翼”文学和“社会主义现实主义”话语之间，存在“既即又离”的复杂关系。他们80年代的写作反映了这一特征。自然，这一总体描述，并不能覆盖他们的每一个体。

80年代作家的另一重要构成，是“知青”的一群。知青在“文革”中，经历了从“革命主力”到“接受再教育”的身份上的急遽改变，也经历从城市到

---

① 在“十七年”受到很高评价的作家、诗人，有的相继去世，如赵树理、老舍、田汉、柳青、周立波、闻捷、李季、郭小川等。在80年代继续有作品问世的，已难以引起关注。这些作家如李准、王汶石、杜鹏程、胡万春、梁斌、杨沫、王愿坚、峻青、欧阳山、臧克家、贺敬之、刘白羽、魏巍、秦牧、陈登科、严阵、梁上泉、雁翼等。

② 80年代以后，曲波出版了长篇《山呼海啸》《戎萼碑》《桥隆飙》，杨沫出版了长篇《东方欲晓》《芳菲之歌》《英华之歌》，欧阳山出版了“一代风流”的第三、四、五卷《柳暗花明》《圣地》《万年春》，魏巍有长篇《地球的红飘带》《东方》，浩然有《乡俗三部曲》《迷阵》《乐土》《苍生》，陈登科有长篇《破壁记》。魏巍的长篇《东方》、李准的长篇《黄河东流去》和刘白羽的长篇《第二个太阳》均获得茅盾文学奖。

乡村、从经济较发达的城镇到贫困落后地区的生活变迁。这种“落差式”的特殊境遇的体验，以及他们在“文革”结束后返城的处境，对“知青”作家创作的影响是显而易见的。他们的知识结构与“十七年”作家有相近之处，但一部分“知青”作家在“文革”期间，通过阅读打破这一界限，获得对世界认知、表达的新的视域和方法。另一重要差别是，“复出”作家进入“新时期”，就意味着回归中心“轨道”，回到“目的地”，并获得“文化英雄”的荣耀身份；而“知青”一群在“新时期”的身份、生活位置，却含糊不明而需要寻求和证明。因而，虽然都写到当代历史的曲折，都参与了对“伤痕文学”等的创作，但作品的结构、情绪，“复出”作家多表现为封闭与完满，而不少“知青”作家的作品，有一种前者缺少的躁动和焦虑。

“知青”作家中的不少人在“文革”期间便开始文学写作：有的表现了“异端”特征而处于“地下”状态，有的则符合当时文学潮流，作品得以在公开出版物上发表[①]。由于“文革”与“新时期”之间的“转折”，包含着“严重”的政治伦理意义，因而，“知青”作家(也包括“文革”期间“秘密写作”或在公开出版物上发表作品的其他作家)，对原先的艺术经验会做不同的调整，对待自己的写作历史，也相应有或张扬或遮蔽的处理[②]。在 80 年代，曾被看作“知青”作家的，有韩少功、张承志、史铁生、贾平凹、王安忆、郑义、张辛欣、梁晓声、孔捷生、陈建功、李杭育、张抗抗、阿城、何立伟、叶辛、铁凝、李晓等。诗人多多、食指、芒克、江河、杨炼、舒婷、北岛、林莽、严力，虽说也具有“知青”的身份和经历，但文学界一般不称他们为“知青”作家或“知青”诗人，一般也不把他们的诗歌创作置于“知青文学”的论题上。这种处理方式，与诗歌、小说(散文)的题材，以及作家身份特征在作品中的呈现状况的不同有关[③]。“复出作家”与“知青作家”的称谓，虽然能有效地表明 80 年代作家的身份和创作的总体特征，但也有可能模糊其中存在的差别和逐渐明显的分化。因而，

---

① 许多“知青”作家，以及后面提到的在 80 年代进入写作活跃期的中年作家，“文革”期间就开始发表(出版)作品。如谌容、蒋子龙、刘心武、张抗抗、叶辛、陈建功、韩少功、贾平凹、郑万隆、路遥、周克芹、陈忠实、古华、陆天明、雷抒雁、叶文福等。他们“文革”期间和“新时期”的创作，“都经历了一个模仿、进入社会主义现实主义写作规范和否定社会主义现实主义写作规范并且学习与适应‘新时期’写作规范的过程”(旷新年：《写在当代文学边上》，上海教育出版社，2005 年，第 15 页)。

② 因为“文革”与“新时期”被看作包含“政治伦理”意义的断裂，较少有作家将自己“文革”中在公开出版物上刊登的作品(文章)列入著作简历的，他们中的有些人，也讳言“文革”期间曾在“官方”控制的报刊(出版社)发表(出版)符合当时主流意识形态的作品。

③ 北岛、多多、芒克、舒婷等诗人在“文革”期间和 80 年代初的作品，很少(食指的《这是四点零八分的北京》《相信未来》等是个别的例外)见到“知青”的生活情景和相关的生活经验，其“知青”身份在作品中难以直接辨识。

这些概念的有效性是有限的，从时间上说更是如此。

除了上述的两大“作家群”之外，一些“文革”后已届中年才进入写作活跃期的作家，也是“新时期文学”的不容忽视的力量。他们有张洁、冯骥才、古华、戴厚英、刘心武、高行健。女作家在80年代的大批出现，成为这个时期引人注目的现象，被认为是继“五四”之后第二次女作家涌现的“高潮”。

80年代中期以后，“复出”作家和“知青”作家中的一部分，创作活力已明显衰减。是否能超越80年代初形成的写作观念和方式，超越“复出”与“知青”的题材、主题、叙事模式，是能否保持创作活力的关键问题之一。与此同时，更年轻的作家开始带来了新的艺术风貌，表现了新锐的探索和革新精神。莫言、刘索拉、残雪、马原、余华、苏童、叶兆言、格非、孙甘露、北村、刘恒、方方等的写作，构成80年代后期小说的“风景”。而所谓“第三代”（或“新生代”）的诗歌写作也开始浮现。海子、韩东、西川、翟永明、于坚、陈东东、柏桦、张枣、欧阳江河、李亚伟、王家新等，已写出显示其艺术品格的诗作。与五六十年代作家相比，这些作家普遍经受高等教育，生活经验、文化素养、阅读范围都发生了许多变化。当然，重要的区别可能在于，五六十年代那些受到举荐的作家，是以他们的写作来阐释、印证统一的“总体性”观念，而80年代后起的一些作家，倾向将文学理解为“个体”对人的存在状况，以及人与世界复杂关系的探索。

五　文学著译的出版

“文革”的文化封锁的“开禁”，首先是从被禁锢的革命文艺开始的[①]。接着，中外文学名著的翻译出版也逐渐放开。在五六十年代，对于中外文化著译的出版，采取的是有高度选择性的方针。“文革”期间则实行严格的“自我封闭”[②]的政策，并对传统文化的某些部分，从实用政治的目的做出牵强附

① 50—70年代拍摄的影片，“十七年”出版的文学作品等。

② 60年代初到“文革”期间，对西方、苏联和东欧的现代文学理论和创作的翻译、出版，根据现实政治需要有选择地进行。这些出版物均以“供内部参考”的名义“内部发行”，向少数特定人群提供。这些译作主要有：

《山外青山天外天》，〔苏〕特瓦尔朵夫斯基，飞白、罗昕译，作家出版社，1961年10月。

《局外人》，〔法〕亚尔培·加缪，孟安译，上海文艺出版社，1961年12月。

《愤怒的回顾》，〔英〕奥斯本，黄雨石译，中国戏剧出版社，1962年1月。

《托·史·艾略特论文选》，周煦良等译，上海文艺出版社，1962年1月。

《关于文学和艺术问题》（文件汇编）（增订本），作家出版社，1962年2月。

《现代美英资产阶级文艺理论文选》（上下编），中国科学院文学研究所西方文学组编，作家出（转下页）

会的阐释。从70年代末开始，出现了20世纪不多见的大规模译介西方文化思想、现代文学作品的持久热潮。这种情况对“新时期文学”产生直接的影响。

(接上页)版社，1962年7月。

《往上爬》，〔英〕约翰·勃莱恩，贝山译，作家出版社，1962年11月。

《椅子——一出悲剧性的笑剧》，〔法〕尤琴·约纳斯戈，黄雨石译，中国戏剧出版社，1962年11月。

《在路上》(节译本)，〔美〕杰克·克茹亚克，石荣、文慧如译，作家出版社，1962年12月。

《生者与死者》，〔苏〕西蒙诺夫，谢素台等译，作家出版社，1962年12月。

《人、岁月、生活》，〔苏〕爱伦堡。作家出版社，第一部，王金陵、冯南江译，1962年12月；第二部，冯南江、秦顺新译，1963年2月；第三部，秦顺新、冯南江译，1963年8月；第四部，冯南江、秦顺新译，1964年1月。人民文学出版社，第五部，冯南江译，连同前四部1979年4月重版(书名此后改为《人，岁月，生活》)；第六部，冯南江译，1980年5月。

《解冻》，〔苏〕爱伦堡，作家出版社。第一部，沈江、钱钺译，1963年1月；第二部，钱钺译，1963年11月。

《伊凡·杰尼索维奇的一天》，〔苏〕索尔仁尼津，斯人译，作家出版社，1963年2月。

《爸爸、妈妈、女仆和我》，〔法〕让-保罗·勒·夏诺阿，陈琪译，中国电影出版社，1963年5月。

《南方人》，〔法〕让·雷诺阿，麦叶译，中国电影出版社，1963年5月。

《苏联文学与人道主义》，现代文艺理论译丛编辑部编，作家出版社，1963年8月。

《麦田里的守望者》，〔美〕杰罗姆·大卫·塞林格，施咸荣译，作家出版社，1963年9月。

《〈娘子谷〉及其它》(苏联青年诗人诗选)，叶夫杜申科、沃兹涅辛斯基、阿赫马杜林娜，苏杭等译，作家出版社，1963年9月。

《带星星的火车票》，〔苏〕瓦·阿克肖诺夫，王平译，作家出版社，1963年9月。

《苏联文学中的正面人物、写战争问题》，现代文艺理论译丛编辑部编，作家出版社，1963年11月。

《苏联青年作家及其创作问题》，现代文艺理论译丛编辑部编，作家出版社，1963年11月。

《苏联文学与党性、时代精神及其他问题》，现代文艺理论译丛编辑部编，作家出版社，1964年2月。

《焦尔金游地府》，〔苏〕特瓦尔朵夫斯基，丘琴等译，作家出版社，1964年2月。

《苏联一些批评家、作家论艺术革新与“自我表现”问题》，现代文艺理论译丛编辑部编，作家出版社，1964年3月。

《娜嘉》，〔南斯拉夫〕姆拉登·奥利亚查，杨元恪、巢容芬、金谷译，作家出版社，1964年7月。

《人》，〔苏〕B. 梅热拉伊梯斯，孙玮译，作家出版社，1964年10月。

《索尔仁尼津短篇小说集》，孙广英译，作家出版社，1964年10月。

《新生活——新戏剧》(苏联现代戏剧理论专辑)，中国戏剧家协会研究室编，中国戏剧出版社，1964年10月。

《艾特玛托夫小说集》，陈韶廉等译，作家出版社，1965年1月。

《戏剧冲突与英雄人物》(苏联现代戏剧理论专辑)，中国戏剧家协会研究室编，中国戏剧出版社，1965年1月。

《苏联青年作家小说集》(上、下册)，苏玲译，作家出版社，1965年2月。

《厌恶及其他》，〔法〕让-保尔·萨特，郑永慧译，作家出版社上海编辑所，1965年4月。

《等待戈多》，〔英〕萨缪尔·贝克特，施咸荣译，中国戏剧出版社，1965年7月。

《勒非弗尔文艺论文选》，〔法〕亨利·勒非弗尔，现代文艺理论译丛编辑部编，作家出版社，1965年8月。

《同窗》，〔苏〕瓦·阿克肖诺夫，周朴之译，作家出版社上海编辑所，1965年10月。

《老妇还乡》，〔瑞士〕弗里德利希·杜伦马特，黄雨石译，中国戏剧出版社，1965年12月。

《审判及其他》，〔奥地利〕弗朗兹·卡夫卡，李文俊、曹庸译，作家出版社上海编辑所，1966年1月。

《丰饶之海》第四部《天人五衰》，〔日〕三岛由纪夫，人民文学出版社，1971年12月。第三部 (转下页)

70年代末，最初是重印五六十年代的出版物——主要是20世纪以前的古典文学理论和文学创作。1977—1978年间，人民文学出版社的“名著重印”引起轰动，出现购书热潮。[①]接着，60年代前期一些出版社（商务印书馆、中华书局、作家出版社、人民文学出版社、上海人民出版社等）出版的供“内部参考”（或供“批判”）的文学理论和文学著作，大都重印发行。在五六十年代，专门发表外国文学翻译、研究的刊物只有《译文》（后改名为《世界文学》）一种。80年代以来，除了《世界文学》外，又陆续创办了《外国文艺》《译林》等多种刊物。除各地的出版社出版文学译本外，还成立了专门的外国文学出版机构，如外国文学出版社（从人民文学出版社分出）、上海译文出版社、中国对外翻译出版公司等。外国文学作品和理论著作的翻译出版，很快形成规模。“二十世纪外国文学丛书”“外国文学名著丛书”（外国文学出版社、上海译文出版社），“诺贝尔文学奖获奖作家作品集”（漓江出版社），“诗苑译林”（湖南人民出版社），“现代外国文艺理论译丛”“西方学术文库”（生活·读书·新知三联书店），“外国文学研究资料”（外国文学出版社），“二十

（接上页）《晓寺》，1972年8月。第二部《奔马》，1973年5月。第一部《春雪》，1973年12月。

《你到底要什么？》，〔苏〕柯切托夫，上海新闻出版系统“五·七”干校翻译组译，上海人民出版社，1972年10月。

《多雪的冬天》，〔苏〕伊凡·沙米亚金，上海新闻出版系统“五·七”干校翻译组译，上海人民出版社，1972年12月。

《摘译》（外国文艺），1973共出版三期，1974年出版八期，1975年出版八期，1976年出版十二期，上海人民出版社。

《白轮船（仿童话）》，〔苏〕钦吉斯·艾特玛托夫，雷延中译，上海人民出版社，1973年7月。

《落角》，〔苏〕B. A. 柯切托夫，上海人民出版社编译室译，上海人民出版社，1973年9月。

《普隆恰托夫经理的故事》，〔苏〕维·李巴托夫，上海外国语学院俄语系译，上海人民出版社，1973年10月。

《美国小说两篇》（《海鸥乔纳森·利文斯顿》和《爱情故事》），〔美〕理查德·贝奇，〔美〕埃里奇·西格尔，晓路、蔡国荣译，上海人民出版社，1974年3月。

《礼节性的访问——苏修的五个话剧、电影剧本》，齐戈译，上海人民出版社，1974年4月（包括《礼节性的访问》《外来人》《幸运的布肯》《湖畔》《驯火记》）。

《乐观者的女儿》，〔美〕尤多拉·韦尔蒂，叶亮译，上海人民出版社，1974年11月。

《点燃朝霞的人们》，〔玻利维亚〕雷纳托·普拉达·奥鲁佩萨，苏龄译，人民文学出版社，1974年11月。

《苏修短篇小说集》[《摘译（外国文艺）》增刊]，上海人民出版社，1975年12月。

① 两年间，该出版社重印了外国古典名著《希腊的神话和传说》《一千零一夜》《死魂灵》《悲惨世界》《战争与和平》《安娜·卡列尼娜》《堂吉诃德》《大卫·科波菲尔》《高老头》《欧也尼·葛朗台》《名利场》《契诃夫小说选》《莎士比亚全集》等40余种。各大城市的新华书店出现半夜排队抢购的场面。有学者认为，当时的“名著重印”的思想文化意义在于，“它在国内植入了新的话语生长点，为新时期的知识构造提供了动力，其直接结果是促进了新时期最早的思想文化潮流——人道主义的话语实践”。见赵稀方：《翻译与新时期话语实践》，北京：中国社会科学出版社，2003年，第5页。

世纪西方哲学译丛”(上海译文出版社)等,是有影响的书系。[①] 在80年代,文化界的译介重点,特别转移到20世纪的西方文论和文学创作上面,当时中国语境中所称的“现代派文学”,成为关注的重点,并引发了从1978年到1982年针对“现代派”文学的论争。卡夫卡、海明威、萨特、加缪、艾特玛托夫、埃利蒂斯、帕斯、福克纳、加西亚·马尔克斯、T. S. 艾略特、博尔赫斯、里尔克、阿兰-罗布·格里耶、普拉斯、史蒂文森……是当时活跃的作家、诗人耳熟能详的名字。西方20世纪哲学、美学、文化学、社会学、心理学等社会科学和人文学科的重要成果的译介,也受到文学界的热情关注;弗洛伊德心理学、存在主义、现象学、俄国形式主义、结构主义、阐释学、新批评、符号学、后结构主义、女性主义文学批评等,都得到介绍,并在80年代的文学过程中留下深浅不一的痕迹。

除了西方学术文化成果的介绍引进以外,在80年代,中国现代作家作品的重评和出版,对“新时期”的文学理论和创作也发生重要的影响。除了现代文学传统名著的出版外,在50—70年代被忽视、贬抑的作家、流派的著作也开始大量印行。这包括李金发、徐志摩、戴望舒的诗歌选集、全集,沈从文的作品集,30年代上海的“新感觉派”小说,张爱玲、钱锺书、师陀的小说,老舍、萧乾、废名在“当代”被湮没的一部分作品,路翎的小说,周作人、梁实秋、林语堂的散文,胡风、朱光潜、李健吾的理论批评著作,“七月派”、“中国新诗派”(“九叶派”)诗人的作品。

---

① “外国文学研究资料”除了作家的专集(莎士比亚、巴尔扎克、海明威、福克纳、加西亚·马尔克斯、萨特、川端康成)外,尚有“流派”(荒诞派戏剧、新小说等)专集。在这些丛书中,生活·读书·新知三联书店(北京)的“现代外国文艺理论译丛”“现代西方学术文库”,上海译文出版社的“二十世纪西方哲学译丛”对80年代的文学研究、批评的影响最大。“现代外国文艺理论译丛”在80年代翻译出版了佛克马、易布思的《二十世纪文学理论》,霍夫曼的《弗洛伊德主义与文学思想》,巴赫金的《陀思妥耶夫斯基诗学问题》,韦勒克、沃伦的《文学理论》,卡冈的《艺术形态学》等产生广泛影响的著作。“现代西方学术文库”出版的著作有尼采的《悲剧的诞生》、卡西尔的《语言与神话》、荣格的《心理学与文学》、什克洛夫斯基等的《俄国形式主义文论选》、刘小枫选编的姚斯等的《接受美学译文集》、托多洛夫的《批评的批评》、瓦特的《小说的兴起》、李幼蒸选编的艾柯的《结构主义和符号学——电影理论译文集》、狄尔泰的《体验与诗》、本雅明《发达资本主义时代的抒情诗人》和《机械复制时代的艺术》、马尔库塞的《审美之维》、萨特的《词语》和《存在与虚无》、巴尔特的《符号学原理》、布鲁姆的《影响的焦虑》、贝尔的《资本主义文化矛盾》、韦伯的《新教伦理与资本主义精神》、海德格尔的《存在与时间》等。“二十世纪西方哲学译丛”出版了卡西尔的《人论》(1984年,这在当时成为文学界的畅销书)、马尔库塞的《爱欲与文明》和《单向度的人》、萨特的《存在主义是一种人道主义》、波普尔的《猜想与反驳》、胡塞尔的《现象学的观念》、德里达的《论文字学》等。

第十七章

80年代文学概况

一　80年代文学过程

1976年底“文革”结束后的一段时间，文学并未实现从“文革文学”的转变。写作者的文学观念、取材和艺术方法，仍是它的沿袭。“文革”模式的明显脱离，是从1979年开始。因此，不少批评家和文学史论著谈到“新时期文学”的开端，并不以“文革”结束作为界限。[①] 当然，在此之前，已有一些作品预示了这种“转变”的发生。如发表于1977年11月的短篇小说《班主任》（刘心武）和发表于1978年8月的短篇《伤痕》（卢新华）[②]。这些艺术上显得粗糙的作品，提示了文学“解冻”的一些重要征象：对个体命运、情感创伤的关注，启蒙观念和知识分子“主体”地位的提出等。

以1985年前后为界，80年代文学可以区分为两个阶段。80年代前期，文学界在纷杂的思想文化“发掘”与“输入”的热潮中，寻求反叛“文革”模式和社会主义现实主义思想、文学话语资源。人道主义的启蒙精神、“现代派”文学等是集中的关注点。在这段时间，文学理论和文学创作都与对“文革”的批判、反思有关。小说方面，出现了“伤痕小说”和“反思小说”的潮流。诗歌创作的主要成就，表现在“复出诗人”的“归来的歌”和青年一代的“朦胧

① 朱寨主编的《中国当代文学思潮史》认为，他们把当代文学思潮史的下限划在1979年，而不是划在“粉碎‘四人帮’的1976年”，原因是1979年以前，“文艺思想并没有从根本上解除禁锢”；“文艺思想上的拨乱反正，文艺创作有了新的突破”，是在1978年底的“十一届三中全会前后”开始，而“贯彻十一届三中全会精神的第四次全国文代会，成为文艺史上转折的里程碑”。《中国当代文学思潮史》，北京：人民文学出版社，1987年，第8—9页。

② 分别刊载于1977年第11期《人民文学》和1978年8月11日《文汇报》（上海）。

诗”创作。承接“当代”的传统,戏剧(特别是话剧)主要是与“文革”有关的“社会问题剧”。艺术观念和方法上更为深入的变革尚未受到关注。总体而言,这个阶段文学的取材和主题,主要指向社会—政治层面,并大多具有社会—政治干预的性质。文学承担了政治预言与动员任务,扮演触及思想理论和文学“禁区”的先驱者角色,与公众的生活情感建立紧密关系。作家、知识分子在“新时期”的这种“文化英雄”身份[①]——后来不再能够重现,它们成为人们怀恋的光荣记忆。在此期间,不同的政治观念、文学想象,以及权力结构中的利害关系,演化为一系列的论争与冲突。这表现在有关“向前看”与“暴露黑暗”、“朦胧诗”、人道主义与“异化”、“现代派”文学等问题上,也表现在对若干作品的评价上。

大致在80年代中期,文学界革新力量积聚的旨在离开“十七年”的话题范围和写作模式的“革新”能量开始得到释放,创作、理论批评的创新出现“高潮”。因为1985年发生的众多文学事件,使这一年份成为作家、批评家眼中的转变的“标志”[②]。出现了一批与“伤痕”“反思”小说在艺术形态上不同的作品:《冈底斯的诱惑》(马原)、《北京人》(张辛欣、桑晔)、《命若琴弦》(史铁生)、《你别无选择》(刘索拉)、《小鲍庄》(王安忆)、《少男少女,一共七个》(陈村)、《透明的红萝卜》(莫言)、《爸爸爸》(韩少功)、《山上的小屋》(残雪)、《系在皮绳扣上的魂》(扎西达娃)等,均发表于这一年[③]。在文学“潮流”上,有所谓文学“寻根”的提出和由此产生的“寻根文学”。另外则是“现代派”文学的出现。虽说“寻根”主要着眼于民族文化的探寻,“现代派”倾向于从西方现代文学获取灵感,但是两者都产生于80年代中/西、传统/现代的思维框架,并根源于“走向世界文学”的巨大压力。1985年或更早的时间,“朦胧诗”已经“式微”。与此同时,出现了受“朦胧诗”滋养的“朦胧诗”反叛者,他们自称“第三代”(或被称“新生代”)。组织名目繁多的诗歌社团,自编、自印诗报、诗刊、诗集,进行各种先锋性的实验,改变了80年代前期的那

---

① 宗福先的话剧《于无声处》在中共中央尚未正式为1976年的“天安门事件”平反时,就提出这一问题;在剧场和电视屏幕前,许多人听到“冤案必须平反,政策必须落实”(艾青)“诗句”的朗诵而落泪;1978年10月31日《人民日报》就短篇《神圣的使命》(王亚平)、《班主任》(刘心武)、《灵魂的搏斗》(吴强)、《伤痕》(卢新华)等发表了“本报评论员”文章《努力写好革命人民同林彪、“四人帮”的斗争》;《班主任》《伤痕》《爱情的位置》《爱,是不能忘记的》《乔厂长上任记》等作品的发表引起的轰动……

② 当时和后来,不少作家、批评家用“85新潮”“雪崩式巨变”“转折的重要时期”“新时期文学的一个新起点”等说法,有些夸张地描述他们心目中1985年前后发生的变化。

③ 这些小说分别刊于1985年的《上海文学》第2期,《上海文学》第1、7期,《现代人》第2期,《人民文学》第3期,《中国作家》第2期,《文学月报》第4期,《中国作家》第2期,《人民文学》第6期,《人民文学》第8期,《西藏文学》第1期。

种诗歌面貌。

在80年代中后期，“回到文学自身”和“文学自觉”是热门话题。这些命题的提出，既延续了对文学在人的精神领域的独特地位的关切，也表现了对人道主义为核心的启蒙精神的某种程度的“离异”。在涉及文学存在的问题上，则有多个方面的含义：对文学承担过多的社会责任的清理（“干预生活”的启蒙式口号成为疑问）；对文学只关注社会政治层面问题的反省；对文学的“本体”“形式”问题的重视。当代作家注重社会政治问题的“传统”出现了分裂；“日常生活”的“世俗”关注进入作家的视野。在此时，“文学自觉”既是一种期待，也可以说是对80年代后期已存在的部分状况的描述。诗歌有了“诗到语言为止”的说法，出现探索语言和叙述的可能性的“先锋小说”。离开重大社会、政治问题的“日常生活”写作、“个人写作”，在诗歌、小说（如“新写实小说”）等文类中涌动。与此相关，理论批评在80年代中后期也实行着“转换”。其目标是要改变“从30年代开始”的“庸俗的阶级斗争论和直观反映论的线式思维惯性”，要以“科学的方法论代替独断论和机械决定论”。文学批评、研究从侧重“外部规律”（文学与社会、政治意识形态的关系），转移到“内部规律”，着重研究“文学本身的审美特点，文学内部各要素的互相联系，文学各种门类自身的结构方式和运动规律”。[①] 这种“外部研究”与“内部研究”的区分，和强调转向“内部研究”的主张，是文学“回到自身”的吁求在批评、理论上的表现。[②] 为此，批评界有些饥不择食地引进、实验各种方法。1985年也因此被称为文艺学的“方法年”。

不过，期待之物也带来“苦果”。文学开始失去其在80年代初的显赫地

---

① 上述引文，见刘再复《文学的反思和自我的超越》（1985年8月31日《文艺报》）、《文学研究应以人为思维中心》（1985年7月8日《文汇报》）、《文学研究思维空间的拓展》（《读书》1985年第2、3期）等文。

② 文学研究“外部”与“内部”的区分，和转向“内部研究”的趋势，与当时欧美的“新批评”、俄国的“形式主义”的引进，特别是韦勒克、沃伦的《文学理论》中译本的出版（刘象愚、邢培明、陈圣生、李哲民译，北京：生活·读书·新知三联书店，1984年；第一次印刷发行三万四千册，很快脱销）有关。不过，在中国特定的历史、文化语境中，当时的批评家其实并没有将精力集中于文学作品的“符号”，它的声音、句法、结构、叙述等方面。他们关心的是超越传统的“内容”与“形式”、符号结构与意义价值之间的割裂，通过符号结构的分析阐释意义和价值，是他们的主要动力。这在当时一些有影响的批评家的论著中可以清楚见到。如属于“新人文论丛书”（浙江文艺出版社）的《文学的选择》（吴亮）、《郁达夫新论》（许子东）、《文明与愚昧的冲突》（季红真）、《论“五四”新文学》（刘纳）、《沉思的老树的精灵》（黄子平）、《理解与感悟》（南帆）、《论小说十家》（赵园）、《一个理想主义者的精神漫游》（蔡翔）、《先驱者的形象》（王富仁）、《在东西方文化碰撞中》（陈平原）、《正统的与异端的》（蓝棣之）、《所罗门的瓶子》（王晓明）、《批评与想象》（陈思和），以及“文艺探索书系”（上海文艺出版社）的《性格组合论》（刘再复）、《艰难的选择》（赵园）、《文艺心理阐释》（鲁枢元）、《艺术链》（夏中义）、《心灵的探寻》（钱理群）、《十年文学主潮》（宋耀良）等论著。

位，失去其与社会、与公众的曾经有过的“蜜月”期。这种情况，被敏锐的作家表述为“失却轰动效应”[①]。这既是社会“转型”，公众的注意力从政治有所转移的表现，也是作家分化，大众文化兴起，“严肃文学”(或“纯文学”)边缘化必然产生的结果。自然，这种种趋向要到90年代才有更充分的展示。

二　“新时期文学”的话语资源

在80年代，从“文革”中走出的人，普遍认同“文革”是“封建主义”的“全面复辟”，实行的是蒙昧主义的“封建法西斯专制”，是对人性、个体尊严、价值的剥夺和蹂躏。因此，“新时期”存在着如“五四”那样的将人从蒙昧、从“现代迷信”中解放的“启蒙”的历史任务，在思想文化上，“新时期”也因此被看成是另一个“五四”[②]。这种与“五四”的联结，还根源于对中国现代历史的有关“救亡”与“启蒙”的关系的论断，即“五四”开启的启蒙的历史任务，由于民族危机、革命战争的原因，受到“挤压”，始终是未竟之业，“新时期”急迫的任务是要补“五四”的课，“反封建”成为“新时期”的“总任务”。[③] 与社会政治关系紧密的文学也不例外。面对这一历史任务，文学界(知识界)热切寻找新的认知、批判工具，确立新的阐释框架。在80年代，人道主义、主体性等成为80年代“新启蒙”思潮的主要“武器”，是进行现实批判，推动文学观念更新的最主要的“话语资源”。

70年代末到80年代，人道主义思潮首先表现在“伤痕文学”的创作，以及针对这些作品的评论文章上。接着，知识界对这个问题，连同相关的人

---

① 1988年1月30日《文艺报》发表了王蒙的文章《文学：失却轰动效应以后》(署名阳雨)。文章说到80年代初文学在社会中引起阵阵热潮，后来，热潮成为文学圈内的事，而到了80年代后期，“连圈内的热也不大出现了”：“不论您在小说里写到了某种人人都有的器官或大多数人不知所云的‘耗散结构’，不论您的小说是充满了开拓型的救世主意识还是充满了市井小痞子的脏话，不论您写得比洋人还洋或是比沈从文还‘沈’，您掀不起几个浪头来了。”

② 李泽厚：“一切都令人想起五四时代。人的启蒙，人的觉醒，人道主义，人性复归……都围绕这感性血肉的个体从作为理性异化的神的践踏蹂躏下要求解放出来的主题旋转。”《中国现代思想史论》，北京：东方出版社，1987年，第209页。

③ 李泽厚发表于1986年《走向未来》创刊号的《启蒙与救亡的双重变奏》(收入李泽厚《中国现代思想史论》)的文章中，这样叙述中国现代历史：“封建主义加上危亡局势，不可能给自由主义以平和渐进的稳步发展”，革命战争“又挤压了启蒙运动和自由思想，而使封建主义乘机复活”；“启蒙与救亡(革命)的双重主题的关系，在五四以后并没有得到合理的解决”，“特别是近三十年的不应有的忽视，终于带来了巨大的苦果”。另参见周扬：《三次伟大的思想解放运动》，《人民日报》1979年5月7日。

性、异化问题，展开持续多年的探讨和争论。[1] 在“当代”，“新的人民文学”是以阶级论为其基础，意识到人道主义可能构成的销蚀、颠覆的威胁，因此，不管是理论还是创作都对其保持很高的警惕。许多时候它被列为禁区，一些作品也因为表现资产阶级人性、人道主义受到批判[2]。“新时期”重提这些问题时，就具有辩护、“冲破禁区”的理论形态。1979 年初，朱光潜的《关于人性、人道主义、人情味和共同美问题》，是最初提出问题的文章。随后几年中，报刊发表有关人性、人道主义问题的文章有三四百篇，并出现了争论的热潮。[3] 争论涉及如何理解人道主义，马克思主义与人道主义的关系，人在马克思主义中的地位，“异化”的问题等。这些问题，在 60 年代初中国文学界人道主义、人性论批判时已经提出；50 年代中期以后，西欧的共产主义运动在反思斯大林及其制度的时候，人道主义也是批判者运用的主要思想武器。中国 80 年代初的人道主义思潮，其批判对象的性质，问题提出和展开的方式，争论的症结，都与前者相似，甚或可以说是上述浪潮的延续（或余波）。马克思的早期著作《1844 年经济学—哲学手稿》，同样是他们主要的理论依据。他们都从《手稿》中的“意识形态火焰里”，“重新发现自己炽热的热情”，将人道主义作为一种多少与“具体历史环节”脱离的信念，作为“获得解放的感受和对自由的喜爱”的口号。[4] 他们在与“教条主义”的制度和思维

---

① 王若水在 1983 年对这一热潮曾有这样的描述：“一个怪影在中国知识界徘徊——人道主义的怪影。三年来，有关‘人’的问题的论文发表了四百多篇，其中有相当一部分是探讨马克思主义的人道主义的。在文艺创作中，关心人的命运、富于人情味和具有人道主义色彩的作品也多起来了。”（《为人道主义辩护》，《文汇报》1983 年 1 月 17 日）人道主义体现在一批作品中，如小说《班主任》、《爱情的位置》（刘心武）、《伤痕》（卢新华）、《枫》（郑义）、《在小河那边》（孔捷生）、《生活的路》（竹林）、《啊！》（冯骥才）、《人啊，人！》（戴厚英）、《被爱情遗忘的角落》（张弦）等。

② 在“十七年”因为表现资产阶级人性、人道主义而受到批判的，重要的有《关连长》（电影）、《洼地上的“战役”》（路翎）、《红豆》（宗璞）、《小巷深处》（陆文夫）、《来访者》（方纪）、《同甘共苦》（话剧，岳野）、《一个和八个》（郭小川，长诗，未发表，在中国作协内部批判）、《英雄的乐章》（刘真）、《无情的情人》（电影文学剧本，徐怀中）、《上海的早晨》（周而复）、《北国江南》（电影）、《早春二月》（电影）、《舞台姐妹》（电影）等文艺作品，以及《论人情》（巴人）、《论“文学是人学”》（钱谷融）、《论人情和人性》（王淑明）等理论文章。

③ 朱光潜的文章《关于人性、人道主义、人情味和共同美问题》刊发于《文艺研究》（北京）1979 年第 3 期，是“新时期”较早从理论上提出人道主义、人性问题的文章。其后，这方面重要文章有：汝信《人道主义就是修正主义吗？——对人道主义的再认识》（《人民日报》1980 年 8 月 15 日）、王若水《文艺与人的异化问题》（《文汇报》1980 年 9 月 25 日）、陆梅林《马克思主义与人道主义》（《文艺研究》1981 年第 3 期）、周扬《关于马克思主义的几个理论问题的探讨》（《人民日报》1983 年 3 月 16 日）、黄枬森《关于人的理论的若干问题》（《人民日报》1983 年 4 月 6 日）、李锐《人道主义不是马克思主义》（《工人日报》1983 年 11 月 9 日）、胡乔木《关于人道主义和异化问题》（《人民日报》1984 年 1 月 27 日）、王若水《为人道主义辩护》（《文汇报》1983 年 1 月 17 日），王若水专著《为人道主义辩护》，北京：生活·读书·新知三联书店，1986 年。

④ 这也是五六十年代西欧共产党人在批判斯大林制度时有争议的处理方式。参见阿尔都塞：《保卫马克思》，顾良译，杜章智校，北京：商务印书馆，1984 年，第 3 页。

模式决裂,却也继承了"教条主义"的遗产。尽管存在着理论上的缺陷(这是当时论争中就已经指出的),由于这种思想武器所发挥的批判力量,由于除旧布新的激情,人道主义及其持有者,在当时的文学界、知识界获得更多的同情和支持。在人道主义论争中,"异化"是其中最为敏感,也带来"麻烦"的问题。这个问题最先由王若水、周扬提出。在60年代初周扬的一些内部讲话中,已经出现这一问题的雏形。1983年初周扬发表了《关于马克思主义的几个问题的探讨》[①]这一引起争议的文章。文章试图清算几十年来中国"左"的政治思想路线的哲学根源,以推动"思想解放"的深化,并提出了社会主义制度中的"异化"的问题。这在当时的国家权力阶层看来,已经越过"思想解放"的界限,文章很快受到激烈批评[②]。系统并最具权威性的批评,由胡乔木在《关于人道主义和异化问题》[③]一文中进行,指出"宣传人道主义世界观、历史观和社会主义异化论"不是一般的学术理论问题,是"牵涉到离开马克思主义的方向,诱发对社会主义的不信任情绪"的,"带有根本性质错误的"思潮。在1983—1984年间开展的抵制和清除"精神污染"的运动中,作为"资产阶级自由化"和"精神污染"现象列举的,除了周扬等的关于人道主义和异化问题的观点外,还包括:"把西方'现代派'作为我国文艺发展的方向和道路",创作上"热衷于表现抽象的人性和人道主义","渲染各种悲观、失望孤独、恐惧的阴暗心理","把'表现自我'当成唯一的和最高的目的"等等现象。[④]人道主义问题的讨论因为这一批判运动,在1984年告一段落。但随后又在哲学、文艺学上获得"主体论""诗化哲学"等表达方式。文学"主体论"的提出在当时文学界影响广泛。"主体论"的提出也引发激烈争论,在赋予"主体"以

---

① 刊发于1983年3月16日《人民日报》。据王元化《为周扬起草文章始末》(广州《南方周末》1997年12月12日)称,这篇文章是周扬与王元化、王若水、顾骧一起讨论,后由王元化、王若水、顾骧起草。王元化主要撰写有关重视认识论问题的部分,王若水撰写有关人道主义部分。在此之前,王元化已就认识论和知性方法的问题发表过文章(刊于1979年上海《学术月刊》上的《对"由抽象上升到具体"的一点理解》和1982年《上海文学》上的《论知性的分析方法》等)。王若水在这一时期也发表了多篇论人道主义的文章,如《为人道主义辩护》(上海《文汇报》1983年1月17日)、《文艺与人的异化问题》(《文汇报》1980年9月25日)。周扬的文章由王元化定稿,周扬做最后润色,并由周扬于1983年3月7日在中共中央党校召开的纪念马克思逝世100周年学术报告会上演讲。

② 这篇文章最初由周扬于中共中央党校召开的纪念马克思逝世100周年学术报告会上(1983年3月7日)以演讲方式发表。在周扬发表讲话后,本来定于3月9日结束的"学术报告会"突然决定延期,并开始对讲话的观点进行批评。3月16日,《人民日报》在发表周扬讲话时,同时刊发会上对这一讲话的批评发言,题目为《黄枬森等在纪念马克思逝世一百周年学术报告会上的发言摘要》。

③ 这是胡乔木1984年1月3日在中共中央党校的讲话。经修改后刊于《红旗》1984年第2期,并由北京的人民出版社以国家重要政策、文件的装帧版式出版单行本。

④ 参见1983年第11期《文艺报》社论《文艺界要认真学习贯彻二中全会精神》和第12期座谈会报道《清除精神污染中文艺工作者的庄严职责》。

超越具体时空、拥有无限可能性这一点上，当时和后来也受到批评。[①]

人道主义思潮在 80 年代（特别是 80 年代前期）的文学创作中留下深刻的印记。它被一些批评家概括为“新时期文学”的主潮；“文明与愚昧的冲突”也被看作“新时期文学”的总主题。[②]

三　文学历史的“重写”

对文学历史的“改写”“重写”是文学“转折”实现的条件之一。以新的历史图景取代原有的居主流地位的历史描述，为“新时期文学”提供历史依据，也提供建构“新时期文学”的思想艺术资源。

大规模的历史“重写”在“当代”不止一次，40—50 年代之交，以及“文革”期间都曾发生。在 50 年代，20 世纪中国文学是一幅进化、上升的图景：“新文学”存在的重要弱点、局限，由“延安文学”和“当代文学”加以解决；“当代文学”是更高的发展阶段。新文学被描述为无产阶级文学在与资产阶级文艺路线斗争中发生、发展到确立其主导地位的过程。这一历史描述，在“新时期”受到广泛质疑，文学史研究界开始进行“翻转”式的改写，新的历史图式逐渐浮现：新文学经由“五四”的辉煌和蓬勃生机，而不断下降，到“当代”跌入低谷，只是到了“新时期”才得以复兴。“现代文学”远胜于与“社会主义实践”相联系的“当代文学”[③]。“重写”在“还历史本来面目”的口号下，

---

① 在文学上提出“主体论”的是批评家刘再复。他发表了《论文学的主体性》（《文学评论》1985 年第 6 期，1986 年第 1 期）等论著，引发争论。其理论来源，主要是李泽厚重新阐发康德基础上形成的哲学论述。但他们之间“存在着微妙的差异”：李泽厚在强调人的能动性的同时，也指出了历史、社会对人的行为、心理的“规范”和制约，刘再复则将受制于历史的具体有限的“主体”，“演化成一个漫游于历史时空之外的无限能动的‘主体’”。参见夏中义：《新潮学案——新时期文论重估》，上海三联书店，1996 年，第 31 页；贺桂梅：《人文学的想象力——当代中国思想文化与文学问题》，开封：河南大学出版社，2006 年，第 51 页。当时对文学“主体论”进行批评的，主要有陈涌（《文艺学方法论问题》，《红旗》1986 年第 8 期）、姚雪垠（《创作实践和创作理论——与刘再复同志商榷》，《红旗》1986 年第 21 期）、程代熙、敏泽等。

② 季红真在《文明与愚昧的冲突》（杭州：浙江文艺出版社，1986 年）一书中，对此做了集中讨论。刘再复认为：“新时期文学的发展过程，是社会主义人道主义的观念不断地超越‘以阶级斗争为纲’的观念的过程。……我们可以找到一条基本线索，就是整个新时期文学都围绕着人的重新发现这个轴心而展开的。新时期文学的感人之处，就在于它以空前的热忱，呼唤着人性、人情和人道主义，呼唤着人的尊严和价值。”见《论新时期文学主潮》，《文学评论》（北京）1986 年第 6 期。

③ 80 年代最早系统地勾画这一历史图景的文章，是刊于《新文学论丛》（北京）1980 年第 3 辑的赵祖武的《一个不容回避的历史事实——关于“五四”新文学和当代文学的估价问题》。他提出了 20 世纪中国文学后 30 年（也就是 50—70 年代）的成就不如前 30 年的论断；这是对“当代”确立的论断的“颠覆”。随后陈思和的“新文学整体观”，黄子平、陈平原、钱理群的“20 世纪中国文学”对文学历史图景的描述，也有相近之处。

以显著或悄然的方式进行。重新建构文学史书写的理论依据和评价标准,是历史"重写"最重要的工作。启蒙主义、现代化成为取代阶级论的标准[①]。由于50—70年代大陆文学史存在的严重偏见和空白,激发了"重写"的极大的能量和激情。一方面,作为文学潮流,二三十年代的革命文学、左翼文学,40年代"解放区文学"和当代50—70年代文学,逐渐失去其主导位置,它们的代表性作家、作品的"经典"地位发生动摇。另一方面,出现发掘、提升在"当代"受到忽视、湮没的作家、流派的热潮[②]。列入后者的名单有:二三十年代的新月派、象征派、现代派诗歌,30年代上海的"新感觉派"小说,沈从文、废名、卞之琳、萧乾、朱光潜、李健吾等"京派"作家的创作和批评,胡风、路翎等"七月派"的理论、创作,"孤岛文学"中的钱锺书、张爱玲、师陀,穆旦、杜运燮、郑敏等"中国新诗派"的诗。"重写"也发生在鲁迅、茅盾、老舍、曹禺等一些历史地位似乎没有很大变化的作家身上。例如,在一些研究者那里,"当代"的革命、阶级论者的鲁迅,为个性主义的激进启蒙者,甚至为表现个体生命困境的"存在主义者"的鲁迅所取代。[③]

80年代中后期,这一文学历史"重写"活动,得到了具有文学史形态的理论表述而凝聚和加强。这指的是"新文学整体观""二十世纪中国文学"等命题的提出,和有明确规划意识的"重写文学史"活动的开展。[④] 这期间的

---

① 李泽厚对启蒙与救亡的论述,王瑶、樊骏、严家炎等在80年代的现代文学研究中对"现代化"标准的提出,是理论确立的最初工作。严家炎的《鲁迅小说的历史地位》(《文学评论》1981年第5期),是当时较先提出文学"现代化"和"世界文学"目标的文章。他说,"中国文学"的"现代化的起点"从五四开始:"从五四时期起,我国开始有了真正现代意义上的文学,有了和世界各国取得共同语言的新文学。而鲁迅,就是这种从内容到形式都崭新的文学的奠基人,是中国文学现代化的开路先锋。"

② 80年代现代文学史的"改写","境外"的一些文学史论著起到重要推动作用。如司马长风70年代在香港出版的共3卷的《中国新文学史》,将新文学的过程划分为"诞生期""收获期"和"凋零期"。特别是夏志清的《中国现代小说史》的中文译本(经过删改的大陆简体字本迟至2005年才问世,80年代初在大陆流传的是台湾传记文学出版社等的繁体字本),对张爱玲、钱锺书、沈从文等的高度评价。有人认为,"夏志清的《中国现代小说史》构成了大陆80年代以来'重写文学史'的最重要动力","在'重写文学史'的实践上具有明显的规范意义"(旷新年:《写在当代文学边上》,上海教育出版社,2005年,第177—178页)。

③ 对这些文学史地位"稳定"的作家重评、改写,表现在阐释的转移上。如鲁迅的《野草》的价值得到空前肯定,在"当代"受到更高肯定的后期创作的价值开始下降。茅盾、老舍、曹禺等在"当代"不被重视,或受到否定的作品,如《原野》《蚀》《霜叶红于二月花》《寒夜》《离婚》等的文学史地位上升。对作品内涵的解说也发生变化。有研究者指出,"作为'新时期'鲁迅研究的标志性成果,王富仁的《中国反封建思想革命的一面镜子》、钱理群的《心灵的探寻》和汪晖的《反抗绝望》清晰地显示了对于鲁迅从启蒙主义解释规范到现代主义解释规范的转变过程。"旷新年:《写在当代文学边上》,第9页。

④ 陈思和《新文学研究中的整体观》,刊于《复旦学报》1985年第3期,随后出版《中国新文学整体观》(上海文艺出版社,1987年)一书。黄子平、陈平原、钱理群的《论"二十世纪中国文学"》刊于《文学评论》1985年第5期,他们并在这一年的《读书》(北京)上,连续就"二十世纪中国文学"的话题发表"三人谈"。论文和对话编为《二十世纪中国文学三人谈》由人民文学出版社于1988年出版。陈思和、王晓明在(转下页)

"重写"，是以"走向世界文学""文学现代化"和"回到文学自身"（"纯文学"）等作为它的目标和尺度；而"世界文学"、文学"现代化"和文学"自身"的特质，被认为主要体现在"现代派"文学中。中国当代语境中的"现代派"（或"现代主义"），是个囊括自19世纪末到20世纪中期的，包括象征主义、表现主义、未来主义、意识流文学、超现实主义、存在主义、新小说派、垮掉的一代、荒诞派戏剧、黑色幽默、魔幻现实主义等名目的概念。概念的这一内涵，在五六十年代就已形成①。在"文革"后到1985年间，对西方"现代派"文学及其理论，有大规模的热情译介和论争。当时，"现代派"在一些人眼里，与"现代化"联系在一起；中国正在开展的"现代化"运动，直接成为支持"现代派"文学的依据。②"现代派"在"新时期"之所以受到"急渴"的③追慕，形成热潮，原因主要是它经过"新启蒙"文化逻辑的转化，成为当时作家的"反叛"的依据，以"非写实"的方法来对抗当代确立的僵化的现实主义文学成规和语言，并满足了这样的想象：它将提供摆脱中国当代文学"时间上的滞后性，和空间上的边缘性"，以汇入"世界文学"的有效方案。④对"新时期文学"与"现代派"关系的这种理解，也受到坚持社会主义现实主义"经典话语"的作家、批评家的质疑和责难，并在1983年的"清除精神污染"运动中，与"人道主义""异化"等一起被列入资产阶级"精神污染"的名单。⑤

（接上页）《上海文论》1988年第4期（7月出版）至1989年第6期（11月出版）主持"重写文学史"专栏。专栏发表的文章，对现当代文学一些重要作家（赵树理、柳青、郭小川、丁玲、茅盾、曹禺、胡风、何其芳）、作品（《子夜》《青春之歌》《女神》）、流派（"鸳鸯蝴蝶派"、"新感觉"派）进行重新叙述和评价。

① 参见茅盾《夜读偶记》中对"现代派文学"的界定（《文艺报》1958年第1期起连载）。80年代大陆对"现代派"的讨论，以及当时热销的《外国现代派作品选》（共4卷8册，袁可嘉、董衡巽、郑克鲁选编，上海文艺出版社，1980—1985年），都体现了对这一概念的这种理解。

② 这鲜明地体现在当时徐迟的著名文章《现代化与现代派》（《外国文学研究》1982年第1期）中。徐迟说，"我国没有实现现代化建设之时，我们不可能有现代派的文艺"，"不管怎么样，我们将实现社会主义的四个现代化，并且到时候将出现我们现代派思想感情的文学艺术"。

③ 1982年3月，冯骥才在写给李陀的信中说，"我急急渴渴地要告诉你，我像喝了一大杯味醇的通化葡萄酒那样，刚刚读过高行健的小册子《现代小说技巧初探》。如果你还没见到，就请赶紧去找行健要一本看。我听说这是一本畅销书。在目前'现代小说'这块园地还很少有人涉足的情况下，好像在空旷寂寞的天空，忽然放上去一只漂漂亮亮的风筝，多么叫人高兴！"（《中国文学需要"现代派"》，《上海文学》1982年第8期）

④ 参见贺桂梅：《后/冷战情境中的现代主义文化政治》，《上海文学》2007年第4期。

⑤ 有关"现代派"文学论争的资料，可以参阅人民文学出版社（北京）1984年版的《西方现代派文学问题论争集》（上、下两册，何望贤编选，内部发行）。除收入有代表性的文章外，还附有"关于西方现代派文学问题讨论文章目录索引（1978—1982）"。该书的《出版说明》认为："在文艺战线，清除和防止精神污染的重要任务之一，就是要批评和抵制试图将反映西方资产阶级意识形态的现代主义文艺移植到我国来，以表现所谓'社会主义异化'为主题，按照形形色色的个人主义世界观来歪曲我国社会主义现实的错误主张和错误作品。"

80年代引入"现代派"的参照系以"离弃"中国"左翼"文学传统的历史改写,在当时产生了创造的激情和空间。不过,所产生的偏颇,在90年代变化的语境中也显露出来,而引起包括"当事人"在内的另一向度的反思[①]。

四 文学诸样式概况

诗歌在"新时期"的初始阶段,尤其是"朦胧诗"运动中曾经引人瞩目。事实上,诗歌在八九十年代,在文学观念、方法的更新、探索,以及在人的生活、精神处境的关注上,常常走在文学其他样式的前面。但是,这并不能改变诗歌的"边缘"地位。"边缘"不仅指诗在公众社会生活中的地位,也指它与小说、散文等其他文类的关系。这是现代消费社会的必然趋势,也与新诗自身存在的问题有关。一方面,新诗的合法性在新诗有了六七十年的历史时仍是问题;另一方面,诗人在诗歌观念、诗歌想象上的分裂,比其他"文类"都要激烈、明显。诗歌界内部不同层面的分裂与冲突,以及诗歌活动方式上的"圈子化""江湖化",虽说并不是只有负面的意义,但制造的泡沫也确实使真诚、专注的诗人蒙受损害。从80年代诗歌艺术的总体状况看,为了能够更好触及现代经验,出现了对中国新诗强大的"浪漫主义"抒情传统"修正"的潮流,"世俗"生活的细节和叙述性语言,逐渐成为时尚。它面临的问题是,琐屑"叙事"与诗歌想象力,与精神高度的探索之间如何建立一种新的关系。

60年代初到"文革"期间,将世界看作两极化对立的观念,在文学写作上体现为"戏剧化"倾向。设计类型化的人物,构造有开端、发展、高潮、结局的情节,运用台词式的政治词语——不仅出现在小说、戏剧中,诗歌、散文也留有明显的痕迹。这种形态在"文革"后仍延续一段时间,但也很快受到质疑和摒弃[②]。在小说创作中,40年代"京派"小说家倡导的"散文化",是用来"解放"这种僵化文体的最初凭借。另外,在"现代派"热中习得的象征、意识流、变形等方法,以及明清白话小说传统,都是80年代小说艺术创新的重要依

---

① 80年代文学"主体论"的倡导者刘再复2002年撰文说:"(90年代)大陆有些作家学人,刻意贬低鲁迅,把左翼文学和工农兵文学说得一钱不值,与此同时,又刻意制造另一些非左翼作家的神话,这在思维方式上又回到两极摆动的简单化评论。现在真需要对90年代大陆的文学批评与文学史写作有个批评性的回顾。"其实,刘再复批评的这种现象,其根子在80年代就已植下。刘再复:《评张爱玲的小说与夏志清的〈中国现代小说史〉》,《视界》(石家庄)第7辑,河北教育出版社,2002年7月。

② 去"戏剧化"的潮流,在小说、散文、诗歌,甚至戏剧写作的革新中都有明显表现。在中国电影理论和电影史中,也提出电影与戏剧"离婚"的问题,并引发相关问题的论争。

据。传统意义上的“典型人物”“典型环境”等现实主义成规的重要性有所下降。自然，重要变革来自对小说与现实世界的关系，以及对“叙事”的性质的重新思考。“叙事”与“历史真实”的复杂关系，它的“虚构”的权利得到承认；而这在 50—70 年代是“文学叙事”所遭遇的最大难题和陷入的最深困境[1]。

从 70 年代末开始，中篇小说数量猛增，质量也有很大提高。50—70 年代，在大多数的情况下，小说家宁愿取短篇与长篇这两端。1978 年，中篇小说有三十多部；到 1981—1982 年，数量增加到一千一百多部；1983 年和 1984 年，各有八百余部。其中不乏在当时产生重要影响的作品[2]。从形态学的角度说，长短篇的区别主要在内在结构上，而有所区别的“结构形态”，则与它们处理的素材的规模有重要关系。中篇小说在对现实问题反应的速度和作品的容量上，是短篇和长篇的“过渡”（或“边界”）形态。既有较大容量，又能较为迅捷地讲述“文革”故事，中篇小说是当时的小说家乐于采用的。中篇小说的发达，又与刊物和出版条件的变化有关。每期二三百页码的大型文学期刊的大量创办，使大量中篇小说的发表成为可能。另外，当时继续采用的、主要以字数作为文稿计酬标准的方法，也有一定关系。需要指出的是，在五六十年代，短篇小说的字数膨胀为“中篇化”现象，就已相当普遍；如何写“短”的短篇，成为作家、批评家经常讨论的问题。因此，中篇小说的兴盛又不是突然发生的事情。不过，80 年代以来，小说体裁、样式上划分的重要性，在作家的观念中已趋于淡薄[3]。长篇小说在 80 年代也有一定的数量，但它的“高潮”要到 90 年代。80 年代比较重要的长篇小说有《芙蓉镇》（古华）、《沉重的翅膀》（张洁）、《活动变人形》（王蒙）、《浮躁》（贾平凹）、《古船》（张炜）、《金牧场》（张承志）等。

戏剧（这里主要指话剧）在“文革”后一段时间，创作和演出都十分活跃。

---

① 从 50 年代批判电影《武训传》开始到“文革”期间，许多小说、戏剧、电影作品，都在歪曲“生活真实”，歪曲“历史规律”、丑化工农兵和革命干部“真实形象”上受到批判。

② 如 1977—1980 年发表的《人到中年》（谌容）、《在没有航标的河流上》（叶蔚林）、《天云山传奇》（鲁彦周）、《犯人李铜钟的故事》（张一弓）、《蝴蝶》（王蒙）、《啊！》（冯骥才）、《大墙下的红玉兰》（从维熙）、《三生石》（宗璞），1981—1982 年发表的《高山下的花环》（李存葆）、《洗礼》（韦君宜）、《人生》（路遥）、《黑骏马》（张承志）、《那五》（邓友梅）、《流逝》（王安忆），1983—1984 年发表的《今夜有暴风雪》（梁晓声）、《美食家》（陆文夫）、《棋王》（阿城）、《没有钮扣的红衬衫》（铁凝）、《远村》（郑义）、《北方的河》（张承志）、《祖母绿》（张洁）、《绿化树》（张贤亮）、《腊月·正月》（贾平凹），1985—1986 年的《桑树坪纪事》（朱晓平）、《小鲍庄》（王安忆）、《红高粱》（莫言）、《你别无选择》（刘索拉）等等。

③ 在 50—70 年代，有侧重短篇或长篇小说写作的作家，因而也出现“短篇小说作家”的概念。80 年代以后，这种区分基本上已不存在。小说家在“体裁”上的考虑重心发生了变化。

配合时势,表现切近的社会政治问题,发挥论辩和教谕的功能——这一"当代"戏剧的"传统"仍在继续。这些"社会问题剧"引起轰动,产生明显的"社会效应"[①];自然,它们又只有短暂的时效。80 年代的大量话剧与 50—70 年代的情况相似,只有极个别能有稍长一点时间的艺术生命。另外,现代文学中,作为表演艺术的话剧的"文学文本"性质(如曹禺、郭沫若、丁西林等的作品),在"新时期"已不大可能得到保持。这既是现代戏剧的发展趋势,但也跟戏剧作者的观念、能力相关。因此,大多数话剧在上演时就不被阅读,在不再上演时更不会被阅读。

戏剧存在的种种问题,引发了戏剧界"戏剧危机"的讨论[②]。涉及的问题主要是两个方面,一是对戏剧"功能"的再认识,以调整那种戏剧是回答社会问题,进行宣传教育最好的工具的流行看法,改变创作上抢题材、赶任务、说教等弊端。另一是"戏剧观"和艺术方法的多样化,改变当代创作上"易卜生模式"和演剧体系上"斯坦尼斯拉夫斯基模式"的一统地位,达到对多种戏剧观和戏剧模式的开放。即不仅肯定"写实"(创造生活幻觉),也承认"写意""象征"(排除幻觉)的戏剧存在的合理性,承认布莱希特、梅特林克的经验和中国传统戏曲的经验。"戏剧观"的探讨,继续的是 60 年代那次夭折了的讨论[③]。80 年代文艺上广泛的创新要求,在戏剧创作和演出上也得到表现,出现了一批探索性的作品[④]。其中,高行健的创作有更突出的表现。他的《绝对信号》《车站》《野人》等作品,在当时的文学、戏剧界产生较大反响。[⑤] 不

---

① 如《于无声处》(宗福先编剧)、《枫叶红了的时候》(王景愚、金振家编剧)、《丹心谱》(苏叔阳编剧)、《曙光》(白桦编剧)、《陈毅市长》(沙叶新编剧)、《报春花》(崔德志编剧)、《权与法》(邢益勋编剧)、《谁是强者》(梁秉坤编剧)、《未来在召唤》(赵梓雄编剧)、《血,总是热的》(宗福先、贺国甫编剧)等。

② 比较集中的如《戏剧艺术》1983 年第 4 期开始,历时一年半的"关于戏剧观念讨论",《戏剧报》《戏剧界》《剧本》等刊物同时也刊发有关讨论文章。另外,戏剧的"民族化"等问题,在《人民戏剧》《剧本》等刊物上也有不少讨论文章。

③ 1962 年 3 月,时任上海人民艺术剧院院长的黄佐临,在全国话剧、歌剧创作座谈会(广州)上做了"戏剧观"问题的发言,并在同年 4 月 25 日的《人民日报》上发表了《漫谈"戏剧观"》的文章。他提出了斯坦尼斯拉夫斯基、布莱希特、梅兰芳的三大演剧体系的说法,主张在戏剧观上应多样化,应该重视对在当代受到忽略的布莱希特、梅兰芳的演剧经验的吸取。当时围绕这一问题曾有一些讨论。

④ 这些运用象征、荒诞、虚拟写意,以及具象表现人物心理等方法的探索性戏剧作品,有《一个死者对生者的访问》(刘树纲编剧)、《屋外有热流》(马中骏、贾鸿源、瞿新华编剧)、《WM(我们)》(王培公、王贵编剧)、《红房间 白房间 黑房间》(马中骏、秦培春编剧)、《桑树坪纪事》(陈子度、杨健、朱晓平编剧)、《潘金莲》(魏明伦编剧)、《耶稣·孔子·披头士列农》(沙叶新编剧)等。

⑤ 《绝对信号》《车站》《野人》的文学剧本分别刊于《十月》(北京)1982 年第 5 期、1983 年第 3 期、1985 年第 2 期,并都由北京人民艺术剧院演出(林兆华导演,《绝对信号》和《车站》是"文革"后较早出现的"小剧场"艺术)。它们在演出后都引起评价上分歧的争论。争论涉及形式、手法上的问题,也涉及"存在主义"等思想观点的问题。

过，80年代的戏剧革新，有时会表现出对形式（手法）因素的倚重，"视境"、主题的拓展在有的探索性创作中不是都能有相应的进展。[①]

在80年代，散文从"戏剧化"模式中解放，摆脱杨朔式的矫情"诗意"，是这个时期散文作家的努力。与此相关的是，存在着散文概念"窄化"的趋势，这是散文观念变革的一个重要方面。提出和重新界定"散文""美文""抒情散文""艺术散文"等概念的含义，包含着将杂文、报告文学（甚至"随笔"）从"散文"中分离的意向。散文概念的"窄化"，是对"当代"散文范围"无边"，和叙事性成为散文中心因素的情况的反拨；也与80年代文学强调"回归文学自身"的潮流有关。报告文学在80年代，曾有两次"高潮"。一是"文革"结束后不久，另一次是80年代末[②]。报告文学常常拥有大量读者，引起热烈反应。原因之一是，由于特定语境中新闻受到的限制，报告文学有时承担了新闻的某些功能，以"文学"的形式来"报告"读者关心的社会新闻和现象。这种"跨界"的文体显然有它的生命力，但对坚持"文学性"的批评家来说，如何看待、处理这类社会问题、社会事件的"调查报告"性质的文字，总是令人困惑的问题。

在80年代，尽管"文学自觉"曾是激动人心的口号，不过，即使是强调"纯文学"的作家，也摆脱不了时势关切和责任承担。面临着具体境遇中的"历史"提问，使有关"历史"清算和记忆（群体的和个人的）的书写，几乎是80年代作家有意无意的选择。这不仅是"题材"意义上的，而且是视域和精神意向上的。作家的意识和题材状况，影响了80年代文学"结构"的和美感的形态。沉重、紧张是一种可以经常在作品中遭遇的基调[③]。沉重与紧张，既是指情感上的，也指结构形态上的。在一个实行着"转折"的时期，经验了许多挫折的作家有那么多悲剧故事需要讲述，那么多被压抑的情绪要求释放、宣泄（这个时候，"激情的作用往往胜过技巧的效果"），有那么多的观念

---

① 在50—70年代，编剧、演剧的探索也时有进行，如《茶馆》（老舍编剧，焦菊隐导演）的"长卷"展开方式，《蔡文姬》（郭沫若编剧，焦菊隐导演）的某些写意方法，《十三陵水库畅想曲》（田汉编剧）的打破舞台界限，《激流勇进》（胡万春编剧，黄佐临导演）运用"具象"方法表现人物心理等。

② 80年代初重要的报告文学作品，有徐迟的《哥德巴赫猜想》，黄宗英的《大雁情》《小木屋》，陈祖芬的《祖国高于一切》，理由的《扬眉剑出鞘》等。80年代中后期有影响的报告文学作品有钱钢的《唐山大地震》，李延国的《中国农民大趋势》，以及《中国的"小皇帝"》《恶魔导演的战争》《伐木者，醒来！》《世界大串联》等。

③ 黄子平以"紧张"来描述"新时期文学"的一个方面的特征。参见黄子平：《中国小说：一九九〇·序言》，香港三联书店，1992年。

和社会、人生问题需要探讨和重估——它们逐一被发现、挖掘,并“排队”要求进入文学文本。作品中拥挤着无数问题、观念,有过多的意象、隐喻、象征、寓言也就不难理解。在 80 年代,能够持较为裕如、放松的姿态和笔墨的作家当然也有,但不是很多。

探索、创新的强烈意识,是 80 年代文学的另一特征。探索、创新、突破、超越等,是当时文学界使用频率很高的几个词。开放的环境提供的文学比较(与西方现代文学,与本国“五四”到 40 年代的文学,与当代的台湾文学),使作家产生中国当代文学“滞后”和“边缘”的尖锐感觉。他们普遍期望在不长的时间里,走完他人百年走过的道路,创造一批有思想深度和艺术独创性的作品。不同知识背景和不同年龄段的作家,都努力从各个方面,去获取激活“超越”的创造力,追求“从题材内容到表现手段,从文艺观念到研究方法”的“全方位的跃动”[①]。不同思想艺术基点和不同层面上的文学探索,表现为多种情形:发掘从前列为“禁区”,或未曾涉猎的题材(“阴暗面”,爱情,性,监狱,劳改队,庸常琐屑的日常生活,心理和潜意识);创造难以用正面、反面的标准划分,在道德判断上暧昧不明的人物;尝试某种美学风格(悲剧,悲喜剧,反讽,“零度情感”);运用在“当代”也属“禁区”的艺术方法(意识流,开放性结构,多层视点,多种叙述人称,荒诞性描述,纪实与虚构互渗);偏移、颠覆当代文学“正统”的历史叙述,以“欲望”取代“阶级斗争”成为历史动力……接踵而至的频繁新变,既表明由于“文化封闭”积累的有待解决的问题重重叠叠,表明文学界的激情、活力和目标感,也表明因个人和整体面临的压力而过分的焦躁。

持续的超越、创新的压力,给 80 年代文学带来“潮流化”的特征。虽说这也是“五四”以来新文学的一种表现,但之前的程度与规模,都远不及 80 年代。推动文学“现代化”进程的作家,在这十多年的时间里,经常采取组织运动、掀起潮流、发表宣言的方法,以推动其目标加速实现。批评家和文学报刊编辑,也热衷于归纳、命名文学现象的某些类同点;或者借助某种契机,有意识组织文学派别。这种情形,表现为各种社团式的文学“圈子”大量出现(尤其是诗歌界),和创作上一定阶段取材、主题、方法的趋近。批评家因此能方便地对“新时期”的文学做出“潮流”性质的描述(诸如朦胧诗、伤痕文

---

① 上海文艺出版社 1986—1988 年间出版的“文艺探索书系”的《编辑前言》。编者说,该书系“在比较的基础上”,收入“探索色彩更为浓厚而又确实在某些方面实现了突破和超越的作品”。书系创作部分除按体裁出版有《探索诗集》《探索小说集》《探索戏剧集》《探索电影集》外,还有个人的探索作品集和多人的作品集。理论部分则为组织撰写的专题论著,如刘再复《性格组合论》、赵园《艰难的选择》、鲁枢元《文艺心理阐释》、夏中义《艺术链》、钱理群《心灵的探寻》、宋耀良《十年文学主潮》等。

学、反思文学、改革文学、寻根文学、第三代诗、先锋小说……）。对于创作上的“社会性”和“类同化”的偏离，80 年代末出现了强调表现个体经验的“个人化”写作。但是“个人化”在一个崇尚“潮流”的语境中，具有讽刺意味的是也成为一种新的“潮流”。

第十八章

“归来者”的诗

一　“文革”后的诗歌变革

许多诗人都抱有与“文革”（以至“十七年”）诗歌“断裂”，实现诗歌重建的期待。[①] 诗歌“复兴”的最初努力，是对诗人的“诚实”和诗歌的“真实性”的吁求[②]。这涉及诗人与当代政治的关系，和诗歌写作的“自主性”问题。将诗歌写作与对当代政治权力的依附中剥离，是这一吁求的指向。它虽然不能囊括当代诗歌的全部病症，却是实现诗歌变革的重要起点。当然，比起文学的其他样式来，诗歌面临的问题要复杂得多。不仅当代诗歌观念和写作需要检讨，也要面对新诗从诞生起就存在的难题。诗歌这个时候面临双重的“合法性”的诘难，一是当代诗歌相对于现代诗歌的“贫困”，另一是新诗相对于古典诗歌的“羸弱”。因此，“诗歌危机”这一“永恒”命题在70年代末又再次提出。有关诗歌“危机”引发的争论牵涉的问题纷繁：包括诗与“现实”的关系，诗的“反映现实”与“自我表现”，诗的特征与社会“功能”，新诗的传统和外来影响，新诗的“形式”，诗与读者的关系，等等。有趣的情形是，人们对“危机”的征象和原因的指认，常常正相反对。

---

① 1978年邵燕祥、郑敏的两首诗——《中国又有了诗歌》《如有你在我身边——诗呵，我又找到了你》，表达了当时普遍的有关当代新诗“断裂”与“重建”的意识。郑敏在将“诗”拟人化之后，说“从垃圾堆、从废墟、从黑色的沃土里，/苏醒了，从沉睡中醒来，春天把你唤起”，“呵，我又找到了你，我的爱人，泪珠满面”。这是自50年代郑敏停笔之后重新写作的第一首诗。

② 艾青、公刘等“复出”诗人，此时都把“真实”“诚实”作为诗歌复兴的首要问题提出。艾青激烈抨击那些凭“政治敏感性”，“谁‘得势’了就捧谁”的诗歌写作，提出“诗人必须说真话”。公刘在《诗与诚实》一文中认为，诗的第一要义是“真实性”，它的实现取决于诗人的诚实：“诚实无罪，诚实长寿，诚实即使被迫沉默依然不失为忠贞的沉默，而棍子在得意呼啸中也不过是没有心肝的棍子。”

不过，文学界对于当时的诗歌，大体上持肯定的态度，诗歌在公众中也得到普遍关注。诗和戏剧、小说一样，在当时承担了表达社会情绪的“职责”，受到主流文学界在诗的“战斗性”，表达“人民心声”的层面的肯定。这种肯定所依据的评价尺度，与50—70年代居统治地位的诗歌标准并无很大不同。[①] 不过，在这样延续“当代”诗歌观念和评价标准的同时，已经积聚多时的重要的变革力量开始显露。被称为“新诗潮”的先锋性诗歌群体，在思想观念和艺术方法上表现的创新精神，在当时思想、文学的“解放”运动中，处于前沿的位置，释放出不限于诗歌领域的“震动”。

“政治诗”(或“政治抒情诗”)是50—70年代最主要的诗歌样式，在“文革”结束后的几年里，它的兴盛得到继续。在诗歌主题上，通常涉及对“文革”的批判，对老一辈革命家功绩的赞颂，表达重获“解放”的快感，以及对“现代化”的呼唤。[②] 与此相关，诗歌朗诵、与歌舞配合的诗表演，在城市中又一次成为热潮。[③] 相比起“十七年”来，政治诗面貌出现一些调整。一是强调对社会现实的“干预”和批判精神——这一处理“现实”的立场和相关的美学风格，在当代此前的时间里总是受到压制。另一是个人体验的加入，郭小川50年代为获取这一空间而受到非议。政治诗在此时的调整，还表现为对现实社会问题在处理上的“超越”的追求[④]。政治诗写作者除“复出”诗人外，一部分“文革”期间开始写作的青年诗人也加入这一行列。其中，**雷抒雁**[⑤]的长

① 对“新时期”诗歌，当时主流文学界肯定的依据是：“文学的战斗性、人民性、真实性的传统在诗歌中得到了恢复和发扬”，诗“奏响了向四个现代化进军的号角，唱出了人民强烈的心声，大胆地揭露了现实生活中的矛盾与冲突”，“从揭批罪恶‘四人帮’到歌颂革命老一代，从追念张志新烈士到歌颂各条战线上的英雄，从投入思想解放的洪流到扫除新长征路上的绊脚石，诗，始终站在时代的前列，跟随着党和人民前进的步伐”。参见有关1980年4月在南宁召开的全国当代诗歌讨论会情况的报道。《中国文学研究年鉴(1981)》，北京：中国社会科学出版社，1982年，第256页。

② 《诗刊》社主持的首次诗歌创作评奖(1979—1980年全国中青年诗人优秀诗歌奖)中，获奖作品绝大部分为上述主题的政治诗。如《呼声》(李发模)、《沉思》(公刘)、《春潮在望》(白桦)、《不满》(骆耕野)、《现代化和我们自己》(张学梦)、《关于入党动机》(曲有源)、《祖国啊，我亲爱的祖国》(舒婷)、《小草在歌唱》(雷抒雁)、《重量》(韩瀚)、《请举起森林般的手，制止！》(熊召政)、《无名河》(林希)、《干妈》(叶延滨)、《雪白的墙》(梁小斌)等。当时流行甚广的郭小川的《团泊洼的秋天》、李瑛《一月的哀思》，也都属这类作品。

③ 这与“文革”前夕的1964—1965年的情景相似。最早是1976年11月，《诗刊》编辑部和中央人民广播电台文艺部于北京的工人体育馆联合举办了“纵情歌颂华主席，愤怒声讨四人帮”的诗歌朗诵演唱会。后来，这种大型的诗歌朗诵演唱会多次举行。

④ 后面这种情形，特别体现在80年代初的“史诗”性作品中，诸如艾青的《古罗马的大斗技场》《光的赞歌》，邵燕祥的《我是谁》《走遍大地》，流沙河的《太阳》《理想》等。

⑤ 雷抒雁(1942—2013)，1967年毕业于西北大学中文系后，曾一度在军队服役。著有诗集《沙海军歌》《漫长的边境线》《小草在歌唱》《云雀》《春神》《绿色的交响乐》《父母之河》《跨世纪的桥》等。《小草在歌唱》发表于《诗刊》(北京)1979年第8期。

诗《小草在歌唱》,**曲有源**[①]的"楼梯体"诗《关于入党动机》《"打呼噜"会议》,**叶文福**[②]的《将军,不能这样做》,**骆耕野**[③]的《不满》,张学梦的《现代化和我们自己》,是这个时期政治诗受热烈欢迎的一组作品。不过,这种为"革命"和政治运动催生、推进的诗体,在"后革命"时代已失去其大规模存在的历史条件。80 年代初政治诗的"集体出演",应该说是"当代"这一潮流的"告别式"。

在 80 年代,不同诗歌"力量"的分裂,是诗界的重要现象。这种分裂以"朦胧诗"的论争为其发端。在开始阶段,年轻的诗歌革新者曾试图获得主流诗界的支持,有的文学领导机构和刊物主持人也主张以开放态度来处理分歧。但是,一些权威诗人对"朦胧诗"采取的拒斥态度,1983—1984 年间"清除精神污染"运动时中国作协、《诗刊》对"朦胧诗"和"崛起论"展开的批判,加剧了这一分裂。此后到 90 年代初,诗界的不同部分,有分属自身的不同"区域":这包括诗人聚合、写作、交流、评价的"圈子",不同的传播渠道、方式等。总体而言,具有先锋、探索意味的诗人和诗歌群体,他们更多游离于国家控制的文学组织、文学刊物之外,多采用自办诗歌报刊,自印诗集的方式存在。[④] 但由于"自印"的出版物传播范围有限,也缺乏有效的评价机制,因此,争取得到"主流诗界"的认可还是一部分人的期待。而拥有权力和丰厚"文化资本"的"主流诗界",也希望能接纳新的诗歌元素和"新诗潮"中已被读者广泛承认的诗人,以修改自身的"守旧"、昏迈的形象。因此,"分裂"的边界也不总是非常清晰。

比起 50—70 年代,80 年代的诗歌环境有了许多改善,尤其是在可能获取的"诗歌资源"方面。"五四"以来的新诗受到重新审视,过去受到压抑的

---

① 曲有源(1943—2022),吉林怀德人。著有诗集《爱的变奏曲》《句号里的爱情》《曲有源白话诗选》等。

② 叶文福(1944—　),湖北蒲圻(现赤壁)人。1964 年到 80 年代初,在人民解放军服役;写作《将军,不能这样做》时,为工程兵政治部文工团创作员。1969 年开始发表作品,著有诗集《山恋》《雄性的太阳》《天鹅之死》《苦恋与墓碑》《牛号》等。

③ 骆耕野(1951—　),重庆人,70 年代开始写诗,首次发表作品是 1979 年。《不满》这首诗刊于《诗刊》(北京)1979 年第 5 期,除此之外,还写有《车过秦岭》《沸泉》等作品。著有诗集《不满》《再生》等。

④ 自办诗歌报刊、自印诗集的现象,持续到 90 年代,成为观察 80 年代以后中国大陆诗歌难以忽略的情况。在现代中国,存在着不是由出版社,而由诗人本人和朋友自印出版诗集的情形,如纪弦《易士诗集》(1934),王辛笛、王辛谷《珠贝集》(1936),《穆旦诗集(1934—1945)》(1947)等。50 年代以后,国家全面掌控书刊出版业,个人自印、出版书刊不被允许(但"文革"期间掌控一定程度失效)。80 年代以后,由于印刷、出版条件变得非常方便,这些出版物通常采用"内部交流"的非营利方式发行,因此也有"内部交流资料""非正式出版物""民办刊物"等名称。

和具有“现代主义”倾向的诗人和诗派，被发掘并给予积极评价。[①] 海峡对岸台湾50年代以来的诗歌理论和实践，也开始为大陆诗人和批评家所了解。[②] 当然，外国诗论和诗歌创作的大量译介，更是显要的事实。在80年代的诗歌发展过程中，外国诗歌和大陆三四十年代“现代主义”倾向的诗歌，被革新者置于首要位置，作为激活诗创造的主要推动力。[③]

对于80年代的旨在偏离、反叛当代诗歌“传统”的“新诗潮”来说，“运动”是他们表现自身，引起关注的重要方式。通常采用的有：成立诗歌流派、社团，发表宣言，出版书刊，宣布断裂，引发争论等。在中国新诗史上，从未有如八九十年代这样的情景：大量的“民间”诗歌社团、刊物轮番出没。以诗歌主张来确立派别是一种方式，而“代际”的群体划分也被经常使用。[④] 在开始阶段，艺术探索、革新的因素可能在诗歌运动中占有主要成分，到了后来（如90年代中后期），不同派别的划分与冲突，其动力更多来自对被“遮蔽”的焦虑和“去蔽”的“野心”。

80年代，除一般文学刊物辟有一定篇幅刊载诗歌作品外，专门的诗刊、诗报比起五六十年代来也有了明显增加。除中国作协主办的、老资格的《诗刊》外，1980年《星星》（成都）复刊，在当时是另一重要的诗歌刊物。其他省市在80年代创刊的专门诗歌报刊，还有多种（有的存在时间并不长）。以1985年为例，除上述两种外，还有《诗神》（石家庄）、《诗选刊》（呼和浩特）、《诗潮》（沈阳）、《青年诗人》（长春）、《诗林》（哈尔滨）、《绿风》（新疆石河子）、《诗歌报》（安徽）等。不过，诗集的出版却并不容易；一些有成就的诗人是这样，更遑论刚涉足诗坛的年轻作者。

---

① 这包括新月派的徐志摩，李金发等的“初期象征派”，戴望舒等的“现代派”，以及80年代复出活跃于40年代的“七月派”和“九叶派”。这些诗人和诗歌流派的选集、全集陆续出版，对他们的研究也成为80年代现代文学研究中的“显学”。较早将在“当代”被列为禁忌的“现代主义”诗歌作为学术研究对象的，有孙玉石、蓝棣之等人。

② “文革”后大陆最早出版的台湾诗歌选本为人民文学出版社1980年4月《台湾诗选》[该社1982年又出版《台湾诗选（二）》]。《台湾诗选》的“出版说明”提供了当时对台湾诗歌编选的标准，说这些诗“有的抒发怀念家乡、盼望家人团聚、要求祖国统一的炽烈情感；有的歌颂劳动、赞美爱情、描绘自然风光、反映人民生活”。与这一编选标准近似的是《台湾怀乡思亲诗词选》（上海人民出版社，1982年）、《台湾爱国怀乡诗词选》（北京：时事出版社，1981年）。1983年8月，流沙河的《台湾诗人十二家（附诗一百首）》由重庆出版社出版。此后，台湾诗歌选本、诗歌社团和个人选本陆续出版。

③ 有诗人认为，在中国现代汉语诗歌的建设中，“对西方诗歌的翻译一直在起着作用”，“已在暗中构成了这种写作史中的一个‘潜文本’”。王家新：《跋一：取道斯德哥尔摩》，《特朗斯特罗姆诗全集》，海口：南海出版公司，2001年。

④ 前者如“莽汉主义”“非非主义”“新整体主义”等，“代际”区分方式则有“第三代诗”和90年代出现的“60年代诗人”“第四代”“中间代”等名目。

二　“归来者”的诗

1980年，艾青把他恢复创作之后的第一本诗集名为《归来的歌》，与此同时，流沙河、梁南也写了题为《归来》《归来的时刻》的作品。这期间，“归来”是一种诗人现象，也是一个有众多诗人涉及的诗歌主题。被称为“归来”(或“复出”)的诗人，主要有：50年代的“右派”诗人(艾青、公木、吕剑、唐祈、唐湜、苏金伞、公刘、白桦、邵燕祥、流沙河、昌耀、周良沛、孙静轩、高平、胡昭、梁南、林希等)，1955年“胡风集团”事件中的罹难者(牛汉、绿原、曾卓、冀汸、鲁藜、彭燕郊、罗洛、胡征等)，因与政治有关的艺术观念，在五六十年代陆续从诗界“消失”的诗人(辛笛、陈敬容、郑敏、杜运燮、蔡其矫)。

上述诗人70年代末“归来”时，在一段时间里纷纷把生活道路的挫折、磨难所获得的体验，投射在他们的诗作中。他们追忆着“翅膀被打伤”的那“致命的一击”，以及“跌落在荒野里”的“颤抖”(吕剑《赠友人》)，也为终于“活着从远方归来”而欣幸(流沙河《归来》)。这些“天庭的流浪儿”(林希《流星》)，由于长时间沉落在社会底层，加深了对历史、人生体验的深度，也使他们多少与六七十年代的诗风保持距离。他们中的许多人，将这种“复出”看作回归曾脱离的轨道，回归原先置身的文化秩序的“中心”。这个时期他们的创作，大多将有关历史“断裂”和“承续”的感受融入个人的生命形态中，试图重续他们曾被阻断的社会理想、美学理想和诗歌方式。相近的追求，使“归来”诗人的作品呈现某些共同点，如某种“自叙传”的性质，以“历史反思”为核心的理性思辨倾向等。[①]

具有敏锐的“象征”意识的读者，将**艾青**[②]“归来”后发表的第一首诗，看作诗歌“春天”到来的标志[③]。比起50年代前期来，艾青80年代的创作取得

---

① 由谢冕编选并作序的《鱼化石或悬崖边的树》(归来者诗卷)，是集中展示“归来”诗人“文革”后到80年代前期创作的诗歌选本。收艾青、白桦、蔡其矫、昌耀、陈敬容、陈明远、杜运燮、公刘、宫玺、胡昭、黄永玉、冀汸、梁南、流沙河、林希、鲁藜、吕剑、绿原、罗洛、穆旦、牛汉、彭浩荡、彭燕郊、孙滨、孙静轩、邵燕祥、苏金伞、田地、王辽生、雁翼、曾卓、张志民、赵恺、郑玲、郑敏、周良沛、朱红、邹荻帆共38家作品。北京师范大学出版社，1993年。

② 艾青(1910—1996)成为“右派分子”的1958年起，先到黑龙江的农场劳动，后来在王震的安排下，转到新疆生产建设兵团。在此期间，写有长诗《踏破荒原千里雪》、《蛤蟆通河上的朝霞》(诗稿已遗失)。80年代以后出版的诗集有《归来的歌》《雪莲》等。1991年出版《艾青全集》(5卷)。

③ 1978年4月30日艾青在《文汇报》(上海)发表“复出”后的第一首诗《红旗》，这是他的名字在时隔21年之后第一次在报刊出现。当时有读者致信艾青，“我们找你找了二十年，我们等你等了二十年。现在，你又出来了”，“‘艾青’，对于我们不再是一个人，一个名字，而是一种象征，一束绿色的火焰！——它燃起过一个已经逝去的春天，此刻，它又预示着一个必将到来的春天！”艾青在他的《艾青诗选·自序》(北京：人民文学出版社，1979年)中，摘引了“我们找你找了二十年，我们等你等了二十年”的话。

显著进展。个人体验和情感表达的外部障碍有所破除，艺术方法的选择也有了较为开阔的空间。他的许多作品，显示了饱经忧患而洞察人情世态的意识，情感的表达为“哲思”所充实，语言、句式也趋于简洁凝练。不少短诗，如《鱼化石》《失去的岁月》《关于眼睛》《盆景》《互相被发现》等，都有着平易、质朴的诗歌方式，从中透露了坎坷的人生经历的感悟；有一种豁达，但也有沉痛。不过，艾青显然不满足于写个人经历，概括激荡的时代，对历史给予评说，一直是他难以忘怀的抱负。[①] 三四十年代的《北方》《向太阳》《火把》《时代》，和发表于 1957 年的长诗《在智利的海岬上》，都表现了他概括时代的宏愿。“复出”后，也贯注精力于《在浪尖上》《光的赞歌》《古罗马的大斗技场》《面向海洋》《四海之内皆兄弟》等长诗的写作，期望从纵深、开阔的时空基座上，来把握民族以至人类的历史过程，提出由生命过程所感悟的历史哲学。其中的《光的赞歌》《古罗马的大斗技场》发表后在批评界获得很高赞誉[②]。不过，受囿于他已显露缺陷的思想视野和情感方式，这一创作理想实际上并没有实现。

在四五十年代，艾青一再坚持“写作自由”“独立创作”的理念，并因此在延安文艺整风和反右运动中受到打击。他反复宣言：诗人“是一切时代的智慧之标志”，“他们要审判一切，——连那些平时审判别人的也要受他们的审判”；“作者除了自由写作之外，不要求其他的特权。他们用生命去拥护民主政治的理由之一，就是因为民主政治能保障他们的艺术创作的独立精神”[③]……对于诗人的社会地位、职责，和历史阐释、表达上的权利的这种理解，面对现实社会政治体制，自然会引发严重的冲突。“把‘自我’放在一个绝对的地位，目空一切，无论是在他的诗里或是《诗论》里都流露出个人和时代的抵触，‘天才’和‘世俗’相对立的情绪，这种情绪和无产阶级世界观是绝对不相容的。”[④]虽然“它的脸上和身上”“像刀砍过的一样”，“但它依然站在那里/含着微笑看着海洋……”（艾青《礁石》）——他以这样的“形象”来

---

① 和一些“复出”诗人有所不同，他在诗中绝少直接书写个人 20 年间的生活状况，和纯属个人遭遇的情感经验。这为诗人自我设计（也是批评家所设计）的诗歌标准、诗人身份所决定。因此，在 80 年代他不能理解也拒绝有关“自我表现”的命题。

② 参见罗君策《一位执着地追求光明的诗人》（《读书》1980 年第 3 期）、吕剑《〈归来的歌〉书后》（收入艾青诗集《归来的歌》，成都：四川人民出版社，1980 年）等文。吕剑认为，《光的赞歌》是艾青的“又一座里程碑”，艾青的思想、艺术“更加成熟了”。

③ 参见艾青《诗论》（1941 年桂林三户图书社初版，此后陆续由不同出版社出版不同版本，篇目有所增删，文字也有许多改动；现在常见的有人民文学出版社 1956 年和 1980 年的版本；收入《艾青全集》第 3 卷），《了解作家，尊重作家》（《解放日报》1942 年 3 月 11 日），以及《时代》《礁石》《黄鸟》《蝉的歌》等诗作。

④ 冯至：《论艾青的诗》，《诗与遗产》，北京：作家出版社，1963 年，第 122 页。

维护在当代被极大削弱的独立的诗歌精神。艾青“文革”后的写作，继续了他对这一诗歌立场的坚持。不过，由这种“独立写作”的想象引发的冲突某种程度上和缓之后，诗人的创造力，精神强度，他与世界建立的联系的独特程度，他对于生命和语言的敏感……这一切便构成更严峻的考验。对于艾青来说也不能例外。他“归来”后的创作取得了成绩，但没有能够追及30年代至40年代初那段时间的成就。

公刘在成为“右派分子”之后，他的本人和家庭接连发生重大变故[①]，使他“归来”后的诗，离开了50年代的清新明快，有着火一样激情的喷发。对此，他有这样的陈述：“过去了的三十年，竟有多一半的时间我被驱赶于流沙之中；生命为大饥渴所折磨，黯哑了”；但是，“流沙覆盖着的下层依旧有沃土膏壤”，多情而有义的“歌声并未弃我而去，只是由于缺乏活命的水，连它都变成火了”。[②]《为灵魂辩护》《竹问》《寄冥》《哦，大森林》《刑场》《读罗中立的油画〈父亲〉》《关于〈摩西十戒〉》《解剖》《乾陵秋风歌》等，都直面现实和历史问题，表达对现代迷信的造神运动、民主与法制、诗与政治等社会、思想问题的思考。公刘在诗中进行社会批判，由于联系自身灵魂的观照反省，使诗具有坦诚的动人素质。他这个阶段的诗的情感基调，是痛苦的冷峻；未曾尝试以幽默、嘲讽来缓解这种愤激。诗中常运用大量的以设问为核心的排比句式，来构成他所称的“大哭大笑”的宣泄方式。尽管他的视点与现实政治问题过于靠近，而为了获得情感的酣畅表达又使诗缺乏控制，但是，有一部分诗，复杂的思想内涵和强烈的情感，因奇特的想象成为有独创性的诗歌意象。如构思于“文革”后期的短诗《家乡》《皱纹》《象形文字》，以及《绳子》《空气和煤气》等。最重要的是，他的写作真诚地实践了他一再申明的诗歌准则：“没有灵魂的诗是诗的赝品。”(《为灵魂辩护》)

邵燕祥在80年代出版了十余部诗集[③]，大多是新作，也有自50年代以来的诗选。1994年出版的《邵燕祥诗选》，为作者自己编选的“大半生诗稿的一个选本”：它们“记下了好梦，也记下了噩梦；记下了好梦的破灭，也记下

---

① 公刘成为“右派”之后，妻子弃他而去，留下不满一周岁的女儿。又被遣送到山西等地“劳动改造”，只好将女儿托付老母抚养。“文革”期间再次受迫害，父母经受不了反复打击，相继亡故。1978年起出版的诗集有：《尹灵芝》《白花·红花》《离离原上草》《仙人掌》《母亲—长江》《骆驼》《大上海》《南船北马》《刻骨铭心》《相思海》《我想有个家》等。

② 公刘：《离离原上草·自序》，北京：人民文学出版社，1980年。关于公刘诗歌风格的这种变化，当时批评家用“从云到火”来概括。参见黄子平：《从云到火——论公刘“复出”之后的诗》，《沉思的老树的精灵》，杭州：浙江文艺出版社，1986年。

③ 《献给历史的情歌》《含笑向七十年代告别》《在远方》《为青春作证》《如花怒放》《迟开的花》《邵燕祥抒情长诗集》《岁月与酒》《也有快乐，也有忧愁》等。

了噩梦的惊醒”。[1] 邵燕祥的诗,有情感体验中细致幽微的一面。诗中有南国的“微凉的雨”,山间深谷无可捉摸的回声,有早春黎明难以追寻的迷惘,有夜雨中芭蕉矜持的沉默。长篇组诗《五十弦》对于人生的情感的“碎片”,有一种“古典”式的温婉和痛楚的诉说。但是,对于有着强烈的社会干预意识和不容折中的正义感的邵燕祥来说,“复出”后的大多数作品,承续的是他50年代的青春的诗情,尤其是《贾桂香》的那种社会批判的立场。《愤怒的蟋蟀》一诗,可以看作诗人自况:这不是在窗下鸣琴,在阶前鼓瑟的“快乐的蟋蟀”,不是在灯阴绷线,织半夜冷露的“悲哀的蟋蟀”,而是五百年前那个“苦孩子的魂”,为了救人,为了补过而化成的“愤怒的蟋蟀”。历史和现实问题的取材倾向,尖锐的论辩色彩,是他80年代最初一批作品(《中国又有了诗歌》《历史的耻辱柱》《关于比喻》《诚实人的谎话》《我们有行乞的习惯吗》)的特征。随后,转向社会性主题与历史内涵交错的写作,发表了《我是谁》《长城》《走遍大地》《与英雄碑论英雄》等十三首抒情长诗。50年代开启的民族物质和精神的现代化追求是这些诗的主题。与50年代不同的是,它们中不仅有“结成盐粒的汗珠”,而且更有历史沧桑的“泪滴”。读者从这些作品中获得的印象,也许主要不是对于历史和现实现象的一些智慧的评说,而是其中表现的精神人格,不苟且的正直秉性和维护思想情感独立性所做的努力。大概意识到诗在承担这样的发言上的困难,邵燕祥80年代后期开始把主要力量放在杂文、随笔的写作上。他找到更适合于他的介入社会和人生的文字载体[2]。

流沙河在1957年因写作散文诗《草木篇》和编辑诗刊《星星》而成为“右派”,并被作为“地主阶级的孝子贤孙”而遣送原籍(四川金堂县)劳动改造,当了十多年的拉大锯、钉木箱的“体力劳动者”。[3] 重新写作的最初作品,多表达对这段岁月的伤感,青春年华无法追回的失落。有一些诗(《情诗六首》《梦西安》《蝶》),记录在“遇难”时得到的情感慰藉,写得委婉、细密;情感上渗合着苦涩、凄清和甜蜜。另一些作品,则是诙谐的谣曲体制(《故园九咏》

---

① 邵燕祥:《邵燕祥诗选·序》,天津:百花文艺出版社,1994年。

② 80年代以来,邵燕祥的杂文随笔集有:《蜜和剑》《忧乐百篇》《绿灯小集》《小蜂房随笔》《无聊才写书》《捕捉那蝴蝶》《改写圣经》《自己的酒杯》《大题小做集》《杂文作坊》《真假荒诞》《热话冷说集》等。另编有多种选集。

③ 《流沙河诗集·自序》(上海文艺出版社,1982年)中谈到,40年代,流沙河父余营成任四川金堂县政府军事科长,1951年“镇压反革命运动”中被处死刑。1957年流沙河发表散文诗《草木篇》(《星星》1957年第1期),引起争论、受到批判。毛泽东认为诗中发泄了流沙河的“杀父之仇”。70年代末“复出”后出版的诗集有《故园别》《游踪》等;在一段时间内致力于诗歌理论和台湾现代诗的评介工作,编著有《台湾诗人十二家(附诗一百首)》,著有《隔海说诗》。

等)，以调侃、揶揄、自嘲的语调，写贫贱夫妻的恩爱，相依父子的苦中作乐，被迫焚书的无言之痛……在可以体会到的悲愤和对环境的抨击中，又有普通人可资慰藉的温暖情意，有对自己的懦弱的自责和无力主宰自身命运时的自尊。80 年代中期以后，流沙河的诗作渐少。

蔡其矫[①]是当代的重要诗人。从 40 年代以来到现在，他的写作一直没有中断。40 年代写于解放区的一些诗(《兵车在急雨中前进》《张家口》)，可以见到惠特曼美国南北战争时期的自由体诗的影响(当时，蔡其矫正翻译惠特曼的作品)。在来自"解放区"的诗人中，蔡其矫走的艺术路线，与晋察冀诗人，如抗战早期的田间，以及陈辉、魏巍、邵子南等相近。即主要以自由体诗的体式，表达诗人的感受和情绪。这一"路线"在进入 50 年代之后，如果不转化为"政治诗"的创作(如郭小川、贺敬之)，则受到较多的冷落，也不能如以民歌体式来表现劳动者生活的诗那样受到推举。50 年代，受当时诗风的影响，他也写了一些歌颂新生活但缺乏个性的作品。当他试图寻找自己的诗歌道路时，那些作品却被冠以"唯美主义"(《南曲》《红豆》)和"反现实主义"(《川江号子》《雾中汉水》)的标签，多次受到批判[②]。60 年代很难再发表作品。"文革"中，一度成为"现行反革命分子"，流徙在闽西北山区八年。不过，蔡其矫并没有放弃写作；未在刊物发表的作品在当地文学青年中传抄，影响了包括舒婷等在内的青年诗人的写作。

蔡其矫强调诗人的创造应以"全人类的文化成果"作为背景。他处理的题材，诗歌想象方式和语言，更多接受西方浪漫派诗歌的影响(50 年代以后，也关注中国古典诗歌养分的吸收)。他认为诗"必须是从我们整个心灵、希望、记忆和感触的喷泉里射出来的"[③]。和一些经历过革命、战争的诗人一样，他的作品具有强烈的社会感和政治意识。1962 年写的《波浪》，是对人民力量的象征("对水藻是细语/对风暴是抗争")。"文革"期间也写了许多具有强烈政治意识的作品，如《悼念》《哀痛》《祈求》《木排上》《玉华洞》等[④]。

---

① 蔡其矫(1918—2007)，福建晋江人，幼年侨居印尼，11 岁时归国，1938 年去延安，在鲁艺学习，次年到晋察冀边区，从事教学和文化工作。50 年代出版了诗集《回声集》《回声续集》《涛声集》。"文革"后的诗集主要有《祈求》《双虹》《福建集》《迎风》《醉石》《倾诉》，自选集《生活的歌》《蔡其矫诗选》等。

② 批判蔡其矫诗歌的文章，主要有：沙鸥《一面灰旗》(《文艺报》1958 年第 5 期)，肖翔《什么样的思想感情?》(《诗刊》1958 年第 7 期)，吕恢文《评蔡其矫反现实主义的创作倾向》(《诗刊》1958 年第 10 期)，肖翔《蔡其矫的诗歌创作倾向》(《诗刊》1960 年第 2 期)。

③ 蔡其矫：《福建集·前言》，福建人民出版社，1982 年。

④ 这些作品公开发表，都在"文革"后的 70 年代末和 80 年代初。

可能受到智利诗人聂鲁达的启示[①]，他又以对大自然的挚爱和对人的关怀写了大量的爱情诗、山水诗和表现故乡（福建）人文地理、历史习俗的风物诗。女性的美和大自然的美是他经常涉及的诗歌主题。他认为，自然的美根源于人类美的精神的照耀。这提示了他不少作品想象、构思的线索：揭示人的感情活动，常从自然中找到比喻和意象；在对自然的描述中，则贯注人的活泼的生命。人道主义是贯穿蔡其矫诗歌的精神线索。他曾用惠特曼的诗句来表示这一立场，“无论谁如心无同情地走过咫尺道路/便是穿着尸衣走向自己的坟墓”[②]。对于他来说，人道主义是社会理想，伦理准则，也是写作的动力和目标。他坚持对人类未来的信心，认为诗人可能是一座桥梁，经过斗争，甚至是孤立的挣扎，来联结现实和梦想，将美和欢乐带给世界。在艺术方法上，蔡其矫称自己处在“传统和创新的中途”，他的任务是“过渡”：既不向“传统贴然就范，也不转向退出，而是在两者之间自立境界”。在70—80年代诗歌革新运动中，蔡其矫和牛汉等，虽然与青年诗人的艺术观念并不完全相同，却始终给有时候处于困难境地的探索者以支持，建立了在当代诗界并不经常出现的那种扶持，并认可超越的“代际”关系。

90年代后期，**昌耀**[③]诗的价值开始得到诗歌界的重视。他50年代初开始写诗。在此期间，编选流传于青海、甘肃一带的民歌，辑为《花儿和少年》[④]。1957年，因在文学刊物《青海湖》（西宁）诗歌专号上发表十六行的小诗《林中试笛》获罪，成为“右派分子”，随后，有了长达22年的监禁、苦役、颠沛流离的生涯。关于这段经历留下的印记，昌耀说，“与泥土、粪土的贴近，与‘劳力者’、‘被治于人者’的贴近”，使“我追求一种平民化，以体现社会公正、平等、文明富裕的乌托邦作为自己的一个即使是虚设的意义支点。……也寻找这样的一种有体积、有内在质感、有瞬间爆发力、男子汉意义上的文学”。[⑤] 保存下来的写于50年代前期的诗篇（均在80年代才得以发表），写“以奶汁洗涤”的柔美的天空，篝火燃烧的“情窦初开”的处女地，品尝初雪滋

---

① 指聂鲁达出版于1950年的《诗歌总集》。该书中译者为王央乐，上海文艺出版社，1984年。1951年人民文学出版社的袁水拍译《聂鲁达诗文集》中，收有《诗歌总集》的部分篇章。

② 蔡其矫：《生活的歌·自序》，北京：人民文学出版社，1982年。

③ 昌耀（1936—2000），湖南桃源人，1950年弃学从军，参加抗美援朝战争，1953年负伤归国，随后开始文学创作。1955年响应“开发大西北”号召，从湖南来到青海，在青海省文联任创作员，1957年被划为“右派分子”。著有诗集《昌耀抒情诗集》、《命运之书——昌耀四十年诗作精品》、《昌耀的诗》（人民文学出版社“蓝星诗库”）、《昌耀诗文总集》等。

④ 该书1957年由青海人民出版社（西宁）出版时，由于昌耀成了“右派”，编辑者改署王歌行、刘文泰。

⑤ 昌耀：《一份“业务自传”》，《诗探索》（北京）1997年第1期。

味的“裸臂的牧人”,在黄河狂涛中决死搏斗的船夫……表现他对于这块有着原始野性的荒漠以及“被这土地所雕刻”的民族的奇异感受。“复出”后,在《寓言》等作品里,也曾有回顾这段遭遇时的浓重哀伤,但他的写作很快就与50年代的诗歌主题相衔接,继续表现对这心魂所系的高原的挚爱。在《乡愁》里,那个思乡人思念的不是江南的家乡,而是“自己的峡谷”。长诗《慈航》和《雪。土伯特女人和她的男人及三个孩子之歌》,无疑有着诗人经历的投影。诗的叙述者,一个“摘掉荆冠”踏荒原而来的青年,在土伯特人中找到生命、爱情的依归。他称那些占有马背,敬畏鱼虫,酷爱酒瓶的人,那些“围着篝火跳舞”,“卵育了草原、耕作牧歌”的人,是他所“追随的偶像”。个人坎坷的人生体验,融入一个民族的历史生活之中,使他很快将自己诗中的历史意识,从对某一历史过程做简单评判中解脱出来,而倾心于贯穿不同历史时代的古老然而新鲜的命题:对爱和生命的审视和吟咏。他从古老的、带有原始表征并且世代绵延不息的生活中,寻找生命的美,尤其是在艰苦、充满磨难的人生境遇中发挥的生命的勇武、伟力和韧性,灵魂中躁动不安的对达到彼岸的渴求。在这种时候,昌耀冷峻、雄浑的诗行中,流贯着英雄的血脉。与这种体现伟力和“内在质感”的诗质相伴随的,是昌耀诗中强烈的悲剧性的因素,对生命的不幸,对或悲哀,或壮烈的死亡(“旋风在浴血的盆地悲声嘶鸣”的战死者,被误杀的蜜蜂,角枝做成工艺品的鹿……)的深切不安与关切。在昌耀的诗中,有一种来自“心灵深处”的“形而上的孤独感”。[1] 这种“孤独感”,在80年代后期到他去世的十余年中愈发扩大、加深。在很大程度上,这是由于他强烈体验到,怀乡人、朝圣者、东方的勇武者,为太阳和巨灵召唤的赶路者,负笈山行的僧人,在一个“红尘已洞穿沧海”,“神已失踪,钟声回到青铜”,而“游牧部落失传他们的土风”的时代的眩惑和孤愤;他用“烘烤”来描述这些“孤儿浪子”“单恋情人”的精神的悲剧处境。

昌耀对诗有一种“殉道者”“苦修者”的执着态度。他向着所确立的“仅有”“不容模拟”的方向而“废寝忘食”“劳形伤神”[2]。他的诗歌的重要价值,是从50年代开始,就离开当代“主流诗歌”的语言系统,抗拒那些语汇、喻象,那些想象、表述方式。为着不与诗界的“流俗”和“惰性”相混淆,也为了凸现质感和力度,他的语言是充分“散文化”的。他拒绝“格律”等的“润饰”,

---

① 见邵燕祥为昌耀《命运之书》所作的序(西宁:青海人民出版社,1994年)。

② 这是邵燕祥的评语。昌耀在《播种者》这首诗中说:“可是我在自己的作坊却紧扶犁杖/赤脚弯身对着坚冰垦殖播种。/每一声坻裂都潜在着深渊或大恸。/而我前冲的扑跌都是一次完形的摩顶放踵。/还留有几滴鲜血、几瓣眼泪。”

注重的是内在的节奏。常有意(也不免过度)采用奇崛的语汇、句式,并将现代汉语与文言词语、句式相交错,形成突兀、冲撞、紧张的效果。[①] 诗的意象构成,一方面是高原的历史传说、神话,另一方面是实存的民族世俗生活和细节。人类最基本的生活追求和最高贵的精神品质,就存在于日常的生活形态中——这是昌耀的哲学意识,也转化为诗的情感内涵和形态的构成因素。因而,高原的自然图景、生活事件和细节,在他的诗中不是“植入”的比喻和象征,而是像化石般保留着活的生命的印记。在短诗,以及一些长诗的局部上,他倾心捕捉并凝定某一瞬间,以转化、构造具有雕塑感的空间形象[②]。

三 诗歌流派的确认

在40年代后半期,“绿原们”和“穆旦们”确实各自形成“诗群”的特征,他们被看成当时诗歌界最富活力的“新生代”[③]。进入50年代,他们因不同的原因相继从诗界消失。“文革”之后,他们中的一些诗人重新发表作品,历史功绩也得到重新评价,并从诗歌史上确认了他们作为重要诗歌流派的存在。在80年代,这种确认,和对他们的诗歌价值、经验的阐释,既是新诗史的“重写”,也是“新时期”诗歌“复兴”运动的组成部分。

1980年,发生于1955年的“胡风反革命集团”案件得到平反,被迫害的作家(大多数为诗人)所蒙受的冤情得以更正。他们中的一些人陆续重返诗界,“七月诗派”的名誉也得到恢复。1981年,绿原、牛汉编选的这一诗歌群体的诗合集《白色花》出版[④],题名来自阿垅写于40年代的《无题》:“要开作

---

① 《烘烤》是昌耀诗的题目。诗中写道:“烘烤啊,烘烤啊,永怀的内热如同地火。/毛发成把脱落,烘烤如同飞蝗争食,/加速吞噬诗人贫瘠的脂肪层。”

② 昌耀在诗《听候召唤:赶路》中写道:“你,旅行者/沿途立起凿刀/以无名雕塑家西部寻根的爱火/一一照亮摩崖被你重铸的神祇”。有评论者指出,这几乎是昌耀创作的“精练而概括的自道”;“在这里赶路的旅行者,同时也就是执有凿刀的人,是创造雕塑的雕塑者……”(骆一禾、张玞:《太阳说:来,朝前走》,《西藏文学》1988年第5期)。昌耀在一首诗中写道:“时间是具象。可雕刻。可冻结封存。可翻检传阅而读。”(《旷原之野》)

③ 唐湜在《诗的新生代》(《诗创造》第8辑,1948年2月;该文收入唐湜《意度集》,上海:平原出版社,1950年)中,将绿原、穆旦和他的朋友称为“诗的新生代”。说绿原他们“私淑着鲁迅先生的尼采主义的精神风格,崇高,勇敢,孤傲,在生活里自觉地走向了战斗”,他们“一把抓起自己掷进这个世界,突击到生活的深处去”;而穆旦他们,则“气质是内敛又凝重的,所要表现的与贯彻的只是自己的个性”,“永远在自我和世界的平衡的寻求与破毁中熬煮”。

④ 人民文学出版社,1981年。《白色花》中没有收入伍禾的诗,据主编绿原说,是因为“他的家属不同意,心有余悸”。参见黎之:《文坛风云录》,郑州:河南人民出版社,1998年,第21页。

一支白色花——/因为我要这样宣告：我们无罪，然后我们凋谢。”这一引用虽说在诗意内涵上已有更易，但这仍是一个让人感慨的“谶语”。

“七月诗派”的诗人们，大多在抗战时期开始写诗，且大多有着曲折的人生道路。他们在苦难的年代写诗，又为诗蒙受苦难。因此，当他们“复出”而回顾自己的经历时，某些经验竟是如此相似。[①] 他们“复出”后最初的作品，也就具有相近的，以人生的苦难体验作为基点，去把握历史的特征。在诗的体式上，仍然依循他们的自由体诗传统，追求感情表达和语言运用上的自然、朴素、流畅；但与他们早期的诗相比，也看出对“控制”的重视。这些诗人中，牛汉、绿原、曾卓、彭燕郊、鲁藜、罗洛、冀汸等，写得较多。特别是牛汉，写作持续不断，成为八九十年代的重要诗人之一。

和“七月诗派”不同，在50—70年代，并没有“中国新诗派”(“九叶派”)的名称；80年代对这个流派的确认，具有明显的“重塑”的性质。[②] “文革”结束后，辛笛、陈敬容、杜运燮、郑敏、唐祈、唐湜等陆续发表新作。但诗歌界将他们作为群体看待，要迟至1981年《九叶集》[③]的出版。作为一个新诗史上被普遍承认的“流派”，是80年代之后，当事人和研究者叙述与阐释的结果；就连它的最通用的名称“九叶”，也是此时所给定。[④] 借助这部诗集，读者看到“在那个黎明前的黑暗年代里，除了人们经常提及的讽刺诗、山歌和民歌体诗之外，还有这么一些不见经传的美丽叶片在呼啸，在闪光”[⑤]。流派的这一“确认”，和“文革”后当代诗歌的艺术取向有直接关联，而穆旦等在新诗史

---

① “忧患”“苦难”是这些诗人“复出”后经常提及的“关键词”：“我……可以说是生长于忧患里的，也可以说我是忧患的宠儿”(鲁藜)，“我和诗从来没有共过欢乐，我和它却长久共过患难”(绿原)，“是人生和诗冶炼并塑造了我这个平凡的生命。……为了这个难题，一再地蒙受屈辱和灾难”(牛汉)，“当我真正懂得人生的严肃和诗的严肃时，却几乎无力歌唱了。这是我的悲哀”(曾卓)……

② 在50年代，“七月”诗派在有关中国新诗历史的叙述(包括对它的批判)中，已得到普遍承认。而穆旦等的“中国新诗”(“九叶”)诗人，不管是作为诗人个体，还是诗歌群体，都未出现在任何诗史(文学史)的论述中。

③ 南京：江苏人民出版社，1981年。《九叶集》是辛笛、陈敬容、杜运燮、杭约赫、郑敏、唐祈、唐湜、袁可嘉、穆旦9人写于40年代的作品合集，“九叶派”的名字由此而来。由于他们在40年代后期，集结于诗歌刊物《中国新诗》，诗歌史家也有称他们为“中国新诗派”的。辛笛等此后除各自整理、出版收入新、旧作的诗集外，还出版了除杭约赫外的8位诗人50—80年代作品合集《八叶集》(香港三联书店，1984年)，作为对《九叶集》的补充。

④ 袁可嘉在《九叶集·序》中，以确认流派的自觉意识，来描述、归纳他们在40年代后期的诗歌实践。后来，袁可嘉又把他1946—1948年写的诗论选辑出版(《论新诗现代化》，北京：生活·读书·新知三联书店，1988年)蓝棣之编选、人民文学出版社1992年出版的《九叶派诗选》，列入“中国现代文学流派创作选”中。80年代及以后，对“中国新诗派”(“九叶派”)及其诗人的研究，成为中国新诗史、文学史研究的热点之一，有若干著作、大量论文发表。在最初阶段，蓝棣之在研究和资料搜集上出力甚多。参见蓝棣之：《正统的与异端的》，杭州：浙江文艺出版社，1988年。

⑤ 孙玉石：《带向绿色世界的歌》，《文艺报》1981年第24期。

上的地位也不断提高。不过,让他们有可能继续中断多年的诗艺探索的时间来得稍晚。穆旦已于1977年去世;杭约赫50年代之后不再写诗;袁可嘉则专事外国文学研究;辛笛、陈敬容、郑敏、唐湜、唐祈、杜运燮等各有新作问世,但多数人已难以和他们40年代的成果相比,只有郑敏,在最近二十多年的写作(包括诗歌理论研究)在当代诗界都产生了很大影响。

30年代到1944年,曾是**曾卓**[①]诗歌创作的第一阶段。此后,相当长的时间里没有诗集问世[②]。1955年因为“胡风集团”案件被捕,狱中曾用诗来缓解孤独的煎熬。这些标明写于50—70年代的作品,据作者所说,当时没有纸笔只是默记,后来才补录公开发表。一部分是为孩子们写的30多首《给少年们的诗》,另一部分则是有关受难者情感和信念的记载;后者仍是他写作的基本主题。在这些诗中,叙述者惊异于这突然袭来的风暴,期待着理解、友谊、爱情之手的伸出。有的时候,思绪情感寄托于自然“物象”。他以临近深谷的悬崖边的树,创造一个有着沉重“时代感”的,挣扎然而不屈的形象——这首题为《悬崖边的树》的诗,在80年代常被用来说明众多“复出者”相通的心态:落寞而不甘沉沦,遭遗弃而不倦地重新确定位置,品尝孤独而渴望被接纳,有所怨恨但更多的是爱和信念。比较其他“七月”诗人“复出”后的诗,曾卓有温煦的一面。牛汉说:“他的诗即使是遍体鳞伤,也给人带来温暖和美感。不论写青春或爱情,还是写寂寞与期待,写遥远的怀念,写获得第二次生命般的重逢……节奏与意象具有逼人的感染力,凄苦中带有一些甜蜜。”又说:“他的人与诗都没有自己的甲胄,他是一个赤裸的‘骑士’。”[③]

按照曾卓的说法,**绿原**[④]的生活道路充满了坎坷,没有什么浪漫色彩和玫瑰芬芳。第一部诗集是由胡风出版的《童话》(1942):在阴冷的背景中,仍葆有纯真心灵,构撰梦幻般的境界。其后,诗转向直面现实、揭发时弊的风

---

① 曾卓(1922—2002),祖籍湖北黄陂,生于武汉,1941年曾与邹荻帆等编《诗垦地》丛刊,后就读于中央大学(重庆、南京),1944年出版第一本诗集《门》,1955年因“胡风集团”案被捕入狱。出版的诗集另有《悬崖边的树》《老水手的歌》《曾卓抒情诗选》《给少年们的诗》等。

② 在40年代后期,胡风对他的诗不满意,他的诗未能列入胡风主编的“七月诗丛”出版。50年代后则因被列入“胡风集团”而使写作、发表受阻。

③ 牛汉:《一个钟情的人——曾卓和他的诗》,《文汇》月刊(上海)1983年第3期。此文为《曾卓抒情诗选》“代序”(北京:中国文联出版公司,1988年)。

④ 绿原(1922—2009),湖北黄陂人,原名刘仁甫,16岁开始过流亡的学生生活,读高中时从家乡逃亡到重庆,40年代初就读于重庆的复旦大学,因受到迫害,未及毕业到川北一个小县城当教师,1955年因“胡风集团”案件受“隔离审查”。1942年开始诗歌写作,著有诗集《童话》《又是一个起点》《集合》《人之诗》《人之诗续编》《另一支歌》《我们走向海》等,另有散文集、外国文学论文集和外国文学翻译多种。

格。50年代前期的诗作明显减少。对其缘由,绿原后来有颇为晦涩的解释:由于当时那种“一些不应有而竟有,亟待克服而又无从着手的分歧意见”;还有“艺术见解的分歧一搞不好,就被视作政治立场的分歧”。[①] 80年代绿原引人瞩目的几首诗,是标明写于受囚禁年月里的《又一名哥伦布》《重读〈圣经〉》[②]等。他将与他命运相似的受难者,比喻为20世纪航行在“时间的海洋上”的哥伦布;“他的‘圣玛丽娅’不是一只船”,而是监牢中“四堵苍黄的粉墙”;而且,这个哥伦布已“形销骨立”“蓬首垢面”,仍坚信定会发现新大陆。但其实,所等待的不过是“时间”的“公正判决”:这是这个时代受难英雄崇高也可悲悯的姿态。《重读〈圣经〉》却不是“自况”,而转向对“文革”中出演的各式人等的刻画;《圣经》中的故事、人物成为现实政治的隐喻和比附。绿原后来还发表了许多作品,如组诗形式的《西德拾穗录》《酸葡萄集》《一九八六年诗抄》等。由于环境和心理因素的变化,以往的直率、热烈的风格,为冷静的语调所取代。这种“理念化”和“书卷气”倾向,作者自己虽然不大满意,但并非就是弊病:选材与表现都更走向平淡、自然,哲思更多蕴涵于信手拈来的吟咏中,这终归是一个年老的学者更容易趋近的诗艺境界。

在“复出”的“七月”诗人中,**牛汉**[③]是成绩显著,并对自身的局限做出不断调整的超越者。在中国现代诗人中,牛汉是属于那种坚持诗和人生一体的诗人;诗是人的生命的实现,而生命又因诗得以丰富[④]。80年代初,牛汉影响最大的,是“文革”间写于湖北咸宁“五七干校”,在80年代才公开发表的作品[⑤]。牛汉说,在古云梦泽劳动了整整5年,“大自然的创伤与痛苦触动

---

① 绿原:《人之诗·自序》,北京:人民文学出版社,1983年。

② 它们各自标明写于1959年和1970年,都是绿原没有人身自由的年代。

③ 牛汉(1923—2013),生于山西定襄,蒙古族,原名史承汉,1940年开始发表诗作,40年代就读西北大学,1946年因参加学生运动入狱,1955年因“胡风案件”被拘捕。50年代初出版的诗集有《彩色的生活》《祖国》《在祖国的面前》《爱与歌》,“复出”后的诗集有《温泉》《海上蝴蝶》《蚯蚓和羽毛》《沉默的悬崖》,和诗选集《牛汉抒情诗选》《牛汉诗选》等,并有多种诗论集和散文集出版。在八九十年代,牛汉参与了重要的新文学史料刊物《新文学史料》(人民文学出版社)的编辑工作,并担任1985年创刊的《中国》的执行副主编。

④ 牛汉说,“我的诗和我这个人,可以说是同体共生的”:“经历过战争、流亡、饥饿,以及几次的被囚禁……幸亏世界上有神圣的诗,使我的命运才出现了生机”,“诗在拯救我的同时,也找到了它自己的一个真身(诗至少有一千个自己)。于是,我与我的诗相依为命”[《谈谈我这个人,以及我的诗(代自序)》,《牛汉诗选》,北京:人民文学出版社,1998年]。诗与人的这种关系,当然也是“七月诗派”的基本信念;“人与诗”是他们常用的一个词组。

⑤ 这些诗写于1970—1976年间,发表于1980—1982年间。主要有《鹰的诞生》(《哈尔滨文艺》1980年第5期),《毛竹的根》《蚯蚓的血》(《诗刊》1980年第5期),《半棵树》(《文汇》增刊1986年第6期),《华南虎》(《诗刊》1982年第2期),《悼念一棵枫树》(《长安》1981年第1期),《麂子,不要朝这里奔跑》(《文汇》增刊1980年第7期)等。

了我的心灵”[1]。但也可以说,他所经验的人生创伤和刚强,在“大自然”的创伤中找到诗歌构型的方式。枯枝、芒刺、荆棘构筑的巢中诞生的鹰(《鹰的诞生》),荒凉山丘上,被雷电劈去半边仍挺立的树(《半棵树》),受伤但默默耕耘的蚯蚓(《蚯蚓的血》),美丽灵巧却已陷于枪口下的麂子(《麂子,不要朝这里奔跑》)……它们涉及美丽生命被毁灭的悲伤,和陷于困境而精神不屈的骄傲。《华南虎》一诗,常被看作这个时期牛汉的“代表作”,并视为诗人精神性格的“自我写照”。除了这些情感激烈的作品之外,牛汉的另一些诗(如《悼念一棵枫树》),情绪会流溢般散播于以自然物作为客体的叙述中,作为情感、体验的映象的自然物,也超出简单比喻、象征的关系。

这种物我对应的诗意构成方式,是牛汉这个时期作品的基本形态。80年代中后期,牛汉意识到这种方式已趋于“固化”,并可能成为束缚。他开始了对这一“模式”的挣脱和超越[2],由此出现了写作上的“裂变”。这主要指《梦游》《空旷在远方》《三危山下一片梦境》等的发表。历史语境的变化是重要因素,另外的重要原因是,生命挖掘在层面、深度上的转移。考虑到《梦游》1976年就已动笔[3],显然,那时自我生命中的某些方面已被关注,但也被忽略和压抑。80年代后期写作上的变化,表明牛汉已超越40年代“七月诗派”对完整、自足的生命个体的信心,察觉了它的内在裂缝和它的限度。这一体验、认知,自然会导致诗歌经验和想象力空间的开拓,导致新的词语、表现方式的出现。牛汉曾说,他是“命定属土的”,“每一个词语下面都带着一撮土,土是我的命根”。但他又说,“真渴望我的砂土一般苦涩而燥热的语境和情境里,能有一条小河潺潺有声地流过”。[4] 如果不只是从一般风格特征的意义上来理解,那么,是在拥有确定、执着、坚韧的诗性品格的同时,也表现了对另一品格——流动扩展、虚谦、探询、随物赋形——的倾慕。

穆旦[5]并没有亲历“新时期”的“复出”,他1977年病故。但他写于晚年、

---

① 指1969年9月到1974年12月,在湖北咸宁文化部“五七干校”的劳动。牛汉:《对于人生和诗的点滴回顾和断想(代序)》,《蚯蚓和羽毛》,人民文学出版社,1986年。

② 任洪渊敏锐指出:“牛汉这类主/客同构的诗,不断重复的物/我对应的直线,只能是同一生命平面的延展。牛汉意识到这仍然是对生命的一种囚禁,他必须打破它,而且真的打破了。”(《“白色花”:情韵·智慧·生命力——读曾卓、绿原、牛汉》,《诗刊》1997年第7期。)

③ 从1976年开始,《梦游》前后凡三稿,改动颇大,1987年改定。人民文学出版社的《牛汉诗选》收入第一稿和第三稿。

④ 牛汉:《谈谈我的土气》,《命运的档案》,武汉:武汉出版社,2000年,第221—222页。

⑤ 穆旦(1918—1977),原名查良铮,祖籍浙江海宁,生于天津,在天津南开中学学习时开始新诗写作,1935年到40年代初,在清华大学、西南联大学习。著有诗集《探险队》《穆旦诗集》《旗》等。去世后,出版的诗集有《穆旦诗选》《穆旦诗全集》等。

在80年代发表的诗,是“新时期”诗歌的重要构成。1949年,穆旦赴美国芝加哥大学研究院学习,1952年底归国,任教于南开大学。王佐良40年代在《一个中国诗人》中,说穆旦“最善于表达中国知识分子的受折磨而又折磨人的心情”。[①] 他对于民族、历史的审察,常常深入到对内心的剖析中。“对于穆旦,现代主义的重要性在于它多少能看到表面现象以下,因此而有一种深刻性和复杂性”,同时,“这也是他的语言的胜利”。[②] 他力避陈词滥调,以自觉的态度和“新月”等浪漫诗风的语言保持距离,把对那个时代的控诉深入到对内心“近乎冷酷”的解剖,揭示“一个平凡的人”里面蕴藏着的“无数的暗杀,无数的诞生”(《控诉》)。个体探索、挖掘的这一主题,在后来的写作中继续伸展(如发表于1957年的《葬歌》《我的叔父死了》[③])。1958年,因为1942年任赴缅甸抗战的中国远征军翻译,被定为“历史反革命”,失去正常的教学、研究的权利,此后一直在大学图书馆工作。到他去世的20年间,以查良铮的本名和梁真的笔名,翻译外国诗歌作品十余种[④]。

也许是基于一种预感,在中断诗歌写作近二十年后,1976年生命临近终点的最后的半年多里,穆旦重又动笔,留下了《智慧之歌》《演出》《冥想》《自己》《停电之后》《秋》《冬》等二十几首作品。这是走过曲折的生命之途,“歇脚”时的回望和沉思[⑤]。它们也有一些触及社会情势,更多的仍是对现代生存境遇中个体生命,对现代知识者心理悲剧的质询与揭示。这些作品,已少有40年代的尖锐、紧张,节奏也趋于平缓,用语朴素、冷静,为回想的语调

① 原载北平《文学杂志》1947年8月号;作为附录收入《穆旦诗集(1939—1945)》,于沈阳自费出版,1947年。

② 王佐良:《论穆旦的诗》,《穆旦诗全集》,北京:中国文学出版社,1996年,第5页。

③ 穆旦1957年的这些诗在后来受到批评。如邵荃麟在《门外谈诗》中引述了穆旦这些诗句后认为,这里的思想感情和语言都是“沙龙式”的,“不但工农群众听不懂,就是知识分子听了也要皱眉”(《诗刊》1958年第4期)。徐迟说,穆旦的“‘平衡把我变成一棵树’,写得很隐晦,很糟糕。……他是有老祖宗的,可以指出他模仿英国的那几个诗人。穆旦的诗确是很典型的西风派”[《南水泉诗会发言》,《蜜蜂》(保定)1958年第7期]。

④ 穆旦(查良铮)50—70年代翻译的文学理论和诗歌作品有:《文学概论》(季摩菲耶夫)、《怎样分析文学作品》(季摩菲耶夫)、《文学发展过程》(季摩菲耶夫)、《波尔塔瓦》(普希金)、《青铜骑士》(普希金)、《高加索的俘虏》(普希金)、《欧根·奥涅金》(普希金)、《普希金抒情诗一集》、《普希金抒情诗二集》、《加普利颂》(普希金)、《拜伦抒情诗选》、《布莱克诗选》、《济慈诗选》、《云雀》(雪莱)、《别林斯基论文学》、《雪莱抒情诗选》、《唐璜》(拜伦)、《普希金抒情诗选集》、《拜伦诗选》、《普希金叙事诗选》、《英国现代诗选》、《丘特切夫诗选》等。

⑤ 《秋》(1976)中写道:“你肩负着多年的重载,/歇下来吧,在芦苇的水边,/远方是一片灰白的雾霭/静静掩盖着路途的终点。”这些作品,均公开发表在穆旦去世后的八九十年代。《诗刊》1980年第2期在“穆旦遗作选”的总题下,刊发《演出》《春》《友谊》《有别》《自己》《秋》《停电之后》《冬》等作品。随后,这批诗作陆续在报刊发表。

所笼罩(“寂静的石墙内今天有了回声”)。然而,也处处闪着因时间而“堆积”于内心的睿智,怀疑、反讽的精神态度,奥登式的语言方式也仍随处可见。明白“沉默是痛苦的至高的见证”,却不愿让痛苦在沉默中随身而没;骄傲于那“智慧之树不凋”,又“诅咒它每一片叶的滋长”;爱、青春、友谊“使那粗糙的世界显得如此柔和”,但对于“永久的流亡者”来说,“美”会很快“从自然,又从心里逃出”,幻想的尽头不过是“一片落叶飘零的树林”。生命的回顾虽近于哀痛,但仍不放弃对于温暖的期待。在以春、夏、秋、冬季节命名的四首诗中,穆旦以严冬为基点去回望曾有过的春绿和秋熟,追寻生命的价值和意义,使这一组诗具有繁复交错的多重情绪的结构。1976 年底“文革”结束,然而“他没有能够尝到‘感情的热流’所能给的‘温暖’”,这些作品成为“他远行前柔情的告别”,他的这条河水,经过了“初生之苦的春旱”,“渡过夏雨的惊涛”,“终于流入了秋日的安恬”(穆旦《秋》)。[①]

郑敏[②] 50 年代自美归国后,因多种缘由不再写诗。1979 年秋,在参加了与辛笛、曹辛之、唐祈、陈敬容等为编辑诗合集《九叶集》而举行的聚会后回家的路上,构思了在沉默二十多年之后的第一首诗:《诗呵,我又找到了你》[③]。恢复写作初期尚欠缺特色的诗中,值得称道的是她对青年时代的记忆。在这里,她寻找到与“年轻”时期艺术的衔接点,并将它转化为创造的起点。建立与细致、宁静的哲思的联系,有赖于作者艺术个性中某些支柱的修复。一是与自然、与人的生活所建立的默契,一种身心参与的亲切感,用心去捕捉自然呼吸的气息和脉搏的跳动,借感觉的尖锐和细腻达到灵智上的呼应相通。二是战胜观察、思考上的狭窄视角,挣脱在“当代”形成的观念束缚,从纷纭的现象中体会到平凡,又从平凡中探寻深奥,在事物面前保持虚心、坦率的探寻的态度。诗艺“修复”上所要建立的连接,除了自身的创作实践外,也包括曾私淑的里尔克、冯至等的诗歌经验。这种创作意识,以及由

---

① 王佐良在《论穆旦的诗》(《穆旦诗全集》第 8 页)中说,“1976 年初,他从自行车上摔下,腿部骨折了。1977 年 2 月,在接受伤腿手术前夕,他突然又心肌梗死。一个才华绝世的诗人就这样过早地离去了”。

② 郑敏(1920—2022),福建闽侯人,生于北京,1943 年毕业于西南联大哲学系,1952 年获美国布朗大学英国文学硕士学位,回国后,在中国科学院文学研究所工作,1960 年后,任教于北京师范大学。著有诗集《诗集 1942—1947》《寻觅集》《心象》《早晨,我在雨中采花》《郑敏诗集 1979—1999》,翻译《美国当代诗选》,另有《英美诗歌戏剧研究》等论文集。

③ 收入郑敏诗集时,题名为《如有你在我身边(诗呵,我又找到了你)》。郑敏后来说,“当时我正在公共汽车上驰回西郊。我们刚开过第一次‘九叶’碰头会,我也是第一次见到唐祈、陈敬容和曹辛之这几位在京的‘叶’友。由于大家的鼓舞,我觉得仿佛又回到了诗的王国,在汽车里这首‘诗呵,我又找到了你’突然连同它的题目、声调、情感、诗行,完整地走入我的头脑。”《郑敏诗集 1979—1998·序》,北京:人民文学出版社,2000 年,第 9 页。

此形成的抒情格调和冥想的哲理氛围，在《古尸》《昙花又悄悄地开了》《白杨的眼睛》《第二个童年与海》《冬天怀友》等作品中开始呈现。而写于 1986 年的《心象组诗》，则是她“走出早期的诗歌语言，找到适合新的历史时期的自己的风格”的标志[①]。在此后的诗作中，有对历史运动(同时也是个体生命)的“太强的生是死的亲吻”的体认。有对“不再存在的存在”——诗歌、音乐、宗教中力量的踪迹的探寻。有对预置的逻辑程序偏离，而接受无意识的暗示和指引。形式上也有耐心的试验，“格律”是其中的追求之一种：“诗的格律可以助你，迫使你打开自己灵魂深处的粮仓。”[②]从《心象组诗》开始，“超验力量”，特别是“死亡”，是郑敏诗歌的不断涉及的主题。但她并不以无奈、畏惧的态度处理，而以宗教式的虔诚，与这“谜样的力量”展开对话：“我知道有一刹那/一种奇异的存在在我身边/我们的聚会是无声的缄默/然而山也不够巍峨/海也不够盈溢”(《我从来没有见过你》)。

组诗是郑敏常用的写作方式。有许多思绪和哲理，需要有一种阻断但又连绵延续的形式加以表达。它们在郑敏的诗中，总能达到较高的水准。如《诗的交响》《裸露》《心象组诗》《不再存在的存在》《蓝色的诗》《秋的组曲》《生命之赐》等。写于 90 年代初的十四行组诗《诗人与死》[③]，是评论界和作者本人都重视的作品。后来的《诗与形组诗》，被作者称为“试验的诗”。这种试验包括“让诗有画的形”的“具象诗”，借用中国古典绝句写的短诗，以及在“口头白话”中加入“古典诗语”等。这些试验当然不是郑敏首创，试验本身也不见怎样出色，但具有创新活力的年轻心态，给人印象深刻。

---

① 郑敏:《郑敏诗集 1979—1999·序》，第 2 页。

② 同上书，第 11 页。

③ 共 19 首。组诗在《人民文学》刊发时，题目误为《诗人之死》。作者说:“‘与死’的原因，是死对于我来说本身就是一个重要的主题，可以独立于诗人，但又与诗人的死有关。”(徐丽松整理《读郑敏的组诗〈诗人之死〉》，《诗探索》1996 年第 3 期)。组诗收入《早晨，我在雨里采花》和《郑敏诗集 1979—1999》中时，恢复《诗人与死》的题目。

第十九章

新诗潮

一 "朦胧诗"的发生

80年代,当代诗歌中的创新活力,主要来自"崛起"的、以青年诗人为主体的"新诗潮"。60年代后期至70年代期间,一些地方存在着后来称为"地下诗歌"的写作活动。"文革"结束之后,社会政治、诗歌文化环境出现重要变化。在目标上,寻求与"当代"前30年的诗歌主流"断裂"的诗歌思潮开始涌动,这一诗潮当时难以为"主流诗界"所认可。不过,在主要是城市知识青年和大学生的阅读群体中,已迅速蔓延,并产生强烈反响。作品在公开出版的报刊上登载的可能性很小,因而,大多采用"非正式"的发表方式:"文革"期间延续下来的传抄仍是手段之一;自办诗报、诗刊,自印诗集也开始风行。

最早创办且影响广泛,并成为"新诗潮"标志的自办刊物,是1978年12月创刊于北京,由北岛、芒克等主编的《今天》[①]。创刊号上的《致读者》(代发刊词,由北岛执笔),在引用了马克思的论述来批判"文革"之后,表达了这些革新者的"创世纪"式的激情和主张:"……'四五'运动[②]标志着一个新时代的开始,这一时代必将确立每个人生存的意义,并进一步加深人们对自由精

---

① 创刊于1978年12月23日,由北岛、芒克等主办。《今天》的主办者、编委,以及参加工作的人员,前后发生许多变化。详细情况参见廖亦武主编的《沉沦的圣殿——中国20世纪70年代地下诗歌遗照》(乌鲁木齐:新疆青少年出版社,1999年)。除诗歌外,还刊登了万之、北岛的多篇短篇小说。北岛的小说有中篇《波动》(署艾珊),短篇《在废墟上》《稿纸上的月亮》《归来的陌生人》(均署石默),《旋律》(署艾珊)。刊登〔英〕格林、〔苏〕叶甫图申科、〔美〕小库尔特·冯尼格特等的短篇小说,多篇评论文字,以及摄影和美术作品等。

② 指发生于1976年4月间的"天安门事件",在"文革"后一段时间,被许多人称作具有与"五四运动"同样意义的"四五运动"。——引者注

神的理解;我们文明古国的现代更新,也必将重新确立中华民族在世界民族中的地位。我们的文学艺术,则必须反映出这一深刻的本质来。”[①]《今天》共出版9期。它发表了食指、芒克、北岛、方含、舒婷、顾城、江河、杨炼、严力等写于“文革”期间和写于当时的作品;其中,不少后来被看作朦胧诗的“代表作”[②]。除刊物外,还出版《今天》文学资料3期,《今天》丛书4种[③]。其间还组织过诗歌朗诵活动,并协助举办当时著名的先锋美术活动“星星画展”。到了1980年9月,《今天》停刊。其后成立的“今天文学研究会”也很快停止了活动。[④]

在1979—1980年间,《今天》诗人的作品的广泛流传,已是无法视而不见的事实。一些“正式”出版的文学刊物,也开始慎重、有限度地选发他们的作品。1979年3月,《诗刊》刊出此前曾发表于《今天》创刊号上的北岛的《回答》;继之,舒婷同样刊于《今天》的《致橡树》也为《诗刊》所登载。1979年10月的《星星》(成都)复刊号发表了公刘引述顾城诗作的评论《新的课题——从顾城同志的几首诗谈起》。《诗刊》继选载北岛、舒婷作品之后,1980年第4期又开辟“新人新作小辑”的专栏。当年8月,《诗刊》邀集舒婷、顾城、江河、梁小斌、张学梦、叶延滨、高伐林、徐敬亚、王小妮等参加“改稿会”,并在该刊第10期,以“青春诗会”[⑤]的专辑发表他们的作品和诗观。这让由《今天》引领的新诗潮影响进一步扩大。1980年创办的诗歌理论刊物《诗探索》,在《请听听我们的声音——青年诗人笔谈》[⑥]的总题下,刊登了江

---

① 《致读者》随后宣告:“今天,当人们重新抬起眼睛的时候,不再仅仅用一种纵的眼光停留在几千年的文化遗产上,而开始用一种横的眼光来环视周围的地平线了。……我们的今天,植根于过去古老的沃土里,植根于为之而生,为之而死的信念中。过去的已经过去,未来尚且遥远,对于我们这代人来讲,今天,只有今天!”在现代中国,政治、文化的变革者都无例外地有着对“今天”,对“新时代”“新纪元”的强烈意识。

② 如舒婷的《致橡树》《中秋夜》《四月的黄昏》《呵,母亲》,北岛的《回答》《冷酷的希望》《太阳城札记》《一切》《走吧》《陌生的海滩》《宣告》《结局或开始》《迷途》,芒克的《天空》《十月的献诗》《心事》《路上的月亮》《秋天》《致渔家兄弟》,食指的《相信未来》《命运》《疯狗》《鱼儿三部曲》《这是四点零八分的北京》《愤怒》,江河的《祖国啊,祖国》《没有写完的诗》《星星变奏曲》,顾城的《简历》,杨炼的《乌篷船》,方含的《谣曲》等。

③ 芒克诗集《心事》,北岛诗集《陌生的海滩》,江河诗集《从这里开始》,艾珊(即赵振开、北岛)中篇小说《波动》。

④ 1980年9月,根据政务院1951年的《期刊登记暂行办法》规定:“各种期刊发行前,应由主要负责人具函向当地出版行政机关领取申请登记书及申请登记表逐项据实填明,申请登记;经受理之出版行政机关呈报上级机关核准并发给登记证后,方得发刊”,要求《今天》杂志停刊。12月再次通知《今天》停止一切活动。

⑤ 《诗刊》“青春诗会”的组织和发表方式,一直延续至今;其宗旨是发现、推出诗界的有潜力的新人。

⑥ 专栏标题这一祈请、吁求的语调,虽然主要出自刊物主办者之口,但也反映了当时诗歌革新者争取主流诗界理解、接纳的意愿。

河、舒婷、顾城、梁小斌、徐敬亚、高伐林、张学梦等的笔谈。中国需要“全新的诗”，需要调整和改善人们对诗的感受心理，应该允许进行探索——是笔谈的主要观点。在此期间，各地的刊物，也都陆续刊发青年诗人的作品；其中，具有新锐的探索性的作品占有显要位置。[①]

对以《今天》为代表的“新诗潮”的评价，很快成为诗界的中心问题。意见的歧异和争论的激烈程度出人意料。最早在“正式”出版物上讨论这一诗潮的，是“复出”诗人公刘[②]。公刘对顾城等的作品持理解、同情的态度。但基于他的政治、文学观，他为顾城等在讲述历史时的“片面”，以及意象的破碎而担忧；主张要给予“引导”，“避免他们走上危险的小路”。[③] 不过，“新诗潮”诗人中的激进探索者，并不认可这种被引导的位置。1980 年 4 月在南宁召开的，以新诗现状和展望为主题的“全国当代诗歌讨论会”上，对北岛、顾城、舒婷等的作品的评价成为争论的焦点。有趣的是，不论是认为新诗将出现繁荣前景，还是认为已陷于深重危机者，都把很大一部分原因归结为这类诗歌的出现。南宁会议后不久，诗评家谢冕发表了《在新的崛起面前》[④]一文，对“不拘一格，大胆吸收西方现代诗歌的某些表现方式”，“越来越多的‘背离’诗歌传统”的“一批新诗人”给予支持。支持的依据，来自他对诗歌“适应社会主义现代化生活”的要求（这其实也是新诗潮批评者批评的依据[⑤]）。谢冕以“历史见证人”的身份吁请诗界的宽容：“对于这些‘古怪’[⑥]的诗”，主张“听听、看看、想想，不要急于‘采取行动’”，“急着出来加以‘引导’”；说“我们有太多的粗暴干涉的教训（而每次的粗暴干涉都有着堂而皇之的口实），我们又有太多的把不同风格、不同流派、不同创作方法的诗歌视

---

① 这些刊物有《星星》（成都）、《上海文学》《萌芽》（上海）、《安徽文学》（合肥）、《青春》（南京）、《丑小鸭》（北京）、《芒种》（沈阳）、《春风》（沈阳）、《长江文艺》（武汉）、《四川文学》（成都）等。

② 公刘的文章题为《新的课题——从顾城同志的几首诗谈起》，《星星》（成都）复刊号，1979 年 10 月出版。《文艺报》1980 年第 1 期全文转载，并加了编者按语。

③ 《文艺报》转载公刘文章所加的《编者按》也认为：“他们肯于思考，勇于探索，但他们的某些思想、观点，又是我们所不能同意，或者是可以争议的。如视而不见，任其自生自灭，那么人才和平庸将一起在历史上湮没；如加以正确的引导和实事求是的评论，则肯定会从大量幼苗中间长出参天的大树来。”

④ 此为谢冕在“全国当代诗歌讨论会”上的发言，经整理后刊发于《光明日报》（北京）1980 年 5 月 7 日，和《诗探索》（北京）1980 年第 1 期。

⑤ 新诗潮的大多数支持者与批评者，在当时其实拥有相同的前提，分歧在于对“现代化生活”，以及诗歌和“现代化生活”关系的不同想象。

⑥ 诗评家丁力等把这些有争议的诗称为“古怪诗”。后来，《新诗的发展和古怪诗》（《河北师院学报》1981 年第 2 期）中，正式肯定了这一说法：“‘朦胧诗’这个提法很不准确，把问题提轻了。……我的提法是古怪诗，也就是晦涩诗。”“现在的古怪诗，不是现实主义的，有的甚至是反现实主义的。它脱离现实，脱离生活，脱离时代，脱离人民。”他并将支持“朦胧诗”的观点称为“古怪诗论”（《古怪诗论质疑》，《诗刊》1980 年第 12 期）。

为异端、判为毒草而把它们斩尽杀绝的教训。而那样做的结果，则是中国诗歌自五四以来没有再现过五四那种自由的、充满创造精神的繁荣”。在此后的多篇文章中，这位批评家以他理想的“五四”精神作为标尺，表达了营造自由的艺术创造空气、支持多元并立的创新的看法。接着，孙绍振、徐敬亚也分别撰文，对这一诗歌潮流给予热情支持。① 到了1980年下半年，这些备受争议的诗获得一个同样备受争议，却延续下来的命名：“朦胧诗”②。1980年，新诗潮论争的另一热点发生在福建省。《福建文学》(福州)以当时已获得大量读者，但仍褒贬不一的舒婷的诗作为对象，展开长达一年的“新诗创作问题”的讨论；论题从新诗潮，进而扩展至中国新诗60年的经验和问题。在“朦胧诗”论争中，支持者普遍指出，青年诗歌摒弃空洞、虚假的调头，厌恶陈腐的套式，探索新的题材、新的表现方法和风格，是“对权威和传统的神圣性”的挑战，是“新的美学原则的崛起”；它推动了当代诗歌自由创造、多元并立的艺术创新局面的出现。批评者则认为“朦胧诗”思想艺术倾向不健康，摭拾西方“现代派”的余唾，表现了“反现实主义”的性质。按照中国当代惯用的分析方法，它们被指为诗歌的“逆流”。到后来，对“朦胧诗”的批评，更多地转移到持支持态度的诗歌批评家身上。在1983—1984年间的“清除精神污染”政治运动中，“三崛起”被看作有“代表”性的“错误理论”，是“程度不同并越来越系统地背离了社会主义的文艺方向和道路，比起文学领域中其他的错误理论更完整、更放肆”，因而“不能低估”“它们给诗歌创作和诗歌理论带来的混乱和损害”。③ 但时过境迁，这种威吓已经难以产生在50—70年代的那种效果。新诗潮的影响迅速扩大，并确立了它在中国当代诗歌转折期的地位。

---

① 孙绍振：《新的美学原则在崛起》，《诗刊》1981年第3期；徐敬亚：《崛起的诗群》，《当代文艺思潮》(兰州)1983年第1期。与谢冕的文章一样，它们在标题上都使用“崛起”这个词，便被称为“三个崛起”。

② 1980年8月，《诗刊》发表章明《令人气闷的“朦胧”》一文，对那些“写得十分晦涩、怪僻，叫人读了几遍也得不到一个明确的印象，似懂非懂，半懂不懂，甚至完全不懂，百思不得一解”的诗，称为“朦胧体”。文中的举例虽不是《今天》诗人的作品，但谈及的现象和后来争论的举证，大多与“新诗潮”的探索者有关，如卞之琳所言：“这位批评家虽然不中要害，却也不是无的放矢”(《今日新诗面临的艺术问题》，《诗探索》1981年第3期)。对于“朦胧诗”这一命名，一些诗人、诗评家后来指出，“朦胧诗”的称谓，并不能概括《今天》诗人为主的诗歌内涵和特征，有的且说“朦胧诗”“这是由外行发明的一个低智商术语”。但这一称谓目前仍被广泛接受。文学史上的命名历来都有复杂的情形，常有“约定俗成”的成分。

③ 《开创一代新诗风——重庆诗歌讨论会综述》(吕进，见《文艺报》1983年第12期)，介绍了会议上对“崛起论”的批评的情况。这期间对“崛起论”的批评，尚有《在“崛起”的声浪面前——对一种文艺思潮的剖析》(郑伯农，《诗刊》1983年第12期；该文又先后刊于《当代文艺思潮》《文艺报》《光明日报》)，《给徐敬亚的公开信》(程代熙，《诗刊》1983年第11期)，《关于诗的对话——在西南师范学院的讲话》(柯岩，《诗刊》1983年第12期)等。后来，徐敬亚发表了自我批评的文章(《时刻牢记社会主义的文艺方向——关于〈崛起的诗群〉的自我批评》，《人民日报》1984年3月5日)。

《今大》或“朦胧诗”个是传统意义上的诗歌流派。但其成员在诗歌精神和探索意向上具有共同点。其思想意义和诗学贡献是多方面的。诗歌写作上对“个体”精神价值的强调,是首要的一点。《今天》和“朦胧诗”的“启蒙主义”激情,历史承担的崇高但也有些自恋的姿态,突破“当代”诗歌语言、想象模式的变革,对当时的诗界形成强烈冲击,也给后继者提供了前行的动力和经验。虽说“朦胧诗”的命名常为人所诟病,但它的价值也许又正在于“朦胧”。朦胧、晦涩在“当代”中国,并非单纯的风格层面的问题。朦胧诗与当时“环境”构成的紧张冲突,根源于它的语言的“异质性”,它表现了某种程度的“语言的反叛”:“拒绝所谓的透明度,就是拒绝与单一的符号系统”的“合作”。[1]

朦胧诗在论争中确立其地位,同时也建构了自身的秩序。这涉及朦胧诗的定义、代表性成员、“经典”文本的确立等诸多方面;也涉及对“朦胧诗”与《今天》、与“文革”中的“地下诗歌”等的关系的理解。从 80 年代初到 90 年代后期,对这些问题所做的不同阐释一直在进行。[2] 由于“朦胧诗”地位开始显赫,并在很大程度上成为当代诗歌“复兴”的标志,80 年代中期以后,建构将“朦胧诗”包含在内的,与当代“主流”诗歌剥离(甚至“对抗”)的诗歌史线索,受到批评界的重视。零碎、杂乱的记忆与不多的资料,在这一叙述目标中,得到加工、串联、整合。发掘被压抑(“地下”)的诗歌,一是作品的搜集、整理和出版,另一是“新诗潮”历史脉络的“清理”和意义的阐释。在“地下诗歌”的发掘中,对食指重要性的指认和“白洋淀诗群”面貌的浮现是最重要的成果。[3]

---

① 刘禾:《持灯的使者·编者的话》,香港:牛津大学出版社,2001 年,第 XVI 页。

② 如哪些诗人可以看作“朦胧诗人”和它的“代表性”诗人,看法存在差异。1982 年由辽宁大学中文系学生阎月君、高岩、梁云和进修生顾芳选编的《朦胧诗选》(油印本),收舒婷、芒克、北岛、顾城、江河、杨炼、梁小斌、王小妮、吕贵品、徐敬亚、李钢、杜运燮 12 人作品。徐敬亚《崛起的诗群——评我国诗歌的现代倾向》一文中列举的青年诗人名单,比起《朦胧诗选》来,少了芒克、徐敬亚、吕贵品、杜运燮,增加了孙武军。1985 年《朦胧诗选》(阎月君等编)修订本(春风文艺出版社)删去杜运燮,增加孙武军、傅天琳、骆耕野、邵璞、王家新、叶卫平、程刚、谢烨、路辉、岛子、车前子、林雪、曹安娜、孙晓刚 14 位诗人。1986 年作家出版社出版诗合集《五人诗选》,北岛、舒婷、顾城、江河、杨炼似乎成了“朦胧诗”最重要的代表。徐敬亚、孟浪、曹长青、吕贵品编的《中国现代主义诗群大观 1986—1988》(上海:同济大学出版社,1988 年),列为“朦胧诗派”的成员是北岛、江河、芒克、多多、舒婷、杨炼、顾城、骆耕野、梁小斌、王家新、王小妮、徐敬亚。在 80 年代后期到 90 年代的多种当代文学史、诗歌史著作中,相当一致地将北岛、舒婷、顾城、江河、杨炼作为最重要的评述对象。春风文艺出版社《朦胧诗选》2002 年再版时,增加了食指和多多。

③ “地下诗歌”的发掘和意义的阐释,体现在这个时期出版的回忆录、诗歌选本、资料汇编和研究论著中。重要的如《新诗潮诗集》(上下册,老木编选,北京大学五四文学社印,1985 年),杨健《“文化大革命”中的地下文学》(北京:朝华出版社,1993 年),《诗探索》1994 年第 4 期上“白洋淀诗歌群落”专栏,刘禾主编《持灯的使者》(香港:牛津大学出版社,2001 年),廖亦武主编《沉沦的圣殿——中国 20 世纪 70 年代地下诗歌遗照》(乌鲁木齐.新疆青少年出版社,1999 年),郝海彦主编《中国知青诗抄》(北京:中国文学出版社,1998 年)等。

二　新生代或"第三代诗"

1983年以后,《今天》作为"诗群"已不存在,"朦胧诗"的新锐势头也在衰减。部分原因在于"朦胧诗"影响扩大所产生的大量模仿、复制,诗艺本来有限的革新被过度挥霍。更为主要的因素是,受惠于"朦胧诗",对新诗抱有更高期望的"更年轻的一代"认为,"朦胧诗"虽然开启了探索的前景,但远不是终结,它被过早"经典化";诗歌表现领域和诗歌语言尚有拓展的很大空间。此时,社会生活"世俗化"的加速,公众高涨的政治热情有所滑落,读者对诗的想象也发生变化。国家赋予诗(文学)政治动员、历史叙述的责任承担的强度明显降低。"新诗潮"后续者大多出生于60年代,他们获得的体验,和"朦胧诗"所表达的政治伦理不尽相同,不可能无保留地接受雄辩、诘问、宣告的叙述模式。80年代中期前后,"纯文学""纯诗"的想象,已成为文学界创新力量的主要目标。在当时的历史语境中,这既带有"对抗"的政治性含义,也表达了文学(诗)因为"政治"长久过多缠绕而谋求"减压"的愿望。"新的诗歌"此时应运而生。各地(尤其是大学)自办的诗歌刊物虽然仍有许多"朦胧诗"的仿作,但也出现不少脱离"朦胧诗""范式"的作品[①]。"新诗潮"后继者的作品,也不得已地主要采取自办诗报、诗刊,自印诗集的发表方式;总体上说,当时仍处于被漠视的状态下[②]。为了"突围",他们利用一段时间掌握的媒体,来制造大规模的断裂、哗变的景观。1986年10月,《深圳青年报》和《诗歌报》(安徽合肥)联手举办"中国诗坛1986现代诗群体大展"[③],陈列了"朦胧诗"后自称的"诗派"60余家[④]。"大展"主持者对当时"民间"的诗

---

① 如柏桦的《表达》《春天》,张枣的《镜中》《何人斯》,陈东东的《语言》《雨中的马》《点灯》,于坚的《尚义街六号》《作品39号》,吕德安的《沃角的夜和女人》《我和父亲》,韩东的《温柔的部分》《有关大雁塔》,翟永明的组诗《静安庄》《女人》,以及梁晓明、张真、欧阳江河、陆忆敏、王寅、小君等的一些作品,都显示了探索方向转移的征兆。

② 后来,也出版了不多的收入他们作品的诗歌选本,如《探索诗集》(收入部分新生代诗人作品,上海文艺出版社,1986年),唐晓渡、王家新编选《中国当代实验诗选》(沈阳:春风文艺出版社,1987年),牛汉、蔡其矫主编《东方金字塔——中国青年诗人13家》(合肥:安徽文艺出版社,1991年)等。一些支持探索的刊物,如丁玲、牛汉主编的《中国》(后被中国作协要求停刊),也刊载他们的一些作品。

③ 在1986年10月21日和24日分3辑刊出。《诗歌报》刊第一辑,《深圳青年报》刊第二、三辑。因为使用六号字,总字数达到13万字。"大展"主要筹划者为徐敬亚、姜诗元。两年后,由徐敬亚、孟浪、曹长青、吕贵品将这些材料整理、补充,出版了《中国现代主义诗群大观1986—1988》(上海:同济大学出版社,1988年)。

④ 展示的"诗派"的名目有:非非主义、整体主义、大学生诗派、流派外离心分子、野牛诗派、新传统主义、莽汉主义、莫名其妙派、他们、新口语派、日常主义、海上诗派、撒娇派、阐释主义、男性独白、深度意象、地平线诗歌实验小组、八点钟诗派、病房意识、体验诗、生活方式、三脚猫、黄昏主义,等等。"大展"的主持者认为,人们将从这里"饱览和对比突进在不同诗艺空间的本时代中国现代诗的各路中坚"。

歌景观做了这样的“广告”式的描述：“要求公众和社会给以庄严认识的人，早已漫山遍野而起”，“1986——在这个被称为‘无法抗拒的年代’，全国两千多家诗社和十倍百倍于此数字的自谓诗人，以成千上万的诗集、诗报、诗刊与传统实行着断裂，将80年代中期的新诗推向了弥漫的新空间，也将艺术探索与公众准则的反差推向了一个新的潮头。至1986年7月，全国已出的非正式打印诗集达905种，不定期的打印诗刊70种，非正式发行的铅印诗刊和诗报22种。”①新生代(“第三代诗”)采取组织诗歌社团、发表宣言的“运动”方式开展。其参与者的集结地，主要分布在南方的四川、上海、南京一带。“新生代”或“第三代诗”的称谓后来也得到广泛使用，虽然对这些概念存在着不同的理解。

作为有一定影响的诗歌团体，南京的“他们文学社”创立于1984年冬②。“成员”有韩东、于坚、吕德安、王寅、小君、陆忆敏、丁当、于小韦、朱文、朱朱等人。《他们》的作者来自不同城市和地区，诗歌风格也互有差异。自1985年至1995年，这份民办刊物共出版9期。就《他们》主要成员及其影响而言，在八九十年代的诗歌语境中，其诗歌品质的共同点可以予以辨认。“回到诗歌本身”“回到个人”，以及语言上对于“日常口语”的重视，是他们后来对其整体倾向的总结。③ 在纷繁杂乱的“第三代诗”的“诗歌暴动”中，“他们”确立了自身的诗学基础和实践路向。这些主张，无论是作为诗歌指向，还是作为诗歌风格，对“朦胧诗”之后的当代诗歌“转变”，起了重要推动作用。其中一些重要作品，呈现一种“满不在乎”的，“存心抹煞想象与本质的界限”的倾向，这个团体也被有的批评家称为“表现出更刻骨的阴影、疲竭和黑暗”的“日常还原主义”集团。④ 某些诗作的干净、清晰、具体的语言形态，呈现了中国新诗前此较为少见的风貌。韩东在此期间提出的“诗到语言为止”，也一度成为引起争议的诗学论题。

在80年代中期，上海的“新生代”显示了另一重要向度：关注城市人的生活与精神处境，和诗艺上重视控制的“古典主义”趋向。孟浪、刘漫流、王

---

① 见1986年9月30日的《深圳青年报》和安徽《诗歌报》。

② 据《中国现代主义诗群大观1986—1988》的记载，他们文学社创立时间为1984年冬，而1998年5月漓江出版社出版的小海、杨克编《他们1986—1996》(《他们》十年诗歌选)“后记”，称《他们》这一民间文学刊物1985年创办。

③ 见韩东为“他们文学社”写的《艺术自释》(《中国现代主义诗群大观1986—1988》第52—53页)和发表于1994年的《〈他们〉略说》(《诗探索》1994年第1辑)。《〈他们〉略说》指出：“回到诗歌本身是《他们》的一致倾向。‘形式主义’和‘诗到语言为止’是这一主张的不同提法。”为何以“他们”命名，是因为它透露了“那种被隔绝同时又相对独立的情绪”(韩东：《〈他们〉，人和事》，《今天》1992年第1期)。

④ 陈超：《打开诗的漂流瓶——现代诗研究论集》，石家庄：河北教育出版社，2003年，第308页。

寅、陆忆敏、陈东东、宋琳、张真、默默、张小波等大多就读(或毕业)于这座城市的几所大学[①]。组织的诗社有“海上”“大陆”“撒娇”等。“撒娇派”[②]类乎四川的“莽汉主义”,却没有“莽汉”的野性;这可以看作与地域文化相关的美学趣味差异。最重要的“诗群”是“海上”。出版总共只有4期的《海上》诗刊。终刊号(1990)名为“保卫诗歌”,扉页引用里尔克的“哪有什么胜利可言,挺住就是一切!”这个“挪用”,寄托着特定情境中对诗歌“责任”的理解。诗人们的孤独感,源自生活在这个东方大都市的“无根”的、纷乱的状态所带来的精神焦虑,他们试图通过诗歌“恢复人的魅力”。作品普遍有更多的“知性”色彩和矜持的“贵族”气息。一些作品,写城市日常生活的荒诞,人的孤独。死亡是经常涉及的主题。另外,怀旧作为一种“逃离”或“自救”的方式,也普遍出现在他们的作品中。

从1984年开始的以后几年里,四川是“新生代”实验诗歌最活跃的地区。引人注目的最先是所谓“现代史诗”的写作;他们以“整体主义”“新传统主义”等不同的名称来概括他们的艺术追求。“整体主义”的倡导者有石光华、杨远宏、刘太亨、宋渠、宋炜等,“新传统主义”的人物则是廖亦武、欧阳江河。他们倾向于从南方的远古习俗、神话传说取材,以构成一个想象之中的、作为他们的精神形式的远古世界——新的现代“神话”。这些“史诗”往往鸿篇巨构,诗中密集着各种典故、传说,语言运用(语词、句式)上的怪异、艰涩和复杂,都为新诗前所未见。[③]

与“整体主义”“新传统主义”的路向相异的,是“莽汉”“非非”实行的对“文化”的反叛与“超越”。“捣乱、破坏以至炸毁封闭式或假开放的文化心理结构”为其宣言,作品中表现了一种“反文化”的姿态。主要成员万夏、马松、李亚伟当时均就读于四川南充的一所大学[④]。他们和胡冬等在1984年,写出一批惊世骇俗、“不合时宜”的作品[⑤],这些诗人自我意识到他们“‘抛弃了风雅,正逐渐变成一头野家伙’,是‘腰间挂着诗篇的豪猪’”,“以为诗就是

---

① 孟浪1982年毕业于上海机械学院。宋琳、刘漫流、张小波毕业于华东师范大学。王寅、陈东东、陆忆敏、京不特毕业于上海师范大学。张真毕业于复旦大学。

② 京不特撰写的《撒娇宣言》称:“活在这个世界上,就常常看不惯。看不惯就愤怒,愤怒得死去活来就碰壁。”“光愤怒不行。想超脱又舍不得世界。我们就撒娇。”参见《中国现代主义诗群大观1986—1988》,第175—176页。

③ 这些作品有宋渠、宋炜的《大佛》,廖亦武的《巨匠》,欧阳江河的《悬棺》,石光华的《呓鹰》,万夏的《枭王》等。

④ 南充师范学院。“莽汉”的另一主要成员胡冬来自四川大学。

⑤ 李亚伟的《中文系》《硬汉们》,万夏的《打击乐》《莽汉》,胡冬的《女人》《我想乘上一艘慢船到巴黎去》,马松的《咖啡馆》等。

‘最天才的鬼想象，最武断的认为和最不要脸的夸张’”，声称他们的诗“是为中国的打铁匠和大脚农妇而演奏的轰隆隆的打击乐，是献给人民的礼物”。[①]玩世不恭的调侃、嘲讽姿态，随意性、口语化的语调，是相近的风格。在“莽汉”诗人中，**李亚伟**[②]影响最大，他的《中文系》等诗流传颇广。在80年代末和90年代的写作中，也表现了持续的诗艺臻进和更新能力。“非非主义”源于1986年5月周伦佑、蓝马、杨黎等编辑、印行的，名为《非非》的“诗歌交流资料”和《非非年鉴》。后来，还出版了两期报纸形式的《非非评论》。先后在“非非”的刊物上发表诗作的，还有何小竹、尚仲敏、吉木狼格、刘涛、敬晓东、梁晓明、小安等。其理论主张和诗歌实践的核心，是“前文化”的“还原”，即感觉、意识、语言获得原初的存在状态；而其现实指向，则是对“既有”知识、思想、逻辑、价值、语言的“逃避”“超越”和“拆解”。他们的出版物中，理论文章占据重要部分[③]。相比起他们长篇累牍的理论文章来，其诗歌创作显得逊色。较有影响的作品有杨黎的《冷风景》(《街景》)、《高处》，蓝马的《世的界》，何小竹的《组诗》等。

“朦胧诗”退潮之后，新诗潮的中心转移到了南方。北方(主要是北京)的青年诗歌呈现相对沉寂的局面。在80年代，“女性诗歌”通常与翟永明、陆忆敏、王小妮、唐亚平、伊蕾这些名字联系在一起。翟永明的《女人》(组诗)及其序言《黑夜的意识》[④]，陆忆敏的《美国妇女杂志》，常被看作中国当代“女性诗歌”开端的“标志性”作品。随后，作为“女性诗歌”重要“事件”和文本的，还有唐亚平、伊蕾、张烨、海男等的诗作的面世，以及由此引起的争论。这导致在80年代后期出现了“女性诗歌”的热潮[⑤]。“女性诗歌”此时的突出特征，是“‘黑夜’以及与‘黑色’相关的语象在她们手里被作了集束性的、刻

---

① 《现代诗内部交流资料》(民办刊物)1985年第1期。李亚伟在诗《二十岁》中言：“我扛着旗帜，发一声呐喊/飞舞着铜锤带着百多斤情诗冲来了/我的后面是调皮的读者，打铁匠和大脚农妇”。他后来回顾当时情景时说：“莽汉主义幸福地走在流浪的路上，大步走在人生旅程的中途，感到路不够走，女人不够用来爱，世界不够我们拿来生活，病不够我们生，伤口不够我们用来痛，伤口当然也不够我们用来哭……”转引自柏桦：《左边——毛泽东时代的抒情诗人》，香港：牛津大学出版社，2001年，第153页。

② 李亚伟(1963—　)，重庆酉阳人，著有诗集《豪猪的诗篇》，诗合集《莽汉·撒娇——李亚伟、默默诗选》。

③ 周伦佑、蓝马、敬晓东都写作系列长文阐述其主张。这些文章有《前文化导言》《非非主义诗歌方法》《变构：当代艺术启示录》《语言作品中的语言事件及其集合》《人与世界的语言还原》《反价值》等，并编写了《非非小辞典》，释义“非非”的关键词。

④ 组诗分别刊于《诗歌报》1988年6月6日，《诗刊》(北京)1986年第9期，序言刊于《诗歌报》1986年8月21日。

⑤ 从1985年到1989年，《诗刊》《人民文学》《诗歌报》先后以大幅版面刊出翟永明、伊蕾、唐亚平、海男等的作品，《诗刊》还开辟了“女性诗歌笔谈”专栏。

骨铭心的、有时近于夸张程度的使用”[①]。另外,“自白”的叙述方式,也被看成“女性诗歌”的要素。**唐亚平**[②]的主要作品有组诗《黑色沙漠》(内含“黑色沼泽”“黑色金子”“黑色洞穴”“黑色睡裙”等短诗);**伊蕾**[③]反响最大、争议最多的作品则是《独身女人的卧室》。

三　新诗潮主要诗人(一)

在“朦胧诗”潮流中,**食指**[④]并未受到广泛注意。他在80年代末到90年代,是作为被埋没的有价值诗人“发掘”的[⑤]。据一些当事人的回忆,“文革”间食指的诗在北京、河北、山西等地文学青年中有范围不小的流传。他的写作的贡献,主要是在个体经验发现的基础上,对当时诗歌语言系统的某种程度的偏离。这一点,对后来诗歌革新者有重要的启示。在诗体形式和抒情方法上,食指与当代“十七年”诗歌有许多联系。写于1968年的《相信未来》《这是四点零八分的北京》[⑥],最为读者熟悉。后者记录了青年学生下乡“插队”,离开城市居住地时的情感和心理反应。诗中出现了有着深刻精神体验的“细节”(当时公开发表的诗,语言、象征意象的程式化、空洞化是普遍现象):在尖厉的汽笛声长鸣时,北京车站高大的建筑“突然一阵剧烈的抖动”,“我的心骤然一阵疼痛,一定是/妈妈缀扣子的针线穿透了心胸”。对于疼痛、依恋和因脚下土地飘移而惶恐的感觉,是有着历史印痕的个体经验的表

---

① 李振声:《季节轮换》,上海:学林出版社,1996年,第218页。

② 唐亚平(1962—　),四川通江县人,1983年毕业于四川大学哲学系,著有诗集《蛮荒月亮》《月亮的表情》《黑色沙漠》等。

③ 伊蕾,原名孙桂贞,1951年生于天津,80年代末曾就读于北京大学作家班,出版的诗集有《独身女人的卧室》《爱的火焰》《女性年龄》《爱的方式》等。

④ 食指(1948—　),祖籍山东鱼台,生于山东朝城,原名郭路生。60年代开始新诗写作,《鱼儿三部曲》《相信未来》《这是四点零八分的北京》《海洋三部曲》等写于这一期间。“文革”中曾在山西杏花村插队,后入伍从军,“文革”后期患精神分裂症。著有诗集《相信未来》《食指·黑大春现代抒情诗合集》《诗探索金库·食指卷》《食指的诗》等。

⑤ 80年代前期,《今天》刊登过他不多的作品,《诗刊》也登载《我的最后的北京》,但“朦胧诗”运动中很少提到他的名字。当时编集的“朦胧诗”选集和相关诗选,没有或很少选入他的作品。出于一种“还原”历史“真相”的动机,从80年代后期开始,有了重新“发现”这一诗人的工作。多多在《1970—1978:被埋葬的中国诗人》(《天拓》1988年第3期)中强调了他的创作的价值。1988年,漓江出版社(桂林)出版了他的诗集《相信未来》。1993年,他与黑大春的诗歌合集出版;北京作协分会举行了食指作品讨论会。同年出版的“当代诗歌潮流回顾丛书”的《在黎明的铜镜中(朦胧诗卷)》中,选入食指诗10首。1994年第2期《诗探索》(总第14期)开辟了“食指专栏”,刊发了食指创作谈和林莽的《并未被埋葬的诗人——食指》的论文。在后来的几年里,北京多种报刊刊发了对食指的专访和评论、回忆文章多篇(参见《沉沦的圣殿》第二章“平民诗人郭路生”)。食指因此成了“新诗潮”的前驱式人物,其诗歌艺术也得到极高的评价。

⑥ 《诗刊》1981年第1期刊登了《这是四点零八分的北京》,题为《我的最后的北京》。

达。在八九十年代，因为精神分裂症，食指多数时间生活在北京的社会福利院，但仍坚持诗歌写作。后期的作品，显得沉稳和有更多的哲理意味。他经常涉及诗人的责任与荣誉，写作持续的可能和写作的有效性等问题。另一个持续出现的主题，是关于孤独、痛苦、死亡方面的；他表达了以诗“跨越了精神死亡的峡谷”的信心。

1969 年初，16 岁的**芒克**[①]和多多“同乘一辆马车来到白洋淀”，他在这里一直居住到 1976 年初，是在白洋淀乡村居住时间最长、后来仍与它保持联系的诗人。芒克现存的作品，最早的标明写于 1971 年。白洋淀期间的诗，写对于美、温情，对有着耕种、成熟和收割的生活的幻梦，写这种幻梦与“时代”的冲突；诗中能清晰看到针对历史压力所做出的想象性反应。但一般来说，芒克并不直接对“历史”“政治”发言。虽然也和这个时期的诗人一样，喜欢赋予作品哲理、思索的色彩，但他的突出之处，是诗中呈现的“感性”。评论家普遍认为，芒克是个“自然的诗人”，“他诗中的‘我’”是“肉感的、野性的”；“无论从诗歌行为还是语言文本上，都始终体现了一种可以恰当地称之为‘自然’的风格”。[②] “自然的风格”，或“自然诗人”的说法，可以发掘的多层含义是，率真、任性的生活和写作态度，重视感性的质朴、清新的语言和抒情风格，想象、诗意上与大自然的接近和融入。

多多[③] 70 年代初开始写诗，最初的作品就显示了个人独创的风格[④]。但他被诗界较多谈论和重视，则要晚至 80 年代末至 90 年代。这种“迟到”的现象，一定程度与他没有卷入 80 年代初的诗歌运动，作品也没有得到有效传播有关。[⑤] 多多白洋淀时期的诗尚存 40 余首。其中有《无题》《当人民从干酪上站起》《能够》《致太阳》等，有不难分辨的社会政治的主题。但后来多多对这类作品并不特别重视。写于 1973 年的《手艺》（副标题是《和玛琳娜·

---

① 芒克（1950—　），生于辽宁沈阳，原名姜世伟，1969—1976 年在河北白洋淀“插队”，1970 年开始文学写作。著有诗集《心事》（《今天》丛书）、《阳光中的向日葵》、《芒克诗选》等，并出版有长篇小说《野事》。

② 参见多多《1970—1978：被埋葬的中国诗人》（《开拓》1988 年第 3 期），唐晓渡《芒克：一个人和他的诗》（《诗探索》1995 年第 3 期）。

③ 多多（1951—　），生于北京，原名栗世征，1969 年到河北白洋淀“插队”，1972 年开始写诗。著有诗集《行礼：诗 38 首》《里程：多多诗选 1973—1988》《阿姆斯特丹的河流》《多多诗选》等。

④ 据《新诗潮诗集》和多多的诗集对作品写作时间的标示，《蜜周》写于 1972 年，组诗《陈述》（其中包括《当人民从干酪上站起》）写于 1972—1977 年间，《能够》《手艺》《致太阳》等均写于 1973 年。

⑤ 在《今天》和 80 年代前期的公开或民办刊物上，未发现有多多的诗。读者较多读到他的作品，是“非正式”出版于 1985 年的《新诗潮诗集》。多多个人诗集的出版晚至 1988 年。至今，文学史家也无法为多多那些标明写于 70 年代初的作品的系年找到足够的史料依据。多多有的作品在不同诗集中的系年不同，如《当春天的灵车穿过开采硫磺的流放地》《北方闲置的田野里有一张犁让我疼痛》，《新诗潮诗集》标明写于 1976 年，《阿姆斯特丹的河流》中则标明写于 1983 年。

茨维塔耶娃》)的重要性在于,它表明了多多在当时和后来相当一段时间,对语言与自我、诗与世界的关系的理解[①]。对于处境的怨恨锐利的突入,对生命痛苦的感知,想象、语言上的激烈、桀骜不驯,这些趋向构成他的诗的基本素质,并在后来不断延续、伸展,挑战着当代读者对中国新诗语言可能性的设定。但也不乏以机智的反讽来控制这些感情和词语的“风暴”。诗中随处可见的“超现实”的“现代感性”,不完全出于技巧上让人目眩的考虑,而有更深层的对于“诗歌真实”的理解。他想象和表达上的怪异和难以捉摸得到一些读者的激赏。多多对诗艺的探索十分自觉。常使用一些陈述句(“一个故事有他全部的过去”,“北方闲置的田野里有一张犁让我疼痛”,“我始终欣喜有一道光在黑暗里”……)作为诗题。一些副词、形容词在诗中的反复出现,诗的可吟诵的音乐性,也是他所追求的。1988 年,在国外出版的《今天》以“今天文学社”的名义,授予他首届“今天诗歌奖”。“授奖理由”是:“自 70 年代初期至今,多多在诗艺上孤独而不断的探索,一直激励着和影响着许多同时代的诗人。他通过对于痛苦的认知,对于个体生命的内省,展示了人类生存的困境;他以近乎疯狂的对文化和语言的挑战,丰富了中国当代诗歌的内涵和表现力。”[②]

北岛[③]在 70 年代初开始写诗。“文革”后期写过《波动》《幸福大街十三号》等中短篇小说[④]。在“朦胧诗”论争中,他的作品最具争议。七八十年代之交的诗,主要表达一种怀疑、否定的精神,以及在理想世界的争取中,对虚幻的期许,对缺乏人性内容的生活的拒绝。《回答》这首影响很大的诗,普遍认为写于 1976 年春天,与当时发生的“天安门事件”有关。[⑤] 在《回答》(连同《宣告》《结局或开始》等)中,诗的叙说者,在悲剧性的抗争道路上,表现了

---

① 其中写道,“我写青春沦落的诗/(写不贞的诗)/写在窄长的房间中/被诗人奸污/被咖啡馆辞退街头的诗”。

② 见《里程:多多诗选 1937—1988》,今天文学社刊行。

③ 北岛(1949—),原籍浙江湖州,生于北京,原名赵振开,“文革”中学毕业后在北京当工人。著有诗集《陌生的海滩》、《北岛诗选》、《北岛顾城诗选》(合著)、《太阳城札记》、《在天涯》(香港:牛津大学出版社,1993 年)、《午夜歌手——北岛诗选 1972—1994》(台北:九歌出版社,1995 年)、《零度以上的风景线——北岛 1993—1996》(台北:九歌出版社,1996 年)、《北岛诗歌集》等,另有小说集《波动》《归来的陌生人》,翻译《现代北欧诗选》。

④ 《波动》曾刊于《长江》(武汉)1981 年第 1 期,《幸福大街十三号》曾刊于《山西文学》1985 年第 3 期。

⑤ 90 年代,齐简(史保嘉)在《诗的往事》中指出,《回答》并不是写在 1976 年春,初稿应写在 1973 年 3 月 15 日,题名《告诉你吧,世界》,这是《回答》的“原型”。《告诉你吧,世界》的开头和最后一节分别是:“卑鄙是卑鄙者的护心镜,/高尚是高尚人的墓志铭。/在这疯狂疯狂的世界里,/——这就是圣经。”“我憎恶卑鄙,也不稀罕高尚,/疯狂既然不容沉静,/我会说:我不想杀人,/请记住:但我有刀柄。”齐简保存有这首诗的手稿。参见刘禾编《持灯的使者》,香港:牛津大学出版社,2001 年,第 14—15 页。

“觉醒者”的历史“转折”意识，和类乎“反抗绝望”的精神态度，表现了在批判、否定中寻找个体和民族“再生”之路的激情。大体而言，沉重、悲壮是北岛此时诗的主调。偶尔也会有稍嫌笨拙的柔情；而严肃的主题时或呈现如《履历》那样的嘲讽、幽默的处理方式。80年代初，北岛的写作曾有过中断，再次执笔，否定的锋芒并未减损，但诗中明确的社会政治取向已趋于模糊。这其实是发展了前期诗中不被读者更多注意的部分，如《界限》中对于个体“超越”的困境的体验。北岛可能更深切地意识到，就人性的“本质”而言，现实与历史的差异，仅体现为时间上的；对于社会、人生的弱点和缺陷的批判，希望能到达人类历史的普遍本质。《另一种传说》《空白》《可疑之处》《寓言》《触电》《期待》等，写到英雄的愿望与人的平庸一面构成的冲突，写到历史变幻中人的孤立的性质，也写到人类基于种种欲求导致的历史盲目性。而且，代替《宣告》《走向冬天》中的“冰山”那个决绝的悲剧形象的，是发现“我”“不是无辜的/早已和镜子中的历史成为/同谋”（《同谋》）。不过，北岛并未放弃历史意义的追寻，抗争者和受难者的悲剧意境仍然存在。

北岛开始写诗时，更多受益于浪漫派诗人[①]，诗有着明显的抒情“骨架”。“朦胧诗”时期的作品，象征意象往往有明确的指向，形成可以做意义归纳的符号“体系”。这种有着确定内涵和价值取向的象征符号的密集应用，虽然有时使表达过于直接，但在那些最好的作品里，因为意象组织的巧妙[②]，情感的庄严和丰盈，这些弱点得到弥补。象征性意象密集并置产生的对比、撞击，在诗中形成了“悖谬性情境”，常用来表现复杂的精神内容和心理冲突，是这个时期北岛最重要的诗艺特征。80年代末之后，北岛旅居国外，写作出现重要变化。前期那种预言、判断、宣告的语式，为陈述、“反省”、犹疑、对话的基调所取代。作者与世界，与诗的关系，和他所扮演的“角色”，显得复杂起来。前期写作强烈的社会政治意识，转移为对普遍人性问题的探索、处理。意象、情绪与观念之间的较为单一的联结方式得以改变，而语言、情感也朝着简洁、内敛的方向发展。

顾城[③]的诗集收入的作品，写作时间最早的标明写于1964年，当时顾城

① 苏联六七十年代的“第四代”诗人，特别是叶甫图申科的政治抒情诗，与北岛70年代中后期的写作有一定联系。

② 北岛在80年代初谈到自己的诗歌技巧时，说过他常使用类乎电影的“蒙太奇”的意象组织方式。显然，这种“组织”而产生的呼应、对比，激发了意象的活力和产生的新鲜感。

③ 顾城（1956—1993），原籍上海，生于北京，1969年随父亲顾工下放山东农村，1974年回到北京，80年代末以后，生活在新西兰等国。著有诗集《舒婷、顾城抒情诗集》《北岛顾城诗选》《黑眼睛》《顾城新诗自选集：海篮》《顾城童话寓言诗选》《顾城诗全编》等，另著有小说《英儿》。

不满十岁[1]。早期的诗是一些片断句子,记录对纷乱的社会生活的反应。[2]后来,他的一些作品,如《远和近》《弧线》,在有关诗的"朦胧""晦涩"的争论中,常被不同论者从正面,或从反面举例。"黑夜给了我黑色的眼睛,/我却用它寻找光明"(《一代人》),因既有对"文革"的批判,又没有失去对未来的信心,受到异口同声的称赞。但顾城的写作,很快离开了直接观照社会问题的视点。他努力以一个"任性的孩子"的感觉,在诗中创造一个与城市、与世俗社会对立的"彼岸"世界;因此在80年代初被称为"童话诗人"[3]。他持有一种"浪漫主义"的诗观:"诗就是理想之树上,闪耀的雨滴",诗人"要用心中的纯银,铸一把钥匙,去开启那天国的门",表现那"纯净的美"。[4] 诗的世界,对顾城来说,不仅是艺术创造的范畴,而且是人的生活范畴。大自然既是他所要建造的理想世界的蓝图,也是构建这一诗的世界的主要材料。事实上,他的诗的感觉,对外部世界的感知能力,对心灵和精神空间的关怀,是少年时代在乡村"塑造成型"的。他执拗地讲述绿色的故事,在诗和生活中偏执地保持与现实的间隔,实行"自我放逐"。不过,与现实世界的紧张关系,使他为有关人生归宿、命运等问题所缠绕,特别是"死亡""那扇神秘的门",成为后期诗歌的持续性主题,并越来越散发出神秘的悲剧意味。

"超现实"的梦境的想象方式,在他80年代中期的短诗(《方舟》《内画》《如期而来的不幸》《狼群》《应世》《周末》)中有广泛运用。总体而言,他愿意使用简单、平易的词和句子。他曾表白自己对洛尔迦、惠特曼等诗人的"纯粹"的赞赏。对于前者,他喜欢那些朴素的谣曲的"纯净";在惠特曼那里,倾慕的则是超乎诗艺范畴的那种"直接到达了本体"的能力。虽然他说已学到发现人与世界之间未知联系的审美方式,其实并不具备足够的感应事物"本体"的综合能力。1987年以后,顾城寄居国外,诗歌写作和现实生活的双重困境越发尖锐。为了维护他刻意构造并已昭示给世人的那种诗和诗人的不变"姿态",他付出太大的代价,并加剧了内心的分裂。1993年10月,在新西兰的激流岛寓所,他在杀害了妻子谢烨之后自杀身亡。诗人、诗歌与"残

---

[1] 《黑眼睛》(北京:人民文学出版社,1986年)中所收作品,最早标明写于1968年。《顾城诗全编》(顾工编,上海三联书店,1995年)最早的则标明写于1964年。但这些作品(包括全部写于"文革"中的诗)与读者见面,都在"文革"结束之后。

[2] 诸如"我们幻想着,/幻想在破灭着;/幻想总把破灭宽恕,/破灭却从不把幻想放过。"又如"在那边,权力爱慕金币;/在这边,金币追求权力。/可人民呢?人民 /却总是他们定情的赠礼。"

[3] 舒婷写给顾城的诗《童话诗人》中说:"你相信了你编写的童话/自己就成了童话中幽蓝的花/你的眼睛省略过/病树、颓墙/锈崩的铁栅/只凭一个简单的信号/集合起星星、紫云英和蝈蝈的队伍/向没有被污染的远方/出发。"

[4] 《请听听我们的声音——青年诗人笔谈》,《诗探索》(北京)1980年第1期。

暴”的关系，出乎人们的想象，震动了当时的中国文学界，成为广泛谈论、争辩的话题。在一段时间里，顾城的死，被从生命、从道德、从诗歌、从哲学等形而上层面加以阐释，不断引申出各种寓言，各种象征。[①]

舒婷[②] 70 年代末结识了北岛等北方的青年诗友。她 17 岁时到闽西山村“插队”。70 年代初开始写诗，1979 年 4 月，《致橡树》被《诗刊》转载，此时她的诗已在各地流传。1980 年《福建文学》“关于新诗创作问题”围绕她的作品展开的讨论，把她放到“新诗潮”的中心位置。相对而言，自我情感和心理过程的揭示，是舒婷诗歌有特色之处。她通过内心的映照来辐射外部世界，捕捉生活现象所激起的情感反应，探索人与人的情感联系。其艺术方法、抒情风格的渊源，可以看到普希金、泰戈尔和新诗中何其芳、戴望舒、蔡其矫的影响；她写诗的最初阶段，也确实较多阅读了上述诗人的作品。舒婷的诗接续了新诗中表达个人内心情感的这一在 50—70 年代受到压制的线索。这一写作“路线”，使她的诗从整体上表现了对个体价值的尊重。由于大多数读者对浪漫派诗歌主题和艺术方法的熟稔，由于“文革”结束后普遍存在的对温情的渴望，比起另外的“朦胧诗”诗人来，她的诗更容易受到不同范围的读者的欢迎和诗歌界的认可[③]。她作品中表现的情感、心理冲突之一，是被放大了的“历史责任”所构成的精神压力。与“不曾后悔过”的“承担”[④]相伴随的，是女性忧伤、需要呵护的愿望的倾诉[⑤]。在另外的诗中，她表达了对个体（尤其是女性）人生价值的追求。用一连串的比喻性判断句来强调这一意旨的《致橡树》，常被看作她的重要作品。以这样的体验和视角为出发点，她因此从习见的现象和惯常的审美趣味中，揭示其中蕴涵的漠视人的尊严的心理因素：揭发“成为风景，成为传奇”的福建惠安女子被忽略的苦

---

① 顾城事件的始末，以及各种反应和评论，可参阅《顾城弃城》（萧夏林主编，北京：团结出版社，1994 年）、《顾城绝命之谜——〈英儿〉解秘》（文昕编，北京：华艺出版社，1994 年）等书。

② 舒婷（1952—　），原籍福建泉州，1969—1972 年在闽西上杭“插队”，回厦门后，在铸造厂、灯泡厂等当工人，1971 年开始诗歌写作。著有诗集《双桅船》《舒婷、顾城抒情诗选》《会唱歌的鸢尾花》《舒婷的诗》《最后的挽歌》等，并著有散文集多种。

③ 在 80 年代初，她的《祖国啊，我亲爱的祖国》《这也是一切》这类诗因“积极、昂扬”受到较高评价，但另一部分作品也受到批评（《流水线》《墙》等）。出版于 1982 年的诗集《双桅船》，是“朦胧诗人”最早“正式”出版的个人诗集，并获得了中国作协第一届（1979—1982）全国中青年诗人优秀诗歌奖的二等奖。她的一些作品，如《致橡树》《祖国啊，我亲爱的祖国》，不久便选进中学语文教材。

④ 这种有关“历史承担”的动人也夸张的幻觉与姿态，在此时的“朦胧诗”中普遍存在。舒婷的《在诗歌的十字架上》中这样写道：“我钉在/我的诗歌的十字架上/为了完成一篇寓言/为了服从一个理想/天空，河流与山峦/选择了我，要我承担/我所不能胜任的牺牲……”

⑤ 如“要有坚实的肩膀，/能靠上疲倦的头”；“在你的胸前/我已变成会唱歌的鸢尾花”；“流浪的双足已经疲倦/把头靠在群山的肩上”。

难(《惠安女子》),并在同样被当作风景的三峡神女峰上,“复活”了那美丽而痛苦的梦,表现了对女性长期受压抑的愤慨和悲哀。

舒婷诗的意象,多来自她生活的地域的自然景物。她偏爱修饰性的词语,也大量使用假设、让步、转折等句式:这与曲折的内心情感的表达相关。1982 年以后,曾有一段时间搁笔,三年后再执笔时,诗的内容和形式都有了更多的“现代”倾向,感情状态已趋于平静,离开了青春期的激情。不过,从此她的诗作渐少,部分的兴致转向了散文。

在《今天》的诗人中,**杨炼**和**江河**[①]在最初的一段时间里,常被诗评家放置在一起谈论。这多半是他们最初的作品的相似点。在“新诗潮”的初始阶段,内涵含混的“自我表现”被认为是崛起的“新的美学原则”。江河、杨炼对此却存在异议。他们实践的是表现时代和民族历史的“史诗”[②]。这一追求,体现在江河的《祖国啊,祖国》《纪念碑》《遗嘱》《葬礼》《没有写完的诗》,杨炼的组诗《土地》《太阳,每天都是新的》[③]等作品中。这些诗显示了介入“历史”的强烈欲望,也表现了鲜明的社会政治视角:试图通过对民族历史和文化传统的探寻,来获得对现实问题和历史的认知。以“自我”的历史来归纳民族历史,既是感知角度,也是由这一视角转化的抒情方式。诗中,叙述者与叙述对象常常交叠、转化、重合。土地、山川、纪念碑、大雁塔等形象,既是诗歌叙述主体,也是用以象征历史时间的空间符号。这些作品,有在沉郁基调上的澎湃气势和崇高感,也洋溢对创造、变革的信心。自由体的长诗(或组诗),是他们使用的基本体式。在意象构成、展开方式和语调上,可以看到来自惠特曼、艾青等的诗歌经验。另一继承的“传统”,则是中国当代的“政治抒情诗”,包括“毛泽东时代”培育的英雄激情、理性思辨和铺陈排比的抒情方式。虽说作者当时倾慕惠特曼、埃利蒂斯、聂鲁达等人,但这些作品的“个性”特征却相对模糊,感知和抒情方式在浑厚中透出内在的单薄。他们很快

---

① 杨炼(1955—),生于瑞士伯尔尼,6 岁回到北京,“文革”后期曾在北京郊区插队。在《今天》的诗人中,他开始写诗的时间较晚,迟至 1976 年初。著有诗集《荒魂》、《黄》、《杨炼作品:1982—1997》(包括诗歌卷《大海停止之处》,散文·论文卷《鬼话·智力的空间》)、《杨炼新作 1998—2002:幸福鬼魂手记》等。江河(1949—),北京人,原名于友译,“文革”期间在乡村插队时开始写诗,出版的诗集有《从这里开始》《太阳和他的反光》等。

② 杨炼当时说:“我的使命就是表现这个时代,……对于我,观察、思考中国的现实,为中国人民的命运斗争是理所当然的事情。具体地说,就是表现长期被屈辱、被压抑的中国人民为争取彻底解放而进行的英勇斗争以及由此带来的精神领域的巨大变革。”江河也有类似的表示,“我最大的愿望,是写出史诗”。参见《请听听我们的声音——青年诗人笔谈》(《诗探索》1980 年第 1 期)和《诗刊》1980 年第 10 期“青春诗会”的相关部分。

③ 杨炼的这些作品都是大型组诗。《土地》包括《秋天》等 4 首;《太阳,每天都是新的》包括 7 首长诗(《自白》《大雁塔》《栀子花开放的时候》《乌篷船》《火把节》《古战场》《长江,诉说吧》)。

意识到这种缺憾，便相继有了写作方向上的调整。

80 年代初，江河有几年的沉默，之后重新发表的作品，面貌发生很大变化。除了一些清新的抒情诗外，最受注意的是取材中国古代神话传说的组诗《太阳和他的反光》。理性叙说和激情冲突的风格明显淡化；从喧腾、躁动走向温情、平静，甚或某些抛弃英雄姿态的"衰老"。与 80 年代中期告别诗坛的江河不同，"心高气傲"的杨炼始终信心十足，写作不曾间断；"转向"也在行进之中实现。离开了《大雁塔》等的社会性主题之后，也开始从古代神话传说，从古迹，从史书典籍取材，以现代观照来"再现民族遥远的往昔"，让"传统""重新敞开"。他雄心勃勃地构建了一系列的"体系性"的长诗（《礼魂》《西藏》《逝者》《自在者说》《与死亡对称》等），以表现对人类生存、人的存在与自然的存在的关系的理解。这些大型组诗，存在作者苦心经营的"智力"结构。[①] 结构的庞大繁复，诗歌意象的密集艰涩，以诗来演绎他所以为的古代哲学观念的设计，都使大多读者望而却步。当然，诗中呈现的活跃的想象力，对热烈、辉煌的氛围、节奏的营造，以及处理感觉、观念、情绪的综合能力，给人留下颇深的印象。1988 年夏天，杨炼开始了他自己所称的"世界性漂流"，足迹遍及欧、美、澳洲各地。诗中继续了他冥想、哲思的风格。组诗仍是经常采用的形式，"死亡""鬼魂"也仍是他诗歌写作（《大海停止之处》《同心圆》《十六行诗》《幸福鬼魂手记》《李河谷的诗》）和诗歌外谈论（散文《鬼话》《那些一》《骨灰瓮》）的主题。诗的展开方式却与 80 年代的长诗不同，走向节制、简约。杨炼 90 年代在域外的写作，中国大陆读者了解不多。与"杨炼在国外频频获奖，不停地参加各种学术和节庆活动，被誉为当代中国最有代表性的声音之一"的境况形成巨大落差的，是"他的作品在母语语境中则仍然延续着多年来难觅知音的命运"。[②]

七八十年代之交在《今天》发表诗作，或在 80 年代被看作"朦胧诗"诗人的，还有严力、梁小斌、王小妮、徐敬亚、林莽、田晓青等。**梁小斌**[③] 1980 年以《雪白的墙》《中国，我的钥匙丢了》[④]两首诗引起注意，它们后来不断入选各

---

① 以《礼魂》为例，按作者本人的解说，它存在一个"总体结构"，里面包括三个不同"层次"，每一层次分别由一个组诗来完成：《半坡》表现人类的生存，《敦煌》探索人类的精神，而《诺日朗》揭示人的生存和自然的关系。每个组诗中又包含若干首诗，每首诗中又有若干章节、意象，都处于这一"总体结构"中并建立起意义的关联。至于都各由 16 首诗构成的《自在者说》《与死亡对称》，是"以《易经》作结构的一部大型组诗"的两个组成部分。参见《自在者说》《与死亡对称》的总注和杨炼的论文《智力的空间》（《鬼话·智力的空间》，上海：上海文艺出版社，1998 年）。

② 唐晓渡：《杨炼：回不去时回到故乡》，《中华读书报》2004 年 2 月 25 日。

③ 梁小斌（1954—　），生于安徽合肥，1979 年开始发表诗作，著有诗集《少女军鼓队》等。

④ 均刊登于《诗刊》1980 年第 10 期。

种当代诗歌选集。诗以刚刚结束的“文革”的历史作为心理背景,“叙说者”常以一度迷失道路,但仍坚持追寻人生理想的少年身份出现。那面“曾经那么肮脏,写有很多粗暴的字”的墙,和一个流浪的少年丢失开启“美好的一切”的钥匙的惶惑,其包含的社会历史内容显而易见。

四　新诗潮主要诗人(二)

韩东[①]写诗之初受过“朦胧诗”的影响,有过一些北岛式的具有沉重历史感的作品。《你见过大海》《山民》《有关大雁塔》等是诗风转变的标志。平淡、近于冷漠的陈述语调,对修饰语、形容词的“清除”所达到的语词的具体、朴素、清晰,在这些诗中有突出体现。这种反刻意的,强调生活琐屑、平庸的“日常性”的诗歌方式,在当时曾产生有震撼力的效应。这些作品其实带有争辩的意味,它们质疑的是以象征、隐喻的网络为构架,作为抒情、想象的基本依托,“意义”由此得以发掘或粘贴的当代诗歌想象方式。因着这样的“争辩”,这些“坚决剔除隐喻”的诗事实上也置于另一种隐喻的框架之中。韩东写作所实践的,是直接、具体地触及人的生活情状,在与日常生活保持审美诗意的敏感,来探索诗与真理的关系,以及对清晰、朴素、简洁的语言的重视。“反诗意”的倾向,在90年代初的《甲乙》等作品中,有更尖锐、细致的表现。韩东曾说,“我反对在诗歌名义下的自我膨胀、侵略和等级观念……弃绝自我不仅是诗人在其神奇的写作中所一再体会和经验的,同时也是贯穿东方艺术始终的最高的精神原则”[②]。对“自我膨胀”的“破坏性”能量的警觉,使他设法在生活“本质”的破解、发现,与对已知经验、自我的虚妄干预的控制上,建立必要的平衡。他重视生活中习见的隐微细节,却能从习见中发现新鲜的体验;对一些未明的复杂和陌生,有时也表现了犹疑的生涩。90年代以后,韩东虽然仍继续写诗,但精力似乎转向小说写作上[③]。

于坚[④]70年代初开始写诗,1979年在正式出版刊物上发表诗作。在80

---

① 韩东(1961—),原籍湖南,生于江苏南京,8岁时随父亲、小说家方之“下放”苏北农村,1982年毕业于山东大学哲学系,曾在西安、南京的大学任教。1980年开始写诗,出版诗集《白色的石头》,另有小说集《西天上》《我们的身体》《我的柏拉图》等。

② 韩东:《自述和主张——写于第二届刘丽安诗歌奖》,《韩东散文》,北京:中国广播电视出版社,1998年,第161—162页。

③ 著有《我的柏拉图》等短篇和长篇小说《扎根》。

④ 于坚(1954—),生于云南昆明,当过近十年的工人,1984年毕业于云南大学中文系。1973年前后开始新诗写作,1984年与韩东等创办《他们》。著有诗集《诗六十首》《对一只乌鸦的命名》《一枚穿过天空的钉子》《于坚诗歌·便条集》《于坚的诗》等,另有随笔集、诗论集《棕皮手记》《棕皮手记·活页夹》。

年代初的新诗潮中，曾是“大学生诗派”的主要成员，与韩东、丁当等创办民间诗歌刊物《他们》。他曾将自己80—90年代的写作分为三个阶段：80年代初以云南人文地理环境为背景的“高原诗”；80年代中期以日常生活为题材的口语化写作；90年代以来“更注重语言作为存在之现象”的时期。诗之外，也写有不少随笔和诗学论文。他对诗歌在当今社会中的地位和价值有极高认定，于自己的写作也有很高抱负。[①] 于坚的“高原诗”，写故乡云南的自然山川。在这些神秘的高山大河面前，诗的高傲的叙述者也会“显得矮小”（《高山》）；但高原似乎也赋予他即使“在没有山岗的地方/我也俯视着世界”（《作品57号》）的习惯。这个时候，诗中会流露出难得的温情与敬畏。但在大多数情形下，于坚在处理他所涉及的“人生”“世界”时，最常见的则是那种“局外人”的“俯视”视角。“拒绝隐喻”是于坚的主张之一，这与他的诗回到“日常生活”的要求相关。事实上，他在取材、诗题上的“系列”与“符号”方式（《作品××号》和《事件》系列），也可理解为这种取向的表现形态。虽说“拒绝隐喻”等只能在相对的意义上来理解，但由此也形成了一种朴素、直接的口语写作，并形成重视“语感”的诗风。《尚义街六号》等作品曾产生广泛影响；他的出色作品，大抵包含较复杂的情绪意向，如《感谢父亲》《避雨之树》《弗兰茨·卡夫卡》《怀念之二》等。其中，有对普通人生活情境的同情，和从生活现象中发现的温暖、朴素的诗意，但也多少意识到平庸对人的精神的损耗和压抑，因而静观与激情、淡漠与痛苦、排斥“意义”和追寻“意义”的矛盾交织其间。90年代于坚有多种创新实验。《对一只乌鸦的命名》、《啤酒瓶盖》、《O档案》、《事件》系列、《飞行》等作品，对僵化的文化、意义系统以冷静、精细的解剖方式，做出了强烈的反叛与拆解；在诗歌体制、形式上也不断修改、挑战有关诗歌的想象，为诗歌写作的当代拓展注入活力。《O档案》是受到广泛关注的重要作品。它以戏仿的手法，“深入呈现了历史话语和公共书写中的个人状况”。它的实验性质也在诗的“本体”的层面上引发相异理解、评价的争论。于坚等的写作显示了“渺小、平庸、琐碎的个人生活细节的文化意义和用它构建诗歌空间的可能性”[②]。

翟永明 1984年组诗《女人》（及其后组诗《静安庄》）的发表，是当时“先锋诗歌”写作的一个“事件”。她“从对自己的强烈关注出发，成为新一代女

---

① 于坚：“在这个时代，放弃诗歌不仅仅是放弃一种智慧，更是放弃一种穷途末路”；“诗是存在之舌，存在之舌缺席的时代是黑暗的时代”（《于坚的诗·后记》，北京：人民文学出版社，2000年）。

② 王光明：《现代汉诗的百年演变》，石家庄：河北人民出版社，2003年，第621页。

性的代言人”;由是,有“第三代诗歌”中的“女性诗歌”。[①] 对个人经验的深入捕捉,激情与神秘幻象的交缠,语言与内心经历的呼应,当时诗歌写作难得的自我质询的尖锐,和对建构的非理性世界实行的控制,是这些作品的“反宣泄”的显要特征。对于诗歌界将其写作做“女性主义”归类,翟永明总是持警觉的态度。她希望拥有一个“极少主义的窗户”[②]。在她看来,身份、主义虽然不可能回避,但是,诗、文学更不可或缺。这是因为她对个人生活经验的质量、深度,以及对词语的获取能力具有自信,有一种不事声张,但也有时乐于流露的“高贵的”骄傲。因此,她努力避免为自己的诗歌做出某种标签式的概括,不会刻意地追求诗中的历史感、时代感。[③] 她保护着更多的与个人生命、语言相关的神秘性,她不是那种“眼观六路”,而是“独自清醒”,执着于自身经验挖掘的“近视者”。[④] 80年代和90年代前期,是翟永明的组诗写作时期[⑤]。组诗体式的持续运用,源于她对世界(也包括内心世界)的性质、形态的理解,也源于对戏剧这一艺术形式的爱好。“戏剧”是她的诗的结构的“潜中心”:场景的设置,多个层面的对比、冲突,特别是中国传统戏曲(于她而言,大概是川剧)那种时空交错、情景变幻,与人生、与诗歌想象之间的关联,为她所关注。90年代中期以后,翟永明的写作有明显变化。“我完成了久已期待的语言的转换,它带走了我过去写作中受普拉斯影响而强调的自白语调,而带来一种新的细微而平淡的叙说风格。”[⑥]从侧重内心剖析,转向对“外部”生活、细节的陈述。词语色调,诗的结构、体式,也更灵活多样,

---

① 韩东:《翟永明·新女性》,《翟永明诗集》,成都出版社,1994年,第267页。在这篇文章中,韩东指出:“特别需要一提的是翟永明诗中的那种自毁的激情。它使女性身份的确认没有仅仅停留在暴露阶段。”80年代中期以来,出版多种“女诗人”“女性诗歌”的诗集和诗歌丛书,如《中国当代女诗人诗选》(贵阳:贵州人民出版社,1984年)、《中国当代女青年诗人诗选》(武汉:长江文艺出版社,1988年)、《中国当代女诗人抒情诗丛》(沈阳出版社,1992年)、《苹果上的豹:女性诗卷》(北京师范大学出版社,1993年)、诗歌丛书《中国女性诗歌文库》(沈阳:春风文艺出版社,1997年)、诗歌“民刊”《诗歌与人:2002中国女性诗歌大扫描》等。

② “一次我置身于一个四方的、极少主义的窗户,发现窗外那繁复的、琐碎的风景被这四面的框子给框住了,风景变成平面的、脆弱而又易感,它不是变得更远,而是变得更近,以致进入了室内,就像某些见惯不惊的词语,在瞬间改变了它们的外表。”翟永明:《面对词语本身》,现代汉语百年演变课题组编《现代汉诗:反思与求索》,北京:作家出版社,1998年,第254页。

③ 翟永明:《十四首素歌——致母亲》(1996)中写道:“从她的姿势/到我的姿势/有一点从未改变:/那凄凉的、最终的/纯粹的姿势/不是以理念为投影。”

④ 翟永明诗《蝙蝠》:“在夜晚 蝙蝠是一个近视者/把自己纳入孤独的境地/不停留在带蛛网的角落/不关心外界的荣辱/它独自醒着/浑身带着晦涩的语言。”

⑤ 除《女人》(1984)、《静安庄》(1985)外,接着是《人生在世》(1986)、《死亡的图案》(1987)、《称之为一切》(1988)、《颜色中的颜色》(1989—1990)等组诗,后来的组诗还有《咖啡馆之歌》《莉莉和琼》《道具和场景的述说》《十四首素歌——致母亲》等。

⑥ 翟永明:《〈咖啡馆之歌〉及以后》,《称之为一切》,唐晓渡编选,沈阳:春风文艺出版社,1997年,第214页。

增添了过去诗中较少见到的幽默、嘲讽、戏仿等“喜剧”因素。它增强了窥视“世界真相”的更多可能性，也增强了诗叙述上的张力。在《脸谱生活》《道具和场景的述说》《十四首素歌——致母亲》等作品中，读者会隐约感到有一种“古典”的气质在增强，不仅指（古典小说、戏曲的）词语运用的频率，而且涉及那种美、生命“荒凉”的情调、境界的浓度。

海子去世时年仅 25 岁。1989 年 3 月 26 日，“在山海关至龙家营之间的一段火车慢行道上”卧轨自杀[①]。在短暂的七年的创作史上，留下了几万行诗。完整的有三百首抒情诗，三部长诗（《土地》《弥赛亚》《遗址》），一幕诗剧（《太阳》）和一部幻想、仪式剧（《弑》），另有大量的未及展开的断章、札记。他的名篇《亚洲铜》《阿尔的太阳》写于 1983—1984 年间，但是在生前，有的作品虽收入一些诗选，个人诗集却从未“正式”出版[②]。他的诗歌生命，表现为那种“冲击极限”、“在写作的速度与压力中创造”、将生命力化为“一派强光”的情形。[③] 他“单纯，敏锐，富于创造性，同时急躁，易于受到伤害，迷恋于荒凉的泥土”，“所关心和坚信的是那些正在消亡而又必将在永恒的高度放射金辉的事物”。[④] 一般认为，海子的诗作（连同诗歌道路）可以划分为两个部分（阶段）：抒情短诗（阶段）与“史诗”“大诗”（阶段）。他的短诗单纯、简洁、流畅、想象力充沛，语词在浪漫、梦幻中飞翔。少年的乡村生活经验，在诗中构成一个质朴、诗化的幻象世界；麦子、村庄、月亮、天空、少女、桃花等带有“原型”意味的意象是基本元素。但是，那个固执地“用斧头饮水”，“在岩石上凿出窗户”的眺望者（《眺望北方》），越来越体验到无法逃避的悲剧命

---

① 海子（1964—1989），原名查海生，生于安徽怀宁县高河镇查湾村，在农村长大，1979 年考入北京大学法律系，大学期间开始诗歌创作，1983 年秋毕业后在北京的中国政法大学哲学教研室任教。自杀时，“身边带有 4 本书：《新旧约全书》、梭罗的《瓦尔登湖》、海雅达尔的《孤筏重洋》和《康拉德小说选》。他在遗书中写道：‘我的死与任何人无关。’”（西川《我们时代的神话：海子》，《让蒙面人说话》，上海：东方出版中心，1997 年）1999 年，由崔卫平编的《不死的海子》（北京：中国文联出版社）一书，收入了海子去世十年来，批评家、友人对他的研究、怀念的文章。

② 生前海子自印的诗集有《小站》、《河流》、《传说》、《但是水，水》、《如一》、《麦地之翁》（与西川合著）、《太阳·断头篇》、《太阳·诗剧》。去世之后，经友人整理出版的诗集有《土地》、《海子、骆一禾作品集》（周俊、张维编）、《海子诗全编》（西川编）和属于“蓝星诗库”的《海子的诗》。

③ 骆一禾：《冲击极限——我心中的海子》，《骆一禾诗全编》，上海三联书店，1997 年。

④ 西川：《怀念（一）》。收入《让蒙面人说话》时，题目为《我们时代的神话：海子》。海子对他热爱的诗人的讲述，也可以看作他的诗歌追求的自况：“荷尔德林的诗，是真实的，自然的，正在生长的，像一棵树在四月的山上开满了杜鹃”；“看着荷尔德林的诗，我内心的一片茫茫无际的大沙漠，开始有清泉涌出，在沙漠上在孤独中在神圣的黑夜里涌出了一条养育万物的大河，一个半神在河上漫游，唱歌……”《我热爱的诗人——荷尔德林》，《海子诗全编》，西川编，上海三联书店，1997 年，第 915 页。他把他所敬佩的诗人称为“诗歌王子”“太阳王子”，他们是“雪莱、叶赛宁、荷尔德林、坡、马洛、韩波、克兰、狄兰……席勒甚至普希金”。《海子诗全编》，第 896 页。

运。他逐渐放弃其诗歌中的“母性、水质的爱”,转向一种“父性、烈火般的复仇”;他的利斧没有挥向别人,“而是挥向了自己”[①]。海子虽然有了不少出色的抒情短诗,但他的理想却不是感性的、由天赋支持的抒情诗人。可能意识到飞翔的抒情难以持久,他选择“从抒情出发,经过叙事,到达史诗”的“转变”。他要以但丁、歌德、莎士比亚为榜样,写作“史诗”(或他所说的“大诗”)。为此,他“研究史诗和文人史诗的各种文体,收集他家乡的故事、传说以提炼大诗所需的事件‘本事’,他结合了伟大生命的传记及范畴史以为构造因素,锤炼了从谣曲、咒语到箴言、律令的多种诗歌语体的写作经验”[②]。他探求着激情与理性、个人的体验与人类文化精神的结合,并集中到对“真理”、对“永恒”的思索、追问的焦点上。对于海子的多部长诗,以及诗剧、诗体小说等创作,评价一直存在分歧;这究竟是属于已被取代而消亡的艺术,还是那种“不是一种终结,一种挽歌,而带有朝霞艺术的性质”的事物?

因为一连串的诗人死亡事件(海子、骆一禾、戈麦、顾城,以及后来的徐迟、昌耀等),“诗人之死”在90年代是被广泛谈论的话题。除去有关事件发生的具体原因的猜测、分析不论,诸多论述,在与19世纪末以来国外诗人自杀现象联系起来之后,大多集中在这些现象的文化象征意义,即个体生命价值、意义与所处的时代的紧张关系的方面。

① 《春天,十个海子》中写道:“在春天,野蛮而悲伤的海子/就剩下这一个,最后一个/这是一个黑夜的海子,沉浸于冬天,倾心死亡/不能自拔,热爱着空虚而寒冷的乡村。”

② 骆一禾:《冲击极限——我心中的海子》,《骆一禾诗全编》,上海三联书店,1997年,第858页。

第二十章

历史创伤的记忆

一　创伤记忆与历史反思

70年代末到80年代中期，对“文革”伤痕的揭发和反思是文学的中心主题。批评界对这一创作潮流，先后使用了“伤痕文学”“反思文学”（以及“改革文学”）的类型概念。这些概念既是对文学事实的概括，同时也推动这些文学潮流的建构。“伤痕文学”等所指称的主要是小说，尤其是中、短篇小说，因此，在一般情况下，它们也与“伤痕小说”“反思小说”“改革小说”等互相取代。“伤痕”“反思”等的概念，在文学形态（题材取向、叙事风格等）的区分上有它们的意义，但是，从总体上说，由于它们都是“文革”亲历者讲述的创伤记忆，或以这种记忆为背景，因此，这些作品也可以统称为有关“文革”的伤痕文学。

1978年8月，上海《文汇报》刊发的短篇小说《伤痕》在读者中引起轰动。在此之前，同样产生热烈反响的短篇是刘心武的《班主任》[1]。接着，以揭发“文革”造成的肉体、灵魂伤害为主旨的作品大量涌现；“伤痕文学”的称谓，正与这些作品的出现相关。《伤痕》《班主任》在当时产生强烈反响，根源于它们表达的对个体生命的关切，揭露“文革”对“相当数量的青少年的灵魂”的“扭曲”所造成的“精神的内伤”[2]；同时，也根源于它们为“文革”中“沦

---

① 《班主任》刊于1977年第11期的《人民文学》；《伤痕》发表于1978年8月11日的《文汇报》，作者为当时就读于复旦大学中文系的卢新华。

② 朱寨：《对生活的思考——谈刘心武的〈班主任〉等四篇小说》，《文艺报》1978年第3期。

落”的知识分子“正名”,企图重建他们启蒙者角色和“主体性”地位。[①] 表现“伤痕”作品的主要内容,可以大致区分为两个方面。一是写知识分子、国家官员受到的迫害,他们的受辱和抗争。一是写“知青”的命运:以高昂的热情和献身的决心投入这场革命,却成为献身目标的“牺牲品”。“伤痕文学”的主要作品,除了《班主任》《伤痕》外,还有《神圣的使命》(王亚平)、《高洁的青松》(王宗汉)、《灵魂的搏斗》(吴强)、《献身》(陆文夫)、《姻缘》(孔捷生)、《我应该怎么办》(陈国凯)、《从森林里来的孩子》(张洁)、《醒来吧,弟弟》(刘心武)、《记忆》(张弦)、《铺花的歧路》(冯骥才)、《大墙下的红玉兰》(从维熙)、《重逢》(金河)、《枫》(郑义)、《一个冬天的童话》(遇罗锦)、《生活的路》(竹林)、《罗浮山血泪祭》(中杰英)、《天云山传奇》(鲁彦周)、《许茂和他的女儿们》(周克芹)、《血色黄昏》(老鬼)[②]等。

“伤痕文学”最初是带有贬抑含义的概念。这些揭露性的、具有浓重感伤基调的作品,受到“社会主义文学”必须以写“光明”、歌颂为主的主张者的批评,认为它们暴露太多,“情调低沉”,“影响实现四个现代化的斗志”,是“向后看”的“缺德”文艺。[③] 这延续了“延安文学”以来有关“写真实”,有关“歌颂”与“暴露”问题的争论。但是,“伤痕文学”在揭露“文革”上产生的效果,不仅得到多数读者,也得到推动与“文革”决裂的政治、文学权力阶层的认可。“暴露”因为它的“适时”而受到肯定,“伤痕”的写作也很快确立其合法的地位。[④]

暴露“文革”的创作潮流,在经过了感伤书写阶段之后,加强了有关历史责任的探究的成分,并将“文革”的灾难,上溯到“当代”五六十年代的某些重

---

① 当时的中篇小说《人到中年》(谌容)、报告文学《哥德巴赫猜想》(徐迟)等作品,也主要因为这方面的原因,在知识分子中产生强烈反响。

② 长篇《血色黄昏》完稿于80年代初,写“知青”在内蒙古农村和牧区“插队”的悲剧生活。由于描述的直率,几家出版社先后拒绝接受。1987年才由工人出版社(北京)出版,成为当时的畅销书。

③ 参见《向前看啊! 文艺》(黄安思,《广州日报》1979年4月15日),《“歌德”与“缺德”》(李剑,《河北文艺》1979年第6期)等文。李剑的文章说,“坚持文学艺术的党性原则”的文艺,应该“歌德”;因为“现代中国人并无失学、失业之忧,也无无衣无食之虑,日不怕盗贼执杖行凶,夜不怕黑布蒙面的大汉轻轻扣门。河水涣涣,莲荷盈盈,绿水新地,艳阳高照,当今世界如此美好的社会主义为何不可‘歌’其‘德’?”并说那些“怀着阶级的偏见对社会主义制度恶毒攻击的人”,“只应到历史垃圾堆上的修正主义大师们的腐尸中充当虫蛆”。

④ 80年代初,为“暴露”的“伤痕文学”辩护、支持的,有曾因为“写真实”受到打击的“复出”作家王蒙(《生活、倾向、辩证法和文学》,《十月》1980年第1期)、刘宾雁(《关于“写阴暗面”和“干预生活”》,《上海文学》1979年第3期)、秦兆阳(《断丝碎缕录——学习1979年群众评选的全国优秀短篇小说札记》,《文学评论》1980年第3期),以及时任中国作协副主席的陈荒煤等。陈荒煤在《〈伤痕〉也触动了文艺创作的伤痕!》(《文汇报》1978年9月19日)中说:“有人批评这类小说是‘暴露文学’。它当然是在暴露! 可是暴露的是林彪、‘四人帮’迫害革命干部的罪恶! 这就是文学艺术创作……的光荣任务。”

要的历史段落。对这种变化的描述，导致了“反思文学（小说）”概念的普遍使用。“伤痕”“反思”的概念出现既有先后，各自指称的作品大致也可以分列。但是两者的界限并非很清晰。有关它们的关系，当时的一种说法是，伤痕文学是反思文学的源头，反思文学是伤痕文学的深化。“深化”指的是超越暴露、控诉的情感式宣泄，引入思考、理性分析的成分。但“深化”又可以理解为将对“伤痕”的表达和历史责任的探究，纳入权力机构已经做出清理的有关“当代史”叙述的轨道。[①] “反思”作品的主题动机和艺术结构，表现了作家这样的认识：“文革”并非突发事件，其思想动机、行为方式、心理基础，已存在于“当代”历史之中，并与中国当代社会的基本矛盾，与民族文化、心理的积习相关。这种历史反思，以对现代化国家的热切追求为基点；这一基点，更为直接地表现在同时出现的“改革文学”中。“反思文学”揭示“文革”对“现代化”（尤其是人的“现代化”）的阻滞和压抑，“改革文学”则面对“伤痕”和“废墟”，呼唤城市、乡村的“现代化”目标。**蒋子龙**等，是这个时期特别关注“改革”这一题材的作家。写主动要求到濒于破产的重型电机厂任厂长，以铁腕手段进行改革的人物的《乔厂长上任记》，被看作开风气之作；它在读者中引发的热烈反响，从一个方面呈现了当时文学与社会生活的独特关系[②]。被列入“改革文学”的作品，还有《沉重的翅膀》（张洁）、《龙种》（张贤亮）、《花园街五号》（李国文）。有的批评家，还把《人生》（路遥）、《鲁班的子孙》（王润滋）、《老人仓》（矫健），以及贾平凹、张炜的一些小说，也归入这一行列。作为一种整体性的文学潮流，对“文革”伤痕直接描写的作品在1979年到1982年间达到“高潮”，此后势头减弱。但是有关的历史记忆，长久留存在不少作家的经验中，在此后的创作中以不同方式不断发掘。

在叙事方式上，这期间反思“文革”、表现社会改革的小说，大多可以归入现代中国小说颇为发达的“问题小说”的类型。围绕所提出的问题而展开的“观念性结构”，为许多作品所使用。而且，借助人物或叙述者，来议论当

---

① “文革”之后，有关“当代史”问题存在多样、复杂的看法，很快，中共中央便做出清理，形成“结论”性的意见。在1981年6月27日中共中央十一届六中全会上，通过了《关于建国以来党的若干历史问题的决议》。“反思”作品对当代历史的叙述，大多（自然不是全部）运行在《决议》所给出的“轨道”上。

② 蒋子龙在1976年就以改革题材的小说《机电局长的一天》而知名。80年代前期他发表的小说，都以表现工厂、城市改革为题材。如《乔厂长上任记》《一个工厂秘书的日记》《拜年》《赤橙黄绿青蓝紫》《锅碗瓢盆交响曲》《开拓者》等。《乔厂长上任记》（《人民文学》1979年第7期）刊出后，作者接到大批读者来信，有的提出派“乔厂长”到他们单位去。批评家冯牧、陈荒煤等对作品做了高度肯定，且认为：“一个工厂的厂长，怎样领导生产？怎样管理企业？怎样为四化做出应有的贡献？《乔厂长上任记》为我们提供了活的榜样。”（陈荒煤：《不能放下这支笔》，《工人日报》1979年10月15日。）“愿有更多的乔厂长上任”（滕云：《愿有更多的乔厂长上任》，《工人日报》1979年9月10日）。

代社会政治、人生问题也很常见。不过,由于"新时期"作家"主体意识"的增强,对感性体验和人物性格、命运的独立性的尊重,推动他们寻找一种"平衡",尽力避免陷入当代那种演绎观念的写作套路。它们常以中心人物的生活道路,来联结"新中国"(甚至更长的历史时间)的重要社会政治事件(如四五十年代之交的社会转变,50 年代的反右运动和"大跃进",60 年代初的经济危机等),作品中的"命运感",具体可感的生活细节,使观念框架得到一定程度的化解。这种处理方式,几乎囊括被看作"反思小说"的那些著名作品,如短篇《内奸》(方之)、《李顺大造屋》(高晓声)、《"漏斗户"主》(高晓声)、《剪辑错了的故事》(茹志鹃)、《月食》(李国文)、《小贩世家》(陆文夫)、《我是谁》(宗璞)、《小镇上的将军》(陈世旭),中篇《布礼》(王蒙)、《蝴蝶》(王蒙)、《人到中年》(谌容)、《犯人李铜钟的故事》(张一弓)、《河的子孙》(张贤亮)、《洗礼》(韦君宜)、《美食家》(陆文夫),长篇《芙蓉镇》(古华)。其实,"反思小说"的艺术价值并不都表现在这一相近的观念框架上。在许多时候,反而存在于这一叙述结构的"缝隙"里,或游离于这一结构的部分:恰恰是在这里,可以发现作家独特的感性体验和历史的思考深度。

二　三部中篇小说

一般认为,文学对"文革"的批判性反思,始于"新时期"的"思想解放运动"。事实上,"文革"中这种反思就已出现。70 年代初,一些作家,尤其是当时"上山下乡"的知识青年中的一些写作者,已经开始用诗歌、小说等形式,表达这一境遇中产生的精神困惑。诗歌是这种表达的最主要样式[①]。除此之外,"文革"后期和"文革"刚结束时的几个中短篇小说(有的曾以"手抄本"方式流传),也是最初的反思性讲述的重要例证。

这些小说,有短篇《幸福大街十三号》(赵振开),中篇《波动》(赵振开)、《公开的情书》(靳凡)和《晚霞消失的时候》(礼平)。《公开的情书》是靳凡发表的唯一的文学作品[②]。初稿完成于 1972 年,曾以手抄和打印本形式流传。1980 年经作者修改后,发表于文学刊物《十月》(北京)。小说由几个"文革"中大学毕业,在山区、农村劳动的青年(真真、老久、老嘎、老邪门)之间在半

---

① 如当时未能公开发表的穆旦、牛汉、绿原、曾卓,特别是食指、芒克、多多、根子、北岛等的诗歌作品。

② 靳凡以后主要从事中国近代思想史研究。"文革"中毕业于北京大学中文系,原名刘莉莉,又名刘青峰,现为香港中文大学中国文化研究所研究员。与金观涛合著有《兴盛与危机——论中国封建社会的超稳定结构》等。

年的时间里的43封通信组成。没有完整的情节，也没有通常小说的人物描写和性格刻画。思辨、说理色彩和强烈的感情抒发是它的构成要素。这些往来信件所处理的，是已脱离（自觉地或被动地）规范的生活轨道，但处于迷惘中的年轻人，对现实处境和生活道路的思考，对所关切的人生、爱情、责任、民族未来的探索。对未明道路的充满浪漫激情的思考、辩论，使这一抒情性作品弥漫着一种紧张、焦躁的情绪。赵振开（北岛）的《波动》写于1974年，也曾以手抄本形式传阅。1976年6月和1979年4月两次修改，先后刊于《今天》《长江》上[①]。比较起来，《波动》表现了更多的艺术探索的成分。它也没有清晰的事件、情节，由不同人物的第一人称叙述构成多层的独白。和《公开的情书》相似，“诉说”是这个时间写作最重要的动机，但《波动》提供了更多的细节描述，情感、观念的表达也更有控制。小说的主要部分，虽也围绕青年人（肖凌、杨讯、白华、林媛媛等）的命运展开，写他们的爱情，他们精神上的扭曲，对“荒谬”所做的抗争，但在展现他们存在的环境上，比《公开的情书》要较为开阔。小说中透露了这样的有关“转折”“崩溃”的信息和感知：“一种情绪，一种由微小的触动所引起的无止境的崩溃。这崩溃却不同于往常，异样的宁静，宁静得有点悲哀，仿佛一座大山由于地下河的流动而慢慢地陷落……”

《晚霞消失的时候》共四章，分别以春、夏、秋、冬命名，是一个整饬的“古典式”结构。借两个出身“对立阶级”家庭的中学生李淮平（共产党高级将领后代）和南珊（国民党起义将领楚轩吾的外孙女），在“文革”前夕到“文革”结束的十多年里的四次巧遇，来铺排有关历史、人生、爱情、宗教等问题的讨论。其中，有关历史“含混性”的思考，对理性力量和人控制历史的信心的疑虑，是当时所涉及的问题中最激动人心而又最具争议性的。由于小说对这些诱人问题叙述、讨论的热忱和真诚，对这个“写实小说”违逆“写实”成规的种种瑕疵，读者有可能忽略不计。

这三部中篇对“文革”现实的批判，主要从精神悲剧的角度展开。它们都涉及知识青年人生道路的问题。它们写到原先确立的信仰的溃散，并为他们的“精神叛逆”的合法性辩护。“代际”的问题，以提供与60年代不同答案的方式被讨论[②]。当“成年人”以他们的经验和信仰出来批评这种精神失

---

① 《波动》1979年在北岛、芒克等主办的刊物《今天》第4、5、6期上以艾珊笔名连载，后刊发于1981年第1期的《长江》（武汉），署名赵振开。

② 在60年代和“文革”期间，有关青年人生道路的作品，矛盾的解决通常由“老一辈”（老工人、老贫农、老革命干部）对“问题青年”加以引导、教育。如60年代的话剧《年青的一代》（陈耘编剧）、《千万不要忘记》（丛深编剧）、《家庭问题》（胡万春编剧）等。

落和怀疑情绪时,《波动》的回答是,他们的"悲剧生活"是不应该被否定的,更不是上辈人的经历和思考所能包容和取代:那些自以为能洞察一切的"引导者",其实"既被历史的惰性所击败,又被历史惰性所同化"。三部小说从思想和精神价值取向上,包容了在80年代思想论争和文学创作中广泛涉及的观念和命题。比如"存在主义"[①],比如"新启蒙"的精英意识。至于对精神出路的规划,这些作品的指向则有差异。《公开的情书》所张扬的是超人式的"精英主义",一种"世人皆醉我独醒"的先觉者的骄傲。作品中那个被看作这一圈子的"精神领袖"的人物申明,人们将从"我们的思想"能给他们多少光明"来判断我们的工作价值"。它重视的是积极的思想探索和社会行动。对于精神出路,《波动》并没有结论和方案。它坚持一种人性的理想,但也质疑、破坏一种把握历史、预言未来的自信;它表达了悲观,同时也试图反抗悲观。

在这三部小说中,《晚霞消失的时候》的主人公(南珊)相信"善"的价值和人类推广、实现这种价值的能力,支持个体心灵反省以达到人格的提升,批评了"动辄以改革社会为己任,自命可以操纵他人"的"狂妄"。它提出了宗教式的心灵完善,作为拯救和自赎的理想道路。由于《晚霞消失的时候》事实上"超越"了成为80年代"思想主潮"的启蒙主义意识形态,"超越"了乐观的历史进化论,因此,它不仅受到文坛"守旧者"的批评,也受到"思想解放"先锋的拒绝。这看起来有些出人意料,其实也在情理之中[②]。

三　"复出"作家的历史叙述

"新时期"历史记忆书写者的主要成员,是在50年代开始写作并遭遇挫

---

① 对《波动》的批评之一,是作品以存在主义为指导思想:"作者提倡一种'懦夫使自己懦弱,英雄把自己变成英雄'(让-保尔·萨特)的哲理";这是"对客观世界采取虚无主义态度,……企图用普遍的人性和人道主义来代替马克思主义的世界观"(易言:《评〈波动〉及其他》,《文艺报》1982年第4期)。

② 这三部中篇发表后都有过一些争论。对《晚霞消失的时候》的讨论,从1981年起延续到1983年,许多文章持批评的态度。重要的评论文章有:仲呈祥《"春华",但并未"秋实"——南珊形象得失刍议》(《作品与争鸣》1981年第10期)、敏泽《道德的追求和历史的道德化》(《光明日报》1982年2月8日)、刘燕光《战斗的唯物主义还是宗教信仰主义》(《光明日报》1982年6月3日)、张雨生《应该向哪里寻求信念》(《解放军报》1983年12月11日)等。宣扬"宗教唯心主义"是这部小说当时最受指责的一点。在当时的"思想解放"运动中,哲学家王若水是领先人物;他对《晚霞消失的时候》的批评,见《南珊的哲学》(《文汇报》1983年9月27、28日)一文。王若水批评了南珊的独善其身,寻求道德自我完善的"诉诸抽象的人类心灵而否定实际的斗争"的人生哲学,并说,"在地上的神还原为人以后,为什么又要去寻找天上的神呢?在思想从新的宗教中解放出来以后,为什么又要用老的教条去重新束缚思想呢?"对于作品"宣传了宗教"和"抽象人性"的批评,作者礼平在当时不予承认,说南珊的信念,是"坚强而乐观的心声","与马克思主义的任何一个观点都是绝不相悖的"(《谈谈南珊》,《文汇报》1985年6月24日)。

折,有过多年苦难经历的作家。他们有王蒙、张贤亮、林斤澜、宗璞、李国文、从维熙、方之、陆文夫、高晓声、鲁彦周、张弦等[①]。这些作家的多数,是在四五十年代之交确立他们的政治信仰、文学立场的。他们投身革命政治和革命文学,接受了共产主义社会理想的许诺,愿意以"阶级论"和"集体主义"作为自己的世界观,也接受文学"服务"于政治和社会行动的文学观。不过,他们之中的许多人,人道主义和个人主义的思想"阴影",通过俄国、西欧的古典作品和"五四"作家的创作,在他们的血液中流动,并在某些时机成为思想情感中的主导因素。他们"复出"之后,个人的和社会的创伤记忆很自然地成为这个时期创作取材的中心。

王蒙[②] 70年代末"复出",在八九十年代持续保持创作活力,是一位多产作家。作品以小说为主,也涉及散文随笔、新旧诗、创作谈、文学批评、古典文学研究等方面。他的以"文革"和"当代史"为题材的作品(《最宝贵的》《表姐》《布礼》《蝴蝶》《杂色》《春之声》《海的梦》《相见时难》等),一开始就与流行的揭露、控诉的题材和情感方式保持距离,虽然有的作品也采用流行的以当代历史事件为结构框架,但表现了一定的思想深度和艺术控制力,以及重视心灵现实、重视历史理念的思辨剖析的倾向。从中篇《布礼》到后期的"季节"系列的长篇[③],投身革命事业的青年知识分子在当代的生活、情感际遇,是王蒙小说不断开掘的土层。他的主要作品的基本主题,是知识个体与他所献身的"理想社会"之间无法挣脱的复杂、缠绕关系。小说的主人公一开始都具有独特年代所赋予的理想化信念,并热情参与对"新世界"的创造。但"理想社会"不仅没有能够提供实践信念的条件,反而使献身者受到伤害,陷入精神上的迷误。在探索这一历史现象时,他表现出一种自己(有的批评

---

① 虽然牛汉、绿原、昌耀、曾卓、公刘、邵燕祥、流沙河、白桦、林希这一时间的诗歌创作,巴金、杨绛、陈白尘等的散文随笔,也有相似的历史创伤主题,但批评家一般不用"伤痕""反思"等概念谈论诗歌等文类的创作。

② 王蒙(1934—　),生于北京,祖籍河北南皮,40年代末在北京参加进步学生运动,50年代初从事共青团工作。最早引起注意的短篇是《春节》,1956年的《组织部新来的青年人》产生很大反响。1957年被定为"右派分子",到京郊农村劳动改造。1962年在北京师范学院任教,并有作品发表。1963年举家赴新疆,先后在新疆文联、自治区文化局工作,一度在伊犁地区农村劳动,1979年返回北京。1986年至1989年间,曾任国家文化部部长。著有长篇小说七部,中篇、短篇、微型小说集十余部,评论集、散文集各十余部,古典文学研究集、古诗集、新诗集多部。主要小说作品集有《王蒙小说报告文学选》《王蒙中篇小说集》《深的湖》《木箱深处的紫绸花服》《在伊犁——淡灰色的眼珠》,以及《青春万岁》《活动变人形》《青狐》和"季节"系列等单独出版的长篇小说,另有《王蒙选集》《王蒙文集》等。

③ "季节"系列,指90年代以后发表的、有连续性的系列长篇小说《恋爱的季节》《失态的季节》《踌躇的季节》《狂欢的季节》。写青年知识分子从50年代初到"文革"期间,在复杂社会生活和政治运动中的心理历程。

家也这样分析)的“辩证”观点。他不把历史的责任归于某一个或某几个人,也不想以某种僵硬的伦理观来裁决人、事。他竭力要从混乱中寻找“秩序”重建的可能,从负有责任者那里发现可以谅解之处,也会在被冤屈、受损害者中看到弱点和需要反省的“劣根性”。在一些作品那里,历史和个人曲折命运会被归结为某一浮泛的政治命题(如革命者与“人民”的“鱼水关系”),但在同一作品或另外的篇章中,又有深沉的人生感悟浮现,并接触到现代中国历史的一些基本主题(“启蒙者”的悲剧命运等)。他既警惕地提防对纯粹的精神理念的沉迷,并质疑知识者的“精英”意识,而又流露出对成为“精神旗帜”的留恋。对于历史和自身的反省态度,使他的小说避免了普遍性的感伤,不过,思想信仰有时也会被抽离了具体的历史形态和实践内容,在他的小说中成为不可分析、怀疑的教条,转化为对人的压迫的力量:这一思想框架的封闭性限制了思想境域的拓展。……种种的矛盾和复杂性构成他的小说的较为丰厚的内涵,也同时存在一种含糊不清的历史和精神态度;而“辩证”观点所具有的穿透力,与精神上策略性的暧昧的界限,也常常难以分清。在他的创作中,长篇《活动变人形》从结构上说虽然存在欠缺,却是王蒙自己,也是 80 年代长篇中独特而且重要的一部[①]。它写倪吾诚的人生的失败,试图表现在东西文化冲突中,启蒙知识分子身、心的困窘处境,表现了执着的反省精神。作者曾说,这部小说他写得十分痛苦。这种痛苦其实主要不是来源于认识到的文化矛盾,而与幼年就深藏的刻骨铭心的记忆,与这种记忆后来的折磨有关。在这里,王蒙似乎离开了他的矜持,暂时忘却在另外的作品中刻意保持的“平衡”,而流露出深切的精神的失望。在这部长篇中,人的隔膜和嫉恨所展示的残酷和野蛮,更多由一组女性人物(特别是静珍)来承担。缺乏谅解的深层的情感经验,使这些女性的“恶魔”性格,被细致而不留情面地刻画得令人惊悚。[②]

王蒙在小说艺术上做了多方面的探索。80 年代初的《布礼》《蝴蝶》《春之声》《夜的眼》,采用了主要写人物意识流动,并以之组织情节、结构作品的

---

① 中篇《杂色》(《收获》1981 年第 3 期)也是王蒙另一部出色的作品。当时有批评家认为,“当代作品如果能有杰作,我想王蒙的《杂色》可以属于这杰作之林”(高行健:《读王蒙的〈杂色〉》,《读书》1982 年第 10 期)。

② 小说出版 20 年后,王蒙谈到它的时候说:“然而我毕竟审判了国人,父辈,我家和我自己。我告诉了人们,普普通通的人可以互相隔膜到什么程度,误解到什么程度,忌恨到什么程度,互相伤害和碾轧到什么程度。我起诉了每一个人,你们是多么丑恶,多么罪孽,多么不幸,多么令人悲伤!我最后宣布赦免了他们,并且为他们大哭一场。”见王蒙:《关于〈活动变人形〉》,《南方文坛》(南宁)2006 年第 6 期。

叙事方法，这在“现代派”热的当时，被看作学习西方“意识流小说”的成果[①]。在《名医梁有志传奇》《来劲》《球星奇遇记》和《坚硬的稀粥》等作品中，使用的是戏谑、夸张、带有荒诞色彩的寓言风格。他似乎有意离开了规范的“写实”小说的路子，放弃了专注于典型情节的构思和人物性格的刻画；不过，《活动变人形》也许是“例外”。总之，王蒙关心的，是对于心理、情绪、意识、印象的分析和联想式的叙述。这形成了一种流动倾泻的叙述方式：语词上的变化和多样组合，不断展开的变化的句式，对于夸张、机智、幽默才能的充分展示，等等。在“叙述之流”中，也不乏鲜活的细节和场面的刻画。当然，当叙述者有时过分迷醉于叙述过程所体现的智力和语言运用的优越感时，也会情不自禁失去控制，在“文体”上出现欠缺“厚度”的松散。

张贤亮[②] 1979 年“复出”重新写作。与他的生活经历相关，他的小说的故事，大多发生于西北地区的乡村。从题材上说，一部分写 80 年代农村、工厂的经济改革，如长篇《男人的风格》，中篇《龙种》《河的子孙》，主要部分则以自己近二十年的“苦难生活”经历为素材；后者在当时文坛影响最大，也被看作他的代表性作品。它们是《土牢情话》《邢老汉和狗的故事》《灵与肉》《绿化树》《男人的一半是女人》，长篇《习惯死亡》，以及出版于 90 年代的长篇《我的菩提树》（又名《烦恼就是智慧》）、《青春期》。张贤亮的一些小说曾在不同时间、不同问题上引发热烈争议[③]。由于他对当代某些特殊领域（设置于荒凉边远地区的劳改农场）、某些特殊人群（冤屈，却自认有罪的受难知识分子）的描述，也由于作品引发的论争，在 80 年代，他是知名度很高的作家之一。

张贤亮在 80 年代小说艺术上的突出贡献，是细致、“逼真”地展示他在作品中展开的生活情境和人物复杂心理活动；这是另外一些写近似“题材”

---

① 这种探索，对于习惯于阅读有完整故事、人物的小说读者，既引起一些人的惊喜，也让另一些人失望，发生了有关艺术创新和“意识流”问题的争论（主要在 1980 年 7—8 月间的《北京晚报》进行）。80 年代中期，在西方的现代小说和艺术方法大量译介之后，对王蒙等的探索重新进行评价。有批评家认为，王蒙这些以理性为主干的“意识流”，并非“真正的”意识流小说，王蒙等是把技法与其哲学内涵剥离。但这些小说的辩护者，则认为他并不亦步亦趋，而是创造了“东方意识流”的艺术形态。

② 张贤亮（1936—2014），江苏盱眙人，50 年代到甘肃的学校任教，并开始文学创作。因在《延河》1957 年 7 月号发表诗《大风歌》成为“右派分子”。据张贤亮自述，在 1958 年到 1976 年的 18 年中，他两次劳改，一次管制，一次“群专”（即交由“人民群众”监督改造），一次投入监狱。1979 年开始重新写作。出版有长篇《男人的风格》《习惯死亡》《我的菩提树》，中短篇集《灵与肉》《肖尔布拉克》《感情的历程》，以及《张贤亮自选集》（4 卷）、《张贤亮近作》等。

③ 《灵与肉》、《绿化树》、《男人的一半是女人》、《早安，朋友》（一部以中学生早恋为内容的长篇）、《习惯死亡》等发表后，对它们的思想艺术倾向都发生过争论。争论涉及怎样理解“爱国主义”，如何描写、看待苦难，性描写，知识分子反思当代历史的蒙昧主义与批判精神等问题。

的“复出”作家难以企及的。他的带有“自叙传”色彩的小说,一再出现的中心人物,是被流放、劳改的“右派”,一个被社会所遗弃的“读书人”(他的名字,或者是许灵均,或者是章永璘)。他在西北贫瘠的荒漠地区经受着饥饿、性的饥渴和精神的困顿。他们在这里遇到生理和精神的救赎者——生存、劳动方式都相当“原始”的底层劳动者,尤其是其中泼辣、能干而又痴情的女性(《灵与肉》中的秀芝,《土牢情话》中的乔安萍,《绿化树》中的马缨花,《男人的一半是女人》中的黄香久)。底层劳动者坚韧的生命力和灵魂的美,抚慰了他们濒于崩溃的生命,成为超越苦难的力量。因此,动人的爱情故事成为作品的重要结构因素;而知识者的懦弱、委琐,与这些底层女性的无私、热烈形成鲜明对比。这些小说在结构模式和人物设计上,无意中接续了某些“传统”因素。不论是对于启蒙思潮的对“原始性”的崇拜,还是阅读《资本论》以清洗西方“人道主义”的影响[①],都不能改变男性“读书人”叙事中以贬抑方式呈现的优越感,那种凭借知识以求闻达的根深蒂固的欲望。因而,正如有批评家指出的,《绿化树》等作品,暗合了古典戏曲、小说的表现“落难公子”的叙事模式。[②] 在长篇《习惯死亡》中,“读书人”的苦难经历已成为无法摆脱的梦魇,纠缠于主人公与异国恋人的情爱中;性爱也无法拯救受难者,死亡、恐惧的记忆化为精神存在,将他“异化”为非人。写于 1993 年的长篇《我的菩提树》,通过日记和对日记的注释,以“纪实”方式展示劳改生活的内幕。后来的长篇《青春期》(1999),也以作者的经历为素材。这些作品,都缠绕着那段苦难生活记忆,成为再也无法挣脱,因而虽有所拓展,但又不断复制衍生的创作题材的“牢笼”。在“复出”作家中,似乎无法吸纳、融入另外的生活经验的情况,不限于张贤亮一人。

高晓声[③]的第一个短篇小说《解约》发表于 1954 年。1978 年开始恢复写作。1979 年到 1984 年是高晓声创作的旺盛时期,每年都有短篇小说结集出版。此后,作品渐少。在 80 年代初,他的作品以表现当代农民的命运著称,短篇《李顺大造屋》《“漏斗户”主》《陈奂生上城》等,是当时有影响的作品。和大多数“反思小说”一样,人物的坎坷经历与当代各个时期的政治事

---

① 《绿化树》与《男人的一半是女人》等,是作者设定的“唯物论者的启示录”小说系列中的两部。

② 参见黄子平:《同是天涯沦落人——一个“叙事模式”的抽样分析》,《沉思的老树的精灵》,杭州:浙江文艺出版社,1986 年。

③ 高晓声(1928—1999),江苏武进县人。1957 年因为与作家叶至诚、陈椿年、陆文夫等在南京筹办“探求者”文学社和文学刊物,提出要开展不限于社会主义现实主义的多样化探索,成为“右派分子”,被开除公职,被迫返回家乡务农 21 年。主要作品集有《七九小说集》《高晓声一九八〇年小说集》《高晓声一九八一年小说集》《高晓声 1982 小说集》《高晓声 1983 年小说集》《高晓声 1984 年小说集》《陈奂生》《高晓声小说选》《高晓声代表作》《高晓声幽默作品自选集》等。

件、农村政策之间的关联，是作品的基本结构方式。在这些小说中，引人注目的是有关当代农民性格心理的“文化矛盾”的描写。从当代历史发生的挫折与传统文化积习相关的理解出发，作者揭示了作为一个“文化群体”的农民的行为、心理和思维方式的特征：他们的勤劳、坚韧中同时存在的逆来顺受和隐忍，对于“新社会”的热爱所蕴涵的习惯性的顺从。因为在探索当代农民悲剧命运的根源上，提出了农民自身责任的问题，因此，这些小说被批评家看作继续了鲁迅有关“国民性”问题的思考。显然，高晓声在一个时期，为《陈奂生上城》等作品受到的盛赞所鼓励，并醉心于要留下80年代以后农村变革步履的每一痕迹，而让人物（陈奂生等）不断变换活动场景——上城、包产、转业、出国，而写作的思想艺术基点则并未有多大变化[①]。高晓声的另一类短篇，如《钱包》《鱼钓》《绳子》《飞磨》等，以简单、富于民间色彩的故事，来寓意某种生活哲理，在有的批评家那里得到更多的肯定。高晓声小说的语言平实质朴而有韵味，叙述从容、清晰。善于在叙述中提炼有表现力的细节，表现人物的心理活动。他的有节制的幽默，也常以不经意的方式传达出来，在对人物适度的嘲讽中蕴涵着浓郁的温情，表现了一种将心比心的体谅。

刘心武[②] 1961年在北京任中学教师起，开始写作和发表作品。1977年发表《班主任》，和随后发表的《爱情的位置》《醒来吧，弟弟》等短篇，提出“文革”在青少年心灵上留下的“内伤”的“后遗症”问题，作品反响很大而声名大噪。《班主任》和《伤痕》“通常被看作是‘新时期文学’开端的标志”。一度担任《人民文学》主编（1986—1990），因发表存在严重争议的小说而被停职。刘心武的小说均以北京市民作为表现对象。80年代，他以人道主义的精神立场，关注作为社会个体的普通人的生活状况和处境。80年代后期，以“纪实小说”形式，发表《5·19长镜头》《王府井万花筒》《公共汽车咏叹调》，写北京市民的生活和文化心态。上述创作，都在作品中明确地提出某一社会问题，并呼吁一种解决方案。当那种单一的问题意识稍有消退的时候，刘心武以较裕如的视角和笔墨，来描述具有特定风情、习俗、世态的北京市民社会生活图景，这体现在《如意》和《钟鼓楼》《四牌楼》《风过耳》等长篇中。这些

---

① 高晓声1980年发表了短篇《陈奂生上城》之后，又陆续写作以陈奂生这一人物为主人公的系列小说《陈奂生包产》《陈奂生转业》《陈奂生出国》。

② 刘心武（1942—　），生于四川成都，在北京读小学、中学。1961年起在北京十三中任教，并开始发表作品，1975年出版中篇《睁大你的眼睛》。80年代以来出版的小说集主要有《刘心武短篇小说选》《班主任》《绿叶与黄金》《如意》《到远处去发信》《立体交叉桥》《王府井万花筒》《大眼猫》《5·19长镜头》等，长篇小说《钟鼓楼》《风过耳》《四牌楼》《栖凤楼》《仙人承露盘》。近年致力于《红楼梦》研究。另有八卷本的《刘心武文集》。

小说,被称为“京味都市小说”。进入90年代,刘心武提出“大众文学精致化,精致文学大众化”的构想,试图沟通“雅”“俗”两途,并在通俗刊物上连载具有通俗小说形态的中篇《一窗灯火》。他在文化论争中所表达的观点和他的写作实践本身,显示了部分在80年代呼唤“救救孩子”,持精英“启蒙”立场的作家在90年代的“市民化”转向。不过,他也为这种“市民化”趋向设限,事实上仍坚持内在的“精英”本位。这反映了“社会转型”过程中的某种“身份”设计:以“精英”文化身份去表现、引领“大众”,又以想象性的“大众”心态来阐释和认同“转型”的现实。

讲述“文革”记忆的作家,还有宗璞、从维熙、李国文、张一弓、张弦、鲁彦周等。**李国文**[①] 1957年因为发表短篇《改选》成为“右派”。“文革”后的主要作品有短篇《月食》,短篇系列《危楼记事》,长篇《冬天里的春天》《花园街五号》等。**张一弓**[②]在80年代反响最大的小说,是写五六十年代和“文革”中农民命运的中篇《犯人李铜钟的故事》《张铁匠的罗曼史》,均属“反思小说”的“典型”之作。**从维熙**[③] 50年代初开始发表作品。“文革”后他的小说受到关注,在很大程度上与“题材”选取有关。在成为“右派”之后的20年间,他被遣送至“劳改队”;熟悉监狱和劳改队的状况。在此前“当代”的文学创作中,这是没有涉及的“禁区”。从维熙这一期间的大部分作品,写受难的知识分子在监狱、劳改农场的遭遇。它们是《大墙下的红玉兰》《第十个弹孔》《燃烧的记忆》《泥泞》《遗落在海滩上的脚印》《远去的白帆》《雪落黄河静无声》《断桥》《风泪眼》。故事既发生在劳改队和监狱大墙里面,又有中篇《大墙下的红玉兰》这样的题目,因此批评界称为“大墙内小说”或“大墙文学”。从取材上说,读者容易联系起俄国作家索尔仁尼琴的《伊凡·杰尼索维奇的一天》《癌病房》《古拉格群岛》。但它们之间在视角、思想立场和审美意向上却大异其趣。从维熙的这些悲情浪漫小说,继承的是传统戏曲、小说的历史观,即把历史运动看作善恶、忠奸的政治势力之间的较量。“文革”等的历史曲

---

① 李国文(1930—2022),祖籍江苏盐城,出生于上海,50年代开始发表小说。80年代以来出版的作品有,长篇《冬天里的春天》《花园街五号》,中、短篇小说集《第一杯苦酒》《危楼记事》《没意思的故事》《涅槃》等。

② 张一弓(1934—2016),河南新野县人,50年代中期开始文学写作,1959年因发表短篇《母亲》受到批判。80年代以后发表的重要作品,有《黑娃照相》《流泪的红蜡烛》等。

③ 从维熙(1933—2019),河北玉田县人,1950年开始发表作品。1957年成为“右派”后,在劳改农场“劳改”近二十年。80年代以来出版的作品集有:中短篇小说集《遗落在海滩上的脚印》《洁白的睡莲花》《远去的白帆》《燃烧的记忆》《驿路折花》《雪落黄河静无声》,小说选集《从维熙小说选》《从维熙中篇小说集》《从维熙集》,长篇小说《北国草》、《逃犯》(上篇《风泪眼》,中篇《阴阳界》,下篇《断肠草》)、《裸雪》,纪实回忆录《走向混沌》。另有八卷本的《从维熙文集》。

折，这其间正直者的蒙冤受屈，都是奸佞之徒（在小说中，他们或者是“国民党还乡团”，或者是“四人帮”及其“帮凶”）一时得势的结果。这种道德化的历史观，制约了从维熙小说的艺术形态。人物被处理为某种道德“符号”，着力刻画的“正面人物”（或“英雄人物”），都显现为灵魂“纯净”，道德“完美”。[1]复杂的生活现象，被条理、清晰化为两种对立的道德体现者的冲突，并以此构造小说的情节。叙述者与人物、情境之间的失去间隔，词语的夸张，都有突出的表现。比较而言，在涉及当代知识者的苦难历史这一主题上，他的纪实性回忆录《走向混沌》更值得重视。

四 “知青小说”的演变

“知青”出身的作家，是80年代文学的重要支柱。他们的创作，在当时获得“知青文学”（或“知青小说”）的命名。批评界对这一概念的使用在含义上并不一致。较普遍的说法是，第一，作者曾是“文革”中“上山下乡”的“知识青年”；第二，作品的内容，主要有关“知青”在“文革”中的遭遇，但也包括他们后来的生活道路，如返城以后的情况。[2] 与“伤痕文学”等一样，这个概念专指叙事体裁（小说，或纪实性叙事作品）的创作，表现“知青”的生活道路的创作，在“文革”期间已经存在[3]，但这一概念在80年代才出现，说明它开始被看作一种文学潮流，具有可被归纳的特征。虽然存在一种“知青文学”的文学现象，但这里并不特别使用“知青作家”的说法。这是因为许多在这一时期写作“知青文学”的作家，后来的写作发生了很大变化，这种身份指认已经失效。况且，有的“知青作家”，其最重要作品并非他们所写的“知青文学”[4]。70年代末到80年代，发表过以“知青”生活为题材的小说作家有韩少功、孔捷生、郑义、王安忆、史铁生、张炜、张承志、梁晓声、张抗抗、柯云路、叶辛、陈村、李锐、肖复兴、竹林、李晓、陆天明、朱晓平、陆星儿、老鬼等。

---

① 《雪落黄河静无声》中范汉儒这一人物的取名，就包含“中国知识分子的典范”和“民族之魂”的意义。小说中对他使用了“看不见他身上的一点杂质，透明得就像我们医药上常用的蒸馏水”的描述。

② 赵园认为，“知青文学”是“知青作者写知青生活的文学”，是“作者身份与题材双重限定”；但也不是题材和身份两者相加，“知青文学”已构成一种“文学品格”，是“一代人的自我诠释”。赵园：《地之子——乡村小说与农民文化》，北京十月文艺出版社，1993年，第240页。

③ 如长诗《理想之歌》（北京大学中文系72级工农兵学员集体创作）、《金训华之歌》（仇学宝），长篇小说《分界线》（张抗抗）、《千重浪》（毕方、钟涛）等。一般来说，批评界也不把“文革”期间的这类作品归入“知青文学”之中。

④ “知青文学”“并未囊括这一代作家的最优秀之作……就总体而论，这一代作者的成就更在知青文学之外”。赵园：《地之子——乡村小说与农民文化》，第240—241页。

与50年代罹难的“复出”作家相似,“知青文学”也常带有明显的自传色彩。他们与“复出”作家有相似的意识,即书写与国家社会政治紧密关联的个人经历,有超出表现个人命运的重要价值。不同之处在于,50年代的受难者“文革”后“冤情”得以洗清,他们受难的因由,连同受难的经历,在“新时期”转化为荣耀;而“知青”这一代人在“文革”中的生活意义,却是可疑和含混不明的。这是推动“知青”(不限于作家,也不限于以文学为手段)持续不断为一代人的青春立言,证明其价值和合法性的动力。差别的另一点是,他们似乎没有那种深刻的“少共精神”,没有50年代初那种“所有的日子都来吧,让我编织你们”[①]的情感记忆。或者说,这种更多靠灌输获得的精神,在“文革”中已出现裂痕,甚至破碎。这样,“知青小说”在小说形态上和内在情绪上,并不热衷于以个体的活动来联结重大历史事件,也较少那种自以为已洞察历史和人生真谛的圆满和自得。在《大林莽》(孔捷生)、《归去来》(韩少功)、《北方的河》(张承志)等作品中,有更多的惶惑和产生于寻求的不安和焦虑。

由于“知青”历史位置与现实处境的不确定,因而,“文革”的经历,便是为确定现实位置而不断挖掘、重新审察的对象。记忆的挖掘、搜寻方式,所持的价值取向,与“时间”有关,又为作家个人经历的独特性[②]所制约。因此,“知青小说”对于“文革”的叙述一开始就呈现出体验和阐释的多向性。早期的知青小说,更着重于对“文革”悲剧的感伤揭露:青春、信念的被埋葬,心灵受到的扭曲。在卢新华的《伤痕》、陈建功的《萱草的眼泪》、郑义的《枫》、遇罗锦的《一个冬天的童话》[③]、孔捷生的《在小河那边》、竹林的《生活的路》、老鬼的《血色黄昏》等作品中,有对生活基本权利得不到保障、真诚信仰被愚弄的愤怒,和回首往事的悔恨和悲哀。在越过这种悲剧揭露的方式之后,一部分创作,在视点、情感处理和叙述方法上出现了变化。变化缘于“知青运动”事实上已经结束,也缘于大批“知青”返城后的复杂处境。对于归来的“游子”,城市并不是原先企望的理想“天堂”。时间、空间的间隔,新出现的物质、精神上的困扰,推动对已逝的生活的“重构”。批评家当时普遍认为,发表于1981年的《本次列车终点》(王安忆)和《南方的岸》(孔捷生),表现了

---

① 王蒙写于50年代的长篇《青春万岁》中,青年学生唱的歌曲中的句子。

② 这种“独特性”,其实也与“知青”生活的地域、方式有关。聚集大量“知青”的东北北大荒军垦农场,与云贵边缘地区提供的生活经验,在“知青文学”中呈现的差异显而易见。

③ 《一个冬天的童话》有的认为是报告文学,有的认为是中篇自传体小说。作者为“文革”中因为批判“血统论”而被处死刑的青年遇罗克(北岛有诗《宣告》“献给遇罗克”)之妹。作品写遇罗克罹难及家人的悲剧遭遇,刊于《当代》1980年第3期。对作品的思想倾向,当时曾发生争论。

“知青文学”主题、情感意向上转移的征兆[①]。此后,“知青”生活的叙述开始分化,评价上的“分裂”也渐趋明显。或者继续坚持对“上山下乡”运动的灾难和荒谬的批判,或者面对复杂的历史过程,“剥离”出值得珍惜的因素,以为一代人的“青春年华”和献身精神作证。持续讲述在北大荒军垦农场知青的生活处境,并坚决捍卫这“极其热忱的一代,真诚的一代,富有牺牲精神、开创精神和责任感的一代”[②]的价值,是**梁晓声**八九十年代小说的核心内容。从1968年起,他在黑龙江生产建设兵团生活了七年。在《这是一片神奇的土地》《今夜有暴风雨》《雪城》等小说中,也写到知青所受的愚弄,由于特殊政治环境产生的悲剧;但更表达了“我们付出和丧失了许多,可我们得到的,还是比失去的多”的“无悔”宣言。他持续地坚持一种分明的道德立场,在文体上表现的是粗犷、悲壮,偏爱营造情感高潮场面的浪漫戏剧风格。80年代,张承志、史铁生的“知青”题材写作,对往昔生活的挖掘表现为另一趋向。他们最初便离开为社会政治事件做出裁决的视角,而从“民间生活”中提炼有生命力的人性品格,作为更新自我和社会的精神力量。他们并非这些地域(陕北乡村和内蒙古牧区)的“原住民”,也没有在这里“扎根”。这种暂时的“寄身”的经历,使这段生活有可能转化为刻骨铭心的记忆,并在他们的写作上,保持长久的参照、矫正的意义。对有“知青”经历的作家来说,“文革”初期与后期的“知青”,在叙述历史上也可能会有区别。王安忆曾谈及69届初中生的情况,说他们并没有形成如“老三届”那样的社会理想和价值观[③],并没有经历“老三届”的那种“痛苦的毁灭”,不需要为自己的青春辩护,也失去了从“插队”的乡村中寻找精神财富的动机。从王安忆写她“插队”的淮北乡村生活的小说,包括她的长篇《69届初中生》,很难看到对于这片土地的“恋情”,看到诗意的想象。持一种较为冷静的态度来写“知青”生活和“上山下乡”运动,是这一题材后来出现的变化。阿城和

---

① 这两篇小说的题目与具体叙述之间,显然蕴涵着悖谬的寓意:意味着到达、寻得归宿的“终点”与“岸”,事实上是另一种性质的漂泊的开端。

② 梁晓声:《我加了一块砖》,《中篇小说选刊》1984年第2期。梁晓声,1949年生于哈尔滨市,1968年到黑龙江生产建设兵团劳动,70年代初开始写作、发表作品。1977年毕业于上海复旦大学中文系,后在北京电影制片厂、中国儿童电影制片厂工作,现任教于北京语言大学。主要作品有中、短篇小说集《天若有情》《秋之殡》《白桦树皮灯罩》《这是一片神奇的土地》《今夜有暴风雪》《父亲》《苦恋》《死神》,长篇小说《雪城》《浮城》《年轮》《泯灭》,纪实体小说《一个红卫兵的自白》《京华闻见录》等。

③ “文革”开始的1966年已在中学就读的,在1963年、1964年、1965年入学的初、高中学生,在“文革”中被称为“老三届”,以区别于后来入学的中学生。王安忆认为,她那一代的69届初中生,“在刚刚渴望求知的时候,文化知识被践踏了;在刚刚踏上社会,需要理想的时代,一切崇高的东西都变得荒谬可笑了”。参见王安忆、陈思和:《两个69届初中生的即兴对话》,《上海文学》1988年第3期。

李晓都迟至 1984 年才开始发表作品。他们的小说虽然也以“知青”生活为对象,其视角和题旨,已难以用“知青文学”来概括。这两位作家由于家庭出身等方面的原因,“文革”中不能成为“主力”,被排除在“运动”之外。“旁观者”的角色有可能察觉置身事态者难以发现,或被忽略的种种。[①] **李晓**的短篇小说,从题材的时间“次序”上说,首先写的是“知青”返城后的情况。《继续操练》《机关轶事》《关于行规的闲话》等,写返城后从事各种职业的“知青”,为权、利等欲望的驱使,发生的钻营、欺诈、不择手段的倾轧的“操练”。在这之后才回过头来,追叙这些权势场上的“弄潮儿”“文革”中的经历(《屋顶的青草》《小镇上的罗曼史》《七十二小时的战争》)。这种叙述方式,寄寓着对他们现实心理行为的溯源。他关心的是这些为生存而挣扎的青年人的人性扭曲过程及后果;以嘲讽、调侃的“喜剧”方式来处理这些“悲剧事态”,也流露了浓重的宿命的悲哀。着力于“知青”生活题材的小说作家,还有叶辛[②]和张抗抗。

80 年代后期到 90 年代,有关“知青”生活的作品有张抗抗的长篇《隐形伴侣》,陆天明的长篇《桑那高地的太阳》,郭小东的长篇《中国知青部落》,邓贤的纪实性长篇《中国知青梦》,陈凯歌的自传性作品《龙血树》,以及 90 年代出版的“知青”回忆录《回首黄土地》《草原启示录》《魂系黑土地》《劫后辉煌——在磨难中崛起的知青·老三届·共和国第三代人》等。后来,“知青”对自身经历的回顾(尤其是回忆录),逐渐转化为现实的“成功者”的怀旧,对昔日“辉煌”的构造,历史反思、批判的色彩消退。在这样的潮流中,**陈凯歌**的《龙血树》[③]具有特别的意义。对于自己在“文革”中的经历和见闻的讲述,有一种沉痛的自省基调。一些事件和场景,被放置在叙述的关节处,构成类似电影中的场景。对于“文革”中的那些受难者,那些卑微生命的毁灭,作者怀着深切的人性关怀。他既在具体情景上,也从意义的象征上,来试图揭示其中与时代历史和个体命运相关的意义。

---

① 阿城的父亲钟惦棐是当代著名文艺批评家,1956 年到 1957 年间,因发表《电影的锣鼓》《上海在沉思中》等文章成为“右派分子”。李晓的父亲巴金在“文革”中被当作“反动作家”受到迫害。

② 叶辛,1949 年出生于上海,原名叶承熹,1969 年到贵州“插队落户”。出版的知青生活题材的长篇有《我们这一代年轻人》《蹉跎岁月》《风凛冽》《在醒来的土地上》《孽债》等。

③ 陈凯歌:《龙血树》,香港:天地图书有限公司,1992 年。陈凯歌,1952 年生于北京,“文革”中 15 岁起到云南“插队”。1978 年考入北京电影学院导演系,执导的影片有《黄土地》《大阅兵》《孩子王》《霸王别姬》等。

五　几位小说家的创作

韩少功、史铁生、张炜、张承志、阿城等，在八九十年代的评论和文学史叙述中，常有多种“归属”。他们有时会被放进“知青作家”的行列，有的则曾寄存于“寻根作家”名下。在90年代的文化精神语境中，一些作家又被归入高举理想旗帜的作家群落之中。

韩少功[①]开始是所谓“知青作家”，也是文学“寻根”的主要倡导者。在80年代初反思“文革”的文学潮流中，他的短篇《西望茅草地》和《飞过蓝天》，超越了控诉、揭露的普遍性形态，以其对历史的复杂性的体验、思考的深入而受到注意。1985年的《文学的根》一文，表达了“寻根”派的某些重要观点。此后发表的小说《爸爸爸》《女女女》《归去来》《火宅》等，可以看作对于“寻根”主张的实践。在这些小说中，生活细节的写实性的描述，与变形、荒诞的方法，哲理性的寓意等，方式不同地结合在一起，展示近乎静态、封闭的湘楚地域的“原始性文化”和这种文化所哺育的“群体”性格。中篇《爸爸爸》中的人物丙崽，是个永远长不大却也死不了的白痴、侏儒。他生活在愚昧、龌龊的环境中，长相丑陋，思维混乱，言语不清，行为猥琐。这些是作为民族文化“劣根性”的象征物来创造的。滞重、古朴的叙述语调和阴郁、压抑的总体气氛，显示了对于这一衰败腐朽的“种族”的悲观。

讲故事大概不是韩少功之所长，但主要出于对“小说”的功能和形态拓展的考虑，90年代以后，他在小说艺术创新上多有探索。长篇《马桥词典》和《暗示》[②]是这种“先锋”色彩实验的成果，它们都带有思辨的倾向。发表后在批评界均既受激赏，也遭到质疑[③]。《马桥词典》编纂名为马桥的村落所常用的词语，对这些“在特定的事实情境里度过或长或短的生命”的词语，“反复端详和揣度，审讯和调查……发现隐藏在这些词后面的故事”。[④] 作品的艺术构思，可以看到作者原先文学“寻根”思路的延伸和深入。《暗示》则由

---

① 韩少功（1953—　），湖南长沙人，1968年初中学毕业到农村“插队”，“文革”后期在湖南汨罗县文化馆工作。1982年毕业于湖南师范学院中文系后，从事报刊编辑等工作，1988年到海南省作协任专业作家。出版有中短篇小说集《月兰》《飞过蓝天》《诱惑》《空城》《谋杀》《爸爸爸》，长篇《马桥词典》，另有《韩少功自选集》等。

② 《马桥词典》刊于《小说界》（上海）1996年第2期，单行本由作家出版社1996年出版。《暗示》2002年由人民文学出版社出版。

③ 有关《马桥词典》是否“模仿”“照搬”塞尔维亚作家米洛拉德·帕维奇的《哈扎尔辞典》，以及对《马桥词典》的评价，在1997年引发争论和诉讼。

④ 韩少功：《马桥词典·后记》，作家出版社，1996年。

一百多节随笔、札记式的文字构成。全书并未形成传统小说的叙事整体结构,摊开的是并无严密关联的生活场景,历史记忆、分析性言论、小故事、人物速写、引经据典考证等片断。作者探索的方向,是将叙述从发生的故事本身,转向事情如何被感受与思考,并打破“文体”边界,融合文史哲的要素。[①]《暗示》在表达对于被“符号”(语言的和具象的)建构的同质化世界的“反抗”时,时常借助对隐藏在个人生活以及“社会生活皱褶”之处的“个别经验”的挖掘。在这里,韩少功“知青”生活中的个人经验,作为一种未被“固化”的力量,提供了批判性的情感和想象力的“源泉”。

阿城[②]的作品不多,但中篇小说《棋王》等是 80 年代难以忽略的佳作。《棋王》发表于 1984 年,随后又有《树王》《孩子王》和总题“遍地风流”的一组短篇发表[③]。重要作品虽以“知青”生活为题材,却难以归入一般意义的“知青小说”。政治事件和社会矛盾在作品中已被淡化。他提供了另一种视角,即从基本的生存活动上表现“芸芸众生”的“文革”生活。“寻根”在阿城的作品中,主要表现为从传统文化中寻找理想的精神,作为人对世俗生活超越的凭借。《棋王》等小说中王一生、肖疙瘩等人物,有执着于心灵自由的追求。其精神境界的内涵,具有中国传统文化中的道家思想的色彩:在乱世中崇尚淡泊;身处俗世,不耻世俗,但又超越世俗,也超越痛苦。作品中流露出对朴素、本源推重的生命意识,以及推重直觉体验的感知方式。自然,在“文革”后的 80 年代语境中,人物表现的并非纯然的出世精神,内核仍是争取生命价值实现的欲望。事实上,作品对这种“超脱哲学”的精神境界的渲染,本身便具有历史的“批判性”。阿城小说重视文学民族传统的继承。采用略带幽默的白描的叙述方式,语言自然、素朴,但不浅俗;重视人物、事件直接呈现,避免情感的过分外露,也抑制叙述人的过分干预。这些,都可以见出对明清白话小说语言和叙事方式的借鉴。阿城后来还写了一些篇幅简短的“笔记体”小说,是古代笔记小品的现代变体。

史铁生[④]初中毕业后,于 1969 年到陕北延安地区农村“插队”。1972 年因为双腿瘫痪回到北京。1979 年开始发表作品。初期有的小说(《午餐半

---

① 《暗示》的这一文体特征,导致批评家在其文体确定上的莫衷一是。在单行本版权页上它被指认为长篇小说,但批评家也分别使用“长篇笔记小说”“长篇随笔”“实验性的不完全意义小说”“长篇札记”,甚至“叙事性理论作品”的说法。

② 阿城,1949 年生于北京,原名钟阿城,1968 年起到山西、内蒙古农村“插队”,在云南农场当工人,1979 年回到北京。出版有小说集《棋王》,随笔集《威尼斯日记》《闲话闲说》等。现居美国。

③ “遍地风流”系列,包括短篇《峡谷》《溜索》《洗澡》《雪山》《湖底》。

④ 史铁生(1951—2010),生于北京,出版有中短篇小说集《我的遥远的清平湾》《礼拜日》《命若琴弦》《舞台效果》,长篇《务虚笔记》,散文集《我与地坛》,另有《史铁生作品集》。

小时》等)带有暴露“阴暗面”文学的特征。发表于1983年的《我的遥远的清平湾》,既是史铁生,也是当时小说创作的重要作品。它以“自传体”的叙述语调,赞美在带有“原始”生活、生产方式特征的山村中的朴素、动人的人性。它在多个层面上被阐释:或说它拓展了“知青文学”的视野,或挖掘它在文学“寻根”上的意义。在“寻根”问题上,史铁生的见解是,“‘根’和‘寻根’又是绝不相同的两回事。一个仅仅是,我们从何处来以及为什么要来。另一个还为了:我们往何处去,并且怎么去”。关于后者,他认为“这是看出了生活的荒诞,去为精神找一个可靠的根据”[①]——这可以看作他写作的主要驱动力。史铁生肉体残疾的切身体验,使他的部分小说写到伤残者的生活困境和精神困境。但他超越了伤残者对命运的哀怜和自叹,也超越了肉身痛苦的层面,由此上升为对普遍性生存,特别是精神“伤残”现象的关切。和另外的小说家不同,他并无对民族、地域的感性生活特征的执着,一般也不接触现实政治、性别、国族等炙热议题。写作在他那里,是对个人精神历程探索的叙述,但叙述的意义又不限于个人:“宇宙以其不息的欲望将一个歌舞炼为永恒。这欲望有怎样一个人间的姓名,大可忽略不计”(《我与地坛》)。对于“残疾人”(在他看来,所有的人都是残疾的,有缺陷的)的生存状况、意义的持续关注,对于欲望、死亡、痛苦、人的孤独处境等的探索,使他的小说有着浓重的哲理意味和宗教感。情节、故事趋于淡化,思辨、议论和寓言成分,构成他后来小说的主要因素。有的作品,由于有着亲历的体验,叙述贯穿一种温情然而宿命的感伤;但又有对于荒诞和宿命的抗争。《命若琴弦》就是一个抗争荒诞以获取生存意义的寓言故事。史铁生重要的中短篇还有《奶奶的星星》《山顶的传说》《礼拜日》《原罪·宿命》等。随笔《我与地坛》和长篇小说《务虚笔记》,是他90年代的重要作品。《务虚笔记》中通过虽有某种含糊身份(诗人、医生、教师、画家、残疾人),却无确定名姓(以拼音字母C、L、O、WR等标识)的一组人物的生命经历,继续探索有关人的生存的诸多问题,因而被有的批评家称为哲学小说。

张炜[②] 80年代早期的小说,写农村青年男女的浪漫情感。从中篇《秋天的思索》《秋天的愤怒》开始,包括长篇《古船》《九月寓言》,对生活的复杂性的展示加强,并常在开阔的历史背景中,通过家族、阶级等矛盾交织的人物

---

① 史铁生:《随想与反省(代后记)》,《礼拜日》,北京:华夏出版社,1988年。

② 张炜1956年生于山东龙口,1978年就读于山东烟台师专中文系。出版的中短篇小说集有《芦青河告诉我》《浪漫的秋夜》《秋天的愤怒》《秋夜》《美妙雨夜》《张炜中篇小说集》,长篇小说《古船》《我的田园》《九月寓言》《如花似玉的原野》《柏慧》《家族》,以及《张炜名篇精选》《张炜作品自选集》《张炜自选集》等作品选。

关系,来展示山东半岛农村社会变革中政治、经济、伦理的冲突。《古船》和《九月寓言》,是张炜最重要的两部长篇。前者写胶东半岛洼狸镇隋、赵、李家族在四十年间社会历史事变(包括土地改革、60年代自然灾害、"文革"运动和80年代的农村经济改革等历史事件)中的浮沉纠葛,展开作家对于当代历史、政治、文化心理、人性的反思,塑造了赵炳、隋见素、隋抱朴等有深度的人物。作品具有一种"史诗性"追求的意图。情节展开的时间跨度、作品的布局、历史过程重要"关节"与故事、人物间确立的关系,涉及的思想、性格命题,象征性对写实的融入等,都可以见出作家的"史诗性"意图。《九月寓言》正如题目所称的,有浓重的寓言色彩,作品偏离此前的基本的写实风格,代之以具有浓厚的抒情色彩和哲理内涵的"诗化"叙述方式;从《古船》到《九月寓言》,"是张炜从感性到理性的道路"[①]。这种从对现实的体验、思索出发,来构建寓言、象征世界的方式,在他后来一系列的长篇(《怀念与追忆》《我的田园》《家族》《柏慧》《外省书》《能不忆蜀葵》)中继续有程度不同的体现。张炜的这些作品,与他同时期写作的散文随笔(《忧愤的归途》《融入野地》《伟大而自由的民间文学》《纯美的注视》《精神的魅力》等),表达了一种强烈的对社会文化现实的批判立场,和以理想主义的人文精神为基尺的呼唤"大地"的情怀。在这些作品中,"芦青河""葡萄园""野地""田园"等,已不是实体的存在,而是一种寄托,一种理想化的"倾诉之地",一个离弃了现实的丑恶,并使不安的心灵得到安顿的处所。[②] 有批评家认为,张炜的精神世界,既有俄罗斯文学的血脉,又有中国传统文化的那种"悲悯"。[③] 当然,急迫的、论辩的文化立场直接进入小说写作,对小说"文体"可能是革新的改造,但也许会带来某种损害:妨碍了作家专注的精神复杂性探索的展开,而有时表现出某种程度的"宣言化"倾向。

张承志[④]的小说有散文化的倾向和"浪漫主义"的格调。这指的是作品中不懈的对于理想的坚守和追求,以及那种抒情、宣泄的表达方式。1982年发表的第一篇作品《骑手为什么歌唱母亲》,在"知青"的乡村经历被普遍叙述为灾难的文学潮流中,他坚持在严峻的现实里发现理想的光彩。《黑骏

---

① 王安忆:《最诚实的劳动者》,《文学自由谈》(天津)1993年第6期。

② 张炜谈到《柏慧》时说,"'田园'在此仅是一个倾诉之地。'田园'本身的故事已非重点,它闪烁而过,成为一个标记"(《我的田园·后记》,北京:作家出版社,1996年)。

③ 郜元宝:《张炜的愤激、退却和困境——评〈柏慧〉》,《作家报》(济南)1995年5月27日。

④ 张承志,回族,1948年生于北京,"文革"初期在清华大学附中就读时参加最早成立的"红卫兵",后来在内蒙古草原"插队",1975年毕业于北京大学历史系,1981年毕业于中国社会科学院研究生院,获历史学硕士学位。主要作品集有《老桥》《北方的河》《黄泥小屋》《奔驰的美神》《黑骏马》《神示的诗篇》,长篇《金牧场》,散文集《绿风土》《荒芜英雄路》,另有《张承志集》《张承志代表作》等。

马》和《北方的河》的发表，确立了张承志在“新时期”文学中的独特地位。[①]他几乎所有的重要作品，如《骑手为什么歌唱母亲》《黑骏马》《北方的河》《黄泥小屋》《大坂》《金牧场》等，都与对理想的无条件的捍卫、追求、牺牲的主旨相关；其高扬的精神资源发掘地，也主要以生活于内蒙古草原，特别是西北黄土高原的蒙古族、回族的历史和现实为对象。80 年代末以后的创作，更为执着地歌颂生活于贫瘠的甘、宁、青沙漠边缘的回族农牧民，他们面对苦难时对信念的忠贞不渝。前期创作中已经多少存在的宗教意绪得到展开和凸现，并成为对抗现代金钱社会的理想、道德衰败的根据。张承志把他的一部小说集定名《神示的诗篇》。序言中说：“我确实真切地感受过一种瞬间；那时不是文体的时尚而是我的血液在强求，我遏止不住自己肉躯之内的一种渴望——它要求我前行半步便舍弃一次自己，它要求我在崎岖的上山路上奔跑”，“在那种瞬间降临时，笔不是在写作而是在画着鲜艳的画，在指挥着痴狂的歌”。[②] 这表白了他精神上的体验，也标示了他所坚持的“自发式”的写作方法。他因此创造了真挚情感铺陈，语言之流倾泻的整体叙述形态。

---

① 1984 年，王蒙写道，“《北方的河》的发表令人振奋、也令人鼓舞……它号召着向新的思想境界与艺术境界进军”，它“是今年（也许不只是今年）的一只报春的燕子”（《大地和青春的礼赞——〈北方的河〉读后》，《文艺报》1984 年第 3 期）。

② 张承志：《神示的诗篇·自序》，香港三联书店，1990 年。

第二十一章

80年代中后期的小说(一)

一　文学的“寻根”

在80年代中期,“寻根”是重要的思想文化潮流,这一潮流因为发生相关的事件,获得标志性的命名,也获得推动的力量。作为一个文学事件,指的是始于1984年12月在杭州举行的“新时期文学:回顾与预测”的会议提出的命题,以及会议参加者后来对这一命题的阐释。参加者主要是以“知青作家”为主的中青年作家、批评家,如韩少功、李陀、郑义、阿城、李杭育、郑万隆、李庆西等。会上,他们“不约而同地谈到了文化,尤其是审美文化的问题”[①]。会后,与会者纷纷撰文,发表有关文学“寻根”的见解。在这一文学潮流中,韩少功表现活跃,他的文章《文学的“根”》[②],被有的人看作这一文学运动的“宣言”。韩少功认为,“文学有根,文学之根应该深植于民族传统文化的土壤里,根不深,则叶难茂”,说我们的责任,就是“释放现代观念的热能,来重铸和镀亮”“民族的自我”。当时发表的提倡文学“寻根”的文章,还有郑万隆的《我的根》,李杭育的《理一理我们的“根”》,阿城的《文化制约着人类》,郑义的《跨越文化断裂带》等。[③] 在此之前的1984年初,达斡尔族作家

① 参见李庆西:《寻根:回到事物本身》,《文学评论》(北京)1988年第4期。

② 《作家》(长春)1985年第4期。在这篇文章中,韩少功认为:“这大概不是出于一种廉价的恋旧情绪和地方观念,不是对方言歇后语之类浅薄的爱好,而是一种对民族的重新认识,一种审美意识中潜在历史因素的苏醒,一种追求和把握人世无限感和永恒感的对象化的表现。”

③ 郑万隆《我的根》(《上海文学》1985年第5期),李杭育《理一理我们的“根”》(《作家》1985年第9期),阿城《文化制约着人类》(《文艺报》1985年7月6日),郑义《跨越文化断裂带》(《文艺报》1985年7月13日)等。

李陀与乌热尔图的通信也表达了相近的意见。李陀也许最先使用了“寻根”这一语词,说“我很想有机会回老家去看看,去‘寻根’。我渴望有一天能够用我已经忘掉了许多的达斡尔语,结结巴巴地和乡亲们谈天,去体验达斡尔文化给我的激动”[①]。在作家、批评家“集束式”的阐述、倡导的基础上,80 年代初以来表现了相近倾向的言论和创作,被归拢到这一旗帜之下,使这一事件“潮流化”,并顺理成章地生成了“寻根文学”的类型概念。随后,汪曾祺 80 年代初的言论,和短篇《受戒》《大淖记事》[②],王蒙发表于 80 年代初的系列小说《在伊犁》,被追溯为文学“寻根”思潮的源头。在这一思潮影响扩大的情况下,或者是作家创作上的有意追求,或者是批评家理论阐释上文本搜求的需要,一时间,被列入“寻根文学”名下的作品骤增[③]。它们包括贾平凹从 1982 年起发表的“商州系列”,稍后李杭育的“葛川江小说”系列(《沙灶遗风》《最后一个渔佬儿》),杨炼包括《诺日朗》《半坡》《敦煌》在内的大型组诗《礼魂》,阿城的《棋王》《遍地风流》,郑义的《远村》《老井》,韩少功的《爸爸爸》《女女女》,郑万隆的《异乡异闻》,王安忆的《小鲍庄》,扎西达娃的《系在皮绳扣上的魂》,张炜的《古船》,以至于张承志、史铁生、陆文夫、邓友梅、冯骥才的一些小说。

文学“寻根”的提倡,既得到热烈响应,也受到质疑和批评[④]。批评的主要根据之一,是指责它表现了“复古”倾向,会导向对需要批判性反思的“传统文化”的回归。在文学取材和主题意旨上,则忧虑于可能使创作纷纷潜入僻远、原始、蛮荒的地域和生活形态,而忽略对现实社会人生问题和矛盾的揭示。[⑤] 从社会文化背景,以及当代文学的状况等方面考虑,文学“寻根”的

---

① 李陀、乌热尔图:《创作通信》,《人民文学》(北京)1984 年第 3 期。

② 季红真认为,80 年代文学“寻根”的思潮,源头可以追溯到汪曾祺 1982 年初发表的文章《回到民族传统,回到现实语言》(《新疆文学》1982 年第 2 期),和他随后发表的《受戒》等短篇。参见季红真:《忧郁的灵魂》,长春:时代文艺出版社,1992 年。

③ 南帆对这一现象曾有这样的描述:“不知道什么时候开始,‘寻根文学’之称已经不胫而走,一批又一批的作家迅速扣上‘寻根’的桂冠,应征入伍似的趋附于新的旗号之下。‘寻根文学’很快发展为一个规模庞大同时又松散无际的运动;一系列旨趣各异的作品与主题不同的论辩从核心蔓延出来,形成了这场运动的一个又一个分支。”(《冲突的文学》,上海:上海社会科学出版社,1992 年,第 108—109 页。)

④ 文学史家唐弢在《“一思而行”——关于“寻根”》(《人民日报》1986 年 4 月 30 日)中说,“我以为‘寻根’只能是移民文学的一部分,‘寻根’问题只能和移民文学同在”,“除此之外,先生们,难道你们不是中国人,不是彻头彻尾地生活在中国大地上的吗?还到哪里去‘寻根’呢?”

⑤ 李泽厚《两点祝愿》(《文艺报》1985 年 7 月 27 日)在表示了对“寻根”的有限度理解之后质疑说:“为什么一定都要在那少有人迹的林野中,洞穴中,沙漠中而不是在千军万马中,日常世俗中去描写那战斗、那人性、那人生之谜呢?”在文学“寻根”主张发表三年后,发起者之一的李庆西撰文,指出他们当初的主要意图,是在于“寻找民族文化精神”,以获得民族精神自救的能力——实际上回答了对有关他们“脱离现实”的责难。(《寻根:回到事物本身》,《文学评论》1988 年第 4 期)

提出有其必然性。在“新时期”,“寻根”的发生,“既是连续性的,又是非连续性的,既是一种发展,也是一种断裂”:既是以“反传统”“现代化”为核心内容的“新启蒙”强大思潮的延续与推进,也是“新启蒙”在政治改革受挫后“文化热”转向的结果。[①] 由于人们普遍认为“文革”是“前现代”的“封建主义”的“复辟”,因此,以西方为视角重提科学、民主口号,反思“传统”以“走向未来”,是“文革”后主要的社会思潮。经历了80年代前期政治社会层面的批判之后,产生了将“反思”引入事物“本源”意义的追溯的趋向,以探索“历史失误”与民族文化心理“积淀”之间的关系[②]。不过,有关中国民族国家的想象和实践,始终有着复杂的历史脉络。在80年代“反传统”的批判热潮中,对传统文化的“守成”立场,也在激进氛围的空隙间生长,并在80年代中后期引发新一轮的论争。中西文化再次的强烈“碰撞”,使文化比较和不同文化的价值观的评价重新凸显。一些作家不仅体验到“文革”等现实的社会政治问题,而且猝不及防地遭遇到“现代化”进程和“文化冲突”所产生的令人困惑的难题,感受到更为广泛、深刻的“文化后果”的压力。在这种情况下,他们认为,以“现代意识”来重新观照“传统”,寻找民族文化精神的“本源”性(事物的“根”)构成,将能为民族精神的修复,为“现代化”的进程提供可靠的根基。

文学“寻根”的提出,还存在着文学本身的直接动机。“文革”之后,尖锐地意识到当代文学的“贫困”“落后”,而积极推动文学进入“新时期”的不少作家,认为可以通过借鉴西方文学(尤其是“现代派”文学)来纾解焦虑。关注西方文学的热潮,开拓了作家的视域,引起文学观念、方法上的革新,也产生了“翻写”观念、文本的现象。在对于西方现代文学的状况有了较多了解之后,迫切要求文学“走向世界”(“与世界对话”)[③]的作家意识到,追随西方某些作家、“流派”,即使模仿得再好,也不能成为独创性的艺术创造。“寻根”在文学创作上的另一针对性,是作为“新时期文学”主体的“知青”出身作家,在80年代中期也遇到艺术创造上进一步开拓、提升的难题。他们迫切要求找到摆脱困境的有效之路。他们互有差异的讲述中存在重要的共同

---

① 参见旷新年:《写在当代文学边上》,上海教育出版社,2005年,第64—66页。旷新年认为:“20世纪80年代的‘文化热’和‘文化讨论’是在政治改革受阻后另辟蹊径的结果,在某种意义上是政治讨论的隐喻,即以文化批判来表达政治激情。”

② “积淀”说由李泽厚提出。在当时影响很大的《美的历程》(该书由文物出版社1981年初版,此后,分别由中国社会科学出版社、天津社会科学出版社、广西师范大学出版社等不断再版,并有收入《美学三书》中的版本)中做出有关民族文化—心理、审美积淀的论述。

③ “走向世界文学”是80年代的激动人心的口号。湖南人民出版社1985年出版的,由曾小逸主编的文集《走向世界文学:中国现代作家与外国文学》一书,曾产生广泛影响。

点：中国文学应该建立在对“文化岩层”的广泛而深厚的“文化开凿”之中，才能与“世界文学”对话。[①] “寻根”倡导者的这些想法，为美国作家福克纳和南美洲在 20 世纪后半期取得的（为“世界”所认可）的文学成就（特别是哥伦比亚作家加西亚·马尔克斯被授予 1982 年度的诺贝尔文学奖）所启发，也认为获得了证实。[②] 心怀焦虑而又雄心勃勃的年轻作家认为，如果将自己的文学创作，植根于悠久而深厚的民族文化土壤之中（如拉美作家大量借重本土印第安文化、黑人文化的资源），以中国人的感受性来改造西方的观念和形式，将有可能产生别开生面的成果。文学“寻根”作为一个事件（或运动）很快就不再存在，但是它的能量却持久发散。对于 80 年代后期和 90 年代的文学写作表现领域的转移，审美空间的拓展，都起到重要的作用。

二　“寻根”与小说艺术形态

文学“寻根”的提出，对文学创作尤其是小说创作产生多方面的影响。但是，这一时期小说艺术形态发生的变化，又不能说都归结为这一事件；一些作家写作出现的类似艺术倾向，也不见得都有十分明确的理论支持。

“寻根”的主张，推动了这个时期已经开始的文学表现领域的转移，出现偏离强烈政治意识形态性，偏离现实批判、政治历史反思的现象。这种情况的表现之一，是小说对于世俗日常生活，对于日常生活相关的风俗、地域文化的浓厚兴趣。中国大陆当代，尤其是“文革”期间的小说，地域、风俗的特征趋于模糊、褪色。主流的文学观念是，历史运动，人的行为、情感的基本构成和决定性因素，是阶级地位和政治意识；其他的一切都无足轻重。这样，日常生活，体现“历史连续性”的民族文化的、人性的因素，自然会被看作对于阶级意识的削弱而受到排除。这种观念在 80 年代受到普遍质疑，不少作家认识到，特定地域的民情风俗和人的日常生活，是艺术美感滋生的丰厚土

---

① “每一个作家都应该开凿自己脚下的‘文化岩层’”（郑万隆《我的根》），“文化是一个绝大的命题。文学不认真对待这个高于自己的命题，不会有出息”（阿城《文化制约着人类》），“将西方现代文明的茁壮新芽，嫁接在我们的古老、健康、深植于沃土的活根上，倒是有希望开出奇异的花，结出肥硕的果”（李杭育《理一理我们的“根”》）。

② 在中国“寻根”作家看来，拉美作家大量借重本土文化资源（如印第安文化、黑人文化），以其独具“民族风味”的现代文学获得了西方世界的承认——这就是《百年孤独》的成功所带来的启示。当时另一部成为文学“寻根”主张发生的“触媒”的作品，是美国南方作家福克纳的《喧哗与骚动》。另一位当时受到一些中国作家重视，并与文学“寻根”的意念有关的作家，是当时苏联的吉尔吉斯作家艾特玛托夫。艾特玛托夫的小说的大陆中译本 1965 年已出版（《艾特玛托夫小说集》，内部发行），“文革”间又以“内部发行”出版他的《白轮船》等。

壤,并有可能使对个体命运与对社会、对民族历史的深刻表现融为一体。[①]加强对传统生活方式的了解,表现这一生活方式在现代的变迁,为不少小说家所重视。有的甚至细致考察某一地域的居所、器物、饮食、衣着、言语、交际方式、婚丧节庆礼仪、宗教信仰等,成为拓展创作视境的凭借。认为"风俗是一个民族集体创作的生活抒情诗"的汪曾祺,对民俗在小说情调、氛围、人的心理表现中的重要性的理解,和三四十年代沈从文等的艺术追求有内在联系。韩少功、贾平凹、陈建功、郑义、郑万隆、李杭育等,也都表现了强烈关心创作中的地域文化因素的倾向。贾平凹的一系列散文、小说,有对于长期处于封闭状态的陕南山区自然和人文景观的描述。李杭育的一组小说,着重对浙江"葛川江"流域风情的考察。李锐[②]对山西吕梁地区的乡土历史习俗的精练刻画。其他如郑万隆写黑龙江边陲的山村,乌热尔图写鄂温克族的生活,都汇入重视民俗表现的潮流中。对"地域"因素的追求,在邓友梅、冯骥才、刘心武、陈建功那里有更自觉、持久的表现。他们都经历了从社会政治性取材到写"民俗风味小说"的转移。刘心武的长篇《钟鼓楼》《四牌楼》等,在对北京城区普通市民的生活世相的刻画中,表现社会变迁与文化变迁的关系。陆文夫在此期间对苏州这个城市的风俗沿革也有专门考察。邓友梅写旧日北京的小说和冯骥才的"津门系列",对于京津的风俗和生活于其间的普通市民的语言、心理、情感和行为方式有细微、传神的刻画。

相对于"伤痕""反思"小说,"寻根"倾向的小说在历史、美学观上,不管是整体面貌,还是个别文本,都显得较为复杂、暧昧。倡导"寻根"的"知青"身份作家,"文革"后才有了接触"传统文化"的可能,于是惊讶于过去的无知,产生对于"传统文化"的孺慕:"聚一起,言必称诸子百家儒释道",产生"感到自己没有文化,只是想多读一点书,使自己不致浅薄"的冲动。[③] 不过,他们大多更倾向于将"传统文化"做出"规范"和"不规范"的区分。对于他们所称的,以儒家学说为中心的"规范"的体制化的"传统",持更多的拒斥、批判的态度;而认为在野史、传说、民歌、偏远地域的民情风俗,以及道家思想

---

① 作为一种证明,这个时期的文学史叙述和作家研究,也从激进历史观、更多从政治观念和阶级意识去品评作家作品,转移到重视特定时空的日常生活情景的创作,以之作为文学生命力的一个重要条件。

② 李锐,1950 年生于北京,"文革"期间在山西吕梁山区"插队",1977 年以后,在《汾水》(后为《山西文学》)、山西作协分会任职,1974 年开始发表作品。出版的小说集有《丢失的长命锁》《红房子》《厚土》《传说之死》,长篇小说《旧址》《无风之树》《万里无云:行走的群山》《银城故事》《太平风物:农具系列小说展览》等,另有散文随笔集多种。短篇《厚土》系列,以及长篇《无风之树》,是他最具特色的作品。

③ 郑义:《跨越文化断裂带》,《文艺报》1985 年 7 月 13 日。

和禅宗哲学中,有更多的文化"精华"——这延续了"新启蒙"的批判立场。[①]不过,在东西文化的对话、"碰撞"中,对"传统文化"的态度,在许多作家那里已不再单一,犹疑、多元、矛盾等的复杂性开始呈现。

在小说艺术的探索上,一些作家受到诸如福克纳、加西亚·马尔克斯的启发,把对于生活情景、细节的真实描述,与幻想、象征、寓言的因素糅合,创造一种独特的艺术情境。叙事变换的技巧也在一些作品中得到模仿性的运用:以"现在时"和"过去现在时"的叙述来处理历史,在叙述者和故事人物,叙述时间和故事时间上构成复杂关系,以此来强化小说的叙述意识。不过,以现代意识来审察中国传统审美思维、表达方法,开发传统小说的艺术要素,成为艺术创造更主要的追求。这首先表现为小说整体情调、氛围营造的重现。其次,小说语言或者向着平淡、节制、简洁的方向倾斜,或者直接融进文言词汇、句式,以丰富语言的内涵、表现力,增强小说语言的"柔韧性"。另外,小说的章法、结构、叙事方式,也都可以看到向古代小说取法的情况。汪曾祺认为中国古代小说存在"两个传统",即"唐人传奇和宋人笔记":前者是"投入当道的'行卷'",因为要使"当道者"看得有趣,赏识作者的才华;后者却"无此功利目的",故清淡自然,自有情致。[②] 50年代初,孙楷第在谈到当代作家向古代小说学习时,从另一角度也对唐人传奇有所贬抑,认为"传奇是史传的别支,是智识阶级士大夫阶级的高贵文学","坐在屋里自己说自己的话",他推重的是明末白话短篇小说,因为它们的作者"化身为艺人,面向大众说话"。[③] 显然,汪曾祺、贾平凹、阿城等在这个时期的创作,都属师法朴素节制、清淡自然的一脉。

三　风俗乡土小说

当代出现的小说的"农业题材""工业题材"等概念,在80年代逐渐被废弃,这表现了小说观念和小说创作发生的重要变化:阶级和政治运动作为社会、文学结构中心的理解的退隐。这种变化自然不是自文学"寻根"提出的时候才发生。对一种更开阔的,观察中国现代化进程中乡村、城市发生解体、调

① 在"寻根"作家看来,"边缘"的文化成为文学创造的最具活力的资源。"我以为我们民族文化之精华,更多地保留在中原规范之外。……规范之外的,才是我们需要的'根',因为它们分布在广阔的大地,深植于民间的沃土"(李杭育《理一理我们的"根"》);"我国的边疆虽然偏僻、闭塞,但那些地区确实可以说是一座沉睡着的文化宝库","文学土壤的丰沃令人惊叹"(乌热尔图《创作通信》)。

② 汪曾祺:《捡石子儿(代序)》,《中国当代作家选集丛书·汪曾祺》,北京:人民文学出版社,1992年。

③ 孙楷第:《中国短篇白话小说的发展与艺术上的特点》,《文艺报》1951年第4卷第3期。

整、变迁的视境的写作,评论界相应运用了“市井小说”“都市小说”“乡土小说”“乡情小说”等概念。被列入“市井”和“都市”项下的创作,有邓友梅、陆文夫、冯骥才、刘心武等的一些作品,而归入“乡土”“乡情”的,则是高晓声、汪曾祺、刘绍棠、古华、张一弓、路遥、陈忠实、贾平凹、张炜、矫健等那些写乡村生活的作家。与此相关,地域因素在小说中的地位得到重视,并且出现了以地域作为尺度的描述方式(“京味小说”“津门小说”“齐鲁文化小说”等)。

在80年代,北京记忆的书写成为一个文学现象(上海记忆的书写热潮主要出现在90年代以后)。“传统”与“现代”的冲突、纠结在都市日常生活中(心理、行为方式、居所空间、习俗风物等)的独特表现,人对于城市、对于北京文化的体验,成为一批作家自觉关注的对象,并出现了“京味文学”的概念[①]。邓友梅、刘心武、陈建功,以及汪曾祺、苏叔阳等,在一段时间都致力于这方面的写作。由于普遍地存在一种历史激烈错动中对城市悠久文化标识和精神失落的忧虑,不少作品带有浓厚的“挽歌式”怀旧情调。北京地域方言(京白),四合院的空间布局及其生活方式,对“旧时”人物的兴趣,构成这个时期“京味小说”的几个基本特征。90年代之后,具有这一艺术形态的“京味小说”创作得到继续,也出现一些受到好评的作品,如叶广芩写上层旗人在现代生活变迁的长篇《采桑子》。[②]

邓友梅[③] 50年代开始写作。1956年发表的描写青年人恋情的短篇《在悬崖上》,在当时引起争论并受到批判;反右派运动中成为“右派分子”。“文革”后写的小说,有“写北京的和写京外的”两套笔墨;创作取材上,基本上与他的生活经历(参加八路军、新四军,在日本当劳工,50年代之后生活在老北京市民间)相对应。写“京外”的作品有《我们的军长》《追赶队伍的女兵们》《凉山月》《别了,濑户内海!》等。受到好评的则是写“京内”的那些中短

---

① 赵园较早对“京味文学”(“京味小说”)的特征做出精当描述。她认为:“‘京味’是由人与城间特有的精神联系中发生的,是人所感受到的城的文化意味。‘京味’尤其是人对于文化的体验和感受方式。”她并指出,“老舍是使‘京味’成为有价值的风格现象的第一人”,而“京味文学”的说法,则是“新时期”才出现的。见赵园:《北京:城与人》,北京大学出版社,2002年,第9页(该书由上海人民出版社1991年初版)。

② 有关“京味文学”的演变,有所谓三代“京味文学”的说法。第一代以老舍20世纪20—40年代创作为代表,第二代为林斤澜、邓友梅、汪曾祺、韩少华、陈建功80年代的创作,第三代则以王朔、刘恒、冯小刚、王小波、刘一达为代表。参见王一川主编《京味文学第三代——泛媒介场中的20世纪90年代北京文学》,北京大学出版社,2006年,第21页。有关“京味文学”研究,还可参考吕智敏《化俗为雅的艺术——京味小说特征论》(北京:中国和平出版社,1994年),甘海岚、张丽妘主编《京味文学散论》(北京:燕山出版社,1997年)等。

③ 邓友梅,原籍山东平原县,1931年出生于天津,1942年参加过八路军,后在日本当过劳工,1945年回国,参加新四军从事文化宣传工作,1951年开始发表小说,1957年成为“右派”,受到批判。主要作品集有《邓友梅短篇小说选》《邓友梅代表作》《京城内外》《烟壶》等,另有《邓友梅文集》(5卷)。

篇:《话说陶然亭》《寻找“画儿韩”》《那五》《烟壶》《索七的后人》《“四海居”轶话》等。其中,写性格、走向相异的八旗子弟那五、乌世保的两部中篇(《那五》和《烟壶》),是他这类“京味小说”的代表作。邓友梅写北京的这些作品,人物包括皇族后裔、八旗子弟、工匠艺人、梨园票友、落魄文人等广泛阶层。在19世纪末期以来急剧的社会变动中,他们与社会大潮的龃龉、冲突,和经历的社会边缘化的命运,使他们的性格、言谈举止中,蕴涵了社会文化变迁的刻痕。这是作家特别关注的重点。在处理社会风俗(风俗民情、仪式礼节、典章文物等)与故事、人物描写之间的关系上,邓友梅力求两者在叙述上形成有机结构的关系,让风俗等成为推动情节和人物性格发展的内在动力。叙述者对于失去生命活力的“帝都”衰败文化的揭发,和对于蕴藏于风俗文物中的文化神韵的着迷,交织在作品的字里行间。这种矛盾性常以温和的态度表现,避免了过分和外显,这使各种冲突的因素在小说中得到控制。但“平和”有时也会走向“平淡”,加上作品对小说“劝诫”功能的追求,人物命运的悲剧色彩受到削弱,影响了面对历史和现实时的体验深度。邓友梅小说经过提炼的京白语言,在当代的“京味小说”中得到普遍称道;在叙述上,能做到从容却不拖沓呆滞。

在80年代的“京味小说”中,**陈建功**[①]的作品值得注意。他的创作有两个系列,一是以感伤笔调写知青和知识分子的遭遇,如《迷乱的星空》和《飘逝的花头巾》;另一是表现居住于小胡同、大杂院里的北京普通市民的日常生活:这成为他创作成绩的标志。总题为“谈天说地”的作品有《丹凤眼》《京西有个骚鞑子》《辘轳把胡同9号》《找乐》《鬈毛》《耍叉》《放生》等,文化景观、生活细节,社会变迁中的市民心态得到细致刻画。80年代早期作品(如《辘轳把胡同9号》),有较明显的“国民性”批判的启蒙视角,后来,体验了高楼林立中的缝隙间四合院的“苟延残喘”的“悲戚”,目睹“传统的生活方式在现代文明的侵袭下崩解的图景”,逐渐增强挽歌式的怀旧基调。[②]

冯骥才[③]70年代后期开始文学创作。出版历史小说《义和拳》(与李定兴合著,1977)、《神灯前传》(1981)。随后,反思“文革”是持续的创作主题。

---

① 陈建功(1949—　),广西北海人,1957年随父母到北京定居,“文革”中高中毕业到京西木城涧煤矿当工人,随后开始文学创作,1982年毕业于北京大学中文系。出版有小说集《迷乱的星空》《陈建功小说选》《鬈毛》,长篇小说《皇城根》(与赵大年合著)等。

② 陈建功:《四合院的悲戚与文学的可能性(代自序)》,《鬈毛》,北京:燕山出版社,1997年。

③ 冯骥才(1942—　),祖籍浙江慈溪,出生于天津,中学毕业后当过篮球运动员,也做过美术工作,“文革”后开始发表作品。出版有《冯骥才中短篇小说集》《铺花的歧路》《高女人和她的矮丈夫》《意大利小提琴》等,另有《冯骥才选集》(3卷)。

80年代初影响较大的,这类题材的中短篇小说有《雕花烟斗》《铺花的歧路》《啊!》《高女人和她的矮丈夫》《感谢生活》等。1986年开始的名为《一百个人的十年》的"口述实录文学",也属于这一性质。冯骥才写"文革"历史和人的悲剧性遭遇,揭示人性的扭曲,不过,人与人之间的温情常是处于逆境的人物苦难生活的支撑,构成作品的"底色"。冯骥才创作的另一类型,是他所称的"怪世奇谈"系列小说。1984年在中篇小说《神鞭》(写学得祖上传下的"辫子功"的傻二的形迹)的"附记"中,他宣称要"另辟一条新路走走",将笔墨上溯至清末民初,写发生在天津的"闲杂人和稀奇事",要写出"地道的天津味"。因此,批评家称这些小说为"津味小说"。除《神鞭》外,还有中篇《三寸金莲》《阴阳八卦》《炮打双灯》和系列短篇《市井人物》《俗世奇人》。人物大多是天津市井民间的"奇人"和发生其间的"奇事"。部分作品则取材于那些"文化遗迹",如女人的缠足等。人物的命运、生活方式和这些"文化"现象有密切关联,甚至人物就是某种"文化"的化身。常采用章回体,并以天津方言、俗语作为小说语言的主体。显然,比起表现"文革"的小说来,冯骥才的"津门系列"更受到注意。冯骥才在写作这些"怪世奇谈"的小说时,重视通俗小说的故事性和传奇色彩的融入,加强娱乐性的传奇因素也是考虑的因素。不过,又并非要创作单纯的"通俗小说",严肃的思想批判深度也为他所追求。他表明是在追溯鲁迅的"寻找劣根性"的思路,但也努力不以简单、粗糙的态度来处理这些习俗所体现的文化观念,试图以历史的眼光来廓清复杂、丑陋现象产生的根据。[①] 这些作品发表之后均存在一些争议,特别是《三寸金莲》,在思想艺术的评价上更是差异分明。这一细致描写中国旧时女子缠足风俗的中篇,作家的意图是探索女性缠足这一陋习产生的历史文化的依据:在特定的历史语境中,丑恶的扭曲如何转化为"美",并在"美"的掩盖下成为"合理"的事实的过程。不过,对传统文化的"惰性"和"自我束缚"的反思,却常常难以抗拒地消失在对这些"丑态"和"陋习"的沉迷之中。

陆文夫[②]写于五六十年代的短篇就已具有独特色彩。[③] 作品的故事均发

---

① 参见冯骥才《创作的体验》(《文艺研究》1983年第2期)、《我为什么写〈三寸金莲〉》(《文艺报》1987年9月19日)等文。

② 陆文夫(1928—2005),江苏泰兴人,1948年高中毕业后到苏北解放区参加革命,进入华中大学学习,50年代起在苏州从事新闻工作,后到江苏省文联工作,1957年因牵涉"探索者"事件,下放苏州机床厂当工人,1960年回江苏省文联,1964年下放苏州苏纶纱厂,"文革"期间下放射阳农村,1978年回苏州继续文学写作。出版的小说集有《荣誉》《二遇周泰》《小巷深处》《特别法庭》及《小巷人物志》(第一、二集),另出版有长篇小说《人之窝》。

③ 这些短篇有写于50年代中期的《小巷深处》,60年代前期的《葛师傅》《修车记》《介绍》《二遇周泰》等。

生于苏州的工厂、里巷。虽然小说的地域因素在“十七年”并不受到重视，但苏州市井风情和对这个城市的文化体验在陆文夫的小说中已显端倪；在人物性格、日常生活细节描写和语言运用上，都有形迹可寻的表现。“文革”后在发表《献身》等不久，很快离开“伤痕”写作阶段。也仍执着于对当代历史的反思，但这种反思被放置在城市文化与个人命运关联的背景中进行。这在《小贩世家》《井》《围墙》《美食家》等作品中有鲜明体现。中篇《美食家》是他最知名的作品。姑苏地区的精致饮食等文化积淀，以及当代社会政治的变迁，在朱自冶这一人物命运沉浮上聚合、纠结。虽说贯穿政治性主题，但对苏州饮食等的描述，常逸出这一轨道而成为作品中最多彩的部分。叙述上张弛有序的节奏，富于韵味的幽默语言，也是这部作品的重要特色。90年代，陆文夫还出版了上下两部以章回体为结构方式的《人之窝》。作品写自旧中国到“文革”间，发生于许家大院中不同人等之间的争斗、纠葛。人物生存的地域文化环境，政治历史演化，人的本性之间的关联，仍是陆文夫观察的重心。

四　几位小说家的创作

在自称或被称的文学群体、流派涌动更迭的80年代，**汪曾祺**[1]是为数不很多难以归类的作家之一。他的独立姿态，为比较丰厚的生活、艺术“储备”所支持；虽然也曾被批评家当作“寻根”作家谈论，但那只是为宣言和理论寻找能在意绪上呼应的作品。他按照自己的文学理想写作，表现他熟悉的，经过他的情感、心智沉淀的记忆。汪曾祺出生于江苏高邮的士绅之家。在西南联大中文系学习时，时任该校教授的沈从文对汪曾祺后来的创作多有影响。这期间所阅读的弗吉尼亚·伍尔夫、阿索林、纪德、普鲁斯特等的翻译作品，也在他40年代的创作中留下痕迹。在“当代”的坎坷遭遇，使其创作处在停滞状态。80年代以后其才情始得以展开、发挥。和“新时期”以后多数小说家不同，他不涉足中长篇，也从未试图建造全景式(或“史诗性”)的巨

---

[1] 汪曾祺(1920—1997)，江苏高邮人，1939年考入昆明的西南联合大学，40年代初开始发表作品。1948年出版短篇集《邂逅集》。50年代担任过《民间文学》《说说唱唱》等刊物的编辑。1958年被定为“右派”，下放张家口农村劳动。1962年任北京京剧团编剧，参与改编京剧《范进中举》、《芦荡火种》(后成为样板戏《沙家浜》)。80年代后出版的小说、散文集主要有《汪曾祺短篇小说选》《晚饭花集》《汪曾祺自选集》《蒲桥集》《菰蒲深处》《汪曾祺文集》《矮纸集》等。

构。[①] 他的短篇,大多取材家乡高邮乡村和市镇的旧日生活,有的也写到昆明(40年代求学之地)、张家口坝上(成为"右派"之后劳动改造之地)、北京(50年代以后的立脚之地)等的各色人等、行状。作品中有传神的细节刻画,也流动着为记忆过滤、培育的情感。"我的一部分作品的感情是忧伤,比如《职业》《幽冥钟》;一部分作品则有一种内在的欢乐,比如《受戒》《大淖记事》;一部分作品则由于对命运的无可奈何转化出一种带有苦味的嘲谑,比如《云致秋行状》《异秉》。……但是总起来说,我是一个乐观主义者。……我的作品不是悲剧。我的作品缺乏崇高、悲壮的美。我所追求的不是深刻,而是和谐。"[②]这是他对自己作品整体艺术基调的恰当说明。对于市井平民、下层读书人僵硬刻板的生活,和他们某些卑琐的心理行为,他不无针砭和嘲讽,却不苛刻且有同情;而更多的是发现乡镇民间生活的美和健康人性。小说中的那种中国传统"文人"的情调和视角,也因民间具有生命活力的因素而受到"拯救",某些陈旧气息受到抑制。80年代末以后的创作,多以士大夫和知识分子的生活为表现对象,风格从平淡转向苍凉。

汪曾祺小说注重风俗民情的表现。他既不特别设计情节和冲突,增强小说的故事性,着意塑造"典型人物",但也不想把风俗民情作为故事推进、人物性格发展的"有机"因素。他执意减弱、消除"戏剧化"设计,使叙述呈现如日常生活般的"自然形态"。[③] 在这方面,他继续的是40年代"京派作家"的那种质疑"戏剧化小说",提倡"散文化小说"的努力。[④] 在"散文化"随意轻便的叙述中,让情致、寄托也自然地融贯其间。文字则简洁、节制、质朴,但也不缺乏幽默和典雅。汪曾祺在小说(也包括他的随笔)的文体上的创造,影响了当代一些小说和散文作家的创作。

莫言[⑤] 80年代初开始发表作品。1985年的《透明的红萝卜》,由于感

---

① "我只写短篇小说,因为我只会写短篇小说。或者说,我只熟悉这样一种对生活的思维方式。"汪曾祺:《汪曾祺自选集·自序》,桂林:漓江出版社,1987年。

② 汪曾祺:《汪曾祺自选集·自序》。

③ 有关这方面的追求,参见汪曾祺《桥边小说三篇·后记》(《收获》1986年第2期)。

④ 40年代,废名、沈从文、周作人、芦焚等,都批评"戏剧化小说"对生活进行人为的结构,将社会人生波澜化,而主张"不装假,事实都恢复原状",展示生活的"本色",写作"自自然然的""散文化的小说"(或"随笔风的小说")。他们批评的对象,显然是"左翼"小说的反映重大社会冲突、生活矛盾的艺术主张。在这期间,汪曾祺也发表了类似的看法。参见钱理群编《二十世纪中国小说理论资料(第四卷)》,及该资料集《前言》(北京大学出版社,1997年)。

⑤ 莫言(1955—),山东高密人,原名管谟业,在家乡上小学,"文革"期间辍学务农,1976年应征入伍,1984年至1986年,就读于解放军艺术学院文学系。80年代初开始发表作品,主要作品集有《红高粱家族》《透明的红萝卜》《爆炸》《天堂蒜薹之歌》《怀抱鲜花的女人》,长篇小说《酒国》《丰乳肥臀》《四十一炮》《檀香刑》《生死疲劳》等,另有《莫言文集》(5卷)。

觉、想象力的丰富而受到读者和评论界的关注。[①] 次年,中篇小说《红高粱》的发表产生很大反响。随后,他又写了与《红高粱》在故事背景、人物等方面有连续关系的几个中篇,它们后来结集为《红高粱家族》[②]。故乡高密是莫言很长时间里文学想象的源泉;故事大多以对故乡的记忆为背景展开。《红高粱》系列、《球状闪电》、《爆炸》、《红蝗》,以及发表于1995年的长篇《丰乳肥臀》,展开了中国现代文学此前少见的乡村天地:狂躁、混杂,充满酒气和血色,有骁勇血性的人物,和无所拘束的激情。在早期,他显然也要如福克纳那样,通过文字构造一个能不断叙述的"高密东北乡"。他笔下的图景,来源于童年的记忆,在那片土地上的见闻,更来源于他丰沛、灵动、怪异的感觉、想象。部分作品也写到"当代"生活,但更多时候是将笔伸向"历史"。在充满野性活力的土地上,有关"先人"生命的奔放和传奇性经历的叙述中,也隐含了对后代在生存上的压抑与人性的扭曲的伤感、迷惘。

莫言的小说表现了开放自己感觉的那种感性化风格。他的写作对当代小说过分的结构观念所形成的文体模式是一次冲击。他采用了一种天马行空、不受拘束的叙述方式。在描述中,心理的流动、跳跃、联想是叙述的角度和驱动力,并有大量的感官意象奔涌而来,从而创造出一个色彩斑斓的感觉世界。90年代以来,虽然奔涌的叙述方式朝着内敛、节制的方向演变,但他突破艺术成规,并积极运用、转化"民间资源"以表现其"化腐朽为神奇"的艺术探索仍在不断推进。在小说叙事日趋"疲劳"的情景下,这种执意出奇制胜以挑战极限的举动[③],既令人惊讶,受到赞赏,也引发争议。

贾平凹[④]"文革"期间到80年代初的作品,缺乏个人创作特色,没有得到文学界注意。他开始有影响的作品,是1983年以后陆续发表的,有关陕西商州地区农民生活变迁的小说,即被称为"商州系列"的《小月前本》《鸡窝洼人家》《腊月·正月》《远山野情》《天狗》《黑氏》《古堡》《火纸》和长篇《商州》

---

① 刊于《中国作家》(北京)1985年第2期。当时的评论,主要关注这篇小说对气氛、色彩、感觉的重视,关注其中的"非现实"、写意的因素,以及"天马行空"的叙述方式;认为它提供了"一种新鲜的、陌生的艺术经验"。参见徐怀中、莫言等的《有追求才有特色——关于〈透明的红萝卜〉的对话》(《中国作家》1985年第2期)。

② 包括《红高粱》《高粱酒》《狗道》《高粱殡》《奇死》,1987年汇集为《红高粱家族》由解放军文艺出版社出版。有的批评家将《红高粱家族》称为长篇小说,有的则称为系列小说。

③ 如90年代中期以后的几部长篇《丰乳肥臀》《四十一炮》《檀香刑》《生死疲劳》等。

④ 贾平凹(1952—　),陕西丹凤人,1972年进入西北大学中文系学习,1973年开始发表作品,此后一直在西安生活、写作,除小说、散文创作外,主办《美文》杂志。除长篇《商州》《浮躁》《废都》《白夜》《土门》《高老庄》《怀念狼》《秦腔》等单行本外,作品集有《小月前本》《腊月·正月》《天狗》,以及《贾平凹自选集》、《贾平凹小说精选》、《贾平凹散文自选集》、《贾平凹文集》(14卷)等。

《浮躁》。小说中,对陕南山区自然和人文景观的用心描写,有意识地为人物的活动和心理特征,提供地域文化(民居、器具、仪式、谣谚等)的依据和背景。80年代中国农村进行经济改革,农村发生制度、心理、人际关系等的变动,改变了传统社会秩序,导致在价值观和人生方式上的选择和"较量",也由此引发了乡村中"新的"悲欢离合。这是这些小说持续开掘的主题[①]。其间,社会转折期出现的"悲剧人物",在小说中占有重要位置。他们原先的社会地位和在世人面前所树立的形象发生动摇,陷入恐惧,但仍坚持原有的生活准则,想挽救将要失去的东西。作者描写了他们必然"被剥夺"的命运,但也给予深切的同情。社会变迁所引起的人生体味,是贾平凹长期关注的问题。但由于艺术上的原因,以及和许多当代作家相似的表现中国社会(城市或农村)"历史发展"的承担意识,使他这部分小说的命意难以摆脱视域上的单一性,带来人物、故事上的重复。

90年代初开始,情况有了改变。对真切人生体验的开放,使他抵拒了宏大单一主题的诱惑。这种追求,出现在长篇《废都》[②]中。小说写古城西京(以西安为"原型")的作家庄之蝶等人物的生活世相,相对于80年代的小说,在文体上实现了重要的转换。风格和艺术韵味力求对于明清白话小说艺术的吸纳,形成自然顺畅,然而含蓄、简约的,富内在韵味的格调。这部被作者称为"安妥"自己的"灵魂"[③],表达有关"世纪末"的苍茫、悲凉的"废都"意识的作品在90年代初的出版,成为当时文化界引人注目的事件。文学知识分子从《废都》中找到在社会转折、精神脱节时代的愤懑、失落、无奈的心境释放的通道,由是引发一场有关《废都》褒贬的激烈论争[④]。一些批评家誉之为"深得'红楼''金瓶'之神韵","内容到形式都颇为惊世骇俗",人物刻画上形神兼备,"几近炉火纯青",标志作者走向成熟。另一些批评家则指责它"没有灵魂",作者也因此蜕变为"趣味低级的通俗作家"。对作品中的颓废意绪和性的描写,更是褒贬悬殊。

---

① "欲以商州这块地方,来体验、研究、分析、解剖中国农村的历史发展、社会变革、生活变化"。贾平凹:《在商州山地(代序)》,《小月前本》,广州:花城出版社,1984年。

② 最初发表于《十月》(北京)1993年第4期,7月由北京出版社出版单行本。

③ 贾平凹:《废都·后记》,北京出版社,1993年。

④ 作品出版后发表的重要报道和批评文章及贾平凹的创作谈、访问记等,收入肖夏林主编《〈废都〉废谁》(北京:学苑出版社,1993年),陈辽主编《〈废都〉与"〈废都〉热"》(徐州:中国矿业大学出版社,1993年),多维编《〈废都〉滋味》(郑州:河南人民出版社,1993年),庐阳《贾平凹怎么啦——被删去的6986字背后》(生活·读书·新知三联书店上海分店,1993年),刘斌、王玲主编《失足的贾平凹》(北京:华夏出版社,1994年)等书中。

第二十二章

80年代中后期的小说(二)

一　文学创新与“现代派文学”

六七十年代就已发生,80年代初达到热潮的西方“现代派”文学的译介,以及由此引起的争论,在80年代的当代文学实践中留下深刻的痕迹。最初有“文革”间的“地下”诗歌、小说,80年代初,则有“朦胧诗”部分作品,王蒙、宗璞、李陀的部分小说,高行健的探索戏剧。[①] 对个体心理意识的重视,“意识流”叙事,荒诞、变形、寓言的现代技法,是“影响”的可被辨识的若干元素。

到了80年代中、后期,与“现代派”文学相关的先锋文学探索,集中爆发形成一股潮流。这期间,文学与政治的关系已经不像80年代初那样呈现“黏着”状态,文学成为政治意图和观念载体的方式,不再获得普遍的赞赏、呼应,意识形态“整合”能力有所减弱。与此同时,商品经济的发展,不可避免地改变人们的生存条件和生活方式,文学的“边缘化”趋势日益明显。“文革”后涌动的文学创新压力,又持续困扰众多作家。在这一情势下,文学探索、调整的步伐加速。[②] 诗歌有“第三代诗”和“实验诗歌”。小说则有“寻根”“现代派小说”“先锋小说”等的出现。这些文学变革,以西方20世纪现代文

---

① 指王蒙的《布礼》《蝴蝶》《春之声》《夜的眼》,宗璞的短篇《我是谁》《蜗居》,李陀的短篇《七奶奶》《自由落体》,高行健的话剧《绝对信号》等。

② 陈晓明认为:“80年代后期出现先锋派的形式主义表意策略,其直接的现实前提就是意识形态的整合功能弱化,其直接的美学前提就是80年代以来一直存在的创新压力,其直接的艺术经验前提就是现代派和寻根派。”陈晓明:《表意的焦虑——历史祛魅与当代文学变革》,北京:中央编译出版社,2002年,第80页。

学("现代派"文学)作为主要参照系,并将之转化为艺术经验的主要来源。对于特定时空的社会政治的"超越",摆脱经典社会主义现实主义方法,追求"本体意味"的形式和"永恒"的生存命题,成为当时富诱惑力的探索趋向。文学"寻根"和"现代派小说",是创新潮流中首先出现的现象。在被批评家列入"寻根"的小说中,有的并不具有"先锋"的倾向,但也有一些作品,如《爸爸爸》(韩少功)、《透明的红萝卜》《红高粱》(莫言)、《小鲍庄》(王安忆)等,出现与传统写实小说不同的新异特征。但由于文学"寻根"所涵盖的作品,从艺术思维和表达方式看多样而庞杂,因此,在批评界,一般不被统一地纳入"现代派"或"先锋"文学的潮流。产生于这一期间的"现代派小说",从命名上便可以看到与西方现代小说的"互文本"的关系。

1985 年,**刘索拉**的中篇《你别无选择》[1]发表,反响热烈,有批评家称之为"真正的"现代派小说。这一评语,透露了当时文学创新者的期望:中国能诞生像西方那样的"现代派"作品。同时被作为"现代派"小说关注的还有徐星的《无主题变奏》[2],以及残雪陆续发表的展示"非现实"意象的中短篇。刘索拉、徐星的小说,写自愿游离于"主流"社会的"愤怒的青年"叛逆的情绪、生活。他们对"主流"的价值观、生活方式,持蔑视、嘲讽的姿态;以或愤世嫉俗或戏谑的叙述,来质疑当代基于某种价值标准之上的观念和行为规范。在这里,人们看到这些小说与《麦田的守望者》(塞林格)、《在路上》(凯鲁亚克)、《第二十二条军规》(梅勒)等存在的主题关联;况且这些小说中,也存在类似的艺术方法:荒诞、变形;"形象化的抽象";"人物几乎没有历史和过去";"每一个人物都是主人公因而并没有一个专门的主人公,人物都有一个被夸张了的特征因而你只记住了这个特征";等等。[3] 不过,聪明而敏锐的批评家很快就发现,刘索拉、徐星小说的满不在乎掩盖着惶惑和痛苦。它们表达的,与其说是反"现代性"的"非理性"精神,不如说是走出"文革"阴影的一代,在"现代化"实践过程中追求人性、自由精神和主体创造性的"情绪历史"。中国和"西方"的"现代派文学"在发生的语境、小说文化内涵和艺术质地的差异(中国当代"真正的"现代派小说仍不纯粹,仍没有"严格意义"上的

---

① 《你别无选择》刊于《人民文学》1985 年第 5 期。刘索拉,女,1955 年生于北京,毕业于中央音乐学院作曲系。小说还有《蓝天绿海》《寻找歌王》等。后来主要从事音乐方面的工作。

② 徐星 1956 年生于北京,1975 年中学毕业后到陕北农村插队,后参军入伍,1981 年从军队复员后居北京。《无主题变奏》刊于《人民文学》1985 年第 7 期。1989 年到 1994 年旅居德国。还发表有中短篇《城市的故事》《无为在歧路》《饥饿的老鼠》,长篇《剩下的都属于你》等。

③ 黄子平:《刘索拉的〈你别无选择〉》,《沉思的老树的精灵》,杭州:浙江文艺出版社,1986 年,第 167—168 页。

现代主义小说),在 80 年代后期引发有关“伪现代派”的争论。[①] 这一争论的启发性之处,不在于做出有关现代派“真/伪”的判断,而是产生这一“真/伪”分析的“知识类型和话语结构”;它揭示了“西方‘现代派’作为‘异己’(同时也是理想的文学榜样)参照系的存在,形成了 80 年代文学变革的持续动力”。[②]

二　“先锋小说”的实验

80 年代后期,一批年轻小说家在小说形式上所做的实验,出现了被称为“先锋小说”的创作现象[③]。“先锋小说”虽然与“寻根”“现代派”文学等一同组成 80 年代文学创新潮流,但它们之间也有重要区别。在“先锋小说”中,个人主体的寻求和历史意识的确立已趋淡薄,它们重视的是“文体的自觉”,即小说的“虚构性”和“叙述”在小说方法上的意义。通常认为,这一对中国当代文学来说具有“革命”意义的小说“实验”,它的观念和方法,与法国“新小说”(阿兰·罗布-格里耶的“零度叙述”,也被一些批评家用来描述“新写实小说”的文体特征)、拉美的加西亚·马尔克斯、博尔赫斯的创作有关。[④]被用来解说“先锋小说”文体实验的,还有六七十年代美国的所谓“反小说”。**马原**[⑤]是这一“小说革命”的“始作俑者”。他发表于 1984 年的《拉萨河的女

---

① 参见季红真《中国近年小说与西方现代主义文学》(《文艺报》1988 年 1 月 2、9 日),黄子平《关于“伪现代派”及其批评》(《北京文学》1988 年第 2 期),李陀《也谈“伪现代派”及其批评》(《北京文学》1988 年第 4 期),李洁非《“伪”的含义及现实——重谈“伪现代派”》(《百家》1988 年第 5 期),吴方《论“矫情”》(《北京文学》1988 年第 4 期),贺绍俊、潘凯雄《关于“剥离”的剥离》(《北京文学》1988 年第 8 期)等文章。黄子平认为,“伪现代派”是一个基于“权力意愿”的“功能性”概念,“这一术语背后蕴涵了一个根深蒂固的观念,即存在一种‘正宗’或‘正统’的现代派文学或别的什么派,即使不能原封不动地引进,也可以成为引进是否成功的明确的参照”。

② 贺桂梅:《西方“现代派”和 1980 年代中国文学的现代主义——一种知识社会学的历史考察》,2005 年 8 月清华大学主办的“比较现代主义:美学、帝国、现代主义”学术会议的论文。

③ “先锋小说”在当时或被称为“新潮小说”“实验小说”。最早对这一文学现象进行命名、研究的文章,有吴亮《马原的叙述圈套》(《当代作家评论》1987 年第 3 期)、李劼《论中国当代新潮小说》(《钟山》1988 年第 5 期),张颐武《小说实验:意义的消解》(《北京文学》1988 年第 2 期),李陀《昔日顽童今何在》(《文艺报》1988 年 10 月 29 日)。后来集中研究“先锋小说”的著作是陈晓明的《无边的挑战——中国先锋文学的后现代性》(时代文艺出版社 1993 年初版,广西师范大学出版社 2004 年修订版)。

④ 这一情况,在批评家的研究论著和“先锋小说”作家的自述中都有显示。格非甚至被有的批评文章称为“中国的博尔赫斯”。参见余华《虚伪的作品》(《上海文论》1989 年第 5 期),马原《作家与书或我的书目》(《外国文学评论》1991 年第 1 期),张新颖《博尔赫斯与中国当代小说》(《上海文学》1990 年第 12 期),明小毛《小说文体的变异与创新——洪峰小说形式谈》(《文学评论》1989 年第 5 期)等。

⑤ 马原(1953—　),辽宁锦州人,中学毕业后曾下乡“插队”,1982 年毕业于辽宁大学中文系后,在西藏任记者、编辑七年,并开始小说创作。出版有《马原文集》(4 卷)等。除中短篇小说外,还出版有长篇《上下都很平坦》,话剧剧本《过了一百年》《爱的季节》。现任教于上海同济大学文学院。

神》,是当代第一部将叙述置于重要地位的小说。他的小说所显示的“叙述圈套”[①],在那个时间成为文学创新者的热门话题。后来又陆续发表了《冈底斯的诱惑》《西海的无帆船》《错误》《虚构》《拉萨生活的三种时间》《康巴人营地》《游神》《大师》《叠纸鹞的三种方法》等小说,它们大多以西藏的历史、文化为背景。继马原之后,**洪峰** 1986 年发表《奔丧》,连同他 1987 年的《瀚海》《极地之侧》,是另一位进行先锋小说探索的作家,他也被看作马原的追随者。但洪峰不仅限于“文体”的实验。《奔丧》以反讽的态度和叙述方法来处理传统的悲剧性故事,表现了另一意义的“颠覆性”。这种对“叙述”与“意义”关系的探索,却是马原最初的小说所要回避的。

在 1987 年间,“先锋小说”写作成为一股潮流。这一年“先锋小说”的重要作品,有马原的《错误》,洪峰的《瀚海》《极地之侧》,余华的《十八岁出门远行》《西北风呼啸的中午》《四月三日事件》,格非的《迷舟》,孙甘露的《信使之函》,苏童的《桑园留言》《1934 年的逃亡》《故事:外乡人父子》,叶兆言的《五月的黄昏》,北村的《谐振》。在此后的几年里,上述作家还发表了许多作品,如余华的《现实一种》《世事如烟》《劫数难逃》,苏童的《罂粟之家》《仪式的完成》《妻妾成群》,格非的《没有人看见草生长》《褐色鸟群》,孙甘露的《访问梦境》《请女人猜谜》,叶兆言的《枣树的故事》,北村的《逃亡者说》等。

重视叙述,是“先锋小说”开始引人注目的共通点;他们关心的是故事的“形式”,把叙事本身看作审美对象。“虚构”与“真实”在作品中有意混淆、拼接,并把构思、写作过程直接写进作品,参与文本的构成。与传统“写实”小说竭力营造与现实世界对应的“真实”幻象不同,马原明白交代创作就是一种编造。“我就是那个叫马原的汉人”是经常出现在他的小说中的句子。“虚构”是他的一篇小说的题目,里面交代小说材料的几种来源,和多种不同的处理和选择。不少“先锋小说”的叙述,大多只是平面化地触及感官印象,而强制性地拆除事件、细节与现实世界的意义关联。读者将难以得到通常小说有关因果、本质的暗示,和有关政治、社会、道德、人性之类的“意义”提升。这种写作,在开始对小说界发生巨大的冲击。它们拓展了小说的表现力,强化了作家对于个性化的感觉和体验的发掘;同时也抑制、平衡了 80 年代小说中“自我”膨胀的倾向。从这一点而言,其意义不仅是“形式”上的。当然,“先锋小说”不少作品,在它们的“形式革命”中,总是包含着内在的“意

---

① 吴亮:《马原的叙述圈套》。文中指出,“马原的小说主要意义不是叙述了一个(或几个片断)故事,而是叙述了一个(或几个片断)故事”。

识形态含义”。对于“内容”“意义”的不同程度的解构,对于性、欲望、死亡、暴力等主题的关注,归根结蒂,不能与中国历史语境,与对于“文革”的暴力和精神创伤的记忆无涉。在“先锋小说”家的作品中寻找象征、隐喻、寓言,寻找故事的“意义”都将是徒劳的——这种笼统说法,并不完全是事实;只不过有关社会历史、人性的体验和记忆,有时会以另类、隐秘的方式展开。“先锋小说”总体上以形式和叙事方式为主要目标的探索倾向,在后来其局限性日见显露,而不可避免地走向“形式的疲惫”。在八九十年代之交的“转折”的历史语境中,“先锋小说”作家的写作很快分化,大多数的“先锋”色彩减弱,后继作品也不再被当作有相近特征的潮流加以描述。

三　面向世俗的“新写实”

在“先锋小说”出现的同时或稍后,小说界的另一重要现象,是所谓“新写实小说”的出现。在最初批评家的阐释中,这种现象的性质,有时被称为现实主义的“回归”[①],有时被看作属于“自然主义的品质”[②]。其他的名称还有“后现实主义”“现代现实主义”“新现实主义小说”“新小说派”等。其中,“新写实小说”的概念后来被广泛接受。“新写实小说”作为一种创作潮流,固然是当时文学精神转移的体现,也与文学刊物的推动相关。出版于南京的大型文学杂志《钟山》,在1988年10月便与《文学评论》联合召开了“现实主义与先锋派文学”的讨论会,将“新写实小说”作为重要文学现象提出。接着,《钟山》从1989年第3期开始,开辟了“新写实小说大联展”的专栏,专门提倡有类似倾向的作品。专栏的“卷首语”称:“所谓新写实小说,简单地说,就是不同于历史上已有的现实主义,也不同于现代主义‘先锋派’文学,而是近几年小说创作低谷中出现的一种新的文学倾向。这些新写实小说的创作方法仍以写实为主要特征,但特别注重现实生活原生形态的还原,真诚直面现实,直面人生。虽然从总体的文学精神来看,新写实小说仍划归为现实主义的大范畴,但无疑具有了一种新的开放性和包容性,善于吸收、借鉴现代主义各种流派在艺术上的长处。”同年10月,这家杂志还和《文学自由谈》(天津)联合召开“新写实小说”讨论会。在此前后,评述这一创作倾向的文章大量出现,几年里,总计达到一百多篇。而被称为“新写实”的作家的,有池莉、方方、刘震云、刘恒,此外,叶兆言、苏童、范小青、李锐、李晓、杨争光、

① 雷达:《探究生存本相,展示原色的魅力》,《文艺报》1988年3月26日。

② 陈思和:《自然主义与生存意识——对新写实小说的一个解释》,《钟山》1990年第4期。

迟子建等的一些作品，也被壮大声势地列人。[1] 方方的《风景》[2]，刘恒的《狗日的粮食》[3]《伏羲伏羲》，刘震云的《塔铺》[4]《新兵连》《单位》《一地鸡毛》，池莉的《烦恼人生》[5]《不谈爱情》等，通常被看作“新写实小说”的代表作。

“新写实小说”与当代的奉为主流的“现实主义”小说确有明显区别；其“新”的特征正是指向这一现象而言。“典型化”（典型环境与典型人物），以及与此相关的表现历史本质的目标，为“新写实”所放弃，对过去“宏大历史”叙述所舍弃、遗漏的平庸、琐屑的俗世化“现实”表现了浓厚兴趣。代替英雄的壮举与情思的，是普通人（“小人物”）衣食住行、生老病死的烦恼、欲望，生存的艰难、困窘，以及个人的孤独、无助。“新写实”在艺术方法上持一种较为开放的态度，并不像当代的“现实主义”那样画地为牢；而它的艺术风尚，则表现了一种所谓“还原”生活的“零度叙述”的方式。叙述者持较少介入故事的态度，较难看到叙述人的议论或直接的情感、价值评价。这透露了“新写实”的写作企图：不做主观预设地呈现生活“原始”状貌。“原生态”是批评家概括“新写实”哲学和美学特征的“关键词”，是作家所要呈现的另一种“新现实”。这使他们的创作切入过去的“现实主义”小说的“盲区”，当然也因此产生新的“盲区”。“新写实小说为 20 世纪 90 年代文学在另一个价值平面上的展开提供了新的地标。它消解生活的诗意，拒绝乌托邦，将灰色、沉重的‘日常生活’推到了时代的前面”[6]。

被列为“新写实”作家的创作，之间自然存在很大的差别。与“先锋”小说的状况相似，由于 90 年代作家创作的变化，“新写实”作为一种创作倾向的描述用语，其有效性也逐渐失去。90 年代以后“新写实”作家中的一些人，不约而同地转向“历史”，这让敏锐的批评家很快便有了提出、使用“新历史小说”概念的机会。

---

① 在作家创作的归属划分上，批评家意见并不一致。在当时的另外一些文章中，叶兆言、苏童等又被称为“先锋小说”作家。这种情况，表现了批评和创作之间的复杂关系。有的“新写实”小说家，对领受这一称号并不很情愿。范小青：“像我们这样一些作家，写不来新潮小说，但又不能在现实主义的老路上走到底，所以尝试着新的写法……我怀疑到底存在不存在新写实”；叶兆言：“新写实是被批评家制造出来的”，“作者要站稳立场，不能被这些热闹景象所迷惑”。参见丁永强整理《新写实作家、评论家谈新写实》，《小说评论》1991 年第 3 期。

② 《当代作家》1987 年第 5 期。

③ 《中国》1986 年第 9 期。

④ 《人民文学》1987 年第 7 期。

⑤ 《上海文学》1987 年第 8 期。

⑥ 旷新年：《写在当代文学边上》，上海教育出版社，2005 年，第 90 页。

四 几位小说家的创作

残雪[1]的学历不高,却有广泛的阅读经验。80年代初开始写作,1985年发表第一篇小说[2]。主要作品有《山上的小屋》《苍老的浮云》《公牛》《我在那个世界里的事情》《阿梅在一个太阳天里的愁思》《黄泥街》《天堂里的对话》《突围表演》等。她的小说将现实与梦幻"混淆",叙述人以精神变异者的冷峻眼光,和受害者的恐惧感,创造了一个怪异的世界。这个世界布满恶、丑的意象,人物有不断的梦呓和谵语。对乖戾心理的描述,将读者带进人的精神欲望的内心世界,展示在特定社会文化环境中人性卑陋、丑恶的黑暗面。小说以梦境展开的"心理现实",主要指向人与人的关系,他们之间的对立、冷漠、敌意和实施的攻击。这种情况,不仅仅发生在一般的生活环境里,而且存在于以血缘、亲情为纽带的家庭成员之间。残雪创造这个世界时,主要采用赋予变形、夸张以寓意的方式,她更多的是诉诸个人的感觉、记忆和潜在经验所触发的想象。不安的、神经质的人物,被安排在南方酷热、潮湿、有霉味的居所、街巷。与人一起存在的是墨色的雨,是墙壁的裂缝,是长着头发的枯树,是苍蝇、老鼠、蛆、白蚁和蝙蝠。人因无法了解他人,也无法把握自身,无法逃脱死亡的"剥夺"而精神惊恐,而不断地自我折磨和相互折磨。不过,残雪的世界在范围和深度上有它的限度,特别是从对人的生命、人性等的发掘的角度去衡量时更是如此。这导致了她的小说出现某些单一、重复的现象。后期的作品,如《五香街》等,风格发生较大变化。

苏童[3]1983年开始发表作品,1987年发表的,写先人在1934年灾荒中苦难生活的《1934年的逃亡》,引起文坛注意。也因为这个作品(或许加上《罂粟之家》等),苏童当时被汇入"先锋小说"的行列。叙述人身份、叙述视点转换的诡异和作品的神秘感等,显然切合当时的"先锋"特征。不过,在进行现代叙事技巧实验的同时,他也相当重视小说的那种"古典"的故事性;在

---

[1] 残雪,湖南耒阳人,本名邓小华,1953年生于长沙。其父1957年被当作"反党集团"的"头目"开除公职,遣送农村劳动。"文革"期间小学毕业后当过"赤脚医生"、装配工、车工,80年代经营过裁缝店。出版的小说集有《黄泥街》《思想汇报》《天堂里的对话》《苍老的浮云》《种在走廊上的苹果树》等,长篇小说有《突围表演》《五香街》。

[2] 短篇《山上的小屋》,刊于《人民文学》1985年第8期。

[3] 苏童,1963年生于苏州,原名童忠贵,1984年毕业于北京师范大学中文系后,到南京工作。主要作品有长篇小说《米》《我的帝王生涯》《城北地带》《武则天》《蛇为什么会飞》及《碧奴》("重述神话"系列),小说集有《一九三四年的逃亡》《祭奠红马》《妻妾成群》《红粉》《伤心的舞蹈》《南方的堕落》《刺青时代》《离婚指南》等,另有《苏童文集》(8卷)。

故事讲述的流畅、可读,与叙事技巧的实验中寻找平衡。传统写实小说的元素,在苏童后来的创作中得到展开。事实上,从《妻妾成群》开始,实验性成分已明显减弱。因此,他后来又被批评家顺理成章地纳入"新写实""新历史"小说家的麾下。苏童的小说,大多取材"历史",但"历史"已被虚幻化,留存的只是一些残片。对于"意象"的经营他极为关注,尤其擅长女性人物的细腻心理的表现。在有关旧时中国家族的叙事中,常流露忧伤、颓败的情调和气息:这应该与对江南都市"繁华梦"的历史记忆有关。《妻妾成群》写现代女性的婚姻悲剧,这一"五四"以来常见的题材,被做了不同的处理。主人公自愿走进旧式家庭,尽管有着过人的才情和气质,却无法抵御失败的命运。他的小说有某种传统士大夫对旧日生活依恋、融入的态度,对于红颜薄命等的主题、情调的抒写,投入且富有韵味。这一点也引起有些人对他削弱"启蒙"的创造性文化内涵的批评。其实,"启蒙"的批判性也许不是作者所追求的,甚且是他执意偏移的。流畅而优雅的叙述风格,不少读者所熟悉的题材性质,和《妻妾成群》[①]《红粉》等被改编成电影,使他在"先锋小说家"中拥有最多的读者。

与有更多可读性和传统文人小说风味的苏童不同,**格非**[②]更具鲜明的"先锋性"。发表的第一篇小说是1986年的《追忆乌攸先生》。他的作品常让一般读者感到晦涩难解,出现被称为"叙述怪圈"的结构。这在《迷舟》(1987)、《褐色鸟群》(1988)中有令人印象深刻的体现。在《迷舟》中,传统小说故事的重要关节(萧去榆关是递送情报还是与情人会面),在这里却出现了"空缺",《褐色鸟群》在主旨和叙事方法上,更为晦涩玄奥。"空缺"是格非小说的"关节";由于意义、结论、真相、故事展开的逻辑等的"隐匿",阻隔了读者习惯的阐释、想象的路线,而使故事的推进变得扑朔迷离。不过,对于格非来说,这主要不是取消对"意义"的追寻,而大抵是开放对于历史的多种可能的探索。早期的这些小说有着博尔赫斯的影响,但也不是生硬的模仿之作。此后的写作,仍沿着这一"路线"展开,但对特定的现实和历史情景有更深的切入,并持续地思考历史、人的生存,特别是人的内心的一系列的难题。对中国传统小说的叙事方式有自觉的吸纳,而缓和了形式探索与读者之间的紧张关系。不过,也不过分"取悦"读者;某种思想、形式上的"先锋"

---

① 《妻妾成群》改编为电影《大红灯笼高高挂》,由张艺谋导演。

② 格非(1964—),本名刘勇,江苏丹徒人,1981年就读于上海的华东师范大学中文系,毕业后任该校教职,现为清华大学中文系教授。主要作品集有《迷舟》《雨季的感觉》,长篇《敌人》《边缘》《欲望的旗帜》,"江南三部曲"的第一部《人面桃花》、第二部《山河入梦》、第三部《春尽江南》等,另有《格非文集》,散文随笔《塞壬的歌声》,理论著作有《小说艺术面面观》《小说叙事研究》《卡夫卡的钟摆》等。

内核,始终坚持而不肯放弃。小说叙述人的知识者姿态,叙述方式上的沉思、智性的品质,也仍是他的小说不被混淆的特征。除中短篇小说以外,90 年代以后致力于长篇写作,出版有《敌人》《边缘》《欲望的旗帜》等。

在 80 年代末列入"先锋小说"的还有孙甘露、叶兆言、扎西达娃等人的作品。**叶兆言**[1]以《枣树的故事》知名,在这个中篇里,讲述了一个名叫岫云的女子的命运。在艺术方法和小说文体上,他其实有更大的包容性,"先锋"的色彩相对淡薄,后来的作品更是朝着"通俗化"的方向发展。他的故事大多安放在"民国"年间六朝古都的时空中,在重视风俗情景描述的基础上,表现离乱年代普通人的悲欢离合。由《状元境》《十字铺》《追月楼》《半边营》几个中篇组成的"夜泊秦淮"系列,表现了浓厚的"文人"情调:一种历史沧桑感,和对世事淡然节制的态度。其他重要作品还有《艳歌》《去影》《绿色陷阱》等。除了中篇以外,90 年代以后还有多部长篇(《死水》《一九三七年的爱情》《花煞》等)发表。**孙甘露**[2] 1986 年发表《访问梦境》,这篇小说连同随后出现的《信使之函》《请女人猜谜》等,在 80 年代后期,与格非的《迷舟》,常被作为"先锋小说"在文体实验上的典型文本加以讨论。《信使之函》等采用"极端"的"反小说"的文体形式,表现了他的"先锋性"和"实验性"。在这些作品中,缺乏可供辨析的故事情节和主题;局部语句、段落的美感和机智的碎片,与总体的"混乱"处在同一结构中。孙甘露后来的作品还有《夜晚的语言》《忆秦娥》和出版于 90 年代的长篇《呼吸》。90 年代以后,除小说外,更多精力贯注于电影剧本和电视连续剧的写作。**扎西达娃**[3]的作品不多,但他的《西藏,隐秘岁月》《系在皮绳扣上的魂》和《去拉萨的路上》等,是 80 年代重要的作品。有着 80 年代那种"寻根""魔幻"的色彩。"寻找"是《系在皮绳扣上的魂》的故事"原型",讲述佛教虔诚信奉者对于天国("香巴拉")和神示的寻找。其中透露了不同民族文化相遇,以及现代文明对传统文化的"入侵",所产生的复杂体验,透露了作者所称的"这个居住在地球之巅的民族,是正在被人类神往还是正在被人类遗忘"的困惑和忧伤。

---

① 叶兆言,1957 年生于南京,1982 年毕业于南京大学中文系。出版的小说集有《艳歌》《夜泊秦淮》《枣树的故事》《路边的月亮》《绿色陷阱》《采红菱》《去影》《纪念少女楼兰》,长篇小说《死水》《一九三七年的爱情》《我们的心多么顽固》及《后羿》("重述神话"系列)等。

② 孙甘露 1959 年生于上海,曾在上海邮电局当过邮递员,1984 年开始发表小说。出版的小说集有《访问梦境》《请女人猜谜》《忆秦娥》和长篇小说《呼吸》等。

③ 扎西达娃(1959—　),藏族,四川巴塘人。著有小说集《扎西达娃小说选》《西藏,隐秘岁月》,长篇小说《骚动的香巴拉》,以及游记《古海蓝经幡》。

余华[①] 1983年开始发表作品。如他自己所说,“1986年以前的所有思考都只是在无数常识之间游荡”,直到短篇《十八岁出门远行》和中篇《现实一种》[②],始“寻找”到了“一种全新的写作态度”,思考也才“脱离了常识的围困”。在这些作品(连同《四月三日事件》《世事如烟》)中,对于“暴力”和“死亡”的精确(也虚幻)而冷静的叙述,和在“冷静”后面的愤怒,让当时的不少读者感到骇异,以至有的批评家将这位“年纪轻轻”的作家的写作称为“残忍的才华”(刘绍铭语)。这些小说以一种“局外人”的视点,冷漠、不动声色的叙述态度,构造“背离了现状世界提供给我的秩序和逻辑”的“虚伪的形式”。[③] 他拒绝那些关于“现实”的共享的结论,以其体验和想象力来挣脱“日常生活经验”的围困。《鲜血梅花》《河边的错误》《古典爱情》这些通常被看作对于武侠、侦探、言情小说的戏拟作品,也参与了对于“现实秩序”的“共享”经验的颠覆。当然,在事实上,此时的余华是发掘了过去被遮蔽、掩埋的那部分“现实”。在他看来,为人的欲望所驱动的暴力,以及现实世界的混乱,并未得到认真的审视。他坚持以一个艺术家对这个世界的语言和结构的独创性发现作为基点,来建立对于“真实”的信仰和探索。

但90年代开始,余华的写作出现了变化。原先的这种和“现实”,和日常经验的“紧张”关系,在《在细雨中呼喊》[④]中有了缓和;或者说,是尝试新的解决方式。他意识到,作家的想象力,和对于“真实”的揭示,并不一定都要采取与日常经验相悖的方式。这种变化,更重要的是来自于他对“现实”的态度的调整。“随着时间的推移,我内心的愤怒渐渐平息”,“作家的使命不是发泄,不是控诉或者揭露,他应该向人们展示高尚。这里所说的高尚不是那种单纯的美好,而是对一切事物理解之后的超然,对善与恶一视同仁,用同情的目光看待世界”。[⑤] 在此以前的中短篇中,时间和空间是封闭、抽象化,缺乏延展性的,排斥“日常经验”的。90年代的几部长篇(《活着》《许三观卖血记》),日常经验(“实在的经验”)不再被置于与他所追求的“本质的真

---

① 余华1960年出生于浙江杭州,后随父母移居浙江海盐,中学毕业后,当过五年的牙医,1983年开始发表作品,曾在鲁迅文学院和北京师范大学联合举办的创作研究生班就读。主要作品有小说集《十八岁出门远行》《一九八六年》《偶然事件》《河边的错误》《四月三日事件》《现实一种》《鲜血梅花》《世事如烟》,长篇小说《在细雨中呼喊》《活着》《许三观卖血记》《兄弟》,另有《余华作品集》(3卷)。

② 短篇《十八岁出门远行》和中篇《现实一种》分别刊于《北京文学》1987年第1期和1988年第1期。

③ 余华:《虚伪的作品》,《上海文论》1989年第5期。

④ 刊于《收获》(上海)1991年第6期,题名为《呼喊与细雨》。收入1993年花城出版社(广州)的“先锋长篇小说丛书”时,改题名为《在细雨中呼喊》。同时收入这一丛书的,还有苏童《我的帝王生涯》、格非《敌人》、孙甘露《呼吸》、吕新《抚摸》、北村《施洗的河》。

⑤ 余华:《〈活着〉前言》,《余华作品集》第2卷,北京:中国社会科学出版社,1995年,第292页。

实”相对立的地位上。叙述当然还是冷静、朴素、有控制力的，但也有心境放松之后的余裕，来把握叙述上的节奏等问题。更重要的是，可以觉察到那种含而不露的幽默和温情。透过现实的混乱、险恶、丑陋，从卑微的普通人的类乎灾难的经历，和他们的内心中，发现那种值得继续生活的简单而完整的理由，是这些作品的重心。《许三观卖血记》发表之后[①]，余华小说写作有长达十年的停歇，直至褒贬不一的长篇《兄弟》的出版。

池莉[②] 1987年发表的《烦恼人生》，是经常用来阐述“新写实小说”特征的主要文本之一。它与后来的《不谈爱情》《太阳出世》被称为“新写实三部曲”，编者还将《烦恼人生》与谌容的《人到中年》对比，指出它们在描述中年人生存困境问题上的不同态度[③]。进入90年代，池莉的写作转向呼应市民阅读趣味的都市言情小说。**方方**[④] 1982年发表富于理想热情的小说《“大篷车”上》。随后的《白梦》《白雾》《白驹》，开始转向表现普通人灰色、沉闷的生活。1987年的《风景》在评论界反应热烈，这个中篇也被当作“新写实”小说的代表作，它其实也是方方最好的作品之一。小说对于城市底层卑微、残酷的生存状况的表现，比起另一些“新写实”作品来远为复杂，而独特的视角(叙述人为家中早夭幼童)和叙述语调(节制但有弹性)所包含的“批判性”，也更为一些评论家所重视。80年代末至90年代初的《祖父在父亲心中》《行云流水》《一唱三叹》等，主要写当代知识分子的生活和精神困窘，在冷静、细致的叙述中仍有着沉重、无奈的情绪。

刘恒[⑤]创作取材的领域比较开阔。他的不同题材、不同类型的创作，都表现了较娴熟的驾驭能力而达到一定水准。讲述的农村故事，大都以京西名为洪水峪的山村为背景展开[⑥]；另一类小说，则写都市、城镇的知识分子和

---

① 《许三观卖血记》刊于《收获》(上海)1995年第6期，次年出版单行本。

② 池莉(1957—　)，湖北沔阳(今仙桃)人，插过队，当过教师、医生和刊物编辑，曾就读于武汉大学中文系成人班。主要作品集有《烦恼人生》《小姐你早》《太阳出世》《预谋杀人》《绿水长流》等，另出版有《池莉文集》(7卷)。

③ 《烦恼人生》刊于《上海文学》1987年第8期。《编者的话》中说，《人到中年》的女主人公陆文婷“常常用理想主义的精神漫游来解脱实在生活的烦恼”，而《烦恼人生》的印家厚“却缺少这种精神气质”，“他更多地被‘现实’所拖累”。

④ 方方，原籍江西彭泽，1955年生于南京，原名汪芳，高中毕业后当过装卸工人，1982年毕业于武汉大学中文系。作品集有《“大篷车”上》《一唱三叹》《行云流水》，长篇《乌泥湖年谱》等。

⑤ 刘恒1954年生于北京，原名刘冠军，中学毕业后服过兵役，在汽车制造厂当过工人。主要小说集有《虚证》《白涡》《东西南北风》《连环套》，长篇《黑的雪》《苍河白日梦》《逍遥颂》等，另出版有《刘恒自选集》(5卷)。

⑥ 这些小说(《狗日的粮食》《萝卜套》《狼窝》《力气》《伏羲伏羲》《连环套》等)被称为“洪水峪系列”。

市民生活[①]。短篇《狗日的粮食》[②]在其创作生涯上,是显示独特风格的标志性作品,它与此后的《伏羲伏羲》《白涡》等,对于人的生存条件和基本欲望(食、性、权力等)有连续的关注。与严酷的自然、历史文化环境相关的生存困窘和压抑所导致的人性扭曲、变态和卑微化现象,有令人印象深刻的揭示。这些人性问题的具有心理深度的挖掘,并非在抽象的哲学框架中进行;生存环境,人物的行动和心理内容,有清晰、丰厚的特定历史内涵和感性形态。刘恒的小说,细致、从容的叙述,和内在于人物行为、心理中的恐惧和紧张,构成了一种对比。这种恐惧和紧张,不仅根源于欲望与压抑力量之间的矛盾,而且来自对欲望本身的破坏力的惊惶。[③] 人物,特别是叙述者意识到难以摆脱欲望的陷阱,因而也流露了不难辨析的宿命感。90年代中期以后,刘恒小说的紧张感有了降低。"精英"的人文生活理想,似乎逐渐让位给对平民生活哲理的发现和肯定。在《贫嘴张大民的幸福生活》等作品中,他开发了那种平民化的"乐观主义"。幽默,解嘲式的自我开脱,对渗透着苦涩的温暖的寻找,成为对艰难的虽无奈但也积极的承受方式。刘恒除小说外,还致力于电影、电视剧本的创作、改编工作。他参与创作、改编的电影剧本《本命年》《菊豆》《秋菊打官司》《没事偷着乐》等,都产生过很大的反响。

刘震云[④] 1982年开始发表作品。他的《塔铺》《一地鸡毛》《单位》《官场》《官人》等,侧重关注人与环境的关系,即社会结构中人的悲剧性处境。他对于"单位"这一特殊的当代社会机制,以及这一机制对人所产生的规约和销蚀力量,做了具有发现性质的描述。无法把握,也难以满足的欲望,人性的种种弱点,以及严密的社会权力机制,在刘震云所创造的普通人生活世界中构成难以挣脱的网。生活于其间的人物(如《一地鸡毛》《单位》中的走出校门的小林夫妇),面对强大的"环境"压力,难以自主地陷入原先拒绝陷入的"泥潭",也在适应这一生存环境的过程中,经历了个人精神、性格的扭曲。对于这一世界中人们的复杂关系,他们的折磨、倾轧,以及猥琐、自私、残忍的心理行为,小说采用冷静、不露声色,却感受到冷峻批判立场的叙述方式。这种"批判",在一些作品中以喜剧的、反讽的方式得到有力的表达。在80

---

① 《黑的雪》《白涡》《虚证》《苍河白日梦》等。

② 《狗日的粮食》刊于《中国》(北京)1986年第9期。

③ 《伏羲伏羲》改编为电影《菊豆》(刘恒改编,张艺谋导演)之后,小说叙述的那种从容受到削弱,而紧张与恐惧得到放大、激化,加强了作品的文化批判意义。

④ 刘震云(1958—　),河南延津人,1973年开始服兵役,1978年进北京大学中文系学习,毕业后在报社从事编辑工作。出版中短篇小说集《塔铺》《一地鸡毛》《官场》,长篇小说《故乡天下黄花》《故乡相处流传》《故乡面和花朵》《一腔废话》《手机》,另有《刘震云文集》(4卷)等。

年代，相比起另外的“新写实”小说来，刘震云对琐屑生活的讲述，有对“哲理深度”的更明显的追求，也就是对发生于日常生活中的，无处不在的“荒诞”和人的异化的持续的揭发。除中短篇外，刘震云在 90 年代把力量放在表现乡村生活的鸿篇巨制的写作上，但先后出版的《故乡天下黄花》《故乡相处流传》和《故乡面和花朵》似乎没有获得期待的反响。

第二十三章

女作家的小说

一　女作家和“女性文学”

女性作家在八九十年代的大量出现，以及在作品数量和艺术质量上达到的水准，是引人瞩目的文学现象[①]。性别（“女作家”）被作为描述这一时期文学现象的一种方式，与文学创作的历史状况有关。如有的批评家指出的，20 世纪中国文坛出现了女作家创作的两次“高潮”：一次是“五四”时期，另一次就是 80 年代。[②] “五四”时期的女作家，如陈衡哲、冰心、庐隐、冯沅君、凌叔华、白薇、罗淑，以及稍后的丁玲、林徽因、苏雪林等，她们也参与当时的启蒙思潮，以文学写作的方式，表达有关“个性解放”“婚姻自主”的诉求和个体的情感经验。这个时期的“女性写作”，不仅缘于女性“发现”自身的需要，还由于“妇女解放”作为一个社会问题被关注，女作家的写作也主要在对社会、文学变革的参与上，受到知识界中革新力量的支持和提携。不过，伴随着启蒙运动遇到挫折，以及社会重心从文化向政治的转移，以“自身”作为主要对象的女作家写作，也发生消退与分化。事实上，在三四十年代，活跃于文坛上的女作家，仅有丁玲、萧红、张爱玲等为数不多的人。50—70 年代，虽然妇女的社会地位、公共事务参与度发生很大变化，但女性文学写作情况

① “迅速崛起并不断更新的女作家群，是新时期重要的文化景观之一。事实上，在 70 年代末到 80 年代中期，中国社会所经历的深刻的文化转型之中，女作家群成了这一文化、话语构造相当有力的参与者”，“众多的女作家的作品不间断地以 80 年代特有的‘文学的社会轰动效应’，引发着文化转型中的微型地震：提请或负载着社会质疑与批判的主题。”（戴锦华：《涉渡之舟——新时期中国女性写作与女性文化》，西安：陕西人民教育出版社，2002 年，第 29—30 页）

② 李子云：《女作家在当代文学史所起的先锋作用》，《当代作家评论》（沈阳）1987 年第 6 期。

并未有足够改观。较有成绩的女作家，只有杨沫、茹志鹃、草明、刘真、菡子等不多的几位。杨沫、草明的作品在“十七年”中被纳入文学“主流”位置，而茹志鹃、刘真的那些表现了“女性风格”的创作，其价值则需要加以辩护性的证明[①]。在这种情况下，80 年代女作家的大量涌现，相比照之下便成为令人印象深刻的“景观”。女作家的大量出现，主要得益于文学环境的变化。社会文化意义上的“性别”的加强，文学创作取材、艺术方法的开放趋势，破除了女作家进入文学写作领域的若干障碍。

从年龄（自然年龄和文学年龄）上看，80 年代女作家有如下的构成。一部分是五六十年代（或更早时间）已经知名，或已届中年而在“文革”后才展现创作活力的作家。前者有杨绛、韦君宜、宗璞、茹志鹃、郑敏、陈敬容、黄宗英，后者则有张洁、谌容、戴厚英、戴晴、程乃珊、航鹰、凌力、霍达。**戴厚英**[②]最有影响的作品是出版于 1980 年的长篇小说《人啊，人！》。它以人道主义的立场，来反思当代政治对人性的压抑，表现当代知识分子的悲剧性遭遇。对这部作品的争论，是 80 年代初“思想解放运动”中，有关人道主义问题争论的组成部分。

80 年代女作家的另一部分，是所谓“知青”的一群。她们大多出生于 50 年代前期，经历过“文革”的“上山下乡”运动。如王安忆、竹林、乔雪竹、陆星儿、舒婷、张抗抗、蒋韵、张辛欣、铁凝、翟永明、黄蓓佳、徐小斌等。没有“上山下乡”经历的刘索拉、残雪、蒋子丹等，与她们的年龄相仿。**张抗抗**[③]在 1975 年就出版了表现当年“知青”生活的长篇《分界线》。80 年代的许多小说，也有“知青”生活的背景。另外的作品，如《夏》《北极光》，讨论了女性的生活位置和独立意识的问题。**张辛欣**[④]在 80 年代的小说大多与女性问题的“探讨”和女性的自我反思的主题有关。另一些小说（《清晨，三十分钟》《疯狂的君子兰》）传达了现代都市人在变动的社会生活中“主体”失落、离散的惶惑和焦虑。在她得到重视的一组作品中，青年知识女性人格独立、事业上

---

① 参见 1959—1961 年有关茹志鹃创作讨论茅盾、细言、侯金镜、魏金枝等的文章。艾芜等作家、评论家也认为，刘真从“自叙传”式的写作，到转变为反映广阔社会生活，是创作走向成熟的表现。

② 戴厚英（1938—1996），安徽颍上人，1960 年毕业于上海的华东师范大学中文系，1979 年后任教于复旦大学、上海大学。主要作品有长篇小说《人啊，人！》《诗人之死》《空中的足音》《脑裂》，中短篇小说集《锁链，是柔软的》。

③ 张抗抗，1950 年生于浙江杭州，“文革”期间作为“知青”在黑龙江的农场生活八年。主要作品集有《夏》《张抗抗中篇小说集》，长篇小说《隐形伴侣》《赤彤丹朱》《情爱画廊》《作女》等。

④ 张辛欣，1953 年生于南京，在北京度过童年，“文革”中曾在黑龙江建设兵团劳动，服过兵役，又在医院中当过护士，1979 年进入中央戏剧学院学习，并开始发表小说。著有小说集《在同一地平线上》《我们这个年纪的梦》，纪实文学《在路上》、《北京人——一百个普通人的自述》（合著）等。

的抱负,与女性对家庭、婚姻的传统义务之间的冲突,被突出地提出,描写了现代女性两难的生活处境和心理矛盾。从表面看,作为夫妻的男画家与女导演都处在"同一地平线上",但女主人公却深切意识到其间的悖论境况:如果顽强追求事业上的成就,就难免淡化女性作为妻子、母亲的角色而不被接受;如果只扮演贤妻良母的形象,则失去与"他""在事业上、精神上对话"的条件而"仍会失去他"(《在同一地平线上》)。《我们这个年纪的梦》中,女校对员在奋斗的挫折中,最终放弃对事业的争取,认同于"传统家庭"的女性地位;但内心冲突并未止息,只好拿少年时代的脆弱的梦,来抚慰、解脱对生活平庸、乏味的尖锐感觉。在这些小说中,"觉醒女性"的根本性困惑在于,她们仍然找不到真实、可靠的"归宿"——困境不只来自外部环境,也来自女性自身(《最后的停泊地》)。在叙事方法上,张辛欣并不执意追求"现代技巧",却也灵活变化叙事人称和视点,以有利于女性的心理刻画和不同性别视点之间的对话。

80 年代女作家的另一部分,如方方、池莉、毕淑敏、徐小斌、迟子建等,出生于 50 年代末到 60 年代。她们的创作在文学观念和方法上,与上述作家相比发生了一些变化,大多在 80 年代初就已发表作品,但到八九十年代之交才形成自己的创作特色。陈染、林白、海男、徐坤等的创作引起文学界的注意,则主要是在 90 年代以后。

80 年代初,女作家并不以性别群体的面貌出现。她们自己认为,同时读者和批评家也认为,女作家与男性作家没有也不应该有什么差别。她们同样参与了对"伤痕""反思""寻根"等文学潮流的营造,一起被称为"朦胧诗人""知青作家"。而事实上,女作家当时的创作也没有刻意追求与"女性"身份相关的"独特性"。将性别身份与她们的创作联结起来,寻求两者的内在关联,进而提出"女作家创作"甚而"女性文学"的概念,发生在 80 年代中期。这是由于一些女作家开始在作品中触及女性问题,也显示了某种性别视角,同时也与一些批评家(尤其是女性批评家)在当时对这一现象的关注有关[①]。在 80 年代,女作家的创作呈现出一种矛盾的状况。一方面,由于当代的"时代不同了,男女都一样"的观念,社会生活和文学表达都普遍忽视也有意遮蔽男女性别上的差异,女性参与写作不再是一种需要争取的"权利"。女作

---

① 较早集中专门讨论"新时期"女作家小说创作的,是李子云的《净化人的心灵:当代女作家论》(北京:生活·读书·新知三联书店,1984 年)一书。其他提出"女性文学"的文章有吴黛英《新时期"女性文学"漫谈》(《当代文艺思潮》1983 年第 4 期),《女性世界和女性文学——致张抗抗信》(《文艺评论》1986 年第 1 期)等。

家写作上的“非性别化”倾向，一般也会受到鼓励；她们大多也热衷于“重大”社会题材，倾向淡化性别特征的表达方式。但另一方面，在80年代的整体文化心理上，出于对“激进文化”的反拨，潜在着向“传统”文化倾斜、“退却”的倾向。这种倾向在性别上表现为“女性”身份的重新发现。纯净、抒情、细腻等在文化想象上、习惯上被认为是属于“女性”的特有风格；这种风格得到一些批评家和读者的欢迎，也在部分女作家的创作中得到体现。这样，在80年代女作家的创作（主要是小说）中，存在着一种“悖论”的情境：女作家被读者认可和欢迎的“女性化”风格是她们的优势，但她们的社会地位和文化经历，以及当代文学评价标准，又促使她们“超越”性别的特征，追求一种“普遍化”的风格。这种矛盾，既给女作家的写作带来困难，但也是其活力的部分来源。

80年代女作家的创作实绩人所共见，但是否存在一种“女性文学”，却有不同看法。不少女作家曾表示，她们既不愿意在名字前面加上性别的身份标记，也否认存在一种称为“女性文学”的类别。这是因为，“女”作家或“女性文学”的称谓，通常会被理解为对她们的文学能力有所贬抑，至少是包含降低标准加以“照顾”的意味。但随着西方当代女性主义理论的引进，也由于女性创作实践的发展，文学界对“女性文学”概念的态度有所改变，争议主要转移到对这一概念的不同理解上。在80年代后期，有关“女性文学”的以下理解得到较多的认同（虽然争议也并没因此就减少），即在肯定女作家写作女性题材的前提下，对女性的历史状况、现实处境和生活经验的探索，以及语言和叙述风格上，表现了某种独立的女性“主体意识”。“女性文学”概念的提出和与此相关的批评活动，有助于提高女作家对女性处境、命运的关注。不过问题的困难之处在于，对“女性文学”的各种意在划出清楚界定的努力，也会成为一种理论预设而限制了作家的创造。因此，一些批评家更倾向于使用“女性写作”的提法，以强调它不是一个“固化”的写作框架，而是一种对写作行为和文本的女性特征的寻找和发现。[①]

① 戴锦华更倾向于以“女性写作”的提法，取代“歧义丛生的‘女性文学’的概念”。“它标识着对女性创作的作品及女性写作行为的特殊关注，旨在发现未死方生中的女性文化的浮现与困境，发现女作家作品中时隐时现的女性视点与立场的流露，寻找女性写作者在男权文化及其文本中间或显露或刻蚀出的女性印痕，发掘女性体验在有意无意间撕裂男权文化的华衣美服的时刻或瞬间。”戴锦华：《涉渡之舟　新时期中国女性写作与女性文化》，西安：陕西人民教育出版社，2002年，第20页。

二 女作家的小说(一)

宗璞[①]“十七年”期间最著名的作品是短篇《红豆》,它不仅用来说明作家当时的成就,而且经常用作文学潮流的举证。70年代末至80年代发表的中短篇小说有《弦上的梦》《我是谁?》《米家山水》《鲁鲁》《蜗居》《泥沼中的头颅》《三生石》等。部分作品采用变形、荒诞、寓言等现代技法,表现“文革”中经受严酷摧残的知识者“主体”的崩溃、失落,以及身陷绝境仍顽强寻找、重建的过程。宗璞长期生活在大学校园环境里,她的小说取材也多以大学校园为背景。80年代末至90年代,总题“野葫芦引”的写抗战时期的长篇《南渡记》《东藏记》《西征记》《北归记》,虽然仍以表现大学生活为主,但题材范围有了拓展。由于出身背景和良好的文化素养,宗璞小说的构思、布局和语言运用,都体现了传统文化中那种含蓄、雅致、清淡自然的韵味,以至于得到这样的盛赞:“宗璞的文字,明朗而有含蓄,流畅而有余韵,于细腻之中,注意调节。每一句的组织,无文法的疏略,每一段的组织,无浪费或蔓枝。可以说字字锤炼,句句经营。”[②]

谌容[③]的小说创作开始于70年代初。1975年的写农村“两条道路斗争”的长篇小说《万年青》,在“文革”后期曾有较大影响。1980年发表的中篇《人到中年》,常被看作“新时期”文学“复兴”的标志性作品之一。谌容是追求表现“社会深度”的作家。将人物的悲喜剧放置于时代历史之中,探索决定人物命运的历史渊源,是她自觉的艺术目标(当然也是80年代许多作家确立的志向)。从对社会现象的分析中,来提出人们关注的某一社会问题,是她经常使用的构思方法。《人到中年》触及的是当代中年知识分子处境的问题,《永远是春天》《太子村的秘密》《散淡的人》包含有探索“历史悲剧”缘由的意旨,而《人到老年》《死河》则与中国社会老年问题、生态问题日见突出有关。“问题”意识构成她的创作特色,也限制、涣散了可能有的丰富

① 宗璞,原名冯钟璞,祖籍河南唐河,1928年生于北平,曾就读于南开大学外文系,1951年毕业于清华大学外文系。著有《宗璞小说散文选》《宗璞代表作》《风庐短篇小说集》及《宗璞文集》(4卷),长篇小说《南渡记》《东藏记》《西征记》《北归记》,另有散文作品集多种。

② 孙犁:《肺腑中来(代序)》,《宗璞小说散文选》,北京出版社,1981年。

③ 谌容祖籍四川巫山,1936年生于武汉。1951年考入西南工人出版社工作,1954年考入北京俄语学院(后为北京外国语大学),毕业后至中央人民广播电台工作,因病被精简。“文革”期间下放至北京通县,1973年回北京五中任俄语老师。出版的小说集有《人到中年》《永远是春天》《谌容中篇小说集》《太子村的秘密》《杨月月与萨特之研究》《谌容幽默小说选》《懒得离婚》等,长篇小说有《万年青》《光明与黑暗》《人到老年》《死河》等。

性和感受力。80年代中期以后，她的小说风格发生一些变化。伤感、抒情的叙述格调有所削弱，增加了荒诞、滑稽色彩等戏剧性成分，这在《减去十岁》《关于仔猪过冬问题》中得到体现。《懒得离婚》这篇表现普遍性的家庭生活困境的小说，也增加了嘲讽的因素。

张洁[1] 1978年发表的第一篇小说《从森林里来的孩子》，以清新、流丽的语调而引起注目。她早期的许多作品如《爱，是不能忘记的》《祖母绿》和《方舟》等，均属体现"女性意识"，反映女性问题的作品。它们以女性人物为主人公，写她们感伤、细腻、刻骨铭心的爱情心理和单身女性所面临的社会处境问题。《爱，是不能忘记的》这篇使用双重第一人称，以增加倾诉容量的感伤小说，在"新时期"较早地涉及爱情与婚姻的矛盾，这在当时引起有关婚姻伦理的很大争议。女作家钟雨对那个遭受历史厄运的男主人公的超越一切的坚贞不渝的恋情，在很大程度上成为抚慰当时"文革"创伤的感情载体；因此，这篇并没有直接涉及政治"伤痕"的小说，成了"伤痕文学"的代表作品。通过女性的近乎圣洁的爱情，来超越痛苦的历史记忆的做法，在《祖母绿》中得到发展；而另一方面，女主人公曾令儿独立承担生活重压的坚毅形象，又成为女性独立意识的表征。《方舟》则写三个离异的单身女性，因这种身份而面临的不公平待遇。张洁的另一部分作品，如《沉重的翅膀》《条件尚未成熟》《尾灯》《他有什么病》，也尝试把握表现时代生活的"重大题材"。长篇《沉重的翅膀》曾被誉为"与生活同步"的"力作"。完稿于1981年4月的这部长篇，就已经将发生于1980年的经济改革的事件、冲突写入，并突破当代的"禁忌"，把笔墨伸展到社会结构的高层（中央重工业部的部、局级官员）。80年代中期以来，张洁的一些作品在"色调"上发生明显改变，从对"诗意"的追求转向反"诗意"，从浪漫抒情转向粗鄙化。不过，这其实是对理想诗情坚守的另一表现形态。她抨击、嘲讽某些男性人物的猥琐、低俗趣味，诅咒他们的欲望是令人恶心的"红蘑菇"开放在女性的生活中。这种强烈的憎恶，继续表现在后来的长篇《无字》中。90年代的长篇《只有一个太阳——一个关于浪漫的梦想》，表现的是当代中国人遭遇"真实的"西方时的体验，尤为尖锐地表现了男性知识分子（女性则以婚姻方式进入西方）精神上的焦虑、沮丧。张洁对生活敏感、执着，有时候，对炽热感情缺乏控制，也会导致

---

[1] 张洁，祖籍辽宁抚顺，1937年生于北京，1960年毕业于中国人民大学计划统计系后，曾在机械工业部工作，1980年起任职于北京电影制片厂。主要作品集有《方舟》《红蘑菇》《上火》《来点儿葱，来点儿蒜，来点儿芝麻盐》《一个中国女人在欧洲》，长篇小说《沉重的翅膀》《只有一个太阳——一个关于浪漫的梦想》《无字》，长篇散文《世界上最疼我的那个人去了》。

把握细节(包括心理细节)的能力受到削弱。

王安忆[①]是位多产的作家;"多产"证实了她的才情,但有时也可能损害这种才情。她视野开阔,能驾驭多种生活经验和文学题材。70年代末以来,创作表现出多变的风格,并始终保持创新的活力。80年代初的作品主要是"雯雯系列"小说,写一个名叫雯雯的女孩子的痛苦和希望,以单纯、热情的少女眼光来看世界,这是王安忆的"自我书写"的阶段。很快关注点有了拓展,写"知青"回城的矛盾、苦恼(《本次列车终点》),改革年代剧团内部的冲突(《尾声》),动荡的社会背景下,普通人经济、社会地位沉浮所获得的人生体验(《流逝》《归去来兮》)。1983—1984年的美国之旅在文化体验上给了王安忆很大震撼。西方文化的参照使她意识到民族的和人类世界的文化眼光。在停止创作一年之后,写出了《小鲍庄》《大刘庄》等中篇,它们在1985年的"寻根"热中,被作为这一潮流的有效实践举例。《小鲍庄》借对一个虚化时间特征的小村庄的描述,表现对儒家文化的"仁义",以及这种精神的崩溃的理解。1986年以后,王安忆发表了引起众多争议的"性题材"作品"三恋"(《小城之恋》《荒山之恋》《锦绣谷之恋》,类似的作品还有《岗上的世纪》等)。80年代末开始,她的《叔叔的故事》《乌托邦诗篇》《纪实与虚构》《伤心太平洋》等,通过对个人经历、家族身世等的追述,思考时代、文化等因素对个人生存的影响,探索现实与未来、物质与精神之间的关系,以及理想、信仰的有效性等问题,对社会转型期的普遍性困惑和焦虑做出反应。王安忆小说中的"女性意识",表现在对两性微妙的支配关系、男女在欲望本能和社会权力之间的挣扎,以及人的自然属性、欲望对人的命运有何种制约力量的探询和揭示。在对女性自主的问题上,她的视点和处理方式与张辛欣、张洁都有差异。比较起张辛欣的"投入"和叙述者女性立场的明白显露,王安忆是冷静而旁观的。与《方舟》(张洁)一样,《弟兄们》也写三位女性靠女性间的友谊、互助,试图摆脱男性中心社会的控制,但王安忆没有为她们的苦斗留下"光明的尾巴",她无情地让她们在本能的母性、妻性的"夹击"下溃败。

---

① 王安忆,原籍福建同安,1954年生于南京,1955年随母亲茹志鹃定居上海,初中毕业后到安徽淮北农村插队,1972年在江苏徐州地区文工团当演奏员,1978年到上海中国福利会《儿童时代》任编辑,现为上海作家协会专业作家,复旦大学教授。出版有《流逝》《尾声》《小鲍庄》《荒山之恋》《乌托邦诗篇》《悲恸之地》《岗上的世纪》《姊妹们》《神圣祭坛》《叔叔的故事》《歌星日本来》《海上繁华梦》《隐居的时代》《剃度》等多种小说集。长篇小说有《69届初中生》《流水三十章》《米尼》《纪实与虚构——创造世界方法之一种》《伤心太平洋》《黄河故道人》《妹头》《长恨歌》《上种红菱下种藕》《富萍》《遍地枭雄》等。散文集《独语》《男人和女人,女人和城市》《我读我看》《寻找上海》《故事和讲故事》《乘火车旅行》《重建象牙塔》以及《心灵世界——王安忆小说讲稿》等,另出版有《王安忆自选集》(6卷)。

王安忆的小说也写到农村和其他领域，不过，上海是她长期生活，并使她的心性得以安顿，经验得以生长的唯一居所。80年代的《流逝》，随后的《鸠雀一战》《好婆与李同志》《悲恸之地》，就显示了她在书写这个城市时的从容姿态。90年代发表的长篇《长恨歌》，进一步展现了她讲述这个城市故事的才能。《长恨歌》写生活在上海弄堂里的女孩子王琦瑶四十年的命运浮沉；她的经历联系着这个都市的特殊风情和它的变化兴衰。这部小说"生长"在这样的时刻：上海再次融入跨国市场资本主义的全球潮流；上海的旧时代的故事被重新发现和讲述；也同时发现曾经讲述上海的张爱玲；颓废、衰败、繁华之后的凄凉——又开始成为令许多人着迷的美感经验。在《长恨歌》中，王安忆采取近似于"通俗"言情小说的讲述方式，但悲剧性结局和笼罩的宿命般的悲剧氛围，也是执意与"言情"叙事保持距离的显示。在八九十年代之交，她在《叔叔的故事》与《乌托邦诗篇》中，在无意的对比中透露了一种选择上的思考。在叙事"哲学"，也是叙事类型上，《长恨歌》显然不愿意满足有关"严肃"与"通俗"的"两极"期待。作者也许只是为读者"展露了一处人生的此岸，一群'单纯'而'不洁'的人们，一份琐屑而欲念浮动的日子"。在同时代作家中，王安忆是少数专注于"写作而不是对写作的超越性目的""热恋"的作家，并因此成为"新时期的最重要的作家"之一[①]。

铁凝[②] 70年代中期开始发表作品。80年代，她以《没有钮扣的红衬衫》《哦，香雪》等作品知名。在80年代的艺术创新热潮中，她的小说显得平实而"传统"；常以写实的笔法，写当代变革中的生活矛盾。对社会现代化进程的表现，与对文明的质询和对女性处境的思考相互关联。她的作品发现没有被现代文明浸染的，或带有原始生命体验的女性的宁静，对她们的描述，也增添了恬淡与充盈的抒情因素；如《哦，香雪》中的香雪、《麦秸垛》中的大芝娘、《孕妇与牛》中的孕妇与怀孕的牛，《河之女》中的乡村女性群体。长篇《玫瑰门》是铁凝的重要作品，被誉为展现女性历史命运的厚重之作。它通过以司猗纹为代表的庄家几代女性的历史境遇，展示女性的生存命运。在铁凝众多相对单纯的小说中，其人物、结构都显得丰富、复杂。司猗纹一生都在不择手段地，通过剥夺、侵害他人，来加入历史，改变社会对其限定的道

---

① 戴锦华：《涉渡之舟——新时期中国女性写作与女性文化》，第250页。戴锦华还认为，王安忆处理的人物，都是度过一份平常日子的小人物与普通人："他们只是始终在社会、际遇、有限的理性和强大的本能的合力间辗转、挣扎。历史与他们有关，但他们却与历史无涉。"

② 铁凝，原籍河北赵县，1957年生于北京，中学毕业后到农村插队务农。著有小说集《夜路》《没有钮扣的红衬衫》《哦，香雪》《红屋顶》《麦秸垛》《遭遇礼拜八》《对面》《甜蜜的拍打》，长篇小说《玫瑰门》《无雨之城》《大浴女》，另有《铁凝自选集》(4卷)。

路,却被拒斥,始终未能得到确认。在这一过程中,她也成为令人厌弃的势利、冷酷之人。小说选择了司猗纹的女性后代作为叙述人,是叙述者苏眉与她的婆婆司猗纹之间的"极不情愿,却不能自已"的对话。由于意识到存在共有的宿命般的处境,叙述便爱恨交加,交织着"极为深刻地认同/拒绝认同"的复杂的情绪态度[①]。

迟子建[②]出生于黑龙江省北部漠河的一个寒冷的小村庄北极村,她后来重要小说的取材,散文式的优美然而朴素的叙述,作品中体现的人生态度,都与她童年生活的这个世界(人、动物、大自然)有关。由于风格、描述的地域与风情等某些相似点,批评家有时会将她与萧红联系在一起。《秧歌》《东坊》等作品借助儿童视角,讲述东北边陲乡村的风俗和人的生存状态,传达出一种人在漫长时间中的沧桑感。面对纷乱、光怪陆离的现代社会,她讲述的故事,由于渗透着对善良、隐忍、宽厚的亲人的爱意,对脆弱却从容的大自然生命的领悟,而给读者提供一种难得的温暖和安定感。

三　女作家的小说(二)

80年代即引起广泛注意的女作家,有的在90年代仍是小说创作的主力,如张洁、宗璞、张抗抗、王安忆、铁凝、残雪、池莉、方方等,不过在八九十年代之交,尤其是90年代出现的一批,也越来越获得读者的关注。她们有林白、陈染、徐小斌、徐坤、蒋子丹、海男、须兰等。这些作家大多出生于60年代。她们的出现,一个时期作品题材、美学风格呈现的倾向,经由批评家的具有取向明确的"集束式"的阐释,以及文化市场、传媒在书刊出版上的运作,这种种因素在90年代中后期掀起一场"女性文学"的热潮。90年代女作家小说创作最引起关注的,是所谓"个人化写作"("私人写作")。林白、陈染、海男等的风格各异的作品被归入其中。她们的不少作品表现了鲜明、深刻的性别经验。一方面是更为清晰的观察世界的"女性视点",另一方面是对女性自我成长过程中的生命经验、身体欲望的那种独白、"自传式"的书写。有关"个人性"记忆、欲望的书写,包括女性的身体觉醒、自恋、同性的情感、幽闭的心理状态、创伤性心理体验等,它们在女性"身份"建构,在挑战男

---

① 参见戴锦华:《涉渡之舟——新时期中国女性写作与女性文化》第9章《铁凝:痛楚的玫瑰门》。

② 迟子建,1964年出生于黑龙江漠河,毕业于大兴安岭师范学校,曾就读于北京师范大学与鲁迅文学院联合举办的创作研究生班,现为黑龙江省作协专业作家。主要作品有长篇小说《树下》《晨钟响彻黄昏》《伪满洲国》《额尔古纳河右岸》,小说集《北极村童话》《向着白夜旅行》《白雪的墓园》《逝川》《白银那》《朋友们来看雪吧》,散文随笔集《伤怀之美》《听时光飞舞》等,另有《迟子建文集》(4卷)。

权文化中心地位，在当代小说叙事的拓展等方面的意义，在90年代文学界引发热烈争议。

林白[①]出生于广西一个小镇，父母离异，随母亲生活。南方热带小镇的生活和童年经验，后来成为林白不少作品的主要构成元素。80年代中期开始发表小说。80年代末90年代初的《同心爱者不能分手》《子弹穿过苹果》，确立了她此后写作的女性主题，和独特的个人特征（人物身份，故事发生场景，地理气候和心理氛围，讲述方式）。她对色彩、温度、气味感觉细腻，特别是对女性的心理有尖锐也诡异的敏感。不少作品，常以女性的独白语调，通过一个认同感极强的女性叙述人之口，描述孤立于平庸、杂乱的社会生活中的女性形象。这些借助自我想象所构造的完美女性形象，与男性中心的社会处境之间的对比和产生的悲剧性冲突，营造出强烈的情绪化气氛。林白在90年代是具有自觉“个人化写作”意识的作家[②]。发表于1994年的长篇《一个人的战争》[③]，是她最知名也影响最大的作品。讲述一个名叫多米的女孩的成长经历，小说中那种“摆脱出与大众、集体共享的社会性记忆模式”，面对自己，凸显女性“个人的”“刻骨铭心的记忆”的方式，有关性体验和身体感受的描写，既冒犯了当代的某种书写禁忌，也偏离了个体经验负载社会性主题的启蒙文学传统，加上这种书写事实上被文化市场迅速转化为大众消费产品，对这部小说的评价在当时引起很大争议。林白后来的小说写作出现了重要调整，这种变化在长篇《万物花开》中已见端倪。

陈染[④]的创作经历了多次转变。大学期间曾写诗，自80年代中期开始写小说。早期的小说主要表现校园中现代青年的精神状态，以1986年发表的《世纪病》为代表。其后，她以一个名为“乱流镇”的小镇上人们怪异的生

---

① 林白，1958年生于广西北流，原名林白薇，中学毕业后做过“知青”，1978年考入武汉大学图书馆系，曾做过图书管理员、电影厂编辑和报社记者。主要作品有长篇小说《一个人的战争》《青苔》《守望空心岁月》《说吧，房间》《寂静与芬芳》《玻璃虫》《万物花开》《妇女闲聊录》，小说集《同心爱者不能分手》《子弹穿过苹果》《回廊之椅》《致命的飞翔》，另有《林白文集》(4卷)。

② 在《一个人的战争》初版本(内蒙古人民出版社，1996年)所附的文章《记忆与个人化写作》中，她对所实践的女性的“个人化写作”，解释为描写“在民族、国家、政治的集体话语中显得边缘而陌生”的女性身影，从而“将包括被集体叙事视为禁忌的个人性经历从受到压抑的记忆中释放出来”。

③ 最初发表于《花城》1994年第2期，内蒙古人民出版社1996年出版单行本。后来的十年中，有过多达八种版本，各个本子之间，既有修订，也有“复原”。作者说，北京十月文艺出版社的本子是“最精美、最完整”的版本，见林白：《写在前面的话》，《一个人的战争》，北京十月文艺出版社，2004年。

④ 陈染，1962年生于北京，幼年学过音乐，1982年考入北京师范大学分校中文系，毕业后做过大学教师和出版社编辑。出版有小说集《纸片儿》《与往事干杯》《嘴唇里的阳光》《无处告别》《独语人》《潜性逸事》《站在无人的风口》《在禁中守望》，散文集《断片残简》，长篇小说《私人生活》，另有《陈染文集》(4卷，江苏文艺出版社)。

活为主要内容,写了一系列带有"魔幻"与象征色彩的小说。自1990年的《与往事干杯》起,她的创作转向现代都市的女性生活和女性经验,尤其擅长表现独居的知识女性的生活历程和情绪体验。这类小说往往以女性第一人称形式,叙述一个在家庭、婚姻和社会处境中有着创伤体验的知识女性在幽居生活中的情绪感受。由于小说采取的叙述方式带有自传色彩,而表现的内容往往是女性个体成长经历中的涉及性别问题的部分,陈染的小说被称为"私人写作"。长篇《私人生活》写一个少女的成长历程,青春期的躁动、恐惧,女性的心理变化和身体觉醒,和逃离外部生活以编织内心的幻梦世界。《私人生活》是她的女性成长主题、反讽性叙述和反叛性立场的一次集中体现。陈染对小说文体颇为精心,注重主观感觉和"陌生化"的表达形式。"保持内省的姿势,思悟作为一个个人的自身的价值","持续地在禁中守望'私人生活'"是她所呈现的写作姿态;"这个姿态偏执,顽强,以自虐的方式不停地涂抹着狂怪的自画像",但在"自怜自爱的叙事中潜藏着一种锐利的东西"。[①]

徐小斌[②] 80年代初开始发表小说。1985年发表的中篇《对一个精神病患者的调查》,写被视为精神病患者的女孩独特的精神感受和神秘的心理幻象,因在题材和表现方法上具有探索性而引起注意。90年代主要的作品是《迷幻花园》《双鱼星座——一个女人和三个男人的古老故事》《羽蛇》等。徐小斌小说的故事和主要人物的心理内容都带有神秘色彩;在一段时间,她显然特别关注生活现象、人的命运中的不可知情景,对其产生探索的强烈兴趣。她认为这些神秘事物(异象、命数、人的特异能力、前世记忆……)更多在女性那里留存,是原始生命中的本真在现代社会中的遗留,既寓意着女性的命运,也是她们悲剧性地抗拒、逃离男权社会的精神处所。因此,以一个可读性的故事包裹着关于命运、生命和文化的思考,成为她常见的结构方式。后来的长篇《德龄公主》在取材和写法上都有明显变化。

在女性作家中,**徐坤**[③]的写作表现了独特的一面。主要作品有《先锋》《白话》《游行》《遭遇爱情》《狗日的足球》等。她的小说表现的是当代都市女性和知识者的生活,用纵横恣肆的调侃、反讽来消解80年代形成的诸种中心话语,是引人瞩目的叙事风格。《游行》等作品,通过对既有的小说、文化

---

① 陈晓明:《守望私人生活:陈染的意义》,《新闻晚报》2004年4月23日。

② 徐小斌,1953年生于北京,1978年考入中央财政金融学院,毕业后曾任教于中央广播电视大学,现为中央电视台电视剧制作中心编剧。主要作品有长篇小说《海火》《敦煌遗梦》《羽蛇》,小说集《迷幻花园》《如影随形》《双鱼星座》《蓝毗尼城》等,另有《徐小斌文集》(5卷)。

③ 徐坤,1965年生于沈阳,曾供职于中国社会科学院文学研究所,文学博士,现为北京作协专业作家。主要作品有小说集《先锋》《女娲》《游行》《行者妩媚》。

材料的“再处理”，以娴熟的辛辣的戏仿，来消解关于人性、爱情的那种经典叙事，揭示为神圣经典叙事所遮蔽的男性或孱弱、或伪善的行为本质和内心世界。不过，在徐坤以自觉、清醒的“女性身份”所进行的酣畅嘲讽背后，仍不难发现女性无法逃离社会宿命、陷阱的一丝悲凉。

90年代的女作家还有海男、须兰等。**海男**[①] 1982年开始文学创作，开始主要写诗，后转而写小说。她的小说在主题意象、结构、语言上有较明显的诗化色彩，往往从某种带有原型征象的关于死亡的记忆展开，一般没有完整的故事，人物对话也常不连贯，将小说组织起来的是死亡、生命等形而上的抽象意旨。这种充满片断性的情境和意象的描述，使作品具有“零散化”的特征。

① 海男，原名苏丽华，1962年生于云南永胜，1991年毕业于鲁迅文学院研究生班，从事杂志编辑工作。主要作品有诗集《风琴与女人》《虚构的玫瑰》，长篇小说《我的情人们》，小说集《香气》《疯狂的石榴树》，散文随笔集《屏风中的声音》。

第二十四章

散　文

一　八九十年代的散文

60年代形成的散文文体模式，在“新时期”主要成为散文发展的障碍。这种写作模式，通常表现为以表现“时代精神”的目标的“以小见大”“托物言志”的主题和结构趋向，刻意追求散文的“诗化”和对“意境”的营造。作为60年代初“散文复兴”标志的杨朔、刘白羽、秦牧等为代表的当代散文创作，曾产生强大影响并日益成为创作公式。因而，在80年代散文的变革的起点，表现为对上述创作模式的束缚的挣脱。“回到”个人体验，回到日常事态和心绪，在这种情境下，显然是一种有效的“解毒剂”，并在一些作家的创作中得到初步体现。虽说对社会性主题的呼应仍为许多作家所注重，但是个人生活、情绪、心境的书写，语言的个性特征，普遍为散文作家所追求。这一趋向，导致80年代对“散文”的概念重新界定的现象。作为50—70年代的散文概念“泛化”的翻转，“窄化”成为新的趋势。将叙事性形态的报告文学和议论性形态的杂文从散文中剥离，或加以适当区分，似乎成为“共识”。于是，有“抒情散文”“艺术散文”“美文”等名称的重新提出。报告文学、回忆录、史传文学等，在许多批评家和散文作家那里，不再笼统放置在“散文”里面。[①] 尤其是报告文学，80年代初期的《哥德巴赫猜想》(徐迟)、《大雁情》(黄宗英)、《船长》(柯岩)等，以及80年代中后期引起一时轰动的长篇社会

① 在五六十年代，散文和报告文学虽然也有所区分，但由于散文的明显增强的叙事倾向，其界限又有不易分割的情况。因此，当时编辑的年度文学选集，散文与特写(报告文学)通常放在一起，称为“散文特写选”。这种情况在80年代以后已有改变。

问题“报告”，基本上已不再被作为散文看待。[①] 与此同时，对散文与别的体裁因素渗透、交融而形成的“混生性文体”的命名，则又为散文的“规范性”提供参照。如汪曾祺、何立伟、张承志等融会散文某些因素的“小说的散文化”或“散文化小说”；郭风、柯蓝、刘湛秋等“既体现了诗的内涵又容纳了有诗意的散文性细节、化合了诗的表现手段和散文的描述手段的某些特征的”“抒情性文学体裁”，则被列入“散文诗”的类型。[②]

八九十年代，散文除继续在一般文学刊物和报纸副刊刊载外，开始出现专门的散文、随笔刊物[③]。80 年代的主要散文作家，成就显著的是巴金、孙犁、杨绛、汪曾祺、萧乾、黄裳等老作家，以及张洁、贾平凹、王英琦、唐敏等中青年作家。老作家的作品大多写个人的经历和感受。回忆旧友和亲朋，处理当代史，特别是“文革”有关的伤害、苦难的记忆，是大多数作品涉及的方面。张洁、宗璞、贾平凹、唐敏、王英琦等，有时会借助某种特定视角(如天真的孩童视点)，抒写温馨、感伤的情感，表现朴素、纯净的人性。他们的努力，大体上可以看作在回应被“当代”忽略的二三十年代散文的另一流脉，接续散文书写个人生活体验和内心感受的那一“传统”。不过由于积习已深，不少文章在语言和结构上，仍可以看出受到“当代”散文僵硬躯壳制约、包裹的痕迹。总体而言，在 80 年代，相对于诗、小说等所取得的进展，散文的变革略显平淡。

进入 90 年代，似乎在没有预言和策划的情况下，散文突然显现“繁盛”的局面，在文化、图书市场上占据重要地位。各种散文集、散文选本开始畅销；专发散文的刊物拥有大量读者；不少文学杂志开设散文专栏；一些报纸的副刊也腾出版面来登载散文、随笔，散文、随笔作者人数大增：这种种景象构成了当时的“散文热”。在各种散文选本中，20 世纪二三十年代那些主要写日常生活、具有闲适情调的散文小品被发掘。重版的周作人、林语堂、梁实秋、张爱玲、钱锺书等的散文集，不仅有很大销量，也从一个方面引导了 90 年代散文写作的方向。在 90 年代，虽然散文作家的思想、美学取向各有不同，他们作品的风格特征也更具个性，但是，作为一种总体状况的“散文

---

① 80 年代前期重要的报告文学作家有徐迟(《哥德巴赫猜想》《生命之树常绿》《地质之光》)、黄宗英(《大雁情》《小木屋》)、理由(《扬眉剑出鞘》《她有多少孩子》)、陈祖芬(《祖国高于一切》《理论狂人》)、柯岩等。80 年代中后期影响较大的报告文学作品，有《唐山大地震》(钱钢)、《中国的“小皇帝”》(涵逸)、《阴阳大裂变》(苏晓康)、《恶魔导演的战争》(刘亚洲)、《中国农民大趋势》(李延国)、《世界大串联》(胡平、张胜友)、《伐木者，醒来！》(徐刚)、《国殇》(霍达)等。

② 王光明：《散文诗的世界》，武汉：长江文艺出版社，1987 年。

③ 最早创刊的有《随笔》(广州，1979 年 6 月)和《散文》(天津，1980 年 1 月)。以后陆续出现的散文刊物有《中华散文》(北京)、《美文》(西安)、《散文选刊》(郑州)、《散文百家》(河北邢台)等。

热”现象,却与市场经济下的文化消费取向有密切关联。即以“闲适”为例,90 年代的散文小品与其“渊源”区别明显。30 年代林语堂等的“闲适”被称为“消极的反抗,有意的孤行”,在闲适的表达中,包含了某种与世俗现实保持距离、对抗的文化姿态。90 年代许多散文中的闲适,则更多表现为与世俗化认同的倾向,是对社会的物质化追求和消费性的文化需要所做出的趋同呼应。

90 年代也有专门从事散文写作的作家,如周涛、韩小蕙、斯好、苇岸、叶梦,但大量作者却身兼数任,许多学者、小说家、诗人热情地参与散文写作。后者可以开列颇长的名单:金克木、季羡林、周汝昌、何满子、韦君宜、黄宗江、王蒙、张洁、张中行、余秋雨、史铁生、张承志、张炜、贾平凹、王安忆、韩少功、北岛、西川、于坚、舒婷、王小妮、钟鸣……作者身份的这一特点,也从一个方面显示 90 年代散文文体的新趋向。虽然仍有批评家、作家在坚执 80 年代“文体自觉”的命题,其实这个问题已被搁置一边。对于散文文体“规范性”强调的声音减弱;它的宽泛、平易、多样为更多的人所接受。在诸种因素之中,尤为引人注意的是学者的积极参与,加重了散文的思想、知识品位和文化分量,使得“随笔”几乎成为散文中的主体。那些从个人经验出发,引入关于文化和人生哲理的思考的作品,在这个时期被称为“文化散文”或“大散文”。学者等的散文,虽然有时被讥为过于学究气和欠缺散文的“文学性”,不过对于那种玩味式的和滥情的散文陈旧意象、情调、语言、结构以至接受心理造成的偏移和冲击,相信并非没有益处。

二　老作家的散文

反思包括“文革”在内的“当代”中国历史,是 80 年代文学的重要主题。80 年代初期,构成思潮的“反思”文学,主要指小说创作。“反思小说”由于当时的文学语境和当代对小说这一文类的要求,多数作品在思想指向和艺术结构上呈现极大的相似性。它们大多关注社会上层结构和重大事件演变,主要从政治权力、政治命运的角度提出问题。与此稍有不同的倒是散文创作。表现“历史本质”和“典型性”的压力不是那么严重的散文,多少提供了某些真切的“个人性”表达。一些作家,主要是老一辈作家,在他们的回忆往事的文章中,或悲悼、怀念亲友,或记述个人琐碎、片断的经历,或对所见、所闻的诸种情、事发表感言,不拘形式地传达或深沉凝重,或豁达洒脱的意绪。这些作家写诗、写小说、写剧本,也许有点力不从心,而供写作散文随笔的材料，可以说是俯拾皆是。[①] 从积极的方面说，则是这样的较少拘限的文体，对直接讲述个人的经历、体验、思考，自有其便利之处。

八九十年代老作家的散文、随笔作品，主要有巴金的《随想录》，杨绛的《干校六记》《将饮茶》，孙犁的《晚华集》《秀露集》《无为集》，萧乾[②]的《北京城杂忆》《未带地图的旅人》，丁玲的《"牛棚"小品》，陈白尘的《云梦断忆》，梅志的《往事如烟》等。90 年代又有韦君宜的《思痛录》，季羡林的《牛棚杂记》等作品。一些写于五六十年代，而在 80 年代以后出版的作品，如《傅雷家书》《沈从文家书》，以及谈"记忆中的反右派运动"的《六月雪》《荆棘路》《原上草》（收录艾青、吴祖光等当年被批判的作品、文章，以及 80 年代之后评说者提供的当年情况的背景资料）等，也为反思历史提供了感性的记述"资料"。

巴金[③]在 1978 年到 1986 年的八年间写作了一百五十多篇随笔，总题为《随想录》。作者谈到自己的写作动机时说："十年浩劫教会一些人习惯于沉默，但十年的血债又压得平时沉默的人发出连声的呐喊。我有一肚皮的话，也有一肚皮的火，还有在油锅里反复煎了十年的一身骨头。火不熄灭，话被烧成灰，在心头越集越多，我不把它们倾吐出来，清除干净，就无法不做噩梦，就不能平静地度过我晚年最后的日子，甚至可以说我永远闭不了眼睛。"[④]这段话提示了《随想录》的内容和表达方式的特征。巴金怀着强烈的社会责任感，把他对历史的反思，对痛失的亲友的追忆，对自我的拷问，对他不能认同的思想言论的批判，质朴而直白地讲述出来，文字朴实，记述流畅，没有刻意经营雕琢的痕迹。他的热情并未因为进入晚年而消退，而迟滞。在严格的自我反省和社会批判中，表现了一位"世纪作家"的人格尊严。他对历史持坚定介入、干预的姿态，坚持人的理性能够认知、改造社会的世界观，并对人类理想前景有执着坚守的信念。因此，他不仅以作为亲历者的见证人身份，以启蒙知识分子意识，对历史重大事变进行思考追索，以期警醒

---

① 因此孙犁说："老年人宜于写散文、杂文，这不只是量力而行，亦卫生延命之道也。"见孙犁：《佳作产于盛年》，《羊城晚报》1982 年 6 月 18 日。

② 萧乾（1910—1999），50 年代被定为"右派"。"文革"后复出，著有散文集《一本褪色的相册》《北京城杂忆》《负笈剑桥》《八十自省》《我这两辈子》《未带地图的旅人》《玉渊潭随笔》等，另有《萧乾选集》（4 卷）。

③ 巴金（1904—2005），从 1978 年底起，在香港《大公报》上连载《随想录》，至 1986 年共 150 篇，并从 1980 年 6 月至 1986 年 12 月陆续在人民文学出版社分五集（《随想录》《探索集》《真话集》《病中集》《无题集》）出版。截至 2006 年，《随想录》的版本已有十多种。生活·读书·新知三联书店、作家出版社出版了《随想录》合集，生活·读书·新知三联书店出版《随想录选集》，上海文艺出版社出版《巴金随想录》手稿本。

④ "讲真话"是巴金在《随想录》中一再宣讲的命题，是历史和自我反思的伦理基点，同时也成为《随想录》写作的原则。《随想录》中的一集就题为《真话集》。巴金所说的"真话"，不仅仅指真实的心里话，而且更有"真理"的含义。因此，他称鲁迅的书是"讲真话的书"（《怀念鲁迅先生》）。

社会民众;同时也以强烈自省意识,在揭露和谴责事态的残酷和荒诞时,对自己的行为、心理做无情的解剖。在《随想录》中,追忆、怀念亲朋旧人的诸多篇章,如《纪念雪峰》《怀念胡风》《关于丽尼同志》《怀念方令孺大姐》等,写得情真意切,能感受到作家生命的温热。《怀念萧珊》《小狗包弟》等,是《随想录》中的名篇。巴金讲述的那段历史并没有从这代中国人的视野中消失,甚至还是现实问题,因此,《随想录》在八九十年代持续被关注(也间或被争论),它被称为"说真话的大书"[①]。

孙犁[②]自1956年大病之后,创作渐少。五六十年代的散文曾题为《津门小集》出版。"文革"结束后,创作进入另一"高峰"期,并将力量全部放在散文、随笔写作上。他的散文"取眼之所见,身之所经为题材;以类型或典型之法去编写;以助人反思,教育后代为目的;以反映真相,汰除恩怨为箴铭"[③]。笔墨平淡古朴,却耐人寻味,与巴金的热情峻急形成两种可以对比的写作姿态和文体风格。孙犁称自己的写作是"患难余生,痛定思痛"[④],"在它的容纳之中,都是小的、浅的、短的和近的"[⑤],在对往事故人的回忆中,流露出一种人生无常的感慨和饱经忧患的"残破"意识。但叙述者并不沉浸在情感的旋涡中,而是化绚烂为平淡,往往以超然和平静的眼光来看待人生的悲喜,将自己的感情隐藏在淡淡的语句之中。孙犁在文体上,有多种经营:随笔、杂感、书信、序跋、评论、读书札记等。从"耕堂散文""芸斋琐谈""乡里旧闻""耕堂读书随笔""耕堂题跋""芸斋短简"等名目中也可见其取材、格式的多样。

杨绛[⑥]的《干校六记》记述作者1969年底到1972年春在河南息县"五七干校"中的生活经历。所写的内容,大都是个人亲历亲闻的琐碎之事:下放记别,凿井记劳,学圃记闲,"小趋"记情,冒险记幸,误传记妄。其总题、各章名称,笔法和叙事"立场",都可见对清代沈复(三白)《浮生六记》的某

---

① 巴金:《探索集·后记》,北京:人民文学出版社,1980年。

② 孙犁(1913—2002),"文革"后主要从事散文创作,共出版《晚华集》《秀露集》《无为集》《远道集》《曲终集》《芸斋书简》《耕堂读书记》等十多部散文集。

③ 孙犁:《无为集·后记》,北京:人民文学出版社,1989年。

④ 孙犁:《文字生涯》,《晚华集》,天津:百花文艺出版社,1979年。

⑤ 孙犁:《尺泽集·后记》,天津:百花文艺出版社,1982年。

⑥ 杨绛(1911—2016),原名杨季康,祖籍江苏无锡,生于北京。1932年毕业于苏州东吴大学。1935—1938年留学英、法,回国后曾在上海震旦女子文理学院、清华大学任教。1952年调入中国科学院文学研究所外文组。著有小说集《倒影集》,剧作《称心如意》《弄假成真》,长篇小说《洗澡》,散文集《干校六记》《将饮茶》《杂忆与杂写》等,另出版有《杨绛文集》(8卷)。

种承传[①]。杨绛的另一个随笔集《将饮茶》，部分也写到了“文革”期间的遭遇，不过似乎不如《干校六记》从容。这个集子中更出色的，是回忆亲人往事（丈夫钱锺书，姑母杨荫榆等）的部分。杨绛的文字简约含蓄，语气温婉，对历史事件多少保持适度距离，作平静审视的态度。她将笔触专注于大时代事件中的小插曲，在对个人的见闻、感受的记述中，也能见到时代的光影。《将饮茶》中说到“卑微”是人世间的“隐身衣”，“唯有身处卑微的人，最有机缘看到世态人情的真相，而不是面对观众的艺术表演”。[②] 这似乎是杨绛在“写作身份”上的自我表白。虽说是“卑微”，也透露了某种“优越感”：既不止于一己悲欢的咀嚼，但也不以“文化英雄”的姿态大声抨击，反而更能够展示形形色色的众生态，写出了事件的荒谬和内心的隐痛。

三 抒情、艺术散文

在八九十年代“文学自觉”的潮流中，有关“抒情散文”“艺术散文”“美文”等的提法表现了一些作家强调“自我”表现和重视“抒情性”的倾向。从文体的角度上说，是为了与叙事的报告通讯，与议论杂感文字等拉开距离；从写作主体的方面，则将“个性”“心灵”的抒写、表达放在首要位置，并提倡语言、篇章结构上的“美文”素质。因而，“抒情散文”“艺术散文”“美文”等概念虽然没有得到广泛认可，却借此可以窥见这些作家在散文写作上的艺术取向。

周涛、贾平凹、王英琦、赵丽宏、唐敏、苏叶、斯妤、李佩芝等在这个时期的散文写作，均有突出表现。**周涛**[③] 80 年代有一段时间主要写诗，曾是“新边塞诗”（或“西部诗歌”）的提倡者和实践者之一。80 年代中期转写散文。散文与他的诗歌相似，以描述西部边陲的自然、人文景观，抒发在这一广袤天地中的情思为主要内容。思路开阔，语句密集，情感充沛。往往借对博大而广漠的边疆自然山水的描述，赞美勇猛、强健、充满阳刚之气的野性生命力。他的长篇散文《游牧长城》《蠕动的屋脊》《伊犁秋天札记》等，由一些联系松散的短章构成，但统一在奇诡的想象和流泻的情感之中，往往融议论、

---

① 如《浮生六记》现存四记分别为《闺房记乐》《闲情记趣》《坎坷记愁》《浪游记快》。此书最初以手抄本形式在社会上流传，后为苏州独悟庵居士杨醒逋在护龙街冷摊上瞧见，慧眼识珠，立即携回刻刊，由王韬作序，在东吴大学校刊《雁来红》上刊出。

② 杨绛：《隐身衣（废话，代后记）》，《将饮茶》，北京：生活·读书·新知三联书店，1987 年。

③ 周涛，1946 年生于山西潞城，1955 年入疆，1965 年进入新疆大学中语系学习，后在军队从事专业文学创作。主要作品有诗集《神山》《野马群》，散文集《稀世之鸟》《秋风旧雨集》《游牧长城》《高榻》等。

抒情和叙事于一体。

这个时期的女作家的散文也表现出独特的一面,并出现了“女性散文”的概念。善于从日常生活的细微中发现诗意,并在对自我心理、情绪的敏感捕捉中,营造一种细腻的感性情调。从事散文写作的女作家有王英琦、唐敏、韩小蕙、李佩芝、叶梦、苏叶、斯妤、马丽华、黄茵等。**王英琦**①的散文取材比较开阔,并追求超越生活事项的有关人的生存方式、精神境界的思考。这一切,都以自己的体验、生活领悟作为核心。**唐敏**②较有影响的作品是《女孩子的花》,写将成为母亲的女人担心自己的孩子是女性会在这个世界受到更多伤害,而用水仙花来占卜孩子的性别,温婉而细腻地传达出对生为女性的复杂感受。在90年代的“散文热”中,许多女作家的散文都结集,并以丛书的方式“集束”推出。这表明了女作家散文写作的实绩,但是在市场消费的环境中,女作家散文在情感表达、题材选择以及作品风格上也都存在被简化、同一化的倾向③。

在八九十年代,许多小说家和诗人对散文也有程度不同的倾注。这自然也是“新文学”的“传统”。在理解上,有的基于“文类”的等级观念,将散文看作一种“业余”写作,或文学创作的“基本功”。④ 其实散文也可以承载他们在诗、小说中受到限制的经验的表达。**张洁**80年代在发表《从森林里来的孩子》《爱,是不能忘记的》等小说的同时,散文《挖荠菜》《拣麦穗》《盯梢》等,透过一个名叫“大雁”的乡村小姑娘的眼光,记述童年的往事,表现了对失落的爱、纯洁、温情的感伤怀念。**贾平凹**除小说之外,散文也很有建树。早期

---

① 王英琦,1954年生,安徽合肥人,1968年下乡劳动,1982年开始发表作品。著有散文集《热土》《漫漫旅途上的独行客》《我遗失了什么》《情到深处》《美丽地生活着》,小说集《爱之厦》,并著有电影文学剧本《李清照》。

② 唐敏,1954年生于上海,祖籍山东,“文革”期间在福建山区“插队”,后曾在福建省图书馆、福州文联、厦门市文联工作。主要有散文集《纯净的落叶》《女孩子的花》等。

③ 在20世纪90年代中期的“女性文学热”中,由男性作家、批评家主编有多种“女性文学”丛书,收入作品除小说外,还有散文。这些丛书有“红罂粟丛书”(王蒙主编,收22位当代女作家散文小说集,河北教育出版社,1995年),“她们文学丛书”(程志方主编,共三辑,收22位女作家的37部小说散文集,云南人民出版社,1995—1998年),“风头正健才女书”(陈晓明主编,华艺出版社,1995—1996年),“红辣椒女性文丛”(陈骏涛主编,四川文艺出版社,1995—1996年),“当代女性文学书系”(蓝棣之主编,春风文艺出版社,1993年),“海派女作家文丛”(文汇出版社,1996年),以及“当代女作家情爱小说精品大系”“女性独白最新系列随笔精华”“新新女性情调散文书系”等。

④ 余秋雨在最初涉足散文时,多次说到散文不是自己的“专业”,说“在今天,‘专业散文家’的称号,听起来总有点滑稽;一个人,干着别的事,有感而发、写两篇散文,这才自然”。见余秋雨:《访谈录——关于散文》,《文明的碎片》,沈阳:春风文艺出版社,1994年。萧乾说,“不论对小说家、诗人、戏剧家,还是写通讯特写的记者而言,散文都是不可或缺的基本功”。张炜说,“一个人只要具有良好的文化素养,写散文就成了他的基本能力”。见《90年代散文写作随访》,《美文》(西安)1998年第9期。

的《月迹》《一棵小桃树》等，写儿童眼睛中的美丽而单纯的世界，注重诗意境界的酝酿。80年代中期，在《商州初录》《商州又录》等作品中，转向风土人情，展示商州、静虚村等陕南乡村的自然、文化风景与生活情态。其后，又潜心构建一种“闲适”风格，描述当代的世态人情。90年代贾平凹的散文在思想意蕴、文化趣味、语言运用上，都倾向从禅宗、道家那里取得借鉴，追求“虚”“静”境界与简洁古朴文风的互为表里。80年代以来，也费心尽力地主持着颇有影响的散文刊物《美文》。**汪曾祺**晚年也有不少散文作品问世。出版有《蒲桥集》《塔上随笔》。汪曾祺的小说和散文之间，界限本来就不很清晰。不少出色的篇章，也仍是对家乡人情风土、对40年代昆明生活的记述。一些回忆、追念旧故的文字，从容简朴中蕴涵真切深情。张承志的《绿风土》《荒芜英雄路》，史铁生的《我与地坛》，韩少功的《夜行者梦语》，张炜的《融入野地》，王安忆的《漂泊的语言》等，也都是90年代散文的重要收获。王安忆认为散文是小说家“放下虚构的武器”之后的“创作者对自身的纪实”①，张炜也重视散文“可以直抒胸臆”的特点②，都是看到散文比小说更有利于表达作家的情意。因此，小说家的散文，或者表现了较强的抒情性，或者用以直接表达其理念和主张（如这一时期张承志、张炜的散文），并在语言运用、篇章结构上也更加留心。

80年代后期以来，诗人的散文随笔也不少见。较有影响的随笔集，有于坚的《棕皮手记》，西川的《让蒙面人说话》，翟永明的《纸上建筑》，王小妮的《手执一枝黄花》，以及王家新、北岛、钟鸣、柏桦等的作品③。

四 学者的散文随笔

八九十年代散文的另一重要现象是，一些从事人文学科或社会科学研究的学者，在专业研究之外，创作了融会学者的感性体验和理性思考的文章，而出现了被称为“学者散文”或“文化散文”的散文形态。这一现象的出现，与学者关注现实问题，参与文化交流的新趋向有关。在明清，“文人之文”与“学者之文”的区分有时并不很清楚。随着现代知识的专业化和学科体制的“完善”，“学者”与“作家”之间分裂越趋明显。文学写作普遍被看成

---

① 王安忆：《心灵世界——王安忆小说讲稿》，上海：复旦大学出版社，1998年，第361页。

② 见《90年代散文写作随访》，《美文》（西安）1998年第4期。

③ 北岛、钟鸣、柏桦的散文随笔在90年代报刊发表，并于2000年以后分别结集为《失败之书》《旁观者》《今天的激情》出版。

表达情感等感性体验的“形象思维”领域，而与学术研究的“抽象思维”有着“类”的不同。这种清楚的分界，实际上对文学创作与人文学科的发展，都有可能带来损害。因此，学者“越界”参与创作是值得注意的现象。80 年代，较早进入散文创作的是金克木、张中行等老资格的学者。90 年代初期，从事艺术文化史和戏剧美学研究的余秋雨也介入其中，并引起轰动。学者的散文并不特别注意文体“规范”，而将其视为专业研究之外的另一种自我表达或关注现实的形式。对于许多类似的作品而言，引人瞩目的当然也有叙述形式方面，但谈论的内容更加突出。由于谈论结合了作者的文化关怀和个人感受，文字表达上的个性也随之显现出来。因此，这些学者比较自由的写作，为散文融进一些新的因素。一般而言，表达大多较为节制，有的会以智性的幽默来平衡情感的泛漫。这些散文、随笔与“杂文”的不同之处是，它更关注的往往不是“识”，而是“情”与“理”。因而，有的批评家将之称为“文化散文”“哲理散文”或“散文创作上的‘理论干预’”[①]。

金克木[②]是梵文、印度文化研究专家和翻译家，对印度宗教、哲学、文学和语言有深入研究，于中外文化交流史、比较文学、佛学也有深入钻研。早年曾是“现代派”的重要诗人之一。思想敏锐，博学多闻，学问文章堪称一流。80 年代以来写作大量散文随笔。也有回忆故人旧事的，但主要是思想、文化随笔，有读书札记、文化漫谈甚至文献考订等宽泛内容。往往是针对某一议题生发开来，融进丰富的知识，表现出思维活跃、充满智慧而又诙谐从容的文风。他所谈论的问题，大多具有一定的学术针对性，依据自己的人生阅历，以及东西方历史、哲学、宗教、文学等方面的学识，信笔展开，但所征引的材料和所得结论却颇严谨。这一特点被人评为“散文小品的学术化”[③]。他的散文、随笔文字朴素、干净、简洁，有时近乎口语，但又自然地加

---

① 参见佘树森：《中国现当代散文研究》，北京大学出版社，1993 年。

② 金克木(1912—2000)，安徽寿县人，字止默，笔名辛竹，生于江西。幼年读私塾，中学一年即辍学。1935 年在北京大学图书馆当图书管理员，自学多国语言，开始翻译和写作。1938 年任香港《立报》国际新闻编辑。1939 年任湖南桃源女子中学及湖南大学英、法文教师。1941 年在印度加尔各答游学，兼任《印度日报》(中文)编辑，同时学习印地语和梵语。1943 年到印度佛教圣地鹿野苑钻研佛学，同时学习梵文和巴利文，走上梵学研究之路。1946 年回国，应聘武汉大学哲学系。1948 年后任北京大学东语系教授。翻译有《古代印度文艺理论文选》《我的童年》《印度古诗选》《伐致呵利三百咏》《云使》《通俗天文学》《莎维德丽》，学术著作有《梵语文学史》《印度文化论集》《比较文化论集》《梵佛探》《甘地论》《探古新痕》，散文随笔集有《天竺旧事》《文化的解说》《百年投影》《文化猎疑》《燕口拾泥》《燕啄春泥》《金克木小品》《书城独白》《无文探隐：试破文化之谜》《艺术科学丛谈》《旧学新知集》《风烛灰》《路边相》《末班车》《槛外人语》《蜗角古今谈》《异域神游心影》《书外长短》《文化卮言》《书读完了》《梵竺庐集》等，有诗集《蝙蝠集》《雨雪集》《挂剑空垄》，小说集《旧巢痕》《难忘的影子》《孔乙己外传》。

③ 谢冕：《金克木散文选集·序言》，天津：百花文艺出版社，1996 年。

人文言语汇和句式。不轻易表露情感,却在看似散漫的笔法中,透出世事洞明者的豁达和通透。没有铺张的情感抒写和对于严重"意义"的揭发,不依凭丰富阅历和学识,来炫耀、裁决、预言什么。但也绝没有年迈者的老态和迟滞,对于历史和现实,并不冷漠地超然度外,而坚持一贯的敏锐的警觉。因此,他在回忆往事的时候,不抚摸伤痕,把旧岁月的残渣作为把玩、咀嚼的材料。于是,在时代激荡的风云之外,他提供了历史的另一侧面。从中可见为风潮遮蔽的值得珍惜的事物,体验难以被风雨摧毁的真情,认识在"日日新"之外,还有"日光之下并无新事",也在纷乱多变的炫目中,见识"旧招牌下面又出新货,老王麻子剪刀用的是不锈钢",从而让读者去思索"历史出下的数学难题"。[①]

张中行[②] 30 年代毕业于北京大学,长期从事语文教科书和语文教育的编辑、研究工作。80 年代开始,陆续写下一批以 30 年代前期北京大学为中心的旧人旧事的随笔,定名为《负暄琐话》出版,引起注意。后又陆续出版《负暄续话》《负暄三话》以及《流年碎影》等随笔集。张中行借古语"负暄"(一边晒太阳一边闲聊)做自己的书名,大体能概括所追求的写作风格:以"诗"与"史"的笔法,传达一种闲散而又温暖的情趣。[③] 张中行的工作与著述虽偏重于语言文字方面,但他兴趣广泛,经史子集、古今中外的知识都乐于涉猎,被人称为"杂家"。体现在他的随笔中,则不仅是于人、事的各种"掌故"的熟知,而且品评指点,也透出理趣和淡雅的文化品位。他的这些随笔,在一个时期声名大噪,甚至有将其比喻为"现代的《世说新语》"[④]的。

余秋雨[⑤]在 90 年代,是影响广泛,但争议也颇多的散文家。在《收获》杂志上以专栏形式发表系列散文,后结集成为《文化苦旅》出版,引起极大反响。这种将文史知识与情思、历史踪迹追寻与现实问题思考,将人、历史、自然交融[⑥]的构思、格局,在当代应该说独创一格[⑦]。《文化苦旅》《文明的碎片》

---

① 见金克木:《孔乙己外传》,北京:生活 · 读书 · 新知三联书店,2000 年。

② 张中行(1909—2006),河北香河人。30 年代毕业于北京大学中文系后,曾任中学、大学教师,报纸副刊和期刊编辑。1949 年后任人民教育出版社编辑。主要有论著《文言和白话》《文言津逮》《作文杂谈》《佛教与中国文学》《顺生论》,散文随笔集《负暄琐话》《负暄续话》《负暄三话》《禅外说禅》《流年碎影》《散简集存》,另有《张中行作品集》(6 卷)。

③ 参见张中行:《负暄琐话·小引》,黑龙江人民出版社,1986 年。

④ 吕冀平:《负暄琐话·序》,黑龙江人民出版社,1986 年。

⑤ 余秋雨(1946—),浙江余姚人,毕业于上海戏剧学院,曾任上海戏剧学院院长。著有《戏剧理论史稿》《戏剧审美心理学》《艺术创造工程》等论著,出版的散文集有《文化苦旅》《文明的碎片》《山居笔记》《秋雨散文》《霜冷长河》《千年一叹》《行者无疆》《晨雨初听》等。

⑥ 参见余秋雨:《文化苦旅·自序》,北京:知识出版社,1992 年。

⑦ 60 年代秦牧等的一些散文,也表现了对这一"体式"的某种探索。

中的文章,大都以游记的方式进行文化思考。在抒发对某一名胜古迹的观感的同时,也叙述相关的文化历史掌故,并引发出对于历史文化的思索,在历史时间的回溯中,让山水和文化踪迹负载诸多沉重的现代问题,包括时代的兴衰浮沉,知识分子的使命与命运等等。语言追求文雅,行文常常直抒胸臆,讲究思绪情感对史实、文化知识的引领与贯穿。余秋雨后来仍然多产,但成就均不如《文化苦旅》。情感的夸张与造作是一个方面,文章体式的"模式化"也是另一原因。他的那些文字,本是以"苦旅"来"对抗"90年代初散文流行的奢靡甜腻之风,开辟较为恢弘的格局,却也在自己热衷推动的"流行"中,逐渐销蚀着活泼的内在生命和艺术的更新能力。

第二十五章

90 年代的文学状况

一　90 年代的文学环境

“90 年代”是否可以，或在什么意义上可以作为一个文学阶段看待，文学界一直存在争议[①]。分歧主要基于对与 80 年代文学关系的不同理解，即对八九十年代文学的“延续”与“断裂”关系的不同认识。八九十年代之交，社会文化并没有出现“文革”结束后那样大规模、有意识的全面调整，“当代”确立的文学规范在 80 年代的瓦解趋势，在 90 年代仍在继续推进。不过，市场经济作为难以忽视的社会背景和对文学所产生的影响、规约力量，已明显内化为文学的“实体性”内容，也是难以忽视的事实。

90 年代，尤其是 1993 年以后，中国最重要的社会现象，是社会主义市场经济的全面展开。以市场化作为基本取向的“现代化”发展目标，在 80 年代初期就已提出。但在 80 年代，主要表现为对计划经济体制的某种实验性调整。1992 年以后，市场经济在国家体制上的合法性确立[②]，中国加速融入全球经济“一体化”，导致社会结构重组、资本重新分配、新意识形态建立、文化地形图改写的“社会转型”的出现。在这一情势下，文学的整体格局，不同

---

① 文学界普遍意识到 90 年代社会生活和文学创作发生的变化，但对这种变化的理解和估计，却看法纷纭。其中较有影响的是“新时期”结束论，和“后新时期”概念的提出，参见谢冕、张颐武合著的《大转型——后新时期文化研究》（黑龙江教育出版社，1995 年），冯骥才《一个时代结束了》（《文学自由谈》1993 年第 3 期），张颐武《“分裂”与“转移”——中国“后新时期”文化转型的现实图景》（《东方》1994 年第 2 期），王宁《“后新时期”：一种理论描述》（《花城》1995 年第 3 期）等。不过，“后新时期”的概念并未得到普遍的认同。

② 以邓小平 1992 年视察中国南方城市的经济改革状况，在武汉、深圳等地发表的“南方谈话”，和中国共产党第十四次全国代表大会确立“建设社会主义市场经济体制”作为标志。

文学形态的关系，文学生产、流通、评价方式，以及作家的存在方式等，也都出现明显的变化。

文化（文学）体制的改革，在90年代初作为国家文化政策提出。减少了各级作家协会提供稳定生活保障的“专业作家”（“驻会作家”）的人数，国家对文学刊物、出版社的经济资助也不同程度削减，有的还要求它们进入市场自负盈亏。版税制度开始全面实施，使具有可观经济收益的“畅销书”在“当代”成为事实。出版社、报刊虽仍由国家控制、管理，但某种程度的文化产业化，也出现了社会、个人资本对书刊出版的注入；出版、发行在国家“主渠道”之外有了另外的补充方式①。由国家推动的“文化经济”的形成和文化产业的运作方式，重组、拓展了社会文化空间。文学与政治权力，与市场之间，建立了一种既抵御又同谋的复杂依存关系。“文化经济”的出现，使文化与政治相对疏离成为可能，改变了原先的权力政治与精英文化构成的文化格局，使社会文化空间的裂隙加大，社会文化空间中的诸种成分、力量之间的关系也更加复杂化。在90年代，意识形态权力经典的监管方式仍然继续发挥作用，不过，明显的趋势是，取代强制性的开展群众运动的文学（文化）干预方式，是采用更具弹性，并更多运用经济集团活动的方式，来影响、规范文学的取向。提倡“主旋律”既是国家反复强调的一项文化战略措施，但也允许甚至推动一个消闲、流行文化空间的形成。因此，80年代和政治紧张的90年代初期，那种用以描述权力空间的“官方”/“民间”、“体制内”/“体制外”的对立、分割性概念和相应的描述方式，在使用上已不再那么简便和清晰有效。在这一复杂的社会语境中，在80年代享有“公用空间”的文学界，其分化不可避免，作家创作的定位，价值取向的选择，“灵感”的来源，对“产品”预期的市场效应等，有了更多选择的可能性，也面临更多的制约。

90年代文化上的最突出表现，是被称为“大众文化”②的通俗、流行文化，借助大众传媒的迅速“崛起”。“崛起”指的是“大众文化”的各类产品大量出现，占据文化市场主要领域，指其制作、生产的运作、传播程序的日

① 在国家的出版、流通部门之外，出现了“个体书商”“民营书店”和“二渠道”的发行途径。自然，这些“民营”形态的出版机构，必须从正式出版社取得出版的书号，其出版物也需接受国家出版管理机构的监管，因而其“独立性”相当有限。

② “大众”一词，在中国语境中，很自然会联想起现代左翼和社会主义文化的、作为“历史主体”的“群众”“人民大众”“工农大众”等概念。事实上，90年代繁荣起来的“大众文化”，应以至少在30年代的上海等大都市就已形成的大众文化工业、市场及其产品为其脉络。只是后者在左翼文化和当代社会主义语境中，“始终是一种匿名的文化事实”，“除却作为间或提及的批判、否定对象（‘小市民文化’或封建渣滓），它几乎不曾进入知识分子群体的关注视野”。戴锦华：《隐形书写——90年代中国文化研究》，南京：江苏人民出版社，1999年，第9—11页。

益“成熟”，也指它在社会文化中占据的地位和影响。“崛起”是一种繁荣，也标识了一种“扩张”。90 年代，通俗、流行文化在中国大陆基本发展成型，它成为主要的文化需求对象，并基本上形成一套产业化的生产、运作方式。它广泛渗透在人们的日常生活中，并逐渐成为“主流文化”中的显要组成部分。

通俗、流行文化在 90 年代的勃兴，表现为以大众娱乐节目和电视连续剧为主要内容的电视的蓬勃发展，以及时尚、消闲性的报纸杂志、书籍的大量涌现。随后则是网络的迅猛发展和在城市的普及提供的大量娱乐资讯。在文学的领域，主要为了满足窥秘、猎奇、感官刺激、时尚需求等欲望的作品（主要是小说、通俗故事、纪实文学等类型）大批涌现。更值得注意的是，大众文化不仅生产了具有自身典型特征的产品，而且在挪用、招募、颠覆、消融其他文化、精神产品上释放着巨大的能量。这是一种将其性质、功能予以转化的能力，即使对象原先具有精英的，或高度政治意识形态的性质。90 年代发生的种种文学（文化）现象，比如“文化毛泽东热”，顾城等的“诗人之死”事件，《废都》《白鹿原》等作品的出版发行，“张爱玲热”，当代史（反右、“文革”等运动）“揭秘”图书的出版，30 年代闲适散文热，专业精英学者（钱穆、陈寅恪、吴宓等）成为大众的“文化英雄”，“女性文学”和“美女作家”产生的市场效应，“红色经典”的推出……[①]都体现了这一“转化”。这些现象的内部，其实蕴涵着多种复杂成分，包含着分裂甚至互相冲突的多种因素，也蕴涵着诸多值得重视的思想、文化问题。不过，媒介和文化市场所竭力放大、引导的，主要是对于禁忌、私密、苦难、欲望等的感官式“消费”。这也正是媒介制造这些事件，以构造 90 年代文学图景主要凭借的手段。

二　文学界的分化

在 90 年代，一方面，“现代化”这一纳入全球市场中的，作为具体的社会组织形式的实践得到充分展开，另一方面，人文知识界对“现代化”的态度和文化想象却发生了改变。在 80 年代，“现代化”作为一种告别“历史暴政”和解决社会矛盾的新的发展方案，在知识界的想象中是充满希望的乐观前景。80 年代整体的理想主义文化氛围，大体上建立在这种想象的基础之上。但在“现代化”具体实践真正降临之后，人们猝不及防地惊觉了理想和现实之

---

① 有关 90 年代文学（文化）重要事件、现象的研究，可参见戴锦华《隐形书写——90 年代中国文化研究》、孟繁华《众神狂欢——当代中国的文化冲突问题》（北京：今日中国出版社，1997 年）等著作。

间的偏差;现代化进程中出现的种种矛盾和“负面”效应逐渐显露。最重要的是,随着市场调节机制的形成和消费文化的渐趋成熟,精英知识分子、“精英文学”在社会中的位置也日趋“边缘化”。知识分子对自身的价值、曾经持有的文化观念产生怀疑。他们在如何看待、评估“现代化”进程产生的后果上,在如何看待“大众文化”上,在知识分子的精神价值和社会功能上,思想态度发生了分化。分化并不是以简单、直接的方式呈现,而是在不断的文化争论和文化交流中形成。80 年代有关“异化”“人道主义”“文化热”等问题的论争,居主流位置的文化群体对问题常有一种趋同的理解,有一种建立在问题意识和思想前提层面上的“共识”。但在 90 年代,文化论争中这种“共识”已经破裂。

90 年代规模、影响较大的文化论争,一是发生于 1993—1995 年间关于“人文精神”的讨论,另一是于 90 年代中后期逐步呈现的“新左派”和“新自由主义”的分歧。后者的分歧,主要集中在如何看待中国现实社会问题,解决这些问题的方案,和知识分子以何种方式参与现实文化实践上。[①] 而发生于 90 年代初的“人文精神”讨论,则涉及 80 年代知识分子启蒙理想挫败、失落之后的“精神危机”,和面对“大众文化”“入侵”时的反应,其核心也围绕知识分子的精神价值和社会功能问题展开[②]。现实中国主要的文化差异、矛盾,所谓“国家意识形态文化”(“官方文化”)、“精英知识分子文化”(“高雅文化”)和“大众文化”(通俗、流行文化)的虽然有迹可循,但也互相渗透、混杂的情况,在论争中得到了展示。

思想分化当然表现在文化领域的整体,但由于中国现代文学的特殊品格(与时代、社会思潮和问题的紧密关联,许多作家“与生俱来”的人文知识分子的思想态度),也鲜明地体现于 90 年代的文学界,并影响着 90 年代的文学格局和文学进程;事实上,“人文精神危机”正是由文学界最先敏感到并最先提出的。各种文化形态的存在,文化市场的成熟,“大众文化”主流地位的确立,推动作家对自身的文化姿态、思想立场、生存和写作方式的选择与调整。其中,与政治文化体制,与文化市场建立何种关系,是面临的重要方

① 思想界存在的分歧,因为汪晖 1997 年长篇论文《当代中国的思想界状况与现代性问题》〔《天涯》(海口)1997 年第 5 期〕的发表,和对这篇文章的反应而集中呈现。中国大陆“新左派”与“新自由主义”论争发表的重要文章,参见公羊主编《思潮——中国“新左派”及其影响》(北京:中国社会科学出版社,2003 年)。

② 最早提出这一问题的,是上海的王晓明、陈思和、李劼等。《上海文学》1993 年第 6 期刊登王晓明等五人的谈话录《旷野上的废墟——文学和人文精神的危机》,引发了这场有关人文精神失落与重建的论争。随后,不少报刊发表争论文章。重要文章由王晓明收入他编的《人文精神寻思录》一书,由上海的文汇出版社 1996 年出版。

面。因而,相对于80年代比较单一的现象,90年代作家的"存在方式"呈现了多样、复杂的情形。可以从这一层面来观察这十年中文学界发生的种种现象:"自由撰稿人"身份的出现;作家的"下海"经商;经商成功后的重回文坛;"专业诗人"成为历史,"兼职"成为普遍现象;离开"纯文学"而选择有较丰厚报酬的"亚文学"(影视作品、通俗小说、纪实文学等)写作;作家与传媒、图书市场营销身份的"合二而一";紧密呼应"主旋律"写作的"询唤";作家进入高校成为教授的热潮;蛰居偏远之地以保持其独立姿态……自然,分化更体现在文本中,在语言、意象、叙事方式、文体格调之中得到更深刻的表露。

三　文学的总体状况

文学潮流的淡化是90年代的文学现象之一。在"新写实"小说之后,文学界又出现过一些潮流性的命名[①]。由于概念的理论阐释与具体创作之间存在的差异,也由于尽管存在一些类似的作品,但作家对潮流的形成和推动已失去热情,因而,它们只是在批评中作为提示文本特征和文体演化征象的概念被使用,而没有得到广泛认可。已不存在类似于80年代那样的以潮流方式推进的那种痕迹。在一个逐渐失去单一"主题"的社会,对世界和文学的理解更形"多元"。市场的选择和需求打破了文学的"有序"进程,而对于历史的反省也使得历史发展和文学潮流对应的文学史观受到质疑。因而,"潮流"趋势的削弱是理所当然的。

在文类状况上,90年代诗歌的边缘化最为突出,诗人的处境、诗集的出版都相当窘困。比较而言,不管出于自觉还是无奈,诗歌似乎也与政治文化和大众文化市场机制的关系较为疏离。90年代表现突出的是长篇小说和散文,因而批评界有"长篇小说热"和"散文热"的说法。[②] 代替中篇小说在80年代的文学成就的标志性地位,长篇小说成为陈述这个时期文学成就和特征的主要引例对象。数量大为增加自不必说,活跃的小说家几乎都有一部或多部长篇小说问世,并出现了若干值得重视的作品(当然也伴随大量的平庸之作[③])。长篇小说的繁荣,可以视为作家、文学"成熟"的某种标志:作

---

① 如"新历史小说""新状态小说""新体验小说""个人写作""私小说",等等。

② 关于90年代散文创作的概貌,本书在第二十四章中将其与80年代散文状况放在一起评述。

③ 到90年代后期,每年出版的长篇小说都近千部,甚至千余部之多。

家可以用较长时间专注于一部作品的创作,并能就更广泛、复杂的问题做出表达,融入更丰厚、深入的思考和体验。但长篇的兴盛也与作家普遍增长的"文学史"意识有关:标志文学成就的叙事文体,显然更多由长篇承载。[①] 自然,长篇又具有一种"文体的经济性";在作家方面,更易"流行"显然使"长篇"作品有利可图;阅读上,某些长篇的奇闻轶事和故事性,在满足不断增长的消遣性阅读的需求上更具魅力,也有改编为影视作品的更大可能性。

批评在文学界的角色,在 90 年代更具"自足性",但处境也颇显尴尬。批评的理论化是这个时期出现的重要征象。传统的作家、文本批评自然还大量存在,但一些重要的批评成果,其注意力已不完全,或主要不在作品的评价上,寻求理论自身的完整性和理论的"繁殖",即在文本阐释基础上的理论"创作",成为更具吸引力的目标。这与 80 年代以来对欧美现代文学批评理论的引进有很大关系。叙事学、后现代主义、后殖民主义、女性主义等诸种理论在 90 年代的文学批评中表现颇为活跃:这大抵由"学院派"批评家引领风骚[②]。文化研究的兴起,是 90 年代文学批评的另一重要现象。在"人文精神危机"的讨论中,文学界普遍表现了对文化变革的拒斥态度,使批评失去有效阐释大众社会、文化市场、大众文化的能力。文化研究逐渐在批评中占据重要地位,是由于意识到面对变化的社会文学事实需要做出有效的调整。关注文学产品的"商品"性质,关注文学生产、传播、接受的体制、市场运作方式等的问题,是文化研究着力的一个方面。而批判地分析大众文化的意识形态性,揭示其在"民间""大众"等"正义性"面目之下实施的"暴力",也是一些批评家的文化研究"主题"。文化研究在分析上虽然重视结构、修辞等文本结构问题,却不热心对作品的"审美"分析,搁置对作品"文学性"的评价。在坚持传统文学批评观的作家、研究者看来,批评离"文学"、离作家创作越来越远,文本成为阐释有关阶级、民族、性别问题的材料,因而也受到严重质疑,一度有了"批评的缺席"的责难。

进入 90 年代,"先锋"探索逐渐式微。并不是说所有的作家都放弃了这一艺术"前卫"的姿态,而是说作为潮流,形式探索相对地处于"边缘"位置。

---

① 人们清楚看到,获得诺贝尔文学奖的小说家,许多都以某部长篇作为标志。在中国,奖赏各种短篇文体(短篇、中篇小说、散文等)的鲁迅文学奖,其地位、影响显然不及专以长篇小说为对象的茅盾文学奖。

② 文学批评力量,在 80 年代主要是各级作家协会及其主持的刊物的批评家,90 年代中后期,则转为由身居文学研究机构,特别是在大学中的学者担任。

80年代中后期的“先锋小说”没有得到延续。不过，从另一角度上说，也可以看作“先锋小说”以及“先锋”诗人在叙事和语言自觉意识上的探索，已成为一种文学“常识”被接受并融入普遍写作实践之中。其实，小说和诗歌领域的先锋性实验仍在进行，如小说方面的韩少功、韩东、朱文、鲁羊、述平、东西、李冯（以至新世纪初期的林白、莫言、贾平凹），诗歌方面的西川、翟永明、于坚、臧棣、萧开愚等。只不过他们的方向不再具有相一致性，文学界只是将他们作为个例来看待。

在90年代的文化意识和文学内容中，上个十年的那种进化论式的乐观情绪有很大的削弱，犹豫困惑、冷静、反省、颓废等基调分别得到凸现。世俗化现象、都市日常生活、人的欲望，代替重要社会问题，成为取材的关注点。消费时代的人的生存欲望的书写，开始在“日常生活写作”“个人写作”的命题中获得其合法性。但是，“历史”对这个时期的作家来说，仍是挥之不去的或苦涩、或沉重、或惊惧的记忆，也仍然是90年代文学写作的主题。但是，“历史”的指向，历史反思的立场、方式已发生了改变。90年代初期起，那些写作“先锋小说”和“新写实小说”的作家，都不约而同地转向了“历史”。[①] 在这些小说中，不仅再次触及80年代“伤痕”“反思”文学所描述的“文革”“反右”等当代史，更将笔墨伸展到20世纪前半期。不过，它们所处理的“历史”已大多不是重大事件，而是在“正史”的背景、氛围下，书写个人或家族的命运。有的小说（如苏童的《我的帝王生涯》）中，“历史”是一个忽略了时间限定的与当下现实不同的空间。多数以“历史”为题材的小说中，弥漫着一种沧桑感。历史往往被处理为一系列的暴力事件，个人总是难以把握自己的命运，成为历史暴行中的牺牲品。与五六十年代的“史诗性”和80年代初期的“政治反思”相比，它们重视的是表达一种“抒情诗”式的个人经验。因此，有些批评家将之称为“新历史小说”[②]。

当然，对“当代”历史，包括反右、“文革”等事件的反思不会中止，在90年代的小说、散文创作中也仍在继续[③]。除了虚构性叙事文体外，90年代后

---

① 如余华的《在细雨中呼喊》（最初名为《呼喊与细雨》）、《活着》、《许三观卖血记》，苏童的《米》《我的帝王生涯》，格非的《敌人》《边缘》，叶兆言的《夜泊秦淮》系列和《一九三七年的爱情》，刘震云的《故乡天下黄花》《故乡相处流传》《故乡面和花朵》，刘恒的《苍河白日梦》，池莉的《预谋杀人》《你是一条河》，方方的《何处是我家园》等。

② “新历史小说”是陈晓明、陈思和等批评家提出的概念，用来概括自莫言的《红高粱》、格非的《大年》等以来某些表现“历史”的小说。

③ 小说中这类作品有李锐的《无风之树》《万里无云》，王朔的《动物凶猛》，王小波的《黄金时代》，以及王蒙的“季节”系列的几部长篇等。

期,一批有关50—70年代历史的书籍,包括纪实性回忆录,也陆续出版。[①]

与之相关的现象是,“十七年”的小说如《红旗谱》《林海雪原》《红岩》《敌后武工队》等的重版,并被赋予内涵暧昧、理解各异的“红色经典”的命名[②]。它们和一些在50—70年代未能发表的《从文家书》《无梦楼随笔》《顾准日记》等的发掘出版一起,构成世纪末反观“历史”要求中的各异的呼应。

八九十年代之交的社会、文化“转型”,商业社会的消费取向,使一部分作家更急切地关注生存的精神性问题。他们90年代的创作不同程度地表现了现实批判的取向。这些作家在80年代就已确立自己的艺术个性和文学地位,大多有“知青”生活的背景。这方面的创作有张承志的散文集《荒芜英雄路》《以笔为旗》,张炜的长篇小说《家族》《柏慧》和散文集《融入野地》,韩少功的长篇小说《马桥词典》和散文集《夜行者梦语》,史铁生的小说《务虚笔记》和散文《我与地坛》。这些作品在剥离80年代理想主义的政治含义的同时,试图从历史传统、民间文化、宗教中寻找维护精神“纯洁性”的资源。在他们的作品中,人的生存意义与价值的“形而上”主题得到强化。

作为对特定的政治、物质社会的疏离,在90年代一些诗人、小说家的写作中,“个人”经验获得特别的含义。所谓“特别含义”,指的是脱离了事实上已经解体的用以整合社会矛盾的意识形态,将未被“同质化”的个体经验作为观察、表达的主要依据;也指一些作家质疑整体化的“历史”“现实”,而将“历史”个人化。在诗歌写作中,遂有“历史个人化”命题,以及“只为个人写作”的提出。小说方面,以个人经历和体验,以及个人的“片断”式感受来组织小说,被不少作家所采用。陈染、林白等女作家的自传体小说,以“亲历者”身份切入的“新状态”“新体验”小说,都是如此。

在90年代,文学(主要是小说)对现实社会问题,对现代都市物化生活和农村的现实景况的表现也出现新的特点。由于写作与社会的行进保持着“同步”,并在不同程度上呼应消遣性阅读的需求,这些作品往往重新被“现实主义”理论和方法整合。它们的取材和内涵表现为两个不同的方向。一

---

① 主要有上海远东出版社出版,陈思和、李辉主编的“火凤凰文库”(已收二十余种,包括巴金《再思录》、张中晓《无梦楼随笔》、贾植芳《狱里狱外》、蓝翎《龙卷风》、朱东润《李方舟传》、沈从文《从文家书——从文兆和书信选》、于光远《文革中的我》、朱正《留一点谜语给你猜》、邵燕祥《沉船》等);经济日报出版社(北京)的“思忆文丛”(包括《原上草》《六月雪》《荆棘路》三卷);韦君宜《思痛录》(北京十月文艺出版社),朱正《1957年的夏季:从百家争鸣到两家争鸣》(河南人民出版社),从维熙《走向混沌三部曲》(中国社会科学出版社),等等。

② “红色经典”的说法在90年代末以来的影视界、当代文学研究界,甚至中学语文教学中相当流行。有的是在“经典”一词的“本源”意义上使用,有的在冠以引号之后,表明是一种借用,甚至带有反讽的意味。一些批评家如陈思和等,反对将这些作品冠以“红色经典”的名称。

是继续维持某种整体性的意识形态经验，来表现现实政治、经济、社会的错综复杂矛盾，达到虚构性地弥合“发展主义”的现代化目标与传统社会主义政治遗产之间的裂痕。这在一批被看作“主旋律”的作品中有鲜明的表现。另一是着力表现都市层出不穷的“新”现象，都市的消费性生活，市民的生活趣味等，也涉及“体制”外的人与事，如都市白领、个体户、城市“漂流族”等。

第二十六章

90年代的诗

一　90年代诗歌概况

90年代开始的“散文化”现实，加速了诗歌“边缘化”的进程，也使诗人与“现实”之间的关系变得复杂起来。由于有了80年代前期诗人和诗歌群体辉煌地扮演“文化英雄”的记忆，90年代诗歌向着社会和文化边缘的滑落，就更让人印象深刻。海子、顾城等诗人的死亡事件，因此具有一种象征意味。诗歌读者日减。诗歌既不能满足大众的消费需求，也难以符合一些批评家的对抗“现实”的批判性功能的预期，因而写作和阅读上的“圈子化”现象更加突出。在90年代，“专职”的诗人已经变得相当罕见。由于靠诗歌维持生计的可能性不大，诗歌写作者往往需要从事其他文类（散文、小说、报刊专栏文章等）写作，或者同时从事政经事务，而更多的是担任大学、报刊、公司、机关的雇员。诗人在现代社会的“业余”身份，此时成为“通例”。诗歌的“滑落”趋势，诱发了新一轮的新诗“信用危机”，新诗的价值、“合法性”问题再次被提出[①]。对于这种边缘化现象，诗歌界反应不一。既有在对80年代情景的追忆中，期望诗歌“辉煌”的重振，但也有不少诗人意识到这是一个需要承受的事实，诗歌也只能在这样的边缘化中寻得展

① 与“古典”的“断裂”使新诗失去其应有的“文化资源”，是新诗不能出现“国际公认”的大诗人的原因。90年代提出这一问题的最重要文章，是郑敏的《世纪末的回顾：汉语语言变革与中国新诗写作》（《文学评论》1993年第3期）。文章指出，由于以白话为媒介的新诗否定、遗忘、背弃了古典语言和文学传统，使新诗至今没有出现世界级的诗人和作品。

开之路[①]。

90年代,一些诗人、诗评家敏感地意识到诗歌与历史的关系发生的变化,不约而同地思考、调整自己的诗学信念和写作路向,调整其写作姿态、想象方式、语言策略。[②] 这种调整引发的争论的核心问题,是以"社会现实""大众读者"的名义来规范诗歌,"还是以诗歌来包容社会与现实,以'诗的方式'来展开语言实践和文化想象"。[③] 诗歌如何处理复杂化的经验,如何恢复"向历史讲话"的能力,是不断提出的问题。这包括:"跌落"的,留心生活细节、阴影的诗歌,与精神探索、历史承担之间应建立何种关系,如何有效地实现诗歌对当代题材的处理等。"转型"的社会生活和诗人对诗歌的认识,破坏了有关诗歌具有巨大"政治能量"的幻觉,80年代那种抗争、宣言的诗人身份、自我形象,与诗的"叙述人"之间的"浪漫主义"式重合的情景,也不大可能再回返。90年代的诗歌,从主要的方面,是向着诗人的个性、诗人的个人经验收缩的诗歌。"个人化"是重要(但也不断引起争议)的诗歌征象。诗歌对于复杂的现实经验和个人感受的容纳,推动了诗人在语言、形式、技巧上的包容性和开放性的探索。这样,90年代诗歌出现了与当代抒情诗歌,甚至与"朦胧诗"的不同的面貌。一些诗人和批评家,构撰若干"自我叙述"式的"关键词",来描述90年代诗歌大面积出现的艺术特征,如"知识分子写作""个人写作""中年写作""日常性""叙事性""及物性""综合"等[④]。这些"关键词"涉及写作身份、立场、诗歌修辞、风格诸方面。

专门的诗歌刊物[⑤]仍在继续出版。综合性文学刊物对诗歌的热情日减,但有的也会辟出一定篇幅支持诗歌写作[⑥]。不过,在90年代(特别是前期),

---

① "当诗歌走到一个'边缘',它会发现那里正是它本来的位置——而在这之前它与时代的纠葛与混战倒成为不可理解的了"(王家新:《回答四十个问题》,《南方诗志》1993年秋季号,收入《游动悬崖》,长沙:湖南文艺出版社,1997年)。"诗歌将习惯于这样的位置:在某些人那里它什么也不意味,而在另外的人那里,却充满了意义。或者说,在大众无动于衷的地方,诗歌仍会得到某些人的厚爱"(翟永明:《献给无限的少数人》,《称之为一切》,唐晓渡选编,沈阳:春风文艺出版社,1997年,第212页)。

② 参见欧阳江河《89后国内诗歌写作:本土气质、中年特征与知识分子身份》(《今天》1993年第3期)、西川《写作处境与批评处境》(《大意如此》,长沙:湖南文艺出版社,1997年)、于坚《诗人何为》(《诗歌报》1993年第5期)、王家新《回答四十个问题》、臧棣《后朦胧诗:作为一种写作的诗歌》(《中国诗选》第一卷,成都科技大学出版社,1994年)、王小妮《重新做一个诗人》(《作家》1996年第6期)、萧开愚《90年代诗歌:抱负、特征和资料》(《学术思想评论》1997年第1辑)、程光炜《九十年代诗歌:另一意义的命名》(《山花》1997年第3期)、唐晓渡《重新做一个读者》(《天涯》1997年第3期)等文章。

③ 王光明:《现代汉诗的百年演变》,石家庄:河北人民出版社,2003年,第613页。

④ 对这些命题的阐述与讨论,在90年代一直持续进行。词语的不同使用者的阐释,既有差异,不同阶段的理解也有不同。

⑤ 《诗刊》《星星》《诗林》《诗选刊》《诗潮》《诗歌月刊》等。

⑥ 如《人民文学》《花城》《山花》《上海文学》《大家》《作家》等。

在诗歌的思想艺术探索、调整上,“民刊”起到更为重要的支持作用,成为展现有活力的诗歌实绩的处所。[①] 另外,正式出版诗集的困难,使个人自印诗集成为普遍现象;在排版印刷条件便捷的90年代后期更是这样。诗的传播除了个人阅读以外,一些诗人在城市里的书店、咖啡馆、茶室等处所,举办小型诗歌朗诵会,不少大学也定期举办诗歌节。诗歌朗诵后来也常与歌舞、声光等结合,在电视台或各种名目的晚会上出现,构成大众娱乐的一部分。而“网络诗歌”的兴起,也是这期间出现的重要现象。网络的“民主”和“高速度”,既催生、繁殖无数的诗和诗人,也可能让艺术探索湮没其中,或者在迅速传播与复制中转化为时尚与陈词滥调。

二　诗歌事件与“活跃诗人”

90年代的“活跃诗人”,如果按照诗人“代际”分类方法,则有这样几个部分。一是“老一辈”诗人,如郑敏、牛汉、昌耀、蔡其矫等,他们始终保持创造活力,并不断有新的开拓。二是在80年代已初步确立写作风格,并产生一定影响的“新诗潮”作者,如翟永明、于坚、韩东、王寅、王家新、西川、陈东东、王小妮、李亚伟、欧阳江河、柏桦、吕德安等。其中有的诗人的写作,在90年代取得长足进展。三是虽然80年代开始发表作品,但创作个性明显确立是在90年代,如张曙光、孙文波、臧棣、黄灿然、伊沙、西渡等。当然,在90年代中期以后,众多更年轻的诗人开始受到注意。他们大多出生于60年代末至七八十年代。许多人也以小型“民刊”作为聚合、联结的方式。他们接受了“朦胧诗”“第三代诗”,以及90年代诗歌的艺术经验,但也表现了相当程度的偏移。“偏移”的对象,包括“制度化”的艺术观念、方法,诗歌的运动方式,以及因急迫的文学史意识导致的策略性写作,也包含对他们自身的诗歌技艺的调整、反省。另外,80年代末以后,一些诗人移居海外,如北

---

① 关于1989年后的中国大陆诗歌“民刊”的情况,参见西川《民刊:中国诗歌小传统》一文:1989年后,“诗人们对一种强大的精神存在的期盼迎来了一些全国性的民间诗刊的创立,其中首推《现代汉诗》。《现代汉诗》由芒克、唐晓渡统领,在全国各地轮流编辑。《现代汉诗》颁发过两次空头奖项,一次在1992年,获奖者为孟浪,第二次在1994年,获奖者为西川。此外,创刊于90年代初期的民间诗刊还有:四川的《象罔》《九十年代》《反对》,北京的《发现》《大骚动》,上海的《南方诗志》,天津的《葵》,深圳的《声音》,河南的《阵地》,新疆的《大鸟》等刊物。中国社会的转向加速了中国诗歌的转向,到90年代中期,民间诗刊日益向着小型化、私人化发展,刊载于这类诗刊的作品,其道德意识、政治意识让位于更精致、更温柔的文学,于是在江浙一带又出了《阿波里奈尔》和《北门杂志》。这两本杂志为更多小型杂志带了个头:北京大学创办了《偏移》《翼》,上海创办了《说说唱唱》,四川、上海和北京的部分诗人一起创办了一份小杂志,名字就叫《小杂志》。”(杨克主编《2001中国新诗年鉴》,福州:海风出版社,2002年。)

岛、杨炼、严力、张枣、多多、萧开愚、宋琳等。他们的写作，自然也是 90 年代诗歌的重要组成部分，特别是多多、萧开愚、张枣等，对 90 年代的诗歌进程都有不同程度的影响。

90 年代重要的诗歌事件中，"诗人之死"（海子、骆一禾、戈麦、顾城，以及后来的徐迟、昌耀等）引人关注，在诗歌界以至文化界有过广泛谈论。除去有关各别事件具体原因的分析外，诸多论述常集中在这些现象蕴涵、呈示的"形而上"意义层面。如诗歌在这个失去"远方的时代"的艰难处境，个体生命价值与时代的紧张关系，以及诗歌的"浪漫骑士"在这样的处境中，他们的"敏锐与激情"如何反而"成了一把自我伤残的刀子"，等等。[①] 不过，于诗歌有执着信念的诗人而言，"诗人之死"并非意味着可能性已被耗尽，而是追寻可能性的"转化"。在被迫（或自觉）保持与"中心话语"（政治的、流行文化的）的必要距离的情境中，诗如何探索生存的各个方面，如何提供新的感受性，以及开发诗歌的难以替代的文化批判功能，成为他们探索的中心点。

90 年代另一受到注意的诗歌事件，是发生于后期的，以"知识分子写作"和"民间写作"的"营垒"划分形态呈现的论争[②]。与"朦胧诗"时期不同，冲突发生于被称为"新诗潮"的诗界内部。分裂、论争的内在根据和直接原因，既表现了诗歌观念上的分歧，也来自"诗歌秩序"建构引发的"对诗歌象征资本和话语权力的争夺"[③]。这次论争并不是没有提出有价值的话题。比如，诗人的身份，诗与现实、与当代生活的关系，全球化语境中的汉语写作问题，语言和写作行为的权力特征，文学经典的遴选与文化传统关系……扩大来看，论争也隐含着 90 年代知识分子分化的"症候"[④]。不过，一开始就出现的开展"运动"的方式（建立高度意识形态化立场，简化历史复杂性以划分对立营垒，以"本质主义"的想象来扩展分歧，不加隐蔽的权力欲望），使有价值

---

① 王光明：《现代汉诗的百年演变》，石家庄：河北人民出版社，2003 年，第 604—605 页。

② 论争的主要文章、资料，收入王家新、孙文波编《中国诗歌：九十年代备忘录》（北京：人民文学出版社，2000 年），杨克主编《1998 中国新诗年鉴》（广州：花城出版社，1999 年）等书。

③ 姜涛：《可疑的反思及反思话语的可能性》，《中国诗歌：九十年代备忘录》，北京：人民文学出版社，2000 年，第 137 页。

④ 有一种见解是，所谓"知识分子写作"与"民间写作"，"前者的姿态，似乎更近似于六七十年代之交，欧洲知识分子'退入书斋，以书写颠覆语言秩序'、以文本作为'胆大妄为的歹徒'的选择；而后者则选取某种甘居边缘的态度，以文化的放纵与狂欢的姿态挑战或者说戏弄权力。从某种意义上说，'书斋'间的固守与'边缘'处的狂欢，正是 90 年代知识分子或曰文化人的两种最具症候性的姿态。"周瓒：《当代文化英雄的出演与降落——中国诗歌与诗坛论争研究》，戴锦华主编《书写文化英雄——世纪之交的文化研究》，南京：江苏人民出版社，2000 年，第 93 页。

的问题难以有效展开。因而,在争战的硝烟弥漫中,旁观者眼中原本庄严的诗界,也变得有些含混、滑稽,且破碎了。

三　几位诗人的创作

活跃于90年代的诗人,有的(如昌耀、牛汉、郑敏、蔡其矫、于坚、韩东、翟永明、王小妮等)在前面80年代诗歌的章节中已有评述。

西川[①]大学时代开始写诗。80年代的作品带有"古典主义"的特征,这些"描述自然、农业、爱情、愿望的纯洁善良的诗篇"[②],重视抒情的纯净性和语言、节奏的形式感。在《体验》《起风》《在哈尔盖仰望星空》等一些作品中,表达对"超验"、对"无法驾驭"的"隐秘"的兴趣与敬畏。虽说西川后来的诗变化颇大,但这些仍是他最好作品的一部分。1989年及其后发生的"事变"[③],给他的精神和写作带来深刻的影响,认为自此之后"语言的大门必须打开",诗应是"人道的诗歌、容留的诗歌、不洁的诗歌,是偏离诗歌的诗歌"。[④] 以《致敬》《厄运》《芳名》《近景与远景》这些组诗,以及《虚构的家谱》《另一个我的一生》等短诗而论,确是将"主体单一性"发生的分裂,将"生活与历史、现在与过去、善与恶、美与丑、纯粹与污浊"的"混生状态"直接呈现,而不是以前那样的缩减和提纯处理。因而,艺术上便发生从唯美气质到包容复杂异质性成分的综合技艺的转变。不过,早期确立的诗歌信念、技艺特征的基点,包括对伦理、精神价值,对超越性尺度的关怀,对诗歌创作广阔文化背景的重视,以及并不展示生活具体情境的细节,而是从体验出发,借助冥想、回忆、虚构、穿越,来表现带有"哲理"意味的思考的诗歌方式,仍得到继续与延伸。虽然诗向世界的多方面开放,事物的黑暗被关注,容纳了"不洁"的成分,加入了反讽、"伪哲学""伪经书"等"非诗"因素,但对基本文化价值的坚守,"博学多识"对想象力的支持,叙述者的那种"先知"身份、姿态,并没有削弱,有的时候反倒更加突出。"灵魂不是独自出行的,而是伴随着其他灵魂一道前往的"——这些"其他灵魂",存在于西川的由"书本的世界"所

---

① 西川(1963—　),原名刘军,祖籍山东,生于江苏徐州,1985年毕业于北京大学英语系,曾任教于中央美术学院,现为北京师范大学教授。出版有诗集《中国的玫瑰》《隐秘的汇合》《大意如此》《虚构的家谱》《西川的诗》,随笔集《让蒙面人说话》,诗文集《深浅》等。

② 西川:《虚构的家谱·简要说明》,北京:中国和平出版社,1997年,第1页。

③ 指发生于1989年的政治风波,以及他的两位诗人挚友海子、骆一禾的相继辞世,以及中国社会的"转型"等。

④ 西川:《答鲍夏兰、鲁索四问》,《让蒙面人说话》,上海:东方出版中心,1997年。

构成的“家谱”中,这是他从事不同时空沟通、汇合的主要“源泉”。因而,不夸张地说,在西川的一些重要的作品中,“相形之下,现实世界仿佛成了书本世界的衍生物”①。

在海子死后,西川为海子诗文的整理、出版付出巨大劳动。他还翻译了庞德、博尔赫斯、巴克斯等人的作品,也写有不少诗学论文和随笔。

王家新② 80年代初读大学时开始发表诗作。一个时期曾被列入“朦胧诗”诗人的行列③,早期的创作也的确受到“朦胧诗”诗风的影响。80年代中期,写作一组包含有禅道意味的作品(组诗《中国画》,以及《空谷》《醒悟》《蝎子》《加里·斯奈德》),捕捉一些微妙情境,营造冥想的气氛。虽说它们与生存经验相关,但也属于80年代中期“文化热”的风尚。他“本质上”其实并非“散淡的人”,这种写作自然只持续短暂时间。王家新诗歌个人风格的建立,并产生较大影响,是在80年代末至90年代初。在此期间,他发表了《瓦雷金诺叙事曲》《帕斯捷尔纳克》等作品。虽然王家新也表达了对诗歌技艺,对如“刀锋深入、到达、抵及”的语言的倾慕④,但他不是一个“技巧性的诗人”,他靠“生命本色”写作,其基本特征是“朴拙、笨重、内向”⑤。有不同的诗人,有的让读者记住诗行,写作者则在诗中消散;有的则不断塑造“写作者”的影像,其“身影”留给我们更深的印象。命运、时代、灵魂、承担……这些词语是他的诗的情感、观念支架,他将自己的文学目标定位在对时代、历史的反思与批判的基点上。这个“时代主题”,常以独白、倾诉等略显单纯的方式实现,在诗中形成一种来自内心的沉重、隐痛的讲述基调。写社会“转向”作用于个人的生命体验的诗作,大多以他与所心仪的作家(叶芝、帕斯捷尔纳克、布罗茨基、卡夫卡……)的沟通、对话来展开。当“大师”的文学经验能够包容、转化他的生活经验的时候,王家新似乎更能找到合适的诗歌方式。⑥ 除了诗歌写作外,还有数量不少的诗学论文发表,对当代诗歌现象和诗歌问题进行思考,并积极参与当代诗歌批评与历史建构的活动。

---

① 西川:《大意如此·自序》,长沙:湖南文艺出版社,1997年。

② 王家新(1957—),湖北丹江口人,1982年毕业于武汉大学中文系,大学时期开始诗歌写作,1992—1994年旅居英国,现为中国人民大学文学院教授。著有诗集《纪念》《游动悬崖》《王家新的诗》,及诗论、随笔集《人与世界的相遇》《夜莺在它自己的时代》《对隐秘的热情》等。

③ 1986年的《诗歌报》和《深圳青年报》联合举办的现代诗大展,和吕贵品编的《中国现代主义诗群大观1986—1988》一书,王家新都被列入“朦胧诗派”之中。

④ 参见他的《一个劈木柴过冬的人》《词语》等诗作。

⑤ 程光炜:《王家新论》,《程光炜诗歌时评》,开封:河南大学出版社,2002年,第175页。

⑥ 如他在《帕斯捷尔纳克》诗中写的:“这就是你,从一次次劫难里你找到我 / 检验我,使我的生命骤然疼痛 / 从雪到雪,我在北京的轰响泥泞的 / 公共汽车上读你的诗,我在心中 / 呼唤那些高贵的名字”。

欧阳江河[①] 1979 年开始写诗。1983—1984 年间的长诗《悬棺》,既显示了他的诗歌才华和雄心,它的庞杂、晦涩也引起争议。在写出《汉英之间》《玻璃工厂》的 1988 年前后,他的写作取得明显进展。与那些被认为具有"知识分子写作"身份的诗人一样,90 年代初这个时间对他有特殊的意义;他这时提出、谈论了"中年特征"和"知识分子立场"诸问题。这一方面是他写《悬棺》时就确立的诗学理想的合理延伸,即将写作建立在稳固的智慧与学识的基座上。另一方面,则是对时代,对诗歌写作出现深刻变化的体验:看到生命的无意义的方面,和写作对于世界的"无力感"。这并不意味着欧阳江河失去关注"现实"的热情,否定诗歌检讨、质询世界的承担。只不过他同时对诗歌的这种检讨、质询的位置和成效感到疑惑。因而,在"现代诗"的理解上,他"强调的是词与物的异质性,而不是一致性"[②],是在对"现实"的编织中来探索当代人的生存处境。

90 年代以后,由于欧阳江河"跨界"(国别的,文化体验的,工作的专业性质的)的生活经历,也出于他对时事、政治、全球化语境中的文化现象的关注,他的主要作品(《计划经济时代的爱情》《傍晚穿过广场》《1991 年夏天,谈话记录》《咖啡馆》《感恩节》《那么,威尼斯呢》《时装店》等)处理的事实、经验,有一种"公共"的性质[③]:广场、餐馆、电影院、时装店、海关、国际航班……欧阳江河的诗,有明显的而且有意夸张的"修辞"的风格。"他的诗歌技法繁复,擅长于在多种异质性语言中进行切割、焊接和转换,制造诡辩式的张力,将汉语可能的工艺品质发挥到了眩目的极致。"[④]这为他赢得声誉(表达了复杂经验,和在处理这种经验时的智慧),也使他受到责难(炫技式的词语运用可能导致晦涩,和批判向度的削弱)。欧阳江河诗的数量不多,90 年代后期以来就更少。那可能是出于关注点的偏移,也出于想保持写作水准所面临的难题。部分原因则可能与他对当今"诗坛"的失望有关[⑤]。

---

① 欧阳江河,原名江河,1956 年生于四川泸州,1975 年中学毕业后,曾到农村"插队",在军队服役,1979 年开始诗歌写作,90 年代初曾旅居美国。著有诗集《透过词语的玻璃》《谁去谁留》,评论集《站在虚构这边》等。

② 欧阳江河:《谁去谁留·自序》,长沙:湖南文艺出版社,1997 年,第 4 页。

③ 欧阳江河:《谁去谁留·自序》,第 5 页。欧阳江河认为,90 年代以来,"国内诗人笔下的场景大多具有""中介性质",如他和翟永明写到的咖啡馆、图书馆,"还有西川的动物园,钟鸣的裸国,孙文波的城边、无名小镇,萧开愚的车站、舞台。这些似是而非的场景,已经取代了曾在我们的青春期写作中频繁出现的诸如家、故乡、麦地这类"场景。参见《89 后国内诗歌写作——本土气质、中年特征和知识分子身份》,《花城》1994 年第 5 期。

④ 姜涛、徐晨亮:《失陷的想象,或在词语玻璃的两侧——解读欧阳江河的〈时装信〉〈感恩节〉》,洪子诚主编《在北大课堂读诗》,武汉:长江文艺出版社,2002 年,第 69 页。

⑤ 参见欧阳江河:《世界这样,诗歌却那样》,《书城》2001 年第 11 期。

陈东东[1] 80 年代初在上海的大学读书时开始写诗。80 年代末，与西川等提出诗歌的“知识分子精神”。陈东东有一种对清澈、明净的诗歌风格的追求，他使用了“弃绝”“逃逸”这样的字眼：“它是一种想要让灵魂出窍、让思想高飞、让汉语脱胎为诗歌音乐的梦幻主义，一种忘我抒写的炼金术。”靠词语虚构所创造的“另一个世界”，是“以对照的方式对抗诗人不能接受的丑陋现实，以改变事物意义向度的方式改变事物本身”。[2] 早期的诗，如《远离》《从十一中学到南京路，想起一个希腊诗人》《独坐载酒亭。我们该怎样去读古诗》《雨中的马》等，蕴涵古典诗歌的韵味：梦幻、追忆、唯美。因为有着上海这个大都市的背景，“明净”中也有些许迷恋：檐雨、暗影、旧宅、落叶、残菊的“颓废”。诗的想象、描述具体、细致；“观察水的皮肤 / 触摸树的纹理 /倾注于四叶翅膀的蛇蛉”（《让我》）。对诗的节奏的“音乐性”的追求，在词的选择，章句的安排上，在当代诗人之中是用力最多者之一。90 年代的社会变迁，以及个人的难以明言的遭遇，在他的诗中也留下“时间”的印痕。变化并非改变基本的诗歌方式。不过，“现实”的情景确被更多关注（如长诗《炼狱故事》和有关“噩梦”的《解禁书》[3]）。异质的成分（经验、意象、语调、气氛……）的加入和形成的冲突，可以清楚辨认。而原先的轻盈、舒缓，有时也会变得匆促、急骤。短诗而外，组诗是陈东东所乐于采用的形式：想象有了回旋的伸展空间。他还写有随笔等散文作品，如《词·名词》《地址素描或戏仿》《流水》等。

萧开愚[4] 80 年代中后期与四川的“非非”“莽汉”“整体主义”诗人有密切交往，但他的名字未曾见诸这些派别的花名册上。在某种意义上，可以看作是个“游离分子”。在若干场合，他表示了对诗的“当代性”的重视，也即对当代社会生活变动的敏感和寻求在诗歌语言强度上对这种体验的把握。萧开

---

① 陈东东，1961 年生于上海，1984 年毕业于上海师范大学中文系。著有诗集《明净的部分》《词的变奏》《海神的一夜》《即景与杂说》等。80 年代中期，参加了上海诗歌“民刊”《海上》《大陆》的活动。1988 年，与西川等创办《倾向》诗刊。1992 年《倾向》停刊后，编印诗刊《南方诗志》。

② 陈东东：《明净的部分·自序》，长沙：湖南文艺出版社，1997 年，第 2 页。

③ 写于 90 年代后期的《解禁书》，显然存在着作者的“传记性的背景”。对这部作者认为“意义相当特殊”的作品，陈东东说，“我注意到有过跟我相似经历的那些诗人全都沉默，没有用诗章去处理他们的那种遭遇。我很能理解……但是我意识到，要是我的诗艺并不能处理那些令人憎厌的经验，我也就不必继续我的诗歌写作了。……既然写的是《解禁书》，我的诗歌观念也不妨又一次解禁。难度在于把噩梦嵌进诗行使之成为诗。不过我做到了。被嵌进诗行，噩梦就好像不再，或只不过是一场噩梦……”桑克、陈东东：《既然它带来欢乐……（陈东东访谈录）》，《作家》2006 年第 4 期。

④ 萧开愚（1960—　），又名肖开愚，四川中江人，毕业于医科院校，80 年代中期开始写诗，1992 年移居上海，1997 年以后旅居德国，2005 年回国，现任教于河南大学。从 1986 年起，自印过《植物，12 首》《汉人，27 首》《前往和返回》《地方志》《向杜甫致敬》等诗集多部。“正式”出版的诗集有《动物园的狂喜》《学习之甜》《肖开愚的诗》等。

愚是个诗歌实验、艺术革新的热心者,对形式、风格的创新抱有极大热情;各个时期,甚至同一时期的不同作品,变化幅度颇大。早期的一些短诗有一种清新、典雅的传统风格。80年代末至90年代中期,反讽的叙事和戏剧性的分量加重,并贯穿着对社会发言的主题倾向(《向杜甫致敬》《国庆节》《动物园》《中江县》《嘀咕》《傍晚,他们说》《艾伦·金斯堡来信》等)。旅居德国之后,作品(《安静,安静》等)更注重对人的本性,对自然、命运、自我的发掘,而技艺的多向度探索也更自觉。他的实验涉及范围广泛,如对现实生活场景与超现实想象的处理,反讽叙事对抒情的改造,俚俗口语、四川方言的运用,句式、节奏、体式的变换等。近来的不少作品,在修辞方式上增加适度的"喜剧"因素,这让诗呈现"轻盈"体态。这不完全出于炫耀技艺的乐趣,其动机主要还是来自寻找准确、有力表现的需要,以达到"令人震撼的强度"[①]。

孙文波[②]在80年代曾是"四川七君"的一员。在90年代,参与多种诗歌"民刊"的创办[③]。他逐渐确立了"从身边的事物中发现需要的诗句"的写作路向。对日常生活,准确说是"身边的事物"的讲述,和从诗学理论上概括的"叙事性",是90年代孙文波写作的主要特征。他的诗具有平易、亲切和坚实的道德感等可信赖的性质。当代社会诸多方面的日常情境与细节,是他的诗最通常的"入口",构成他那些重要作品(《在无名的小镇上》《聊天》《散步》《铁路新村》《南樱桃园纪事》《节目单》)的主要"元素"。因而一些诗也被称为"风俗诗"。但孙文波不是"日常经验"的崇拜者。强烈而执着的历史关怀和人文视角,对生活与自我的严格审视,提升了"日常经验"的诗意质量。90年代的大多数时间里,孙文波身在"异乡"的北京。但他与这个城市,从整体精神上并没有产生亲和感。历史与现实的颓败之处给他印象深刻(记忆对他来说已不是经常有用的慰藉),这使他的诗在反讽、自嘲中有"潮湿的黑暗"的潜流,有漂泊的孤独感和辛酸。孙文波是朴实、谦逊的诗人。他的艺术的主要之点,是叙述中在对词语的选择、安排、控制所形成的节奏和语调,是"叙事"过程中想象提升的分寸感。

张枣[④] 80年代初的《镜中》《何人斯》就表现了和当时的诗歌潮流不同的

---

① 参见张曙光:《狂喜或悲愤(代序)》,肖开愚《动物园的狂喜》,北京:改革出版社,1997年。

② 孙文波(1956—),四川成都人,当过"知青",服过兵役,现居北京,1985年开始写诗,也从事诗歌批评写作。著有诗集《地图上的旅行》《给小蓓的俪歌》《孙文波的诗》等,另出版有评论集《写作,写作》。

③ 如《红旗》(1990)、《九十年代》(1990—1991)、《小杂志》(1997—1998)。

④ 张枣(1962—2010),湖南长沙人,1978年就读于湖南师范大学外语系,1986年获四川外语学院英美文学硕士学位,同年起旅居德国,1996年获德国图宾根大学文学博士学位,并在该校任教。著有诗集《春秋来信》等。

特质。80 年代中期,张枣赴德国求学,并在那里的大学任职。他的诗延续了早期的"古典"特征:对"小事物"观察的多角度变化,对词语(声音、色泽、质地)细致、柔韧性质的发掘与精心安排;节奏、韵律上的关注。诗的取材虽然是日常事物,却常有梦幻式的推演。在"语势"(90 年代流行的诗学语汇)上,不是呈现柏桦那样的突兀、急促,而表现了对于智慧、新颖期待的耐心。90 年代以后,张枣的"抒情方式"趋向复杂。主要的一点,是以"对话式"来取代独白式的抒情。张枣认为,"对话是一个神话,它比流亡、政治、性别等词更有益于我们时代的诗学认知。不理解它就很难理解今天和未来的诗歌"[①]。"抒情方式"的这种转化,在 90 年代的诗人那里当然不限于张枣;但他更为自觉。对话的对象可能是友人,是亲属,是某个诗人,某一文本的意象,"自我"的虚拟或拆分,或确定的、想象中的"知音"读者。于是,诗中常漂浮着某些"隐秘的信息"。它的传递得到一些读者会心的领悟与参与,而因时空际遇的不同和对想象方法的陌生,却对另外的读者产生阻隔;因而这种抵达"知音"的想望本身,就包含了失败的悲剧。张枣诗的数量并不多。重要作品还有《楚王梦雨》《灯心绒幸福的舞蹈》《秋天的戏剧》《云》《卡夫卡致菲丽丝》《跟茨维塔伊娃的对话》等。

柏桦[②]一直以"抒情诗人"的形象出现;他也自嘲地说他的作品"仍回响着陈旧的象征主义的声音(甚至浪漫主义的声音?)"[③]。大学时代开始写诗。他"机敏细致",具有"将迷离的诗意弹射进日常现实深处的本领"。[④] 写于 1981 年的《表达》常被看作他的"代表作"。连同《夏天还很远》《悬崖》《望气的人》等,有一种"幻美"的"挽歌气质",流动着"南方式的多愁善感和厌烦"。[⑤] 批评家普遍认为,从中可以看到波德莱尔和晚唐温、李的影子。在自传性著作《左边——毛泽东时代的抒情诗人》一书里,柏桦把这称为"下午"的性格、

---

① 参见 Susanne Cösse:《一棵树是什么?》,孙文波、臧棣、肖开愚编《语言:形式的命名——中国诗歌评论》,北京:人民文学出版社,1999 年,第 344 页。

② 柏桦,1956 年 1 月生于重庆,1982 年毕业于广州外国语学院英语系,曾在中国科学技术情报研究所重庆分所、西南农业大学、四川外语学院、南京农业大学任职,现为西南交通大学文学院教授。著有诗集《表达》《望气的人》《往事》,自传《左边——毛泽东时代的抒情诗人》。

③ 柏桦:《左边——毛泽东时代的抒情诗人》,香港:牛津大学出版社,2001 年,第 184 页。

④ 张枣为柏桦的《左边》一书所写的序(《销魂》)。张枣在这里提出,如果北岛是"朦胧诗"的主要代表的话,柏桦"无疑是八十年代'后朦胧诗'最杰出的诗人"。

⑤ 霍俊明:《柏桦去了"伟大的江南"》,《先锋诗歌与地方性知识》,济南:山东文艺出版社。诗评家认为,柏桦寻找的是"旧时代那个怪癖缠身的'内在的自我'"(陈超:《柏桦——精神肖像和潜对话之三》,《诗潮》2008 年第 3 期);"他的作品里混淆着唐后主李煜和晚唐温、李二人的气味","分明透露着'梦里不知身是客'的刻骨铭心和心灰意懒相交织的亡国之音"(程光炜:《不知所终的旅行——九十年代诗歌综论》,《山花》1997 年第 11 期)。

气质。他的写作,表现为一种"天赋"式的冲动和挥发;这与他的朋友(如张枣、钟鸣等)在诗艺上着力于"讲究"构成两途。柏桦诗歌对象是"幻象化"的,即便是《琼斯敦》那样有明显事实印记的作品也不例外。他的诗情具有一种孤单者的敏感和"神经质"的盲目力量。80年代末那些语句突兀、急促,因自省、焦虑而显得"面部瘦削"的作品(《衰老经》《现实》《未来》),令人印象深刻。从诗歌的艺术经验而言,他在语言上实施的"暴力",也许对于当代诗歌陈词滥调的淤积物,会发生某些"爆破"的震惊效果。

张曙光[①]大部分时间里并未跻身于八九十年代的诗歌派别、诗歌运动之中;也许是身处北方边隅,或是生性使然[②]。大学时期开始写作,受到注意要迟至90年代初。大约从诗《1965年》(写于1984年)开始,张曙光就逐渐形成关注"个人日常经验",主要采用"陈述"语调,讲究语言的具体、结实的倾向。他对矫正当代诗歌在经验表达上的"精确性"严重不足的缺陷有充分的自觉。相对而言,他的诗没有复杂的技巧,某个场景,某一回忆,一些"言论",靠联想、思索和语调加以组接。诗意连贯、自然,并注重深思、冥想氛围的营造,具有一种由语调所支撑的整体感。雪在张曙光的诗中不仅是布景。它既是经验的实体,也是思绪、意义延伸的重要依据:有关温暖、柔和、空旷、死亡、虚无等。死亡也是经常触及的"主题"。在若干作品(《疾病》《西游记》《公共汽车上的风景》)中,他表达了对"当下"生活的不信任和是否可能把握"现实"的疑问。他的诗透露了这样的意念:通过写作让已逝的事物复活,抓紧"记忆",是"失败者"可望获救的凭借,以维持关于自我、生命的自足的幻觉。这样,时间在他的诗里便是基本的支撑点。由"那一年""那一天""那时""后来""以后好些年"所引领和扩展的诗行,表达对"时间"所给予的温暖的感谢,也表达面对时间的压力所产生的恐惧。

臧棣[③]认为,"每一个时代的诗歌写作,其实都是处理它所面对(经常是

---

① 张曙光(1956—),黑龙江望奎县人,"文革"中曾下乡"插队",1982年毕业于黑龙江大学中文系,后在哈尔滨的出版社、报社任职。著有诗集《小丑的花格外衣》。译有叶芝、里尔克、切·米沃什等的作品。

② 这里的行文,也使用了张曙光诗中常用的连接词"或"。有批评家注意到他的这一用词习惯,认为这是表现了张曙光在处理时间上的"延宕"(冷霜语,见《在北大课堂读诗》,北京:北京大学出版社,2014年,第264页。)但也可以理解为一种"怀疑主义"的犹豫("庄重而严肃的意义 / 或者没有意义")。关于张曙光与诗歌"江湖"的关系,他自己解释说,"我确实或多或少地与诗坛(这如同武侠小说中的江湖一样,既实在又虚妄)保持一定的距离——这一半是由于我的性格使然,一半是我相信艺术家靠作品决定成败的老话……"(张曙光:《关于诗的谈话》,孙文波、臧棣、肖开愚编《语言:形式的命名》,北京:人民文学出版社,1999年,第237页)。

③ 臧棣,1964年生于北京,1983年就读北京大学中文系,后在该校读研究生,先后获得文学硕士、博士学位,曾一度在中国新闻社工作,大学期间开始诗歌写作,曾参与创办"民刊"《发现》《标准》。著有诗集《燕园纪事》《风吹草动》《新鲜的荆棘》,编选《里尔克诗选》《北大诗选(1978—1998)》等多种选集。

有意选择)的其自身的诗歌史的问题”[①]。他的写作始终呈现的“实验”色彩，正根源于有抱负的诗人与“自身的诗歌史问题”之间的“紧张”关系之上。臧棣曾有这样的判断，“90年代的诗歌主题实际只有两个：历史的个人化和语言的欢乐”[②]。用于描述90年代诗歌写作特征是否允当另当别论，如指认他的诗歌写作趋向，则大体确切。以“历史个人化”来看臧棣的写作，则“个人化”不仅意味着“历史”只是个人经验的“历史”，也不仅指“历史”被扩散、投射至个人生活、意识、情感的各个角落，还意味着“诗歌书写者”的“个人”的身份。在具体的意识倾向和措辞风格上，他强调与中国新诗“宏大”的主流格调偏离的“专注于‘小’”“从容于‘精细’”的向度。臧棣的诗，具有清晰、简洁的形态，表现他对现代汉语在声音、词义、句法上的“可能性”发现的敏感。他执意离开并企图改造新诗强大的浪漫抒情传统。早期的“象征主义”的那种重视幻象、感悟的诗风，也有向着更重视“观察”“智性”倾斜的情况；诗呈现了由怀疑、辩诘、改写、翻转、分裂、自省等因素所组织、推演的“对话”结构。其结果不是简单更换“答案”，借着诗歌独特的视域、想象方式，自然、社会与人性的黑暗然而也“可爱”(部分来自语言操练所引起的“乐趣”)的隐秘，得到揭发和审视。作为一个固执的探索者，臧棣的诗歌道路自有其“风险”；他也受到褒贬不一的评价。

---

① 臧棣：《人怎样通过诗歌说话(代序)》，《风吹草动》，北京：中国工人出版社，2000年，第2页。

② 谢冕、洪子诚、臧棣：《关于90年代诗歌的话题》，王家新、孙文波编《中国诗歌：九十年代备忘录》，北京：人民文学出版社，2000年，第246页。

第二十七章

90 年代的小说

一　长篇小说的兴盛

在 90 年代的长篇[①]中,"历史题材"占有很大的分量。二月河[②]的"帝王序列"(《康熙大帝》《雍正皇帝》《乾隆皇帝》等),唐浩明[③]的《曾国藩》,凌力[④]的《少年天子》,刘斯奋[⑤]的《白门柳》等,是其中影响很大的作品。在 90 年代,所谓"家族"题材的长篇在数量和艺术质量上也引人瞩目。对中国现代历史变迁作"全景式"的"史诗性"描述,仍是不少小说家难以解开的情结。作为对"十七年"单一的"阶级"视角的改写,这个时期的"家族小说"竭力融入政治、经济、党派、宗族、文化、欲望等复杂交错的因素。这一类型的作品,有《白鹿原》(陈忠实)、《九月寓言》(张炜)、《旧址》(李锐)、《第二十幕》(周大

---

① 对 90 年代的长篇小说,有研究者曾有"历史长篇""家族长篇""象征寓言长篇""怀旧长篇""社会问题长篇""都市长篇""女性主义长篇"的分类(雷达:《九十年代长篇小说述要》,《电影艺术》2001 年第 3 期)。这里采用了其中"历史""家族"的题材分类概念。

② 二月河(1945—2018),原名凌解放,山西昔阳人,高中毕业后入伍,1978 年转业至南阳市委宣传部。出版有《康熙大帝》《雍正皇帝》《乾隆皇帝》等。

③ 唐浩明,1946 年生于湖南衡阳,1970 年毕业于华东水利学院(河海大学前身),1982 年于华中师范学院(现华中师大)获文学硕士学位后,到湖南岳麓书社工作,曾任总编辑,曾从事湖南地方文献的整理编辑工作。参与编辑出版的主要图书有《曾国藩全集》《胡林翼集》《二十世纪湖南文史资料文库》《商用二十五史》等,著有长篇历史小说《曾国藩》《旷代逸才——杨度》《张之洞》等。

④ 凌力(1942—2018),原名曾黎力,籍贯江西,生于陕西延安,1965 年毕业于西安军事电信工程学院后,从事工程技术工作,1978 年进入中国人民大学清史研究所,开始清史研究和文学创作。出版有长篇小说《星星草》、《百年辉煌》系列(包括《少年天子》《倾国倾城》《暮鼓晨钟——少年康熙》)、《梦断关河》等。

⑤ 刘斯奋,广东中山人,1944 年生,1967 年毕业于中山大学中文系,画家,小说家。著有长篇历史小说《白门柳》,共《夕阳芳草》《秋露危城》《鸡鸣风雨》三部,另编选有黄节、梁启超、苏曼殊、周邦彦、辛弃疾、张炎、姜夔、陈寅恪等的诗文选。

新)、《缱绻与决绝》(赵德发)、《茶人三部曲》(王旭峰)等。长篇创作的另一重要的现象,是 90 年代中期出现的社会问题长篇的持续热潮,这一现象在当时得到“现实主义冲击波”的描述。“现实主义”的“召回”,实现了文学界许多人对文学“贴近”生活和读者的预期。

由于 90 年代长篇创作在题材、形式上的多样性,上述的类型描述只是局部有效,许多作品并不能简单归类。在这期间涌现的大量作品中,《许三观卖血记》(余华)、《一个人的战争》(林白)、《白鹿原》(陈忠实)、《废都》(贾平凹)、《九月寓言》(张炜)、《长恨歌》(王安忆)、《丰乳肥臀》(莫言)、《马桥词典》(韩少功)、《无风之树》(李锐)、《欲望的旗帜》(格非)、《尘埃落定》(阿来)、《务虚笔记》(史铁生)、《日光流年》(阎连科)等,对了解 90 年代长篇小说创作的面貌和思想艺术水准具有一定的代表性。从这些作品不难看出,长篇的艺术探索在 90 年代取得明显的进展。80 年代作家对小说文体的关注,已逐渐融入前沿作家的创造之中。

1993 年无疑是长篇创作获得重要收获的一年[①],尤其是《白鹿原》《废都》的出版,它们在京城引起的热烈反响,在当时被称为“陕军东征”。对《废都》的评价,还成为 90 年代前期“人文精神”论争的重要部分。**陈忠实**[②] 60 年代中期开始发表作品,80 年代也有中短篇面世,影响并不大。倾注多年心血的《白鹿原》的出现,很快产生巨大声望[③]。书的扉页有“小说被认为是一个民族的秘史”的题词,从中可以见识作家的创作意图和抱负:将对个人、家族、村庄的经历、命运的讲述,放置于现代史的广阔背景中,联结重要的历史事件,以探索、回答历史变迁的因由和轨迹,以及有关乡村、民族命运的问题。小说所表现的,是始自清末讫于 40 年代内战的 50 年中,渭河平原白、

---

① 这一年发表(出版)的长篇还有:《在细雨中呼喊》(余华)、《呼吸》(孙甘露)、《施洗的河》(北村)、《纪实与虚构》(王安忆)、《苍河白日梦》(刘恒)、《故乡相处流传》(刘震云)、《旧址》(李锐)等。

② 陈忠实(1942—2016),陕西西安人,1965 年开始发表作品。著有长篇小说《白鹿原》,中短篇小说集《初夏》《蓝袍先生》《四妹子》《夭折》《乡村》《日子》,另出版有《陈忠实小说自选集》(分短篇、中篇、长篇三卷),《陈忠实文集》(10 卷)。

③ 最初刊于《当代》(北京)1992 年第 6 期和 1993 年第 1 期,人民文学出版社 1993 年 6 月出版。1997 年第四届茅盾文学奖评选时,陈忠实在按照评委会的修订意见(修改意见为:“作品中儒家文化的体现者朱先生这个人物关于政治斗争‘翻鏊子’的评说,以及与此有关的若干描写可能引出误解,应以适当的方式予以廓清。另外,一些与表现思想主题无关的较直露的性描写应加以删改。”见《文艺报》1997 年 12 月 25 日)进行修改后,“修订本”获第四届茅盾文学奖。获奖宣布与“修订本”出版均在 1997 年 12 月。《白鹿原》出版以来,报刊发表的评论、研究文章有三百多篇,并有多部研究专著出版。有的大学(西安工业大学)还成立了“陈忠实当代文学研究中心”。

鹿两个家族的起伏沉浮与历史风云之间的纠结。[①] 浓郁的风土气息，在过去的“当代”乡村小说中被删除的风土习俗，那种与儒家文化传统相关的宗族制度，祖训乡约，祠堂祭拜，“耕读传家”的书院等等，构成小说展开的日常生活的基本内容。白嘉轩、鹿子霖、田小娥、朱先生等形象丰满且有性格深度。对儒家文化精神、规则身体力行，并殚精竭虑用以建立白鹿村的生活秩序的白嘉轩，无疑是精心塑造的具有理想色彩的人物。在他身上，寄托着作家对于儒家文化的现代意义的信念。小说可贵之处在于，它没有完全回避以“传统”文化支撑的个人、家族、村落，在现代观念、制度的包围、冲击之下出现破裂与溃败的命运的揭示。这也是小说中的失败感和浓郁的“悲凉之雾”产生的根源。不过，《白鹿原》对这种裂缝、冲突、失败的叙述显得局促，作家显然没有留出足够的空间。《白鹿原》叙事结构上存在的脱节、矛盾，正是作家的信念与经验“在文本之中形成的致命的伤口”[②]。

阿来[③]的长篇《尘埃落定》1998 年出版后，好评如潮。小说写川藏间的康巴地区藏民在现代的生活变迁。题材的某种传奇、新异，无疑是吸引读者的因素之一；这其实也是小说作为一种现代文类的特质。土司制度、文化的兴衰，藏族原始神话，部族传说，民间故事谣谚，神法巫术，音乐舞蹈……在作品中是故事的组成部分。小说采用第一人称叙述方法。麦其土司的傻瓜儿子既是重要人物，也是故事的讲述者。这种“不可靠的叙事人”（智障者、无法长大的孩子，以及对成人世界的孩子视角等）的叙述方法，在现代小说并非罕见。选择这一视角，可能体现了作者的一种“边缘”的自觉意识。在这一人物身上，表现的是一种游离于“中心”的观察、体验和情感，这一人物在家族内部受到的排斥和悲剧结局，又寓意了人类某些基本事物、精神的涣散、逝去。小说因此有一种悲凉感。阿来称自己是“用汉语写作的藏族作家”，又说他是“穿行于异质文化”的“流浪者”。他长期生活于城镇之外的乡野，但也已完全融入现代社会。用汉语交流、书写，但作为母语的藏语，仍是他走出城镇之外的日常口语。他吸收异民族的文化养分，但藏族民间传承，它的思维、感受方式仍是他的根基。他进入叙事写作，但早期诗歌写作的经验也加入其间。从不同语言、文化、文类之间，他发现心灵、想象、表达上的

---

① 这种时间、空间上的结构方式，见诸“当代”的《一代风流》（欧阳山，《三家巷》《苦斗》等）、《红旗谱》（梁斌，包括《红旗谱》《播火记》《烽烟图》）、《创业史》（柳青），甚至话剧《茶馆》（老舍）等作品。

② 南帆：《后革命的转移》，北京大学出版社，2005 年，第 189 页。

③ 阿来，藏族，1959 年出生于四川阿坝藏区马尔康县，毕业于马尔康师范学院，当过五年乡村教师，80 年代初开始诗歌创作，后转向小说创作。主要作品有诗集《梭磨河》，小说集《旧年的血迹》《月光下的银匠》，长篇小说《尘埃落定》《空山》。《尘埃落定》1998 年出版，2000 年获得第五届茅盾文学奖。

异同,“边缘”身份和经验的体认,显然有助于感受和意义空间的开掘、拓展。因而,《尘埃落定》不仅是对特殊、诡异的风情习俗的展示。作者对小说语言有自觉追求。词语句式轻灵,但不浅薄;境界的营造不是靠情绪渲染,而主要由细节刻画来实现;这表现了在激情表达上的控制力。作品中的某种内在“魔幻”色彩,也增加了感性的厚度。

二　小说创作与文化事件

在 90 年代,一些小说的发表、传播和评价,以及由此引申的问题,不仅关系到作品自身,而且成为受到关注的文化事件。它们或者是引发文化论争的触媒,或者成为论争展开的“平台”,从中折射出这个时期复杂的文化现象和文化冲突的某些“症候”。这类事件有:对王朔小说创作的争议,女性作家的“私人写作”,《废都》《白鹿原》等长篇的出版,对王小波的评价,“现实主义冲击波”,《马桥词典》事件等。

王朔[①]的小说创作开始于 70 年代末,他的作品产生某种挑战性的冲击,发生在 1988 年以后[②]。他的水准参差不齐的小说(《一半是火焰 一半是海水》《顽主》《玩的就是心跳》《千万别把我当人》《我是你爸爸》《动物凶猛》《过把瘾就死》等)中,《动物凶猛》是较为出色的一部。这一以“文革”为题材的中篇,表现了与 80 年代同一题材的多数作品的不同视角和处理方式:相对于“集体性”的叙事,“个人化”历史叙述的倾向有了最初的显示。它因挑战“文革”的统一书写而引起争议,却拓宽了这一敏感题材的表现空间。另外的多部小说中,“顽主”是其中的中心形象:既是作品主角,也是叙事人显示的姿态。这些人物表现了对作为主体中心的意识形态的抗拒倾向,故事在世俗的日常生活情境中展开。作为这一形象的基本特征的,是那种调侃、嬉笑怒骂为基调的语言。它们吸收了当代北京某一区域流行的土语、俗话,并挪用、戏仿政治和精英文化的权威话语。针对王朔的争议,主要不是发生在艺术的层面,而是关于精神、道德倾向上所做的选择;因此,王朔及其文本成

---

① 王朔,1958 年生于北京,1976 年中学毕业后,曾在海军北海舰队服役,1978 年开始创作。出版的长篇小说、中短篇小说集和电视系列剧本有《空中小姐》《爱你没商量》《千万别把我当人》《海马歌舞厅》《编辑部的故事》《我的千岁寒》《我是你爸爸》《动物凶猛》《骚动年华》等,另有《王朔自选集》和《王朔文集》等。

② “王朔现象”不止表现在文本内部,而且表现在文学生产的其他方面。他是当代具有实质(市场)意义的“畅销书”作家,是自觉将文学创作与权力日益膨胀、影响日益扩大的传媒联姻的作家。《王朔文集》在 1992 年的出版,也改写了当代有关经典作家“文集”编辑、出版的成规:在五六十年代,有资格出版文集的作家,是经过严格筛选的有“定评”的经典性作家,如郭沫若、茅盾、巴金、叶圣陶等不多的几位。

为“人文精神”讨论的一个组成部分,这种争议,部分原因来自文本内在的“混杂性”。对主流政治文化的颠覆、批判,与对批判的内在消解;对精英文化的嘲笑,与对这种文化身份的依恋靠拢;“有意识地与那种‘高于生活’的文学、教师和志士的文学或绅士与淑女的文学拉开距离”,但也不愿意将距离拉得过大,真正进入“大众”或“通俗”文学的领域。这种具有“转型期”特征的写作姿态,和文体上的“混杂性”,使赞赏者从中发现了对“伪道德伪崇高伪姿态”的颠覆,发现那些玩世言论是“对红卫兵精神与样板戏精神的反动”[①]的批判性,但也让批评者的责难有了根据:它们放逐了“承担”,取消“生命的批判意识”,是以调侃的姿态来迎合大众看客的爱好噱头的心理。

90年代中期以后,大众文化逐渐确立其在文化市场的稳固地位,文化的分流已趋清晰。王朔这种“混杂性”姿态赖以存在的空间日渐缩小,其创作困境的显露和方式的调整,也是自然的事。

王小波[②]和王小波之死,也可以说是90年代的重要文化事件。对这一事件的持久谈论,和在“民间”长时间维持的热度,既指向文学创作,也指向有关知识分子的身份、道路、责任等的时尚问题。[③] 因此,如果仅将王小波视为“小说家”,或许会被认为是对其价值的降低和缩减。在许多人心目中,他的“标准身份”(“浪漫骑士、行吟诗人、自由思想家”[④])在他去世时已被确立。但其实,小说应该是他最重要的创造。这种创造,可以和他的“传记材料”建立起“互文”关系[⑤],但没有“传记”上的这种支持,其价值也不见得就会减损。

---

① 王蒙:《躲避崇高》,《读书》(北京)1993年第1期。

② 王小波,1952年生于北京。“文革”期间在云南当农场职工,在山东牟平插队,做过民办教师和北京的教学仪器厂、半导体厂工人。1982年中国人民大学贸易经济系毕业后,任中国人民大学分校教师。1984年至1988年就读美国匹兹堡大学东亚研究中心研究生。回国后先后在北京大学、中国人民大学任教职。1992年起辞去“公职”成为“自由撰稿人”。1997年4月11日病逝于北京,年仅45岁。出版的长篇小说和小说集有《黄金时代》《白银时代》《青铜时代》《黑铁时代》《唐人秘传故事》《万寿寺》《红拂夜奔》,杂文随笔集《思维的乐趣》、《我的精神家园》、《沉默的大多数》、《个人尊严》、《思想者说》(与李银河合著),书信集《假如你愿意,你就恋爱吧》、《爱你就像爱生命》(与李银河合著),调查报告《他们的世界——中国男同性恋群落透视》《东宫·西宫——调查报告与未竟稿精品集》,另有四卷本的《王小波文集》和10卷本的《王小波全集》。

③ 陈晓明认为,“作为一种象征行为,其最重要的意义在于:他打破了文学制度垄断的神秘性,表明制度外写作的多种可能性”。《表意的焦虑——历史祛魅与当代文学变格》,北京:中央编译出版社,2002年,第321页。

④ 李银河:《浪漫骑士·行吟诗人·自由思想家——悼小波(代跋)》,《青铜时代》,广州:花城出版社,1997年,第621页。

⑤ 这包括他的创作在身前不被理解,文学界反应冷淡,也包括他辞去高校的稳定“公职”,充当“自由撰稿人”,以及他不属于任何文学、社会机构、集团的那种“边缘”身份,等等。

作为一种文化现象，在对王小波所做的阐释中显现出不同的方面。由于 90 年代以来，学术、文学界日益膨胀的对体制、权力的普遍迷恋，王小波对“自由”的争取和论述，一定程度被“偶像化”；他的最值得重视的“反神话写作”，被构造为“新的神话”，并多少“淹没”了他作为一个“独特的作家”的存在。① 另外的理解，则是将他纳入“流行文化”的范畴之中。从 90 年代“大众文学”与“严肃文学”关系的层面看，王小波的创作的确具有多种“元素”，具备可以为大众传媒持续感兴趣，并按照流行文化方式运作的东西。但王小波的价值，正在于他的想象、文体、语言的那种抗拒流行模式的原创性。这种带有“先锋”意味的创造，既“背向”现存文化体制与观念，也“背向”“大众”和“流行文化”（即便是八九十年代的“文化热”“人文精神论争热”也在内）。②

王小波的小说，如《黄金时代》《革命时期的爱情》等，处理的也是“文革”历史和“文革”经验。但显然，他与以前那种相对统一的方式大异其趣。从表面看来，他与 80 年代以来普遍存在的“反向”写作（或“颠覆性”写作）有相似之处，其实有明显的区别。他的思考、想象，他的消解、反讽与戏仿，不是建立在支持这种写作的对立性框架上，不是对理性—欲望，暴力—抗暴，善—恶，正义—伪善等的“翻转”和改写，以构筑另一黑白分明、叙事人做出绝对性正义判断的图景。他对“神圣”历史的叙事，不再可能被 80 年代的“伤痕文学”、政治“反思小说”等所归纳，呈现的是“被虐—施虐、忠贞—淫乱的荒诞辩证”的那种荒诞、狂欢场景，并因此呈现了更具个人性的那些被“合法”的陈述所掩盖的生存体验。正是从这一意义上说，王小波的讲述是难以被仿制和重复的。

如王小波自己和研究者指出的，他的创造借鉴的文化资源，更多不是来自对 20 世纪中国作家影响巨大的感伤、煽情的一脉，而是有着飞扬想象、游戏精神和有充沛幽默感的作家。他的主要价值，可能并非他是“真理的持有者、护卫者与阐释者”。“如果说他事实上保有了一个人文知识分子所必需的怀疑精神，那么他同时明确地示意退出了压迫/反抗的权力游戏格局。他所不断强调的，是智慧、创造、思维的乐趣，是游戏与公正的游戏规则，是文

---

①　参见戴锦华《智者戏谑——阅读王小波》一文的论述（收入王毅主编《不再沉默——人文学者论王小波》，北京：光明日报出版社，1998 年）。对王小波重要的评论、研究，可参见《浪漫骑士——记忆王小波》（艾晓明、李银河主编，北京：中国青年出版社，1997 年）和《不再沉默——人文学者论王小波》中，艾晓明、戴锦华、崔卫平等的论述。

②　“即使抛开今日已变得‘可疑’的审美价值判断，王小波与王朔亦天壤之隔。王小波的作品（其实只有《黄金时代》）是创造而后流行的；而王朔的绝大多数作品则是为流行而制造的。因此王朔、或曰王朔一族必然地成为大众传媒的宠儿，并事实上成了九十年代大众传媒的主流制造者之一；而王小波则是在偶然与误读中被纳入了传媒文化人网络。”见戴锦华：《智者戏谑——阅读王小波》。

本自身的欣悦与颠覆,是严肃文学必需的专业态度”[①]——而这正是王小波身处的环境里最缺乏的文化精神。

在90年代中期,“现实主义冲击波”最初指的是刘醒龙、谈歌、关仁山、何申[②]等作家创作的一批小说出现的效应,后来扩大指称90年代后期大量出现的,以“现实主义”方法,表现当前乡镇、工厂、城市的现实生活,触及以经济生活为核心的社会矛盾的小说在文学界产生的影响。在这些小说对现实生活困窘的描述中,“作家的叙事视角逐渐移向社会底层,普通工人、农民以及城镇居民的日常生活成为主要的叙述空间”,它们中“多少有一种平民情感的本能冲动,这也正是其感人的地方”。[③] 这类叙述现实生活情景的作品,开始是一些中短篇,后来则主要是长篇小说,并在题材上不断扩大,除表现乡村市镇社会结构发生的激烈变动外,还以全景的方式书写90年代以来的经济改革、政治体制改革的过程,表现改革过程面临的问题与冲突。这类小说的另一重要方面,是对于官场和遍及社会各个角落的“腐败”现象的揭发和抨击(因此出现了“反腐小说”的类型概念)。上述以“现实主义冲击波”指称的作品,主要有刘醒龙的《分享艰难》《村支书》《凤凰琴》,谈歌的《大厂》《官道》《天下荒年》《激情岁月》,何申的《信访办主任》《村民组长》《乡镇干部》《年前年后》,关仁山的《大雪无乡》《九月还乡》,周梅森的《绝对权力》《中国制造》《至高利益》《人间正道》,陆天明的《苍天在上》《省委书记》,张平的《抉择》《十面埋伏》,张宏森的《大法官》,邓一光的《我是太阳》,陈冲的《车到山前》,柳建伟的《突出重围》《北方城郭》等。

上述以长篇小说为主体的“现实主义冲击波”,作为一种潮流或文化事件,其发生有历史、现实的诸多复杂原因。这应该与中国“新文学”强烈的社会性传统有关:“面对现实”仍是判断文学价值的首要标准。以这一标准衡量,90年代前期文学(小说),确实并未“有力地”回应现实的问题和矛盾;在社会问题突出、矛盾尖锐时期,曾经作为公众社会情感宣泄通道的文学如果不承担这一责任,便在一些作家与读者中积累起不满。于是,那种在“当代”

---

① 戴锦华:《智者戏谑——阅读王小波》。

② 谈歌、关仁山、何申均为河北省籍的作家,他们在当时被称为河北的“三驾马车”。

③ 蔡翔:《导言 奇遇与突围:90年代的小说和它的想象方式》,蔡翔主编《融入野地》,北京:社会科学文献出版社,1998年,第14—16页。蔡翔在肯定这些小说触及“底层生活”,表现了对普通人命运关切、焦虑的感人情怀的同时,也指出它们由于历史被符号化、审美化,以及观察现实问题时“精神资源的匮乏”,而缺乏对问题的深刻了解,极大地削弱了这些小说的“现实批判性”,也使“‘现实主义’的想象多少有些暧昧不清”。

塑造的，在“新时期”曾经受到一定程度离弃的“现实主义”遗产，开始予以召回，作为文学衰败、退却弊病的修补剂。除了上述因素之外，以长篇小说为主体的“现实主义冲击波”，也与90年代国家意识形态部门的操作有关，即将现实题材长篇小说创作纳入“主旋律”文化战略实践的结果。[①] 因而，构成“现实主义冲击波”的相当部分作品，又可以看作属于90年代“主旋律”文学的范畴，因而间或可以称其为“主旋律”小说。[②] 自然，数量众多的这类“现实主义”的长篇，它们的思想艺术水平并不能笼统谈论，作品之间高下的分别也显而易见。但是，在价值取向，以及对待“现实”的态度和修辞方式上，也有某些重要的相似之处。它们强调的是文本与现实关系上的“同一性”。小说的“现实感”被等同于“贴近生活”。与“十七年”的长篇一样，大多采用“全知”叙事，也采用矛盾最终获得解决（或暗示将得到解决）的封闭式结构。正剧的庄严感几乎是它们一致的美学规格，而适度的悲剧色彩则用以支持正义感，加强阅读上感情宣泄、抚慰的效果。对“官场”的内部情状、运行的“潜规则”的描述所提供的“知识”和“窥视”满足，部分来自过去“官场”“黑幕”小说的艺术经验。部分作品也发掘、放大了“主流意识形态”内部的矛盾、裂缝，以达到读者普遍期待的批判功能。从总体而论，这些“‘主旋律’小说”所“担负”的，是“表达主流意识形态的重任”，它们“依靠其曲折复杂的叙事结构（尤其是长篇小说）……以情感化的方式完成了对现实秩序合理化的论证，并对现实矛盾做出了想象性的解决”。[③]

《马桥词典》[④]也是这个时期令人瞩目的事件。它的受到注意，不仅缘于对作品的评价存在巨大的分歧，更由于得到媒体的渲染的那种诉诸法律诉

---

① 1996年全国宣传部长会议和1997年《中共中央关于进一步做好文艺工作的若干意见》，都特别强调要将电影、长篇小说、少儿作品“三大件”作为突出的重点。参见刘复生：《历史的浮桥——世纪之交“主旋律”小说研究》，开封：河南大学出版社，2005年，第27页。1998年2月10日《光明日报》上《我国现实主义长篇力作形成阵势》一文，说明了这一具有“冲击波”性质潮流的产生与国家“文化战略”实践之间的关系：一批表现现实生活的小说的出现，“不仅弥补了文学总格局的某种缺憾，满足了读者的某种热切的期待，也使文学界表现出螺旋上升层面的对现实主义创作方法的重新认同……这个‘冲击’所波及的影响巨大，不仅吸引了读者的目光，也对作家们的创作产生了大的影响，特别是对长篇小说而言”，“‘现实主义冲击波’砥砺长篇作者们勇于面对大量新鲜的矛盾，对生活进行崭新的思考；又欣逢江泽民总书记抓‘三大件’的指示传达下来以后，文坛各级领导为作家们创造了优越的写作条件，遂使不少人鼓起勇气，开始进军现实题材的长篇小说。经过一段时间的潜心写作，这批长篇已陆续出版，且形成了喜人的阵势。”

② 自然，许多作家都不愿意自己被称为（看作）“主旋律”作家，或“反腐作家”，也不愿意被看作“通俗小说”作家，而表达他们属于“严肃文学”和中国新文学的“现实主义”传统。

③ 刘复生：《历史的浮桥——世纪之交“主旋律”小说研究》，开封：河南大学出版社，2005年，第26—27页。

④ 发表于《小说界》1996年第2期，作家出版社1996年8月出版。

讼的方式。这一事件自然不是没有提出有价值的问题，其中之一是有关叙事虚构在当前的“危机”和“可能性”。在有关《马桥词典》的争议中，涉及“文类”归属和小说文体探索的方面，即这种与“传统”的，或“经典”的小说叙事分离的方式的可能性和有效性。《马桥词典》是否可以看作长篇小说？它是长篇探索的“个案”，属于某一作家特定表达需要的选择，还是预示某种前景的征兆？在90年代后期，与对“现实主义冲击波”的热烈欢呼的同时，也存在着对“现实主义”传统叙事已陷入疲惫、衰落的估计。“叙事的衰落”的感觉和探求出路的意识，已经隐含于《马桥词典》的创作构思中，并在韩少功几年后另一长篇《暗示》[①]中进一步展开。作家认为，现代社会传媒所建立的网络，使小说对发生的事情的描述变得不再那么重要，重要的是“描述这些事如何被感受和如何被思考”。当然，传统叙事更深刻的“危机”，来自作家对原有的历史观念及相关的叙事方式发生动摇。虽然讲述故事，刻画、追问人物性格和心灵的“古典现实主义作家”使用的方法，仍是不可放弃的艺术遗产，但小说的“表意策略”与文体特征的调整、变革，应该也是会发生的趋向。[②] 这种探索文类的“自我更新能力”的努力，在韩少功那里采取的是尝试“打通”文史哲，将故事、随笔、议论、考证释义、风俗调查等加以综合的方式。对于“历史”已分裂、支离破碎的感觉和认知，也可能是推动刘震云在《故乡面和花朵》中实行的叙事变革的动机；在这部长篇中，难以发现传统长篇小说的主要人物、情节和可以明确辨识的“主题”。

90年代小说叙事的探索存在两个大的趋向。一是“跨文体”的写作，形成一种类乎“百科全书”式的风貌。另一趋向，则是向“纪实”方面靠拢，或在对生活现象的描述上，叙述者尽力退出干预的那种“自然主义”姿态。长篇小说的“文体”变革，在90年代已不是个别现象，到了21世纪初的几年里更形成一定的“规模”。可以放在这一论题中考察的，有90年代末一些刊物开辟的写作专栏[③]，以及包括《马桥词典》《暗示》在内的《纪实与虚构》(王安忆)、《务虚笔记》(史铁生)、《秦腔》(贾平凹)、《妇女闲聊录》(林白)、《太平风物：农具系列小说展览》(李锐)等作品。

---

① 《暗示》由人民文学出版社于2002年出版。

② 相关的论述，参见陈晓明《表意的焦虑——历史祛魅与当代文学变革》(北京：中央编译出版社，2002年)，耿占春《叙事美学——探索一种百科全书式的小说》(郑州大学出版社，2002年)。

③ 如《山花》《作家》设置的“文体实验室”和“文本实验室”。1999年《莽原》设置“跨文体写作”的专栏。《大家》在同年开设的“凸凹文本”专栏，提倡创造“一种(或几种)具有高度边缘性和包容性的文本”。

三　90年代的小说家

从文学“代际”划分的角度上，这里所说的“90年代的小说家”指两部分人。一是虽有较长写作历史，但其重要作品发表于90年代。在这样的意义上，阿来、阎连科、鬼子、何顿，甚至陈忠实都可以包括在内。另一是指出生于60年代以后，在90年代开始小说写作的作家。当然，“文学年龄”并不是设置“90年代小说家”行列的唯一尺度，作家在90年代的创作潜力和作品具有的时期特征，也是需要考虑的因素。

“90年代小说家”的写作，比起80年代来，表现了更为“多元”的取向。90年代最先成为一种重要现象的，是所谓“女性写作”。林白、陈染、徐坤、徐小斌、海男、须兰等，在90年代前期风光无限，文学界耳熟能详的“个人写作”“私人写作”，就是由她们所引领。90年代中后期的“现实主义冲击波”，其主要推动者，也是出生于60年代以后的作家；他们表现了“召回”也革新传统“现实主义”的艺术态度。而在“世纪末”为众多批评家所概括的“晚生代”“新生代”，则大多突出某种“断裂”的姿态。

有关“女性写作”“现实主义冲击波”，以及王小波、阿来、陈忠实等的创作，本书前面已略有介绍。至于90年代末“晚生代”等概念的提出，表明批评界认为存在一个写作倾向相近的群体。“晚生代”小说家的名单，依不同批评家有所差异的标准或长或短，但朱文、述平、刁斗、东西、林白、毕飞宇、陈染、徐坤、李冯、邱华栋、张旻、鲁羊、韩东、何顿等一般都会列入其中。“晚生代”中的不少作家，对写作的“个人性”十分强调，也质疑“晚生代”的这种归类。但诡异之处是，“个人性”可能也是类型和模式，因而无法避免被抽取其类同性特征的描述。事实上，以“群体”方式呈现也是他们有时自觉或迫不得已的选择：发生于1998年的“断裂”答卷事件，就是一个明显的例证。[①]但反过来看，说他们是一个具有统一特征的群体，也不一定根据充分，其中有的人，其差异要比类同更为明显。

“晚生代”的作家大多生活在都市，接受过系统的大学教育。有的在80年代曾主要从事诗歌写作[②]。许多人自愿或被迫取与主流体制疏离的

---

① 1998年第10期的《北京文学》刊登了由朱文发起、整理的《断裂：一份问卷和五十六份答卷》和韩东的《备忘：有关“断裂”行为的问题回答》。在这一行为中，他们显然有意识地以“群体”方式出现。

② 如韩东、朱文、吴晨骏、鲁羊、西飏等，都是80年代中期以诗歌写作为中心的“他们”文学社的参与者。

地位[①];边缘性和非制度化,既是他们中一些人的生活方式,也是他们文化身份的定位。对于已被结构进文学史,形成"集体性经验"的文学观念、文体样式,他们普遍有或温和,或激烈的不信任感,强调个人的直接经验在写作上的意义。在取材上,现代都市生活的物化现实,尤其是都市中"体制外"的边缘人的行为欲望,常成为关注点。"本质"的揭示和"整体性"把握,在很大程度上被放弃或消解;个人"体验"和日常生活"状态"的捕捉,上升到主要位置。由于旧有的意识形态无法涵盖或阐释关注的现象,他们也并没有建立对这些现象有效把握、阐释的意识形态,加上一些人顽强地拒绝与"文学史"对话,这导致有些创作出现单薄、狭隘、怪异的倾向。

阎连科[②] 70 年代末就有作品发表,在八九十年代写有大量的小说。创作题材涉及多个方面,包括所谓"军旅生活",以及以古都开封文化风情为对象的"历史题材"小说,但似乎没有受到更多注意。1997 年中篇《年月日》,特别是长篇《日光流年》的发表受到重视。此后的几部长篇,如《坚硬如水》《受活》也获得好评。《坚硬如水》处理的是"文革"历史,作品在一种呈现更为"真实"面目的意义上,表现革命、性、权力的复杂关系。《日光流年》写的是乡土底层的生存状况:近百年来,豫中山区名为三姓村的贫困生活,以及百姓为摆脱这种状况所做的挣扎。对"苦难"的极度化突出、渲染,对惨烈情节设计的偏爱,无疑体现了作家对这个时代的焦灼、悲愤情绪和有所承担的责任感。[③] 可贵的是,后来(比如他的另一部长篇《受活》),这种"暴露"式的情结在艺术上有了控制;它们被放置在荒诞性的叙事框架之中,建立了悲喜剧杂糅的风格,使叙述增加了柔韧的成分,并赋予现实感极强的故事以寓言化隐匿和伸展的空间。

韩东和**朱文**在 80 年代,均以诗知名,在 90 年代,虽然他们仍有不少诗作发表,但小说似乎更被认可。朱文最受争议的小说是《我爱美元》,以及《弟弟的演奏》《到大厂到底有多远》等。他的笔下充斥着无聊、凭本能生活、发散着道德败坏气息的人物、行为;但也表现了对这些人物、行为的锐利观察和评判。

---

① 他们中有些人辞去"公职",成为"自由作家""自由撰稿人",不再在"单位"中生活。如韩东、朱文、李冯等。

② 阎连科,1958 年生,河南嵩县人,1978 年入伍服役,并开始文学创作,1985 年毕业于河南大学政教系,1991 年毕业于解放军艺术学院文学系。主要作品有中篇集《年月日》,长篇《情感狱》《日光流年》《坚硬如水》《受活》《丁庄梦》等。

③ 作家在小说中有这样的题词:"谨以此献给给我以存活的人类、世界和土地,并以此作为我终将离开人类、世界和土地的一部遗言。"

韩东[①]写有《我的柏拉图》《双拐李》《交叉跑动》等，后来的长篇《扎根》[②]是他重要的作品。《扎根》写“文革”干部下放的乡村生活，其中应该包含着韩东自己的直接经验，即他八岁时随小说家的父亲方之“下放”苏北农村的遭遇。“文革”作为写作题材早已“陈旧”——已被重重叠叠的文本所覆盖。《扎根》以涉世未深的孩子小陶的眼睛，试图揭开这一覆盖层的一角，发现那些有意无意忽略、删削的事物。叙述者显然已经不是那个能够判定大是大非的主体；生活在这种讲述中，化解为缺乏明确意义的现象。韩东小说的语言和讲述方式，与他的诗有相通之处：质朴、简约和冷静从容。总的说来，韩东、朱文属于那种“激进的个人主义”的“异类”文化，他们实施一种“片面性”写作，包括“被扭曲的片面生活情境，某种偏执片面的人物性格，向片面激化的生存矛盾，片面的美学趣味，等等”。[③]

在 90 年代小说家中，毕飞宇、李洱、东西、鬼子、何顿等，显示了他们创作的潜力。90 年代，**何顿**[④]擅长于写“个体户”为主的城市市民，在经济转型的社会环境中的生活经历，怎样“义无反顾地走进了金钱、暴力、迷人的诱惑所构成的另一世界”。他发展了王朔小说表现的市民生活内容，展示人物对金钱和欲望的追逐，把这些编织进一个生动可读的故事中。

毕飞宇[⑤]在 90 年代主要写中短篇小说，近年才有长篇问世；不过还是短、中篇更能发挥他的才情。短篇《哺乳期的女人》得到好评，此后的《是谁在深夜里说话》《飞翔像自由落体》《青衣》《玉米》等也颇有特色。他的小说大多取材家乡地区的城镇生活，对当代人生活意义的探询是作品内在的意蕴。虽然也表现了某种“先锋”姿态，但并不过分；也不避讳传统小说，包括通俗小说的人物、情节元素的加入，但会给予改造，赋予新的色彩。作品有时会弥漫一种江南温润、迷茫的情调。

李洱[⑥] 80 年代末开始文学创作，写有《导师死了》《现场》《午后的诗学》

---

① 韩东，1961 年生于南京，1982 年毕业于山东大学哲学系，曾在西安、济南的大学任教，80 年代中期与朋友创办《他们》文学刊物。著有诗集《白色的石头》《爸爸在天上看我》《吉祥的老虎》，小说集《西天上》《我们的身体》《我的柏拉图》，诗文集《交叉跑动》，散文集《爱情力学》等，以及长篇小说《扎根》。

② 《扎根》由人民文学出版社 2003 年出版。

③ 陈晓明：《表意的焦虑——历史祛魅与当代文学变革》，北京：中央编译出版社，2002 年，第 333 页。

④ 何顿，原名何斌，湖南郴州人，1958 年生，1983 年毕业于湖南师范大学美术系，1984 年开始发表作品。著有小说集《生活无罪》《流水年华》，长篇小说《眺望人生》《浑噩的天堂》《抵抗者》《我们像野兽》等。

⑤ 毕飞宇，1964 年生于江苏兴化，1987 年毕业于扬州师范学院中文系。著有中短篇小说集《祖宗》《慌乱的手指》《睁大眼睛睡觉》《青衣》《操场》《沿途的秘密》《地球上的王家庄》《好的故事》《黑衣裳》《轮子是圆的》，长篇小说《上海往事》《那个夏季，那个秋天》《平原》等。

⑥ 李洱，1966 年生于河南济源，1987 年毕业于华东师范大学中文系。出版有小说集《饶舌的哑巴》《夜游图书馆》《午后的诗学》，长篇小说《遗忘》《花腔》《石榴树上结樱桃》。

等中短篇。《花腔》《石榴树上结樱桃》这两部长篇，是他迄今最重要的作品；它们也表现了互异的取材和艺术方法。前者以粗线条的故事讲述笔法，写现代的革命历史，多少表现了某种“翻转式”的解构意图，因而被批评家归入“新历史主义”小说的名下。后者则以当前农村生活为对象，写权力对乡村生活的笼罩与主宰，刻画置身其中的人们所经受的诱惑和考验。在艺术方法上重视生活细节描写，和对农村口语的运用。两部长篇出现的这种“反差”，也许与作家相关经验的性质有关，但又可能是为其能够变换各种笔墨的能力提供证明。

鬼子、东西、李冯被称为“广西三剑客”。**鬼子**①90年代中期才开始小说写作，他最主要的作品是“瓦城三部曲”——《瓦城上空的麦田》《上午打瞌睡的女孩》《被雨淋湿的河》。他和东西在90年代后期的创作，都表现了关注底层民众艰难处境，探索超越个人体验，重新表现历史化现实的道路。**东西**②的小说大多与“痛苦”“苦难”有关。对于生存的沉重、乖谬，他擅长运用变形、荒诞的方式来讲述，这包括情节、人物性格设计，以及叙述的语言。这为他的作品增加了反讽的力量。

---

① 鬼子，1958年生，本名唐润柏，广西罗城人，仫佬族，1989年毕业于西北大学中文系。

② 东西，1966年生，本名田代琳，广西人。著有小说集《没有语言的生活》《痛苦比赛》《抒情时代》《目光愈拉愈长》《不要问我》《我为什么没有小蜜》《美丽金边的衣裳》《送我到仇人的身边》等，以及长篇小说《耳光响亮》《后悔录》。

中国当代文学年表

（1949—2000）

1949 年

3 月 24 日　中华全国文学艺术工作者代表大会筹委会召开第一次会议，推选郭沫若、茅盾、周扬等 42 人为筹委会委员。郭沫若为主任，茅盾、周扬为副主任，沙可夫为秘书长。

同日　孙犁的小说《嘱咐》在《进步日报》发表。

4 月 2 日　《中共中央东北局关于萧军问题的决议》发表于《东北日报》。

5 月 4 日　中华全国文学艺术工作者代表大会筹委会主办的《文艺报》周刊第 1 期出版。

5 月 25 日　孔厥、袁静的长篇章回体小说《新儿女英雄传》开始在《人民日报》连载。9 月由上海海燕书店出版单行本。

同月　马烽、西戎的长篇小说《吕梁英雄传》由北京新华书店出版。

6 月 26 日　赵树理的创作谈《也算经验》发表于《人民日报》。

同月　《长江文艺》在武汉创刊。曾一度停刊，1953 年 8 月复刊。

7 月 2 日至 19 日　中华全国文艺工作者代表大会在北平举行。这次大会后来通称为“第一次全国文代会”。大会成立了中华全国文学艺术界联合会（简称“文联”）及其所属中华全国文学工作者协会（简称“文协”）等其他协会。郭沫若担任文联主席，茅盾、周扬任副主席。郭沫若做题为《为建设新中国的人民文艺而奋斗》的总报告。周扬、茅盾分别做解放区（《新的人民的文艺》）、国统区（《在反动派压迫下斗争和发展的革命文艺》）文艺工作的报告。

8 月 27 日　上海《文汇报》“磁力”副刊开始以“可不可以写小资产阶级”为题的讨论。讨论持续到 10 月，冼群、陈白尘、张毕来、何其芳等撰写了文章。何其芳发表于《文艺报》第 1 卷第 4 期的《一个文艺创作问题的争论》的文章，具有总结的性质。

同月　孙犁的短篇小说、散文集《荷花淀》由生活·读书·新知上海联合发行所出版。

9 月　全国文联的机关刊物《文艺报》在北平正式创刊。

9 月 5 日　《文艺报》编辑部邀请平津部分作家座谈章回体小说的写作问题。座谈会记录以《争取小市民层的读者》为题，刊于《文艺报》第 1 卷第 1 期（9 月 25 日出版）。

10 月　中华全国文学工作者协会的机关刊物《人民文学》（月刊）创刊。

10月15日　大众文艺创作研究会在北京成立。赵树理等15人被推举为执行委员。

本年　延安文艺座谈会以后解放区优秀文艺作品选集《中国人民文艺丛书》共计54种,包括戏剧、小说、通讯报告、诗歌、曲艺等,于1949年5月起开始由新华书店陆续出版。其中有戏剧《白毛女》(贺敬之等)等25种,小说《李有才板话》(赵树理)、《原动力》(草明)等15种,通讯报告《诺尔曼·白求恩片段》(周而复)等7种,诗歌《王贵与李香香》(李季)等5种,说书词《刘巧团圆》(韩起祥)等2种。

1950年

1月　萧也牧的短篇小说《我们夫妇之间》、朱定的短篇小说《关连长》刊于《人民文学》第1卷第3期。

同月　北京市文联主办的《说说唱唱》创刊。

2月28日　戴望舒在北京因病逝世。

同月　天津《文艺学习》创刊号发表了阿垅的论文《论倾向性》,3月在上海出版的《起点》第2期发表阿垅的《略论正面人物与反面人物》(署名张怀瑞)。3月12、19日,《人民日报》刊登陈涌、史笃对阿垅这两篇文章的批评。《文艺报》第2卷第3期转载了陈涌、史笃的文章,并刊登《阿垅先生的自我批评》。

3月29日　中国民间文艺研究会在北京成立,郭沫若为理事长,老舍、钟敬文等为副理事长。

4月　中华全国戏剧工作者协会编辑的《人民戏剧》(月刊)在上海出版,田汉任主编。卷首刊印了毛泽东1944年看了《逼上梁山》后写给杨绍萱、齐燕铭的信件手迹。

6月　赵树理的短篇小说《登记》在《说说唱唱》上发表。

9月22日　孙犁的长篇小说《风云初记》开始在《天津日报》上连载。

同月　北京市文联编辑的《北京文艺》创刊。老舍任主编。创刊号上刊载老舍的话剧《龙须沟》。1951年停刊,编辑人员合并到《说说唱唱》。1955年3月《说说唱唱》终刊,恢复《北京文艺》刊名。1980年10月更名为《北京文学》。

10月　由文化部、全国文联主办的培养文学创作、评论人员的中央文学研究所(后改名文学讲习所)成立。丁玲任所长。

本年　胡风长诗《时间开始了》由海燕书店、天下图书公司出版。草明长篇小说《火车头》由工人出版社出版。孙犁的短篇小说集《采蒲台》由生活·读书·新知三联书店出版。路翎的小说集《朱桂花的故事》由知识书店(天津)出版。何其芳理论著作《关于现实主义》由海燕书店出版。

1951年

1月　卞之琳诗《天安门四重奏》刊于《新观察》第2卷第1期。《文艺报》第3卷第8期刊登批评文章。

2月　陈企霞、张立云等在《文艺报》3卷8期,以及《光明日报》《解放军文艺》发表文章,批评碧野的长篇小说《我们的力量是无穷的》。

4月11日 魏巍的散文《谁是最可爱的人》在《人民日报》发表。

5月12日 周扬在中央文学研究所作《坚决贯彻毛泽东文艺路线》的演讲。后发表于5月17日的《光明日报》和6月出版的第4卷第5期的《文艺报》。

5月20日 毛泽东为《人民日报》修改、撰写的社论《应当重视电影〈武训传〉的讨论》发表,开始了全国范围的对电影《武训传》的批判。郭沫若、夏衍等在《人民日报》先后发表自我检查文章:《联系着武训批判的自我检查》《从〈武训传〉的批判,检查我在上海文学艺术界的工作》。

6月12日 《解放军文艺》(月刊)在北京创刊。

同月 陈涌的《萧也牧创作的一些倾向》刊于6月10日的《人民日报》,批评萧也牧的小说《我们夫妇之间》《海河边上》表现了"小资产阶级的观点和趣味"。6月25日《文艺报》第4卷第5期刊发"读者李定中"(冯雪峰)来信《反对玩弄人民的态度,反对新的低级趣味》。8月10日,《文艺报》第4卷第8期刊登丁玲批评萧也牧文章《作为一种倾向来看——给萧也牧同志的一封信》。

7月 发表在《中国青年报》上的马烽的短篇小说《结婚》,由《人民日报》加推荐按语转载。

同月 茅盾主编的"新文学选集"二辑共24种由开明书店出版。第一辑收已故作家鲁迅、瞿秋白等12位,第二辑收健在作家郭沫若、茅盾等12位。

7月23日至28日 《人民日报》连续刊载《武训历史调查记》。

8月8日 周扬的《反人民、反历史的思想和反现实主义的艺术——对电影〈武训传〉的批判》发表于《人民日报》。

同月 《马克思、恩格斯、列宁、斯大林论文艺》由人民文学出版社出版。

9月 柳青的长篇小说《铜墙铁壁》由人民文学出版社出版。

同月 王瑶的《中国新文学史稿》由新文艺出版社(上海)出版。

10月 中国民间文艺研究会主编的"民间文学丛书"开始出版。第一批有《中国出了个毛泽东》《陕北民歌选》《嘎达梅林》《东蒙民歌选》《阿细人的歌》等。

11月3日 杨绍萱在《人民日报》发表题为《论"为文学而文学,为艺术而艺术"的危害性——评艾青的〈谈牛郎织女〉》的文章。其后,何其芳、艾青、光未然、陈涌等撰文批评杨绍萱在戏曲改编上的"反历史主义"的错误。

11月24日 文艺界在北京召开整风学习动员会。胡乔木、周扬做《文艺工作者为什么要改造思想》《整顿文艺思想,改进领导工作》的报告。

12月23日 北京市人民政府授予老舍"人民艺术家"的称号。

本年 孙犁的长篇小说《风云初记》,魏巍散文报告集《谁是最可爱的人》由人民文学出版社出版。力扬的诗集《射虎者及其家族》由新文艺出版社(上海)出版。陈登科的小说《活人塘》由人民文学出版社出版。

1952年

1月 中华全国戏剧工作者协会主编的《剧本》创刊,《人民戏剧》停刊。

3月15日　苏联公布1951年斯大林奖文学艺术方面名单。丁玲的《太阳照在桑干河上》获二等奖,贺敬之、丁毅的歌剧《白毛女》获二等奖,周立波的《暴风骤雨》获三等奖。

5月10日　《文艺报》第9—16期展开了“关于创造新英雄人物问题的讨论”。

5月25日　舒芜在《长江日报》(武汉)上发表《从头学习〈在延安文艺座谈会上的讲话〉》,检讨自己在《论主观》中的错误。该文在加了编者按语后,转载于6月8日的《人民日报》上。

同月　《文艺报》第14、15、17、19、20期连载冯雪峰的长篇论文《中国文学中从古典现实主义到无产阶级现实主义的发展的一个轮廓》。收入文集时标题中的“无产阶级”改为“社会主义”。

9月　俞平伯的《红楼梦研究》由棠棣出版社(上海)出版。

10月　人民文学出版社规划我国古典文学名著的校勘和重印工作。包括《水浒》《三国演义》《红楼梦》《西游记》《儒林外史》《聊斋志异》《西厢记》等的校勘重印,注释出版屈原、曹植、陶渊明、李白、杜甫等人的选集或全集,编写著名作家的传记等。

11月　蔡仪的《中国新文学史讲话》由新文艺出版社(上海)出版。

12月　全国文协组织“胡风文艺思想讨论会”。林默涵、何其芳的发言《胡风的反马克思主义的文艺思想》和《现实主义的路,还是反现实主义的路?》,分别发表于次年第2期和第3期的《文艺报》。

本年　冯雪峰《论文集(一)》《雪峰寓言》《回忆鲁迅》,何其芳诗集《夜歌和白天的歌》由人民文学出版社出版。路翎小说集《平原》由作家书屋出版。

1953年

1月11日　《人民日报》刊载周扬的《社会主义现实主义——中国文学前进的道路》。该文原刊苏联文学杂志《旗帜》1952年12月号。

同月　上海《文艺月报》创刊。

2月22日　北京大学文学研究所成立。郑振铎、何其芳任所长、副所长。1956年改为中国科学院哲学社会科学部文学研究所。1977年5月改为中国社会科学院文学研究所。

4月　全国文协创作委员会组织在京作家、批评家和文艺工作领导人等40余人学习社会主义现实主义理论。指定马克思、恩格斯、斯大林、毛泽东论文艺问题等22种著作为必读书目。

7月　全国文协主办的刊物《译文》创刊。1959年改名为《世界文学》,1964年改由中国科学院外国文学研究所主办。

9月23日—10月6日　中华全国文学艺术工作者第二次代表大会在北京召开,周扬作《为创造更多的文学艺术作品而奋斗》的报告。“文联”定名为“中华全国文学艺术界联合会”,主席郭沫若,副主席茅盾、周扬。“文协”改组为“中国作家协会”,主席茅盾,副主席周扬、丁玲、巴金、柯仲平、老舍、冯雪峰、邵荃麟。

11月20日　李准的小说《不能走那条路》在《河南日报》发表，12月由河南人民出版社出版单行本。《人民日报》次年1月26日转载。

本年　《苏联文学艺术问题》(曹葆华等译)由人民文学出版社出版。

1954年

1月30日　彝族撒尼人长篇叙事诗《阿诗玛》在《云南日报》副刊发表。《人民文学》本年5月号转载。

1月20日　中国戏剧家协会主办的《戏剧报》创刊。

同月　知侠的长篇小说《铁道游击队》由新文艺出版社出版。

同月　路翎的小说《初雪》刊于《人民文学》第1期。

2月　路翎的小说《你的永远忠实的同志》刊于《解放军文艺》第2期。

3月　《光明日报》的学术副刊《文学遗产》创刊。

同月　路翎的小说《洼地上的"战役"》发表在《人民文学》第3期。

同月　俞平伯的《红楼梦简论》刊于《新建设》第3期。

4月27日　中国作协主办的文艺普及刊物《文艺学习》创刊。

6月30日　《文艺报》第12期发表侯金镜的文章《评路翎的三篇小说》，对路翎写朝鲜战争的《洼地上的"战役"》《战士的心》《你的永远忠实的同志》提出批评。

同月　杜鹏程的长篇小说《保卫延安》由人民文学出版社出版。

同月　巴人的《文学论稿》由新文艺出版社出版。

7月17日　中国作协主席团第七次扩大会议，讨论并通过了"文艺工作者学习政治理论和古典文学的参考书目"。该书目刊登在《文艺学习》第5期上。

7月　胡风向中共中央递交关于文艺问题的近三十万字的"意见书"：《关于解放以来的文艺实践情况的报告》。

8月18日　中国作协召开全国文学翻译工作会议，102人参加会议。茅盾作《为发展文学翻译事业和提高翻译质量而奋斗》的报告。

9月　李希凡、蓝翎《关于〈红楼梦简论〉及其他》在山东大学《文史哲》上发表。《文艺报》第18期转载并由主编冯雪峰加了编者按。

10月16日　毛泽东给中央政治局委员等写了《关于"红楼梦研究"问题的信》。10月18日，中国作协党组传达信件内容。全国展开了对《红楼梦》研究和胡适的唯心主义的批判运动。

10月28日　《人民日报》刊登袁水拍《质问〈文艺报〉编者》，在未提毛泽东名字的情况下，公开毛泽东信件内容。《文艺报》同年第20期转载。

同月　何其芳的诗《回答》发表于《人民文学》第10期。

10月31日至12月8日　全国文联和中国作协主席团召开8次联席扩大会议，批评《红楼梦》研究中的"资产阶级唯心主义倾向"和《文艺报》的错误。胡风在会上两次发言。12月8日，做出《关于〈文艺报〉的决议》。周扬在会议上发表《我们必须战斗》的报告。

12月2日至翌年3月　中国科学院院务会议与中国作协主席团举行共21次的批判胡适的联席会议。

本年　发表、出版的作品还有:小说《五月的矿山》(萧军),话剧《明朗的天》(曹禺)、《万水千山》(陈其通)等。

1955年

1月　赵树理的长篇小说《三里湾》开始在《人民文学》连载。5月由通俗读物出版社出版。

2月5日　胡风的"意见书"的二、四部分作为《文艺报》第1—2期合刊附册发表,开始了对胡风文艺思想的批判。同期《文艺报》开始连载路翎针对侯金镜批评的反批评文章《为什么会有这样的批评?》。

同月　峻青的短篇小说《黎明的河边》发表在《解放军文艺》。

3月　闻捷的抒情组诗《吐鲁番情歌》《博斯腾湖滨》分别刊于《人民文学》第3、5期。

5月13日　舒芜的《关于胡风反党集团的一些材料》和胡风的《我的自我批判》发表在《人民日报》。24日和6月10日,又公布了第二、三批"材料"。这三批材料,由人民出版社于6月以《关于胡风反革命集团的材料》为名出版。毛泽东撰写了序言和大部分按语。

5月25日　全国文联、中国作协主席团联席会议通过决议,开除胡风中国作协会员会籍,撤销其担任的中国作协理事、《人民文学》编委等职务。胡风于5月16日被拘捕。先后被捕入狱的达几十人。被牵连审查的达两千多人。最后被确定为"胡风分子"的78人中,有路翎、阿垅、鲁藜、牛汉、绿原、彭柏山、吕荧、贾植芳、谢韬、王元化、梅林、刘雪苇、满涛、何满子、芦甸、彭燕郊、曾卓、冀汸、耿庸、张中晓、罗洛、胡征、方然、朱谷怀、王戎、化铁等。阿垅、贾植芳1966年被判徒刑12年。胡风1965年被判徒刑14年,后曾一度出狱,1967年再次入狱,1969年改判无期徒刑。

6月　作家张资平因"汉奸罪"被上海公安局逮捕,1958年9月判处有期徒刑20年,12月2日病逝于安徽劳改农场。

7月27日　《人民日报》发表《坚决地处理反动、淫秽、荒诞的图书》,提出要采取措施禁止租赁淫秽、荒诞的旧小说、旧唱本、旧连环画、旧画片等。

8月29日　剧作家洪深逝世。

10月8日　郭小川(署名马铁丁)的诗《投入火热的斗争》发表在《人民文学》。

12月24日　作家邵子南逝世。

12月27日至30日　中共中央宣传部召集关于"丁、陈事件"的传达报告会。丁玲、陈企霞被认为是一个"反党小集团",在内部受到批判。

本年　出版的作品还有:小说《铁水奔流》(周立波),诗集《玉门诗抄》(李季)、《到远方去》(邵燕祥),话剧《考验》(夏衍)等。

1956 年

1 月　文艺领域开始进行“社会主义改造”，主要是将各种民营剧团、书店、出版社改为公私合营或国营。

2 月　中国作协主编的第二次文代会以来优秀作品选集出版。《诗选》《独幕剧选》《散文特写选》选入作品时间为 1953 年 9 月—1955 年 12 月；《短篇小说选》《儿童文学选》为 1954 年 1 月起。

同月　王汶石的短篇小说《风雪之夜》发表在《文学月刊》第 2 期，后被《人民文学》第 3 期转载。

3 月 15 日　《文艺报》翻译转载苏联《共产党人》杂志专论《关于文学艺术中的典型问题》。《文艺报》等报刊开始有关典型问题的讨论。

2 月 27 日　中国作协第二次理事会(扩大)会议在北京召开。周扬作《建设社会主义文学的任务》的报告。

4 月 17 日　剧作家宋之的逝世。

同月　《延河》(西安)创刊。

同月　刘绶松的《中国新文学史初稿》由作家出版社出版。

同月　刘宾雁的特写《在桥梁工地上》发表在《人民文学》第 4 期。

5 月 2 日　毛泽东在最高国务会议的讲话中，提出发展科学和文化的“百花齐放，百家争鸣”的方针。

5 月 26 日　陆定一在中南海怀仁堂做《百花齐放，百家争鸣》的报告。

6 月　《人民日报》刊登朱光潜的《我的文艺思想的反动性》，此后《人民日报》《文艺报》《新建设》《学术月刊》等发表了蔡仪、朱光潜、李泽厚等关于美学问题的讨论文章。

同月　耿简(柳溪)的特写《爬在旗杆上的人》发表在《人民文学》第 5 期。

6 月　刘宾雁的特写《本报内部消息》发表在《人民文学》第 6 期。

7 月 1 日　贺敬之的长诗《放声歌唱》开始在《北京日报》发表。

同月　上海作协主编的《萌芽》(半月刊)创刊。

同月　《新港》(月刊)创刊。

9 月　《人民文学》发表何直(秦兆阳)的论文《现实主义——广阔的道路》、王蒙的小说《组织部新来的青年人》。

同月　邓友梅的短篇小说《在悬崖上》在《文学月刊》发表。

同月　闻捷的诗集《天山牧歌》由作家出版社出版。

9 月 3 日至 10 月 21 日　李六如的长篇小说《六十年的变迁》在《北京日报》连载。1957 年由作家出版社出版。

10 月　陆文夫的《小巷深处》刊于《萌芽》第 10 期。

10 月 19 日　鲁迅逝世二十周年纪念大会在北京召开，茅盾做《鲁迅——从革命民主主义到共产主义》的报告。鲁迅新墓和纪念馆在上海落成。人民文学出版社开始出版十卷本的《鲁迅全集》。

同月　岳野的话剧《同甘共苦》刊于《剧本》第 10 期。

11月　《文艺报》第23期发表钟惦棐的文章《电影的锣鼓》(署名“本刊评论员”)。

同月　艾青诗《大西洋》刊于《诗刊》第11期。

同月　海默的剧本《洞箫横吹》刊于《剧本》第11期。

12月13日　邵燕祥诗《贾桂香》刊于《人民日报》。

12月22日　艾青诗《礁石》刊于《光明日报》。

同月　孙犁的中篇小说《铁木前传》发表在《人民文学》第12期。

同月　周勃的《论现实主义及其在社会主义时代的发展》发表在《长江文艺》第12期;张光年的《社会主义现实主义存在着、发展着》发表在《文艺报》第24期。随后,在《文艺报》《文学评论》等报刊上,展开关于社会主义现实主义问题的讨论。

同月　高云览的长篇小说《小城春秋》由作家出版社出版。

本年　出版的作品还有:理论《关于写诗和读诗》(何其芳),诗集《投入火热的斗争》(郭小川)、《给同志们》(邵燕祥),话剧《西望长安》(老舍)等。

1957年

1月7日　《人民日报》发表陈其通、陈亚丁、马寒冰、鲁勒的文章《我们对目前文艺工作的几点意见》。

同月　诗刊《星星》(四川)创刊,发表了流沙河的散文诗《草木篇》和日白的《吻》。它们在本年均引发争论。

同月　巴人的《论人情》在《新港》(天津)第1期发表。

同月　中国作协主办的《诗刊》创刊。创刊号上刊出毛泽东《关于诗的一封信》,和毛泽东诗词18首,刊登艾青诗《在智利的海岬上》。

同月　杨履方的话剧《布谷鸟又叫了》在《剧本》第1期发表。

2月27日　毛泽东在最高国务会议做《关于正确处理人民内部矛盾的问题》的讲话,经过修改后于6月19日在《人民日报》公开发表。

2月　郭小川的抒情诗《致大海》和叙事诗《深深的山谷》分别发表在《诗刊》第2期、第4期。

3月12日　毛泽东做题为《在中国共产党全国宣传工作会议上的讲话》的报告。

3月　《沫若文集》由人民文学出版社开始分卷出版。

同月　中国科学院文学研究所的《文学研究》(季刊)创刊。1959年起改名为《文学评论》,并改为双月刊。

同月　刘绍棠的短篇小说《田野落霞》发表在《新港》第3期上。

同月　吴强的长篇小说《红日》开始在《延河》上连载。7月由中国青年出版社出版。

同月　李劼人长篇《大波》刊于《收获》第2期。

4月9日　《文汇报》发表周扬就“百花齐放、百家争鸣”问题答该报记者问。4月11日《人民日报》转载该答问。

4月11日　回春(徐懋庸)的杂文《小品文的新危机》刊于《人民日报》。

同月　《文艺报》改为周刊,出版1957年的第1号。1958年起改为半月刊。

5月 钱谷融的《论"文学是人学"》发表在《文艺月报》第5期。

同月 穆旦的《葬歌》等诗刊于《诗刊》第5期。

6月6日 中国作协召开党组扩大会，到9月会议共举行25次。会议主要批判丁玲、陈企霞、冯雪峰等的"反党反社会主义"的言行。周扬在9月16日的会上做了《文艺战线上的一场大辩论》的总结报告。

6月8日 毛泽东起草了《组织力量反击右派分子的猖狂进攻》的中共中央党内指示。《人民日报》发表社论《这是为什么?》，开始全国的反右运动。在这次反右运动中，先后被定为"右派分子"的作家，有冯雪峰、丁玲、艾青、陈企霞、罗烽、白朗、秦兆阳、萧乾、吴祖光、徐懋庸、姚雪垠、李长之、黄药眠、穆木天、傅雷、陈梦家、孙大雨、施蛰存、徐中玉、许杰、陈学昭、杨宪益、冯亦代、陈涌、公木、钟惦棐、王若望、苏金伞、汪曾祺、吕剑、唐湜、唐祈、杜高、杜黎均、刘宾雁、王蒙、邓友梅、刘绍棠、从维熙、蓝翎、唐因、唐达成、公刘、白桦、邵燕祥、流沙河、高晓声、陆文夫、张贤亮、昌耀等。

7月 李国文的《改选》、宗璞的《红豆》、丰村的《美丽》等小说发表在《人民文学》第7期。

同月 张贤亮诗《大风歌》刊于《延河》(西安)第7期。

同月 由巴金、靳以主编的《收获》在上海创刊。创刊号上发表了老舍的话剧《茶馆》和艾芜的长篇小说《百炼成钢》。

8月 杜鹏程的中篇小说《在和平的日子里》发表在《延河》第8期。

9月 曲波的长篇小说《林海雪原》由作家出版社出版。

10月 徐怀中的长篇小说《我们播种爱情》由中国青年出版社出版。

同月 《雨花》(南京)第10期以供批判材料发表了方之、陈椿年、陆文夫、高晓声等人的《〈探求者〉文学月刊的章程和启事》。

11月 梁斌的长篇小说《红旗谱》由中国青年出版社出版。

12月 郭小川叙事诗《白雪的赞歌》刊于《诗刊》第12期。

同月 刘大杰《中国文学发展史》(上卷)由古典文学出版社(上海)出版。中卷出版于1958年，下卷出版于1962年。

本年 出版的作品还有：诗集《在北方》(公刘)、《望夫云》(公刘)、《海岬上》(艾青)、《致青年公民》(郭小川)、《孔雀》(白桦)，小说《铁木前传》(孙犁)，随笔集《苔花集》(黄秋耘)，理论《为保卫社会主义文艺路线而斗争》(上、下)等。

1958年

1月 周立波的长篇小说《山乡巨变》开始在《人民文学》上连载。6月由作家出版社出版。"续篇"1960年4月也由作家出版社出版。

1月11日 茅盾的《夜读偶记——关于社会主义现实主义及其它》开始在《文艺报》连载，第1、2、8、9、10期上刊出。

1月26日 《文艺报》第2期的"再批判"专栏，对丁玲、王实味、萧军、罗烽、艾青等1942年在延安写的《三八节有感》《在医院中》《野百合花》《论同志之"爱"与"耐"》《还是杂文时代》《了解作家,尊重作家》等再次进行批判。专栏的编者按语由毛泽东修改撰写。

同月　杨沫的长篇小说《青春之歌》由作家出版社出版。

2月28日　《人民日报》和第4期的《文艺报》发表周扬的《文艺战线上的一场大辩论》。

3月22日　毛泽东在成都会议上的讲话提出要搜集一点民歌,并说:“我看中国诗的出路恐怕是两条:第一条是民歌,第二条是古典……形式是民族的形式,内容应该是现实主义与浪漫主义的对立统一。”5月,他在中共八大二次会议上提出,无产阶级文学艺术应采用“革命现实主义和浪漫主义”相结合的创作方法。

3月　《茅盾文集》《巴金文集》《叶圣陶文集》开始由人民文学出版社出版。

同月　茹志鹃的短篇小说《百合花》发表在《延河》(西安)第3期。

同月　高缨的短篇小说《达吉和她的父亲》发表在《红岩》(成都)第3期。

同月　李劼人的长篇小说《大波》修改本(上卷)由作家出版社出版。

4月14日　《人民日报》发表社论《大规模地收集全国民歌》,不久全国开始了“新民歌运动”。

同月　邵荃麟的《门外谈诗》发表在《诗刊》第4期。

5月　周而复的长篇小说《上海的早晨》(第一部)由作家出版社出版。第二部1962年12月出版。

同月　田汉的话剧《关汉卿》发表在《剧本》第5期。

6月21日　诗人柳亚子逝世。

同月　刘白羽的《透明的还是污浊的?——评南斯拉夫修正主义的文艺纲领》刊于《文艺报》第12期。

同月　方纪的中篇《来访者》刊于《收获》第3期。

8月　赵树理的短篇小说《“锻炼锻炼”》发表在《火花》(太原)第8期。后被《人民文学》第9期转载。评书《灵泉洞》(上部)在《曲艺》第8—11期发表。

9月　刘澍德的中篇小说《桥》由人民文学出版社出版。

同月　雪克的长篇小说《战斗的青春》由新文艺出版社出版。刘流的长篇小说《烈火金钢》由中国青年出版社出版。

同月　全国报刊发表文章讨论革命现实主义和革命浪漫主义相结合的创作方法。这一讨论延续到次年。

10月17日　郑振铎带领文化代表团出国访问,因飞机失事罹难。

同月　《中国青年》《读书》《文学知识》等刊物开展巴金小说重评的讨论。

11月　李英儒的长篇小说《野火春风斗古城》发表在《收获》第6期上。12月由作家出版社出版。

同月　王汶石的短篇小说《新结识的伙伴》发表在《延河》第11期。

12月　《毛泽东论文学与艺术》由人民文学出版社出版。

本年　《诗刊》《文艺报》《文学评论》《处女地》《星星》《红岩》等刊物开展了学习新民歌和新诗发展道路的讨论。这个讨论一直延续到1959年。

本年　出版的作品还有：小说《苦菜花》（冯德英）、《白洋淀纪事》（孙犁）、《“锻炼锻炼”》（赵树理）、《敌后武工队》（冯志），诗歌《西郊集》（冯至）、《回声续集》（蔡其矫）、《雪与山谷》（郭小川）、《海洋抒情诗》（孙静轩），散文《早霞短笛》（柯蓝），理论《夜读偶记》（茅盾）、《社会主义现实主义论文集》（第一集，第二集1959年出版）、《论文学上的修正主义思潮》（姚文元）等。

1959年

2月　《中国青年》第2期发表郭开的《略谈对林道静的描写中的缺点——评杨沫的〈青春之歌〉》。《中国青年》《文艺报》等报刊开始讨论《青春之歌》。

同月　茅盾在文学创作工作座谈会上作《创作问题漫谈》的发言。该发言发表在《文艺报》第5期。

4月　《文艺报》从第7期起开辟“文艺作品如何反映人民内部矛盾”专栏，讨论赵树理的小说《“锻炼锻炼”》。

同月　柳青《创业史》第一部在《延河》（西安）第4期起开始选载，到11期为止。1960年5月由中国青年出版社出版。

5月　郭沫若的历史剧《蔡文姬》在《收获》第3期上发表。

8月　胡可的话剧《槐树庄》在《剧本》第8期上发表。

9月　欧阳山长篇“一代风流”第一部《三家巷》由广东人民出版社出版。第二部《苦斗》1962年12月出版。

同月　郭沫若、周扬编选的《红旗歌谣》出版。

同月　草明的长篇小说《乘风破浪》发表在《收获》第5期。1959年9月由人民文学出版社出版。

10月　人民文学出版社出版“建国十年来优秀创作”。计长篇小说16种，中篇小说5种，短篇小说集9种，剧本11种，儿童文学5种，诗集16种，散文集5种。

同月　《文艺月刊》改名为《上海文学》。

11月7日　作家靳以逝世。

12月　刘真的小说《英雄的乐章》刊于《蜜蜂》第24期。

同月　郭小川的诗《望星空》发表在《人民文学》第11期。《文艺报》第23期（12月出版）刊登华夫的批评文章《评郭小川的〈望星空〉》。

本年　出版的作品还有：《金沙洲》（于逢）、《我的第一个上级》（马烽）、《特殊性格的人》（胡万春）、《胶东纪事》（峻青），诗集《月下集》（郭小川）、《复仇的火焰》（第1部，闻捷）、《五月端阳》（李季）、《十年诗抄》（冯至）、《生活的赞歌》（闻捷），话剧《蔡文姬》（郭沫若）、《槐树庄》（胡可），论文集《鼓吹集》（茅盾）等。

1960年

1月11日　《文艺报》第1期转载李何林发表在1月8日《河北日报》的文章《十年来文学理论和批评上的一个小问题》，并在编者按中对文中有关文艺与政治关系的观点提出批评。

同月　林默涵的《更高地举起毛泽东文艺思想的旗帜!》刊于《文艺报》第1期。

同月　《文艺报》《文学评论》等报刊对巴人、钱谷融、蒋孔阳等关于"人道主义""人性论"的观点进行批评。

1—9月　《戏剧报》开辟"关于正确反映人民内部矛盾问题"的讨论专栏，对海默的《洞箫横吹》以及其他剧本进行批评。在这期间，《文艺报》《北京文艺》《剧本》《新港》《蜜蜂》《河北日报》《解放军文艺》《电影艺术》等报刊发表文章，批判《英雄的乐章》(刘真)、《洞箫横吹》(海默)、《同甘共苦》(岳野)、《来访者》(方纪)、《战斗到明天》(白刃)、《无情的情人》(徐怀中)等作品的"修正主义"和"人性论"，

3月　李准的短篇小说《李双双小传》发表在《人民文学》第3期。

同月　杨沫的《青春之歌》修改本由人民文学出版社出版。

5月11日　《文艺报》第9期刊发《马克思主义经典作家论资产阶级人道主义》和《高尔基、鲁迅论人道主义和人性论》。

同月　郭沫若的历史剧《武则天》、田汉的历史剧《文成公主》分别发表在《人民文学》《剧本》第5期。

6月　茹志鹃小说《静静的产院里》刊于《人民文学》第6期。后收入小说集时改名《静静的产院》。

7月　梁斌的长篇小说《播火记》在《新港》开始连载。

7月22日—8月13日　第三次全国文学艺术界代表大会在北京举行。周扬做《我国社会主义文学艺术的道路》的报告。大会选出了文联和各协会的领导机构。

9月29日　周扬在一次座谈会上传达邓小平的"编一点历史戏"的意见。并在11月召开历史剧座谈会。

11月　赵树理小说《套不住的手》刊于《人民文学》第11期。

12月　欧阳山的短篇《乡下奇人》刊于《人民文学》第12期。

本年　出版的作品还有:小说集《禾场上》(周立波)、《大波(第二部)》(李劼人)，诗集《五月花》(光未然)，散文集《海市》(杨朔)。

1961年

1月　《文汇报》发表细言(王西彦)《关于悲剧》、老舍《喜剧的语言》的文章，展开有关悲剧和喜剧问题的讨论。

同月　吴晗编剧的《海瑞罢官》刊于《北京文艺》第1期。

1—2月　老舍、李健吾、冰心、吴伯箫、凤子、秦牧等先后在《文汇报》《人民日报》发表散文笔谈。

2月　刘澍德的中篇小说《归家》在《边疆文艺》第2期开始连载。

3月19日　马南邨(邓拓)开始在《北京晚报》上开设"燕山夜话"专栏。8月起由北京出版社分册出版。

3月26日　《文艺报》第3期发表专论《题材问题》(张光年执笔)。

同月 刘白羽的散文《长江三日》、杨朔的散文《茶花赋》发表在《人民文学》第3期。

4月5日 秦牧的散文《艺海拾贝》开始在《上海文学》第4期上发表。1962年由上海文艺出版社出版。

同月 赵树理的小说《实干家潘永福》、吴伯箫的散文《记一辆纺车》发表在《人民文学》第4期。

4月 高等学校文科教材编选计划会议在北京召开。陆定一、周扬做报告。

5月 王子野《和姚文元同志商榷美学上的几个问题》刊于《文艺报》第5期。

6月1日—28日 中央宣传部在北京新侨饭店召开全国文艺工作座谈会(又称"新侨会议"),讨论《关于当前文学艺术工作的意见》(即"文艺十条"的草案)。1962年4月由中宣部正式定稿为《文艺八条》。

同月 冰心的散文《樱花赞》、吴伯箫的散文《菜园小记》、丰子恺《上天都》发表在《人民文学》第6期。

7月23日 杨朔的散文《荔枝蜜》发表在《人民日报》。

同月 田汉改编的历史剧《谢瑶环》,孟超改编的《李慧娘》刊于《剧本》第7、8期合刊。

同月 曹禺、梅阡、于是之的话剧《胆剑篇》刊于《人民文学》第7、8期合刊。

同月 《文艺报》从第7期发表冯牧《〈达吉和她的父亲〉——从小说到电影》,引起对这部作品的讨论。讨论文章还刊登在《人民日报》《北京晚报》《重庆日报》《成都晚报》等报刊,到1962年底有近百篇,涉及文学创作的人性人情、人道主义等问题。

8月31日 繁星(廖沫沙)的杂文《有鬼无害论》在《北京晚报》上发表。

同月 北京、上海就茹志鹃创作的题材、风格问题举行讨论会。

9月 戏剧家沙可夫逝世。

同月 茅盾的《关于历史和历史剧——从〈卧薪尝胆〉的许多不同剧本说起》发表在《文学评论》第5期。

10月 吴南星(吴晗、邓拓、廖沫沙)的杂文随笔开始在《前线》上的"三家村札记"专栏上发表。

同月 杨朔散文《雪浪花》刊于《红旗》第20期。

11月 陈翔鹤的历史小说《陶渊明写"挽歌"》发表在《人民文学》第11期。

同月 罗广斌、杨益言的长篇小说《红岩》开始在《中国青年报》上连载,12月由中国青年出版社出版。

本年 出版的作品还有:散文集《东风第一枝》(杨朔)、《花城》(秦牧),小说集《村歌》(孙犁)、《李双双小传》(李准),诗集《江南曲》(严阵)、《两都颂》(郭小川)。

1962年

2月 徐迟的特写《祁连山下》载《人民文学》第2期。

同月 赵树理的短篇小说《杨老太爷》、唐克新的短篇小说《沙桂英》分别发表于《解放军文艺》《上海文学》第2期。

3月2日—26日　文化部、剧协在广州召开话剧、歌剧、儿童剧创作座谈会(又称“广州会议”)。周恩来、陈毅在会上做了关于知识分子和戏剧创作问题的讲话。

同月　瞿白音的《关于电影创新问题的独白》刊于《电影艺术》第3期。

4月　黄秋耘的小说《杜子美还家》发表于《北京文艺》第4期。

5月4日　《人民日报》在副刊登载文益谦(廖沫沙)的杂文《“长短相较”说》,开辟了杂文专栏《长短录》,到1962年12月8日停止,共发表杂文37篇。1980年人民日报出版社出版单行本,夏衍、吴晗、廖沫沙、孟超、唐弢等著。

5月23日　《人民日报》发表纪念《讲话》发表二十周年的社论《为最广大的人民群众服务》(周扬执笔)。

6月　汪曾祺的小说《羊舍一夕》发表于《人民文学》第6期。

7月　郭小川的诗《甘蔗林——青纱帐》、西戎的短篇小说《赖大嫂》发表在《人民文学》第7期。

同月　孙犁的《风云初记》第三集在《新港》第7—11期连载。

7月28日—8月4日　李建彤的长篇小说《刘志丹》部分章节在《工人日报》连载。

8月2日—16日　中国作协在大连召开农村题材短篇小说创作座谈会(又称“大连会议”),由邵荃麟主持,茅盾、赵树理等参加。周扬在会上讲话。

9月21日　剧作家欧阳予倩逝世。

10月　陈翔鹤的历史小说《广陵散》发表在《人民文学》第10期。

12月25日　作家李劼人逝世。

本年　出版的作品还有:诗集《凯旋》(臧克家),散文集《红玛瑙集》(刘白羽)、《花》(曹靖华)、《书话》(晦庵,即唐弢)、《分阴集》(繁星)、《书林漫步》(陈原)、《初晴集》(菡子)、《樱花赞》(冰心)、《津门小集》(孙犁)、《行云集》(周瘦鹃),小说集《静静的产院》(茹志鹃),长篇小说《苦斗》(欧阳山),理论《十年来的新中国文学》(中国科学院文学研究所编写组)。

1963年

1月4日　柯庆施等在上海部分文艺工作者座谈会上提出“写十三年”的口号,认为只有写建国后十三年的社会生活的作品才是社会主义文艺。1月6日的《文汇报》报道了柯庆施的讲话。

2月　沈西蒙(执笔)、漠雁、吕兴臣的话剧《霓虹灯下的哨兵》刊于《解放军文艺》第3期。

3月25日　中国作协书记处决定成立农村读物委员会。《文艺报》第3期刊发《文艺面向农民,巩固和扩大社会主义新文艺在农村的阵地》的社论。

4月11日　贺敬之长诗《雷锋之歌》在《中国青年报》上发表。

同月　沈从文的散文《过节和观灯》发表在《人民文学》第4期。

5月6、7日　梁壁辉的《“有鬼无害”论》在《文汇报》上发表,戏剧界开始批判“鬼戏”。

6月　严家炎的《关于梁生宝形象》发表在《文学评论》第3期。针对严家炎的文章，柳青在《延河》第8期发表《提出几个问题来讨论》。

7月　姚雪垠的长篇历史小说《李自成》第一卷由中国青年出版社出版。

10月26日　周扬在中国科学院哲学社会科学学部委员会第四次扩大会议上，做《哲学社会科学工作者的战斗任务》的报告。

同月　丛深的话剧《祝你健康》(后改名《千万不要忘记》)发表在《剧本》第10、11期合刊。

11月　《文艺报》第11期刊登张光年《现代修正主义的艺术标本——评格·丘赫莱依的影片及其言论》。

12月12日　毛泽东在中宣部文艺处的一份关于上海举行故事会活动的材料上，做了对文学艺术的第一个批示。

本年　出版的作品还有：小说《长长的流水》(刘真)、《下乡集》(赵树理)、《二月兰》(谢璞)、《丰产记》(西戎)，诗集《红柳集》(李瑛)、《西行剪影》(张志民)、《甘蔗林——青纱帐》(郭小川)、《雷锋之歌》(贺敬之)、《螺号》(张永枚)，评论集《读书杂记》(茅盾)、《诗与遗产》(冯至)、《文学短论》(孙犁)，散文、杂文《燕山夜话》(合集，马南邨)、《散文特写选》(1959—1961，周立波编选)。

1964年

1月22日　贺敬之诗《西去列车的窗口》发表在《人民日报》。

同月　浩然长篇小说《艳阳天》、柳青《创业史》第二部上卷的两章发表在《收获》第1期。

同月　赵树理的小说《卖烟叶》在《人民文学》第1、3期连载。

3月　全国文联和各协会开始整风、检查工作。

同月　《文艺报》第3期刊登陈言《漫评林斤澜的创作及有关的评论》，批评林斤澜的创作倾向。

3月9日—4月18日　《羊城晚报》(广州)连载欧阳山的《柳暗花明》。

6月27日　毛泽东在《中央宣传部关于全国文联和所属各协会整风情况报告》的草稿上，做了关于文学艺术的第二个批示。

同月　《电影艺术》刊登文章批判瞿白音有关电影创作的“创新独白”。

7月2日　中央宣传部召开中国文联各协会及文化部负责人会议，贯彻毛泽东6月27日批示，中国文联各协会再次开始整风。

7月30日　《人民日报》刊登批判电影《北国江南》的文章。

6月5日—7月31日　文化部举办的全国京剧现代戏观摩大会在北京举行，演出了《芦荡火种》《红灯记》《红色娘子军》《智取威虎山》《奇袭白虎团》《红嫂》等35个剧目。周恩来、彭真、陆定一、周扬等在观摩大会讲话。江青在座谈会上的讲话，后来以《谈京剧革命》为名发表。

8月　《红旗》杂志刊登文章，批判周谷城的“时代精神汇合论”。

9月1日 《中国青年报》刊登《用阶级调和思想毒害青年的小说》,批判欧阳山的《三家巷》《苦斗》。

9月15日 《人民日报》发表文章批判电影《早春二月》。

同月 《文艺报》第8、9期合刊发表《"写中间人物"是资产阶级的文学主张》和《关于"写中间人物"的材料》。

同月 浩然的长篇《艳阳天》第一卷由作家出版社出版,第二卷由人民文学出版社于1966年3月出版,第三卷由人民文学出版社于1966年5月出版。

10月20日 诗人柯仲平病逝。

11月10日 《剧本》第11期刊登翁偶虹、阿甲改编的京剧剧本《红灯记》。

12月 《文艺报》第11、12期合刊发表该刊资料室编写的《十五年来资产阶级是怎样反对创造工农兵英雄人物的?》。

本年 出版的作品还有:小说《南行记续篇》(艾芜)、《风雷》(陈登科),论文集《文学艺术的春天》(何其芳)、《文艺思想论争集》(姚文元)。

1965年

2月 《文艺报》第2期发表颜默《为谁写挽歌?》,《文学评论》第1期发表余冠英《一篇有害的小说——〈陶渊明写挽歌〉》的批判陈翔鹤小说《广陵散》《陶渊明写〈挽歌〉》的文章。

2月18日 繁星(廖沫沙)的文章《我的〈有鬼无害论〉是错误的》刊登于《北京日报》。

3月1日 《人民日报》刊登向群《重评孟超新编〈李慧娘〉》的文章,"编者按"认为《李慧娘》"是一株反党反社会主义的毒草"。

同月 王致远的长诗《胡桃坡》由作家出版社出版。

5月29日 《光明日报》刊登钟闻《影片〈林家铺子〉必须批判》的文章。

同月 《文学评论》第3期发表《〈上海屋檐下〉是反对时代精神的作品》的文章。

6月 金敬迈的长篇小说《欧阳海之歌》(节选)在《解放军文艺》第6期上发表,并由解放军文艺出版社出版。

同月 《文艺报》第6期刊发胡可、张天翼批判电影《林家铺子》的文章。第7期刊登以群等批判电影《不夜城》的文章。

10月26日 剧作家熊佛西逝世。

11月10日 由姚文元署名的《评新编历史剧〈海瑞罢官〉》发表于上海《文汇报》。

11月29日 中国作协与共青团中央联合召开的全国青年业余文学创作积极分子大会在北京举行。

本年 出版的作品还有:诗歌《朗诵诗选》(诗刊社编选),长篇小说《沸腾的群山》(李云德)。

1966 年

1月2日 作家孙伏园逝世。

1月9日 《人民日报》选载金敬迈的长篇小说《欧阳海之歌》,并加编者按予以推荐。郭沫若、李希凡、冯牧等都撰文高度评价这一小说。

2月1日 《人民日报》刊登《田汉的〈谢瑶环〉是一株大毒草》的批判文章。《戏剧报》第2期转载。

2月2日—20日 由江青主持的部队文艺工作问题座谈会在上海召开。4月10日,《林彪同志委托江青同志召开的部队文艺工作座谈会纪要》作为中共党内文件下发。1966年4月18日,《解放军报》发表《高举毛泽东思想伟大红旗,积极参加社会主义文化大革命》社论,在没有提座谈会和《纪要》的情况下,全面公布《纪要》的内容。1967年5月29日,《纪要》全文在《人民日报》公开刊载。

2月24日 《人民日报》发表何其芳《评〈谢瑶环〉》的文章。

4月11日 《人民日报》刊登批判文章《违反毛主席军事思想的坏影片〈兵临城下〉》。

3月12日 《光明日报》刊登穆欣批判夏衍的文章《评〈赛金花〉剧本的反动思想》。

4月16日 《北京日报》发表《关于〈三家村〉和〈燕山夜话〉的批判材料》。

同月 郑季翘的文章《文艺领域里必须坚持马克思主义的认识论——对形象思维论的批判》发表在《红旗》杂志第5期。

同月 黎汝清长篇小说《海岛女民兵》由人民文学出版社出版。

5月10日 姚文元署名的文章《评"三家村"——〈燕山夜话〉、〈三家村札记〉的反动本质》在《解放日报》《文汇报》发表。

5月18日 历史学家、作家邓拓遭迫害自杀。

6月1日 《人民日报》发表社论《横扫一切牛鬼蛇神》,"文化大革命"开始。7月起除《解放军文艺》外,全国的文艺刊物陆续停刊。文联、作协等机构瘫痪,大批作品、作家受到批判。

7月4日 《人民日报》刊登阮铭、阮若瑛《周扬颠倒历史的一支暗箭——评〈鲁迅全集〉第六卷的一条注释》。

8月2日 文艺理论家叶以群遭迫害逝世。

8月10日 冯雪峰写《有关1936年周扬等人的行动以及鲁迅提出"民族革命战争的大众文学"口号的经过》的材料。

8月中 巴金参加了亚非作家紧急会议之后,被隔离关进"牛棚"。

8月24日 作家老舍遭迫害投湖自杀。

9月3日 翻译家傅雷夫妇遭迫害在上海家中自杀。

本年 出版的作品还有马识途长篇小说《清江壮歌》。

1967 年

1月 姚文元的文章《评反革命两面派周扬》发表在《红旗》杂志第1期。

2月15日　作家张恨水逝世。

同月　作家罗广斌遭迫害致死。

3月21日　作家阿垅病逝于狱中(作为“胡风反革命集团”的“骨干分子”,他在1966年被判处12年徒刑)。

4月2日　诗人饶孟侃逝世。

4月12日　江青在军委扩大会议上的讲话《为人民立新功》说:“这十七年来……大量的是名、洋、古的东西,或者是被歪曲了的工农兵形象。”人民出版社1967年出版。

5月6日　作家周作人逝世。

5月10日　江青1964年在京剧现代戏观摩演出人员座谈会上的讲话《谈京剧革命》发表在《红旗》杂志第6期。

5月23日　在北京集会纪念《讲话》二十五周年大会上,陈伯达在讲话中称江青“一贯坚持和保卫毛主席的革命文艺路线”,“她用最大的努力,在戏剧、音乐、舞蹈各个方面,做了一系列革命的样板”,“成为文艺革命披荆斩棘的人”。现代京剧《智取威虎山》等八个“样板戏”同时在北京舞台上演,历时37天,演出218场。6月18日,《人民日报》报道会演结束,并发出“把革命样板戏推向全国去”的号召。

5月25日—28日　《人民日报》相继发表了毛泽东关于文学艺术的五个文件:《看了〈逼上梁山〉以后写给延安平剧院的信》(1944);《应当重视电影〈武训传〉的讨论》(1951);《关于红楼梦研究问题的信》(1954);1963年、1964年关于文学艺术问题的两个批示。

10月7日　作家废名(冯文炳)逝世。

本年　作家范烟桥逝世。

1968年

3月3日　许广平逝世。

3月28日　作家彭康逝世。

4月3日　作家彭柏山遭迫害逝世。

5月5日　诗人邵洵美逝世。

5月22日　作家司马文森遭迫害逝世。

6月14日　剧作家海默遭迫害逝世。

5月23日　于会泳的文章《让文艺舞台永远成为宣传毛泽东思想的阵地》发表在《文汇报》上。这篇文章第一次公开提出并阐释了“三突出”的口号。

8月3日　作家杨朔遭迫害逝世。

同日　作家、翻译家丽尼遭迫害逝世。

11月2日　作家李广田遭迫害逝世。

12月10日　戏剧家田汉遭迫害逝世。

本年　作家严独鹤、汪敬熙逝世。

1969 年

3 月 5 日　文学理论家吕荧逝世。

4 月 22 日　作家陈翔鹤遭迫害逝世。

7 月 1 日　《评斯坦尼斯拉夫斯基“体系”》(上海革命大批判写作小组)刊于《红旗》第 6、7 期合刊。

9 月 3 日　作家邓均吾逝世。

10 月 11 日　作家、历史学家吴晗遭迫害致死。

11 月 20 日　《文汇报》发表桑伟川的《评〈上海的早晨〉——与丁学雷同志商榷》。次年 1 月 24 日，丁学雷(上海市委写作组)在《人民日报》发表《阶级斗争在继续——再评毒草小说〈上海的早晨〉，并驳为其翻案的毒草文章》。桑伟川被定为“现行反革命”，被关押监狱 7 年。

本年　作家陈铨、姚蓬子逝世。

1970 年

4 月　《鼓吹资产阶级文艺就是复辟资本主义——驳周扬吹捧资产阶级“文艺复兴”、“启蒙运动”、“批判现实主义”的反动理论》(上海革命大批判写作小组)发表在《红旗》第 4 期。

5 月 31 日　《沙家浜》1970 年 5 月演出本发表于《文汇报》。

同月　《红灯记》1970 年 5 月演出本发表于《红旗》第 5 期。

8 月　仇学宝的长诗《金训华之歌》由上海人民出版社出版。

9 月 23 日　作家赵树理遭迫害逝世。

10 月 15 日　作家萧也牧遭迫害病逝于河南黄湖“五七干校”。

1971 年

1 月 13 日　诗人闻捷遭迫害自杀。

6 月 10 日　文艺理论家邵荃麟遭迫害逝世。

8 月 8 日　文学批评家侯金镜遭迫害在湖北咸宁“五七干校”病逝。

1972 年

2 月　长篇小说《虹南作战史》(上海《虹南作战史》写作组)、长篇小说《牛田洋》(南哨)由上海人民出版社出版。

4 月　李瑛诗集《枣林村集》由人民文学出版社出版。

同月　郭沫若的《李白与杜甫》由人民文学出版社出版。

5 月　李心田小说《闪闪的红星》由人民文学出版社出版。

同月　浩然《金光大道》第一部由人民文学出版社出版。

7 月 23 日　被迫害遣送家乡浙江奉化大堰村的文艺理论家巴人(王任叔)逝世。

9月　贺敬之的诗集《放歌集》修订本(据1961年版本修改、增补)由人民文学出版社出版。

12月17日　作家魏金枝遭迫害逝世。

本年　人民文学出版社、上海人民出版社等多家出版社出版了样板戏的演出本、主旋律本、总谱本等各种版本。

1973年

1月　李瑛诗集《红花满山》由人民文学出版社出版。

2月　刘大杰的《中国文学发展史》(第一册)修改本由上海人民出版社出版。

5月　上海市委主办的《朝霞》丛刊第1辑由上海人民出版社出版。

6月　表现"上山下乡"知识青年的小说《征途》(郭先红)和《峥嵘岁月》分别由上海人民出版社、广东人民出版社出版。

8月　俞平伯的《红楼梦研究》由人民文学出版社出版。出版说明称"供研究工作者参考、批判之用"。

9月　综合理论刊物《学习与批判》在上海创刊,至1976年10月停刊,共出版38期。由上海市委写作组以复旦大学名义主办。刊登大量上海市委写作组以罗思鼎、丁学雷、方岩梁、石仑、石一歌、任犊、宫效闻、康立、梁凌益、齐永红、翟青、方海、戚承楼、金风、靳戈、史尚辉、史锋、曹思峰等笔名写的文章。

11月　刊载国外文学作品译文的期刊《摘译》(内部发行)由上海人民出版社出版。

本年　出版的作品还有:通俗读物《鲁迅的故事》(石一歌),小说《沸腾的群山》(第二部,李云德),理论《红楼梦评论集》(李希凡、蓝翎)、《鲁迅〈野草〉注解》(李何林)。

1974年

1月　初澜(文化部写作组笔名)文章《中国革命历史的壮丽画卷——谈革命样板戏的成就和意义》发表在《红旗》杂志第1期上。

同月　上海市委主办的《朝霞》文艺月刊第1期出版。

1月30日　《人民日报》发表评论员文章《恶毒的用心 卑劣的手法——批判安东尼奥尼拍摄的题为〈中国〉的反华影片》。

3月15日　张永枚的"诗报告"《西沙之战》刊于《光明日报》。

5月5日　初澜的《在矛盾冲突中塑造无产阶级英雄典型——评长篇小说〈艳阳天〉》发表在《人民日报》。

同月　浩然的长篇小说《金光大道》第二部由人民文学出版社出版。

6月　浩然的中篇小说《西沙儿女——正气篇》由人民文学出版社出版。《西沙儿女——奇志篇》12月出版。

10月　初澜的《京剧革命十年》发表在《红旗》杂志第7期。

1975年

2月　长篇小说《千重浪》(毕方、钟涛)由人民出版社出版。

2月28日　戏剧家、导演焦菊隐遭迫害逝世。

7月　毛泽东两次谈话中指出“百花齐放没有了”,“党的文艺政策应该调整一下,一年、两年、三年逐步扩大文艺节目。缺少诗歌,缺少小说,缺少散文,缺少文艺批评”。

同月　郭澄清的长篇小说《大刀记》(第一部)由人民文学出版社出版。

8月14日　毛泽东就《水浒》发表谈话。随后,《红旗》《人民日报》相继发表文章,开展“评《水浒》”运动。

9月15日　美术家、作家丰子恺逝世。

同月　谌容的长篇小说《万年青》由人民文学出版社出版。

10月　《创业》的电影文学剧本发表在《解放军文艺》10月号上。

本年　人民文学出版社重印《水浒传》《三国志通俗演义》《儒林外史》《脂砚斋重评石头记》等古典小说,并由上海人民出版社出版《水浒》的儿童删节版。

1976年

1月31日　文艺理论家、诗人冯雪峰病逝。

同月　《诗刊》《人民文学》复刊。《诗刊》的复刊号上发表了毛泽东写于1965年的两首词《水调歌头·重上井冈山》和《念奴娇·鸟儿问答》。《人民文学》复刊号发表了蒋子龙的小说《机电局长的一天》。

同月　黎汝清的长篇小说《万山红遍》(上卷)由人民文学出版社出版。

2月　臧克家《忆向阳——“五七”干校赞歌三首》发表于《人民文学》第2期。

3月　《人民戏剧》《人民音乐》《美术》《舞蹈》相继复刊。《人民电影》创刊。

同月　电影文学剧本《春苗》由上海人民出版社出版。电影《春苗》于1975年8月开始在全国陆续公映。

3月16日　文化部召开创作座谈会,文化部部长于会泳根据江青等的指示,号召写“与走资派斗争”的作品。

4月5日　天安门广场爆发“四五”运动。在天安门广场和全国各地,出现大量的声讨“四人帮”、歌颂周恩来以及老一代革命家的诗词。

同月　小靳庄诗歌选《十二级台风刮不倒》由人民文学出版社出版。

同月　《红楼梦新证》修订再版。

5月　电影文学剧本《决裂》由人民文学出版社出版。

5月5日　剧作家孟超受迫害在北京逝世。

8月　刘大杰《中国文学发展史》(第二册)由上海人民出版社出版。

10月18日　诗人郭小川逝世。

11月　贺敬之的长诗《中国的十月》发表在《诗刊》第11期。

12月　姚雪垠的长篇历史小说《李自成》第二卷由中国青年出版社出版。

本年　出版的作品还有:《鲁迅传(上)》(石一歌),小说《睁大你的眼睛》(刘心武)、

《响水湾》(郑万隆)、《沸腾的群山》(第三部,李云德)、《昨天的战争》(第一部,孟伟哉)、《鲁迅书信集》、《鲁迅日记》。

1977 年

1月2日　作家黄谷柳逝世。

2月7日　作家徐懋庸逝世。

6月17日　作家钱杏邨(阿英)逝世。

同月　柳青的长篇小说《创业史》第二部(上卷)由中国青年出版社出版。

7月24日　诗人、文艺批评家何其芳逝世。

8月　《儿童文学》(双月刊)复刊。

10月　《世界文学》复刊。

同月　《上海文艺》复刊。1979年恢复原名为《上海文学》。

同月　《人民文学》在北京召开短篇小说创作座谈会,在第11期和第12期上以"促进短篇小说的百花齐放"为题,刊登茅盾、马烽、周立波等的发言。

11月20日　刘心武的短篇小说《班主任》发表在《人民文学》第11期上。

12月　《郭小川诗选》由人民文学出版社出版。

本年　《人民日报》和《人民文学》在11月和12月相继邀请文艺界人士举行座谈会,批判"文艺黑线专政论"。

1978 年

1月　徐迟的报告文学《哥德巴赫猜想》在《人民文学》第1期发表。

同月　《诗刊》第1期发表《毛主席给陈毅同志谈诗的一封信》,涉及"形象思维"问题。

2月　《文学评论》复刊。

3月　大型文学刊物《钟山》在南京创刊。

4月30日　艾青"复出"后的第一首诗《红旗》发表在《文汇报》。

5月27日—6月5日　中国文联第三届全体委员会扩大会议在北京举行,大会宣布文联和作协等5个协会正式恢复工作。

6月12日　郭沫若逝世。

6月13日　作家柳青逝世。

7月　王蒙的小说《最宝贵的》发表于《作品》(广州)第7期。

7月15日　《文艺报》复刊。

同月　外国文学出版社主办的《外国文学研究》在北京创刊。

8月11日　卢新华的短篇小说《伤痕》发表在《文汇报》。

同月　大型文学刊物《十月》在北京创刊,创刊时以丛书形式按季度刊行,1980年改为双月刊。

9月9日　《宗教、理性、实践——访三个时代关于真理问题的三个"法庭"》(严家其)刊于《光明日报》。

9月19日 陈荒煤的《〈伤痕〉也触动了文艺创作的伤痕!》发表在《文汇报》。

同月 王亚平的短篇小说《神圣的使命》发表在《人民文学》第9期。

9月20日 翻译家曹葆华逝世。

10月21日 齐燕铭逝世。

10月28日—30日 宗福先的话剧《于无声处》发表在《文汇报》。

11月 《新文学史料》在北京创刊。

12月23日 北岛、芒克等主编的文学刊物《今天》创刊。《今天》共出版9期。1980年9月停刊。

本年 出版的作品还有:长篇小说《东方》(魏巍)、《巴金近作》、散文《长河浪花集》(秦牧)、《天安门诗抄》(童怀周)。

1979年

1月25日 作家郑伯奇逝世。

同月 《收获》复刊。

同月 《剧本》复刊。陈白尘的历史剧《大风歌》发表在复刊号上。

2月11日 郑义的小说《枫》发表在《文汇报》。

2月12日 《文艺报》第2期公开发表周恩来1961年的《在文艺工作座谈会和故事片创作会议上的讲话》。

同月 茹志鹃的《剪辑错了的故事》发表于《人民文学》第2期。

同月 周克芹的长篇小说《许茂和他的女儿们》发表于《红岩》第2期。

3月 方之的小说《内奸》发表在《北京文艺》第3期。

同月 张弦的《记忆》刊于《人民文学》第3期。

同月 从维熙的中篇小说《大墙下的红玉兰》发表在《收获》第2期。

4月 金河小说《重逢》发表于《上海文学》第4期。

同月 《上海文学》第4期发表评论员文章《为文艺正名——驳"文艺是阶级斗争的工具"说》,引起文坛关于文艺与政治关系的讨论。

同月 大型文学刊物《花城》在广州创刊。

同月 生活·读书·新知三联书店编辑、出版的《读书》在北京创刊。

1979年5月 中共中央批转解放军总政治部请示,正式撤销曾作为中共中央文件颁发的《部队文艺工作者座谈会纪要》。

5月2日—9日 中国社会科学院召开纪念五四运动六十周年的学术讨论会,周扬做了《三次伟大的思想解放运动》的报告,后发表在5月7日的《人民日报》。

5月10日 张学梦的诗《现代化和我们自己》发表在《诗刊》第5期。

5月15日 文化部文学艺术研究院主办的《文艺研究》创刊。

同月 收入50年代受批判作品的《重放的鲜花》由上海文艺出版社出版。

6月 人民文学出版社主办的大型文学期刊《当代》在北京创刊。

同月　唐弢主编的《中国现代文学史》(1—3册)由人民文学出版社出版。

同月　柳青的《创业史》第二部(下卷)由中国青年出版社出版。

7月20日　蒋子龙的短篇小说《乔厂长上任记》发表在《人民文学》第7期。

同月　安徽人民出版社主办的大型文学刊物《清明》在合肥创刊。创刊号上发表了鲁彦周的中篇小说《天云山传奇》。

同月　高晓声的短篇小说《李顺大造屋》发表在《雨花》第7期。

同月　张扬的长篇小说《第二次握手》由中国青年出版社出版。

8月10日　《诗刊》第8期发表雷抒雁的诗《小草在歌唱》、叶文福的诗《将军,不能这样做》。

9月25日　作家周立波逝世。

同月　刘宾雁的特写《人妖之间》发表在《人民文学》第9期。

同月　《十月》第3期发表刘克的小说《飞天》,白桦、彭宁的电影文学剧本《苦恋》。

10月21日　王蒙的短篇小说《夜的眼》发表在《光明日报》。

10月30日—11月16日　中国文学艺术工作者第四次全国代表大会在北京举行,周扬做了题为《继往开来,繁荣社会主义新时期的文艺》的报告。该报告发表在《文艺报》第11—12合期上。选举周扬为全国文联主席,茅盾为中国作协主席。

同月　王靖的电影文学剧本《在社会的档案里》发表在《电影创作》第10期。

同月　《星星》诗刊在成都复刊。刊登公刘《新的课题——从顾城同志的几首诗谈起》。《文艺报》1980年第1期转载。

同月　李建彤的长篇小说《刘志丹》由工人出版社出版。

同月　由高校中国现代文学研究会、北京出版社合编的《中国现代文学研究丛刊》在北京创刊。

11月　张洁的短篇小说《爱,是不能忘记的》发表在《北京文艺》第11期。

同月　冯骥才小说《啊!》发表于《收获》第6期。

12月　当代第一本台湾文学选集《台湾小说选》由人民文学出版社出版。

同月　宗璞小说《我是谁?》刊于《长春》第12期。

本年　出版的作品还有:话剧《王昭君》(曹禺),小说《生活的路》(竹林)。

1980年

1月1日　百花文艺出版社主办的《小说月报》在天津创刊。

同月　徐怀中的短篇小说《西线轶事》发表在《人民文学》第1期。

同月　谌容的中篇小说《人到中年》、张一弓的中篇小说《犯人李铜钟的故事》发表在《收获》第1期。

同月　靳凡的中篇小说《公开的情书》发表在《十月》第1期。

同月　张弦的中篇小说《被爱情遗忘的角落》发表在《上海文学》第1期。

同月　百花文艺出版社主办的《散文》(月刊)在天津创刊。

2月10日　《福建文艺》第2期开辟"新诗创作问题的讨论"专栏,就舒婷的诗歌,讨论诗歌的自我表现等问题。

2月20日　高晓声的短篇小说《陈奂生上城》发表在《人民文学》第2期。

3月3日　李国文的短篇小说《月食》发表在《人民文学》第3期。

3月8日　诗人李季逝世。

同月　顾城的《抒情诗十首》发表在《星星》第3期。

4月7日　全国诗歌讨论会在南宁召开。

5月7日　谢冕的《在新的崛起面前》发表在《光明日报》。

同月　王蒙的短篇小说《春之声》发表在《人民文学》第5期。流沙河的诗《归来》发表于《诗刊》第5期。

同月　《十月》第3期发表了刘心武的《如意》、宗璞的《三生石》、刘绍棠的《蒲柳人家》等中篇小说。

6月　全国高等学校文艺理论研究会主办的《文艺理论研究》(季刊)在上海创刊。

同月　老舍的长篇小说《正红旗下》,莫应丰的长篇小说《将军吟》由人民文学出版社出版。

7月　王蒙的中篇小说《蝴蝶》发表在《十月》第4期。

同月　叶蔚林的中篇小说《在没有航标的河流上》发表在《芙蓉》第3期。

同月　遇罗锦的报告文学《一个冬天的童话》发表在《当代》第3期。

8月　章明的《令人气闷的"朦胧"》发表在《诗刊》第8期。

9月　张辛欣的短篇小说《我在哪儿错过了你?》发表在《收获》第5期。

同月　张贤亮的短篇小说《灵与肉》发表在《朔方》第9期。

10月　汪曾祺的短篇小说《受戒》发表在《北京文学》第10期。

同月　韩少功的《西望茅草地》发表在《人民文学》第10期。

同月　《诗刊》开辟"青春诗会"专栏。

同月　钱锺书的《围城》由人民文学出版社重印出版。

11月　戴厚英的长篇小说《人啊,人!》由广东人民出版社出版。

本年　艾青诗集《归来的歌》、公刘诗集《离离原上草》和《仙人掌》、邵燕祥诗集《献给历史的情歌》出版。

1981年

1月　赵振开(北岛)的中篇小说《波动》发表在《长江》第1期。宗璞小说《蜗居》发表在《钟山》第1期。江河诗《祖国啊,祖国》刊于《花城》第1期。舒婷诗《流水线》刊于《莽原》第1期。礼平《晚霞消失的时候》、张贤亮《土牢情话——一个苟活者的祈祷》刊于《十月》第1期。牛汉的诗《悼念一棵枫树》发表在《长安》(西安)第1期。郭路生(食指)的诗《我的最后的北京》发表在《诗刊》第1期。

2月20日　古华的长篇小说《芙蓉镇》发表在《当代》第1期上,后经作者修改,11月由人民文学出版社出版。

3月27日　作家茅盾(沈雁冰)逝世。

同月　孙绍振的论文《新的美学原则在崛起》在加了批评性编者按语之后，发表在《诗刊》第3期。

同月　古华小说《爬满青藤的木屋》刊于《十月》第2期。

4月2日　《文学报》(周报)在上海创刊。

4月20日　《解放军报》发表评论员文章《四项基本原则不容违反——评电影文学剧本〈苦恋〉》。

5月　王蒙小说《杂色》、张抗抗《北极光》刊于《收获》第3期。

同月　大型文艺刊物《小说界》在上海创刊。

6月　陈建功小说《飘逝的花头巾》刊于《北京文学》第6期。

7月　张洁的长篇小说《沉重的翅膀》在《十月》第4期、第5期上连载。经过修改后12月由人民文学出版社出版。

同月　杨绛的散文集《干校六记》由生活・读书・新知三联书店出版。

10月7日　唐因、唐达成的文章《论〈苦恋〉的错误倾向》在《文艺报》第19期上发表。《人民日报》转载了全文。

同月　王安忆的短篇小说《本次列车终点》发表在《上海文学》第10期。

11月　张辛欣的小说《在同一地平线上》发表在《收获》第6期。

12月23日　《解放军报》《文艺报》《人民日报》刊载了白桦的《关于〈苦恋〉的通信——致〈解放军报〉、〈文艺报〉编辑部》。

本年　梁南的诗集《野百合》，曾卓的诗集《悬崖边的树》，李国文的长篇小说《冬天里的春天》，姚雪垠的《李自成》(第3卷)出版。人民文学出版社出版由绿原、牛汉编选的，收入“七月派”20位诗人作品的《白色花》。江苏人民出版社出版辛笛、陈敬容、杜运燮、杭约赫、郑敏、唐祈、唐湜、袁可嘉、穆旦的诗合集《九叶集》。

1982年

1月　徐迟的《现代化与现代派》发表在《外国文学研究》第1期。

同月　汪曾祺小说《晚饭花》发表在《十月》第1期。

2月　韦君宜的中篇小说《洗礼》发表在《当代》第1期。

同月　牛汉的诗《华南虎》，舒婷的诗《会唱歌的鸢尾花》发表在《诗刊》第2期。

3月25日　张洁的中篇小说《方舟》发表在《收获》第2期。

同月　张承志小说《绿夜》、孔捷生小说《南方的岸》发表在《十月》第2期。

4月　邓友梅的中篇《那五》发表在《北京文学》第4期。

同月　舒婷的诗《神女峰》发表在《星星》第4期。

5月　路遥的中篇小说《人生》发表在《收获》第3期。

同月　铁凝的小说《哦，香雪》发表在《青年文学》第5期。

同月　张辛欣的小说《我们这个年纪的梦》发表在《收获》第4期。

8月1日　《上海文学》第8期在“关于当代文学创作问题的通信”专栏中刊登了冯骥才、李陀、刘心武等关于高行健的《现代小说技巧初探》一书的通信。

8月10日　作家吴伯箫逝世。

同月　梁晓声小说《这是一片神奇的土地》发表在《北方文学》第8期。

9月　高行健、刘会远的话剧剧本《绝对信号》发表在《十月》第5期。

10月29日　诗人袁水拍逝世。

11月24日　作家、评论家李健吾逝世。

同月　李存葆的中篇小说《高山下的花环》、张承志的中篇《黑骏马》发表在《十月》第6期。

同月　王安忆的中篇《流逝》发表在《钟山》第6期。

12月15日　茅盾文学奖首届授奖仪式在北京举行。

本年　出版的主要作品还有：舒婷的诗集《双桅船》，《舒婷、顾城抒情诗选》，蔡其矫的诗集《生活的歌》，《流沙河诗集》等。

1983年

1月　徐敬亚的《崛起的诗群——评我国诗歌的现代倾向》发表在《当代文艺思潮》第1期。

同月　史铁生的短篇小说《我的遥远的清平湾》发表在《青年文学》第1期。

同月　陆文夫的中篇小说《美食家》发表在《收获》第1期。

同月　张贤亮的中篇《河的子孙》发表在《当代》第1期。

3月7日　周扬在中共中央党校召开的纪念马克思逝世100周年学术报告会上做《关于马克思主义的几个理论问题的探讨》的报告。3月16日，《人民日报》在刊发批评观点的情况下，发表这一报告，并引发有关“人道主义”“异化”问题的争论。

3月　铁凝的中篇小说《没有钮扣的红衬衫》发表在《十月》第2期。

5月　杨炼的长诗《诺日朗》发表在《上海文学》第5期。

同月　李杭育的短篇小说《沙灶遗风》发表在《北京文学》第5期。

9月　贾平凹的散文《商州初录》发表在《钟山》第5期，小说《小月前本》发表在《收获》第5期。

10月　中国作协、《诗刊》社在重庆召开重庆诗歌讨论会，批判“近年来”“有严重错误”的诗和谢冕等的“崛起论”是“对马克思主义、毛泽东思想的严重挑战”。

本年　出版的作品还有：绿原诗集《人之诗》，陈敬容诗集《老去的是时间》，林希诗集《无名河》，曾卓诗集《老水手的歌》，张承志小说集《黑骏马》。

1984年

1月3日　胡乔木在中央党校做题为《关于人道主义和异化问题》的讲话，《理论月刊》第2期发表了讲话修订稿，《人民日报》(1月27日)、《红旗》第2期转载全文。

同月　从维熙的中篇小说《雪落黄河静无声》发表在《人民文学》第1期。

同月　邓友梅的中篇小说《烟壶》发表在《收获》第1期。

同月　张承志的中篇小说《北方的河》发表在《十月》第1期。

3月5日　徐敬亚的自我批评文章《时刻牢记社会主义的文艺方向——关于〈崛起的诗群〉的自我批评》发表在《人民日报》。《诗刊》第4期转载。

同月　张贤亮的中篇小说《绿化树》发表在《十月》第2期。

同月　冯骥才的小说《神鞭》发表在《小说家》第3期。

4月　史铁生的小说《奶奶的星星》发表在《作家》第4期。

5月　张洁的中篇小说《祖母绿》发表在《花城》第3期。

6月22日　文学批评史家郭绍虞逝世。

同月　刘再复的论文《论人物性格的二重组合原理》发表在《文学评论》第3期。

7月5日　阿城的中篇小说《棋王》发表在《上海文学》第7期。

同月　贾平凹的小说《腊月·正月》发表在《十月》第4期。

同月　陈建功的小说《找乐》发表在《钟山》第4期。

10月　林斤澜的小说《矮凳桥传奇》发表在《人民文学》第10期。

11月　孔捷生的中篇小说《大林莽》发表在《十月》第6期。

本年　出版的作品还有：牛汉诗集《温泉》，周涛诗集《神山》等。

1985年

1月　张辛欣、桑晔的"系列口述实录体"小说《北京人》发表在《收获》第1期。

同月　阿城的小说《树王》发表在《中国作家》第1期。

2月　阿城的中篇小说《孩子王》发表在《人民文学》第2期。

同月　马原的小说《冈底斯的诱惑》发表在《上海文学》第2期。

同月　史铁生的短篇小说《命若琴弦》发表在《现代人》第2期。

3月　刘索拉的中篇小说《你别无选择》发表在《人民文学》第3期。

同月　王安忆的中篇小说《小鲍庄》、莫言的小说《透明的红萝卜》发表在《中国作家》第2期。

同月　郑义的小说《老井》发表在《当代》第2期。

同月　高行健的话剧剧本《野人》发表在《十月》第2期。

6月　杨炼的诗《半坡》发表在《草原》第6期。

同月　韩少功的中篇小说《爸爸爸》发表在《人民文学》第6期。

同月　韩少功的小说《归去来》、刘索拉的小说《蓝天绿海》发表在《上海文学》第6期。

同月　扎西达娃的小说《西藏，隐秘岁月》发表在《西藏文学》第6期。

7月6日　阿城的《文化制约着人类》发表在《文艺报》。在此前后发表的有关"寻根文学"的主要文章有：韩少功《文学的"根"》(《作家》1985年第4期)、李杭育《理一理我们的"根"》(《作家》1985年第6期)、郑万隆《我的根》(《上海文学》1985年第5期)、郑义《跨越文化断裂带》(《文艺报》1985年7月13日)等。

同月　刘心武的纪实性小说《5·19长镜头》发表在《人民文学》第7期。

8月　残雪的小说《山上的小屋》发表在《人民文学》第8期。

9月 张贤亮的中篇小说《男人的一半是女人》发表在《收获》第5期。

同月 黄子平、陈平原、钱理群的论文《论“二十世纪中国文学”》发表在《文学评论》第5期。

11月 刘再复的论文《论文学的主体性》发表在《文学评论》第6期。

本年 出版的作品还有:林子诗集《给他》,傅天琳诗集《音乐岛》,刘心武的长篇小说《钟鼓楼》。浙江文艺出版社的“新人文论丛书”,收入程德培、吴亮、黄子平的批评理论选,到1989年,该丛书入选作者还有季红真、刘纳、蔡翔、王富仁、陈平原、蓝棣之、李黎、王晓明等。

1986年

2月 迟子建小说《北极村童话》发表在《人民文学》第2期。

同月 北岛《诗九首》发表在《中国》第2期。

3月4日 作家丁玲在北京逝世。

3月6日 美学理论家朱光潜在北京逝世。

3月26日 作家、诗人聂绀弩在北京逝世。

同月 王蒙的长篇小说《活动变人形》发表在《当代长篇小说》。1987年由人民文学出版社出版。

同月 莫言的中篇小说《红高粱》发表在《人民文学》第3期。

4月 廖亦武诗《巨匠》发表在《中国》第4期。

5月 冯骥才的中篇小说《三寸金莲》发表在《收获》第3期。

同月 残雪的小说《苍老的浮云》发表在《中国》第5期。

同月 《北岛诗选》由新世纪出版社出版。

7月 王安忆的小说《荒山之恋》发表在《十月》第4期。

同月 李晓的小说《继续操练》发表在《上海文学》第7期。

同月 张洁的小说《他有什么病》发表在《钟山》第4期。

同月 杨炼的诗《自在者说》(选章)、韩东的诗《有关大雁塔》发表在《中国》第7期。

8月 北岛的长诗《白日梦》发表在《人民文学》第8期。

同月 王安忆的小说《小城之恋》发表在《上海文学》第8期。

9月 张炜的长篇小说《古船》发表在《当代》第5期。

同月 陈村的小说《死——给“文革”》、史铁生的小说《毒药》、孙甘露小说《访问梦境》发表在《上海文学》第9期。

同月 铁凝的小说《麦秸垛》发表在《收获》第5期。

同月 刘西鸿的小说《你不可改变我》发表在《人民文学》第9期。

同月 翟永明的诗《女人》(六首)发表在《诗刊》第9期。

同月 刘恒的小说《狗日的粮食》发表在《中国》第9期。

同月 由中国社会科学院文学研究所等主持的“新时期文学十年学术讨论会”在北京召开。

10月 郑敏的《心象组诗》发表在《诗刊》第10期。

同月 欧阳江河的长诗《悬棺》发表在《中国》第10期。

同月 《深圳青年报》、安徽《诗歌报》发起"现代诗群体大展"。

11月 残雪的小说《黄泥街》发表在《中国》第11期。

同月 李锐的短篇系列《厚土》发表在《山西文学》第11期。

同月 路遥的长篇小说《平凡的世界》发表在《花城》第6期。

本年 出版的作品还有:牛汉诗集《沉默的悬岩》《蚯蚓和羽毛》,杨炼诗集《荒魂》,顾城诗集《黑眼睛》,江河诗集《从这里开始》,《五人诗选》(北岛、舒婷、杨炼、江河、顾城),《昌耀抒情诗集》。巴金的《随想录》(五卷)由人民文学出版社全部出齐。

1987年

1月 余华的小说《十八岁出门远行》发表在《北京文学》第1期。

同月 贾平凹的长篇小说《浮躁》、马原的小说《错误》发表在《收获》第1期。

同月 王安忆的小说《锦绣谷之恋》发表在《钟山》第1期。

3月 张承志的长篇小说《金牧场》发表在《昆仑》第2期。1987年由作家出版社印行单行本。

同月 洪峰的小说《瀚海》发表在《中国作家》第2期。

8月 池莉的小说《烦恼人生》发表在《上海文学》第8期。

9月3日 文艺理论家黄药眠在北京逝世。

9月8日 作家、翻译家曹靖华逝世。

同月 孙甘露的小说《信使之函》、苏童的小说《1934年的逃亡》发表在《收获》第5期。

11月3日 作家梁实秋在台北逝世。

同月 格非中篇小说《迷舟》,王朔中篇小说《顽主》,余华的中篇小说《一九八六年》发表在《收获》第6期。

同月 灰娃的诗《山鬼故家》发表在《人民文学》第11期。

本年 出版的作品还有:《胡风的诗》(《时间开始了》及《狱中诗草》),老鬼的长篇小说《血色黄昏》,莫言的长篇小说《红高粱家族》,杨绛散文集《将饮茶》,伊蕾诗集《独身女人的卧室》等。

1988年

1月 余华的小说《现实一种》发表在《北京文学》第1期,《河边的错误》发表在《钟山》第1期。

同月 刘恒的小说《白涡》发表在《中国作家》第1期。

同月 史铁生的小说《原罪·宿命》发表在《钟山》第1期。

同月 林默涵、魏巍主编的《中流》杂志在北京创刊。

2月16日 作家、教育家叶圣陶逝世。

3月　刘恒的中篇小说《伏羲伏羲》发表在《北京文学》第3期。

同月　格非的小说《褐色鸟群》发表在《钟山》第2期。

同月　叶兆言的小说《枣树的故事》发表在《收获》第2期。

同月　杨炼的诗《房间里的风景》发表在《人民文学》第3期。

4月　王晓明、陈思和在《上海文论》开辟“重写文学史”专栏，延续到1989年第6期。

同月　翟永明的组诗《静安庄》发表在《人民文学》第4期。

5月10日　作家沈从文在北京逝世。

6月22日　作家萧军逝世。

9月　铁凝的长篇小说《玫瑰门》发表在《文学四季》创刊号。

10月7日　作家师陀逝世。

11月　余华的小说《难逃劫数》、格非的小说《青黄》、苏童的小说《罂粟之家》、史铁生的小说《一个谜语的几种简单的猜法》、孙甘露的小说《请女人猜谜》、马原的小说《死亡的诗意》、潘军的小说《南方的情绪》发表在《收获》第6期。

11月8日—12日　中国文学艺术界联合会第五次代表大会在北京举行。

本年　出版的作品还有：杨绛的长篇小说《洗澡》、霍达的长篇小说《穆斯林的葬礼》等。

1989年

1月　从维熙的《走向混沌——反右回忆录》发表在《海南纪实》第1期。

同月　于坚的诗《感谢父亲》发表在《诗刊》第1期。

同月　王安忆的小说《岗上的世纪》发表在《钟山》第1期。

2月17日　作家莫应丰在长沙逝世。

2月20日　作家鲍昌逝世。

同月　铁凝的小说《棉花垛》发表在《人民文学》第2期。

同月　叶兆言的小说《艳歌》发表在《上海文学》第2期。

同月　《欧阳江河自选诗四首》发表在《作家》第2期。

3月6日　作家李英儒在北京逝世。

3月26日　诗人海子在山海关卧轨自杀。

同月　王蒙的小说《坚硬的稀粥》发表在《中国作家》第2期。

同月　王安忆的小说《神圣祭坛》发表在《北京文学》第3期。

同月　王朔的长篇小说《玩的就是心跳》由作家出版社出版。

5月　《钟山》杂志从第3期开始，开辟“新写实小说大联展”，倡导“新写实小说”。

同月　王安忆的中篇小说《弟兄们》发表在《收获》第3期。

6月　张承志的中篇小说《西省暗杀考》发表在《文汇月刊》第6期。

同月　北村的小说《逃亡者说》发表在《北京文学》第6期。

7月31日　文艺理论家周扬逝世。

10月　林白小说《同心爱者不能分手》发表在《上海文学》第10期。

11月　苏童的中篇小说《妻妾成群》发表在《收获》第6期。

12月13日　文学史家王瑶在上海逝世。

本年　《新观察》杂志被要求停刊。

1990年

1月20日　诗人唐祈在兰州逝世。

3月　格非的小说《敌人》发表在《收获》第2期。

4月10日　作家吴强在上海逝世。

5月22日　作家凌叔华逝世。

同月　叶兆言的“夜泊秦淮”系列之一《半边营》发表在《收获》第3期。

6月2日　作家、戏剧理论家陈瘦竹逝世。

7月　林白小说《子弹穿过苹果》发表在《钟山》第4期。

7月23日　作家、报人张友鸾逝世。

8月5日　作家周克芹逝世。

10月15日　作家、学者俞平伯逝世。

11月　王安忆的中篇小说《叔叔的故事》发表在《收获》第6期。

同月　唐浩明的长篇历史小说《曾国藩》第一部由湖南文艺出版社出版。第二部1991年10月出版。

12月27日　作家廖沫沙在北京逝世。

本年　《文汇月刊》被要求停刊。

1991年

1月15日　作家康濯在北京逝世。

1月25日　作家王愿坚在北京逝世。

同月　刘震云的中篇小说《一地鸡毛》、苏童的小说《红粉》发表在《小说家》第1期。

同月　西川诗《幻象》(四首)发表在《人民文学》第1期。

3月　王家新诗《帕斯捷尔纳克》发表在《花城》第2期。

5月1日　作家李辉英在香港逝世。

5月2日　作家吴运铎逝世。

5月　王朔小说《我是你爸爸》发表在《收获》第3期。

同月　苏童小说《米》发表在《钟山》第3期。

同月　叶兆言的小说《挽歌》发表在《上海文学》第5期。

6月19日　诗人张明权在天津逝世。

同月　西川长诗《远游》发表在《上海文学》第6期。

同月　二月河小说《雍正皇帝》(上)由长江文艺出版社出版。中、下分别于1993年、1994年出版。

7月13日　翻译家汝龙逝世。

7月26日　诗人臧云远在南京逝世。

9月3日　作家刘知侠在青岛逝世。

同月　王安忆的中篇小说《乌托邦诗篇》、陈染小说《与往事干杯》发表在《钟山》第5期。

同月　王寅诗《阳光》、韩东诗《工人新村》发表在《花城》第5期。

10月10日　作家陈学昭在杭州逝世。

10月23日　作家罗烽在北京逝世。

10月27日　作家杜鹏程在西安逝世。

11月3日　文学评论家刘剑青在北京逝世。

11月4日　诗人青勃逝世。

同月　王朔的中篇小说《动物凶猛》、余华的长篇小说《呼喊与细雨》发表在《收获》第6期。

本年　郑敏的诗集《心象》、贾平凹散文集《抱散集》、刘震云长篇小说《故乡天下黄花》出版。

1992年

1月4日　作家、现代文学史家唐弢逝世。

同月　韩东小说《反标》发表在《收获》第1期。

2月5日　电影剧作家林杉在北京逝世。

2月12日　作家、报人赵超构(林放)在上海逝世。

2月28日　文艺理论家蔡仪逝世。

3月　余秋雨的散文集《文化苦旅》由知识出版社出版。

同月　《中国解放区文学书系》由重庆出版社出版。

6月　周涛的散文《游牧长城:山西篇》发表在《人民文学》第6期。

6月6日　历史小说家高阳在台北逝世。

同月　刘心武的长篇小说《风过耳》由中国青年出版社出版。

8月14日　作家哈华在上海逝世。

9月23日　作家叶至诚逝世。

10月14日　散文家秦牧在广州逝世。

10月14日　文艺理论家伍蠡甫在上海逝世。

11月17日　作家路遥逝世。

同月　格非的长篇小说《边缘》、余华的中篇小说《活着》、苏童的中篇小说《园艺》、孙甘露的中篇小说《忆秦娥》、韩东的短篇小说《母狗》、述平的中篇小说《凸凹》发表在《收获》第6期。

同月　王家新《瓦雷金诺叙事曲:给帕斯捷尔纳克》发表在《花城》第6期。

12月5日　作家艾芜在成都逝世。

12月14日　作家沙汀在成都逝世。

本年　出版的作品还有:小说集《大红灯笼高高挂》、《红粉》(苏童)、《去影》(叶兆言)、《行云流水》(方方)、《嘴唇里的阳光》(陈染)、《屋顶上的脚步》(陈村)、《官人》(刘震云)、《白涡》(刘恒),散文集《金克木小品》(金克木)、《杂忆与杂写——杨绛散文》、《蒲桥集》(汪曾祺),诗集《白色的石头》(韩东)。

1993年

1月　《路遥文集》(1—5卷)由陕西人民出版社出版。

同月　何顿的中篇小说《生活无罪》发表在《收获》第1期。

1月9日　翻译家王道乾逝世。

1月21日　批评家袁文殊在北京逝世。

2月22日　诗人、学者冯至逝世。

3月　王安忆的长篇小说《纪实和虚构——创造世界方法之一种》发表在《收获》第2期。6月由人民文学出版社印行单行本。

同月　李锐小说《北京有个金太阳》发表在《收获》第2期。

4月　王蒙的长篇小说《恋爱的季节》由人民文学出版社出版。

5月　张承志散文《以笔为旗》发表在《十月》第3期。

5月25日　《光明日报》刊发《文坛盛赞——陕军东征》报道,称陕西作家的四部长篇小说引起轰动。它们是高建群《最后一个匈奴》(作家出版社,1992年)、京夫《八里情仇》(中国文联出版公司,1993年)和《废都》《白鹿原》。

6月7日　剧作家阳翰笙在北京逝世。

同月　贾平凹的长篇小说《废都》由北京出版社出版。

同月　陈忠实的长篇小说《白鹿原》由人民文学出版社出版。

同月　花城出版社推出"先锋长篇小说丛书",收入余华的《在细雨中呼喊》(原名《呼喊与细雨》)、苏童的《我的帝王生涯》、格非的《敌人》、孙甘露的《呼吸》、吕新的《抚摸》、北村的《施洗的河》。

同月　王晓明等人的谈话录《旷野上的废墟——文学和人文精神的危机》刊于《上海文学》第6期。

同月　于坚的诗《事件与声音》发表在《人民文学》第6期。

8月14日　作家温小钰在杭州逝世。

8月　刘恒的长篇小说《苍河白日梦》由作家出版社出版。

同月　王安忆的小说《香港的情与爱》发表在《上海文学》第8期。

同月　李锐的长篇小说《旧址》由上海文艺出版社出版。

9月9日　作家黄钢逝世。

10月8日　诗人顾城在新西兰的威赫克岛杀妻自尽。

10月18日　作家秦瘦鸥在上海逝世。

11月　春风文艺出版社以"布老虎"为名注册商标,推出"布老虎丛书"。

同月　顾城的小说《英儿》、欧阳江河的诗《茨维塔耶娃》发表在《花城》第6期。

本年　出版的作品还有：张炜的长篇小说《九月寓言》，刘震云的长篇小说《故乡相处流传》，王蒙长篇小说《恋爱的季节》，莫言长篇小说《酒国》、莫言的小说集《金发婴儿》，扎西达娃的《西藏隐秘岁月》，孙甘露的《访问梦境》，杨争光的《黑风景》，苏童的《刺青时代》，王安忆的《荒山之恋》，马原的《虚构》，洪峰的《重返家园》，万夏、潇潇主编的《后朦胧诗全集》，《汪曾祺文集》。

1994 年

1 月 11 日　作家、文学教育家吴组缃在北京逝世。

1 月 19 日　作家葛洛在北京逝世。

同月　迟子建的小说《向着白夜旅行》发表在《收获》第 1 期。

同月　郑敏的长诗《诗人之死》发表在《人民文学》第 1 期。收入集子时改名为《诗人与死》。

同月　《大家》在昆明创刊，创刊号发表于坚长诗《0 档案》。

2 月 7 日　作家白朗在北京逝世。

2 月 12 日　作家路翎在北京逝世。

3 月　张贤亮的长篇小说《烦恼就是智慧》(上)发表在《小说界》第 2 期。6 月由作家出版社出版，改名为《我的菩提树》。

3 月 4 日　作家李束为在太原逝世。

同月　林白的长篇小说《一个人的战争》发表在《花城》第 2 期。

同月　徐小斌的长篇小说《敦煌遗梦》发表在《中国作家》第 2 期。

同月　韦君宜的长篇小说《露沙的路》发表在《当代》第 2 期。

5 月　王蒙的长篇小说《失态的季节》选载于《小说》第 3 期。

5 月 5 日　诗人韩笑在广州逝世。

5 月 15 日　作家李初梨在北京逝世。

5 月 28 日　剧作家陈白尘在南京逝世。

同月　张承志的小说集《神示的诗篇》由江苏文艺出版社出版。

6 月 1 日　导演、戏剧家黄佐临在上海逝世。

6 月 11 日　作家骆宾基在北京逝世。

6 月 19 日　戏曲作家翁偶虹在北京逝世。

同月　徐坤的小说《先锋》发表在《人民文学》第 6 期。

8 月　昌耀的诗集《命运之书》由青海人民出版社出版。

8 月 23 日　作家吴有恒在广州逝世。

同月　浩然四卷本长篇《金光大道》出版。此书第一、二卷出版于“文革”期间。

10 月 10 日　诗人陈芦荻在广州逝世。

10 月 11 日　作家、文艺理论家秦兆阳在北京逝世。

10 月 26 日　作家蹇先艾在贵阳逝世。

12 月 29 日　诗人沙鸥在北京逝世。

本年　出版的作品还有:长篇小说《柏慧》(张炜),散文集《绿风土》(张承志),小说集《蓝袍先生》(陈忠实)、《无雨之城》(铁凝)。

1995年

1月3日　作家葛琴在北京逝世。

2月6日　剧作家夏衍在北京逝世。

2月19日　作家魏钢焰在西安逝世。

3月　陈思和、李辉主持的"火凤凰文库"开始由上海远东出版社出版,该丛书收入巴金的《再思录》、贾植芳的《狱里狱外》、沈从文与张兆和的《从文家书》等回忆录和论著。

3月14日　作家、翻译家荒芜(李乃仁)在北京逝世。

5月　朱文的小说《我爱美元——以拳会友》发表在《小说家》第3期。

6月　何申的短篇小说《年前年后》、毕飞宇的小说《是谁在深夜说话》发表在《人民文学》第6期。

6月1日　毕飞宇电影故事《摇啊摇,摇到外婆桥》发表在《文学报》。

9月2日　古典文学研究家余冠英在北京逝世。

9月5日　文艺批评家冯牧在北京逝世。

同日　诗人邹荻帆在北京逝世。

同月　格非长篇小说《欲望的旗帜》发表在《收获》第5期。

同月　莫言的长篇小说《丰乳肥臀》发表在《大家》第5、6期。

11月　余华的长篇小说《许三观卖血记》发表在《收获》第6期。1996年由江苏文艺出版社印行单行本。

12月11日　作家杨沫在北京逝世。

本年　出版长篇小说《长恨歌》(王安忆)、《家族》(张炜)、《苍天在上》(陆天明),小说集《夜晚的顺序》(吕新),诗集《顾城诗全编》《严力诗选》。

1996年

1月　史铁生的长篇小说《务虚笔记》发表在《收获》第1期。

同月　刘醒龙的小说《分享艰难》发表在《上海文学》第1期。

同月　谈歌的小说《大厂》发表在《人民文学》第1期。

1月26日　戏剧家、散文家凤子(封季壬)在北京逝世。

2月　王晓明编选的关于"人文精神"讨论的论文集《人文精神寻思录》由文汇出版社出版。

3月5日　作家孙谦在太原逝世。

同月　陈染的长篇小说《私人生活》发表在《花城》第2期。5月由作家出版社出版单行本。

同月　关仁山的小说《大雪无乡》发表在《中国作家》第2期。

同月　昌耀诗集《一个挑战的旅行者步行在上帝的沙盘》由敦煌文艺出版社出版。

同月　韩少功的小说《马桥词典》发表在《小说界》第2期，9月由作家出版社出版。

5月5日　诗人艾青在北京逝世。

同月　关仁山的《九月还乡》发表在《十月》第3期。

6月20日　作家梁斌在天津逝世。

6月26日　批评家孔罗荪在上海逝世。

7月　《胡宽诗集》由漓江出版社出版。

同月　叶兆言的长篇小说《一九三七年的爱情》发表在《收获》第4期。

8月25日　作家戴厚英在上海的寓所遇害。

同月　毕飞宇小说《哺乳期的女人》发表在《作家》第8期。

10月5日　作家端木蕻良在北京逝世。

10月10日　诗人汪静之在杭州逝世。

10月25日　作家陈荒煤在北京逝世。

11月　林斤澜小说《门》系列小说发表在《北京文学》第11期。

12月13日　剧作家曹禺在北京逝世。

同日　诗人、报告文学家徐迟自杀。

12月16日　中国文联第六次全国代表大会和中国作协第五次全国代表大会在北京召开。

1997年

1月24日　诗人苏金伞在郑州逝世。

2月　《海子诗全编》(西川编)、《骆一禾诗全编》(张玞编)由上海三联书店出版。

3月12日　作家刘绍棠在北京逝世。

3月19日　作家张弦在南京逝世。

同月　“中国当代诗人精品大系”丛书由改革出版社出版，收入欧阳江河《透过词语的玻璃》、翟永明《黑夜里的素歌》、西川《隐秘的汇合》、陈东东《海神的一夜》、萧开愚《动物园的狂喜》、孙文波《地图上的旅行》五种。

5月4日　作家李霁野在天津逝世。

5月16日　作家汪曾祺在北京逝世。

同月　鬼子的小说《被雨淋湿的河》发表在《人民文学》第5期。

6月7日　作家于伶在上海逝世。

7月　灰娃诗集《山鬼故家》由人民文学出版社出版。

8月　“二十世纪末中国诗人自选集”由湖南文艺出版社出版，收入王家新《游动悬崖》、欧阳江河《谁去谁留》、西川《大意如此》、陈东东《明净的部分》四种。

10月　刘恒的《贫嘴张大民的幸福生活》发表在《北京文学》第10期。

11月6日　儿童文学作家陈伯吹在上海逝世。

同月　东西的长篇小说《耳光响亮》发表在《花城》第6期。

12月19日　第四届茅盾文学奖揭晓。王火《战争和人》(三部曲)、陈忠实《白鹿原》(修订本)、刘斯奋《白门柳》(第一、二部)、刘玉民《骚动之秋》获奖。

本年　陈染长篇小说《说吧，房间》、曹文轩长篇小说《草房子》出版。

1998年

1月　林贤治思想随笔《胡风"集团"案:20世纪中国的政治事件和精神事件》发表在《黄河》第1期。

2月6日　剧作家丁毅逝世。

2月9日　中国作协主办的鲁迅文学奖1995—1996年各单项奖获得者揭晓。

3月　阿来长篇小说《尘埃落定》由人民文学出版社出版。

3月17日　翻译家、学者罗大冈在北京逝世。

同月　朱文的中篇小说《弟弟的演奏》发表在《江南》第2期。

同月　文化艺术出版社的"90年代中国诗歌"丛书，收入臧棣《燕园纪事》、张曙光《小丑的花格外衣》、西渡《雪景中的柏拉图》、黄灿然《世界的隐喻》、孙文波《给小蓓的俪歌》、张枣《春秋来信》六种。

4月3日　诗人张志民在北京逝世。

4月29日　作家方纪在天津逝世。

同月　季羡林散文集《牛棚杂忆》由中共中央党校出版社出版。

7月　周大新长篇小说《第二十幕》由人民文学出版社出版。

8月21日　批评家冯健男在石家庄逝世。

9月　刘震云长篇小说《故乡面和花朵》由华艺出版社出版。

9月12日　诗人罗洛在上海逝世。

10月7日　作家茹志鹃在上海逝世。

10月12日　作家陈登科在合肥逝世。

10月30日　诗人公木在长春逝世。

同月　《北京文学》第10期刊登朱文发起并整理的《断裂:一份问卷和五十六份答案》和韩东的《备忘:有关"断裂"行为的问题回答》。

11月　阎连科长篇小说《日光流年》由花城出版社出版。

12月19日　作家、学者钱锺书在北京逝世。

12月　张洁长篇小说《无字》由上海文艺出版社出版。

同月　徐小斌长篇小说《羽蛇》由花城出版社出版。

同月　《昌耀的诗》(蓝星诗库)由人民文学出版社出版。

本年　《顾城的诗》(蓝星诗库)由人民文学出版社出版。周梅森长篇小说《中国制造》由作家出版社出版。钟鸣的散文随笔集《旁观者》由海南出版社出版。曹文轩长篇小说《红瓦》由北京十月文艺出版社出版。韦君宜散文集《思痛录》由北京十月文艺出版社出版。

1999 年

1 月 5 日 作家、翻译家叶君健在北京逝世。

1 月 13 日 诗人鲁藜在天津逝世。

同月 李洱的中篇小说《葬礼》发表在《收获》第 1 期。

同月 铁凝的中篇小说《永远有多远》发表在《十月》第 1 期。

2 月 11 日 作家、翻译家萧乾在北京逝世。

2 月 15 日 诗人、翻译家赵瑞蕻在南京逝世。

2 月 28 日 作家冰心在北京逝世。

3 月 北村的中篇小说《周渔的喊叫》发表在《大家》第 2 期。

4 月 3 日 作家、翻译家毕朔望在北京逝世。

4 月 29 日 作家姚雪垠在北京逝世。

5 月 19 日 诗人、散文家苇岸逝世。

同月 《天涯》第 5 期发表“刘亮程散文专辑”。

同月 苇岸的散文《大地上的事情》发表在《人民文学》第 5 期。

6 月 5 日 作家王汶石在西安逝世。

6 月 26 日 文艺理论家蒋孔阳在上海逝世。

7 月 6 日 作家高晓声逝世。

7 月 29 日 作家袁静逝世。

同月 潘军的长篇小说《独白与手势·白》连载于《作家》第 7—12 期。

9 月 24 日 作家王西彦在上海逝世。

10 月 5 日 作家、批评家唐达成在北京逝世。

同月 叶广芩的长篇小说《采桑子》由北京十月文艺出版社出版。

11 月 27 日 作家赵清阁在上海逝世。

本年 《西川的诗》(蓝星诗库)由人民文学出版社出版。出版的作品还有:长篇小说《梦断关河》(凌力)、《羊的门》(李佩甫),散文集《人间笔记》(于坚)。

2000 年

1 月 5 日 作家谢冰莹在美国旧金山逝世。

2 月 2 日 作家李准逝世。

2 月 11 日 诗人阮章竞在北京逝世。

3 月 23 日 诗人昌耀在西宁逝世。

3 月 铁凝的长篇小说《大浴女》由春风文艺出版社出版。

4 月 12 日 作家张长弓逝世。

5 月 毕飞宇的小说《青衣》发表在《花城》第 3 期。

5 月 15 日 翻译家戈宝权在南京逝世。

6 月 19 日 作家柯灵在上海逝世。

7 月 王安忆的长篇小说《富萍》发表在《收获》第 4 期。

同月　尤凤伟长篇《中国一九五七》发表在《江南》第4期。

8月5日　诗人、翻译家、梵文学家金克木在北京逝世。

9月14日　由上海作协等发起组织的“百名评论家评选90年代优秀作家作品”问卷调查揭晓。“最有影响的十名作家”是:王安忆、余华、韩少功、陈忠实、史铁生、贾平凹、张炜、张承志、莫言、余秋雨。“最有影响的十部作品”是:《长恨歌》《白鹿原》《马桥词典》《许三观卖血记》《九月寓言》《文化苦旅》《活着》《我与地坛》《务虚笔记》等。

10月6日　翻译家田德望在北京逝世。

10月12日　第五届茅盾文学奖获奖者揭晓。获奖名单为:《抉择》(张平)、《尘埃落定》(阿来)、《长恨歌》(王安忆)、《茶人三部曲》第一、二部(王旭峰)。

10月13日　据新华社报道,中国作协负责人就法籍华人作家高行健获2000年度诺贝尔文学奖接受记者采访,指出“诺贝尔文学奖被用于政治目的失去其权威性”。

12月2日　诗人、翻译家卞之琳在北京逝世。

本年　出版长篇小说《大漠祭》(雪漠)、《怀念狼》(贾平凹)、《玻璃虫》(林白),诗集《阿姆斯特丹的河流》(多多)、《枯草上的盐》(朱朱)、《学习之甜》(萧开愚)、《顽石》(吕德安)、《于坚的诗》(蓝星诗库)。

初版后记

70年代末“文革”结束后，我开始参加中国当代文学的教学工作，并与张钟、佘树森、赵祖谟、汪景寿诸位先生合作编写了《当代文学概观》(北京大学出版社，1980年)。后来，我们根据80年代文学出现的新情况，对该书作了修订，扩充了“新时期文学”的内容，于1986年出版了名为《当代中国文学概观》的新一版。此后，《概观》一直是北大中文系当代文学课的主要参考书，也曾被一些兄弟院校的当代文学教学采用为教材。

如今，十多年过去了。书的著者中的两位，在90年代初不幸过早离开人世。这十多年中，社会生活和文学界也发生了众多当初难以逆料的事情。回过头去读《概观》，不难发现许多缺陷，许多需要修正补充之处。一方面是它所体现的文学观念和叙述方式需要反省，更重要的是它所处理的材料，基本上截止到1985年。因此，重新修订编写就提上了日程。

这次的编著，没有在《概观》的基础上进行，也没有采取集体合作的方式。主要原因是研究者之间，已较难维持“新时期”开始时的那种一致性。我们的看法之间的差异，比相互之间的共同性有时更为明显。当代文学史的个人编写，有可能使某种观点、某种处理方式得到彰显。当然，因此带来的问题也不言而喻。受制于个人的精力、学识、趣味的限制，偏颇遗漏将是显而易见的。好在自80年代以来，中国当代文学史已出版三十几种；本书存在的阙失，会由另外的史著加以矫正。还有一点需要提出的是，《概观》也许存在着这样那样的不足，但是，它的长处，它所表达的那种想象和情感，那种看待文学和世界的方式，在今天却已很难复现——而它们并非都是应该否定的。这十多年来，我们也许“成熟”了，“稳妥”了。为着这种“成熟”，我们失去了许多值得珍惜的东西。这种代价究竟是否值得？

《中国当代文学史》的编写历时一年半。在这期间得到许多朋友的支持、帮助。在北京大学当代文学研究生讨论课上，同学们发表的意见，他们提交的读书报告和论文，给我很多的启发；而我对当代文学的观点和叙述方法，也都是在教学中，在与他们的讨论中逐渐形成的。因此，要向他们(这里无法一一列出他们的名字)表示感谢。

我要感谢周亚琴、臧力的帮助。他们撰写了“新诗潮”一章的部分初稿。他们对80—90年代一些诗人艺术个性的分析所表现的识见,是我所难以达到的。尽管稿子没有全部采用,也做了些改动,但那只是出于总体安排上各部分之间平衡的考虑。

我要特别感谢为本书的编写付出许多劳动的贺桂梅。她为我准备了80—90年代一些重要文学问题、一些重要作家的有关资料,包括作品目录、重要的评论文章等。在书的编写的最后阶段,我因病无法再继续工作,贺桂梅承担了最后三章(女作家创作、散文和90年代文学状况)的初稿撰写,并编写了本书的年表。

最后还要感谢高秀芹在本书出版时认真细致的工作。她仔细审读全文,改正了许多错讹,也提出不少修改的建议。

著　者

1999年5月,北京大学燕北园

教师反馈及课件申请表

北京大学出版社以"教材优先，学术为本、创建一流"为目标，主要为广大高等院校师生服务。为更有针对性地为广大教师服务，提升教学质量，在您确认将本书作为指定教材后，请您填好以下表格并经系主任签字盖章后寄回，或拍照发至指定电子邮箱，我们将免费向您提供相应教学课件。

<table>
<tr><td>书号 / 书名</td><td colspan="4"></td></tr>
<tr><td>所需要的教学资料</td><td colspan="4">教学课件</td></tr>
<tr><td>您的姓名</td><td colspan="4"></td></tr>
<tr><td>系</td><td colspan="4"></td></tr>
<tr><td>院校</td><td colspan="4"></td></tr>
<tr><td>您所讲授的课程名称</td><td colspan="4"></td></tr>
<tr><td>每学期学生人数</td><td colspan="2">______________大学___年级</td><td>学时</td><td>36</td></tr>
<tr><td>您目前采用的教材</td><td colspan="4">作者：__________ 出版社：

书名：</td></tr>
<tr><td>您准备何时用此书授课</td><td colspan="4"></td></tr>
<tr><td>您的联系地址</td><td colspan="4"></td></tr>
<tr><td>邮政编码</td><td></td><td>联系电话
（必填）</td><td colspan="2"></td></tr>
<tr><td>E-mail（必填）</td><td colspan="4"></td></tr>
<tr><td colspan="3">您对本书的建议：</td><td colspan="2">系主任签字

（盖章）</td></tr>
</table>

我们的联系方式：

北京大学出版社培文事业部

海淀区成府路 205 号，100871

联系人：黄敏劼

电话：010-62750112

电子邮箱：247848540@qq.com

网址：http://www.pup.cn